绿 宝 石
Fall into your light

白雪歌

上

雾圆 著

梦断微冷，坐忘前生。
唯有江山永风流，温柔似刀锋。

白雪歌

第四卷 肆

人间雨泽

- 第十一章·不见君 382
- 第十二章·林栖者 423
- 第十三章·金缕曲 463
- 终 501

外卷二 阳春光景

- 番外一·流年换 508
- 番外二·归去来 513
- 番外三·永遇乐 519
- 番外四·少年时 528
- 番外五·二重身 539

外卷三 百媚千红

- 番外六·春江月 558
- 番外七·碧鬐游 588
- 番外八·空余恨 609
- 番外九·彩云间 617

出版番外 杏花雨

621

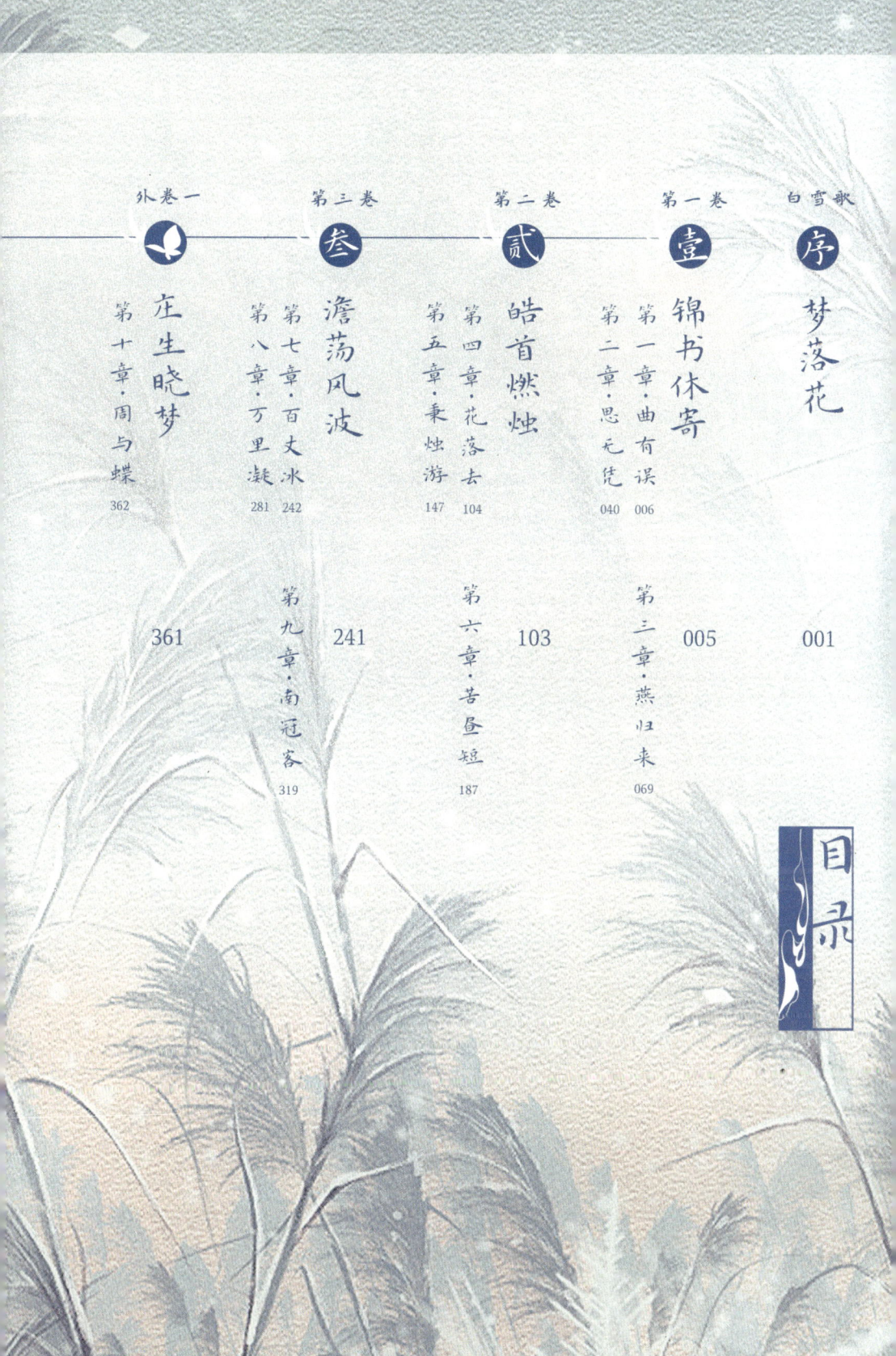

目录

序 白雪歌梦落花 001

第一卷 壹 锦书休寄
- 第一章·曲有误 006
- 第二章·思无凭 040
- 第三章·燕归来 069

第二卷 贰 皓首燃烛
- 第四章·花落去 104
- 第五章·秉烛游 147
- 第六章·苦昼短 187

第三卷 叁 澹荡风波
- 第七章·百丈冰 242
- 第八章·万里凝 281
- 第九章·南冠客 319

外卷一 庄生晓梦
- 第十章·周与蝶 362

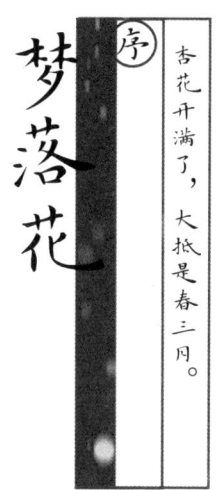

梦落花

序 杏花开满了，大抵是春三月。

曲悠做了一场诡谲的梦。

廊道冰冷而狭窄，月光下朱红的宫墙延伸至看不清的远方，巍峨，森然。周围静得针落可闻，良久才有悠长的更漏声自重重围墙之外荡荡悠悠地传过来。

她坐在地上——准确地说是跪在地上。先前她还没发现自己是这样屈辱的姿势，直到想爬起来的时候才觉得双腿痛得几乎失去了知觉。

身侧有一口铜制的雨水缸，月光迷蒙，她在缸中隐约照出了一副少女模样，双环低髻，钗裙凌乱，模糊面孔上似乎还有血迹。

然后在这黑暗中月光下，她突然听见了镣铐撞击的声响。

朱红色的阴影中，一个白衣男子缓缓地走了过来。

他披着白色的大氅，鬓发凌乱，面色似乎比新雪还白，时不时就要停下来休息一会儿。两个佩刀狱卒亦步亦趋地跟着他，纵然他走得如斯迟缓，也无人多话。

曲悠还没有反应过来，那男子就看见了她。

他有一双颜色略浅的琥珀色瞳孔，长睫半垂，瞧着不过而立之年，却形容消瘦，单薄，佝偻。曲悠怔然地看着他，对方却解了身上的大氅，有些艰难地在她面前蹲下，将身上唯一一件御寒冬衣披到了她身上。

曲悠这才发现他披风之下的手脚都戴着沉重不堪的锁链，连纤细的颈间都有一道锁环，这些刑具沉沉地压在他一身白色的中衣上，有新鲜血迹透过斑驳的污痕洇湿一片——很令人心惊的伤。

男子颤抖着手为她系好了衣带，玉骨般冰冷手指上的白玉扳指蹭过她的耳侧，绵延开一片战栗。

"裹紧些。"

曲悠看见他鸦羽般的睫毛抖个不停,俯仰之间露出一双淡漠狭长的凤眼,高挑的眼尾有一粒微小得几乎看不出来的红痣。

好漂亮的一张脸,威严、淡漠、清正,却因那颗凑得足够近才能看见的红痣多了一分人间气。

曲悠下意识地抓紧了白狐毛的大氅,想要说话,喉间却钝钝的,发不出声响。男子已起身离开了,他拖着一身伤痕和沉重的锁链,几乎走两步就要停下来咳嗽一阵,良久才走入幽暗的月夜深处。

她有些茫然地摩挲着手边铜缸的花纹,突然觉得有些熟悉。

那两个狱卒拎着染着血迹的刑具前行,小声的议论从黑暗中细窄的廊道里传回来,她听得格外清楚。

其中一人道:"刘大哥,说起来蹊跷,入了诏狱上三司还能全须全尾地出来的,这算是头一个了吧?"

另一人便道:"方兄弟,慎言,你可知这位是谁?"

方姓狱卒没吭声,刘大哥便继续道:"嘿,你提上来没多久吧,竟连他都不识得。"

方姓狱卒顿了一顿,讶异道:"啊,难道是那位?"

刘大哥道:"想不到吧?陛下到底心软,方才旨意下来,明日就放他回临安老家。这旨意来得惊险,今日我带人去寻,那位只差一口气便死在诏狱了。"

方姓狱卒啐了一口:"天下巴望着他死的人可不少,我瞧着他就算出去了,也活不了多久……不过话说回来,他竟这般年轻。"

刘大哥迟疑了一下:"是啊,面相瞧着也不似传闻中人,果然人不可貌相。"

方姓狱卒道:"周檀这厮满身恶名,如今也算是遭了报应。"

两人不过寥寥几句,却在曲悠心中砸出了惊天骇浪。

周檀?

曲悠考大学时没想好兴趣方向,承母业学了法律。考研时,她发现自己是彻头彻尾的文史哲爱好者,便跨学科考了古代史专业,借着本科专业知识,专修胤史中的刑名律法,一路读到博士,写了论文若干。

算起来,她研究大胤律法已有六年了。

学业枯燥,她师姐搞美食风物,已经出了两本书,成了个不大不小的学术界网红;她导师和同门做的是北胤风流人物史,讲座场场爆满。

她的研究范围偏偏是大胤律法中最冷的部分,史料匮乏,现有史料的记载也含糊不清,在国内都找不出几个专精的同行者。

导师曾问过她为何对这段历史情有独钟,她也仔细思考过。

胤史卷帙浩繁,四卷刑法志包含十二场大大小小的变法,胤律重修二十四次,力度最大的一次是明帝重景年间增补《削花令》。《削花令》虽然残缺,但是仅存的几条,照曲悠一个法学生的眼光来看,完全不似出自古人之手,其间蕴含着大量西方和现代法律融合时期的变形内容,非常有意思。

当时,《削花令》被人以雷霆之力推行,后来还是被废除了,连具体条例都没留下几条。无数学者短暂对它有过兴趣,都因其记载不明而移开了目光。

曲悠绞尽脑汁地想找出《削花令》的主修人,可此人是佚名,在史书中无影无踪,甚至与其有牵扯的人都很少。她只在当朝宰辅周檀个人文集的犄角旮旯里,找到了一句语焉不详、赠予佚名的三个字——

"朝闻道"。

周檀是个声名狼藉的大佞臣,但正是他在明帝年间手段强硬地推行了变法。曲悠不能认同他行事的狠辣,对他强力推行变法之事却有一丝敬佩。而且,她对他与佚名到底有什么关系十分好奇。

曲悠翻遍胤史却全无头绪,在浩如烟海的文献中沉沉睡去,却于梦中得了周檀身上唯一一件御寒的外衣。

这一件赠衣和对方颤抖的修长双手在她心中化出了一种近乎哀愁的慨叹——他竟是如此清丽易碎的佞臣。

曲悠恍惚地回忆起,手边铜缸上的图案正是北胤风行的莲花纹饰。

梦境却在此时戛然而止,手持镣铐的两名狱卒尚未走远,曲悠的手浸入铜缸中的雨水,然后整个人被一阵溺水般的窒息彻底淹没。

视野重新明亮的时候,她看到了一场空蒙的雨。

周檀坐在长廊檐下,目不转睛地看着面前一棵系着红绸带的杏花树。

杏花开满了,大抵是春三月。

他腿上盖着御寒的薄毯,与之前赠衣之时在模样上并未差太多,只是两鬓分别有一缕发丝白了。

简陋的瓦舍外有人撑伞路过,毫不避讳地讨论着。

"听说这里住的那位从前是个大恶人,如今病得只剩一口气了,竟无医官肯上门医治。"

"作恶太多,必遭天谴咯!"

曲悠听见这句话,生出了一种奇异的不平。

历史上关于周檀的记载如同《削花令》一般少,他在《胤史·佞臣传》中排名第一,书中含糊的话语也是后人对其平生所为诸般大恶的鄙夷之词。绝不会有人记下他曾在凄冷冬夜赠衣给一个小宫女御寒。

周檀似乎也听见了那些议论,可他全然不在乎,目光平静地看着杏花树下,微微地笑了。他从怀中取出一方帕子,掩在嘴边深深地咳嗽起来,声音逐渐淹没在雨水滴落的脆响中。

帕子很快被鲜血染透了。他也缓缓垂下了手,白玉扳指顺着檐前的台阶滚落。

曲悠这才意识到自己就站在杏花树下。他原来在看自己吗?

白衣的病弱佞臣以一种近乎缱绻的目光看着她,血染红了下巴。似乎是意识到自己如今不太好看,他拿着帕子擦拭了一下,可那帕子上的鲜血越来越多,连他雪白的衣襟也染污了。

曲悠朝他走过去,听见他低低地冲她说:"若有来世——"

话没有说完,杏花便簌簌而落。

死亡开落无声,她竟为这千余年前的古人生了愁思,生了不平,生了几分凄凉的叹惋。

一场大梦沉了又沉,直到曲悠满头汗水地清醒过来。

面前是一扇雕花木窗,她用了很长很长时间才发现,这一次,她不是在做梦。

第一卷 锦书休寄

能为三春听白雪，不复德音笑姑苏。

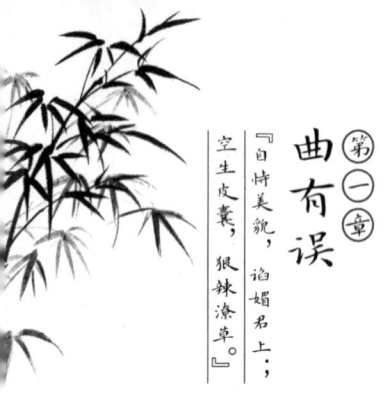

第一章 曲有误

「自恃美貌，诣婚君上；空生皮囊，狠辣漂亮。」

赐婚

周檀，字霄白。

胤史是古人修撰的，考据了当年的各类记载，称周檀为"北胤第一佞臣"。可他的相关资料不知为何十分稀少，就连诗文集也只传下来一本，故而他虽在《胤史·佞臣传》中名列第一，篇幅却最短，仅有一页。

曲悠只能寻到关于他的简短介绍——

周檀是临安人，少为纨绔，后家道败落，奋发苦读，永宁十二年登科，成为可考胤史中第一位三元及第的状元郎，随后拜入时任宰辅顾之言门下。周檀外放为官时政绩卓著，历任平江签判、扬州通判，回京后被召入琼庭，后转授为典刑寺卿。

德帝大兴庆政，在周檀回京那年，顾之言因反对德帝修建燃烛楼而被罢相，与他亲近的一干清流文官皆被捕入狱。

在这群人中，最终只有周檀一个人低了头，为德帝写了一篇著名的《燃烛楼赋》。

也只有他一个人活着出了典刑寺，转任刑部侍郎。是年刑部无尚书，周檀年纪轻轻便官居四品，可谓平步青云。

修楼是假，借此清洗朝堂是真。

燃烛楼案后，周檀成为德帝心腹近臣，史书称其"屡谄君上，好美色，好财帛，好权位"，完全摒弃了其老师的清流做派。

顾之言虽入狱后未遭刑讯，还被准许回乡，但他生无可恋，出京时便投清溪，自尽身亡。他虽身死，他的门生故旧却遍及天下，众人皆不齿周檀的叛师行径，一时间，周檀身上骂名无数。

而后周檀触怒德帝，被贬谪出京，却在德帝驾崩、厉王篡位未成之际再度归来，持着真假不明的遗诏，扶十七岁的景王孙上了位。

漫天的骂声中，二十五岁的周檀入了政事堂，升任执政参知，次年拜相，成了大胤史上最年轻的宰辅。

周檀拜相后立刻开始主持变法，《削花令》便出自他变法期间。

史书简单描述了几桩他谗言惑君、佞邪无道的事例，说明因他本人声名狼藉，变法不甚顺利。二起二复后，周檀遭到明帝的忌惮，被罢相、废法，入诏狱三个月后，被明帝放回临安老家。

次年，这位大佞臣就溘然长逝，年仅三十一岁，留下一本《春檀集》传世。

他父母俱丧，妻子早亡，无子无友，一生跌宕，权势煊煊，临终却无比孤寂。

曲悠还记得看到此处时在一侧题了明人张岱《自为墓志铭》中的一些言语——

"少为纨绔子弟""茶淫橘虐，书蠹诗魔，劳碌半生，皆成梦幻""所存者破床碎几，折鼎病琴，真如隔世"。

如今她也非常想感叹一句——真如隔世。

在梦见周檀之后，她违反历史唯物主义，穿到了千余年前的北胤，还得了一道被赐婚给周檀的圣旨。

曲悠叹了口气，寻了个白瓷碗，将炉火上收好汁的竹笋煨鹅盛了出来，端在手中，向清湘阁走去。

曲嘉熙正坐在尹湘如的榻前眼泪汪汪地喂她喝药，嗅见食碗香气扑鼻，没忍住，回头问道："大姐姐，今天怎么有肉吃？"

曲悠眼下这具身体原本的主人与她同名同姓，姓曲，名悠，字意怜，乃北胤一个六品史官家的嫡长女，今年十七岁。

这一年是永宁十五年，年初便发生了燃烛楼一案，朝野动荡，曲悠的父亲曲承因与顾之言有交情，已下狱三月有余。

曲承两袖清风，虽出身书香世家，但亲戚单薄，穷得叮当响。妻子尹湘如忙着为他上下打点，几乎散尽家财，曲府的仆役所剩无几。

曲悠刚来就面临着饿死的风险，不得不代替病床上的母亲执掌中馈。她花了好大的力气，才做到不动声色地周旋于众人之间，既不叫大家发觉她性情有变，又徐徐培养府中人自己动手买菜烧菜、针线缝补、提水洒扫，不要执着于读书人家的"君子远庖厨"。

成果斐然，只是曲悠还来不及满意，当门便砸下来一道圣旨，将她赐婚给时任刑部侍郎的周檀。

尹湘如领旨谢恩之后，连话都没说出口便昏了过去。

这具身体原本的主人是汴都城内出名的才女，与执政高家的女儿齐名。二人曾在莳花宴上联诗一百零八句，一时传为美谈。她声名极佳，又生得貌美，上门提亲的人络绎不绝。可曲承和尹湘如生怕女儿在高门受委屈，回绝了许多媒人，打算慢慢甄选一位学识上佳、人品贵重的士子。谁知一朝风云突变，曲承受牵连下狱，偌大府邸一时间无依无靠，儿女婚事更是不由自主。

尹湘如昏过去之后，曲悠在府中打探了一番，得知曲承虽与顾之言有淡淡的交情，但平素从未与周檀往来过。

奉旨宦官倒是透露了几句，称是今上晨起在贵妃那里听说了她，便随口将她指给了前两天刚遭遇过刺杀的周檀。

周檀叛了顾门，任刑部侍郎不到三个月，正是声名最恶之时，天下文人恨不得生啖其肉，若是谁得知自己的女儿嫁了他，必定会气愤不已。

想到这里，曲悠才明白了些，不由得叹了一口气。帝王之心果然多疑，就算周檀出卖师门以求自保，又遭刺杀，生死不知，德帝还是要赐他一门羞辱性质的亲事。

曲承若不得出狱，他便有了罪臣之妻，恐常遭人耻笑；曲承若官复原职，他娶清流后嗣，无异于一记耳光打在脸上。

尹湘如自然对这门亲事百般不愿，可圣旨已下，绝无转圜的可能。曲悠坐在房中思考了一下午，提笔回忆了良多，却感到了一种诡异的平静。

"永宁十五年，周檀娶妻，妻为曲氏，圣旨赐婚，以示恩宠。"

周檀的个人生活记载太少，他只娶了一次妻，史书只记载了他妻子的姓氏。在《春檀集》的末尾，有一首语焉不详的悼亡诗。所以，这副身体的主人，就是被赐婚给周檀的"曲氏"、历史中他的原配夫人。

曲悠想清楚了这件事，又觉得稀奇——她并非专门研究周檀的学者，只对他变法的事情有些兴趣，若无《削花令》，她可能连他的诗集都不会读。

她从小到大看了不少历史典籍，也看了不少穿越书和电视剧，都说有执念才会有神迹——就如同导师常说，能在梦中见到她研究的人物。她既无执念，为什么会来到此地，成为与周檀身侧的人呢？

曲悠并非无神论者，这些日子更感到一种冥冥之中的牵系，深夜时常胡思乱想，想这是不是她的前世，可她怎么也没想到她会与周檀有什么交集。

历史能不能被篡改？

虽说世界上存在着蝴蝶效应，简单一个变量就可以掀翻一切，她穿越这件事已经发生，这算不算一种篡改？

曲悠回答不了这个问题。史书犹在，至少此时此刻，即使婚涉自身，她也不想干涉这件事情，毕竟她是外来的人，是历史的探求者，而非书写者。能够窥到难被后人所见的罅隙，便很好。

周檀虽生性薄凉，无一交心之友，但对他的攻讦字词中并无他对妻子的暴行的描述。此人浸淫于权术，少在后宅，夫妻相见之时未必多。毕竟悼亡诗在《春檀集》

的末尾，她应该能活到那个时候吧？

而且她不想骗自己，她不拒婚，除却那是圣意，是历史记载，还有一个更加重要的缘由——周檀后来一定会结识那位主修《削花令》的佚名。

那个困扰她千遍百遍、任凭她翻遍胤史都没有找到痕迹的佚名！

变法非一日之功，《削花令》必定是苦心锤炼之果，只要在他身边，她绝对有机会知道佚名是何来历。她愿意以一个更加理想的角度看待这件事情，成婚以后比做深闺女子自由，大胤的风土人情、山川河海、历史上本朝那些千古风流的人士，还有她钻研六年的律法……她都想去探索一番。

曲悠想到这里，学术热情噌噌长，穿越这件事没法儿用唯物主义解释，可她此刻真切地意识到，她离自己探究很多很多年的东西只有一步之遥。

宣、德、明三朝，风流人物辈出，一枪破虏三十里的少年将军、一词流转千余年的浪子诗人、一句铿锵海内外的千古名臣……朝中君子辩政，街巷笙歌流转，亦有写下奇绝医书的民间神医、造出天工之器的能工巧匠、活在词曲书画中的传奇女子。

永宁、重景年间，世多君子，虽说封建王朝有其难以摆脱的落后和腐朽，但曲悠知晓后世，知晓自己活在一个群星闪耀的时代，怎能不心潮澎湃？不知道她同门师友有没有她这样天真的想法，纵然会被时代伤害，她也想亲自看一看。

曲嘉熙见她发呆，伸手在她面前晃了几下，曲悠这才回神，笑着摸了摸她的头发："吃吧，白鹅煨新笋，蒸熟之后回锅收汁，最是滑嫩。你陪了母亲一日，辛苦了。"

她厨艺不错，本以为从前的曲悠应是十指不沾阳春水，却不料众人从未对她的厨艺生疑。

曲嘉熙吃得津津有味："大姐姐，没有吃过的菜，你竟也做得这样好——"她说到一半，突然一顿，"等等，鹅？哪里来的鹅？"

曲悠慢条斯理地答道："自是那两只聘鹅中的一只。"

曲嘉熙大惊失色："大姐姐，那可是你的聘礼！"

曲悠被她拿着鹅腿瞠目结舌的表情逗笑了："后厨连肉都没有，什么聘礼不聘礼的。"

周檀此时尚半死不知，他的表亲任氏接了圣旨后代为送聘，只送了白鹅两只、钱一百贯、质地不一的新布一箱、米面柴油若干——寒酸甚至带着羞辱意味的聘礼。任氏似乎颇为嫉恨周檀，但又忌惮他的权位，不得不做表面功夫，如今怕是打量着周檀快死了，才敢如此。

送聘之人敷衍、傲慢，甚至嘲讽代为出面的曲向文道："小公子不必羞恼，周大人伤重不治，所谓冲喜也不过是走个过场罢了，待令姐过了门，发了丧，周府的家财不尽是你家所有了吗？"

曲向文气得满面通红，转述时结结巴巴。曲悠拍了拍他的肩膀，连生气都懒得生气。反正她知道，周檀不会死的。

"大姐姐，你真的要嫁给那个周侍郎啊？"曲嘉熙咽下了口中的肉，泪汪汪地小声说，"我听说，他不是个好人，背信弃义，欺师负友，况且陛下旨意中都说是'冲喜'，那他岂不是活不了多久了——"

她还没说完，病床上的尹湘如就虚弱地唤了一声："阿怜——"

"母亲醒了？"曲嘉熙连忙回身，急切地问道。

尹湘如微微点头，示意她先出去，曲嘉熙敛目行礼。曲悠把那碗竹笋煨鹅塞到她手中，才在尹湘如榻前坐下。

"阿怜，为你的婚事，我和你父亲筹谋良久，不料家门败落，到底无用。"尹湘如甫能开口，便握住她的手，垂泪道，"我听过一些流言蜚语，这位周侍郎虽年少风流，却是个不堪托付的人。况且，他如今伤重不治，若撒手人寰，岂非要你年纪轻轻便守寡？我朝再嫁之人良多，可这门亲是圣上赐的，你又如何能够……"

她紧紧攥着曲悠的手，咳嗽了几声，接着道："儿啊，若你父仍在，怕拼着死罪叫你绞了头发做姑子，也不愿你受辱！可你这样青春年少，娘心中总是不忍，如今，可怎么办才好？"

听了这番情意恳切的言语，曲悠也不免湿了眼眶，将脸贴在她手上，唤道："母亲……"

尹湘如怜爱地抚摸着她的鬓发："我知晓你气性颇高，但行至此处，总还想劝一句，切不可学那迂腐之人做想不开的事，来日……来日——"

她尚未说完便连连咳嗽。

曲悠轻抚她的后背，递上帕子，犹豫再三，还是说了此时心中所想："母亲放心，来日未至，我会先过好眼下的日子的。

"婚姻是女子人生大事，我瞧过母亲与父亲诗词唱和、书画藏情，若非身体不适，怕母亲早已走出后宅，与父亲同游山水去了……眼下我虽囿于困境，但蒙父母教诲，不敢自弃，无论夫君为人如何，我都会尽力经营，不入穷巷。

"立于世间，没有什么是一帆风顺的，母亲说，是不是？事在人为，女儿定会好自珍重，也请母亲珍重自身，切勿为儿烦忧。"

这一番话她反复斟酌才敢在尹湘如面前说出来的，不知尹湘如会不会觉得这不像女儿会说出来的言语。

尹湘如沉默良久，手指拂过曲悠的发丝，却露出一个虚弱的笑容："阿怜，原来你已长大了。"

时为春夏之交，窗外绿荫碧翠，青丝袅绕，尹湘如微微抬眼，出神地瞧着花窗上细碎的树影，口中喃喃道："阿怜说得对，囿于困境而不馁，哪怕穷巷幽深，亦能窥见天光，这原该是你疏朗。母亲不知还要叮嘱你什么，只一句，你须谨记，若对方实在无赖，你切不可一味隐忍、伤及自身，这只会令亲者痛、仇者快。"

曲悠端正地跪好，向她磕了个头。

"请母亲放心。"

其实她对于古人的跪拜礼颇有微词，不过尹湘如垂泪看着她的模样总让她想起妈妈。

在她很小的时候，父亲便去世了，她连对方的样子都不记得。妈妈是个忙碌的律师，一手把她带大。她很崇敬妈妈的职业，高考完茫然之际，她凭心意选了法律专业。妈妈总是朝夕加班，不苟言笑，却从来没有阻止过她的任何决定。

曲悠还记得她决定跨专业考研时，妈妈曾问："你为什么要选这门专业呢？"

她回答："学法是为冤者求真，学史是为古今世人求真，我觉得两者殊途同归，想要去探究更真实的世界。"

妈妈冲她露出了一个赞许的微笑。

望着榻上的尹湘如，曲悠竟生了些酸涩之情，就算她知道这些人于她而言都是千余年前的古人，但血浓于水的亲情和牵系是亘古不变的。

∽ ∽ ∽

两日转瞬即逝。

圣旨下得极为突然，任氏又担心周檀伤重不治，随时可能撒手人寰，所以匆匆忙忙地定了婚期。

这日是个大晴天，鸡鸣时分，曲悠便被任氏遣来的两名侍女从床榻上唤醒，扶到妆台前。

古时婚仪极为讲究，虽说她不曾专门研究过，可在图书馆翻过相关的插画本。

北胤时期，纳采、问名、纳吉、纳征、请期、亲迎，六礼俱全，另有一些奇怪、精致的规矩。

因二人婚事突然，礼节能省则省，任氏操持得十分敷衍，却送了一整套婚服，像是从前备好的。

说重视不见得，说不重视又对不起这繁复的礼裙，这态度着实是别扭得很。

曲悠穿好那套印宝相花纹的墨绿婚服，戴金叶顶冠，手持一柄刺着石榴花的绢丝团扇，出门同妹妹和弟弟言语，随后拜别母亲。

她有两个妹妹，一个名为曲嘉熙，另一个名为曲嘉玉，二人虽是侧室所出，可同她一起长大，感情极好。尹湘如是个宽厚的主母，待她们与待亲生女儿无甚分别。

两个妹妹守在门外。见她出门来，曲嘉熙便忍不住开始抹泪，曲嘉玉平素性子干练，低声骂道："大姐姐的好日子，你哭什么……"话虽如此，她还是悄悄红了

·011·

眼眶。

二人身后,一个十二岁上下的少年抬手冲曲悠行了个礼,正是她的弟弟曲向文。

曲向文年纪虽小,举手投足却规矩、守礼,有古之君子遗风。他颇为稳重,平素又手不释卷,虽然年纪小,但是心定、主意大,像是个有出息的。可惜历史上贤臣太多,出了她的研究范围,她实在想不起来史书上到底有没有曲向文的名字。

曲向文冲她行礼之后,哽咽道:"今日长姐出嫁,我祝长姐姻缘美满、福绥绵长。"随后抬起头来,压低声音,庄严承诺道,"大姐姐,我定会好好读书,挣个功名出来。倘若周侍郎为人非君子,我去为你讨公道。"

他这般爱护长姐,直让曲悠含泪笑道:"好。"

她以扇遮面,上堂拜别母亲。

尹湘如强忍着眼泪送她出阁,反复念道:"你父亲若在就好了。"

周檀病重,他表弟代为迎亲。迎亲队伍稀稀落落,在花轿之外吹着唢呐,颠簸着行过人声鼎沸的长街。

曲悠坐在红色的花轿里,没有恐慌,只觉得十分荒谬。

她同原本的曲悠生得有几分相像,从前也有人追求,但是她忙于学业,又执着地向往一些虚无缥缈的"心有灵犀",这么多年都不曾谈过恋爱。谁知时空突兀一转,她竟要直接嫁人了。她还要嫁给一位历史上真实存在的人、一位史料稀少的佞臣——与《佞臣传》中那些通敌叛国、残害忠良的奸佞相比,周檀顶多算是醉心权术、不择手段。位列第一,更多是因他所作所为不符合古代士大夫的价值取向而已。倘若史料记载多一些,对他感兴趣的人或许也会多一些,他便不至于像如今这般,被埋没在汤汤史海中。

比起辱骂,被遗忘好像更加残忍,不知周檀本人在不在乎。

若她不研究北胤律法,想必也不会认识周檀,听这个名字,只会记得他是史书中位列第一的佞臣,绝对不敢嫁给他。

想到这里,曲悠不禁失笑。

"穿越"一事本身就足够荒谬,与此相比,嫁人好似也算不得什么了。如今她为了那位神秘的佚名行至此地,不知算不算一种奇妙机缘。前路缥缈,好在她天生乐观,还可以安慰自己,人生就如同她痴迷的神秘史料一般,在于探索未知嘛。

不多时,花轿便到了周檀的府邸。他伤重,不能起身,表弟任时鸣不愿替他拜堂,到了堂上,便有人抱着一只公鸡来和曲悠行礼。

因着周檀如今的恶劣声名,来赴婚宴的人寥寥无几,甚至站不满一堂。他父母不在,又没有别的长辈可拜,花梨木桌上只是摆着两块灵牌。

曲悠郑重地向那两块灵牌行了礼,又侧身跟那只系了红绸的公鸡对拜。

堂下传来的嘲笑声，她全当没听见。

礼成之后，周檀的乳母将一块牵引红绸递到曲悠手中。她接了过来，正打算随着乳母往婚房中去，人群中却突然一阵骚动。

曲悠转身去瞧，隔着绢丝的扇面，她看见一个高束马尾、穿破旧盔甲的少年闯了进来。

一侧的乳母没忍住，低呼一声："二公子！"

周檀原是有弟弟的。

父母在临安遭横祸双双惨死后，周檀带着尚年幼的弟弟周杨进京，投了远亲任氏，随后科举中榜。任氏肯收留他们二人并尽心培养，想来从前应与他父母关系不错。

只是燃烛楼一案后，任氏的主君、周檀的表姨父受了牵连，被判流徙三千里，任氏四处求情借款才勉力让他留京。在此期间，周檀竟毫不动容，连铜钱都没有出一枚。自此之后，任氏便和周檀再无往来，就连周檀的亲弟弟周杨都在家祠之中与他断绝了关系，自甘入了任氏家谱。若非这次是圣旨赐婚，周檀又实在没有别的亲戚，任氏断不会接手为他操持。

周杨年初便投了军，从此再没有踏入周府一步，今日他突然赶来，众人皆是诧异。

任时鸣上前两步："阿杨，你怎的突然回来了？"

"兄长担忧了，今日……他要成婚，我怎么也要来看上一眼的。"

周杨一身军营常服，手中握着马鞭，连腰间的佩刀都没有卸下来。他低声向任时鸣解释了一句，随后吊儿郎当地走到曲悠面前。

周檀的乳母韵嬷嬷在曲悠身侧颤声道："二公子，大公子伤得这样重，你该回来看看他的，他病中还唤过你的名字……"

"韵嬷嬷，我这不是回来了吗？"周杨怔了怔，随后摆出一副似笑非笑的神情，"我听说他伤得重，又听说他要娶妻，便快马加鞭地告假赶回来了。就算不是为了恭贺，我也得来跟嫂嫂商议，过两日如何为他治丧嘛。"

韵嬷嬷气得发抖："二公子……"

堂上没有一个人出声反驳，任时鸣表情复杂，想要说些什么，最终还是没有开口。

周杨越过乳母，朝曲悠走来，伸手搭上她手中的绢丝扇，略微用了用力、向下压去。此举原是大不合礼数，不知他是想一睹她的真容还是为了挑衅。

曲悠当即顺着他的力道，放下了手中的团扇。

周杨发力落空，愣了愣。面前的女子却平静地持着团扇朝他点了点头："见过二公子，我是否应当唤你一声'弟弟'？"

她先前将脸挡得严严实实，如今绢扇落下，堂中诸人皆是好奇，不免齐齐看来。

周遭乍然安静。众人都听过新娘子与执政高家女儿齐名的才气，却是第一次亲眼见到这传闻中的人物。绢扇一落，堂中诸人心思各异，但无不慨叹，这般才情的美人竟要嫁给命不久矣、声名狼藉的周檀，实在可惜。

周杨没料到她的举动，结结巴巴地答道："嫂嫂若唤，却……却之不恭。"

曲悠打量了他几眼，拿扇子扇了扇他肩上的浮尘，温声道："瞧你风尘仆仆来参加你兄长的婚仪，便知你们情睦，请二公子先去沐浴更衣，再来陪诸位贵宾饮酒。"

语罢，她便重新拿好那柄绢丝小扇挡住面容，对乳母道："韵嬷嬷，我们走吧。"

韵嬷嬷如梦初醒，立刻引着她往新房去了。

周杨怔在原地，直至身侧的任时鸣拍了拍他的肩膀，他才回过神来，有些不自然地露出嘲讽的笑容："便宜他了。"

"你这嫂嫂倒沉得住气。"任时鸣瞧着曲悠的背影，幽幽道，"我原以为文官女儿气性大，拼死也要绝了这门亲事，可她若无其事，同畜生拜堂都不觉得受辱……"

周杨有些迟疑地张望着："她这么平静，不会进了婚房就将他一刀捅死吧？"

任时鸣苦笑道："她父母族人俱在，怎么做得出这种事？罢了，你便去沐浴一番，再来一同饮酒吧。"

韵嬷嬷牵着红绸为曲悠引路。二人并未走多久，就到了简单布置过的新房。

曲悠跨过门槛，有些紧张地坐到榻前。

绢扇另一面，龙凤红烛交颈燃烧，一侧传来静水香与血气混合的气息。

青史简记载过、梦中现身过的青年，此刻就真切地在她身侧。或许他永远不会知道，面前的人曾经因为他变法，翻来覆去地钻研他在史书上的寥寥几行记载，读过他未来十几年写下的一百四十九首诗，并为此彻夜不睡，忧思到天明。

想到方才冷清的婚仪和完全不将他放在眼中的亲人，曲悠难得地生出了些怜悯。她深吸一口气，移开了手中的团扇。

∽ ∽ ∽

曲悠首先看见了对方鸦羽般浓黑的睫毛。几乎与此同时，她飞快地回忆起了自己诡异的梦境，这双眼睛的主人曾经离她那么近，为她系上雪白的毛氅，也曾含笑凝视着她，在杏花微雨中悄然逝去。

周檀今年二十岁出头，还不像她梦里那般憔悴、支离。然而她在他昏迷的面容上看出了后来那位清丽权臣的影子。

说起来，她研究的是大胤律法，对周檀的探究不过是附加的，但大抵是因为关于他的记载实在太少，她又喜欢他的诗，才一字一句都记得清清楚楚。

如今在烛光下肆无忌惮地端详这副皮囊，曲悠便感叹史书所述果然不假，这般样貌的男子实在容易被弹劾"风流好美色"。

韵嬷嬷凑过来，眉宇间闪过一丝担忧。她为周檀扯了扯身上的被子，小声道："大公子晨起换了药，昏睡未醒，姑……夫人莫介意。"

她虽不懂官场上的弯弯绕绕，但只听这几日迎来送往之人的笑声便知道，皇帝赐这门婚事为的是冲喜，既是冲喜，自然是认为大公子活不了了。这新婚的夫人年轻貌美，又出身文人世家。从迎亲的花轿落在周府开始，她就开始担忧这姑娘不堪受辱，寻死觅活搅了婚宴，或是嫌恶周檀，不肯近身。不料对方竟完全不似她所想的那样娇滴滴的闺阁女儿，不仅没开口抱怨过一句，方才还气定神闲地把挑事的二公子压了下去。虽说堂前露了面容不合礼仪，但这婚宴已如此惨淡，这点小事也就不算什么了。

韵嬷嬷瞧着曲悠有些好奇地伸手探了探周檀的额头，惊讶地回过头来问她："连上今日，满打满算，他已经遇刺五日了，为何还丝毫不见好？"

韵嬷嬷哪懂这些，只道："医官来看过，说大公子伤势太重，只能听天由命，开了药便不再上门了。"

曲悠更疑惑："此后你们便没有再请过医官吗？"

韵嬷嬷为难道："太医院的医官已来过，没有御令，如何再请？民间大夫我没打过交道，万一请到一个居心叵测的，害了大公子可怎么办？"

曲悠伸手揭了他身上的被子。

周檀伤在前胸，听闻是他从刑部出来时扶起一个跌倒的少年，结果遭了当胸一剑。

伤口已经包扎过、换过药了，时隔五日，若非致命伤，早已结痂，怎么会至今还渗着血丝？况且伤重之人最好不要长日昏睡，也不应以沉重被子压迫。

周府除了这乳母，似乎连个真心关切他的人都没有，而韵嬷嬷太过谨慎，又不通医术，哪里敢怀疑御医的话。

曲悠感叹着，手指不经意地从周檀的面上拂过。

他漂亮得惊人，面色白得宛如新雪，鼻梁高，嘴唇薄，即便闭着眼睛也显出山雀尾巴般上扬的眼尾，小小一粒朱砂痣点在眼角边，他怎么看都不像一个狠毒的人。况且此刻他面容憔悴、鬓发凌乱，身上只穿着雪白中衣，外面勉勉强强地披着一件描金的喜袍，越发衬出一种病态的苍白。

曲悠轻轻地解开他的前襟，发觉他的伤口周围显然没有清理好，来换药的人极为敷衍，只管换药，对其他的，全然不顾。她吸了一口凉气，斟酌片刻，谨慎地问道："嬷嬷，你如今可能出府？"

韵嬷嬷一怔，还没答话，曲悠便叹了口气："罢了，今日人多眼杂，又是夜深，总是不便。这样，明日一早，嬷嬷拿着我的信物去一趟十二甜水巷，把住在最深处那户人家的先生请到府里来。走侧门，尽量别让人瞧见。"

她扶着头顶沉重的花冠，想了想又说："请为我备些干净的纱布、剪子，最好还有未启封的酒水，不知是否麻烦嬷嬷？"

"夫人吩咐怎会麻烦，折杀我了。"

韵嬷嬷不明就里，只觉得面前的女子对周檀并无恶意，便下意识地听从她的吩咐，不多时便将她要的东西送了过来，随后犹豫着阖上房门，告退了。

室内静谧一片，只有烛火光影，曲悠卸了顶冠，将长发松松地一拢，然后坐在床边，为周檀清理伤口。

先前室友的胳膊意外受过重伤，是她帮忙照顾的，简单的消毒、清洗，她也算熟练——至少要先把他这伤口周遭清理干净，明日才好让医官来看。

医官不在，他尚能撑三五日。这伤应该不算特别凶险，但只是粗略敷些止血伤药，一时半会儿无法完全转好，只能靠周檀自己吊着一口气慢慢地熬。

怪不得市井中盛传周檀伤重不治，瞧他这副样子，不难猜测，德帝此时对要他死还是要他活，恐怕也是举棋不定，于是放任不管，听天由命，只看他自己能否熬过去。

历史上，周檀不仅活了下来，还活得很好，就算后来被贬过，也是德帝极为信任的人，德帝病重便急召他回京。帝王之心果然莫测。

曲悠手上一边忙着，心里一边想着。

虽说周檀被古人所修的《胤史》定义为佞臣，但他其实算不得穷凶极恶之人。真要说起来，他应该是个史料太少导致研究滞涩的"灰色人物"。"佞"之一字传扬太久，才给人留下了刻板的印象。若换一个全然不知他生平之人，只会记得那些流言。偏偏就是这样巧，她读过他的记载，是客观的研究者，对他本人没有爱恨。

曲悠想起《削花令》，又瞧着周檀面容，心中暗道，既然穿越成了这个身份，有这样的机会，在探索这场变法的同时，或许也可以对这个人物重考一番。毕竟研究历史的乐趣就在于对扑朔迷离之事的探索。他于青史、于后世，何尝不算一个扑朔迷离之人呢？

曲悠一只手拿着蘸了酒的帕子，另一只手刚刚将周檀的前襟又拉开一些便不免一怔，觉得可怜。

周檀的前胸和后背，除了那个致命的伤口，还残余着密集的旧伤，有鞭痕、棍痕，肋骨之下还有莲花状的烙痕，触目惊心。

据她推测，这应该是年初燃烛楼案刚兴的时候，他在狱中被折磨时留下的。

德帝暴戾无常，燃烛楼一案牵连甚广，大多受牵连之人都是受些饥寒之苦。但是为了让顾之言低头，他的嫡系弟子、通家好友都遭了惨无人道的对待。顾之言名满天下，德帝不敢对他动手，便让他看着弟子、好友遭受酷刑。

平心而论，曲悠能理解周檀的决定，贪生怕死乃人之本能，只是在这个年代，清流风骨重逾性命，此举为文人所不齿才是常态。

周檀写下《燃烛楼赋》后，顾之言上书乞骸骨，他未遭半点皮肉之伤，甚至得了德帝抚旨，上太庙，还故里。五日后，出京路上，他路过清溪，投河而死。之后，顾之言办丧仪，周檀未被允准跨入大门一步。

曲悠轻轻擦拭着他伤口附近的血迹，缓缓地想着，德帝是熬鹰高手，最懂怎么将孤鹤驯为家犬。周檀后来的暴戾、狠毒，估计都是同他学来的。为奸为佞并非唯一的抉择，是他自己选的路，可怜，却不值得同情。人实在是太复杂了，他所做过的事，不能一概而论。

周檀现在半死不活地躺在新婚的床上，她实在无法做到视而不见。

曲悠为他简单清理后，重新换了纱布。她不懂医，只知道这伤需要继续救治，却不敢贸然下手，只好先清理一下血污。

纱布蘸过酒，任凭她多么小心，在擦拭时还是不小心碰到了他的伤口。周檀在昏睡中发出痛苦的呻吟声，手抖得厉害。曲悠又拿干净的帕子为他拭去额头上的冷汗，安抚般在他手背上拍了拍，却发现他此时便戴着她梦中出现过的那枚白玉扳指。修长的手指死死地攥着这扳指，像抓着什么极为珍贵的东西。

这是谁留给他的东西，是他的老师吗？

曲悠摇摇头，暂且压下繁复的思绪。

折腾了半天，她才勉强处理完，为他穿好中衣，又盖了薄毯。她想到自己睡觉似乎很不老实，这婚床虽大，她还是不要上去了，以免梦里一脚把这将死之人踹下床。

第二日，韵嬷嬷得了新夫人"进来"的许可后，推门便看见她揉着眼睛从地面上爬起来，在中衣外披了条薄绸，睡眼惺忪地接过她送来的浓茶，足足饮了一盏。

韵嬷嬷默默地看着地面上的被褥，心想，这官门贵女居然宁愿睡在地面上也不肯与周檀同榻，看来她虽关切夫君的死活，到底还是嫌弃的吧。

曲悠不知韵嬷嬷心中的弯弯绕，放下茶盏便看见了她带来的两个丫鬟，简单询问后得知，一个名为河星，另一个名为水月。

两个丫鬟收拾了地面上的被褥，动作麻利地打水为曲悠穿衣、梳妆，一气呵成，规矩森严，无人多话。

水月为她绾了一个繁复的发髻，梳得又快又好。曲悠十分钦佩，刚想出口夸赞一句，对方的袖口便在不经意间拂过桌面，将一枚珠花带到了地上。她瞥了一眼，还没反应，水月便惨白着一张脸扑通一声跪了下去，慌张地说："夫人……夫人恕罪，我不是有意的！"

韵嬷嬷也在一侧解释："夫人，这两个是老婆子特意挑来伺候您的，年龄小些，规矩还没学好，您多担待着些……"

曲悠坐在原地没动，本来打算伸出去捡那枚珠花的手僵在半空中，她愣了一会儿，抬手扶住了水月的胳膊。

水月低着头，听见她温言道："起来吧。"

水月迷迷糊糊地爬起来，曲悠捡起刚才那枚珠花，塞到她手里："无妨，以后不必因为这些小事恐慌。"

虽知这时礼重尊卑贵贱，但有人在她面前这样跪下去，总是让她心中很不舒服。曲悠心想，突兀地废除跪拜礼不合常理，只能徐徐图之，待她与府内众人熟悉之后，叫他们只行躬身礼，也算合规矩。她记得史书之中应该记载过某某善人要求家中仆役不出府时只行躬身礼，还被左邻右舍称赞为"体恤下仆"。

她在这边思索，韵嬷嬷也在那边打量着她。

这新入门的夫人似乎完全没有往常新妇的羞赧，也不见她想象中的愤恨，又对仆役温言，至少是个心善明理的。

韵嬷嬷不免觉得欣慰："请夫人移步前厅，二公子还等着给夫人敬茶。"她走过去，托住曲悠的手臂，低声道，"我这便出门去夫人嘱咐的地方，不知夫人有何信物？"

曲悠想了想，转身拿起案上的毛笔，画了一个韵嬷嬷看不懂的鬼画符，随后交给了她："辛苦嬷嬷了。"

∽　∽　∽

周府位于汴都显明坊中，曾是前朝酷吏居所，空置了许多年。周檀背叛师门之后被授官刑部，德帝便将这酷吏的宅子赏给了他。

宅子的布局仿古，清雅、疏落、古朴、简约，只是园中只见枯木衰草，尚未来得及重新种植草木，瞧着十分冷清。

曲悠沿着婚房前的石子路走了几步便到了正堂。

正堂名为"新霁"，是雪后天晴、万象初始之意，据给她引路的老管家周胜德说，"新霁"二字是周檀亲笔题的。

他这字写得遒劲有力，倒有一种气魄。

曲悠脚步轻快地进了新霁堂，果然只看见周杨一个人。任氏的人昨日勉强主持完婚宴，之后便像躲瘟神一般纷纷离开了。周檀竟一个亲戚都没有，唯一的弟弟还青春、叛逆，委实叫人感慨。

周杨换了一身深青常服，全无规矩地坐在正屋一侧，跷着二郎腿，见她进来也没动一动。

曲悠没理他，从另一个面生的嬷嬷手中接了茶盏，略略屈膝，照着规矩给堂上两个灵牌行了礼，然后将茶盏搁在灵牌两侧。

她奉完茶，刚退了一步，周杨便从她身后蹿了过来，接了嬷嬷托盘上的最后一个茶盏，嬉皮笑脸地对她说："嫂嫂，我也给你敬杯茶吧。"

曲悠抬头看了他一眼，在另一侧的椅子上坐下，接过他的茶盏，饮尽才道："二公子有心了。"

她竟然一句都没提昨日堂上受辱之事，和之前一样冷静。

周杨多看了她几眼，眯着眼睛，毫不忌讳地笑问："嫂嫂，周檀死了吗？"

周盛德忍不住责道："二公子！"

曲悠搁了茶盏，平静地回答："暂时还死不了，我会请医官来给他治伤的。"

周杨想不到她会如此平静，便不甘心地继续挑衅："你给他请医官？我以为你父母必得叮嘱你，就算守一辈子活寡也得弄死他呢。他若死不了，醒来看见你，心情可不会太好，他这个人连父母兄弟都害，你小心死在他手里。"

周杨今年只有十六七岁，生得眉目俊朗，隐约和周檀有些像，气质却截然不同。

曲悠温言敷衍，有些好奇这少年的动机："是吗？那我可得抱着匕首入眠。不过，话说回来，二公子这么盼着亲哥哥死，是图什么呢？你厌恶他，已然与他断了关系，不再往来便是，何必非要他死？"

周杨眼珠转了转，嘴角噙着一抹风流笑意，缓缓道："嫂嫂怎么不觉得我是在图你呢？"

他光明正大地当着家仆的面出言调戏亲嫂，一侧的周胜德气得满面通红，往前走了几步："二公子，休得胡言乱语！"

曲悠伸手拦住了上前的管家，看着面前少年稚气未脱的桃花眼，好笑道："我？"

其实周杨看起来并非这么轻佻的人，恐怕是不肯说实话，故意恶心她才这么说的。既然对方为了恶心她演戏，那她就陪着演好了。曲悠清了清嗓子，立刻摆出一副怆然的神色，开始顺嘴胡说八道："可惜我很早之前就对你哥哥情根深种，非他不嫁了。"

周杨一怔，难以置信道："你……你不是被陛下赐的婚吗，你喜欢他？"他居然立刻就信了。

曲悠觉得这少年虽然嘴上不饶人，但被骗的表情十分好笑，于是继续正色道："是啊，他从前可是状元郎，'骑马楼前过，满楼红袖招'，我心生仰慕也不算稀奇。"

"今时不同往日，汴都居然如今还有真心喜欢他的女子……"周杨瞠目结舌，想要喝茶，结果被烫得龇牙咧嘴，"你当真是心甘情愿嫁给他的？"

"自然，浮名都是外物，我只相信自己的眼睛，"曲悠攥着帕子道，"你——"

她还想再逗他几句，不料这一句话还没说完，韵嬷嬷便匆匆走了进来。于是她口头的言语立刻转了弯："你哥哥伤重未愈，我当你是小辈才来见见，本以为二公子真心敬我，不料你却出言不逊，如此，我也只好得罪了。"

她转向一侧的周胜德，为难道："听闻二公子从军营归来也只回任家，如今府内诸事繁杂，不留娇客，我不过是一个闺阁女子，怎么应付得了二公子这行伍之人的挑衅？我甚惶恐，德叔，帮我送客吧。"

周杨被她三两句话砸得晕头转向，回过神来时，周胜德已经站在他面前伸出手："二公子，大公子伤重时，你也不来看一眼，如今还出言不敬长嫂，你……唉，请吧。"

周杨愣了一会儿，自觉挂不住脸，起身拂袖而去，临走前愤恨地留下一句："你最好盼着他别死！"

曲悠在他身后道："承你吉言。"

送走了这小祸害，曲悠觉得自己更同情周檀了。

多大的仇怨！就算天下人都看不起周檀，但弟弟由他看护着长大，总该念他一点好的。随即曲悠忧心忡忡地发现，她已经开始为周檀开脱了。面相实在不能用来断定一人的好坏，谁知道周檀有没有做过对不起弟弟的事情呢？她如今所想，简直是为色所迷。

韵嬷嬷凑过来，低声说她已经去了那户人家，对方称暂且有事，午后再来拜会。于是她留了几个仆役引路，自己先行回来了。其实她心中还有些担忧新夫人被这些年越发混的周杨顶撞，但据方才周胜德所言，夫人丝毫没被二公子吓到，反而叫他吃了挂落。夫人果然是不需她担忧的。

曲悠将早午饭合为一顿，发觉周府的厨子手艺极为不佳，很该调教一番。她刚扔下擦嘴的帕子，那医官便登了门。

十二甜水巷尽头住的是个医官，名为柏影。曲悠第一次和弟弟为母亲抓药时，在药堂里撞见了这个看着极不靠谱的年轻大夫。柏影瞧见了堂内给她开的药方，问了几句就道这方子抓错了，被药堂的人打了一顿，丢了出去。曲悠见他可怜，便给了他些银钱，回去后又寻了个医官，一问才知这方子里果然多了一味昂贵的药材。自此之后，曲悠常着人找柏影为母亲开药，一来二去，彼此倒熟稔起来。

柏影并非汴都人士，跟着老师父来到此地讨生活。只是未有着落，他师父便意外身亡了。葬师之后，他无处可投，只好流窜街头巷尾，为看不起病的穷苦人开方子，勉强混口饭吃。结识曲悠后，他终于告别了饥一顿饱一顿的日子。曲悠知道他医术不错，又愿意信他，这才偷偷将他请过来看周檀的伤。

柏影从把脉开始便紧蹙眉头，随后顺手从案上拿起一张宣纸，开始埋头写药方。他边写边道："我听闻你忽地成婚，还嫁了这倒霉的病秧子，恭喜恭喜，没钱送贺礼，担待一些。"

他说话十分不着调，大抵是常年漂泊的缘故。最初相识时，她还十分不习惯，毕竟在规矩森严的古代，鲜少见柏影这种人。不过在目睹他为穷苦人义诊之后，曲悠就发现他只是嘴巴没把门的，医术却十分靠谱，为人也古道热肠。真说起来，柏影还是她在此地交的第一个朋友。

曲悠无奈地问："他怎么样？"

"不怎么样，你再晚几天叫我来，伤口彻底化脓，不死也难。你昨天帮他清理过伤口？倒是帮我省了事。"柏影咬着笔头斟酌，"你摸着他有高热，还不知道烧了几天呢，我得好好想想……"

曲悠松了口气："能治就行。"

柏影留了方子，又细细叮嘱她如何照顾，随后得了韵嬷嬷一吊钱诊金，高高兴兴地走了。

随后三日，曲悠都在照顾周檀。

他的伤口明显见好，也结了血痂，高热渐渐退去，就连呼吸也平稳了许多。第三日柏影又上门了一趟，道他恢复得很快，不消多久便能醒过来了。

韵嬷嬷喜极而泣，拉着曲悠的手就要给她磕头。

曲悠连忙把她扶起来："嬷嬷，不必行此大礼，您也算这府中半个长辈，客气什么。"

"老天总算开眼，竟让大公子娶到了夫人这么个女菩萨。"韵嬷嬷抹着眼泪，同她在一侧坐下，往榻上看了一眼，"我和德叔都是在临安时就跟着伺候的。后来周家倒了，大公子自己出息，还特意去临安把我们两个老骨头带到了汴都。大公子他……不容易啊，这么多年，我都盼着他能有个知冷知热的人……"

韵嬷嬷和德叔跟了周檀这么久，却罕见地没有同他离心，曲悠略微诧异，正打算多问几句他在临安的旧事，门外便传来匆匆的脚步声。

周胜德站在木门之外，压低声音说："夫人，有人上门了。"

周檀遇刺已有好几日，还得了一桩婚事，从未有人上门探望。此时前来的倒是稀客，也不知所为何事。

曲悠在新霁堂前摆了一架屏风见客。

来人自称名叫梁鞍，是周檀在刑部的下属。他刚刚坐下，便要周胜德和韵嬷嬷带着仆属退下。

韵嬷嬷有些担心，曲悠却好奇他的动机，便让他们依言照做了。

见人走后，梁鞍便在一侧坐了下来。

"刑部最近得了一桩棘手案子，亟待处置。"梁鞍言语客气，隔着屏风，曲悠只听出对方似乎年岁不小，声音圆滑、狡诈，看起来有些痴肥，"但小周大人一直伤重不醒，咱们只是接手了他经办的案子，刑部的掌印却还留在他自己手中。刑部尚书、侍郎位子都空着，朝廷近日又忙，暂且还没指派他人代理，着实叫人难做。今日我来，是想请夫人把小周大人在刑部的掌印转交，也好方便咱们办事。"

他这一番话说得客气，但是曲悠深知，大胤律法明令六部尚书掌印司事，周檀资历不够直升,但刑部尚书之位尚且空着,便由侍郎掌印。梁鞍若得了周檀的掌印,岂不是连侍郎的位子也要让给他坐?周檀遇刺那天,刑部的一应事宜应该就转给了属下,但是掌印的移交非同小可,需要明旨。若无明旨,等到掌印人身死,属下才能自然接过。

梁鞍饶有兴趣地盯着屏风之后的倩影,心中想着,听闻周檀自成婚之后还没有醒过,参加过婚宴的人说,周檀的新婚夫人倒是个美人。美人独守空房,岂不可惜?

他听见屏风之后传来女子略微冷淡的声音,那声音泠泠如珠玉,带着客气的疏离。

"周……我夫君的掌印自然在他自己手里,我新婚不过五日,听不懂梁大人的话。"曲悠清了清嗓子,"不如您等他醒了再来吧。"

梁鞍跷着二郎腿,漫不经心地摩挲着自己手指上的茧,闻言嗤笑道:"夫人玩笑了,这汴都上下谁不知道,周大人……怕是醒不了了。"

坠楼

大胤的刑名律法由刑部、典刑寺与御史台三司分立,历朝历代,皆是刑部职权最重、任务最多,本朝也不例外。

曲悠还记得,《胤史·刑法志》中以大量笔墨记载了历朝刑部内部的斗争,尚书司印重逾千金,为夺此印而死之人数不胜数。今日来人轻描淡写,要的却是周檀的性命,恐怕是觉得她什么都不懂,他才这样肆无忌惮。

梁鞍见她不吭声,以为自己说准了,更是胸有成竹:"我是敬重夫人,才规规矩矩地递了名帖登门讨要,倘若夫人不给,那我只好自己去取了。"

德叔方才慌忙来寻,不仅是因为梁鞍上门,更是因为瞧见他带来了十余名私兵。那些兵士不能进府,便低调地在府门守着,摆明了这是有备而来。

梁鞍不过是周檀下属,刑部二把手,若带家丁前来还说得过去,带私兵上门,难道不怕被参一本勾连军帐、不敬上峰?

曲悠持着茶杯,飞快地思考着。

大胤文武分界十分明显,文官武将不仅相轻,连私交都少有,除了高阶武将和皇族之人,大小官员一律不许豢养府兵。梁鞍敢正大光明地带兵来要掌印,只有两种可能:其一,他已经得了某位手能直通吏部的大人物的默许,如今朝中敢这么做的,恐怕只有当朝宰、执二人;其二,他是某位皇子阵营中的人物,想要借此机会扫除障碍,执掌刑部。然而这两种可能都需要一个前提,那便是德帝已经默认周檀会死,决意不再插手。

想到这里,曲悠觉得心头怦怦乱跳。

大胤党争极为严重,宰、执之争开国即始,风气沿袭了几代,直到顾之言接任宰辅才暂且平息了些。可惜德帝容不下一家独大的顾之言。

周檀背叛师门求来一个刑部侍郎之位，于他自己而言是断尾求生，于德帝而言却只是一件微不足道的小事。周檀投诚，要做孤臣，德帝却要先掂量一下这人够不够斤两。

一股凉意从脚底漫延而上。虽然读过无数史料，但这是曲悠第一次切身经历残忍的帝王心术和钩心斗角的党争。

这应该是周檀最难挨的一段时间。他孤身一人在刑部，无依无靠。帝王要看他堪不堪用，于是甩手不管；各方势力想要他的位置，虎视眈眈，不择手段。这样说起来，周檀当街遭刺杀，或许就是梁鞍背后之人的手笔。他们动了手，又担心周檀只是假意受伤，于是千方百计地试探，甚至为他促成了一门冲喜的婚事。察觉到周檀确实是受了重伤，几乎宣告死亡，梁鞍便大摇大摆地上门讨要掌印，因有人撑腰，他才肆无忌惮。

曲悠转眼之间便将前因后果想得清清楚楚，然后发现自己现在毫无办法。

梁鞍背后之人是谁，她不清楚，但周檀府中没有私兵，朝中也没有与他交好的官员，梁鞍摆出明抢的流氓姿态前来要掌印，就是料准了这一点。只要他拿到了掌印，刑部就算是彻底变天，德帝也有办法去制衡朝中各方势力，让他们此消彼长，周檀则会被作为废棋扔掉。换句话说，掌印易手，他不死也得死。梁鞍不可能在今日带走掌印，否则历史定然会改写。

即使曲悠知道结果，对面前的状况依旧束手无策。她只好先随便说几句拖延时间，再观察有没有转机："梁大人，您是我夫君的同僚，我信您。我虽不懂你们之间的事情，却也知道，大人要的这样东西，不是寻常的物件。"

梁鞍耐着性子道："夫人不必问许多，我知道夫人是新妇，恐怕也不知道这东西在哪里。没关系，我自会带人寻找，只消夫人避让一番，事后不追究就好了。"

他说了这句话，曲悠才明白他为何还要客气地上门。虽然他的行为已经被他人睁一只眼闭一只眼地默许了，但周府现在不只有周檀，还有她，如果她闹起来，执意以"私闯官宅"的罪名告上去，就可以把事情闹大，闹大了便不好收场了，说不定还会波及梁鞍背后之人。但是她根本没理由、没立场这么做，梁鞍以为她一个深闺女子除了风花雪月，什么都不懂，这才做些表面功夫，以期太平。

曲悠缓慢地松了一口气，斟酌着道："我听梁大人的意思是要搜府？"

"夫人何必说得如此吓人？"梁鞍一口否认，"我只是来取东西的，找到就走。夫人嫁来五六日了吧，也该知道小周大人伤重不治，你何必为了这一个将死之人，撑这一点点面子呢？"他一边说着，一边起身朝屏风这边走了过来，口气带着几分轻佻，"夫人嫁来冲喜，着实是委屈，他死了，你再等陛下放归的抚旨，还不知道要多久，难免损了名声。我早听犬子转述过夫人当年在荇花宴上的风采，心生倾慕，你何不早早给自己找个旁的托付？"

曲悠一怔，随即心头火起。此人当真是厚颜无耻。她勉强将这怒意压下几分，从牙缝里挤出了一句："这便不劳梁大人关心了，搜府一事，我可不敢应，大人请回吧。"语罢又补充道，"若你执意如此，我也不怕将此事闹到典刑寺和御史台去，请大人见谅。"

梁鞍没料到她会说出这番话，脚步一顿，随后却像被她逗乐了一般哈哈大笑起来："夫人同我玩笑呢，典刑寺、御史台？且不论他们有没有机会管，一个女子，还是周檀的家眷，你以为，会有人理睬你吗？"

曲悠眼见对方走近，欲挪开面前的屏风，想也没想便将桌上的茶盏狠狠砸了下去。门外的周胜德闻声而入，梁鞍却转身，一脚将他踹翻在地。他中气十足地吼道："来人，给我阖上府门，搜！"

新霁堂前后洞开，曲悠听见门外传来兵刃之声，来不及多想，便先顺着后门小跑回了周檀所在、当时被布置成婚房的松风阁。她将门死死地关上，以身抵住，喘着气看向内室。

床前的屏风还是新婚时摆的，四扇之上分别是石榴、大雁、鸳鸯和桃花，缱绻、绮丽。这种时候，她竟注意到了先前不曾看见的图案。她深吸一口气，强迫自己平复心情，脑中飞快盘算。

不应该是这样，梁鞍为何会如此反应，难道他真的不怕此事闹大？

不消片刻，已经有人来到门外。

曲悠屏着呼吸，听见梁鞍在门口阴森森地说："夫人，不要敬酒不吃吃罚酒，虽说你维护夫君是天理伦常，可也要掂量一番自己未来的路啊。"

曲悠勉力平静，冷声道："若我偏要维护呢？"

"偏要维护？"梁鞍完全没有她想象中的忌惮，他玩味地重复一遍，突然道，"那夫人听这样如何，等我拿到了掌印，就送你和你一心记挂的夫君共赴黄泉。他是伤重不治，你是为夫殉情，传出去，你父亲也不必继续做官了，不知他会不会学你，去御史台告上一状呢？哦，不对，他似乎还没有出刑部大狱吧？我回去之后，定为你好好关照他一番。"

她果然还是低估了这群浸淫在朝堂中人的手段！曲悠感到手脚发冷，她之前还在疑惑，此刻却彻底地明白过来，梁鞍费力地希望她让路，不是因为忌惮，而是因为觉得麻烦。但是，如果她死了，顶多是个麻烦，这群弄权之人自有翻云覆雨手，处理一桩钉死在府内的命案根本不在话下。

曲悠当机立断，马上改口道："梁大人何必如此，你要搜府，我不追究就是了——"

她还没有说完，梁鞍便一脚踹开了房门。

曲悠随着惯性重重地摔倒在地，她往门口瞄了一眼，没有看见周胜德和韵嬷嬷。恐怕他们已经被人控制了。怎么办？怎么办？历史……究竟会不会被改写？会不会因为她来到了这里，一切便会产生蝴蝶效应？

梁鞍低头看着曲悠，一双眯缝眼闪着精光，堆砌在横肉丛生的脸上。曲悠抬头看去，从他眼神中看到一闪而过的惊艳和恶意："夫人现在改口，是不是晚了些？"

先前她以为对方有所忌惮，彻底想错了方向，早知梁鞍是抱着不怕灭口的心思来，她一开始就该让步的。曲悠顺着房门的阴影往后退了几步，桃花薄纱的衣摆在地面上显现一抹艳色。

"周檀就在这里，你有没有想过……"她感觉自己的冷汗正顺着额头向下滑落，"他或许已经醒了呢？"

梁鞍反手关了房门，慢条斯理地朝她走过来，听见这话更是不屑地笑道："他醒了就让他起来呀，怎么像具尸体一样躺着装死？不知天高地厚的小儿，也敢进刑部踩到我的头上！你跟他一样蠢！不过，我倒是有心怜你。"

梁鞍瞧着她，目光中闪烁着兴奋和猥琐的光芒，嘴中不干不净地说道："我怜你青春貌美，不如跟了我吧。跟着我，不比给周檀守寡好？新婚之夜都没过，夫人想必还不知道什么是男人吧，我来疼疼你……"

曲悠被他恶心坏了，惨白着一张脸勉强爬了起来。她后退了两步，身后的手在桌面上胡乱摸索着，终于摸到了她记忆中搁在针线篓中的剪刀。她还在盘算怎么出手才能一击即中又不被对方发觉，就看见梁鞍面上的笑意忽地凝固了。他像见了鬼一般，满面的得意之色都刹那间消失殆尽，嘴角还不受控制地抽搐了几下。

曲悠顺着他的目光，看见屏风之后不知何时立了一道人影。有个清冷的声音从她背后传了过来，那声音不大，很是平静。

"……放肆。"

∽ ∽ ∽

周檀迷迷糊糊地听见了唢呐声。

这是喜乐还是哀乐？他混沌地想。

耳边传来镣铐撞击的声响，恍惚之间，他觉得自己似乎回到了被套着沉重锁链那天。那天飘了雪，他与干朋友一齐被送进了昏暗的诏狱。

"霄白！"

顾之言隔着冰冷的铁栅栏，满面痛心地唤他的名字，有清泪自他皱纹丛生的面孔上滴落。

"老师……"

周檀费力地张着嘴，想说一句"我没事"，却连开口的力气都没有，远方传来令人心惊的惨叫和痛哭。

"老师所言不错,燃烛楼……不可修,楼起则声名裂,臣伏惟再拜,誓死不改!"

最初牢房中还有许多人,他记得有曾经的同窗,有御史台上那个向来刚正不阿的御史大夫,还有他初授官时的上峰,众人面目模糊,唯有眼中燃着火焰。

"周兄,你可有心愿?"

"少时希望岁月静好,而后是家人平安康顺;科举之后,我盼望自己出人头地,能一展宏图,为大胤求一个百年安稳、河清海晏。"

"吾辈心愿当如是,君子持节,无畏磋磨。"

三日后,他便看见那个同他说话的年轻士人被堆在诏狱一堵血墙之下。腐肉和白骨交叠,他绊了一跤,瞧见腐肉中伸出一只熟悉的手,他才认出这是谁。胃中酸涩,连吐都吐不出来。

"霄白,你要记住我跟你说的话……"

"……"

"君子持节,无畏……"

"大人……我愿意为陛下的新楼写赋。"

周檀被人捆上血迹斑斑的木架,看见面前宦官一张似笑非笑的脸。

有人在他肩上一敲,取下了一根长且粗的铁钉。那钉子角度刁钻,从他肩胛之间的缝隙刺穿,令他痛彻心扉,可出血不多,不会致命。铁钉接二连三地落地,他也被放下来,像一件死物一样重重地扔到地面上。良久才被人摁着跪到一张桌子前,周檀颤抖着死死抓住手中的笔,蘸着自己的血,写下了第一句。

"永宁十五年,帝修燃烛于东门,是岁清白伊始,万象更新……"

脑中的唢呐声响越来越大,越来越清晰,周檀闭上眼睛,感觉有人的手指轻轻拂过他的鼻梁,似乎有女子的慨叹。

"可怜……"

画面一转,周檀混混沌沌地抬头,天光刺眼,而他身着刑部朱红的袍子走在大街上,像裹了一身同僚的血。

有个孩子在他面前跌倒,无人去扶,孩子痛得哇哇大哭。他下意识地伸手,像从前无数次一样抱起孩子,为他拍去膝上的尘土,还没来得及说话,胸口便传来沉闷的钝痛。

短短的匕首贯穿了他的前胸,孩子嘻嘻怪笑着,用稚嫩的嗓音在他耳边嘲笑,说:"你该死掉啦。"

他沾了一手鲜血,把自己的朱红官袍染得更红。

"可我……还不能死!"

他在踹门的声响中瞬间惊醒。

曲悠攥着剪刀的手一松,她转头就看见了那双琥珀色的淡漠眼睛。

周檀披着那件原本盖在锦被上的描金大红喜袍,捂着胸前的伤口,站在屏风后面朝她看过来,似乎有一分疑惑。

梁鞍结结巴巴地唤道:"周……周大人……"

曲悠眼尖地看出周檀的身形有一丝晃动,立刻上前,搀住了他。

周檀瞥她一眼,没有拒绝,口中不冷不热地说道:"梁大人到此是为探望?在我房中大放厥词,莫非当我死了不成?"

"属下不敢!"梁鞍腿一软,竟然在屏风这边直接跪了下去,方才他还嚣张跋扈,不可一世,此刻却比见了鬼更恐慌。

周檀入刑部不过三个月,雷厉风行地破了五起积年大案,外表分明是玉面郎君,行事却如罗刹恶鬼,令人忌惮。

梁鞍趴在地上,胆战心惊地想着,原来他竟然真的没死,如此沉得住气,在家躺了这么多日,保不齐就是在等今日自己上门。

"带着你的人滚出去。"周檀低沉地道,"今日我不同你计较,你着人将近日的刑部卷宗送到我府上吧。"

梁鞍跪在地上没动,心中思量片刻便闪过了千百种心思,他尝试着抬起头来,看向屏风后的身影。

反正都说周檀要死了——他今日来抢掌印,来日周檀会放过他吗?既然如此,干脆一不做二不休。就算他动手把周檀杀了,世人也只会以为他周檀是伤重不治而死的,不是吗?到时再放一把火,即使有人怀疑,也找不出实证。

梁鞍渐渐定了心思,他深吸一口气,鼓足胆量,从地面上爬了起来,口中道:"大人,我还有一事……"

他朝屏风走了过来。曲悠瞧见那身影渐次逼近,不由得蹙了蹙眉。顷刻之间她意识到,周檀醒来一事目前只有他们两人知晓,梁鞍此时杀了周檀,回头照样可以宣称他是病死的。她下意识地转头看向周檀。周檀目光幽深,拉着身上喜袍的手背上青筋毕现,却没有说话。他垂下目光,见她手中拿着方才从针线篓中摸出的剪子,便伸手覆过来,默默地握住了她持刀的手。

他的手好凉,曲悠不合时宜地分心想到。

梁鞍缓缓拔出身侧的佩刀,曲悠甚至听见了刀刃划破空气的声音。

千钧一发之际,梁鞍身后紧闭的房门却再次被人一脚踹开了。

曲悠听见一个嚣张跋扈的少年声音传来:"你是什么东西,我进这座府邸,你也敢拦!你是周檀手下养的狗?好生忠心啊!"

周杨竟在此时闯了进来!

梁鞍吓了一跳，立刻把佩刀归了鞘。

周杨上下打量了他一番，不屑道："你们刑部之人一身血腥味儿，闻了就叫人恶心！带着你的人给老子滚出去！"

梁鞍显然有些慌乱，恨恨地朝屏风后面看了一眼。但良机已失，他无可奈何，只好松开刀柄，道："改日再来探望大人。"随后便离开了房间。

他刚刚离开，周檀便脱了力，差点向后倒去。曲悠连忙扶着他慢慢地坐到地上。

周杨一脚踹翻了那架屏风，见周檀坐在地上，不由得一怔，俊朗的面孔有几分难以置信："你……你竟然真的没死！"

周檀对他毫不客气，冷笑一声："刑部的官员你也敢威胁，你有几条命？"

"我不知道我有几条命，但看你的样子，连半条命都不剩了。"周杨握着腰间的佩剑在他面前蹲下来，嘲讽道，"你欲盖弥彰地在府门处添了卫兵，我就猜到你可能醒了。你动作真快，连刑部的下属都调来了，怎么，怕我趁你虚弱一刀捅死你？"

曲悠听得哭笑不得，原来周杨是不经意间看见了梁鞍留在府门处的私兵，揣测周檀醒了，便想要进府一探究竟。那些私兵自然要拦他。被阻之后，他反而更加确信周檀醒了，便不管不顾地闯了进来，却意外地解了他们的困境。

周檀咳了两声，曲悠扶着他站了起来。

"说够了？说够了就滚。"

周杨勃然大怒："你以为我愿意在你这里待着？我看你就算醒了也没几天好活了，我等着给你收尸！"

他怒气冲冲地扭头就走，迎面撞上闻声赶来的韵嬷嬷，还冷哼一声，活像一只被踩了尾巴的小狗。

韵嬷嬷见周檀醒来，激动得老泪纵横，随后便勉力平静下来，匆匆出府去请柏影了。

室内顿时只剩下他们两个人。

周檀松了一口气，捂着伤口退了一步，在榻上坐下，刚喘匀了便道："我要漱口。"

曲悠颇为意外，还是为他打来水。

周檀拿帕子擦了擦嘴，抬眼打量起对面身穿浅桃色衣衫的女子。对方毫不畏惧，挑眉看了回来。

浅桃色分明是俗气的颜色，面前的女子通身却是清丽的，她眼瞳干净、明亮，看过来的时候带着好奇和探究，没有旁人的愤恨和鄙夷，甚至有些疏离——她不像是在看他，而像是在审视她感兴趣的物件。

周檀先收回了目光，垂下目光，淡淡地开口，先问的却是："你父亲是谁？"

曲悠有些惊讶，仍正色回道："正六品殿前史官曲承。"

"曲大人……尚在刑部大狱中。"周檀默然了一会儿，似乎在思考，他闭着眼睛，轻轻地点了点头，而后说道，"你是被赐婚给我冲喜的吧？自遇刺以来，我昏睡了几天？"

"算上今日，足有九日。"曲悠回答，又忍不住好奇，"你怎么知道的？"

"遇刺之前，陛下就有意给我赐婚，不过都被我回绝了。"周檀缓缓地扯下了身上披着的喜袍，简单地答道，"我生死不明这些日子，岂不是大好时机，冠上一个冲喜的名头，连个可替我回绝之人都没有。"

"这门亲事是贵妃怂惠德……怂惠陛下赐的。"曲悠很好心地补充说明，"我父亲现在是罪臣，品阶又不高，还是因……燃烛楼一案下狱的清流名士，这门婚事……是为了羞辱你。"

"慎言！"周檀瞥她一眼，冷冷地道，"雷霆雨露俱是君恩，况且你……"他酝酿了一会儿，才再次开口，"我会救你父亲。"

他面无表情，语调冰冷，仿佛她欠了他钱一样，也不肯多说。曲悠刚想多问几句，韵嬷嬷便在外叩响了门。她只好勉强收起了好奇心，开门请柏影进来为周檀把脉。

柏影刚走不过半日便被叫了回来，一脸无奈地把脉："我早说他马上就会醒，何必再把我请来问一遍？"

曲悠笑道："这不是为了安心嘛。对了，有没有什么适合他养身体的药膳方子，给我开一些。"

周檀倚在榻上，垂着眼睛，睫毛在下眼睑投下阴影。他深深地看了柏影一眼，依旧是公事公办的语调："多谢阁下救命之恩，檀……必然相报。"

"用不着，治病救人是我应做之事，又不是没收钱。"柏影没抬头，咬着毛笔往后一指，"你要谢就谢她吧，要不是她，我才不来，给你治病可不是什么好差事。"

曲悠瞥了他一眼。

∽ ∽ ∽

眼见着便要入夜了，送走柏影后，韵嬷嬷去和周胜德一同整理白日被破坏的前厅。曲悠钻研了一下柏影留下来的药膳方子，决定这便去实践一番，还能顺便解决自己的晚饭。

她拿着方子正准备往外走，周檀便在她身后问道："你想要什么？"

曲悠的脚步顿住了。她缓缓地转身，看向周檀："你觉得我想要什么？"

周檀低着头摩挲自己手上的白玉扳指，语气中听不出情绪："我已许诺会救你父亲，除此之外，金银财宝、家人官位，或者……一封和离书。"

曲悠微蹙了一下眉头，悠悠地回到他榻前的桌上坐下，为自己添了一盏茶。

周檀见她不语，便继续说："如今你我新婚，此时和离，恐令禁宫不悦。稍待时日，我会想办法解决，你意下如何？"

他抬起头来，看向面前坐着的女子。她生得极美，莹莹烛火之下美目流盼。他只看了一眼，便移开了目光。

曲悠看着对面的周檀，十分诚恳地说道："我救你性命，不是为了同你讨东西。"

"那是为了什么？"周檀平静地反问道。

曲悠诚实地回答："是我看你可怜，同情你呢。"

"我不需要人同情。"周檀沉默了一会儿，嗤笑一声，"再说……你是清流之女，为何要同情我？"

周檀方才对着梁鞍和周杨时，面上是风霜雪雨的冷，说话也不甚客气，不肯让步半分。此刻单独对着她，虽神色缓和了许多，但他依旧是一副软硬不吃的样子，仿佛她别有用心。

曲悠端详着他，想起了史料中冰冷的文字，感觉自己似乎已经能理解"守正自持，漠然无情"之类言语的深意了。之前在她梦中出现过的，漂亮、清正、脆弱，如迎春花枝下晶莹易融的白雪一般的周檀，果然只是她的美好想象。

"这桩婚事荒唐，若我醒着，定会阻止。"周檀突然又说，语气缓和了一些，"误你青春，实非我愿，你若怨怼，也是自然。"

他倒是诚恳。

曲悠回道："天家赐婚，自然不是你的过错，此事便容后再议吧。"

周檀道："你如今于我有救命之恩，想要什么，不妨直说。"

曲悠发觉，他执着于"有恩必报"这件事情，仿佛不报就不能安心。她想了半天，最后斟酌着开口："周大人若是真要报恩，我就讨一样东西吧。"

周檀颔首："洗耳恭听。"

曲悠站起身来，缓缓道："我……自小的喜好便同姊妹们有些不一样。父亲修史，我便是史书看得比女德、女训更多一些，性子也野了些，平素不愿闷在家里。如今我虽出嫁为妇，怕也丢不了从前的模样，没法儿大门不出二门不迈地闭锁深宅，想必周大人不会介意吧？"

周檀点头："这是自然，我不会干涉你的自由。若有需要，我还可以派些侍卫给你，保护你的安全。"

曲悠不意他答应得这么干脆："多谢。"

虽是古人，他的思想却没有那么封闭，或许是程朱理学尚未流行的缘故。

她道谢之后，二人一时无言。周檀转过身，从榻上镂刻精细的橱柜中，翻找出了一只花梨木匣子，示意她接过。

"这是我宅中仆役的奴契，还有地契，汴都几间铺子、京郊水田是陛下赏的，你可以取用，不必告知我。若懒得打理，便交给韵嬷嬷吧。"

曲悠接过，打开匣子看了一眼。这好似是周檀的全部身家？他方才刚说了不日和离，为何此刻就把这匣子交给她，难道是想试探她是否想要他的钱财？曲悠草草地看了一眼,便阖上了匣子:"为何交与我?"

"我后宅多半是韵嬷嬷打点,她出行不便,在汴都人生地不熟,之前都是勉强维持。如今你要是感兴趣,便接过去,也方便取用。"周檀道。

他还挺心大的。不过,韵嬷嬷同她说过,周檀平日里不常在府中,在府中时,除了书房,对其他地方全无兴趣。以他如今之谨慎,估计不会在府中留下任何破绽,所以才敢这么放心地交给他。

曲悠抱着匣子,突然想逗他一句:"你就不怕我卷了你全部身家回娘家?"

周檀轻轻瞥她一眼,淡漠道:"你可以试试。"

他这副表情十分有趣,她没忍住,又大胆道:"那你不怕我给你下毒?"

周檀这次回答得很慢,好像还有点走神:"下毒……随意吧。"

曲悠笑了一声,把匣子放在桌面上,扭头离开了。

她为何不要?

周檀独自一人坐在原处,没想明白她在笑什么,又发觉自己忘了问她的名字。

不料,不久,曲悠却折返回来,手中端着两碗蛋花汤,递给他一碗,自己留了一碗,坐在桌前看起了周檀匣子中的契书。

周檀端着那碗蛋花汤,有些难以置信:"这是……你做的?"

"吃点东西垫垫肚子。"曲悠全无怒意,优哉游哉地道,"你府中的厨子是谁的亲戚吧,做饭个顶个地难吃。你既然放心把这些交给我,明日我就去找几个新厨子来。"说完还补了一句,"我会托我母亲找,细细查问身份,小周大人就不必担心下毒了。"

汤里的蛋花极为嫩滑,一点腥味儿都没有,温度刚好,不冷不热。周檀一向不贪口腹之欲,此刻却觉得自己从未喝过比这更好喝的汤。

周檀把那碗汤喝得精光,终于想起来问:"对了,你叫什么名字?"

他居然还不知道自己的名字?曲悠有些无奈,但还是很有耐心地回道:"我姓曲,名悠,字意怜,'悠'就是'白云一片去悠悠'的'悠',你唤我……罢了,你唤什么都行。"她差点脱口而出"你叫我'悠悠'就行",想了想,这样喊未免显得太熟稔了。

周檀在舌尖过了一遍她的名字,没说出口,只道:"我要休息了。"

曲悠打了个哈欠,抬头才想起忘了告诉他:"新婚那夜,我在你床下打了个地铺,此后几日,韵嬷嬷便安排我去了芳华轩。小周大人,明日再见。"

周檀道:"明日不必相见,我在松风阁看文书,希望无人前来打扰。"

曲悠端着空碗转头就走了。

等到人离开许久,周檀才把目光移向地面。他攥紧褥子,面上闪过一丝无措,随即又将所有的情绪收了起来,眸中微冷。她……跟想象中的官门贵女,似乎完全不一样。

第二日，梁鞍没敢亲自上门，着人为周檀送来了一箱文书。

周檀独自在松风阁看文书，还要静养。

曲悠晃悠了几日，有些无聊，便将河星叫到新霁堂前。

河星对她行了个礼，低声道："夫人，您交代我的事情，我已经查清楚了。"

曲悠抬手倒了杯茶，示意她在对面坐下。河星瑟缩着不敢坐，曲悠只好起身把她摁到竹椅上："你站在我面前，我还得仰头，不好，坐吧。"

"府内共有各色仆役三十人，管家只有德叔一人，内院都是韵嬷嬷管的。"河星坐下之后，便开始低声道，"其中管洒扫的有五人，厨房五人，各院丫头六个……"

她一边说着，曲悠一边盘算。

周檀这府邸的人也太少了，她这几天得闲转了转，有很多院子甚至连人都没有。不过，仆役数量虽然少，却做着最必要的工作——洒扫、做饭、采买、服侍，加之韵嬷嬷管家有方，运行得井井有条。

曲悠顺下来的感受是，周檀是个删繁就简的高手，只留了最少的仆役却能维持日常，若不是他突然遇刺，这府邸其实能一直保持生态平衡。人少了，争端自然少，打理起来方便。但是这样难免有疏漏，府中的家丁人数不够，前院没有花草匠人，一片荒芜，厨房做饭十分难吃，采买账目不清不楚……

曲府虽然也要操持这些，不过众人朝不保夕，关心的是怎么活命。周府却不一样，偌大的前堂草木荒废，既然在此生活，周檀又乐意让她折腾，她索性唤来韵嬷嬷，同她商量添些仆役的事情。

韵嬷嬷为难道："从前我也张罗过。不过，我不是汴都人，跟这边的人牙子不熟，找了几次都未成事。"

"不必找人牙子。"曲悠从手边的匣子里取出一沓银钱，交给了韵嬷嬷，"嬷嬷今日先替我为大家发一次赏钱，问问，若有想出府的、去嫁人的，都放出去。新招人的话，我去托我母亲荐一些过来，入府之人一定要细细查问底细。你也知道，大人如今谨慎，万不可出纰漏。"

韵嬷嬷应了，拿着那沓银钱问："那……夫人以何理由打赏？"

"我初次掌家，算是见面礼。"曲悠思索道，"咱们新招人过来，我会明白地写个奖惩和升迁的章程，以及轮班和值守办法，大家各司其职就好。我这么想，主要是不希望有怨恨主家的仆役。嬷嬷也替我多看看些，品行不端的，尤其是嘴不严的，切记不能招入府中。从前的含糊旧账一笔勾销，新规出来，人人皆有奔头，还望能拧成一股劲儿。嬷嬷觉得如何？"

"甚好。"韵嬷嬷在心中暗赞了一句，道，"有我在这里看着，出不了乱子，夫人放心。"

"那便好。"曲悠松了一口气,幸亏有韵嬷嬷,她能偷个懒,"您是周府的老人了,做事肯定比我老练些,往后府内的事务还要多拜托您。"

夫人年纪虽不大,却是个十分有主意的人,而且体恤下仆,又没架子,今后府内应该会更加好管。韵嬷嬷连忙道:"夫人这是哪里的话。说句僭越的,我们家那位死得早,我又没有一子半女的,心里早把大公子当成自己的孩子了。"

曲悠叹道:"嬷嬷对他真是极好。"也不知看着薄情寡性的周檀对韵嬷嬷如何。

两人还在这厢说着话,前厅突然慌慌张张地跑来一个小厮,他上气不接下气,结结巴巴地说:"夫人……宫里来人了……说是听闻大人醒了,特来送赏赐的!"

不知是谁派人来送赏赐,贵妃、德帝,还是旁人?

新婚不赏,待他醒了再赏?听起来似乎不像好事。

曲悠从新霁堂前那张椅子上站起来,刚转过身便看见周檀扶着松风阁的门柱,隔着一条斑驳青石路远远地朝她看了过来。

她突然想起自己的梦,随后不合时宜地决定,这院中既然荒废,不如栽几棵杏树。

∞　∞　∞

德帝赏了周檀一盒龙凤团茶,这茶叶金贵,送赏赐来的小黄门恭贺之后,还热情吹捧了一番皇帝对周檀的厚爱。

龙凤团茶一般是皇帝用来赏皇亲国戚的,其次便是宰辅、执政等人,如今越过几级,赐给了官居四品的刑部侍郎,足见皇帝的恩宠。

周檀接了赏赐,淡淡地谢了恩。曲悠朝他瞥了一眼,没有看出他在想什么。

这样的贵茶,怎么抵得过病重时随口遣来的一个太医呢?周檀濒死之际,没有一个人来拉他一把,如今他恢复了,德帝赏赐下来,恐怕还有一层意思,是要他不要介怀吧?

曲悠跪在地上胡思乱想,冷不丁却听那小黄门唤了她一声。

"夫人,"他似笑非笑地说,"贵妃娘娘贺你们新婚,也为夫人准备了礼物。前几日小周大人身体不适,想必您也分身乏术,如今大人安好,贵妃娘娘便立刻遣小人送来了。"他一边说着,一边打开了身后小太监递过来的一只锦盒。

曲悠学着周檀的样子伸手去接,发现锦盒中是一把白玉手柄的绢丝小扇。扇面刺绣精致、华美,曲悠多看了一眼,发现其上的图案是绵延一片的素白梨花,花间夹杂着几颗黄澄澄的梨果。

周檀客气地一拜:"谢过中宫贵人,改日我必携内子前去谢恩。"

将奉旨的小黄门请出府后,周檀看见曲悠抱着那只锦盒从地面上爬了起来,她毫不在意地取出那把扇子扇了扇,风中带来梨子甘甜的清香。

"真的要去谢恩吗？"曲悠拿着那把扇子走到周檀面前，自来熟地问，"我对宫中的礼数全然不知，恐怕会生事。"

周檀有些意外："你并未学过？"

"不习惯跪拜礼，学得不仔细。"曲悠顺口编造，又将那把扇子举到周檀面前，"贵妃娘娘与你有旧怨，竟然送这种礼物来羞辱你？"

梨同离心，周檀这才看见扇子上的图案。就在曲悠以为他又不会回答时，他突然说："她父亲是如今的宰辅。"

顾之言罢相后，德帝便提拔与顾之言同年的傅庆年接任宰辅，又升太子太傅出身的高则任执政参知，两人出身不同、派系不同，斗得你死我活。傅庆年所代表的清流一派瞧不起谄媚上意的高则，高则对傅党自诩清流、背地里却小手段不断且不能如顾之言一般冒死上谏的双面作风嗤之以鼻。宰、执二人分庭抗礼，党争隐有向前朝接近的趋势，不过，这样的局面或许就是帝王想要看到的吧。

周檀背叛了顾之言，自然与天下文人割袍，高则有意拉拢他，却多次不成，这才让他成了朝中的孤家寡人，遇刺都无人救治。

曲悠明白了周檀这句话的意思，心想，傅贵妃执意促成她这一桩冲喜的婚姻，恐怕也是绝了高则想招周檀为婿的心思。毕竟高则的女儿就是与曲悠齐名、素有才情的高云月，她已听过许多次。傅贵妃当真耳目众多。

曲悠突然想起来周檀应该还不知道，便晃了晃手中的扇子："梨花便罢了，傅贵妃赏赐这个，定然知晓你弟弟在新婚当日上堂来抢我扇子一事。送这个来，恐怕就盼着我恼羞成怒，闹得你家宅不宁、后院起火。"

"……他被惯坏了，"周檀面色不动，静默了一会儿才道，"我自会教训他。"他的重点歪了，其实她本意不是想要告状。

曲悠哭笑不得，忽地又想起一事，便正色道："对了，今日晨起有人告诉我我父亲已然出狱了，多谢。"

"举手之劳。"周檀惜字如金，转身打算离开，脚步又顿了一下，"你本该在新婚三日归宁，但曲大人昨日才出刑部大狱，礼数不可废，后日我陪你回府一趟。再过些时日，我要去刑部，就不得空了。"

周檀居然会主动提起陪她归宁。

曲悠直到坐在马车上时，还在思考周檀做这件事的目的。想了半天也没想明白，曲悠一边思索着，一边忍不住又看了他几眼。

可周檀只是闭目养神，连话都没跟她搭。

曲府一扫之前的冷清，为着曲承回来，正院甚至挂了两盏红灯笼。

正值清晨，一个身着褐色锦袍的中年男子端坐在圆桌正对门的位置，他左手边是面色苍白的尹湘如。

"阿弥陀佛，主君总算是回来了，不枉我日日在家烧香祷告。"尹湘如念了句佛，想到女儿，又忍不住泪盈于睫，"只是阿怜……唉，若不是阿怜肯嫁，老爷恐怕也不能这么顺利地回府。不知道阿怜过得怎么样，今日那位会不会跟着一起来。"

曲向文抬眼看了父亲一眼，只觉他满脸阴沉，便飞快地低下了头。

"我就算死在牢里，你也不该卖女儿！那周檀是什么人物，你没听说过这尊罗刹？你也不怕你女儿死在他手里！"曲承沉声道。

尹湘如闻言便拿着帕子擦起了眼泪："陛下圣旨，难道还能抗命不成？"

曲承也不是有意责怪她，只好叹气，说："你哭什么，待会儿人便回来了，想那周檀也不会同阿怜一起来，你叫她看你这个样子，难免伤心……"

两人正在说着，一个丫鬟便匆匆跑了进来："老爷,大姑娘同……姑爷一起到了！"

曲悠进门便发现桌前只留着一个空位，便吩咐手边的丫鬟去再搬一张椅子来，随后朝上首盈盈行了个礼："给父亲母亲请安，女儿这几日事多不可脱身，来迟了些。"

周檀沉默地随着她行礼，然后与她一起坐下。

说来这还是曲悠第一次见这副身体原本主人的父亲。曲承出身江南书香世家，也是进士授官，虽已年老，但仍算得上风度翩翩。他因与顾之言无直接接触，只是在刑部受了些饥寒之苦。德帝对这群士人本也只行威慑，周檀稍一疏通，他便被放了回来。

尹湘如打量着女儿，见她神色泰然、衣着华丽，微微放了心，目光又落在一侧的女婿身上。这女婿同她想象中凶神恶煞、青面獠牙的样子倒是差别极大，这年轻人生得飘逸、俊朗，也颇有士林学子之气，实在瞧不出他是传闻中顷刻间夺人性命的刑部罗刹。女儿女婿言语客气，动作疏远，她便知，二人虽然没闹得难堪，也算不上亲昵。不管怎么说，女婿没死，实在是一件好事。

曲承显然不这么想，从周檀坐下开始，他便像看见了什么不洁之物，端起茶杯、放下茶杯之间，频频碰撞出声响。他板着脸训了曲悠几句话，又温言问了几句，却一直不与周檀搭话。

周檀倒也不介意，只是坐在原处出神。

瞧曲承的样子，应该不怎么愿意同周檀单独交流。曲悠虽有意同母亲多相处一会儿，今日也只好作罢，反正周檀不管，她今后应该经常能回来。

两人午饭都没用，便不尴不尬地准备告辞。

曲悠走到府门，正想对送自己出门的父亲多说一句，便听得曲承突然唤道："周侍郎。"

周檀回过身来，朝他抱手："曲大人。"

·035·

两人的交流客套、生疏，仿佛在官场上遇见后寒暄。

"今日到这里，我便送周侍郎一句话，郑庄公不与共叔段相争，只是隐忍不发，你可知为何？"曲承神色倨傲，冷冷地道，"刑部到底是想破积年旧案还是罗织冤狱构陷清流，周侍郎心里有数，我心里也有数。"

曲悠听懂了他的典故——多行不义必自毙，子姑待之。

周檀面上没有任何表情，既不解释，也不懊恼，只是拱手一揖："多谢曲大人教诲。"

曲承不待多说，周檀也转过身继续往外走，他刚走了一步，便发现曲悠拉住了他的袖子，但并没有转身："父亲，他救了你的性命，你再不喜，也该言一句谢的。"

是周檀将曲承从刑部大狱中捞了出来，今日到此又给足了面子。可他做了好事，不仅没得一句感谢，反而被羞辱。

周檀转头看着她，平静的面容上闪过一丝诧异。

∞　∞　∞

马车的檐角悬着风铃，在汴都的大街上叮叮当当地响。

曲悠见周檀满脸欲言又止，觉得有些好笑，便多欣赏了一会儿，直到忍不住，才问："你想说什么？"

"你为何同你父亲争执？"周檀闷声问。

"我说的都是实话，难道不是你把他从刑部大狱中救出来的？"曲悠反问道，"赐婚一事，陛下金口玉言，又不关你的事，他就算想迁怒，也不该落到你的头上。"

方才曲承没料到她会为周檀说话，措手不及间十分恼怒，拂袖而去，与二人不欢而散。

"他是你父亲。"

"莫非你觉得，我作为女儿，不该顶撞上亲？"曲悠其实也觉得自己有些冲动，但是面对方才的情形，她实在没忍住，"我说了，父亲再厌恶你，也该言一句谢的。"

"我不是什么好人，你不必……"

周檀移开了目光，没有说完，不知道是不是被她这一番理智得毫无亲疏之分的言论镇住了。

曲悠咳嗽了一声，打量着他的神色："你感动吗？"

周檀瞪了她一眼，转头撩开马车帘子，向外看去。

曲悠突然觉得他这一副有些吃瘪、十分嘴硬的样子有点可爱，于是变本加厉："你不说话是什么意思啊，做了好事，总不能连得句感谢都觉得多余吧？"

周檀的手一僵，半晌他才默默回道："曲姑娘，我没有逼迫你顶撞父亲。"

这人怎么软硬不吃？

曲悠被他气笑了："那你便是感动了，既然感动，便谢我一谢吧。"

周檀问："你要我怎么谢你？"

曲悠立刻道："你请我到樊楼吃顿酒，如何？"

来时经过樊楼，她便生了这主意。樊楼在史书中颇有盛名，她从前在曲府时还盘算过什么时候进去一趟，奈何樊楼大堂不接待女子，雅间有身份有钱才能订到，她只能望洋兴叹。如今借一下周檀这阶级特权，进去满足一下愿望。

曲悠其实没料到周檀会答应得这么爽快，甚至直接吩咐车夫立刻改道。

樊楼的老板似乎认识周檀，二话没说便带着两人到了接待贵宾的东楼五层。

周檀喝了一口送上来的清茶，发现曲悠十分高兴，不由得问："你从前没有来过？"

曲悠摇了摇头。她正持着木箸品一道雕花蜜饯，心中颇为不满地评论："糖腌梅子雕花，华而不实，太腻。"换了一道风行的酥油鲍螺。这东西真是声名远扬，几乎所有的穿越美食文中都提过。曲悠满怀激动地尝了一口，大为失望：奶油裱花洒蜂蜜，甜上加甜。

周檀与她处于五层雅间，门口挂着一块牌子，名为"留香客"。听老板的意思，这雅间似乎是专门为周檀准备的，他好像是这里的常客。怪不得他答应得这么快。

店小二又上了琥珀饧和诸色龙缠。曲悠顺手推给了周檀，心想，麦芽糖加高粱饴，多食不宜。

雅间之外传来远处的丝竹管弦之乐。午后时分，正堂似乎有什么表演，满堂都是宾客的喝彩声。

周檀打开了雅间的门。这雅间位置极好，只消低头就能看见楼下的表演。

花瓣纷纷地落下，一把婉转美妙的嗓子正在唱一支情意绵绵的曲子。

曲悠终于吃到了合心意的乳酪团子，激动得热泪盈眶，心想："奶油奶酪！甚是想念！"

她抬起头来，看见周檀正斜倚在门前出神地往下看，有自七层飘下来的花瓣落在他的白玉小冠上，真是赏心悦目。

曲悠顺着他的目光，看见楼下花团锦簇之中有一位华服丽人。那女子正弹着月琴低声唱曲，头簪花，发髻高耸。曲悠低头看去时，她恰好往周檀的方向看了一眼。即使隔得这么远，曲悠都能清清楚楚地看见那女子流转的眼波，抬阖之间，尽是风情。

"好美。"她由衷地感叹了一句，看向身侧的周檀，"你认识？"

周檀轻轻地放下了手中的茶盏，答："这是汴都红牌，春风化雨楼的花魁春娘子，叶流春。"

曲悠扒着栏杆往下看，赞叹不已："她怎么在这里？"

周檀道："她每个月会来樊楼弹一日月琴。"

曲悠听着对方婉转的曲调，忽地想起了《春檀集》的第二首。

周檀风流时写过传遍汴都的艳诗，那首诗的题目，她还记得，就叫《七夕遥夜题春风化雨微醺》。

"朱门绣户按歌舞，玉楼酣酒小不足。聚脂凝香细细枕，手把丽馥作帐读。"

听起来真是又浑蛋又动人。春风化雨……曲悠恍然大悟，这家伙生了这样一副好皮囊，虽面上装得清冷、漠然，背地里竟也是个风流浪子，保不齐他和楼下的花魁娘子有一段旧情呢。史书说他"好美色"，多半也是从他的几首诗中揣测出来的。曲悠支着手仔细地看对面的周檀，笑着缓缓吟了一句："周大人好风流，骑马倚斜桥，满楼红袖招。"

周檀一愣，随即面上竟然浮现出一层有些恼怒的薄红："我……并非浪荡子。"

曲悠戏谑道："爱美之心人皆有之，你们文人墨客，不是最爱——"

她还没有说完，就感觉周檀像看见了什么一般突然坐直了。曲悠有些不解，顺着他的目光看去，却见两人雅间之外的长廊上不知何时站了一位衣襟凌乱的翠衣女子。那女子唇角带伤，发髻半散，身上的衣物似乎被撕扯过，露着半个肩头，像是刚刚被人凌虐过。

曲悠惊讶得直接站了起来，想也没想便朝那女子走去："姑娘，这是怎么了……"

周檀也跟着她站了起来。

翠衣女子见她走近，这才回神，面上露出一个苦涩的笑容，受伤的嘴唇颤了两下，似乎想说什么。

曲悠看不懂她的口型："姑娘，你说什——姑娘！"

她刚刚近了翠衣女子的身，那翠衣女子却突然推了她一把，随后翻身越过身侧的栏杆，从五层的高楼上跳了下去！

周檀急急地冲过来，身子几乎探出了栏杆。曲悠吓傻了，连忙抱住周檀的腰，以防他脱力跟着坠下去。

即使如此，周檀的手指还是没有抓住对方的衣带。他甚至感觉到那片纱状的衣摆拂过自己的手指，可他什么都没有抓住。

曲悠看见他僵在半空中的手逐渐握成拳，然后他粗喘了几口气，随后有些不忍地闭上了眼睛。她这才缓缓地回神，松开手，朝下看去。

四周传来惊恐的呼声。樊楼的东楼是平日里最热闹的地方，正值午间，今日又有花魁献艺。曲悠扫了一眼，粗略地估计，东楼如今至少有上千人。

叶流春一手月琴名冠汴都，他们算是误打误撞碰上了。三层之上的雅间早已经坐满了。各层楼的栏杆之前很快聚满了人，有些敞着襟搂着姑娘，有些还身着官服，想来不乏达官贵人。

众人惊恐地指点着议论着，人群中不时传来尖叫声。

大堂之下，叶流春还站在圆形的舞台上，手指在她的月琴上无意识地拨了一下，漏了几个音。

方才那个翠衣女子的尸体就落在她脚边，砸在舞台地面描绘精细的牡丹纹样上，血肉模糊，把牡丹染得更艳。

叶流春将手中的月琴轻轻放在地上，随即脱下自己绣红描金的外袍，盖住了翠衣女子的尸体。

曲悠抬手拂过脸颊，发现自己不知何时无意识地落了一滴眼泪。

樊楼来往之人这样多，本就是汴都内守卫森严之地，平素都有侍卫在楼外巡逻。不消片刻，便有带刀侍卫从东楼的正门口进来，将尸体围了起来。

汴都大小刑案，多由所属地区的掌令受理，只有事涉朝廷的大案要案才会落到刑部。曲悠和周檀对视了一眼，发现彼此目光沉沉。

这件事发生在此时、此地，在汴都大半达官贵人的眼皮子底下，恐怕不是掌令兜得住的。民间舆论一起，最后肯定是刑部负责审理，若牵涉多了，恐怕还要过三司。

此时已有带刀侍卫上楼。因翠衣女子坠楼的地方恰好是周檀与曲悠所在的"留香客"和另一雅间中间，那带刀侍卫粗问两句，立刻冷冰冰地来请二人一同回临近的昭罪司。

一般这样的公共大案发生之时，巡逻的城内侍卫会先将疑犯统一押至汴都十二昭罪司中最近的一间，做暂扣处理，等到京都府或者刑部接手了，再统一派人来查。

曲悠在看《刑法志》的时候还吐槽过，其实昭罪司在大胤的作用相当于没有实权的派出所，但这套程序倒是简捷有效，沿用了上千年。

这带刀侍卫居然不认识周檀。

周檀负手而立，似乎也没有要说什么的意思，只是看向曲悠时微微迟疑，随即破天荒地开口多解释了一句："昭罪司只行暂扣之责，不动刑罚，无事。"

曲悠点头："我知道。"

这一系列机构名和程序，她在研究过程中过了无数遍。不过，当初她写论文的时候，着实没想到有朝一日自己竟能亲自体验一番。

往外走的时候，众人一同经过那个被围起来的高台，叶流春正敛目同那群带刀侍卫的首领说着什么。曲悠听见了她一声哀婉的叹息。

大门之外还是正午时分，曲悠刚刚出门便被明晃晃的太阳晃了一下，她伸手挡着炙热的阳光，发现身侧的周檀脸上带着一种凝重的肃穆。

他……此刻在想什么？

第二章 思无凭

『这世上怎会有人无缘无故地救我？你是何身份，是何立场？』

芳心

　　昭罪司不同于刑部大狱，关的都是些犯了小偷小摸之罪的犯人，这种关押相当于拘留。曲悠和周檀穿过廊道，发现二人分到的牢狱中已经有了一个人。

　　昭罪司条件尚好，每间牢房中都有简易的床榻和桌椅，桌上甚至摆着白水。但京都府辖地太大，故而一间牢房能住三至四人，夫妇二人也可以共处一室。

　　侍卫将两人带到门口，态度恭谨："请二位在此处稍坐。"

　　曲悠打眼看去。牢中那人穿着一身宽松的白袍，似乎觉得有些热，便挽起了袖口。他发冠束得松，也不在乎仪态，正叉着腰站在墙边蘸水写诗，一派潇洒恣意的风流气。

　　听见有人进来，他便转过头。看见周檀后，他目光中闪过一丝诧异，随后热情洋溢地打起了招呼："给二位兄……呃，给兄台和夫人见礼了。坐，坐。"简直拿这里当自己的家了。

　　周檀在那张木桌前的长凳上坐下，微微点了点头算是见礼。曲悠坐在他身侧，瞄了那人一眼，开口询问道："先生好雅兴，这是在作诗吗？"

　　那人把笔一扔："嘿，即兴挥毫。我这间屋好久不曾来人了，真是寂寞得很。忘了讲，小可名为白沙汀，家中排行第十三，姑娘们都爱叫我一声'白十三郎'，不知……"

　　白十三郎？！

　　曲悠呛了一口，险些从长凳上掉下去。她觉得自己的手在抖——在语文课本上留下无数首诗词的大文人，此刻居然活生生地出现在她的面前。

　　白沙汀是金陵第一大世家白氏出身，上京赶考三年不成，倒靠着卖诗卖词给青楼女子博得一个雅名。他身为世家子，行事如此放浪不羁，将本家人气得不轻。若非他为正支嫡系，难以驱逐，怕是早被白氏除名了。

史书中说此人前半生风流、放浪，后来不知何故大受刺激，发奋苦学。被点为探花后，他逢"春明诗案"，遭贬出京。后明帝登基，白沙汀被召回朝中。为官不久，他便因不喜官场生活而请辞，飘然而去。

周檀侧头便看见曲悠低着头发呆，不由得咳嗽了一声。

曲悠这才回过神来，她努力压抑内心的激动，向他屈膝行了一礼："原来是十三先生，今日一见，果然名不虚传。我读过先生不少佳句。"好可惜，真想要个签名。

白沙汀此时才二十出头，十分年轻，听了她的话便谦虚道："蒙夫人赏识，实在羞愧。"他一边说一边自来熟地搭在周檀的肩膀上，谁知周檀往一侧避了避，躲开了他的手。

曲悠帮他解释："我夫君不喜与人接触，先生勿怪。"

"无妨无妨。"白沙汀笑眯眯地打量着周檀。

不知为何，曲悠总觉得他笑得有些狡黠。

"瞧周大人一副达官显贵的模样，不知在何处高就？"

自进门后，周檀便未发一语，白沙汀怎知他的姓氏？莫非他二人从前便认识？

周檀冷冷淡淡地哼了一声。

白沙汀一拍大腿，十分夸张地自行演了下去："是你！"他啧啧称奇，"周大人怎么来到了这地方，你亮一块刑部的牌子，哪敢有人抓你？"

曲悠这下便笃定白沙汀和周檀应是早有交情，方才白沙汀装模作样地问名字，应该是在与周檀玩笑吧。这大诗人性格也是有趣。

"樊楼今日有事，依规当至此地，众人同论，何必因我的身份例外？"周檀的声音半点起伏都没有，"若我亮了刑部的牌子，叫侍卫抓是不抓？"

"说得好，周大人竟有这等觉悟。"白沙汀击掌赞叹，转头看向曲悠，"这位便是你新婚的夫人吧？"

曲悠道："见过十三先生，我姓曲名悠，'白云一片去悠悠'的'悠'。"

"幸会幸会。"白沙汀朝她拱手，目光却移向周檀，戏谑道："周大人，新婚就进昭罪司，你二人当真别有意趣。"

周檀没理他。

白沙汀也不介意，继续问："说起来稀奇呀，我竟能和刑部侍郎同居昭罪司。啧，不知樊楼出了什么事。"

周檀完全没被他逗笑，冷静地回答："樊楼之事，十三先生出去便知道了，不需我多言。"

白沙汀只好冲曲悠挤眼睛："他平素也是这样同夫人说话的吗，你怎的能忍他？"

曲悠察觉到周檀虽然不想搭理白沙汀，但对他并无戒备和敌意，便叹了口气，无奈地解释："樊楼今日出了个命案，有一女子在花魁献艺时坠楼了。"

白沙汀愣了一愣，话语的重点却偏了："花魁？"

曲悠还没理解他为何要问起花魁，周檀便冷不丁地开口对她说："你方才想对我说什么？"

"嗯？"

"你在樊楼回过神以后有话想对我说，但是昭罪司之人过来，你就咽了下去。你想说什么？"他看了白沙汀一眼，"不必担忧，十三先生……不是外人。"

曲悠在心中暗赞他惊人的观察力，便从袖口掏出一枚珠花："方才见那姑娘坠楼，有些失态。回过神来，我突然发觉，她坠楼之前与我接触时落了这个在我手上。"

周檀眉心一动，将她手中的珠花接了过去。

"……珠花？为何如此簇新？"

"我也在想这个问题。"他问得精准，曲悠正想说这个细节，"这枚珠花太新了，方才我见那位翠衣姑娘时，她发髻微乱，簪了一朵芍药，缠玫红发带，此外再无半点珠饰——这不是从她发间拔下来的。"

周檀微微惊讶："你倒记得清楚。"

曲悠本想诚实地回答"习惯成自然"，想了想还是改口道："我自小记性便好。"

曲悠研一上"史学人物考据"课时，老教授突发奇想，给学生们布置了一个心理学任务，要他们观察周围同学的衣着、习惯和神态，来判断他们身上隐含着什么信息。曲悠足足观察了一周。随后老教授要求众人以看待周遭人的方式去看历史人物的画像。

苏宰辅为何在每幅画像中都戴着一串五色佛珠，苏宰辅的孙女、二嫁的懿宁皇后为何独爱缠枝花纹路……这些迷惑，她有些找到了答案，有些没有，但不得不说，这种探究方法新颖有趣，她看起人物画像来总能删繁就简，记住最重要的细节。

如今记人也是如此。

于是曲悠继续说："一枚簇新珠花，主人不用来簪发，却要随身带着，一定是她非常珍视的物件，或是珍视的人送的。更要紧的是，我觉得这枚珠花……不是她无意间落到我手中的。"

周檀一顿："这是她刻意塞给你的？"

"当时十分混乱，我也不能完全确信。"曲悠迟疑一下，点头道，"但我回过神来，它便在我手上了。无论如何，这是个线索，我们可以顺着查一查。"

白沙汀在一侧插嘴："我有个朋友颇为了解女子的珠宝配饰，待出去后我带你们找她问问。"

周檀道："是该问她的。"

白沙汀便笑道："那待我出去了，便与你在她那里见面。"

曲悠没听懂二人在说什么，周檀却干脆地应了一个"好"。他说完回过头来，有些迟疑地问："此为命案，你……要插手吗？"

曲悠摩挲了一下手中的珠花，垂着目光道："她死在我的面前。"

她说完这句，周檀就明白了她的意思。

曲悠不知道周檀是怎么想的，抬起头来试探道："你不愿让我插手？"

白沙汀瞥了一眼曲悠的神色，又看看周檀，心中啧啧几声，却没吭声。

周檀沉默不语，半晌却缓缓地摇了摇头。

曲悠便道："或许我没什么用处，但是你瞧，方才这枚珠花，我不就能回忆起些细节来吗？周大人……女子活着，殊为不易，有些事情，我或许更能理解，说不定能帮上你。"

"不是，"惜字如金的周檀终于开口，"你本不必搅到案子中的，若是心中恐惧，我亦能解。"

曲悠没想到他会这么说，连忙道："只要周大人不觉得累赘……"

周檀垂着目光，语调依旧平平，却缓和了几分："那你便跟着我吧。"

曲悠攥着珠花的手微微一松。说实话，她完全没有想到周檀肯让她掺和到这桩案子里。方才她心中酝酿了许多说辞，尚未用上，他就飞快地松了口。至于为什么想要插手……不仅是因为她如今无事，想从这桩案子里了解更多关于大胤律法之事，更是因为她深深地记得那名翠衣女子坠楼前的眼神。

她的动作如此决绝，眼神却不是全然绝望的。在她看过来的一刹那，曲悠瞧见了她眼中一闪而过的希冀。她因何而死，是有话要说、有冤要诉吗？

来昭罪司的路上，曲悠一直有些恍惚。她反反复复地想着那个眼神，以致心神不宁，这才开口尝试着叫周檀带她一起探案，不料周檀竟这样轻易地应允了。

她还没来得及继续往下想，白沙汀就转了转眼珠，变戏法一般从桌下摸出一副叶子牌："二位，左右如今闲来无事，无话可说的话，不如打一局叶子牌吧。夫人会否？"

曲悠回过神来，接过他手中的叶子牌查探了一番，发现与她和同学仿制的十分相仿。她还没开口回答，周檀便道："玩物丧志。"

白沙汀装作没听见，扭头对曲悠道："夫人别看小周大人此时不屑，想当年我同他时常打牌，酣战至天明时，也不知是谁——"

他还没说完，手中的牌便被周檀劈手抢走了。

白沙汀笑眯眯地道："甚好。"

∽ ∽ ∽

翠衣女子坠楼一事，不消半日便已传得满城风雨。曲悠甚至没同白沙汀打上几局叶子牌，京都府的掌令便满头大汗地亲自来了昭罪司。

"周大人，侍卫不识，多有怠慢！今日我到刑部准备移案时，才得知周大人和夫人也在樊楼。经来往侍者供述，你与那坠楼女子只是见了一面，我得了供词便匆匆来了，大人勿怪。"

周檀却只是道："规矩严明，辛苦。"

曲悠见他来得这么快，有些意外："录供词倒不难，但京都府移案给刑部，照规矩要过三司，移案少说得三日的工夫，今日之事才过了不到四个时辰……"

这套流程，她竟然知道得如此清楚。周檀回头看了她一眼，没说话。

那掌令连忙解释："京都府尚未提请移案，此事是执政高相公亲自过来传了陛下的口谕。"

曲悠之前就对这套繁复流程能不能被贯彻颇为怀疑，如今看来，流程什么的，只要皇帝一句话，就可以立刻加快嘛。不过，德帝是怎么知道这件事的？

两人在堂下稍歇，掌令前去吩咐人备马车。

曲悠左右瞄了两眼，主动贴近周檀："他这话是什么意思？四个时辰内，陛下已经知道了这件事情？"

这汴都内外一天到晚事务繁多，皇帝怎能一一照看？虽说坠楼之事生于闹市，但传到他的耳朵里，至少不会这样快。

"今日东楼中应有大人物，"周檀沉吟道，"那女子坠楼，恐怕……"

他没有继续往下说，曲悠却立刻明白了他的意思："那女子特意挑花魁来献艺的日子——她或许还知道东楼中有大人物，众目睽睽之下坠楼，怕就是为了引发众人注目，将此事彻底闹大。"

周檀默认了她的说法："若她没有塞给你那枚珠花，或许我还不能这样笃定。"

"那她此举，是为了申冤，还是……状告？"曲悠回忆起午间那朵被血染得极为鲜艳的牡丹花，心中一阵酸楚，"甘用性命为引，必是孤注一掷，她既只留下了这个，我们就从这里入手。"

"嗯。"周檀闭目养神，曲悠也看不出他在想什么。

过了一会儿，他却突然开口："你若是执意要管这件事，待会儿回刑部，去换一身男子冠服。"

"好。"

很快，曲悠就知道周檀为何要让她即刻换上男子冠服了。从刑部出来之后，周檀在去往樊楼查探的路上，忽然吩咐马车改道。走了一会儿，曲悠打帘子下车，看见面前阁子的匾额上书五个字——春风化雨楼。

周檀居然……带她来了青楼？

周檀带着她熟门熟路地直上四楼。来往的侍女似乎都认识他，默不作声地将他引入了一间女子卧房。

房门一开，曲悠便闻到了屋内清甜却不腻人的梅花香气。

叶流春正举着一把圆扇坐在桌前，柔荑被面前的白衣男子握在手中。那男子听见有动静，笑吟吟地回头打了个招呼。

竟是白沙汀！

周檀毫不意外，径自走到桌前另一张椅子上坐下，以眼神示意曲悠也坐。

曲悠应了，坐下之后才恍然大悟："你二人先前打的哑谜，竟是这个意思。"

白沙汀戏谑道："你怎的知道我最近居于她处，说的定然是她？"

"你身上是'雪中春信'的味道。"周檀淡淡地答道，"寿阳公主梅花香，只有春娘子出了名地爱用。"

叶流春掩面盈盈一笑："周大人聪慧。"

她转头看向曲悠，眼波流转，有千百媚态："想必这位便是夫人吧？"她生得貌美，虽非艳冠天下的媚骨，但一颦一笑之间风情自现，惹得人心下倾慕。

曲悠痴痴地盯着她，一时竟忘了应声。倒是叶流春先咳嗽了一声，伸手抚了抚她的鬓发："早听说过曲娘子之名，好一朵挂雨铃兰，我见犹怜，周大人好艳福。"

周檀咳嗽一声，冷声道："还请春娘子相助。"

曲悠回过神来，立刻从袖中掏出了那枚珠花。

叶流春接过，细细打量。

白沙汀便热心地抬手为几人添了茶："托周大人的福，要不然我也没法儿这么早便出昭罪司……"

曲悠好奇道："十三先生是因何入司的？"

白沙汀干笑了一声，瞥了周檀一眼："那天喝多了，在汴河船上闹了点误会。"

周檀语气凉凉道："醉酒闹市，一言不合，便同人打起来了。"

曲悠刚想问一句他是怎么知道的，便听他继续道："周杨虽是个混账，但好歹比你聪明些，知道不能动手。"

"他那是诓我！"白沙汀愤愤不平，"他一个兵痞子，被我打了也是不痛不痒，转头就叫人把我抓进去，还装可怜！"他啧啧两声，"周大人这个弟弟可得好好管教了，你以为只有我是昭罪司的常客？他纵马闹市，撞翻摊贩，还口出狂言，出了事就将你拉出来顶罪。我看你在市井之间的声名，多半都是他给败坏的。"

叶流春端起他刚倒的茶喝了一口，有些无奈地柔柔拍了他一下。白沙汀立刻闭了嘴，不再多言了。

"这枚珠花是东街刘氏匠人铺子里做的，汴都十分时兴的发饰，走在街上能看到许多相同的。"

曲悠"啊"了一声，问："那岂不是很难找到买它之人？"

叶流春却摇了摇头，将珠花之下一个镂刻精细的标识指给她看："恰恰相反，刘氏匠人的这种珠花之所以时兴、热卖，是因他与擅雕刻的夫人出了一个奇策：凡是来购买这种珠花的人，皆可镂刻姓名于其上。许多年轻夫妻将其作为定情见证，共同刻下名字以表珍重，故而这珠花虽市价偏高，还是引得众人追捧。你瞧，这便是两个姓氏的镂刻图案。"

曲悠定睛去看，却发现那两个字镂刻得实在太小，且是篆体，她看不懂。她刚刚放下珠花，叶流春便道："小周大人记下这图案，到刘氏匠人铺子中去。他们做这生意要录纹样，有凭证，找起来不难。"

周檀立刻起身，朝她点头示意："多谢。"他转身向外走去，见曲悠没跟上来，脚步便迟疑了几分。

曲悠对这位漂亮姐姐颇为不舍，只好相约改日再来看她，才一步三回头地离开了春风化雨楼。

汴都已然入夜，花灯沿着春风化雨楼点了一串，顺着汴河远远地延伸到最热闹的樊楼周遭，满街都是荡漾的欢歌声。

先前为他们驾车的刑部官吏不知从何处寻了条船。曲悠站在船头，发现东楼已被灭了灯，仅留了一两盏用以照明，在繁华的汴河岸边显得格格不入："刑部的人如今在东楼吗？"

"京都府午后疏散了东楼的客人，口谕下得快，我还未出昭罪司时，刑部已经带人去了。"周檀负手站在她身侧，"不过楼内恐怕搜不出什么东西。她坠楼时，你我共同目睹，她不是被人追赶的。最要紧的证物，就是你手中这枚珠花，待会儿到了东楼，这珠花要作为证物被收走。"

他语速不快，说的却多，曲悠之前几乎没听他说过这么多话。

"怪不得你急着先到春风化雨楼。"曲悠道，"不过，收走就收走了，刑部是你掌事，收不收走有何区别？"

周檀又沉默了。曲悠几乎习惯了他这个不爱理人的毛病，不过她回想一番，周檀虽然经常避而不答，但最终基本上都会回应。

"刑部之事十分复杂，你跟着我，不必多言。"

刑部留了十几个人在东楼查探。一进门，曲悠便看见了之前找上门的那个梁鞍。梁鞍见了周檀，有些心虚，低眉顺眼地给周檀行了礼，甚至没敢抬头多看，故而也没认出曲悠。

两人草草在东楼的五层转了一圈。此处午间实在嘈杂，即使刑部及时疏散了客人，还是没有查到有价值的线索。

曲悠把那枚珠花上的图案记下来后，交给了搜集证物的侍卫。在侍卫与周檀的对话中，曲悠得知，坠楼女子除了珠花之外，唯一留下的东西，就是被扔在四楼通向五楼木梯上的斗笠。也就是说，她是戴着斗笠进了樊楼，一路上到五楼，随后直接跳下去的。果然是提前谋划好的。

曲悠随着周檀往门外走去，一边思索一边顺口问了一句："大人怎么确信那斗笠是坠楼女子所留？"

那侍卫虽不知她的身份，但看她与周檀亲近，便不敢怠慢，毕恭毕敬地回答："斗笠上刺了她的姓氏。我们已经查明，这女子原是北街那边的低等妓子。今日天色已晚，明日便可提审她楼中鸨母。"

周檀问了一句："她是汴都人吗？"

侍卫答："正是，这谷氏原本是京郊农户之女，家中——"

曲悠还在想着那枚珠花，猝不及防地听到这句话，愣了一愣："……她姓什么？"

侍卫便重复道："谷，五谷杂粮之谷，是京郊农户常见的姓氏。"

谷？

为了研究北胤的刑律，曲悠不仅看过正史《刑法志》，还阅读过不少民间野史逸事。有一些记录不详的故事，没有年份也没有首尾，只说北胤年间曾有谷氏女于京都繁华之处坠楼，市井哗然，甚至牵扯出了许多权贵肆意欺压、逼良为娼的丑事。记录此事的民间小吏未过多着墨，只含混地记载，最后此事被调查之人压下，无果而终。自古权贵勾结比比皆是，焉知司律者是不是也是欺压众女子的罪魁祸首之一。

曲悠紧紧闭上眼睛，立刻回忆起当日的情形。周檀见到那女子后愣了愣，那女子看见周檀后嘴唇颤抖，似是想要说些什么。难道……他们认识？若野史有几分可信，那女子是被权贵玩弄、逼迫致死，那周檀……是否也是凶手之一？

周檀见曲悠没有跟上来，有些疑惑地回头看去，却见她正站在原地深深地看着他，目光中带些探究之意。

见他回首，她才敛了神色，上前道："我们走吧。"

∽ ∽ ∽

刑部的人办事效率还算高，不过半日，他们便查出那枚珠花确是在刘氏匠人铺子中买的，镂刻之字是两个姓氏，一个是谷，另一个是晏。那谷氏女全名为谷香卉，京郊人氏，其父原本是京郊农庄中的佃户，只是似乎遭了灾，早几年全家便都不在了。谷香卉应是在家破人亡后流落风尘，成了北街芳心阁中的低等妓子。

北街的青楼同之前周檀带曲悠去的春风化雨楼全然不同。春风化雨楼地处显明坊与皇城之间，临汴河，近樊楼，楼内的姑娘多是教坊司的官妓，有才有貌，更有叶流春这样的花魁娘子，连满城士人也要敬上三分。可北街临近码头，坊间和街巷多是做工之人。芳心阁这般的青楼中，家破人亡、被卖赚钱、债务满身的女子比比皆是。本就是混乱不堪的地界，妓子们的名册便没有中心街巷那般严明，鸨母除了记录在册的内容，竟对谷香卉一无所知。

之后，周檀又陆陆续续提审了三四个与芳心阁有关的人。这桩案子是上面口谕从京都府移交过来的，为表重视，他和梁鞍必然要亲自提审。

曲悠被安置到刑部后堂，看完了鸭母的供词。她之前过来偷换了一身小吏衣服，怕被梁鞍看出端倪，便没有跟着进去听审。

后堂中，除了她，还有一个同样服色的青年，看着只有二十出头，十分热情地跟她搭话："兄弟，之前没见过你，你是周大人新招来的吗？"

"正是。"曲悠敷衍道。

青年还在兴致勃勃地说："我是被我爹送过来跟着梁大人的，方来两三个月，比你资历深些。我姓栗名鸿羽，你若不介意，就叫我一声'大哥'。哎哟哟，咱们刚来就碰上这样的案子，真是了不得，我听说……"

他在喋喋不休，曲悠却被面前一架雪白的屏风吸引了。

这屏风是白纱与檀木所造，是一方素屏，只有第一扇面朝向她的地方零星地写着几行字。她看着有趣，顺口问："小栗兄弟，这方素屏为何有人写字？"

"哦，这个。"对方热心地解释，"这你就不知道了吧？这屏风本是证物——原有一刑犯杀人后更换扇面掩饰血迹，却不料木架也残留了血痕，叫那人无话可说，只得认罪。那犯人已经下狱。三个月前小周大人初掌刑部，众人整理内务，暂时将此物抬出来，搁在这里。本要处理掉，结果那一夜却有人题了一首诗上去。"

"竟有这样的风雅事。题诗之人是谁？"

"嗨！那诗引得整个刑部议论，可惜我是个粗人，看不懂。"栗鸿羽挠了挠脑袋，嘿嘿笑道，"有好几个兄弟，还有几个司女囚的姐姐，自此之后常来后堂，在这屏风上以字传情。那个最初写诗的人也回应了他们，大家都叫他'白雪先生'，听说那人是极好的，三言两语便可宽慰人心。"

曲悠听得津津有味："那这屏风上如今怎么是素白一片？"

栗鸿羽答道："先生已好久不来了。有人猜测，上架屏风上被写满了字，先生找不到地方落笔，这才急匆匆地换了一架。果然，先生没多久便写了首诗上去，不过这诗缺了最后一句，几个常来的人补不上去，最近正琢磨着呢，一时没敢贸然写别的。"

曲悠走到屏风前面，定睛去看那行不大的字。

白雪先生的簪花小楷十分雅致，刑部后堂中血腥气重，此物格格不入，他却能静心作诗。

"晴竹满雪事不出，纵马置剑小江湖。青衫洒洒新子弟，皓首燃烛旧人书。能为三春听白雪，不复德音笑姑苏。残生鄙薄徒见日……"

她缓缓地念着，心中赞了一句。这人有几分文气，诗写得不输本朝几个大家，却未流传下去。她没有读过这首。

白雪先生是谁？

曲悠霎时想到的便是素有才气的周檀，但这首诗不在《春檀集》中，且看那周檀冷冷淡淡，眼高于顶，想必不会做这样的事。旁人，她也不认识，只好问道："这屏风……任何人都可以落笔吗？"

"自是可以，兄弟要补一句吗？堂中有笔墨。"栗鸿羽见她一直看着屏风，便转身朝前厅走去，"那你自便，我进去看看梁大人有没有什么吩咐。"

"好。"曲悠含糊地应了一声。

她取了案上的笔墨，为这首诗补了最后一句。

"可归南田早荷锄。"

曲悠对传统文化很感兴趣，学了近十年的书法，对文、史、哲涉猎得多，勉强能对个句子。她实在是很喜欢这首诗，自己补完却觉得有些不对味。

白雪先生写诗，于晴明之景中带着三两分悲怆，她补的这一句似乎过于心境疏朗，与之前的诗句有些出入。对方字里行间凄凉、哀索，她瞧得难过，但愿他看见这句能勉强想开一些。

曲悠对着诗句叹了一口气，想起鸨母那毫无价值的供词，又想起昨日得知谷香卉的姓氏时那一瞬间的怀疑。

周檀……是史书中的佞臣。

她是学史之人，自然知道史书不可尽信，看人亦要两面通观，但这几日接触，恐怕已经让她在潜意识中对周檀产生了微妙的心理定位。

或许他是佞臣，但他没有那么坏。可他几乎什么特别的事情都没做，甚至对她言语冷漠、爱搭不理，那女子应当认识周檀，周檀的嫌疑很大，她为什么会在心中为他脱罪呢？

曲悠顺着这个思路想了想，倘若周檀真是迫害谷香卉的人之一——或许没有迫害，只是默许权贵们的亵玩。谷香卉死后，他主理案件，稍稍抬手，就算牵扯出了什么丑事，也能满盘压下来，正如野史记载中一样。很合理的思路，但她觉得周檀不会做这样的事。曲悠站在原地胡思乱想，抬头却突然发现屏风薄薄的扇面后有一个人影。

周檀在门前静静地站着，也不知道站了多久。见她回神，他才走近，瞧见她落在屏风上的字迹，微微一怔。

"人已审完了？"曲悠咳嗽了一声，压下自己的纷乱思绪，"你在此物上留过笔墨没有？可知这白雪先生是谁？"

"嗯。"周檀答了她的前一个疑问，随即侧头看了一眼，冷声道，"我怎么知道是谁，陈词滥调，无病呻吟。"他虽说这是"无病呻吟"，却到底没叫人把屏风挪走过。

曲悠觉得自己已经熟悉了他的双面作风。她绕过屏风，转移话题道："可有什么进展？"

"芳心阁的打手和小厮守口如瓶，什么都没说，倒是阁前的乞丐和地痞认识那个姓晏的人。"周檀道,"他应是死者的情人,我着人照他们的描述简单画了像。"

原来北胤便有画像这种技能了!

曲悠接过他手上的画卷,疑惑道:"我们是看了珠花才知那人的姓氏,那乞丐地痞怎么知道此人姓晏?"

"门口的小厮都喊这人'晏公子',晏公子多坐马车前来,鲜少几次步行,只带过谷氏一人,所以猜测他是她的情人。"

曲悠点了点头,低头看去:"呃……这画像未免潦草了些。"

只有衣饰没有脸。

"这是官服圆领、碧玉帽饰,偶尔还能见立领披风,"周檀伸手一指,"如此打扮的人不多,我倒眼熟。"

曲悠顺着他的描述看懂了那潦草的图,发现自己也见过:"啊,他……是典刑寺的人?!"

∽ ∽ ∽

大胤同前朝一样,刑部、典刑寺和御史台三司分立,典刑寺在其中的作用是勘察纠错、依律平反,只不过在削花变法之前,典刑寺在三司中地位较低,典刑寺卿虽和刑部侍郎平级,却远不如后者权力大。

周檀在进诏狱之前,官职就是典刑寺卿,出狱后转任刑部侍郎,明面上品级未变,事实上更加接近权力中枢。况且永宁年间刑部一直没立尚书,德帝虽对周檀态度不明,总归是重用的。

典刑寺任职之人多穿黑银袍服,春秋之际添立领披风,十分显眼。

谷香卉这个出身贫寒的妓子,竟是典刑寺某官吏的情人?可她若有这样的恩客,怎会走投无路地自尽?如果这样想,这姓晏的人与她的死必然有千丝万缕的联系。

"晏姓并不多见,我已经着人去典刑寺查验了。"周檀道,"我在刑部还有些文书要看,你昨日劳累,不妨先回府去吧。"

曲悠略一思索,立刻答应:"好。"

二人午间入了昭罪司,夜里又在东楼查探,回到刑部后,周檀带她去了自己书斋的内室,让她简单休息了一会儿。

第二日,曲悠晨起出来时,看见周檀仍旧坐在案前看文书,脊背挺得笔直,丝毫不见疲倦,与昨夜她入睡之前一模一样。

他都不需要睡觉啊?她咽下了口中那句"你也休息一会儿",恰好周檀转过身来:"我着人为你准备车驾。"

"不必了,我恰好着此衣冠出去逛逛。"曲悠拒绝道,"我带了钱,也认得路,自己回去就是。"

周檀似乎有些不相信她的话，但禁不住她坚持，还是放她去了。

出刑部时，曲悠撞见了之前十分热心的栗鸿羽。栗鸿羽看见她理直气壮地走在周檀身侧，有些傻眼，可又不敢多看，忙低着头在一侧给周檀行了礼。

两人一路走到刑部正门，恰好遇见侍卫送一个穿金戴银的老妇出门，浓烈香气从曲悠鼻尖掠过，她差点打个喷嚏。

周檀突然说了一句："这是芳心阁的鸨母。"

曲悠还来不及惊讶，周檀便转身走了，方才刺鼻的香气已散去，鼻尖隐有他衣衫上常熏的静水香气，如她初见他时一样。

∞ ∞ ∞

柏影初见男装的曲悠时，险些没认出来。

曲悠进周府后银钱宽裕，他帮着给周檀看病，赚了不少银子，不至于像从前一样吃不上饭，干脆直接在家开张。穷苦人可来此处寻他看病，也免得他背着药箱大街小巷地跑。

这日恰好无人来寻，柏影偷了个懒，睡到日上三竿，直到有人叩响了门。

他睡眼惺忪地开了门，见对方着茱萸纹锦袍，立刻开口："大人是富贵人物，我医术鄙薄，只能给瞧不起病的看看，恐怕治不了——"

"我的男妆是不是画得特别像？"曲悠打断了他，笑问，"其实，束好了发，画得凌厉些也不难。"

柏影这才认出她来，啧啧一番。曲悠表明来意，他本想拒绝，却未扛住对方银钱的诱惑。

曲悠借来一身旧衣袍，与柏影一个继续做郎中，一个装作穷书生，一同去了北街。

路上，曲悠十分好奇地问："你医术精湛又缺钱，方才我敲门时，你为何说不给高门显贵治病？"

"瞧你说的，其实除了你，哪有富贵人家来找我看病？"柏影翻了个白眼，"汴都这么多医官，高门显贵为何来找我？事出反常必有妖，我虽爱钱，但怕麻烦，招惹他们风险太高，不上算。"

他倒是想得开。曲悠好笑道："我今日若有收获，回去给你加钱。"

柏影喜道："好好好，一言为定！"

两人在巷尾租了辆马车，一路行至北街芳心阁前。恰好芳心阁对面有一家歇脚的茶楼，两人便要了两壶茶、一碟花生米，坐在二楼观察起来。

"你来这地方干吗？"柏影吃着手边的花生米，觉得不过瘾，便抬手加了盘瓜子，"而且你穿成这样同我一个外男出门，你夫君心也太大了。"

曲悠朝周围看了两眼，果然看见几个一脸严肃之人在装模作样地喝茶，便压低声音道："我从刑部出来，虽不要他相送，可照他的性子，必不会让我自己离开。你放心吧，这一路上，可都有人跟着咱们呢。"

柏影立刻搬着凳子往后退了一步："你怎么不干脆叫他和你一起来？"

曲悠自动忽略了他的疑问："你瞧，这家青楼，有何不同？"

"我、我、我又没去过青楼，我怎么知道？"柏影飞快地往下看了一眼，语罢却恍然大悟，"哦，我知道了，你因昨日樊楼中有人坠楼之事才随你夫君去了刑部，怎么，那坠楼女子是这阁子里的人？"

"你猜得倒快。"曲悠诧异道。

"这哪里是我猜得快，从昨日午后开始，市井间便流传开了。"柏影嚼着花生米回忆道，"我昨天就听说，那女子不是良家，上不得台面的流莺一只，恐怕是被哪个娘子捉了奸，或是因什么难以遮掩的丑事，这才羞愤自尽——"他见曲悠的面色沉了下来，连忙噤声。

曲悠朝着窗外出神地看了一会儿，转头对着他苦笑："死者是女子，在世人口中总是这样不堪的。"

"他们不就是喜欢听这种故事嘛。"柏影拍了拍手上沾的碎屑，顺着她的目光一同看去，"流言蜚语沾点香艳颜色，就算是空穴来风，人们也津津乐道，传来传去的，好听就行了，谁管他是真是假？"

曲悠没答话，反而道："今日我在刑部见了芳心阁的鸨母，当即便有一惑。"她伸出手指，指着对面陈旧的二层小楼，"你瞧。"

刑部的消息没有透出来，芳心阁甚至没有闭门歇业，四个小厮垂着头守在门口，还有几个神色怏怏的姑娘坐在二层的栏杆之后，正无聊地打扇扑蝇。

"昨日我在刑部看了汴都的地图，北街临码头，又有许多仓库，东侧还有汴都最大的贫民居所，来往的都是农民、苦工和乞丐，整条北街只有这一家青楼。"

柏影不解道："这种地方有青楼，也不算奇怪吧？"

曲悠叹了口气，忽然又问："你瞧对面的女子，漂亮吗？"

柏影瞄了一眼，诚实答道："漂亮啊。"

曲悠道："我见到鸨母穿金戴银时只有一分疑惑，见到这群女子就有十分了。"

柏影渐渐明白了她的意思："寻常有姿色的女子，若是被卖或者自卖身，多到临汴河的富贵地方去，这些女子如此姿容，为何要来北街？这楼瞧着是不赚钱的，鸨母怎能穿金戴银？"他说完这句，紧接着道，"我还是想问，你有怀疑，为何不告知你夫君，让他和你来查，他不是专门管这事儿的吗？"

出门时，若不是周檀为她指了指那个鸨母，恐怕她根本不会注意到这个细节。

"是啊，"曲悠答道，"我都有怀疑，为何他没有呢？"

二人一时沉默，曲悠迟疑片刻，低声建议："不如我们进去看看？"

柏影拒绝："若如你所说，此处可是虎狼窝，你我手无缚鸡之力，还是不要冒险了吧？"

曲悠左右看了一眼，道："有刑部中人跟着，你怕什么？"

柏影犹豫了半天，将那碟花生米吃得精光，才豪气干云地拍板："罢了，那女子可怜，便是为了她，也该去看看的。"

二人下了楼，见果然有人跟随，这才放了心，大摇大摆地走到芳心阁门口。

门口的小厮打量一眼，伸手将他们拦了下来。

"二位……"那小厮目光闪过一丝狐疑，"我们这里，不欢迎读书人。"

不欢迎读书人？

自古青楼就是文人墨客最爱去的地方，哪怕是开在北街，恐怕也会有穷酸书生光顾。这里不欢迎读书人，难道只接待做工的人吗？可这群人完全没有读书人舍得花钱啊。

柏影眼珠一转，立刻换了口气，粗声粗气地对曲悠说道："早跟你说了，装什么不好，非装读书人，你大字不识一个，现在倒是人模狗样！"

他转过头去，对着小厮笑道："我这兄弟哪有钱读书，不过就是馋人家街上文士高雅，到此地来装装样子罢了。"

曲悠连忙配合，又羞又怒道："你自己兜里没两个钱，还好意思说我！我看这位大爷就是看咱们穷酸，不让进罢了。"

那小厮见她言语粗俗，又瞧着两人身上衣物确实便宜，当即便和缓了神色："这是说的什么话，咱们做的就是大家伙的生意。丁香姐，出来接客吧。"

他说完，便有一个满脸堆笑的黄衣女子迎了过来，甜腻腻地一手挽着柏影一手拉着曲悠往里走去："客官，喜欢什么样儿的姑娘，我帮你找！"

柏影有些不自然地看了曲悠一眼，曲悠硬着头皮装出一副色眯眯的模样，挑了挑对方的下巴，故作不满地粗声问："你们这里的鸨母何在，怎么不见她的人影，莫非是不想接待？"

"哪里哪里。妈妈近日染了风寒，丁香陪你们便是了。"丁香眯着眼睛赔笑，又唤了一声。

不多时，方才二人在对面茶楼中看见的姑娘们便顺着楼梯走了下来，在二人面前站成了一排。

柏影略微惊讶，装出一副窘迫的样子，朝丁香忸怩道："姑娘们……都好，只是姐姐怎么都叫下来了，我们兜里的银钱——"

曲悠打断他，大声道："大哥，咱们有钱，我昨日做工，刚赚了五十个铜板……"

"客官尽兴最重要，随意打赏两个就好。"听见二人的言语，跟进来的小厮笑意更深。他朝着丁香使了一个眼色，转身离开了简陋的大堂。

曲悠朝左右两侧打量了两眼。这两层小楼里外都旧，一楼的珠帘上挂着一层厚厚的灰，连帷布都略微褪色。而面前站着的姑娘竟比曲悠想象中颜色还好，她虽只进过春风化雨楼，但观这些姑娘的容貌，放在繁华之地也是数得上的。

丁香似乎是察觉到二人迟迟未有动作，迟疑地唤道："客官……"

曲悠只好胡乱地指了一个，由着那姑娘带她和柏影上了二楼。走到楼梯上时，她还听见了一声瓷器破碎的声响，身后的丁香连忙笑着解释了一句："新来的，不听话。"

两人进了一个小房间。空气中弥漫着劣质香料的气味，柏影抽了抽鼻子，暗中朝她摇了摇头，示意无毒。

门一关上，跟着他们上来的姑娘便立刻面无表情地脱起了衣裳。

柏影吓了一跳，一把把她刚脱下的衣物拽了回去。那姑娘一愣，曲悠眼尖地瞧见了她耳后的刺印，不由得压低声音问："你是官宦出身？"

那姑娘的脸色这才真正变了，她朝身后看了一眼，扬声说了一句："客官，奴叫芷菱。"

芷菱引二人在桌前坐下，又去关了窗，边忙边刻意说着："您二位是做什么营生的，竟生得如此俊俏。"不知她从何处翻出了一支炸毛的毛笔，蘸了蘸桌上的茶水，字迹随写随干："你们认字？"

柏影也学着她调笑道："哪有芷菱姑娘好颜色！"

曲悠点了点头，心却沉了下来。看来她猜得果然没错，这芳心阁有问题！那几个小厮守在门口，或许还在监听室内的动静，所以这芷菱不得不写字倾诉。方才他们说"不欢迎读书人"，恐怕也是觉得北街常来往之人认字的少吧。

芷菱起初对二人很是戒备，直到曲悠在桌上写了"谷香卉"三字之后才放下戒备。她颤着嘴唇，连写字的手都有些抖，口中却毫不羞耻地说着"客官不要这么着急"之类的言语，很是熟练。

柏影也配合着多演了几句。

芷菱蘸水写得飞快，曲悠在一侧越看越心惊，要不是担忧被人怀疑，简直想要抬手摔了手边的茶具。她强迫自己平静下来，耐心地继续看，却不料一炷香的工夫后，门外传来一阵明显的铃铛声。

芷菱听了，却像见了什么可怕之事般吓得一惊。她奔向窗边，推开窗户看了一眼，回头哆哆嗦嗦地写道："晏公子来了。"

晏公子？晏公子便是谷香卉那个姓晏的情人吧？

曲悠示意她不必惊惶，自己走到门边，把门开了道缝隙，隐约听见了一句"你们怎么敢放人进来"。她刚想叫柏影过来,便觉得后颈处传来一阵冰冷的刺痛。

周檀合上手边的案卷,发觉已经是黄昏时分了。

斜阳自他书斋的竹窗外照进来,窗外竹林茂盛,如置身幽篁深处。

此处本名叫"慎行堂",是历代执掌刑部之人的处所,他来之后,摘掉了那块血迹斑斑的牌子,自此众人便称此无名处为"书斋"。

窗框上依旧残留着陈年的血迹,周檀素喜洁净,却伸手拂去了上面的灰尘。他转身预备去净手,门口却笃笃响了两声。

刑部侍卫贺三推门进来,冲他恭谨地行礼:"周大人。"

周檀微微颔首,没有说话。

贺三从身侧取出名簿,毕恭毕敬地奉上:"已查明典刑寺上下二百零三人中,姓晏的仅有一人,此人名为晏无凭,只在典刑寺挂名,实际上是典刑寺卿彭越彭大人的心腹,典刑寺并无此人档案,恐怕要知会彭大人协同探查。"

他低着头,良久才听见周檀毫不诧异地轻轻应了一声。

贺三不敢隐瞒,继续道:"还有一事。我们去查晏无凭,发现他今日下午恰好去了芳心阁,至今都没出来。据跟随夫人之人的回禀,夫人今日早些也去了此地。大人之前说不要叫夫人知道有人跟着她,但事涉安危,小人不得不问一句,那晏无凭或许会对夫人不利,我们是否要进去?"

周檀顿了一顿,道:"不必了。"

贺三心中暗道,这周大人果然是冷心冷情。他从前在刑部只听说对方手段狠厉,却不想,为了不打草惊蛇,他竟连新婚妻子的安危都不在意。

贺三恭敬地垂手,正打算出去,又想起一事:"大人吩咐小人之事,小人已经办好了。"

周檀刚来刑部之时,曾吩咐他将一只沉香木盒子移交给樊楼中一个黑衣人,前几日又叫他带了许多银票给那人。周檀在刑部没有心腹,时常寻他,大概是因为他平日里话少吧。这些权贵做的事情,他们这些小人物知道的越少越安全,贺三深谙此事,从不多问。

周檀应了一声"好",却走到他面前。贺三有些紧张地抬头,发现周檀从袖中取出一张五十两的银票递给他。

贺三时有些激动——家中母亲久病,每月光抓药就要一两银子,他月例不够,捉襟见肘,从来没见过这么多钱。

"赏你的。"周檀的声音听不出情绪,"事情做得很好,不要让任何人知晓。"

果然是封口费。周檀让他做的事情,还不知是什么勾当。贺三打了个激灵,当即给他磕了一个头,差点咬到自己的舌尖:"是。"

惊 痛

曲悠醒来的时候，先瞧见了面前一个着深青衣袍、戴碧玉顶冠的男子。她感觉头有些痛，良久才回过神来。

面前的男子生得十分清秀，身着合体的深色文人衣袍，见她醒来，便露出一个笑容："醒了？"只是那笑意没到眼睛中去，看起来阴森森的。

曲悠这才发现自己被捆在椅子上，她歪过头，看见柏影被捆在另一张椅子上，还在昏睡："你……就是晏公子？"

面前这人偷袭了她和柏影，竟还成功了？照周檀从前的谨慎性子，若此处不妥，跟随之人在她进门之前就会将她拦下来，她也正是因为众人未加阻拦，才确信周檀和芳心阁中人牵扯不深。如此想来，这些人没敢救她，怕是不想打草惊蛇，或还在观望形势。目前她没有性命危险，不如先套两句面前之人的话。

"是谁派你来的？"晏无凭看着她，轻声细语地问，"楼下的人不识货，只认衣服，你头顶这支簪子可是檀香木制的，还是最名贵的小叶紫檀。你来干什么？"

他的声音很温润，毫无压迫感。

周檀为她准备木簪时，她也没看出来，这簪子居然如此名贵？曲悠暗骂了一句，勉力镇定道："你还没回答我的问题。"

晏无凭玩味地"哦"了一声，问道："你找我做什么？"

曲悠此时没法儿跟他虚与委蛇，只好直截了当地问："坠下樊楼的谷香卉，跟你是什么关系？"

"我是她的恩客。"晏无凭回答得毫不犹豫，"刑部还没传我，你怎么先到此处来了？"

曲悠回想起方才芷菱写的东西，感觉自己气得嘴唇有些抖："你便是此地的主人？不对，你背后是谁？你便这样助纣为虐——"

"助纣为虐？"晏无凭打断了她，抬手倒了一杯茶，语带戏谑，"就算如此，这与你有什么干系？"

"她们本都是良家子！"曲悠怒视着他，"你们逼良为娼，还让她们在这样的地方受辱！难道谷香卉也是如此——"

"你这样跟我说话，"晏无凭吹了吹茶水的浮沫，慢条斯理地问，"不怕死吗？"

"你不敢杀我。"曲悠定定地看着他，飞快地说，"你来时也瞧见楼下跟着我的人了吧？你如果想灭口，方才就有机会动手，何必与我多费口舌？"

晏无凭没说话，似乎在思考。

曲悠心怦怦乱跳，可还是勉力镇定下来，继续道："那枚珠花是你买的，可你终归是替人做事。我瞧你应该读过书，做这样的勾当，你难道不会于心不安？你对谷香卉没有半分情意吗？我可以帮你！"

晏无凭突然叹了口气，搁下手中的茶。

似乎是听见了声音，芷菱立刻从身后的帷帐中出来，蹲下为曲悠解开了绳子。

曲悠一时愣住，看着面前的芷菱，终于回忆起自己似乎是被她打晕的："你——"

晏无凭带着几分无奈的笑意道："下次遇见坏人，不要这么笃定了。对方一时不杀你，可能只是想从你嘴里套话。若你撞破了不得了的事，就算你是皇亲国戚，他们也敢焚尸灭迹，丝毫不会忌惮的。"

曲悠揉着手腕，戒备道："你到底是谁？"

"我姓晏，字无凭，是典刑寺卿彭越的常侍，"对方答道，"平素替他处理一些见不得光的事情，具体是什么，芷菱应该已经告诉你了。"

芷菱红着眼睛跪在一侧，曲悠伸手把她扶了起来，转头看向晏无凭："为何要告诉我？"

晏无凭意味深长地说道："我需要你帮我。"

"帮你什么？"

"不日我就会被刑部提审，届时不知道会发生什么事情。"晏无凭看了芷菱一眼，芷菱点了点头，走到一侧替柏影解开了绳子，"你既身份高贵，我需要你替我护好芳心阁。我会让刑部的人带走所有的打手和小厮。那鸨母被我下了药，阁内没有旁人，必要的时候，你要把她们神不知鬼不觉地带出去，你做得到吗？"

曲悠理了理被汗水打湿的额发，思索着道："我可以帮你，但是你必须告诉我此事的来龙去脉、你所行之事的目的，以及……你为何放心找我帮忙。"

"好。"晏无凭倒是爽快地一口应了下来，他似乎很喜欢笑，言语之间一直含笑看着曲悠，"芷菱方才写给你看的东西，想必你已经知道了。我虽为彭越办事，却不耻他这些行径，私心想要帮一帮她们。"

芷菱对着曲悠微微点头。

晏无凭继续道："可我不过是一介草民，命如漂萍，跟这些女子一般。我们思前想后，决定不惜一切代价，拉彭越下水。"

"所以……"在芷菱写下那些话的时候，曲悠就猜到了，只是听到他人确认时仍觉得心惊，"谷香卉与你串通，左右探来了消息，挑了一个最热闹的日子在樊楼自尽，还留下了能证明你身份的东西。你们早就想好了，要以此引发上面的关注？"

"很俗套的方式，是不是？可我们只能孤注一掷。"晏无凭回答，"至于为什么找你……夫人，你身为官门贵女，能为这些贱籍女子愤怒三分，实属不易。"

芷菱在一侧低呼了一声，似乎没想到曲悠是个女子。

这晏无凭眼睛倒毒，不过曲悠此时已无暇他顾。

"你就没有想过，你留下的东西只能证明你自己和谷香卉交情匪浅，你虽知道彭越不少秘密，说不定还有证据，但怎么保证他不会把所有的事情都推到你头上？"曲悠问，"就算你带着这些东西去敲登闻鼓，你不是苦主，他害人时必定做过打算，你这算什么罪？"

晏无凭瞧着她，目光中隐有赞赏之色："你说的这些，我都想过，你放心，我自有办法解决。"

他刚说完这句话，一侧的柏影便捂着脖子"哎哟哎哟"地叫了起来。他睁开眼睛，看见面前的情形，一时怔住："发生何事？为何我觉得颈间酸痛……"

曲悠道："柏兄，过会儿我再同你细细解释……"

"你得走了。"晏无凭却没有继续同她说下去的心思，"香卉出事，今日我是来替彭越处理她的物件的。你也看到了，外面都是彭越的人。你们拿酒淋了衣物，装作大醉，骂骂咧咧地出去，再不走，楼下的人该起疑了。"

曲悠只得答应。临行至雕花木门前，她突然听见晏无凭在她身后低声问："你怎么不问我为何要做这些事情？"

柏影一头雾水地看着两人，曲悠回过头来，突然躬身向他行了一礼。她露出了进屋以来第一个笑容，她相信晏无凭看得懂她的笑意。

曲悠轻声道："我知道你为何要做这些事情。"

晏无凭也笑起来，冲她吹了个口哨："后会有期。"

∽ ∽ ∽

晚间，周檀竟出乎曲悠意料地回了府，同曲悠一起吃了晚饭。

曲悠回府时已是戌时中，韵嬷嬷见她劳累，便吩咐厨房赶紧开火，不多时便端了六菜一汤上桌。

曲悠省亲那日曾对母亲提了一句周府厨子的事。第二日，曲府的老嬷嬷便荐来几个踏实能干又忠心耿耿的老仆。有了这几人分担，周府的事务也逐渐井井有条起来。韵嬷嬷和德叔办事极为精细，赏罚分明，加之周府鲜少殴打仆役，短短时间内便运转有序，仆役们干劲儿也比从前足了些。

曲悠持箸尝了一口面前的八珍烧鱼，味道果然比从前好了不知多少。就算她本来无心品尝，也不免赞了一句"厨房用心了"。

韵嬷嬷在一侧欣喜道："之前夫人给厨房写的食谱，掌勺师傅颇感兴趣，还托我找夫人再要几张。只是有几句，仿佛是什么'火腿'，师傅不明白这是什么意思……"

"喀……"曲悠呛了一声，正想回答，却听见门房突然有人来报，说周檀回来了。

周檀连官服都没换，摘了幞头便来到曲悠吃饭的抟峦院。

曲悠远远地看见他一身朱红官袍，待他进门，便关切问道："案子进展如何？"

周檀没吭声，沉默地坐下来，等韵嬷嬷给他递来银筷，然后垂着目光自顾自地吃了起来。

他一回来，周围的丫鬟和韵嬷嬷便不敢再多说。曲悠抬头看了一眼，众人便下去了，还贴心地为二人关了门。

桌上只有一道甜食，被叫作"庵波罗果"的杧果刚传入中原不久，曲悠在采买处见后，十分高兴地给厨房师傅写了一道食谱——冰镇杨枝甘露。由于椰奶难寻，主配料换成了牛乳，但风味大差不差。周檀似乎很喜欢这道甜品，但是没敢多吃，保持着每夹三次菜便舀一勺的频率，估计是不想让旁人看出来。

曲悠支着头看他，缓缓回忆起晏无凭之前的托付。她不知道晏无凭认不认识原本的曲悠、有没有看出她的身份，但她娘家势力单薄，如果真想按照晏无凭所说，在必要时低调转移芳心阁众人，最好是找周檀帮忙。可是她现在有些不太敢相信周檀了。

种种疑惑堆在心间，总是让她忍不住往最坏的方向去想。

其实，最坏的不外乎周檀和那个彭越沆瀣一气，说不定还掺和了芳心阁的事情，此时不过是装模作样地走过场。她求助之后，周檀便会立刻告知彭越，想办法把事情压下去。若是如此，周檀为何敢让她插手这件事呢？况且，她总觉得，若非临行前周檀的提醒，她恐怕注意不到那个鸨母。

曲悠闭上眼睛，总能想起周檀目睹那女子坠楼时的神情，能露出那样神情的人啊……

她在这边思索着，周檀却不知什么时候吃完了。他轻轻搁下手中的筷子，拿绢子擦了擦嘴，随后道："典刑寺只有一个姓晏的人，刑部已经派人去拿他了。不过，此人是典刑寺卿彭大人的心腹，彭大人方才遣人来说要到府上拜会。他来时，你不必出面。"

曲悠把那碗杨枝甘露端了过来，往他面前推了推："为何？"

周檀低头看了一眼，抿了抿嘴，努力无视这碗他应该很喜欢的甜食："不必多问。"语罢，他便再不多说，径自离开了院子。临走时，他吩咐了一句，要韵嬷嬷开新霁堂迎客。

原来，周檀是为了见彭越特意回来的，可是有什么事是他们在刑部说不得的吗？曲悠立刻起身，跟着周檀往外走去。

新霁堂是她亲手布置的，两侧珠帘和影屏后可藏身。周檀回房去更衣，她便想办法先潜入了新霁堂。

彭越来得很快，屏退下人后，两人便说起了话。

珠帘离正堂的座位有些远，曲悠不敢探头，只能隐约听出彭越约莫过了不惑之年，声音和先前的梁鞍有些像，圆滑、油腻："周贤弟，怎么不见夫人前来？你先前一直孤寡一人，听闻夫人年轻貌美，可算有人……你也该……"

后面的声音有些含糊，曲悠没听清，只听见周檀向来冷冷淡淡的声音响起："内子身体不适，不便见客，彭大人见谅。"

彭越爽朗地笑起来:"无妨。说起来,今日我上门,想必贤弟知道我的来意。我叫周大人一声'贤弟',实则……傅大相公向来……贵妃和九皇子又……"

他说了几句,周檀又答了几句,两人的对话并不出格,曲悠只听出这个彭越在当朝的宰、执之争中应当隶属宰辅傅庆年的阵营,明确地支持傅贵妃和九皇子。傅贵妃为周檀赐了婚,绝了他与执政高则之女的婚事,想必彭越这次上门也有拉拢周檀的用意。

两人闲聊了好一会儿才聊到晏无凭。令曲悠意外的是,彭越居然声称完全不在意晏无凭,让周檀不必顾及他的面子,可以随意提审。彭越想把一切罪责推到晏无凭身上,她并不意外,但听他的语气,显然是胸有成竹,有恃无恐。他若同周檀有勾结,不至于在他面前说这样的话;若无勾结,又任凭刑部提审,他怎么能保证晏无凭一定不会对他不利?

曲悠一边在心中思考着这些问题,一边微微放了心——周檀和彭越并不知她在此处,不会刻意说给她听,想来周檀就算再心狠手辣,也不至于跟彭越这种人同流合污,做一些丧尽天良的勾当。

彭越的笑声不时从帘外传过来,曲悠伸手摸了摸面前与她等高的青花瓷瓶。冰凉的触感让她打了一个激灵,顿时醒了神。

彭越怎么能保证晏无凭不会对他不利?他为何要执意漏夜来见周檀?曲悠本以为他是来为晏无凭说情的,可二人这番对话根本没有什么价值。

仿佛是为了印证她的猜想,门外响起一串纷乱的脚步声。

贺三出现在门口,语气慌乱:"大人——"

周檀口气淡淡,隐有不悦:"我有客人。"

贺三却顾不得规矩:"大人,东街……半个时辰前有民宅着火,我们虽看得紧,但一时无措,水龙来时,已然迟了。"

怎么能保证?

——当然是杀人灭口!

他提前到周檀这里来,是为了把自己择出来!

曲悠死死掐着自己的手心,顺着那青花瓷瓶滑坐在地上。不知道晏无凭猜没猜到他的行动。

周檀端坐正位,朝一侧的彭越看了一眼。

彭越浮夸地惊呼了一声,眼神却带着得意:"周大人,你派人去东街看着哪位疑犯呢?这是何意,疑犯因火身亡了吗?"

彭越再不多说,大笑着告辞离去。

贺三惊魂甫定,站在门口低着头,思索着如何告罪。查到晏无凭后,碍于他是彭越心腹,刑部一时不好直接拿人,周檀便遣了几个手下,让他们盯好晏无凭。

晏无凭整个下午都在芳心阁,出了芳心阁却先去了彭越府邸。贺三带着人在门口埋伏良久却一无所得，反应过来那人可能已经从后门离开的时候便晚了。东街的火已灭，只剩一片黑乎乎的废墟。贺三站在原地，冷汗涟涟，不料半晌只听见一句："我知道了，你先回去吧，我待会儿便回刑部。"

周檀坐在原处，慢条斯理地倒了彭越未喝尽的那杯茶。等贺三离开之后，他便咳嗽了一声。

"出来吧。"

曲悠怔了一会儿才意识到周檀是在和她说话。她从地上爬起来，撩起了珠帘："你知道我在这里？"

周檀起身，简单地道："跟我走。"

德叔在后院为周檀备了两匹马，他翻身上了其中一匹。曲悠已换上了男装，却迟疑着未动。见周檀看过来，她只好解释："我不会骑马。"

周檀一愣，眉心微微蹙起，片刻便舒展开来，朝她伸出了一只手："上来。"

漏夜准备马车太过麻烦，曲悠略微迟疑，把手递了过去，还没回过神来，便被周檀一把抱上马。他张开双臂将她护在身前，骑马出了府。

说来不可思议，成婚以来，两人还是初次靠得这样近。

曲悠的鼻尖都是静水香的气息，她甚至能感受到对方胸口轻微的起伏，低低的喘息喷吐在她的颈间，有些湿润的痒。

马疾驰过黑暗的巷口和依旧繁闹的汴河大街，在青石板铺的地面上砸出嘚嘚的声响。

曲悠扭过头去，想看一眼周檀现在的样子，对方却收紧了胳膊，低声警告道："别乱动。"

两人的心跳声混杂交织，曲悠抓紧周檀的一只袖子，小声问："你知道我在，为何不介意？"

周檀不说话，专心地骑马，偶尔才会说一个"驾"。

直到临近皇城外四街的刑部时，周檀才冷不丁道："彭越此人平素最好貌美女子，且背有倚仗，你看得出来，他并不在意会不会冒犯我。"

这与曲悠设想中的回答大相径庭："所以你不想让我见他，是因为——"

担忧他冒犯我？她没有来得及说完这句话，周檀便拉紧了手中的缰绳，自己先下了马，随后单臂把她抱了下来。

两人在刑部门口恰好撞见刚从东街回来的一批侍卫。侍卫们朝周檀低头行了礼，为首的一人道："大人，我们把尸体带回来了。"

周檀沉声问："找到纵火痕迹了吗？"

侍卫垂头答道："尚未。"

曲悠刚迈步进去，便见有人掀开了尸体上覆着的白布。

这还是她第一次见尸体，登时面白如纸，纵是如此，她还是强迫自己看了一眼。

因是火灾丧命，尸体被烧得惨不忍睹，她隐约分辨出这就是晏无凭下午见她时的服色，不免哀叹一声。她紧紧抓着身侧周檀的袖口。周檀皱了皱眉，看她一眼，却没有挣脱。

曲悠喘着粗气，又看了几眼，忽然呼吸一滞。她手中一松，周檀便蹲下身来，亲手为尸体重新盖上了白布。他从得知失火的消息到现在，平静得过了头，曲悠方才在颠簸间还在纳罕周檀为何如此平静。现在……她大概猜到了。

侍卫在一侧低声道："仵作来瞧了一眼，尸体是二十四五岁左右的男子无疑，虽面部损毁，不可辨认，但依据服色，可断定是晏侍卫。仵作稍后再来查验，有结果便报与大人。"

周檀微微点头，朝后堂走去。曲悠扯着他的衣袖跟上去，心中缓缓浮上来一个连她自己都不敢相信的猜想。

后堂无人值守，跟上来的贺三似乎知道周檀与她有话要说，便为他们关好了门。

两日不见，原本空白一片的屏风再次被写了许多字，曲悠于屏风一侧经过，瞥见了字迹不一的留言。

她先瞧见了一句"哪位仁兄补的佳句"，又瞧见一句"近日事多烦躁，所幸母亲得钱抓药，问先生安"。不过此时她没有心情多看。

周檀负手转过身来，开口问她："你想说什么？"

"那尸体不是晏无凭的。"曲悠看着他琥珀色的眼睛，果然没有在其中发现一丝讶异之色，"我方才还在想周大人怎么如此平静，现在却猜到了一两分。"

周檀语气平平："哦？"他顿了一顿，又问，"你怎么知道那尸体不是晏无凭？"

曲悠紧盯着他说："因为晏无凭是女子。"

周檀掀起眼帘，口气中带着几分赞许："你看出来了？"

"我自幼常弄脂粉，知道若扮男子该如何伪装，晏……晏姑娘也深谙此道。"曲悠回答，"我们的装扮，常人看不出来，她比我扮得还好，只有一点——她忘了给自己画喉结。"

周檀下意识地看向她颈间，果然发现曲悠在自己的咽喉处描了如同男子喉结般的阴影。

"不刻意关注，绝不会注意到这样的瑕疵，恐怕连芳心阁的姑娘们都不知她的身份。我离开时，她问我为何相信——因为我知道她是女子，能够感同身受她们的遭遇，我亦如此。"

"你们……"周檀轻声道，"都是良善之人。"

"那你呢？"曲悠仔细观察着他面上的表情，反问道，"昨日我离开刑部，你应该不会不知道我要去哪里吧？"

周檀目光沉沉。

"我有一个猜想。"曲悠目不转睛，露出笑容，"或许你一早就认识坠楼的谷香卉和扮作男子的晏无凭，更有甚者，或许她们本就是为你所用，从樊楼那日开始，你布了一个大局……"

看着周檀波澜不惊的神色，她就知道自己猜对了，喉咙一阵发紧。

"你行事多有不便，正愁无人替你分忧，便决意利用我——不对，是我自己要查，不能怪你，你只是顺水推舟罢了。所以昨日你指那个鸨母给我看，引我去了芳心阁。我前脚刚到，晏姑娘便来了。你明明派了人跟着我，却不曾救我，因为你知道晏姑娘是你的人，可她分明知道我是你的夫人，还是试探了我。周檀——"曲悠连名带姓地叫他，目光毫不躲避，"你怀疑我啊？"

周檀摆弄着手腕上一串小叶紫檀，没有说话，两人之间陷入一片静默。

夜色沉沉，堂上烛火忽地一跳，噼啪，爆了个灯花。

周檀终于抬起头，露出了一个曲悠很陌生的笑容，那笑容冷漠、轻佻，毫无被拆穿的惧色。曲悠看着他的脸，有些心惊地发现，周檀此前对她太客气了，直到今日，她才真正地见到他传闻中的样子。

窗外风声萧瑟，周檀的声音轻得如同气声："是啊，我试探你、怀疑你……那又如何？"

曲悠向后退了一步。周檀站在原地看着她，琥珀色的眼瞳平静、深邃，这是她第一次感受到对方直接的威压。

二十一岁官居四品的年轻臣子，未来整个胤朝最年轻的宰辅，心思自然比她重千倍万倍。先前她一直观察对方，总是觉得他捉摸不定。原来周檀就连表面的平静都是装出来的，醒来那日问的一句"你想要什么"都算客气，在她怀疑对方的同时，对方的疑心比她更甚。

曲悠发现自己不知不觉间已退到那架屏风前，她伸手扶住屏风的一端："你为何疑我？"

"那日我醒来，你于我有救命之恩，却什么都没要。"周檀的目光越过她，落在那架屏风上，很快便移开了，"你不动府内钱财，不收权柄，为我跟你父亲顶撞——我更想问你，你做这些，我不该怀疑你吗？"

他这是什么奇怪的逻辑？曲悠气结："我救你、维护你，难道是我做错了？"

"这世上怎会有人无缘无故地救我？你是何身份，是何立场？"周檀冷冷地回应，"你到底为何非要插手谷氏一案，为何对我施恩？"

"寻常女子，哪有这样过目不忘的心细？你熟知昭罪司流程，连大胤的法典条例都能脱口而出，不顾惜身份、名声地跟我出入青楼，毫无芥蒂。形容、仪态、规矩、礼节，你全然不知，连言语都时常有异……"他一步一步地走过来，屏风上映出他的清瘦影子，将她笼罩在内，"我问过不止一次你是谁的人、你想要什么。"

"倘若我说……我只是想救你，并不想找你讨东西，恐怕你也不会信吧？"曲悠的手指无意识地抠着手边的屏风木架，缓缓地道，"我是谁的人……周大人既然这么疑我，怕是早就查过我了吧。查不出什么才要试探，归根结底，你就是不信有人会这么待你。"

周檀沉默以对，眼中却闪过一丝复杂的神色。曲悠分不清那到底是震惊还是猜疑，她愣了一会儿，却突然想起了什么。

"你方才承认是你布了局，我入局是因同情那些女子，那你呢？让我猜猜，你只是为了扳倒彭越吧？谷香卉的性命、那些女子的性命，都是你的筹码，是也不是？"

她看见周檀的喉结滑动了一下，随后垂了眼眸。他睫毛颤抖，一副很可怜的样子，声音很哑却毫不犹豫："是。你猜到是我布局的时候，不就应该料到这些了吗？你的同情、我的利用，于她们而言并无分别，市井流言，你难道没听过？我本就是这样不择手段的人。"

他一口气说了这么多话，不禁面色有些苍白，不得不扶住身侧的屏风。

曲悠紧紧地闭上了眼睛，心中万千思绪翻涌。

从周檀醒来那一刻开始，同情和猜忌、开脱和反复，截然不同的两种情绪就开始干扰她的思绪，她总是陷入感性的"他看起来没有那么坏"和理性的"他确实做了这些"的交锋。可她作为一个历史研究者，对他本该不该有爱恨，连情绪都不该有。

然后她睁开了眼。她看着面前的周檀，无比清晰却又略微惊慌地意识到，她已经不可能对他进行纯粹理性的审视了。因为面前的他有呼吸有心跳，不是冰冷的书页记载，而是活生生的人。她与他朝夕相处，对他产生影响客观评价的主观情绪，是决计不能消除的。所以，就算周檀亲口承认他拿谷香卉的性命做筹码来进行政治倾轧，她也没有"原来如此"的鄙夷，心中涌出来的第一种情绪居然是失望。失望于周檀竟然真如史书所说，失望于他的狠毒。或许是那日谷香卉坠楼时周檀面上一闪而过的无措令她产生了错误的感性预判，她居然背离史书，误以为周檀是个正直君子，导致他露出真面目时，她满腔只余冰凉。

周檀似乎读懂了她神色中的失望和冰冷，嘴唇一颤，似乎想要说什么，最后还是没说出口。

"世人说周大人不择手段，"曲悠缓慢地道，"今日，我才领教了……"

"所以我说，可以相信你为她们不平，但你有什么理由同情我？"周檀飞快地说道，咬牙切齿，似乎说慢了就会泄露言语中的颤抖，"我不是什么好人，你为何像第一天知道这件事一样？你清清楚楚，还要对我施恩，是想让我感谢你，还是有别的目的？今日你说明白，总比来日我查出来要好。"

曲悠露出了苦笑，略带些同情道："周檀，你太可怜了，亏心事做多了，别人对你有一点点善意，你都不敢相信。"

周檀冷笑一声："你似乎并不怕我。"

曲悠一怔，她这才意识到，或许是因为她知晓大胤的历史，所以面对连梁鞍都吓得颤抖的周檀，她居然没有什么感觉。

这样不择手段的弄权者，其实伸出一根手指头就可以踹死她吧……就如当日梁鞍在堂上叫嚣的一般。也不知为何，她对周檀，始终没有生出半分恐惧，甚至诡异地有亲近之意。

曲悠想到这里，下意识地转过身，想要离开此地。早就该知道他做出这样的事并不奇怪，为何不能平静，为何失望的情绪会如此浓重呢？

她还没有走到门前，就听见贺三敲了敲门："大人，仵作那边来回话了。"

周檀良久没有言语，曲悠感觉他往前走了一步，似乎想要应声，却不知为何没开口。她有些迟疑地转过身来，正好看见周檀一张褪了血色的脸，他扶着屏风深深弯腰，大口地喘着气。抬头看见她转身，他竟下意识地退了一步，差点没站稳。

曲悠吓了一跳，连忙上去一把扶住了他。这动作太过熟悉，令她霎时回想起周檀刚醒时的情景——两人在屏风之后，他站不稳当，她过去搀扶，静水香飘浮在琥珀色眼睛的主人身侧，让她难得出了神。可这次周檀的状况居然比他重伤未愈之时还要严重，被她扶住之后，他像喘不过气一般剧烈咳嗽起来。曲悠只好抱住他，同他一起摔坐在地上。他伸出一只手，死死拉住她的衣袖，就像方才她拽着他一样，束得齐整的鬓发在她肩头蹭得松散。

"你……你怎么了？"曲悠慌忙问。但是周檀没有回答。她一低头，勉力看清一些，顿时感到浑身冰凉。

周檀清瘦，朱红官袍在他身上略显宽大。袖子偏长，她一眼看过去，发现那处明显比其他地方深了许多——刚才他没说出话来，竟是因为咳了一袖的鲜血！

贺三在外又迟疑地敲了一下门。

周檀胡乱地抹掉了唇角的血，似乎是没法儿再躲避。他抖着手从怀中摸出了一个小小的青瓷瓶，塞到曲悠手中。

"帮……帮我……"

想必这是随身携带的药物，曲悠拔了瓶塞，急道："你应该吃几粒？"

周檀皱着眉头发出痛苦的气声，她听不清楚，只得凑近些。

不料周檀一把捏住她的后颈，曲悠躲避不及，下颌重重地撞在他的锁骨上，就像被他蛮横地摁在怀里。这个姿势太暧昧，她甚至再次听见了周檀的心跳声，不由得身体一僵。与此同时，她也听清楚了周檀的话。

"帮我……扔掉……不要让我看……看……"

他恶狠狠地一推，青瓷瓶从曲悠的手中脱落，在屏风的另一侧摔了个粉碎。

似乎是听见了房中的声响，门外的贺三顿了顿，随即直接闯入堂内。他回身关好门，匆匆跑近，只以为曲悠是周檀旁的下属："先生，劳烦将大人抱得紧些。"他似乎不止一次见过此种情形，虽意外，但并无多少慌乱之色。

曲悠照他所言抱紧了周檀的腰，心中还在不合时宜地胡思乱想之时，贺三便撩开了周檀一侧的袖子，干脆利落地抽刀在他手臂上划了一道。

"你干什么？"

曲悠吓了一跳，怔愣间，贺三却熟练地从后堂翻找出了纱布和药酒，将药酒淋到新鲜的伤口处。

想来此时应该非常痛，周檀无意识间挣扎了两下，幸亏她抱着才没有撞到别处。

贺三将纱布垫在他的手臂之下，却并不包扎，而是就此起身，对着曲悠迟疑道："先生可要随我一起出去？大人他……在我处理之后并不喜欢被人打扰。"

出去？曲悠低头看着一只手死死拽住她的袖子、神志不清的周檀："无妨，我与周大人还有事商议，你……经常为他处理吗？这是什么病症？"

贺三恭敬地答道："等大人醒来，先生可去询问他，属下不便多言。"说完，他抽出一方帕子，小心地收起了方才被周檀砸碎的瓷瓶和药丸，随后躬身离开。临行之前，他还说道："先生再等一炷香的工夫即可，不须为大人包扎伤口。"

这一刀划得不深，伤口又淋了药酒，出血隐隐有止住的趋势。曲悠腾出手，撩起他的袖子，以免与伤口粘连，却无意间看见他的左侧手臂上全是长长短短的刀痕。

先前周檀重伤之时，她就知道此人身上有很多旧伤——年初进刑部大狱，他也是脱了层皮才下定决心写下《燃烛楼赋》。可观他手臂上的伤痕，基本上全是新的。是什么病状发作，竟然需要自伤来遏制？看那个侍卫的动作，这样做显然不是一次两次了，这些伤估计都是发病时留下的。新伤叠着旧伤，伤痕累累，曲悠看得心中发颤。

怀中的周檀突然哆嗦了一下，她便抱得更紧了一些。

周檀半眯着眼睛，意识似乎回笼了几分，没有受伤的右手缓缓地抬起来，飞快地摁在自己的伤口上。刚有止血趋势的伤口立刻重新流出鲜红的血液，他发出了一声沉痛的闷哼。

曲悠甚至没来得及反应，便抓住了周檀的右手，不料对方手劲儿极大，差点挣脱。情急之下，两人的手紧紧相扣，曲悠终于借力把他的手压在地上："周檀！"

她唤了这一声，周檀立刻安静下来，泄力一般闭上眼睛，呼吸也渐渐平复。

大抵过了一炷香的工夫，曲悠看见他睁开了眼睛。那双眼睛中还残余着方才吃痛时的泪意，却逐渐清明，沉沉冷却。

周檀喘了几口气，终于醒过神来。他抬眼就看见了正把他抱在怀中、一只手与他紧紧相扣的曲悠，面色顿时空白了一瞬。

"你……"

曲悠松了手，周檀立刻抬手掩住了自己的伤口，目光扫了过去："这是你——"

"是你的侍卫进来动的手。"曲悠知道他要说什么，立刻问，"你没事了？"

周檀低着头避开了她的目光，动作僵硬地将方才贺三垫在他手臂下的纱布为自己裹上，鼻息有些乱，却没有答话。

曲悠看他单手为自己裹伤口有些费力，便叹了一口气，将他的手臂接过来，又淋了一些药酒，然后将纱布结结实实地裹了上去："这伤口恐怕要敷些药才能好得更快。"

他在无意识的时候还知道痛，真醒了却是一声不吭。

曲悠为他裹好了伤，发现周檀仍然不敢看她："你这是什么病症？"

"不必多问。"周檀哑声道，他捂着伤口朝她艰难地点了点头，算是道谢，语气中又带着威胁之意，"此事，不要告诉别人。"

可惜他脸色苍白，声音微弱，听起来实在没有什么威力，反而像她养的那只受了伤后还死要面子的猫。

不等曲悠回话，周檀便继续开口："既然我们已把话说开，我也不妨告诉你，我让无凭托你保护芳心阁那些女子，是因为我不能插手。"

"晏姑娘没死，想必你们还有后招。"曲悠思量着道，斜睇了他一眼，"也是，此案由刑部接手，你得避嫌。"

周檀轻轻地嗯了一声，道："此事，我如今还不该知情，但那些人后续有用，无凭不便现身。"

"可我若不能求助于你，如何保护那些女子？"曲悠问。

"你去找柏医官。他平素施恩与穷苦之人，同北街的小民、乞丐都有交情。"周檀道，"北街有位大掌柜，你们寻一乞丐引见，向他求助。"

他将桩桩件件安排得井井有条，曲悠听着，忽地说："哦，原来你连柏影也查过了，这才决定利用我，周大人，算无遗策呀。"

周檀扶着一侧的屏风踉跄着站了起来："从之前救我性命到此番便宜行事，确是我欠你的人情。"

"所以呢？"曲悠学他拖着长腔。

周檀道："开价。我喜欢明码标价的生意。"

曲悠就知道他会继续这么说话，顿时感觉自己实在没办法跟这个多疑多思的固执古代人沟通："谁要跟你做生意？周大人，你还是快点升官，早日跟我和离吧，要不然天天被你猜忌，还得跟你吵架，我怕我会死得很早。"

语罢，她便推门离开了，剩下周檀一个人站在堂中。

他在原地良久未动，眼神移到屏风上的字上，下意识地略微用力掐了掐自己刚刚包扎好的伤口，眉头紧蹙一阵，又舒展开来。

周檀默默地想着，他本以为文官后嗣自该守节端方、克己复礼，可曲悠……完全不似他从前见过的任何女子。

和离一事有损女子名节，虽如今再嫁之人不少，可文臣家中的女儿最重名节，恐不会轻易应下。只是曲悠自如、直爽，甚至带着一点点聪慧的狡黠，言谈举止不受任何约束，不介意和离，连"死"字都可以张口闭口地随意说出。她愿意为身世可怜的贱籍女子一怒，也愿意为他包扎伤口。他查了她许久，却一无所得。若真如她所说，只凭心意救他性命，她倒是个极好的女子。

血迹从包扎完好的纱布中渗出来，周檀攥紧了手指，面无表情地向外走去。

不管她为何不介意、为何这样说，如此甚好。她说得对，早日和离，他这样的人，本就不该娶妻。

第三章 燕归来

> "天道昭彰，公理尚在，世间有火，便不算全无希望。"

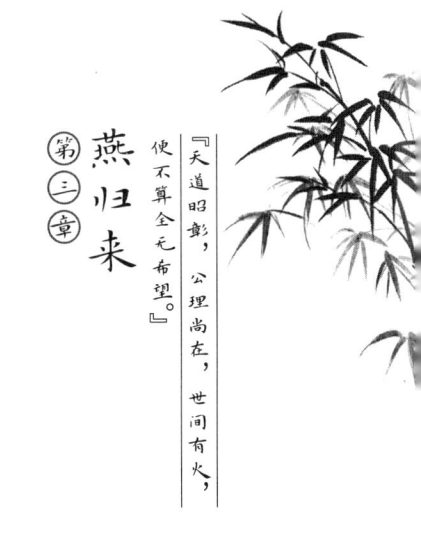

击鼓

此后的半个月里，曲悠没有再见过周檀。

她依照周檀所说，与柏影一起寻了北街的乞丐，托他们引见整条街的主人。

汴河尽处南、北二街流民混杂，本是整个汴都最混乱的地方，但此处真有一位被称为"艾老板"的神秘人物。

柏影在此之前听说过此人，南北二街的商铺老板、码头的督行及船工、住民乃至乞丐都知道这号人物，周檀口中的"大掌柜"，便是这位艾老板。

不过，传闻中的艾老板十分低调，其手下之人最常做的事不过是巡视街头、制止恶斗及帮人办事，名声十分好。因为他们的存在，南、北二街虽然人众事杂，但治安很好，鲜少有工头欺压、乞丐斗殴之类的事发生。

来得多了，曲悠便发现芳心阁所处的地方十分微妙。北街以汴河引出来的朝明渠为界，同一侧的朝明坊割席，而芳心阁正好在朝明渠凹向坊内的一侧，如此一来，此楼到底属于坊内还是北街，便不好判定。

柏影从前在路边救治过的一个小乞丐告诉二人，芳心阁这边，艾老板从前是不派人来巡视的，听闻这阁有大官罩着，不由北街管辖。

曲悠一边塞钱托这小乞丐暂且帮她寻几个人盯着芳心阁，一边与柏影一起去北街艾老板常去的那个茶楼递拜帖。据小乞丐所说，艾老板不喜见外客，她本以为办此事有些困难，结果第一日去，艾老板便传了口信，称她所求之事已有人知会，他必倾力相助。

周檀既然已经知会过了，为何非要她来担这个名头？

半个月内，坠楼一案在市井间议论纷纷。唯一的嫌犯晏氏死去之后，刑部更是被推向了风口浪尖。曲悠与柏影随便找了家面馆吃饭，都能听见堂中唾沫星子横飞

·069·

的议论。

"真不知此事会如何收场。"柏影搅着面前的一碗鸡汤面,抽了抽鼻子,"你那好夫君没有给你透露一二吗?刑部迟迟拿不住人,还放任流言如此,骂他的人可不少啊。"

他刚刚说完,曲悠便听见身后有人配合般大声道:"那刑部侍郎平素倒是雷厉风行,真有这本事怎么拖了如此之久!可见从前也不过是罗织冤狱,如今扯上了权贵大官,他巴结都来不及,定是破不了了!"

另一人便道:"刑部侍郎,便是从前顾相门下那个白眼狼吧,我听闻……"

曲悠正忙着从自己碗里往外挑葱花、香菜,听了这些话,她只好苦笑一声,学着柏影压低声音:"我好久没见过他了,他近日很少回府,偶有几次,我都不在。"

"哪有你们这般做夫妻的,"柏影啧啧叹道,"你天天与我这个外男混在一起,他也放心?"

曲悠终于挑光了碗中的葱花、香菜,瞪了他一眼:"拿了我这么多银子,你有不满?"

"没有!"柏影立刻回复,"艾老板说,他前几日在芳心阁附近抓到了一个行迹鬼祟的人,带着火石、火油,估计是想故技重施,可惜自尽得太快,艾老板的人没问出什么来。"

曲悠倒了许多醋进碗中:"果然,麻烦艾老板了。不过他仍不愿现身,也不说需要我们回报什么吗?"

柏影摇头:"大概要等到此事彻底结束之后吧。他若要报酬,恐怕会找你夫君讨。"

曲悠若有所思地点头,又想起一事:"对了,那粒药丸,你验过了吗?"

周檀在刑部后堂咯血那日,砸了怀中的那个青瓷瓶子。贺三进来仔细收了一遍,却没发现一粒药丸的碎渣落到了曲悠的官靴旁边,她便借此机会偷了出来,带给柏影查探。

"你不说我都忘了,我还想问你,这玩意儿,你哪儿来的?"柏影一拍大腿,凑近了些,"当时我没法儿确定,回去验了许久。你可知这是何物?"

"呃……是那日去芳心阁清扫时丁香姐姐房中的。"曲悠顺口扯了个谎,既然周檀不愿让人知道,她也不方便多说,"我要是知道是何物,就不用问你了。"

艾老板答应帮忙后,当即便派了人到芳心阁,控制了鸨母和几个打手。晏无凭死后一段时间,彭越等人应该放松了警惕,他们很方便地把楼内清理了一遍。待彭越回神,芳心阁已然脱离他的控制,他不敢有大动作,只好遣人如从前一般纵火,只是尚未得手。

曲悠近日常去楼内。那日,芷菱蘸水写下的是彭越逼死她的父母、强迫她落入风尘之事,芳心阁诸人皆经历过这样的往事。曲悠找了宣纸手札,与众女交谈,将她们的冤屈——写下，想来之后会有用的。一来二去，她便与楼内诸人熟稔了。不过，还有多人不知道她的女子身份，只当她是晏无凭的兄弟。

青楼出现什么样的东西都不奇怪，这个理由说服了柏影。他神秘兮兮地吞了口中的面，含混道："这东西可不常见，也不是什么药丸……在这里说有些不方便，饭后我们找个雅间，我跟你细细——"

他还没说完，面馆门口突然跑进来个上气不接下气的小乞丐。面馆老板正打算赶人走，便听见他扯着嗓子喊道："皇城街有人敲了刑部堂鼓，递状子开公审了！若不快些，挤不到前排位置！"

"小屁孩没见过世面，刑部堂鼓又不是没响过，也值得大惊小怪？"面馆老板骂道，"去去去，别扰了人生意。"

"这回不一样啊！"小乞丐笑嘻嘻地躲开了他的扫帚，做了个鬼脸，"敲鼓的就是半个月前坠楼案的嫌犯——那个姓晏的！他没死，还告了个大官呢！"

这一句如投石入水，堂内顿时沸腾了。

"那姓晏的没死？"

"之前他就是被人灭口了吧，如今回来告的是谁？"

"孙兄、王兄，可要前去皇城街？同行吧。"

"甚好甚好。"

柏影连那碗鸡丝面的汤都喝得精光，他放下碗，唇角还残余着一丝油花："这是闹的哪一出？"

裹了甜酱的肉丝在曲悠口中，她嚼了又嚼，慢条斯理地咽下去，冲他露出了个狡黠的笑容："我也不知道。走吧，我那好夫君精心安排的好戏应该马上要开场了。"

∽ ∽ ∽

周檀喝了一盏手侧的清茶，茶叶放得多了些，微苦。

梁鞍在他下首弓着腰，十分恭敬的姿态："周大人，击鼓的是典刑寺前内侍，姓晏，他要状告的是……是从四品典刑寺卿彭越彭大人，罪名……"

他结结巴巴，冷汗顺着额角往下滴，彭越分明说过晏无凭已经身死，怎么如今……

"罪名是纵火、害命。"说完这句，梁鞍猛地抬起头来，"周大人，此人不过是典刑寺小卒，户籍又不在汴都，却口口声声要开公堂审理，是否……是否驳回诉状？"

他比周檀年长不少，在刑部混迹的时间更长，一直给小辈做小伏低，心中不愤，但自从上次在周府闹过一次，他一直心有余悸，生怕周檀报复，倒是比从前恭敬了几分。梁鞍感觉自己的腰阵阵酸痛,却不敢直起身子来。他至今还记得周檀刚来刑部时办的那几桩大案,说是陈年旧案,但为何压了那么久,众人皆是心知肚明。偏周檀毫无惧色,雷厉风行地从搜证到翻案,一个月办了三个五品及以上的要员,引得朝野震惊。皇帝既然亲自授了他权柄,便睁一只眼闭一只眼地默许了。事后梁鞍清查之时才发现,那些要员皆在不久之前的燃烛楼一案中弹劾过顾之言。周檀这样睚眦必报、吃人不吐骨头的主儿,怎么会这么轻易放过他呢?

半晌没听见回声,梁鞍感觉自己的腰快没有知觉时,周檀才搁下手中的茶,不冷不热道:"是吗?"

他起身从梁鞍身侧经过,推开门时又问了一句:"梁大人,刑部堂鼓,击鼓人有何规矩?"

曲悠和柏影费了半天的工夫才勉强挤到人群前面。

刑部前院正临皇城街,接着汴河大道,十分繁华。行人们听见堂鼓声,聚集得飞快,此刻已将前门处围得水泄不通。

律法有明文,若有人击堂鼓,便意味着有冤申诉,且不安于身,必须公开审理。但若是如此,岂不是大小案件的苦主都可以要求公开审理?

"不知这刑部堂鼓对击鼓人有何要求。"曲悠问了一句。

身侧立刻有人热心地凑上来给她解惑:"小公子不是汴都人吧?你有所不知,刑部的堂鼓可不是谁都击得的。"

围观的多是文人学子,也有几个纯粹看热闹的市井纨绔。柏影不知何时跟身侧一个公子哥儿搭上了话,正津津有味地嗑瓜子。

另一人对曲悠道:"本朝律法虽未写明,但刑部有不成文的规矩,击鼓者得是官宦或其亲属,家有宅地,财产五十两以上,且为命案申诉,才可鸣冤。"

"啧啧啧,之前也有击鼓者不符合条件,被刑部驳回了诉状,鞭笞五十以儆效尤。等闲可不敢乱来啊。"

官宦、财产、命案,好巧,这三样终于凑齐了。

曲悠思索了一下那日她离开芳心阁时晏无凭的眼神,心道果然是与周檀串通好了,假死脱身后以这样的方式现身,为的就是再添一把火。

晏无凭手持鼓槌,在那比人还高的刑部堂鼓上狠敲了三下,然后退后,跪下,高举着手中状纸,扬声道:"小人典刑寺内侍晏无凭,涉半个月前樊楼坠楼一案,本应候审,但因知典刑寺卿彭越秘辛,遭其暗害,纵火焚屋,险些身亡,人证物证俱在,伏请刑部公审!"

有不少围观群众刚到此处,听了这段话,顿时七嘴八舌地讨论起来。

曲悠踮着脚往前看了两眼,心念一动,便拽了拽一侧聊得起劲的柏影:"找个人到芳心阁去一趟,提醒一句,若有姑娘要来,务必请艾老板多派些人护卫。"

柏影从人群中迅速找了个小乞丐——这群孩子大都住在北街的贫民坊，在艾老板保护下有吃有穿，平日里流窜街头巷尾，最方便传话。那孩子得了他一个银锭，喜笑颜开地去了。

柏影有些心疼地收了钱袋，低声问："你怎么知道有人要来？"

"她没有带人证。我猜测，这人证就是芳心阁的姑娘，"曲悠道，"待会儿开公审定然要传的。之前艾老板护得严密，今日出来的路上，更要小心。"

她话音刚落，便听见人群静了一瞬，只见两个黑衣窄袖的刑部侍卫从前院的内门里抬出一张红木镂花的桌子，周檀跟在二人身后走了出来。

刑部朱红的圆领袍在日光之下镀成了绛红色。周檀居高临下地从刑部内堂高高的台阶上往下走，一手挽着自己略微宽大的袖口，蹀躞玉带束着瘦腰，腰间系着一把白玉文人剑和一只烫金织锦的金鱼袋。他虽然年轻，但无人敢小觑。

他一出现，人群便不知为何安静了下来，曲悠只能听见人群之外女子的赞叹，间杂几句"这便是侍郎大人""瞧着也不似传闻"的感慨。

周檀一路走到堂鼓前，漫不经心地朝人群中看了一眼。

曲悠觉得他的目光在看见她时顿了一秒，但很快移到了晏无凭身上。或许是错觉，曲悠想。

"堂下何人？"

晏无凭在他面前下跪、叩首，把方才的缘由重复了一遍。

周檀正想说什么，身后便传来一声急急的"且慢"。

梁鞍走上前来。他此刻也顾不得许多，面上赔笑，口气却带着威胁之意："周大人，属下没有别的意思，只是此人到底符不符合击鼓条例还未可知，京都府掌令和典刑寺卿没到，规矩不可破——"

人群中有人忍不住反驳，立刻有侍卫上前，堵在门口。

曲悠抱着胳膊，声音不大不小："法典未书，这到底是哪儿来的规矩？"

立刻有人附和："此人既是坠楼案嫌犯，理当升院公审。"

"正是如此……"

周檀突然咳了一声，平静地说道："梁大人说得对。"

人群中的曲悠一怔。

有人立刻反驳："苛求规矩，莫不是刑部理亏？"

"侍郎大人持身不正，如何能够……"

正在此时，人群中却挤出来一个满头大汗的黑衣侍卫。曲悠仔细看去，发现此人竟是贺三。

贺三气喘吁吁地跑过去跪下，像在宣扬什么一般大声道："大人，京都府掌令确认过了，堂下晏氏，余杭人氏，两年前随商船入汴都，后为典刑寺彭越大人近侍，置田五亩，宅邸一座，享官奉，无亲眷。"

然后，他将手中的户籍录展开，绕着周遭围观的人群转了一圈，让人们看清楚。

曲悠瞄了一眼，听见身边方才的热心人感慨了一句："这也忒巧，一切都将好，除了之前的几个条件，还正好在汴都住了两年。"

"是啊是啊。按理说，刑部不接非汴都人氏的状子，这人也是运气好，这几日他躲起来不会就是为了凑满这个两年之数吧？"

"李兄说得有理……"

原来如此。

曲悠看见周檀伸手接过晏无凭手中的状纸，无视一侧目瞪口呆的梁鞍，面无表情地转身，在红木桌前端坐下来。

"击鼓人晏氏合规，当履大胤法典三卷四十二条——击鼓状告，开东门，请诸位听审。"

∽ ∽ ∽

彭越接到刑部的传召书时，抬手便将桌上一整套茶具全都拂到了地上："这就是你们办的好事！"

他脚边跪着的黑衣侍卫一哆嗦，结结巴巴地回道："大……大人，当晚我们确实跟着刑部的人探过了。仵作说，死者服色、年龄和身段都同……同那晏先生一模一样……"

"那你们也不再去探查一番？废物！"彭越一脚将他踹翻，怒道，"连尸体什么时候叫人偷梁换柱了都不知道！"他勉力遏制了怒气，重新坐下，"芳心阁那边怎么样？"

黑衣侍卫只好硬着头皮回答："北街那位大掌柜拿着临河的地契，不肯放我们的人过去……大人事先吩咐我们不许声张，尤其是上次四哥被抓之后，我们还不敢妄动，没想到晏先生突然死而复生……"

彭越阴沉着一张脸站起来，冷哼了一声，刚想说话，旁边便传来一声温文尔雅的劝阻："大人莫急。"

黑衣侍卫伏着身子看了一眼。

之前坐在彭越手侧的那位素衣公子不急不慢地放下了手中的茶，他的气质与周檀有一两分像，生得颇为清俊，衣着素朴，一双狭长眼睛，瞧着便心思幽深。

他认识这位，是任家的嫡长公子任时鸣。

说起这任家，真当感慨两句。任时鸣的曾祖父原是进士出身，官至三品，煊赫一时；至任时鸣的父亲这一代，稍微败落，只在礼部领了个闲职。周檀带着弟弟前来投奔任氏，又连中三元，本是任氏中兴的好事，不料周檀狼心狗肺，任时鸣的父亲刚被牵连，他便与整个任家断了来往。任家虽勉力借款保主君不受流徙，但官职已去，此时任氏主君已与庶人无异。所幸周檀的弟弟周杨在军中混得有模有样，又入了任氏的族谱，才使得任氏不至于彻底败落。但从前在士人学子中颇受欢迎、爽朗风流的任氏嫡长公子自此便在士林书院中匿了踪迹。没料到，他却是在彭越手下讨前程。

任时鸣朝地面上的黑衣侍卫淡淡地看了一眼，那侍卫看懂了他的眼色，连滚带爬地退了出去。

"月初有何想法？"彭越将手中刑部的传召书往桌面上一拍，"照你看来，此事是不是你这位表兄刻意针对我？"

"彭大人慎言，月初可没有兄长。"任时鸣笑答，"我听闻周檀在典刑寺任职时便和大人不对付，此事若是他刻意所为，也说得过去。"

"若是他设局害我，该如何收场？"彭越冷哼一声，"刑部已开公审，若我此时不去，明日御史台上便会堆满弹劾的状子，这事儿要是闹到陛下面前，就不好收场了。"

任时鸣敲了敲手中的折扇，沉思道："彭大人可否再为我讲一遍你当初是如何认识那位姓晏的先生的？"

彭越抚着额，有些不耐烦地回忆道："姓晏的是两年前我处理渡口那边生意时识得的，不是汴都人。当时，他一手占卜技艺奇绝，还带着生意前来投奔。我见他可用，便留他在身边做了谋士。去岁又如他所愿，在典刑寺为他挂了个闲职，也算从商籍擢拔为官，谁知此人竟如此狼心狗肺……"

他絮絮回忆，任时鸣却喃喃重复："两年前……"

折扇在手中敲了三下，任时鸣像是忽然回忆起了什么，眼中浮现些许笑意："两年前啊。"

他突然起身，朝彭越行了一礼："彭大人只管往刑部前院去，无论他们问什么，你都不要回答，小人有办法解决此事。"

彭越狐疑道："此言当真？"

"小人尚无十分的把握，倘若我猜错了，便为大人将话递给傅大相公，请他相助。"任时鸣笑道。

任时鸣与周檀势如水火，彭越心知肚明。其实他对此事是否是周檀安排的也不能确定，但几日前谷香卉坠楼身死，他漏夜拜见傅庆年时，对方立刻认定是周檀所为，要他处理好相关事宜。想来周檀不过是一个年轻士子，彭越其实并不相信他有心算计到如此地步，但今日桩桩件件实在出乎他的意料，还是小心提防为佳。

思及此，彭越伸手在任时鸣肩膀上拍了一拍，笑道："此事若办好了，我与傅大相公都会赏你的。"

任时鸣不卑不亢地朝他抱手："请大人放心。"

∽ ∽ ∽

刚过正午，日光仍旧毒辣无比，刑部的公审地点设在前院，为方便诸人听审，便在露天之地。曲悠热得挽了一截袖口，侧头看去时，发现周檀虽在案前坐得十分板正，额角也全是汗水。

先前来看热闹的人已散去不少，长凳上空了一些位置，栅栏前则几乎不剩几个人了。

晏无凭状告彭越，若彭越不到，审理是无法开始的。

曲悠闭着眼睛回忆大胤法典的三卷四十二条，关于击鼓状告的法条上没有写击鼓人必须符合的那些不成文的要求，但明白地规定，民告官、下告上，居高位者必应诉状，否则便是为官不正。人不来，御史台风闻弹劾，案件就会闹到朝堂之上。彭越若是做贼心虚，万不敢到此地步。所以他是一定会来的，此时拖延时间，也不过是想消磨围观民众的耐心罢了。

一侧的柏影见曲悠闭着眼迟迟不睁开，忍不住拍了拍她的肩膀。

曲悠正在沉思，险些被他一巴掌拍下长凳："你干什么？"

"惭愧惭愧。"柏影笑嘻嘻地道，"误以为你中了暑热，正想上前掐人中呢。"

曲悠还没回话，离她不算远的周檀突然开口唤道："贺三。"

一侧的贺三应道："大人。"

"给听审席送些冰去。"

贺三略微困惑地朝后看了一眼："是。"

周檀抬手擦拭了一下自己头上的汗水，想了想又道："抬着冰盆从汴河大街上过。多派些人去，若有人问，便说今日刑部公审，是为看席准备的。"

不多时曲悠便看见众人抬着冰盆，几乎是浩浩荡荡地自前门拥了进来，周遭的空气顿时凉爽许多，同来的还有不少被方才这阵仗吸引的民众。她身边空了的座位被坐满，柏影又交了新朋友，只恨自己瓜子带的不够多。

约莫到了申时初，彭越才在几个侍卫的护送之下，悠然进了刑部的前院。

"小周大人……"

周檀坐在原地没动，朝彭越点了点头算是打招呼。二人本是平级，此举也不算失礼。

彭越走近几步，打量着跪在堂前的晏无凭。

晏无凭察觉到他的目光，毫无躲避之意，朝他看了过来。那目光冷如冰霜。

彭越顿了一顿，忽然问："你是什么人？"

"大人忘了吗，小人姓晏，名无凭，余杭人氏，永宁十四年随大人入了汴都，然后一直为你打理码头生意，去岁得眷顾入了典刑寺。"晏无凭轻笑了一声，答道，

"彭大人，我为你做了许多见不得人的事，可一直忠心耿耿，你何必非要灭口呢？"

周檀在上首轻轻咳了一声，示意一侧的贺三取了晏无凭的诉状，开始诵读。

晏无凭自身侧摸出了一块损毁的典刑寺铁牌，恭敬地呈上："大人，物证在此，此物是我死里逃生那日于纵火人身上取得的。典刑寺每块铁牌都有编号，带回去一验便知。"

刑部侍卫照例收了物证，又着人去传人证。

彭越却依旧一言不发，只是死死地盯着晏无凭："你我从前，是否相识？"

晏无凭在他印象中精明能干、温驯、服帖，从不曾对他露出这样的眼神。如此锐利的眼神，他一定在哪里见过。

堂下诸人听得兴致缺缺，传唤的人证却迟迟不来。

柏影拽了拽曲悠的袖子，紧张兮兮地问："难道出了什么事？"

曲悠摇头："若人证此时出事，彭越岂能脱得了干系？他不会做这么蠢的事。"

围观的民众那边忽地一阵骚动，曲悠朝外看去，只见一个身穿棉麻衣袍的素衣男子穿过人群，径自到了堂上。她瞧着这男子有些眼熟，却没想起他是谁。直到周檀变了脸色，她才突然意识到，她应该在当日成婚的厅堂见过这个男子。他似乎……是为周檀迎亲的任家子？可是他来这里做什么？

周檀抬头看去，面色忽然白了白，口中却怒道："刑部公审，闲人不可登堂，谁放他进来的？"

任时鸣毫无惧色，懒洋洋地朝着堂上拱手拜了拜。他瞧着一副温良无害的模样，只有看见周檀之后，面上才生出了讥诮的凉薄："敢问周大人，连击鼓之人的身份都未确定，你为何敢开公审？"

曲悠还来不及惊讶，任时鸣便扔下了手中的宅契和录证，转过身去，朝着刑部的庭院之外道："击鼓人晏氏分明为女子！永宁十三年自卖身入了汴都春风化雨楼，楼内籍契销毁得干净，只有在伪造身份重修户籍时露出了马脚，废旧契书现今在此，晏氏欺瞒公堂、造势击鼓，该当何罪？"

那张陈旧的契书轻飘飘地落下，连晏无凭自己都怔住，周檀在衣袖之下几乎掐破自己的手心，良久才起身。

曲悠看见任时鸣脸上露出了胜利的笑容。

晏无凭被刑部的侍卫带去"验明正身"，公审一时作罢，人群作鸟兽散。曲悠亮出那块更衣时周檀递给她的刑部铁牌，自前院混进了刑部。

她往周檀常在的书斋走去，恰好撞见任时鸣从后堂出来，两人打了个照面。任时鸣没有认出她。

曲悠只听见他身后传来一声几乎失去分寸的怒吼："任月初！"

任时鸣脚步一顿，却只是嗤笑一声，头也不回地走了。

曲悠往后堂小跑了几步，果然见到周檀站在门口，他似乎有些气喘，见到她也没有意外，只是略显疲惫地解释道："当年我为无凭重造户籍时还住在任家，月初询问，我便道是为身世可怜的女子脱籍。这小子脑袋灵光，猜出来了。当年留在家中的东西并未处理干净，是我的疏忽。"

曲悠道："时隔太久，你也不必自责。"

周檀睫毛一颤，摇了摇头："月初本性不坏，不该如此……与彭越这种人同流合污，也是我……"

他没有继续说下去，曲悠低头就看见他紧紧抓着从前受伤的小臂，急忙转移话题："今日公审未成，你可有后招？"

周檀直起身子，却冷冷一笑："无妨，我本也不指望公审能成，不开三司会审，如何能审判典刑寺卿？"

曲悠眉心一皱，很快便松开："三卷四十二条击鼓条令，刑部公审断不了的案件，诉者可敲登闻鼓鸣冤。"

周檀看了她一眼，微微挑眉。

"你法典背得倒熟。"

从春风化雨楼赎出晏无凭，造籍后送到彭越眼前，获取信任，收集证据；找到甘愿送命的谷香卉，制造整个汴都闻名的案件，分毫不差地敲了刑部的堂鼓。周檀明知道自己办不了此案，还是开了公审，为晏无凭敲登闻鼓铺路。

为了扳倒一个彭越，他布局两年之久，千头万绪，步步为营。曲悠现在才想明白为何他需要自己去和艾老板接洽，他是要在整个案子中把自己择得一干二净。

就算登闻鼓敲响之后三司会审，查到艾老板后也只是牵连到女扮男装的她。她与周檀不合，上下皆知，届时只要她解释是自己一人所为，便不需周檀避嫌，甚至可以为周檀当日亲眼看见谷香卉辩白为巧合，估计他一开始希望自己入局，就是为了在此处遮掩一二。

好心机，好算计。若非横刀杀出一个令周檀措手不及的任时鸣，本不该出一点纰漏。

曲悠抿了抿嘴唇，问："如今晏无凭女子之身被意外识出，你该着谁去敲登闻鼓？"

周檀简单答道："总会有人选，我自有办法。"

大胤法典特设击鼓一项，其实十分有趣。大胤初立之时沿袭旧制，击刑部堂鼓和登闻鼓不受限制，可鸣冤者实在太多，才不得不出了击鼓条例。

刑部击鼓已有诸多限制，而登闻鼓上达天听，更是等闲不可敲，想找一个比晏无凭更合适的人谈何容易。

周檀没有送曲悠。

曲悠一个人出了前院，姗姗来迟的芷菱泪眼婆婆地朝她奔了过来。她已然听说晏无凭被识破身份一事："小曲先生，我们在路上受了些耽搁，这可如何是好？原本晏先生说，只待登闻鼓响，我们便可递出那些冤状……"

曲悠想为她擦擦眼泪，忽地又意识到自己如今着男装不宜，只好递了方帕子。

芷菱刚刚接过去，便见曲悠突然愣住了："先生？"

后堂的屏风整整一扇写满了字，周檀扫了一眼，有些出神。他还站在原地没动，就看见身着深青衣袍的曲悠气喘吁吁地跑了回来，面上犹有汗迹，衬得一张小脸晶亮。

"你想找人敲登闻鼓，其实眼下便有最好的人选。"

周檀感觉心沉沉地坠了一下："谁？"

曲悠定定地看着他，毫不犹豫地脱口而出："我。"

"你？"

周檀面上隐有怒色，他往前走了一步，诧异道："你知道你在说什么吗？"

"五品以上官员及亲眷可叩登闻鼓，不受庭前刑杖。"曲悠冷静地说，"我已决意认芷菱为我的义妹，出面为姑娘们申冤，大胤律法可许？"

"你是我的夫人，你可知，你若行此举，会招致如何的滔天风雨？"周檀往身侧的案上一拍，"官门贵女，朝廷命妇，抛头露面地为贱籍女子申冤，就算合规矩，你还要不要名声？"

曲悠有些意外地看着他，慢慢道："我以为，周大人是不会在乎名声的。你要晏无凭状告彭越，不就是为了把他逼良为娼、为非作歹的事捅出来，上达天听吗？晏姑娘这一步行不通，便只能直接告了。汴都对坠楼一案如此关注，难道不是正合你意？"

"如果要让你直接状告，我为何要兜这么大一个圈子费心安排无凭？"周檀怒道。

"你放心，我会托柏影提前在市井散布流言，道我此举也有让你难堪之意。"曲悠思索了一遍，发现计划可行，"我是清流后嗣，自下身段为民申冤，未必没有好名声，你也恰好借此与我撇清干系，不会扰了你想做的事的。"

曲悠走过来几步，从他手中拿走晏无凭方才那张状纸，飘然而去。

周檀站在原地看着她的背影，张开嘴想说话，却没有说出口。

一个黑衣人从他身后悄然出现，面上戴着整副铜金面具，嗓音粗粝，沙哑难听，是刻意伪装出的声音："大人何不言明，晏姑娘失踪时我早有提议，夫人既和芳心阁之人结交，是击鼓的最好人选，你不愿意，是为她的名声着想。"

天色逐渐昏暗，周檀闭上了眼睛："女子名声何其脆弱，并非冠一句'清流后嗣、为民请命'就能挽回，那些命妇贵女日后还要同她往来、结交……你可知道被人时刻议论、怀揣恶意的滋味吗？"

黑衣人默然，又问："这话，大人该对她说的。"

周檀摇了摇头，他身子摇晃了一下，扶着门框才勉强站住。

黑衣人想过来扶他，却生生忍住了，只道："大人保重。"

周檀并未注意到他的小动作，只是疲倦地摘下了自己的幞头，走到案前："说这些有什么意义？"

黑衣人道："为何没有意义？就如任氏一般，大人为了救任平生大人出来，牺牲良多，散尽家财，还不许让他们知道。但凡你告知任氏的长公子一句，他又怎会如此记恨……"

"这样的话，以后不必再说。"周檀抬眼看他，目光沉沉，倏地又归为无奈，"夫人此举，大善。芳心阁众女之事，麻烦艾老板良多，我不便出面，待此事解决，我再亲自去道谢。"

黑衣人低着头应了一声，见周檀在案上提笔写了什么，随后对他说："事已至此，黑衣，我还有件事托你去做。"

黑衣人道："听凭大人吩咐。"

◎　◎　◎

永宁十五年，刑部侍郎之妻、史官之女曲氏为一个身在贱籍的青楼"义妹"叩响了登闻鼓，状告典刑寺卿彭越欺男霸女、逼良为娼，连带着芳心阁上下四十一名女子，并被押在刑部的晏氏和坠楼案受害死去的谷氏，跪满了皇庭的前街。

朝野震惊，一时物议如沸。

当日路过皇庭街的行人皆驻足听过曲氏在登闻鼓前面的控诉，女子的声音在身后一声一声的击鼓声中沉稳、坚定，却莫名使得听众忍不住落下泪来。

坠楼死去的谷氏，永宁元年生人，京郊农户之女，因拒绝彭越纳妾之许，父母一夜殒命，她本人被其强占之后丢入芳心阁禁锢，又被以弟弟性命要挟，被官宦狎玩、厌弃后，受北街粗俗之人侮辱，生不如死，自尽于樊楼。

被曲氏认为义妹的女子，原是官家小姐出身，受牵连没入教坊司后便遭了和谷氏差不多的经历，因性情刚烈，不驯服，左腿受伤微跛，再不能愈。

…………

曲悠站在登闻鼓前，几乎是平静地读着她前些日子一字一句记载的文字。芷菱在她背后重重地敲着登闻鼓，像是要将这些年来的冤屈与愤恨全都宣泄出来。

文字本身不需要曲悠的情绪渲染，便有染血的力量。今日她就是要站在这里，为身后这些平日无人多问一句的卑微女子叩响惊雷，问一句：天理昭彰，公道安在否？

除却落泪的行人，甚至有愤怒的士人学子当即咬破手指在衣襟上写诗，表明一定要等到结果出来。

当然，是她特意请来的白沙汀带头如此作为的。

消息传遍朝野，御史台的奏本如纸片一般飞进宫门，德帝虽未直接召见，但不过半日便下旨三司务必肃清此案，给出交代。

刑部和御史台雷厉风行，将彭越勾结官员以芳心阁行财色交易之事查了个清清楚楚，牵涉大小官员六十一人。

彭越被收入刑部大狱，只待择日定罪。

曲悠请晏无凭到那日她与柏影吃面的小馆子用餐。

彭越入刑部当日，晏无凭就被放了出来，她和曲悠为行事方便，还是扮了男装。

说书先生如今为曲悠大义帮青楼女告官一事编了新的词，堂内众人听得津津有味，不时喝彩。

晏无凭抬头与曲悠相视而笑："周大人最近事忙，夫人怎么不在府内照顾他？"

"他……不需要我照顾，"曲悠顿了顿，咬断了嘴边一根面条，"说起来，你在刑部没有受伤吧？我还担心你身份被揭穿后对他无用，他不会在牢内特意照顾你呢。"

"夫人……为何会这么想？"晏无凭一愣，用一种十分奇怪的表情看着她，"此事原本是我寻周大人……"

话刚说了一半，身侧的议论声便盖过了二人。

曲悠敲登闻鼓一事虽被不少文人雅士赞颂不已，但在这个时代终究不合女子之德："不是说刑部侍郎的妻子是清流后嗣嘛，竟如此不顾官妇体面。"

这样的言论也有不少，在后宅女子之间更是流传甚广。原本曲悠的名声太好，毫无瑕疵，嫉恨她之人终于找到了把柄，大嚼舌根。

曲悠虽对原本的曲悠有些抱歉，但并不后悔，名声终归是身外之物罢了。

曲嘉熙还偷偷来找过她，说曲承府内动了大怒，直言她抛头露面不成体统、狂妄、逾矩，辱了家门清名，让她最近不要回家。

好可笑的清名……与彭越同流合污之人，所谓的清流官宦中可有不少啊。

曲悠有些出神地想着，这个时代，士大夫风骨重逾性命，可她见的清流人士也不过是追求浮名、虚妄，还不如周檀，虽冷漠、薄凉，好歹真的做了些实事，卑鄙也坦荡。

"什么官妇体面，说到底也是女子罢了，哪儿来这么大胆量？我在周府待过的兄弟可偷偷告诉我了，其实根本就是刑部侍郎被那彭越带去过芳心阁，与一女子有了苟且，彭越不肯放人，他便出了阴招，强迫自己夫人为那女子出头呢！"

"这是什么新奇言论，还有此事？"

"千真万确！若非夫君逼迫，哪个女子肯干这样抛头露面、不守妇德之事？"

"这样说来夫人是个可怜人。早听说刑部侍郎背师欺友，如今更是虚伪、好色，倒也不意外。"

晏无凭回过头来，一张俏脸气得涨红。曲悠则完全愣住了，手边抖了抖，粗白瓷的茶杯掉在地上，摔成了几块碎片。

好一段没来由的荒谬言论……周檀那些不堪入耳的狼藉名声，难道都是这么来的吗？

孤鹜

曲悠本以为这种猜测不过是空穴来风，没想到几日之后却有愈演愈烈之势。御史台最爱参周檀，原本只是参其治家不宁，如今便加了"好色""贪婪""欺凌发妻"的罪名。

压力之下，周檀递折子避嫌，退出了坠楼案的三司会审。

世人管中窥豹，只以为寻常内宅女子不可能自愿做出这等事，可若与周檀扯在一起，自有十二套新鲜言论等着添油加醋。

曲悠略微留心，便知是有人刻意在市井散布了这样的流言。她本以为散布流言的人是为了玷污周檀的名声，结果查来查去竟查到了艾老板头上。

这等同于说，这消息是周檀自己放出去的。

书斋原本存过许多刑具，虽在周檀接手之后只用于案牍收藏，却依然能嗅到隐隐飘浮的铁腥气。曲悠闯进去的时候，周檀正在看案卷，蹙眉在书页上画了一个黑色的圆圈。

"是我放出去的。"他痛快地承认了，"御史台日日参我，不少这几本。"

曲悠觉得匪夷所思："为何？"

周檀看了她一眼，从一侧的书卷之下摸出了一封书信，递给了她。

厚蓝纸为封，上印双鲤图案，一侧还有莲花图样，这是北胤最常用的信封。

周檀一手金钩玉画的瘦金体，刚劲有力地写了"和离书"三个字。

"此信有我的私印，无论何时，都有效力。"周檀伸手研墨，没有看她，"你虽受士人赞誉，但终归有损女子之德，若要再嫁并不容易。我只能尽力如此。流言传出去，今后议亲，你便只说是受我逼迫——"

"我告诉过你，我并不在乎名声。"曲悠打断了他的话，"此事是我自愿所为，不需要你如此。"

"为何不在乎？至少你还有名声，既有便收着吧。我本就恶名良多，不介意再添一条。"周檀搁下砚石，终于抬起头，缓缓对她露出笑容，"你问我这一句，难道是在替我鸣冤？你可莫忘了，彭越这个案子，是我用谷氏一条人命换来的。芳心阁的女子如何，我并不在意，替你揽了这名头，虽有言官弹劾，但明眼人自然知晓，扳倒彭越，我当占首功。"

他比她高了一头，站起身来，曲悠便只能抬头去看他的下颌线。

"你说你不在乎？只是因为你未曾失去罢了，我才是真的不在乎市井名声。浮名，哪有利益重要？"

周檀见面前深青衣袍的女子看着他，神色从愕然渐渐变成他很熟悉的失望。她没有多说什么，伸手接过那封和离书，拂袖而去。周檀突然意识到，不知道从什么时候开始，他便常见曲悠的背影。她虽聪慧、狡黠，但理智、淡定，不想跟他说话的时候就会转身离开，从来不多废一句口舌。

"算我白为周大人担心，此案毕后，我便如大人所愿，印章和离。"

周檀低低地笑了一声，感觉喉头微腥，有隐约的血气。

曲悠负气一般离开了书斋。

她其实并没有想明白自己今日为何要来，周檀所做的任何一件事都自有其理由，根本不需要她多操心。从前每一次都是这样，她揣着无妄的期待跑来问一句，得到的都是实话——周檀从没在她面前伪装过自己的心术。可是她每一次听见他人对周檀的评价时都会产生为他鸣一句不平的冲动。

不该如此，不该如此。

曲悠停下脚步的时候，发现自己站在刑部后堂那架屏风前。

白雪先生以朱红笔墨耐心回应了在上面写字的每一个人。有人抱怨世道不公，他便写"举世皆浊，亦要自清"；有人倾诉母亲生病，他便写"虔颂令母，盼不日安泰如昔，神佛自佑善人"。

曲悠觉得，她似乎理解了第一日在此处时那个刑部侍卫对她说的"三言两语便可宽慰人心"是何意思。这白雪先生才高不傲，只是读着他这些平静温柔的言语，似乎都能感觉到对方的安抚。她略微迟疑，提笔在第二扇屏风的偏僻角落写了一句："历史浩如烟海，如何窥见人之真实？"

写完了，曲悠又不禁失笑，困扰史学界的千古难题不外如是，有什么问的必要？

她直起身来打算离开，却意外瞥见白雪先生在她补过结尾的那首诗之后又写了一句。

那首诗之前的末句是"残生鄙薄徒见日"，当日她补了一句"可归南田早荷锄"。而白雪先生在她补的最后一句一侧写了他原本想写的结尾——吞声老病哭穷途。

能为三春听白雪,不复德音笑姑苏。
残生鄙薄徒见日,吞声老病哭穷途。

他竟是这么想的。

曲悠在屏风前驻足良久。

先生如白雪,能慰他人心,为何慰不了自己呢？

此后几日,曲悠没有出府,一则是懒,二则是市井流言颇多,她也不愿意听了自求烦恼。

她与周檀分院别居,白日里睡到日上三竿,午间来了兴趣便亲自下厨,没兴趣就四处转转观察一下大家的工作,与周檀几乎是一面未见。

余下的时候,曲悠便捡起了从前的习惯,开始写读书札记。

周檀任的是刑部侍郎,真要说起来,与她还是半个同行。周府内藏书良多,历朝律法通鉴和刑法疏议应有尽有,她从前古文献啃得多,读起来也不费劲。

读书札记写着写着,她又开始想周檀,还想到了一些更邈远的东西。

导师在"北胤风流人物史"的上一期讲的是周檀的生死政敌,提了周檀一句,说他"政通两胤,不取沽名,真小人,真君子"。她当时没听懂这句的意思,眼下不知为何,竟有了一点点微妙的理解。

复杂的人物,考人应通考,"知人论世"。曲悠苦笑着想。可她甚至和他身处同一个时代了,还是觉得触不到他内心所想。

周檀好像大雾里的一条溪流,分明已经把所有都明白地摊开给她看,可她仍觉得水面不见波纹,静水流深,其中还有大世界。

֍ ֍ ֍

几日后的午间,柏影上门,与曲悠探讨了几道食疗药方。他近日正打算做药膳的生意。

两人絮絮聊了几句,柏影突然提到了之前说到一半就被遗忘的药丸:"上次忘了说完,你托我看那捡到的药,其实是自西韶外族流进大胤的,名为'孤鸳'。我当时不敢确定,回去验了一番才知不错。"

曲悠立刻来了兴趣:"外族的东西,有何效用？"

"效用嘛,从前贵人们常用来止咳驱寒,不过之前闹出过大事,在大胤境内基本禁用了,知道的人也不多。"柏影抓起桌上的一张宣纸,为她画了个草图,"这玩意儿是由一种外族花草制成的,我只在早年见过一次。我师父说,这玩意儿叫……"

曲悠接过他的画,刚看了一眼,一股凉意便顺着脊背爬了上来。她认识这朵花。

柏影咬着笔头，终于想了起来："……叫阿芙蓉。"

次日，曲悠难得起早，揉着眼睛到抟峦院吃早饭。她将那碗虾皮小馄饨用了一半才知道，周檀今日早朝之后尚未归家，被皇帝留下了。

古人早朝的时间太早，甚至是早到她从前熬夜到还没睡下的时候。周檀下朝后通常会回府更衣，再到刑部去。平时曲悠晨起时，估计周檀已经处理半上午的公务了。今日她好不容易早起，打算等他回来更衣时一起吃个早饭，结果他竟没回来。

曲悠搅着手中的小馄饨发呆。

阿芙蓉一事……她若突兀地询问，照周檀多疑的别扭性子，恐怕不仅不会告诉她，还会更加忌惮，想套他的话就更难了。可他怎么会用这样的药物？

这个时代，罂粟在汴都并不流行，况且柏影也说了，知道的人不多，或许只有宫墙之内的天潢贵胄才会有。

周檀上次反应激烈却不肯服药，必不是自愿如此。

她猜测……或许这是德帝赏的。

德帝宋昶，在史书中声名不佳。永宁年间虽四海升平，可这都是前朝胤宣帝励精图治的结果。正史中对宋昶如何即位一事存疑，不少学者提出过猜想，说德帝是鸩杀生父之后上位的。但对这样的事情找不出凭证，有凭证的只有德帝生平。

德帝做皇子时十分勤勉，只是多疑多思、阴晴不定，即位后更甚。永宁十年，他曾罢朝十三日，之后更因燃烛楼一事大肆屠杀文人清流，在史书上留下了抹不掉的骂名。

周檀叛了顾之言，成为德帝的心腹。三年后德帝病重，废太子篡政，周檀又扶着未来的明帝平了宫乱，顺利登基。

可未来的明帝并非德帝亲子，而是其皇叔景王之孙。周檀这立场一变再变，其中必有大文章。他为了保命，牺牲名声投靠德帝，却还要被对方猜疑，甚至赐下阿芙蓉，焉能不恨？后来转投景王孙也属情理之中。

回看周檀的一生，几乎每一步都是没有选择的死棋——不叛师门不得活、不投德帝不得活、不另做打算也不得活，于水深火热中求生。

几个学者在做别的研究时，含糊地为周檀写过寥寥数语的评论，说此人欠缺"文人气节"，他的一生，在不肯如他人一般直着铮铮傲骨死在狱中的时候，便已经注定了。

这就更稀奇了。

曲悠终于想清楚这些时日观察到的周檀的怪异之处在哪里了。以上的一切逻辑，都要建立在一个基础上，那便是"周檀不想死"。但是她在跟他接触的这些日子里总是觉得周檀其实并不怕死。如果他不怕死，之前的一切该怎么推演呢？

曲悠心事重重地吃了早饭，又去后园转了一圈，直到烈日高悬，周檀都没有回府。她正准备打发一个侍卫去刑部看看，便接到了宫里的消息，说周檀被陛下赏了廷杖，让她去宫门口把他接回来。

曲悠匆匆派人套车。

来送消息的内宫侍卫将曲悠引到了官宦内眷进宫时常出入的角门。

身侧是既熟悉又陌生的朱红宫墙，这宫墙顺着视线绵延而去，巍峨，森严。不过，这里不像她那日梦见的狭窄甬道，虽是角门，但临皇城东门，天阔云高，万千气象，隐隐还能看见远处辉煌的宫宇。

这里是旧秩序的承载地、封建权力的中枢，连两侧的守卫都如同泥胎木偶一般站着，面上不见半点表情。

曲悠对"周檀位高权重"一事没有什么感觉，可站在这里无端感受到了皇权的沉重压迫。

宫墙如此之高，殿宇如此之多，来往的宫人脚步匆匆，深弓着腰，把自己缩得更小。

周遭是一种荒谬的安静，她甚至能听见侍卫们平稳的呼吸声。

顺着绵延的宫墙，她看见了脚步踉跄的周檀。

他没有戴纱罗软巾，略显宽大的衣袍被途经的风吹拂起来，显得整个人晃晃悠悠，即刻欲倒。他低着头，走得很慢，却和之前的宫人们不同，每一步都踩得很重。

曲悠看见他身边跟着一个慈眉善目的内监，那内监却没有伸手扶上一扶。她不由得提着裙子跑了过去。角门处的侍卫抬起头来看了一眼，见来人是周檀，便没有喝止。

曲悠三步并作两步地跑过去，像前两次一般挽住了周檀的手臂。

周檀显然有些惊讶，却也如从前一般，没有推开她，甚至一只冰凉的手覆到她的手上，示意她放松："我没事。"

"这位便是周夫人吧？"

那年迈的内监冲她行了一礼，眼中笑意深深："陛下吩咐小人将周大人抬出来，可周大人不肯，执意要自己走，劳烦夫人照料。既到此处，小人便回去复命了。"

"有劳。"

周檀抬手虚虚地向他行了个礼，曲悠便也跟着福了一福。

她架着周檀走了几步，觉得有些费力，干脆把周檀的手臂搭在自己肩上。这样一来，她才摸到周檀濡湿的后背，也不知道是冷汗还是血水。

这个姿势实在亲密，周檀大半个身子都压在她肩上。他随着走了几步，回过神来，涩声道："多谢。"

曲悠懒得跟他客套，边走边问："陛下为何打你？"

她本以为周檀不会回答，没想到对方沉默片刻，居然低笑了一声，答道："是我对他——"

话音未落，空旷的四周突然响起了一阵沉重的钟声。

周檀之前的笑容颇有自嘲意味，听见这钟声，笑意便凝固在唇角。他停了脚步，缓缓地回头望去。曲悠顺着他的视线，看见一座明亮的宫殿。

正是白日，钟声响起之后，那宫殿内却拥出了众多黄门，他们将这宫殿内外逐一布上烛火。于是那宫殿在日光之下更加辉煌灿烂，明明欲燃。

曲悠看着这座宫殿，心中腾然一股熟悉的震颤，不由得喃喃道："这是……"

周檀收回了目光，琥珀色的瞳孔却彻底冷了下来。

"燃烛楼。"

曲悠微张着嘴，想起了他写下的那篇名赋。

　　永宁十五年，帝修燃烛于东门，是岁清白伊始，万象更新……和玉不才，终有现世之日；的卢未奔，只待千钧之时。臣远眺云间，闻钟声而喟叹，愿我辈归属之地，成天下大雅之音。时年一月又五日矣。

——《燃烛楼赋·序》

∽ ∽ ∽

"周大人，请留步！"

曲悠还没有把视线从历史上那座著名的宫殿上收回来，便听见一声匆匆的呼唤。一个小黄门跑到二人面前，抹了一把头上的汗水。

周檀看见他后，立刻转过身，曲悠挽着他一同回头，看见了那小黄门身后一个身着团龙浅金锦袍的男子。

团龙浅金……皇亲国戚的服色。

还不等曲悠猜出这人的身份，周檀便立刻抱着手深躬："太子殿下，万安。"

皇太子宋世琰。

曲悠反应过来之后，连忙随着周檀一同行礼，得了对方的温言之后才敢抬头。青年的面庞在日光之下有些模糊，她只看清对方微翘的唇角。

虽知周檀是佞臣，但初见之时，曲悠并未对他产生恐惧，他虽擅长钩心斗角，却没有滥杀的习性，可面前这位就不一样了。

有时候曲悠甚至怀疑这是出于家族遗传。德帝时而正常，时而发疯，太子好的没学到，把爱发疯这一点学了个十足。德帝临终之前突然要夺他的储位，他便疯到大开汴都城门，勾结外族之人弑父。当然，最后他也没落得什么好下场，篡政不过六个月便被景王孙赶下了皇位，死时连名号都未正式定，算不得正式的君主，史称厉王——杀戮无辜的"厉"。

此时的太子看着十分正常，谁能想象日后他会是一个以杀人为乐的疯子？曲悠这么想着，情不自禁地哆嗦了一下。

偏偏太子对她很感兴趣，笑着问了一句："霄白，这便是你夫人吗？"

曲悠只好不情不愿地再次见礼："见过殿下。"

宋世琰走近了两步，仔细端详起面前的女子。

他从前便听说过她的名字——高云月曾经作为太子储妃同他议过亲，而她因与高云月联诗，美名远扬。

曲悠的父亲官职太低，女儿够不上这样的婚事，旁人提了一嘴便忘了。后来他没有娶高云月，而是娶了舅父家的表姑娘为太子正妃。

日光强烈，曲悠不是特意进宫拜见，没有着寻常命妇的礼服，只是简单穿着一条碧桃色长裙。她生得明丽动人，即使头发绾得随意、松散，亦是不俗的颜色。

似乎察觉到了他的目光，周檀忽地往曲悠身前走了一步，毫不犹豫地拉起了她的手，口中道："内子第一次进宫，若礼数不全，还望殿下海涵。"

宋世琰回过神来，眯眯眼睛，伸手虚扶一把："霄白不必拘谨，坠楼一案能有如今的结果，说起来孤还要多谢夫人。敢上御街为风尘女子鸣冤，夫人是奇女子。"

周檀的手向来冰冷，此刻与曲悠握得很紧，终于生出了一分暖意。曲悠微微反握回去，嫣然一笑，并不多话，像是羞赧般答了一句："殿下谬赞。"

"孤听闻霄白今日受了父皇斥责，恰好进宫，特意赶过来送你一送。"宋世琰拍了拍周檀的肩膀，一侧的小黄门连忙递上药瓶，"这是孤从前用惯的伤药，回去叫夫人悉心照料着，好好养几天。"

周檀恭敬地接过了他赏的药瓶，口气既不疏远也无恭维："陛下今日是责我荒淫好色，并非对坠楼一案有所不满，殿下放心，只是……"

宋世琰得到了令他满意的答案，见周檀没有继续说，便挑眉问道："只是什么？"

"陛下对傅大相公极为信任，一个彭越，动不了什么。"周檀没有避讳曲悠，直白地说道，"臣自当另想办法，以报殿下。"

在回程的马车上，周檀才想起来握着曲悠的手没有松开。他一时间有些无措，见曲悠正闭目养神，便尝试着抽回手，不料对方突然睁开了眼睛，捉住了他的手："那日在樊楼中的'大人物'，就是这位吧？"

周檀一怔，努力忽略二人相握的手："嗯。"

"你为他做事？"

"不，"周檀否认，"只是如今与他有共同的敌人罢了。"

曲悠回想了一番方才宋世琰口中的赞许，大致明白了他的意思。

宰辅傅庆年之女傅贵妃得皇帝宠爱，宰辅自然是希望傅贵妃所出的九皇子为储。九皇子如今年幼，若能继位，傅氏一族便可煊赫百年。

与宰辅斗得水火不容的执政高则做过太子太傅，是名副其实的太子一党。高则想要拉拢周檀,多半就是太子的意思。彭越是傅庆年安插在典刑寺的心腹,周檀设局将他拉下水,不管是否代表接受太子的示好,都于他大有利处。

而德帝要罚周檀,估计也不是因为那些荒淫好色的谣言,而是疑心他已投诚太子。为表孤臣的忠心,他不得不结实地挨了一顿廷杖。

曲悠想到这里,轻轻松开了手。周檀迟疑了一下,把手拢回宽大的袖中。

"你方才看见燃烛楼之前想对我说什么?"曲悠回忆他方才的情态,问道,"你说'是我对他'……"

这次周檀沉默了许久,直到马车快行至府前,才说完这句话:"是我对他抱了不切实际的期望。"

这话说得没头没尾,曲悠听得一头雾水,还没再开口问,周檀便道:"待我伤愈,你同我一起去跟艾老板道谢吧。"

∽　　∽　　∽

周檀挨了廷杖,被恩准五日不用上早朝,贺三日日上门送些紧要公文。不过,刑部近日没什么大事,坠楼一案经由三司会审,刑部抽调了梁鞍之外的一人接手,只等宣判。

柏影上门一次便匆匆离开,只道太子赏的伤药甚好,不需他另开药方,他近日忙着开药膳铺子的事,没空多待。

贺三和德叔手不精细,上药的活儿只得曲悠亲自干,周檀推辞了几次,便也不再坚持。

芳心阁众女不方便上门拜会,曲悠去了一趟,为众人送了些银两,安排父母尚在的归家,父母不在的则自愿由艾老板安排做事。芷菱和丁香都去了柏影新开的铺子,听闻柏影甚是乐意,三人一时也相处愉快。

这几日可算是穿越之后曲悠过得最轻松的几日,她几乎没有烦忧,也无压力,除了回曲府时被曲承拒之门外,一切都算顺心。

只有周檀如往日一般,就连上药时都不肯与她多话。曲悠现如今摸清了周檀的脾气,有些懒得理他——反正此人多疑多思还性情别扭,若是怀疑她上药也是不怀好意,那就让他自己难受去吧。

∽　　∽　　∽

永宁十五年初秋,典刑寺、御史台并刑部查清了汴都上下瞩目的坠楼一案,奏请上听。典刑寺卿彭越好色、狂妄,逼良为娼,禁锢众女子于芳心阁中侮辱、加害,并行权色交易,牵涉朝堂上下官员共六十一人,罪行恶劣,彭越被褫夺官位,流徙边疆，即日动身。

曲悠换了男装，混迹在刑部围观告示的人群中，感觉自己的手在抖。

众女受辱多年，不计多少条人命，加之谷香卉拼尽全力的一跃、晏无凭费尽心思的两年，以及她不顾体面的状告，最终换来的居然只是轻飘飘的流徙。

她今日来刑部，本是为了接作为人证暂扣的晏无凭回去，但她神色恍惚地从人群中离开，到达后堂之时，对方却已经离开了。

桌面上留下的信笺只写了四个字——

不必寻我。

∽　∽　∽

晏无凭自那日起便失踪了。

周檀按着自己的眉心，端坐在书斋中，黑衣低声在他面前说着话，声音沙哑。

"继续找。"周檀合上了手边的案卷，疲倦道，"她孤身在外，傅庆年和彭越未必肯放过她。"

"是。"黑衣应下，没忍住多问了一句，"审判已下，晏姑娘为何会出走？或许她留下字条，只是想就此别过？"

"不会。"周檀答道，他抬眼看向对面的黑衣，"艾老板不曾对你说过她的身世吗？"

黑衣摇摇头。

周檀握着手中的竹制毛笔，难得发呆，笔尖一滴墨落在纸页上。

黑衣见他不想多言，连忙转移话题道："前几日我快马去了一趟金陵城，白老托我将此物带回来还给你。"他从怀中取出一只沉香木盒子，轻轻放在桌上。

周檀持笔的手一抖："他还说了什么？"

"他说，这样东西太过贵重，并不能收，未来若是任氏上门去谢筹钱之功，他不会将你供出来的。"黑衣回忆着说道，"白老说，银钱并不重要，希望你多关照十三郎。"

"嗯，你照例每月去寻春娘子，请她转述十三的近况，辑录给白老即可。"周檀嗓音微哑，他伸手拿起那只沉重的沉香木盒子，轻笑了一声，"罢了，择日我再登门道谢吧。"

"大人，白老一点拨，我倒明白了。"黑衣沉默了一会儿，突然道，即使他刻意伪装了自己的声线，还是能听出来有些抖，"你为了给陛下表忠心，故意让任氏一族记恨你，和你决裂。上次我问，为何不告诉任氏的长公子……原是如此，他们若是知道了，若是谢你，陛下捏住了这软肋，更不可能放过任大人了。"

"我说过了，"周檀语气沉沉地唤他，声音听不出情绪，只带着一二分威慑，"此事，不必多言。"

书斋之外突然传来竹叶抖动的声响。

黑衣这一惊非同小可，还不等周檀阻止，他便一把擒住门口的青衣男子，扣着他的脖子将门关上，腰侧的刀应声出鞘。

周檀在他身后喊道："黑衣！"

黑衣把刀架在来人的脖子上，令其转过头去，周檀看见了曲悠愕然的面庞。

"大人，他听到了。"

"无妨，放手吧。"

周檀走了过来，亲自将他的刀往下压了压。

黑衣只好不情不愿地收刀入鞘，仍旧觉得不放心："你为何私自闯入书斋？"

"周檀，"曲悠却没心思理黑衣，颤声唤他的名字，"你们所言，我听到了。"

周檀顿了顿。她听到了。

曲悠挑了个空闲，想来询问他晏无凭的情况，没想到刚走到门口便听见二人在说话。她身子轻，平素走路就没什么声响，恰逢黑衣情绪激动，周檀有些走神，居然都没听见她的呼吸声。

她转过头去看着那个戴着整副面具的黑衣："你是何人？"

如此近距离地打量，黑衣才觉得她似乎有些眼熟，他退了一步，答道："属下黑衣。"

"是艾老板的人。"周檀叹了一口气，无奈地解释道，"他救过我的性命，是值得信赖之人，你不必紧张。"

曲悠松了一口气，扶着手边的竹椅，飞快地思考着。

无人比她更清楚任氏族人对周檀的恶意，毕竟在周檀重伤未愈之时，都是任氏替他去送聘礼。他们态度轻慢，言语嘲笑，任时鸣更是直接取了周檀从前留下的证据，不惜与彭越同流合污，只为了给周檀添堵——这一切的仇恨，居然都是虚妄。世界上难道有比这更讽刺的事情？

她一时间心乱如麻，连自己要来问什么都忘了，转身便逃也似的离开了书斋，临走前说道："你们还有要事商议，我……我先走了。"

黑衣伸手关了她未关好的门："大人……为何要走？"

他方才只是觉得眼熟，但看了周檀的态度，不难猜出对方的身份——他们之前见面都隔着屏风，此番还是他第一次见扮了男装的曲悠。

周檀坐在案前发呆，表情茫然，不知道是悲是喜。黑衣望过去，觉得朦胧日光下他的神情竟然带着一分慌乱。

"随她去吧。"

半响，他听见周檀这样说。

曲悠一口气从书斋跑到了常去的刑部后堂。

后堂赶巧又是她第一次来时遇见的栗鸿羽当值。他抱着佩剑正在打盹儿，然后便被曲悠大力的推门声吵醒，不由得吓了一跳："兄弟！好久不见！这是怎么了？"

曲悠扶着那架摆在后堂正中的屏风走了两步，摇了摇头，勉力挤出一个笑容："今日又是小栗兄弟当值？"

栗鸿羽打了个哈欠，憨憨笑道："本不是，但梁大人今日出城，我早晨恰好去核对前些日子刑部佩刀丢失一事，没跟着一起去，故而同人换了轮值日子。"他见曲悠没说话，便自顾自地继续热心讲述，"说起来也是奇怪，周大人道刑部每把刀都记录在册，让我们务必清点出是谁拿了，可竟无人承认。刀不是刑部众人所取，还能是谁？"

曲悠后知后觉地反应过来，皱着眉问了他一句："梁鞍大人今日出城去做什么？"

"那个彭大人不是要流徙三千里嘛，今日恰好是他出城日期。"栗鸿羽答道，"刑部派人前去押解，梁大人说与彭大人是故交，想去送一送。"

彭越流放，今日出城？

"那把刀是什么时候丢的？"

栗鸿羽挠了挠头，不明所以："好像……欸，说起来，好像就是坠楼一案宣判那日。"

他还没有说完，曲悠便照着来时路跑了回去。

黑衣得了周檀进出刑部的手令，刚推门从书斋出去，便被迎面跑回来的曲悠一把拽了回去。周檀站在窗边，回头看着二人，微微挑了挑眉。

薄雾冥冥，天色似有些许昏暗，风雨欲来。他伸手将窗阖上，眼见着面前的女子因疾驰而散开的几缕碎发被风扬起。

"你方才说晏姑娘不肯罢休，可是与彭越有血仇？"曲悠松了手，直截了当地问他，"调些你不会被发现的人手出城，或许还可以保她一命。"

周檀心中一沉："彭越今日出城？"

曲悠答道："流徙之期在本月底，他本应和旁人一道，突然提前，还要梁鞍相护，想必是觉察到了危险。晏姑娘若盯着他，今日必然出城。此事本不隐晦，只是事发突然，你若不问，旁人不会特意告知你。"

周檀沉默了片刻，开口道："黑衣，你去调些艾老板的人手。"

黑衣并不迟钝，几乎是立刻听懂了二人的意思，却没有即刻动身："大人……她只有一人，刺杀成功与否，不会牵涉旁人。我们仓促布置，万一是对方的圈套，或者你被卷入，该当如何？大人以为，她为何不求助于你？"

这也是曲悠的顾虑。彭越已为庶人，就算傅庆年念着情分还愿意保他一命，他也是终生不可能再回朝堂了。于周檀而言，此局大获全胜，就算没有置彭越于死地，他已成弃子，亦无回扑之力。周檀这样比商人更加精于算计的政治家，会冒这样的风险吗？

"去。"

再次出乎她的意料，周檀冷冷地吐了一个字，随后道："既然梁鞍也在，我又不好卷入，那他们一行，便不必回来了。"

他鲜少用这样森冷的口气说话，曲悠打了个寒战。

黑衣领命下去之后，周檀转过身来，静静地看着她："他们调来人手也要一段时间，你……要随我出城吗？"

"好。只是……"曲悠略微诧异，"若无旁人相护，你我二人，救得了她吗？"

"自然。"周檀斩钉截铁地一口回复道，口气中难得带着凝重的自负，"我会护你周全。"

她从前恍惚看他，只觉得他身上带着一种黑云压城而溪风山云自不动的淡然，直到今日，昏暗日光下，朱红官袍的权臣眼神闪烁，竟让她看出了从不曾见过的自负和执拗，甚至有半分破碎的脆弱。她忽然笑起来。

"周檀，其实你没有你自己想象中那么坏啊。"

∽ ∽ ∽

周檀近日少来刑部，骤然离开也不算惹眼。他与曲悠回府寻了一辆低调的马车，挑了个新招的家丁，拿着柏影的户籍册出了城门。

柏影从前送染了时疫的贫民出城，去过郊野的医诊大营。他们用同样的理由，很容易躲开城门处的登记。

出城之后，二人弃车骑马。曲悠自上次之后也花时间学过骑马，可尚不熟练，暂时不敢独自骑马。周檀抓着缰绳，以怀抱的姿势揽着她，曲悠直着身子侧头去看他的脸颊。他本来很专心，被她看了一会儿，不知为何呼吸却乱了几分。

二人沿着官道一路狂奔，路上偶尔停下来询问几个京郊的佃农。

彭越心虚，叫梁鞍带了不少随行护卫并两个送他行路的刑部小吏，一行人浩浩荡荡。经过京郊水田时，彭越似乎常得如此有些若眼，便遣回了部分人马，抄了密林中的小路，打算抓紧时间赶到汴都外的第一个驿馆。他虽被褫夺官位，但多年为官，积蓄不少，也有几个亲信。他便买通刑部的官员，并未佩戴枷锁。据几个有印象的佃农回忆，他根本与锦衣华服的官大人无异。

在颠簸声中，曲悠困惑地问身后的周檀："我见寻常的流放官员无一不是囚服枷锁，狼狈不堪，为何彭越能如此？"

"三司会审，呈到陛下近前，没有夺他的家产。"周檀简单地答道，"他送了一半的家产给傅大相公，余下一半能保他在边境余生无忧。况且彭越本就是自西部边境鄁州城擢拔至汴都的官员，在老家树大根深，此流放之地，也是他人选过的。"

"那他此行岂不是名为流放、实则归家？"曲悠惊道，"傅庆年为何甘愿为他周旋至此？他在会审中一口认下了芳心阁之事，三司也就此打住，并未深查，莫非……"

"嗯，你猜得不错，"周檀沉声道，"他手中必然有令傅公忌惮的东西。若非如此，彭越根本活不到会审之日，我必须亲自出城，也是想看看他手中的东西是什么。"

汴都往西的官道需要翻越京华山，山路崎岖，官道修得不易，小路近些，只是不能骑马，还须穿过一片密林。

二人将马拴在一棵树旁，顺着小路走了不久就发现地面上的脚印少了许多。前面的队伍似乎在某处遭到了伏击，自这个地方散入密林四处了。

山上的植被并不均匀，山脚的树木稀稀落落，此处倒是极为密集，所幸已是秋日，草木开始零落，倒也不至于不见天日。

周檀有些迟疑地看了曲悠一眼："你不必再走了，在此处等候。艾老板定会派人过来，顺着官道和山路至多行到此处，若是入了林间，怕是不好寻。"

头顶穿来隐约的闷雷声响。傍晚时分本就有落雨的征兆，此时天空阴得更沉，曲悠往密林中张望了一眼，忽地道："晏姑娘是独自来的吗？"

周檀明白了她想问什么："晏姑娘出身鄁州城的武将世家，自幼习武，是难得一见的高手，独身对战十数人都不在话下，只是对方实在人多又早有防备，我也不知她究竟会如何。"

曲悠道："我随你同去，若她受伤，也好包扎一二。"

周檀本就对将她一人留在此处是否会更安全十分犹豫，听她说罢，略微迟疑，便撕裂衣摆，将撕下的长布条缠到她的手腕上："跟紧我，此处走散十分危险。"

"不会妨碍你行动就好，"曲悠见他的动作，也撕下了自己裙摆处的布条，与之前的接好，"如此也方便一些。"

晏无凭感觉有黏稠的鲜血自额顶流下来，她几乎提不动手中的刀，却还是勉力支撑身子，向彭越走了过去。

头顶穿来轰隆的雷声，初秋的雨季绵长。

彭越拖着伤得严重的左腿在地面上爬行，连连哀号。梁鞍挡在彭越身前。他也受了伤，不过是轻伤。

半个时辰前，他们一行走到京华山山腰之时，突然遭到了这女子的伏击。梁鞍和彭越都没想到这女子不过独身一人，竟如此厉害，跟着他的精锐死伤殆尽，十数人才勉强将这女子伤成这副模样。即使如此，他也丝毫不敢掉以轻心。

梁鞍本人功夫不错，早年在军营中混过一些时日，但后来进了刑部，许久不和人动手，况且他只是受了傅庆年所托送彭越出城，着实没想到会遇见这等麻烦。若这女子对他没有杀意，他不太想同对方拼命。梁鞍握着刀柄朝地上看了一眼，问道："你到底是何人，为何非要取他的性命？"

似乎是觉察到了他言语之间的犹豫，彭越抱住他的腿，号啕道："梁老弟，梁老弟，救我！"

晏无凭从喉咙里发出一声混沌的低笑，没有答他的话："让开。"

见梁鞍退了一步，似乎真有躲避之意，彭越便转过头来，语无伦次地求饶："晏二，啊，不，晏姑娘，晏姑娘！我哪里得罪了你，我改！我都改！我……我出钱好不好？芳心阁的姑娘，我去道歉！我将财帛通通送给她们！饶我一命吧！"

晏无凭提起刀，面无表情地砍断了他另外一条腿。

"啊！"

彭越发出杀猪般的号叫，见求饶无用，便开始破口大骂："没良心的贱民！老子从前待你不薄！你在……在汴都身无分文，是老子收留你做事，还那么放心地将生意交给你……"

"彭大人，"晏无凭笑了一声，血沫从唇角喷出，她毫不介意，伸手抹去，"你真的想知道我是谁吗？"

彭越背脊一凉。这女子此刻的眼神，在她去击鼓时，他就觉得熟悉，只是死活想不起来到底在哪里见过。

梁鞍见她已然步伐不稳，不由得往前挡了挡："你如今身有重伤，当真要——"

几乎与此同时，他突然听见了箭矢破空的响声。

曲悠和周檀顺着密林中的打斗痕迹寻找一番后，嗅到了空气中飘浮的明显血腥气。

周檀对这样的气味十分敏感，顺着血腥气走了不久，果然见到了横七竖八的侍卫尸体。带着血的脚印斑驳、凌乱，一路延伸至远处。

上次在樊楼中不过远观，此次是曲悠生平第一次如此近距离地见尸体，胃中传来一阵酸楚，面色顿时苍白，她勉力将不适压下去，跟紧周檀。

周檀似乎察觉到了她的异常，步伐一顿，回身将她打横抱了起来。

曲悠吓道："你干什么？"

周檀没有说话，横抱着她飞快地越过脚下的尸体，直到地面上的血迹几乎流干之处才将她放了下来。曲悠抓着他的手跟跄了几步，突然觉得耳后传来灼烧之感。不过此刻她没有多余心思细想。周檀眉头一皱，将手指放在嘴唇前面示意她噤声，随后弯下腰，几乎是悄无声息地取了一具尸体携带的弓箭。

曲悠蹲在草丛里，朝外看了一眼。

晏无凭的长发已经在打斗中散了。古代女子热爱蓄发，晏无凭的头发却只长及肩颈，想必是刻意修剪过，此时沾了血，黏腻地贴在颊边。她浑身上下都是浓稠的血迹，已经完全看不清原本的服色，连手中那把随手从刑部取的简单佩刀都卷了刃。

梁鞍站在她的对面，正迟疑着拔出腰侧的长刀。

天空炸开回荡良久的雷声。曲悠看见周檀当机立断，立刻搭弓上箭，他挽弓的姿态非常娴熟，有力，坚定。

史书从未写过，她也不知道，周檀居然会功夫。她本以为他是彻头彻尾的文臣，还困惑他为何会有如此自负的口气。

雷声掩盖了弓弦绷紧的声响，直到那支箭飞了出去，梁鞍才觉察到不对劲。可已然太晚，周檀那支钝了的箭精准地从梁鞍侧腰刺穿了他护甲的绑带，没入了他小腹。梁鞍捂着伤口，眼睛瞪得老大，痛到一句话都没说就倒地昏迷过去。

天际终于落雨，也阴沉地暗了下来。

曲悠抹了一把脸上的雨水，朝着晏无凭跑了过去。周檀拽着二人相连的衣带，在身后跟着她。

晏无凭本对眼前的情况有些茫然，直到看见二人，才如梦初醒一般叫了一句："周大人……"她手中的刀就此脱了手，身子直直地往地上栽去。

曲悠上前一步抱住了她，和她一起摔在地上："晏姑娘，你伤到哪里了？"

周檀早已换掉刑部的官袍，此时穿的是白衣，衣摆处绣着一大片舒展的竹叶。他低下头，道了一句："辛苦了。"他鲜少穿如此飘逸的文人衣袍，即使被雨水污了一大片，依旧衬得整个人清冷出尘。

彭越像看见救星一般，也不顾之前的情状，急急地朝他爬了几步，口中混乱地喊："周大人！救命！周大人，救救我！"

周檀面无表情地走过去，在他面前蹲下，伸手在他腿上的伤口上按了按。他纤长的手指平素看着羸弱无力，此时却有奇劲儿，彭越哀号着满地打滚，再也说不出一句话。他已近知天命之年，在地面上翻腾，看着可怜又滑稽。

曲悠发现晏无凭的贴身衣物已全被血浸透，不由得心惊："周檀，你抱着她，咱们寻一处避雨。"

秋雨细密，此时还未湿透她的衣衫，周檀起身往这边走了两步。

晏无凭却一把抓住了曲悠的手，朝着地面咳了两声："不必了……"

她弯下身子，才让曲悠看见她后背上一道长长的刀伤。那伤看着极深，翻卷着露出猩红的皮肉，还在不住地渗血。曲悠手忙脚乱地从身上摸出一瓶金疮药——方才她回府的时候特意带了这个。她急急地把药粉洒在伤口上。

可那伤口实在太深，这点伤药根本无济于事，晏无凭扶着她的肩膀，颤声道：

"夫人！"

曲悠手一抖，空了的药瓶落在已经被雨水淋湿的地面上。

周檀伸手按在晏无凭的胳膊上，似乎想要说什么，最后还是没有说出口。他嘴唇颤抖，良久才沙哑地说了一句："你不该来，至少不该……一个人来。"

晏无凭冲他笑了笑，雨水冲出她一张小麦色的脸。曲悠的手指从她面上拂过，为她拨去了粘连的鬓发。

"我突然被传讯，从狱中出来那一日，应大人之请在刑部等候，然后……我看见了贴出来的会审结果。"

晏无凭断断续续地说着，声音在雨声中变得飘忽。

"我知道我不该来，我也知道……大人如今处境艰难，我不能为大人寻麻烦。随手拿了刑部一把佩刀出来那日，我就没想过要活着回到汴都。"

曲悠捂着她的伤口，感觉自己眼中漫上一片咸涩之意："为了这样一个恶人，搭上自己的性命，真的值得吗？"

彭越像死了一般趴在地上，周檀走过去，拽着他的衣领把他拖了过来："彭越，你该叩头认罪。"

晏无凭看着地上面容扭曲的彭越，目光中闪过一丝愤怒的冰冷："你是不是如今还在疑惑……我为什么非要杀你？"

彭越费劲地抬起头，"嗬嗬"地粗声喘气，说不出话来。

"你或许已经不记得了。永宁六年，你还在鄁州城做小小的签判，西韶人来犯，我的父亲……燕知将军，心系百姓，未请上令便开城门迎敌。你深知内情，事无巨细地向上禀报。我父触犯大胤刑律，被收兵权，贬为庶人，半年以后便病逝了。而你，踩着他爬上了官位。"

彭越怔愣片刻，像在努力回忆，好不容易才想起此事："燕将军……是，燕将军，我弹劾过燕将军，可……可那又如何？是他自己不请示上峰就胡乱迎敌，你要怪，为何不怪大胤刑律？"

"是！所以就算我因此没入贱籍，我也不曾怪过你！"晏无凭盯着他，一双眼睛泛出血色，"可你……是你不肯放过我！"

"你可记得你离开鄁州前的一桩命案？有个书生，名叫锦修。"

彭越脸上一片茫然。晏无凭推开曲悠的手，艰难地朝他挪了两步："你肯定不记得了，你还能记住你暗害过的将军，怎么记得住他这样一个卑贱如蝼蚁的人呢？"

曲悠听着晏无凭与平常截然不同的语气，像在触碰一个遥远又临近的故事。

"他只不过是一个……小小的书生，出生在边陲，一辈子都没有来过汴都……他与我少时相识，待我没入贱籍也不曾嫌弃，四处赚钱只为了和我见面。那一日他来教坊司寻我，坐在我的房中温书——你知道吗，他第二日便要动身，到汴都来科考了。"

眼泪顺着晏无凭颤抖的睫毛在她面容之上肆意地流动，结成大滴落下，烫到了曲悠的手心："而你……你从前便好色荒淫，那一日喝醉了酒，来寻你相好的姑娘，打开房门，见房中有另一个男人，怒火中烧，拔剑便杀了他——一句话都没说，拔剑便杀了。

"你不过是走错了房间，不过是喝多了酒！弹弹手指，便将这件事压得死死的，连那书生家人上门去求些银钱都要被骂一句'晦气'……而他，又做错了什么呢？他寒窗苦读十年，不过是马上要赴京赶考，临行之前，满怀憧憬地来见他心爱的姑娘……"

晏无凭颤着声大笑起来，如疯了一般，她笑得几乎喘不过气来："彭大人，你当时马上要离开郗州，高升了，你可知他心爱的姑娘是谁？你可记得，那个捧着骨灰在府衙门口跪了三日三夜的女子对你说过什么话吗？

"是我！

"我对你说，有朝一日，我一定会要了你的命！"

面对她的嘶吼，彭越冷汗涔涔，哆嗦着回应："这……这完全是我……是我无心之失！晏姑娘，晏女侠，我真的不知道你就是……我不知道我们从前相识啊，我真的是无心的……"

"好一个无心！我不过是求平静的生活，你踩着我父亲的尸骨向上爬，视我夫君如草芥，你是大人物，伸手就能把常人踹死，可我……却因你一个又一个的无心毁了一生！我隐姓埋名，常年假扮男子，摸清了你所有的习惯，忍气吞声地做你下属。我有无数个机会杀你，你知道我为什么非要布这个局吗？

"因为你不能死于平常的刺杀，不能死后还要加官晋爵享人供奉。我一定要让你身败名裂，一定要让你……背负着恶名、骂名下地狱！彭越！今日，便是你的死期！"

她跪伏着去抓散落在脚边的刀，却因伤口的疼痛提不起来。曲悠把她紧紧抱在怀里，感觉自己的眼泪也流了一脸。

周檀深深地闭上眼睛，过了好一会儿才睁开。他伸手拾起了晏无凭那把刀，轻轻放在她的手里："你动手之前，我有几句话要问他。"

晏无凭僵硬地朝他低头行礼，于是周檀拎起了彭越的衣领，道："我可以让你死得不那么痛苦，但你要回答我一个问题。"

似乎已经意识到今日自己必死无疑，彭越也不再对他客气，半死不活也恶意满满地说："你竟和这女贼同流合污！我就知道，此案必定有你从中作梗……傅庆年胆小如鼠，居然不敢杀你！你这等……这等心狠手辣的小人，跟我有什么分别？"

周檀充耳不闻，只顾问道："你手中有什么东西让傅庆年不敢杀你？"

"哈哈哈哈哈，我有什么东西……"彭越斜眼看他，疯疯癫癫地笑道，"我有什么东西，我敢说，你敢听吗？"

周檀面色一沉，不自觉地加了几分力："为何不敢？"

"不对啊，你应该比我知道的还多才对……"彭越皱着眉头自言自语，状若癫狂，他抬起眼睛，忽然带着一二分兴奋，"周檀，你在刑部大狱中应该知道了不少吧？燃烛楼究竟为何要修建……你若不知，怎么写得出那句'清白伊始'？"

"你……"周檀面色大变，见鬼一般松了手，曲悠从未在他脸上见过这样的神色，"你知道多少？你有什么东西，告诉我！"

"傅庆年都找不到的东西，你也永远别想找到！"彭越怪笑着，"见你如此……必然知情，你以为宋昶会让知情的人活多久？周霄白，我就算是下了十八层地狱，也等着你下来——"

"无凭，动手！"周檀不等他说完便嘶吼出声。

曲悠尚未反应过来，晏无凭便提着那把刀踉跄着站了起来，她用尽剩下的所有力气举起胳膊，恶狠狠地砍了下去。

曲悠吓得跪坐在地，她听见了钝刀砍入血肉的声响，与此同时，熟悉的气息沉沉地裹住了她。周檀不知道什么时候跪在她的身前，伸手把她按入怀中，挡住了她的视线，也挡住了身后飞溅的鲜血。

秋雨蒙蒙，没有冲淡半分他身上的静水香气息，反而让它在雨气中更加清晰。他的手在抖，曲悠想，这个拥抱甚至不带任何旁的意味。恍惚间，她觉得不只是自己需要安抚，对方也需要她的温暖。

"不要看。"他说。

曲悠伸出手来反抱住了他。周檀一怔，胸口起伏了两下，眼底漫上一片红，却没有舍得松手。

萧瑟风雨中，一个这样的怀抱，如同梦中溺水时的一双臂膀，他被人从滔天巨浪中温柔地托起，连呼吸都是奢侈，唯恐手一松，梦便会碎去。

晏无凭跪在血水中，像是被抽空了所有的力气。

曲悠从周檀身侧露出一双眼睛，伸手去扶她："无凭，你可还撑得住？"

晏无凭无力地摇了摇头，眼瞳中泛出一丝笑意，依稀能看出她旧日清丽的影子："夫人，我心愿已了，再没有什么值得挂牵之事了。"

"有，"周檀语气难得哽咽，"我……寻到了你弟弟。"

"我弟弟……他还活着？"

"他很好，他还在郜州，从前不得入伍时，屯田做散户。我托人将他送到了守城将军的营中，能吃军饷……他也在找你。"

晏无凭眼睛亮了一瞬，不过只有一瞬："好，好，他好好活着，便比什么都好……周大人，我欠您的，怕是这辈子来不及还了。我有一封信给弟弟，就在刑部那架屏风之下，您帮……帮我寄出去吧，寄到郜州去……"

"我一定着人亲自交到他手中。"周檀郑重承诺，又放轻了语气，"无凭……

你须撑住，你不想见他一面吗？"

雨势渐弱，晏无凭轻轻摇摇头，没有回答这个问题，反而突然抓住曲悠的手："夫人……我想起，那日你我交谈，你突然说了一句担心大人不再管我……"

曲悠几乎已经忘了这话，晏无凭却牢牢记得。

"夫人为何……如此想大人？你们之间，或有误会。"晏无凭枕在她的腿间，艰难地说，"三年前，周大人在临安为官，在漕运船上救下了我，一路助我来到汴都，混入彭越府中。他本就在查彭越行权色交易一事，只是苦无证据……

"我在彭府中，第一次见到香卉……那日她万念俱灰，想要投井自尽。我救下了她，得知了芳心阁众女之事，后来又让彭越放心地把此事交给我，我也好借机安插自己的人进去……后来，香卉告诉我，她身染花柳病，命不久矣，不可再拖了。"

谷香卉居然身有恶疾？那场坠楼，如此说来……曲悠感觉脑中一片混乱，下意识地看向周檀，周檀却移开了目光。

"我搜集了诸多彭越的罪证，可若无万无一失的法子，怎么敢交出去？我带着香卉去见周大人，周大人当即便承诺，一定会为我们申冤。结果当日我离了刑部，次日大人便遇刺了……夫人以为，这是为何？"

"我心中已有对策，只待同你们商议。"周檀垂着眼睛，声音颤得厉害，"可我当时伤重，醒来后得知你随彭越去了金陵。你刚刚回城，我便想去见你，可当日夫人随我去了樊楼。"

"我与香卉思来想去，只能想出这一个办法。我们知道您肯定不会同意，恰好您在家养伤，便瞒下了您。我寻了春娘子，得知那日太子也会到樊楼。"晏无凭苦笑道，"不过香卉也没想到，那日如此凑巧，会遇上大人您。"

后面的事情，曲悠已经知道了。

谷香卉戴着斗笠上楼，刻意把自己弄得遍体鳞伤，让一路的人对她印象深刻。她扶着栏杆犹豫时，抬眼就看见了周檀。

现在想来，谷香卉肯放心地把珠花塞到她手中，大抵也是因为看见了周檀，最后蠕动着嘴唇道的或许就是"周大人，抱歉"。

斯人已矣，那句呓语，她没有机会得知是什么了。

她猜测，周檀劝说过这可怜女子以性命换一个公平，还嘲讽过他不择手段。可是……怪不得当日他如此失态。怀疑他的每一个夜晚，曲悠闭上眼睛，都能回忆起他没有抓住谷香卉的衣带时面上流露出的茫然和深切自责。

曲悠的手被晏无凭牵引着放到周檀手中，这次两人的手都冰冷，完全感受不到对方的温度。

"夫人上御街击鼓，周大人为我们筹谋至今……无凭有幸，能遇见二位，让我知道，天道昭彰，公理尚在，世间有火，便不算全无希望。"

她的声音随着雨声渐次弱下去，血已经浸透了曲悠的襦裙。

"我并未想过活着回去，我弟弟拜托您多照顾，周大人……请把我和锦修的骨灰同葬，汴都如此繁华……不开宵禁，夜里沿着汴河走着，一路都是花灯，他最爱热闹，一定会有机会再见的……"

　　怀中的女子彻底安静了。

　　雨势突然变大，蒸腾水汽间，曲悠听见周檀道："无凭原名燕姵，姵字娇柔，该在父母羽翼之下长大。她天赋极佳，又有抱负，或许还可以做个女将军。"

　　曲悠轻轻伸手拂过晏无凭尚有温度的眼皮。周檀俯身把尸体抱了起来，同曲悠一起往林中走去。二人一时无法下山，还须找个避雨之处。

　　他听见曲悠忽然道："我知道她为何要改这个名字了，待将她与锦修合葬时，可将此句刻在墓碑上。"

　　周檀沉默着抓紧了与她相连的衣带。

　　晏无凭决意前来复仇那日，便将自己的名字和性命紧紧地和未婚夫婿拴在了一起。

　　　此后锦书休寄。

　　　画楼云雨无凭。

第二卷 皓首燃烛

知君仙骨无寒暑,千载相逢犹旦暮。

第四章 花落去

「你像一座桥，做桥，不知彼岸，万人践踏，渡人不能渡己。」

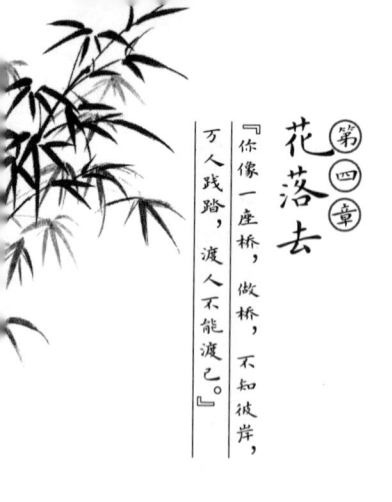

秋宴

林间雾气蒸腾，阴霾遍布，天昏地暗，两人已全然找不到来时的路，只好沿着山坡向上走。所幸两人运气不差，不多时便寻到一座破旧的山神庙避雨。

周檀把晏无凭的尸体轻轻放在破旧的蒲团上，又在庙中寻了些稻草和干柴。随身携带的火折子浸了些雨水，他折腾了半天才勉强生起微弱的火。

曲悠坐在火堆前，慢慢地烤着自己湿透的衣衫。余光中，她看见周檀正对着神台发呆。

这山神庙不知废弃了多少年，想必是京华山上尚有人居住时修建的，山神的雕像是粗粝的石头所制，头部不知被何物砸掉了，只剩下一个丑陋的豁口。

年轻女子的尸首就放在神台下的蒲团上，面上还沾着方才在雨幕中蹭到的微小绿色植物碎屑。

周檀静静地盯着她看。

仿佛还是昨日，他在临安的漕运码头救下了晏无凭。她那时追查彭越的痕迹，从郗州一路到了江南，女扮男装，又不敢露功夫，因长期漂泊、风吹日晒而变成小麦色的面容上带着仇恨和希冀的光芒。如今这一切都消失了，她孤零零地躺在破旧的山神庙里，清丽的五官被生活摧残，过早地染上了衰颓的痕迹，血迹没有擦干净，左眼处黏了一片，此时已经凝结成黑色的一团。

生命是如此脆弱，如果今日不曾下雨，他们不曾被困在山上，艾老板带着医官能很快地找到他们；如果晏无凭没有心急，只受了可以救治的轻伤；如果他能来得更早一些，或者在隐约猜到她的打算时便提前阻止……

继续向前回想，如果他没有对路旁的孩子大发恻隐之心，没有遇刺，帮助当时几乎处于绝望状态的晏无凭和谷香卉；如果彭越在很多年前没有走错房间，或者燕知耐心地等到了上峰的手令才开城门迎敌……

有那么多如果，哪怕其中只有一个成真，都不会是今天这样的结果。

周檀感觉自己的意识有些混沌。他看见曲悠朝他走了过来，嘴巴一张一合，似乎在说什么，可他耳边一片空茫，什么都听不清楚。女子温暖洁净的体香萦绕在他的鼻尖，他意识到曲悠正在用额头试他的温度。在这一刻，周檀突然回忆起了在榻上躺着的时候。

遇刺之后的很长一段时间里，他其实是有一些意识的。

除了做梦，他几乎能清晰地回忆起一些微小得不能更加微小的细节，譬如医官恶意地包扎他的伤口，有些痛，可他叫不出声来；药物的气味温柔而残忍，灵魂在血气中与肉体抽离，飘浮起来，清楚地观察着自己的生命一点一滴地流逝。这种感觉令人毛骨悚然，可他竟于无能为力的等死过程中获得了一些诡异的快意，他强迫着自己重复回忆诏狱中同僚血肉模糊的尸体，那些尸体与狼狈的官服一起堆在森严的墙下，伸出一只他很熟悉的手。

记忆清晰得可怕。

再往后是唢呐的声响，带着温度的手指抚摸过他的脖颈，顺着滑动痕迹留下一片酥麻的战栗，久违的鲜活生气灌入他的躯体，然后他穿过屏风看见一双清亮的眼睛。

还是好奇怪，明明是第一次见面，他却隐隐地觉得，或许很久之前自己就已经认识她了。

曲悠走过来的时候就觉得有些不对劲。

周檀低垂着头，似乎陷入了一种与外界隔离的状态。她叫了几声，对方都没有回应，苍白的面容上浮现轻微的红。她俯下身子贴近对方的额头，发现他在发烧。

曲悠捧着对方的脸，跟他贴得非常近。周檀慢慢地抬眼看她，琥珀色的眼瞳中没有映出她的影子，她却于其中看见了一闪而过的自我厌弃之色。

她回头看了看地面上的尸体，然后把手从他的脸上移到肩膀上，轻声说："你在发高热。"

病势来得如此突然。周檀的身子一直不好，一年内受过刑又遇刺，被雨一浇便烧了起来，热度从他的额头传递到她的掌心。

周檀垂下了眼睛，不敢再看她。曲悠察觉到了对方的闪躲之意，这次她没有放手，反而直接问："躲什么？"

"不要靠近我。"周檀避开她的目光，闭上了眼睛，薄薄的眼皮在不安地抖动，彰显着他此时的犹豫和挣扎。

"在你来到我府里那一天，就应该有人告诉过你，不要靠近我，不要对我施恩。"周檀像是非常冷，咬着牙一字一句地说着，"你看见这具尸首了吗？她曾经相信过我，现在却躺在这里，你难道不害怕有朝一日自己会变成这个样子吗？"

尸体就在破损的神像前面，连神都不再保佑他。

"你为什么这么自责？"

曲悠看着他，他明显有些情绪失控，连这样的话都说了出来。

"她的死，并不怪你。你也不想遇刺，不想彭越仅仅是被判流徙，不想没有帮到她……"曲悠回忆起之前对他的怀疑，瞬间感觉酸涩难言，"这不是你的错。"

"这就是我的错。"周檀执拗地否认道，"在不能做到的时候，我不应该许下虚假的诺言，不该让她拥有了希望又失去，最后做出不能改变的选择。人死如灯灭，一切都没有办法回头了。"

他在昏暗的光线中转过头来。曲悠看见他眼睫之间映着火光，他冰雪般的眉眼中漾出了几分闪烁的泪意："你离开我，会有更好的人生。"

一个总是习惯于自我责备的人。

一个吞下恶意做甲胄，以此逼迫旁人离他而去的人。

这样的人……怎么会成为奸佞？或者说，这样高的道德标准，怎么会容许自己作恶？

"周檀，"曲悠伸手在他眼睫近处比画了下，没有碰到，"无凭对我说了那么多话，让我唯一能确定的就是……你满口谎言，我再也不要相信你说的话了。"

照周檀以往的行径，必然会呲儿她几句，口不对心地说几句，把她气得拂袖而去，再自己舔舐伤口。他的伪装天衣无缝，若不是晏无凭的言语，曲悠几乎真以为他说的都是他心中所想。那些令她反复怀疑过的事情终于有了凭据。从一开始，她就在心中给后来自己反复纠结的好与恶下了清晰的定义，越过天花乱坠的史书，她看到的只是一个新婚之夜瑟缩在角落、无人去管的好人。周檀在她心中为自己制造出令人失望、鄙夷、厌恶的形象，十分熟练地要把她从自己的世界驱逐出去。可惜他想错了很多，晏无凭说清楚了一些事情，曲悠立刻明白了他的真实想法。

要做孤臣，不要软肋。

她等着周檀像从前一样嘲讽她，对方却沉默了，没有回答。

曲悠俯下身子，发现他垂着眼睛，意识有些涣散。她把他拖到角落，本想拿稻草将他围住，可余下的稻草都沾了雨水。万般无奈之下，她只能学着最恶俗的桥段，怀抱着他，与他互相取暖。

夜已深，雨声逐渐变小，周檀在曲悠怀中沉沉地昏睡着，偶尔清醒片刻，她听见他在梦魇中粗声唤"老师"。

曲悠突然想起彭越临死前的言语。顾之言清正一生，若周檀不曾背叛师门，那他到底在诏狱中知道了什么，才不惜自毁名声，走上了与前半生截然不同的道路？

不等她细想，周檀又在她怀中不安地挣扎起来，冷汗涔涔。她伸手为他拭去，听见他小声说了一句"好黑"。曲悠的睡意顿时去了七八分,她揉着眼睛看了看,那堆火快要灭了,她身上没有火折子,若是火灭了,只能等天亮再见光了。她叹了口气,轻轻地将周檀松开,挽着袖子钻到破败的神台后面。如果她没有记错,方才她看见那里遗落着许多从前挂的灯笼。

摸黑找了半天,曲悠在其中寻到了半截蜡烛。她连忙用手搓去了表层陈年的蜡油,借着最后一点火星点燃了灯芯,又找了个相对完好的灯罩。秋风萧瑟,不时有风透进来,一不小心,火苗就会熄灭。

破庙中终于有了一点暖光,曲悠提着那盏寒碜的灯走向角落时,发现周檀已经醒了。

虽然醒了,可他连半分移动的力气都没有。

曲悠将那盏灯挂在近前的桌沿上,重新抱住他,口中警告道:"我很累了,没空和你吵架,这里太冷,别乱动。"

周檀的目光粘在那盏灯上,他动了动嘴唇,没有推开她,反而抬起宽大的衣袖,小心翼翼地盖在她的身前。

两个人对着破旧灯罩内飘忽不定的烛火呆了很久。

曲悠抱着周檀的胳膊,突然道:"想家了。"

周檀声音嘶哑:"明日便送你回曲府。"

"啊,不是那里。"曲悠摇了摇头,认真道,"我的家乡,其实在杭……在临安——你待过的地方。少时我在临安长大,后来来了首都,已经很久没有回去过了。"

周檀静静地听她说话。她的声音很好听,就算偶尔蹦出几个他听不懂的词,他也舍不得打断,便不去询问。

"我想回家。临安有个古镇,我从前每年春天都和朋友们一起去划船。镇上的花开得极好,我第一次偷折,被治安处抓了,罚了五百块。"

曲悠絮絮叨叨地说着,她已经好久不曾说过这些了,如今那样的日子与她隔着千山万水,她离家远游,再也回不去了。

见周檀不说话,曲悠突然打住,酝酿了一会儿才继续说:"我知道,你想让全天下人都嫉恨你,这样你在做什么事情的时候就不必担忧有人会为你伤心了。"

周檀闭目装睡,没有回话。

"算了,我如今跟你说这些,你也不肯听。这样吧,等你有朝一日真的对我坦承,我就告诉你一个大秘密。"

风突兀地叩打窗棂,周檀睁开眼,紧张地看向那盏摇摇欲坠的灯,生怕它熄灭。见它没事,他才放下心来。

曲悠还在说:"你知道我为什么对你这么感兴趣吗?其实从前我想知道的是别的事情,可是见到你的那一刹那,我就有一种直觉……尼采曾经说过,人之所以伟大,在于他是一座桥梁，而不是目的。你虽然不肯告诉我你究竟在筹谋什么事情，但我觉得，你就很像一座桥梁。"

这次周檀完全听不懂，他沉默片刻，扯着干哑的嗓子勉力问："倪兄这话是什么意思？"

"听不懂了吧？"曲悠有些困倦，迷迷糊糊地道，"我知道桥的彼岸在何处，但你不知道，你只知道毁灭和牺牲，愿意为了打破不公正而奉献自己的一切……你后来的法，超越了这个时代，我敬佩你。"

周檀还想再问一句，可是曲悠已经枕着他的肩膀睡着了，嘴中依旧嘟囔着一些他似懂非懂的言语。

"我爱那样一种人，他为掷色子赌赢而感到羞愧，并自问是不是作弊的赌徒，因为他自甘灭亡。

"我爱那样一种人，他在行动之前抛出金言，他所履行的，总超过他所许诺的，因为他自愿没落。

"我爱那样一种人，他肯定未来的人们，拯救过去的人们，因为他甘愿因现在的人们而灭亡。

"……

"我爱那样一种人，他们全像沉重的雨点，从高悬在世人上空的乌云里一滴一滴落下来。他们宣告闪电的到来，而作为宣告者灭亡。"

瞧啊，我是闪电的宣告者，是从云中落下的一滴沉重的雨点。

∞　∞　∞

第二日，曲悠醒来的时候，雨已经停了。

她睁开眼就看见柏影坐在她面前不远的地方，冲着她笑得一脸鸡贼。似乎是觉察到她醒了，周檀略微用力，把手从她后脑勺下面抽了出来。看来他早就醒了，为了不妨碍她的睡眠才没动。

曲悠有些尴尬地爬起来，问道："你好些了吗？"

不等周檀回答，柏影便道："他吃了我喂的药，已经退烧了。我说，周大人啊，知道自己身子不好还跑出来淋雨，这不是找死嘛。再有两次就别叫我了，你刻意糟践自己身子，大罗神仙都救不了啊。"

周檀的声音依旧有些哑："抱歉。"

"你跟我道什么歉？"柏影恨铁不成钢地摇摇头，"这次都把我薅出城来治病了，得加钱。"

曲悠揉着眼睛往外走了几步，才发现山神庙外来了许多戴着面具的侍卫，他们的铜制面具跟之前那个黑衣人的一模一样。她凑近柏影身侧，低声问："这都是艾老板的人吗？"

"是啊。"柏影道，"昨日那个黑衣来北街搬救兵，艾老板便派了一群人，顺便带上了我。结果雨那么大，京华山上野林子多，我们冒雨寻了许久才找到你们栖身的山神庙，当时天都快亮了。"

曲悠悚然一惊："你来了怎么不叫我，你就带着这群人看着我睡觉？"

柏影怒目而视："你跟周檀抱得死紧，我走近两步就把他吵醒了，他不让我叫，这难道怪我？"

曲悠支着额头，这才看见庙门口破旧的台阶上躺着一个着刑部服色的中年男子，那男子被捆得像个粽子，腰间简单缠着几圈白色纱布，生死不明。

正是昨日中了周檀一箭的梁鞍。

曲悠侧头看去，柏影耸肩解释道："昨天在山林里捡的。剩下的人都死了，就这一个还活着。我想着，他对周大人或许有用，就把他带回来了。"

似乎是听见了言语声，半死不活的梁鞍朝曲悠看了一眼，一张脸白得吓人："放……放过我……"

周檀披了件柏影带来的黑色长披风，从曲悠身后缓缓地走了过来。

看见他，梁鞍才真正地变了面色——他昨日并未看清射箭之人的身份，曲悠扮了男装，一时也认不出来，可周檀出现在这里，又是这样的情形，恐怕……恐怕……他咽了口唾沫，艰难地说道："是……是你派人追杀彭大人？"

周檀在他面前蹲了下来，面无表情："你知道彭越手中到底有什么东西让傅庆年如此忌惮吗？"

梁鞍想勉强挤出笑容，但没成功，面色比哭还难看："你不敢杀我！我是傅大相公派出来的，我是刑部的官员，你……你若越过大胤刑律动手，如、如、如何对陛下交代？"

周檀往周围睇了一眼，一个面具人（由于不知道如何称呼，曲悠只能暂时这么叫）立刻握着手中的剑柄往梁鞍膝盖上痛击一下。他下手极为精准，曲悠甚至听见了骨头碎裂的声响。

梁鞍有些功夫，比手无缚鸡之力的彭越耐力强一些，但此刻也受不住痛，低吼了一声："我……我不知道！我只听见他们二人谈过一次……彭越来刑部之前，在吏部待过一段时间，好像……好像是什么东西的图纸！"

周檀表情未变："他藏到哪里去了？"

"我真不知道！"梁鞍道，"傅大相公也不知道，如果他没有贴身带着，必然在很隐晦的地方藏着！这东西是他保命用的，怎会轻易告诉我！"

"嗯。"周檀简单答了一句，他伸手按住梁鞍的后颈，忽然又问了一句，"梁大人似乎没有亲眷？"

"你不能杀我！"梁鞍一怔，随后扬声嘶吼，声音因恐惧而扭曲，"你……你可是刑部的侍郎大人！就算我有罪，也该过了三司，大胤律法昭彰——"

"是吗？"周檀冲他微微笑了笑，"若是律法昭彰，你怎么会如此有恃无恐？"他又微微敛目，"梁大人，我重伤未愈时，你带人闯入我的府中，搜府夺掌印，还想杀我灭口，甚至侮辱我妻，你还记得当时自己说了什么吗？"

梁鞍脑中一片空白，嗫嚅道："我……我……"

果然……周檀到现在还记得当时的仇，今日想必决计不会放过他了。

"我帮你回忆一下。"周檀轻声道，但他的声音此时在梁鞍耳中如同催命魔音，"你说，夫人在同你玩笑，刑部、典刑寺、御史台，且不论有无机会去管，一个女子，还是周檀的家眷，不会有人理睬。梁大人，我记得可有错？"

曲悠在一侧怔了一下。梁鞍同她说这话时尚在新霁堂，照理说周檀是没有机会听见的，想必是当时耳闻的韵嬷嬷和德叔将这话告诉了他。

周檀站起身来，目光中闪过一丝嫌恶："正是因为有你这样的人，那些呕心沥血的律法条目在寻常百姓眼中都成了一纸空文，他们搭上性命，只能换来你一句嘲讽，你既如此，我又凭什么以法相待？"

梁鞍听得冷汗直流，眼见周檀要走，便急急喊道："周檀！你说得冠冕堂皇！你若杀我，与我又有什么分别？"

"你说得对，我与你没有分别。"周檀往周围看了一眼："动手吧。"

他无视身后的哀号，往前走了几步，正好看见曲悠站在破旧的山神庙门口看他。她目光湿润，与他对视一瞬，立刻走上前来："等等。"

她是良善之人，从前敢为女子鸣不平，也敢上御街击鼓状告，熟读大胤刑律，想必也对律法抱有一二分期望。周檀眼睫颤了颤，想，可是今日他不得不用这种不能见光的手段解决问题。

"他跟你当然有分别，"出乎他的意料，曲悠越过他，低头看向他身后的梁鞍，"你确信自己不会死于刑法之下，并非因为你无罪，而是因为律法不公。"

她看了周檀一眼，轻轻扯住了他的衣袖："我向你起誓，他一定会改变这件事的。有朝一日，暴力将不再越过公裁而起效。若你生在那时，定然活不到如今的年岁，梁大人，庆幸吧。"

周檀呼吸一滞，情不自禁地拉紧了自己黑色的披风。

面具人将梁鞍的尸体拖回密林中。昨日有大雨，一切痕迹都被抹得一干二净，众人顺便卷走了先前散落在林中的彭越随行财物若干，制造出一副有匪夺财害命的样子。

晏无凭的尸体，无法带回城中，只好就地火化。回城之前，周檀特意带曲悠去了京郊为他所有的一片土地。

达官显贵在京郊的田地多是农田，周檀所有的却是一道低矮的土坡。这道土坡前有简易的屋舍，屋舍中的老叟认识周檀，见他前来，便恭敬地奉上了围着土坡栅栏的钥匙。

在两棵参天大树的遮蔽下，曲悠看见了几个低矮的坟头。

柏影和面具人没有跟着上来，于是周檀亲手将装着晏无凭骨灰的坛子埋入早就掘好的一块地，与另一个骨灰坛子埋在一起。他在坟头插了一块简易的木牌，说道："过几日，我找人来为晏姑娘刻个碑。"

曲悠郑重地朝那木牌弯腰行礼，转头就看见一侧有立好的新碑。那碑是晏无凭新近立的，只简单刻了一行"吾友香卉，生如一荠"。

她盯着那墓碑沉默良久。周檀在她身侧道："梁鞍平素未少去往芳心阁，只因不是风口浪尖，宰辅一句话，便把他保了下来，若非如此，牵连的又怎会只是六十一人？"

曲悠后知后觉地意识到周檀在向她解释："啊，其实你无须多言。那日他上门羞辱，想要你的性命，即便你只是以牙还牙，我也并不觉得过分，况且他确是恶人。"

周檀没有说话。

"这里还葬了我父母。"半晌，他才忽地说道，果然看见了对方略微诧异的表情，"事情复杂，我不敢为他们立碑。若今后我有不测，你也把我葬在这里吧。如果到时……我们还没有和离的话。"

树木因风婆娑。

曲悠突然笑了出来："我不知道你因何事改变了想法，但我能感觉出来，此刻你做了一个重大的决定，要去做一些非做不可的事。"

她果然聪慧。周檀苦笑，没有多言。

"其实你也不必这么悲观，你不会死的，"曲悠认真地说，"而且你想做的事会成功的。但我此刻必须要问你一句——周檀，昨夜我说你像一座桥，做桥，不知彼岸，万人践踏，渡人不能渡己。若我告诉你，就算成功，这彼岸也是漆黑。朝闻道，夕可死，这就是殉道者的宿命，你已知晓，仍要去做吗？"

周檀扶着身侧的树木，手指在沟壑纵横的树皮上摩挲。

半晌，他才低声回复："吾心如高木，不能凌云，亦要勉力生长。"

"好。"

曲悠看着他，感觉自己内心的一处被烧得滚烫。她的研究生室友学考古，某日听闻某处有文物典籍出土，恰应了她论文中的猜想，不禁欣喜若狂。耳边仿佛传来书页翻动的声音，曲悠心想，她终于理解了室友当时的感受。

回城之后，二人一同回府。周檀送曲悠到她居住的芳华轩，临到门口，突然状似无意地问了一句："倪兄，是你很好的朋友吗？"

曲悠一时没反应过来："谁？"

周檀道:"你昨日睡梦中一直在喊他的名字。"

曲悠想了半天,终于意识到他说的大概是尼采,哭笑不得:"他……呃,其实……他是我的老师。"

余光中,周檀似乎舒了口气:"你如此崇敬他,改日我随你上门拜会一番。"

曲悠连忙道:"不必了,他老人家已经仙逝了。"

周檀坚持:"可有碑葬?"

曲悠回道:"在十万八千里之外,有机会再去看他。"

她见周檀踌躇未走,不由得好奇:"你还有话对我说?"毕竟他平日里可不会没话找话,不肯走。

周檀嗯了一声,说:"其实,我是想说——"

他还没有说完,身后便传来一阵嘈杂的声响。德叔跟着一身劲瘦皮装的贺三跑了进来。

曲悠尚着男装,贺三应该在刑部见过她,目光在她身上顿了顿,有些惊讶。可他还是压住,屈膝跪了下去,急急道:"大人,今日早上属下来寻,发现您不在府中,只好对外宣称您风寒未愈,然后留在此处。若有逾越,请大人降罪!"

周檀沉声道:"做得好。刑部出了什么事?"

贺三回答:"上个月京都府接了一个案子,本应过刑部后呈禀三司定刑,傅大相公在陛下面前提了一嘴,于是此案并未过刑部,草草结案了。可是凶手亲眷近日听闻典刑寺卿流放,又……得了夫人御街击鼓的勉励,重写状纸,告到刑部了。

"就在昨日傍晚您走后不久,梁大人也不在,属下不敢处置,恐惊动甚广。听闻陛下今日早朝发了火,指名要您重新调查。执政高大相公递了帖子,说明日要来刑部拜会。"

他匆忙说完,周檀却没有吭声。曲悠把这一番话听得清楚,觉得甚是古怪,正在心中纳罕,便见周檀转过身来。

"方才我想说,你所愿之事,持心守正,为上修律法,为下鸣不平……女子行于途中,有愿者甚少,能践行者更少,虽我不能凌云,但至少能为你开一条前路——你可愿意,到刑部来吗?"

❦ ❦ ❦

三日后,曲悠接到了执政高则夫人的请帖。

她与周檀成婚时日不长,一直没有得空去参加各类宴席——汴都的后宅女子最爱热闹,隔三岔五便有新的宴席邀约。其实曲悠并非全然无空,只是不知是因周檀的名声还是她的身份,一直无人送请帖来。

九月初八,正是重阳节前日。

重阳节当日内庭有宫宴，京郊有登高和祭典，内眷宴席总是凑不齐，故而秋日的菊花宴多开在重阳前一日。

曲悠带着河星和水月两人，经由高府门口的婢女引领，在席上一角落了座。

执政高则的夫人出身承平侯府，性情开朗，常开粥棚行善积德，在汴都后宅女眷中间人缘颇好。她开的秋日宴，除了与高则相对的傅庆年亲臣家眷，几乎云集汴都各路命妇和贵女。以前，曲悠的母亲尹湘如因体弱，不常参加宴会，她本人又年纪小、资历浅，便被暂时安排在末席。

见她落座，高夫人神色一动，竟然亲自迎了过来："悠悠久不露面，过来叫我瞧瞧。"

听闻从前原主与高夫人的长女高云月在宴席上经常碰面，看来高夫人也识得她。曲悠便躬身行了一礼："高伯母，之前事杂，许久不见。听闻您近日睡眠不佳，我带了两罐亲手熬制的桑葚膏，您不要嫌弃。"

来之前，她想了许久要送什么，幸亏从周檀那里打听到对方常有头痛失眠的毛病。

高夫人眉毛一挑，颇有些惊诧："悠悠有心。上次见面，你还是未嫁女，如今也有一府主母的样子了。"

曲悠在宴上与高云月对诗扬名之后，高夫人见过她两次。从前她有才有貌，只是不太通人情世故，此番她却另有一番气象。高夫人这么想着，多问了一句："你出嫁前落水，病了许久，如今可好全了？"

高夫人所言的"落水"，其实就是她穿越时的事。曲悠回道："劳伯母关心，全好了，还胖了些呢。"

高夫人被她逗笑，拍了拍她的肩膀。恰好堂外进来一个侍女，高夫人似乎有事要处理，转身叮嘱了曲悠几句，便随着那侍女出去了。

堂中流水长桌前坐了一屋的妇人，对曲悠投来各色打量的目光。其中以讥讽居多。

曲悠扫了一眼，心中想着，在她们眼中，自己抛头露面、与风尘女子结交，简直是她们想都不敢想的忤逆之事，寻常命妇若干出这样的事，不论是为了什么，都得落个声名狼藉、无人敢往来。不过，方才执政夫人对她相当客气，众人也看在眼中。周檀虽然名声不佳，但瞧着颇得重用，正是炙手可热，执政的拉拢之意有目共睹，要不然也不会给她下帖子。故而众人虽然有些看不上她，但是只顾各自说话，无人搭讪，也无人刁难。

如此甚好。曲悠专心地研究流水席中的精致小菜。重阳菊花宴，人手一杯蜂蜜菊花茶。如今尚未正式开席，菜品只有冷盘，譬如金菊拌香干、菊香如意卷等。曲悠尝了几道，觉得清爽怡人，甚是喜欢。

有些心数的年长夫人知道少言为佳，可正坐在曲悠对面的年轻女眷有些忍耐不住，见她只顾低头品尝美食，不由得嗤笑了一声。那声音不大不小，恰好叫曲悠听见："小门小户出身，果然不懂礼数。"

一侧同她交好的一位夫人匆匆拽她衣袖，低声道："这可是周侍郎的家眷。"

她便低声回道："那周侍郎出了名的风流浪荡，你难道没听过他前些时日的多情韵事？都把她逼上街去了，可见不会护着她，说到底还是门户太低，周侍郎对这门亲事必定十分不满。"

之前的声音不大，坐在上首的老夫人们听不清她们的话，只道是年轻女子在互相寒暄。

曲悠放下了手中的玉箸，抬头问道："这位是？"

那女子身侧的婢女便回道："我家夫人是左林卫栗大人的内眷、中散大夫巩大人千金。"

左林卫栗大人……这姓氏少见。她记得栗鸿羽好像提过一嘴，这左林卫应该是他的兄长，那么面前这位便是他的嫂嫂。

栗鸿羽被送进去跟着梁鞍，想必栗家与傅庆年关系不错。可巩氏既来赴高府的宴，便证明他们也不完全归属宰辅一派，当朝党争中的中间派也有不少，栗家便是其一。

曲悠回忆起栗鸿羽，觉得有些好笑，满桌比对面这位地位高的人比比皆是，都知道不言不语，只有这巩氏和栗鸿羽一样鲁莽，真可谓"不是一家人，不进一家门"。

巩玉莹眼见曲悠低头笑，不理她，只以为她是嘲笑，眼珠一转，突然转向身侧友人，声音大了些："姐姐不知，我家新招的奴仆之前谈起一件奇事，我也想问问周夫人——"

已经有人把目光投来，曲悠反应了一会儿想起"周夫人"是她，便笑眯眯地道："但问无妨。"

"我家仆役说，周夫人在府中竟要奴仆少行跪拜礼。"巩玉莹晃着手边的茶水，似笑非笑，"说起来真是新鲜，若一屋之中连尊卑贵贱都无，全无规矩，岂不是会乱作一团？周夫人与我同是文官之女，缘何如此不知礼仪？"

这番话含沙射影，说的是跪拜礼一事，言语间仍有对曲悠和风尘女子混迹一处的嘲讽之意。席间虽谈笑如常，可有不少人悄悄地放下手中的酒杯，想看曲悠如何应对。

出乎众人的意料，曲悠冲巩玉莹微微一笑，既无羞愤也无报然，反而岔开话题："我唤一声'巩家姐姐'，想问一句，姐姐看来，何为礼仪？"

巩玉莹一怔，正色答道："周公制周礼，别尊卑、序贵贱，以明道德。妹妹熟读诗书，难道不知？"

"说得好，礼仪为道德，有礼、非礼，除却圣人言，在各人心中自有标准。于国，礼使运行有序；于人，礼则时刻省身。"曲悠看着她，平静地道，"姐姐今日可以责我不懂礼仪，致使府内乱序。可在我唤这声'姐姐'之前，于众人之地指点他府内事，按照你严苛的道德标准，是礼非礼？"

她声音不大，语气更是和缓，巩玉莹怔然听着，一时语塞："我——"

"我知道姐姐是真心怜我，不想我为此累及名声，我此举也确是坏了规矩。"不等她说话，曲悠便语气一转，十分真诚地说道，"可是圣人亦有悯下之心，大家殊为不易，我只是后宅女子，囿于一府之内，兼济不了天下，尽力而为，或有错漏，万望包容。"说完，她起身行了一礼。

席间一时鸦雀无声。巩玉莹一句话都说不出来，侧头却见堂下不知何时站着一个身着湖蓝衣裙的女子。她怔然间恍惚想起，这人似乎便是高则长女、名冠汴都的高云月。

高云月虽与曲悠齐名，可出身与她天差地别，走到哪里都受众人追捧。今日她已扶着门框听了许久。直到曲悠说完，她才走上前来，盈盈行礼，语气傲然、微冷："给诸位长辈见礼。"

高则嫡女，即使略有骄矜，也无人敢小觑。曲悠这才看见她，顺着衣物打量了一眼，立刻确信这一定是与原主齐名的高云月。

好漂亮。叶流春虽然通身气质不凡，单论容貌，比起高云月来还是略逊一二。曲悠盯着她目不转睛。

高云月得了几句奉承，把目光转向了曲悠："上次宴席我输给周夫人，说好了请她来赏花，母亲很快便回来，请诸位少安毋躁。"

"走吧。"

曲悠连忙跟了上去。河星和水月跟着出来。

高云月走得快，暂且没理她。

曲悠缓了一步，小声得意道："怎么样，我刚才说得不错吧？"

河星低着头小声道："大人说的，虽然没怎么听懂，但我知晓，夫人是在关爱我们。"

水月在一旁红着眼睛点头。

曲悠拍拍她的肩膀："你们先下去吧，我跟高姑娘说会儿话。"

高云月走在长长的连廊中。等河星和水月都离开之后，她回过身来，顺手从一侧的花丛中摘了一朵几近繁盛的月季花，闷闷不乐地摘着花瓣，良久才道："是我输给你了。"她把手中花瓣一撒，拍了拍手，"御街一事传得沸沸扬扬，你真是大出风头。我想了想，我应该是做不出来，你……不是被周大人逼迫着去的吧？"

曲悠立刻否认："不是。"

高云月松了口气："我想着依你的性子，若是不愿意去，肯定会一头撞死，怎会受夫君逼迫？果然如此。"

听对方的口气，她应该和原主非常熟。高云月这个名字，她听了许多遍，先前还担忧对方嫌恶她抢风头，不好相处，如今看来果然是宫斗戏看多了，两人既有联诗美谈，大抵是惺惺相惜的。

曲悠在这里思索着，没吭声，高云月便继续道："曲承大人受牵连时，我着人给你送银两。听你母亲说，你落水后，之前好些事都不记得了，那你还记得我们的赌约吗？"

曲悠想了半天也记不起来，只好含混地摇头，又道："多谢高姑娘关心。"

不料高云月却哼了一声，说："谁关心你了？我怕你饿死，你却连赌约都不记得。罢了，过会儿我就叫母亲带宾客过来，也不算埋没了我精心挑的花儿。"

曲悠这才发现高云月已经带她从那条长长的回廊穿过招待宾客的前厅，来到后园一座无人的楼阁一侧。这里摆放着近百盆颜色各异的秋菊，有一些，曲悠见都没见过，想必是十分珍稀的花种。

"上次挑花签，你挑中的是'待到秋来九月八，我花开后百花杀'，我笑你没有这气节，你跟我打赌，让我瞧着。"见她一脸茫然，高云月不由得提醒，一边说一边自己生闷气，"如今你都忘了，却还是叫我瞧见了。我依约送你这珍贵秋菊百盆，你回府时叫人搬回去吧。"

曲悠略略诧异："这……我恐怕带的人手不够。"

高云月又瞪了她一眼。高云月比原主小半岁，曲悠伸手揽住了她的胳膊，十分亲昵地贴着她在楼前细赏，盛赞了一番。高云月果然非常受用，面色立刻缓和下来，与她一同穿越后园，往方才的厅堂走去。

曲悠拈着她的湖水蓝衣袖，笑言："蓝色真衬你，这是汴都时兴的縠皱波纹纱吧，我还没见过有人比你穿得更出色。"

高云月道："你忘了许多事，倒是比从前讨人喜欢多了。"

零星的记忆忽然从曲悠脑中一闪而过——对方一身水蓝轻纱，在风中拂起，眼神中透着惊艳和赞赏。她依稀记得高云月不喜欢戴金银首饰，有一支碧玉长簪。随后那簪子在她模糊的记忆中突然碎裂。

曲悠吓了一跳，回过神来，下意识地抬眼看去，果然见高云月戴着一支碧玉长簪。

高云月诧异道："你怎么了？"

"无事。"

曲悠心有余悸，挽住了她的手。

高云月勉强满意，与她一同走着，别扭道："上次见还是姑娘，嫁人嫁得这么快，真有些不习惯——周大人待你好吗？"

"好。"曲悠回答得飞快。

"那便好。"高云月不疑有他，絮絮说着，"父亲一直想让我早嫁人，没嫁得了太子，还要物色旁的皇亲国戚……嫁入这样的门第有什么好，他日眼睁睁看着夫君纳妾，话都插不上一句。我近日同他赌气，觉都睡不好。"

曲悠看她面色确实略微憔悴："我给你母亲带了桑葚膏，你闲来无事也可以喝一些。改日邀你出门，我有朋友开了一家药膳铺子，叫他送些食谱给你，调理一番。"

高云月欣然应道："甚好。"

她顿了顿，忽地说："你可知你夫君手中那桩棘手案子？"

"你说刘氏落井一案？"

"对。"

曲悠含糊地应了一声，试探着问道："你认识刘氏？"

高云月轻轻"啊"了一声，然后说道："你可能记不得了，刘怜兮……曾是你我旧友。她不爱聚会，只是一年前在捶丸会上与我们有些机缘，诗写得好，人最温柔不过，嫁到杜家还不到一年就没了。"

曲悠也沉默了。

两人从园内几棵枫树下路过，秋风萧瑟，有红透的枫叶拂过她们肩头。

高云月所说的案子便是三日前贺三对周檀所言的急案。左谏议大夫杜辉之子杜高峻向京都府报案，称自己的妻子刘氏被发现死于后院井中。当时周檀忙于坠楼一案，傅庆年多说了一句，此案便没有移交给刑部。京都府查了三日，抓了杜氏府邸内的护院。那护院坦陈，自己偷主家财物，被夫人撞见，情急之下将其扼死投井。人证物证俱全，那护院甚至不等审判便自尽在牢狱之中。

这案子疑点重重。刘怜兮的母亲全然不信这个裁决，但到京都府闹了三次都求告无门，便忍气吞声，就此作罢。

直到曲悠叩了登闻鼓，刘氏的母亲得了激励，以血写状，重新递到了刑部，只说从前结案草率，不过刑部也不过典刑寺，于理不合，据此要求重审。

此事闹大了，德帝在早朝时要周檀亲自接手。

高云月亦有耳闻。

"无可奈何花落去……"曲悠念了一句，又出神道，"女子比花还脆弱，不须攀折，坠下枝头便要任人宰割。我想着之前芳心阁的人亦是如此飘零，生死不由身哪。"

旦暮

两人走到男宾集会的侧园前时，突然听见一段悠扬的曲调。曲悠听着觉得有些耳熟，顺口道："此曲甚好，是月琴声。"

高云月幽幽道："你耳朵够尖。今日宴席，父亲请来了春风化雨楼的春娘子伴宴，除了她，谁还能弹出这样好的月琴？"

"春娘子也来了吗？"曲悠欣喜道，"得闲可以去见她一面。"

"你和她很熟？"

"自然，春娘子是我好友。"

高云月诧异地看着她，欲言又止，最后只道："是你之前御街击鼓时的情谊？你……能与她们互称好友？"

曲悠叹了口气，意识到自己的行径对于高云月一个自封建官僚家族长大的女子而言似乎过于超前："你觉得……此举辱没身份？"

没想到高云月却轻轻摇了摇头。

"看来你真是忘了许多。从前，是我对你说想结交春娘子，你担忧再三，不敢去。"当时我胡乱读书，看了唐人的《北里志》，有一段印象尤为深刻。

"'诸女自幼丐育，或佣其下里贫家。常有不调之徒，潜为渔猎，亦有良家子为其家聘之，以转求厚赂。误陷其中，则无以自脱。初教之歌令，而责之甚急，微涉退怠，则鞭朴备至。'……这般命运，我全不敢想。"

高云月苦笑："哪有人自甘堕入风尘，或因罪牵连、赚钱养家、为亲所卖，或身有缺残、遇人不淑，甚至为报仇雪恨，奇女子良多且身不由己，前朝都有香雅夫人千里送军粮，我不觉得此举有辱。"

曲悠深深瞧着她，想，千余年前，除了周檀，其实也有这样的人。

哪怕只是为她们叹一句"并非甘愿"。

"书，我借给你，看来你是找不到了。"高云月见她没说话，便道，"没想到你先去结识了春娘子。我待会儿找个丫鬟请她过来，你帮我引见一下吧。"

曲悠笑着应了。

两人回到席间。高云月原本的座位就在高夫人身边，此时她却随着曲悠坐在末席。高夫人无奈，便没管她。

菊花宴后，女眷们已经引着三三两两地到楼阁园子里听曲赏花去了。

高云月带着曲悠挑了个最好的席位，一边倒菊花酒一边回答她的询问："那位？那是嘉福郡主，刚许了婚，嫁的是戚小将军。她从前就刁难过你，少与她搭话……刚进来的是宁家二姑娘，在和我兄长议亲。兄长偏要考武举，把我父亲气了个半死。说起来可惜，他从前还偷偷问过我你喜欢什么吃食，我本来以为能便宜了你的……

"啊，我母亲身侧是平昔大长公主，旁边低眉顺眼的那个是太子妃李氏。今日太子也来了，想必正在男客处和我父亲及你夫君谈天……"

曲悠终于把人认了一遍。幸亏她了解北胤的贵族与官制，不至于一头雾水。她端起手边菊花酒，浅抿了一口，恰好听到高云月顿了一下，说："这位……是怜兮的母亲。"

她放下了手中的酒杯，顺着高云月的目光看了一眼。

刘母是个精明强干的妇人，夫君为科举擢拔的朝奉大夫，与曲悠的父亲平级。但曲承出身书香世家，寒酸时亦有威望，刘大人却出身穷乡僻壤，刘母也是他尚在乡野时娶的发妻，在汴都的贵妇中间有些格格不入。其他人多是三两结伴，刘母却无人同行，她冷着脸坐在堂中喝了一盏菊花酒，随即坐在椅子上发呆。

高云月摇了摇头："之前我与怜兮交好，母亲便常给刘夫人发帖子。刘夫人为人精明持重，一言一行都谨慎小心，生怕露怯坏了刘大人官声……她这样的人，竟去刑部闹了一场，我听了都不免心惊。她牵涉事中，这次发帖，母亲犹豫再三，我本以为她今日不会来的。"

"白发人送黑发人，其间苦自是不堪说……"曲悠说着，同高云月一起上前见了个礼："夫人安好。"

刘母木讷地看了二人一眼，随后目光停在曲悠身上，认出了她，有些激动地从椅子上站了起来，嘴唇微颤："周……周夫人？"她顾不得失礼，攥住了曲悠的手，"怜兮以前与你们交好，我听闻……你如今便是刑部周侍郎的夫人，你可要……可要为怜兮申冤哪！"

见她的情态，高云月左右瞄了一眼，连忙带人去了后堂的内室，掩了门。

曲悠感觉对方的眼泪一滴一滴落在她的手背上，便取了方帕子为她擦拭："伯母，您为何如此笃定京都府判刑有误？"

她问得直接，高云月不由得看了她一眼。

刘母脸上突然出现了一种极为愤恨又不得不压抑的神色。她勉力咬着牙，恨声道："怜兮当年被那杜高峻花言巧语蒙骗，嫁过去后，对方才露了真实面目！他原本就是汴都闻名的花花太岁，可怜我女儿竟真以为自己得了这纨绔的真心。成婚不过五日，那杜高峻便……便要收她的婢女入房……怜兮不愿，杜高峻竟对她动了手，从此之后对她更是非打即骂。半年前她忍耐不住，终于将这件事告诉了我……"刘母面上逐渐浮现出愧悔的神色，"可我……我顾着她爹官途的顺遂，顾着家里的体面，只得让她再三忍让。我没想到……是我害死了我女儿的性命！

"京都府说，那护院半夜偷盗，被怜兮撞见。且不论为何没有婢女随侍，她自幼修身，每日不过人定时分，必会闭门休息，怎会撞见人子时行窃？这状词错漏百出，京都府更是做贼心虚，我连她的尸首都不曾见到，如何能够相信！

"京都府掌令同杜高峻父亲是好友，从前的典刑寺卿与他们更是沆瀣一气，我求告无门，后来想起周夫人曾是怜兮旧友，便奋力一试……夫人怜悯，还我女儿一个公道吧！"

刘母说着便要下跪。

二人吓了一跳，连忙将人扶起来，好说歹说才暂且让她止了眼泪。曲悠握着她的手细问了几个问题，才将她送了出去。

然后，高云月同曲悠出了内室，挑了条近路回正堂。

长廊一侧是栏杆，栏杆外面栽种了许多月季，另一侧则是白砖墙面，间或几个花窗，有日光透过花窗的罅隙投射过来，女子面上便落了细碎的光斑。

高云月缓步走着，突然说了一句："你今日叫我给你指认这些命妇贵女，其实就是为了寻到刘夫人吧？"

曲悠脚步一顿，心中微有诧异，却没吭声。

"你以为我看不出来？"高云月又开始生气了，"你想找她说话就直说，何必要兜这么大一个圈子，我叫人把她带到内室来不就好了？"

"你别生气呀。"曲悠无奈地哄她，"明日刑部也要听刘夫人的证词，我只是担忧，有些话她顾忌怜兮的名声，不愿意当众多说，故而想先问一句。你知道我……落水之后有些愚笨，找你帮忙相认，也不全是为了她嘛。"

"我听懂了，你是谨慎罢了。好你个曲意怜，竟连我都不信！"高云月白了她一眼，面色却缓和下来，刚想多说两句，身后便传来一个温润含笑的声音："高姑娘，这是怎么了？"

高云月回头看去，恰好见叶流春抱着她心爱的月琴盈盈一拜，温柔道："我听了婢女的话，本想宴席之后去寻你们。可巧席面刚散，便见你二人从廊前经过，就跟了过来。怎么在斗气？"她未卸钗环，艳妆华服，眼睛抬阖之间自有风情，顾盼生辉。

高云月看着她，愣了愣，曲悠从她身后小跑过去："春姐姐，高姑娘甚是喜欢你的月琴，有心结识一番。我如今把人惹了，你替我还个礼，随手给她弹奏一曲吧，我先谢过姐姐了。"

高云月自幼通琴棋书画，尤爱诗书和音律，古琴弹得极好，却只能在密友相聚时弹奏论乐。后来，她偶尔在席间听了叶流春一曲，惊为天人，这才心心念念着想要与她结识。

她确实想听叶流春的曲子，又不好表现得太明显，只好嘴硬道："春娘子一曲千金，来宴上都只弹两首，你多大的面子，叫人弹来哄我？"

叶流春见二人斗嘴，不由得掩面而笑，低头将月琴外面的锦罩脱下，递给了一侧随行的侍女。那侍女接过便退下了。

"这有何难，小姑娘高兴最重要。"她抱着琴随意在一侧廊下坐下，想了想又放下了手中的白玉拨片，纤长手指拨弄两下，"我为你弹一首从未有人听过的，可好？"

"霄白的伤可好全了？"

宋世琰拿着一把折扇问道。他今日只着寻常的锦服，一副浊世佳公子的模样："我的伤药是宫中太医配制的,想来比外面的好上一些。"

周檀十分恭敬地客气道:"多谢殿下关心,已然无碍了。"

高则正同一侧另一位大人说话,宋世琰将目光从身后诸人那里移回来,含笑看着身侧的周檀:"父皇将京都府那桩案子交给你,你应该明白他的意思吧?"

周檀没回答,伸手拢了拢自己的袖口,暗青的竹叶衬得他人如修竹。

方才一行人经过楼阁下的百盆秋菊时,还有女眷一边闪躲一边隔着团扇偷偷朝这边观望。

"你是聪明人,该怎么做,你自己心中有数,不需我多言。"宋世琰拿着折扇在手边一簇月季上轻轻一敲,开到绚烂的花瓣纷纷落下,"周大人呀,任凭你如何表忠心,曾为顾相门生这一点就足够了,你要做纯臣,他是断不可能信的。"

他刚说完这句话,便听见身侧一堵青瓦白墙之后有乐声传来。

两人顺着墙走了几步,隔着一扇雕刻繁复的花窗远远看见了几个影子。

"好啊,"宋世琰颇感兴趣地赞了一句,"这样好的曲子,方才在宴上,春娘子是万万弹不出来的。"

周檀垂着狭长的眼睛,隐隐听见了曲中夹杂的熟悉的歌声,他有些出神,没有接话。

∽ ∽ ∽

犹记小叶春风转,幽怜清泪当日见。前事分明怨。
顾我薄幸情难解,十年如梦难凭借。美人千娇面。

叶流春有一把好嗓子,月琴美妙,配这婉转的歌声,听得人欲醉。

她甚少唱这样孤清、幽怨的曲子。曲悠从前在樊楼中听到的是情意绵绵、男女密好,高云月在席间听过的则是金戈声重、凛冽风骨,如今春娘子骤换一曲,倒让二人久久无言。高云月一脸陶醉。

叶流春唱罢低头,瞧见了自己月琴下面坠的那枚同心结。她鲜少有如此散漫弹奏的时刻,眼睫半垂,似乎想起了一些难言的往事。

曲悠瞧着她,有些诧异——她大抵能猜出来对方在想什么。因为她读过这首词——白沙汀早年写的一阕《春风词》,连注释都记得。"小叶"是诗人早年相识的一名女子,诗人眼见其从少女成为名妓,感怀身世,为她写词良多,同时又自嘲"薄幸",不能给对方依靠。但"小叶"深知他无情,只当他是寻常宾客,他又要无奈地感慨一句:"何须以待客的'千娇面'待我?"

小叶……

曲悠眼见她的伤怀之色,温言道:"这是十三先生的新词吧?写得极好。"

高云月回过神来："原来这是十三先生的词！早知春娘子与十三先生交好，这首我都没听过呢。"

白沙汀虽行事荒诞，但他的词每流出一首都会在汴都后宅女子之间偷偷传阅。高云月好诗文好音律，肯定不会错过，看过不少。

"悠悠猜得不错。"叶流春回过神来，笑道，"这首有些不同，我没请乐师，是自己谱的曲子，若你们喜欢，也算是不枉。高姑娘以为如何？"

"虽忆春风，却是孤清。"高云月正色答道，"词曲调性相合，极为融洽，听了叫人感怀。春娘子要唱，得唱给知己之人。"

叶流春笑道："正是，今日，便是我唱给知己之人。"

她话音刚落，一侧的花窗后面便突兀传来男子的一声轻咳。

高云月一惊，捡起之前一直随手拿着的团扇，掩面躲到二人身后。曲悠起身，有些惊讶地瞧着周檀和一个同他差不多高的男子从一侧廊后绕路走了过来。为着不冒犯，他们还特意在相隔不远处停了下来，没有走近。

曲悠这才发现，周檀身侧的男子竟是那日见过的太子宋世琰。今日他换为贵公子的常见衣着，倒比之前着浅金皇子礼服时亲和了不少。

叶流春最坦然，向前走了一步，先见了礼。曲悠和高云月在她身后随着行礼："殿下万安。"

"春娘子一曲，听得我亦伤怀。"宋世琰挥手叫她们起身，懒洋洋道，"你们三人，甚好，得空也带缘君听听曲子。"

他口中的"缘君"正是方才曲悠在席间见过的太子正妃李缘君。李缘君是宋世琰的表妹，上将军李威的女儿。虽是将门之女，但李缘君身体不太好。

方才曲悠见太子妃唯唯诺诺、行事如履薄冰，想来她与太子感情淡薄的传言不假，此时太子不过是客套罢了。她一边想，一边抬起头扫了一眼，恰好撞上宋世琰意味深长的目光。他眼中笑意不明，眼见她抬头也没有收敛，眯着眼睛道："春娘子，来给孤再唱一遍吧。"

"是。"叶流春抱着月琴，捏了捏曲悠的手，随后跟着太子去了。

周檀走近了些，口中道："方才我随着殿下和一帮才俊经过墙外，我二人走得快些，听见了歌声，才多有冒犯，不过高大相公应该也快要经过此处了……"

"高大相公"和"才俊"二词一出，高云月当机立断，立刻握住曲悠的手道："我去帮母亲分送菊花饼，悠悠随着周大人去吧。"

眼见她提着裙子飞快地消失在长廊深处，曲悠才失笑道："你逗她干吗，看把人吓的。"

"'逗'这一字用得不妥，"周檀走过来，同她一起在长廊中漫步，"我说的是实话。"

"嗯嗯嗯，实话，实话——说些正事，我照你我之前的商议，见过刘夫人了。"曲悠道，"杜公子的名声果然不假，刘姑娘经常被他虐打。此事有损刘氏声名，想必刘夫人在审讯时不敢多言。"

周檀也嗯了一声，问："她还说了什么？"

"刘夫人说，怜兮向来早睡，人定时分不过就会困乏，断无可能在子时撞见人行窃。京都府调查含糊，人证不全，她连尸体都未曾见到。"曲悠回忆道。

周檀蹙起了眉："寻常命案尸体须在京都府停上七日，他们本来不甚在意，便没有提前处理，如今圣意已下，他们更不敢妄动。我明日先带人去查验尸体，然后去寻杜府内可能目睹的家丁与仆妇。刘氏的尸体就在后园，若死于家中，不会完全无人知晓。"

曲悠点头："那我去托丁香、芷菱找艾老板帮忙。事发突然，杜府若要处理知情人，总不能杀戮殆尽，或有卖出去、逃出去的，应该能找到些线索。"

"辛苦了。"两人一同往前厅走去，行至一座石桥上时，周檀突然开口道，"可惜你已为人妻，又是贵女，不能直入刑部，来时须扮男装，录册还要拟个假名。你想好了没有？"

"尚未。"

曲悠暗笑两声。周檀的语气有些好笑，"已为人妻"，说得好像她嫁的是别人一样。她摇了摇脑袋，突然好奇道："小栗上次好像跟我说过，刑部是有女吏的吧？"

"极少，"周檀惜字如金，"只录一些看守女犯。提刀侍卫不收女子，修刑律文书和案卷的有两个。"

"哦……"曲悠慢吞吞地应了，问，"那我还有别的事可以做吗？"

"暂且没有，你且先休息，若我查到了什么，便告知你。我瞧着书房之内的刑法通议你看了不少，若有兴趣，我着人为你多寻一些。"

曲悠立刻兴奋道："甚好甚好。"

博士论文，大有着落！不过她现在应该不用担心博士论文的问题了……

次日，曲悠起了个大早。她近日的作息逐渐照着古人早睡早起的规律靠拢，韵嬷嬷都赞她吃早饭的次数越来越多了。

曲悠吃完桌上的枣泥小卷和绿豆冰酥，不知为何突然想起了从前曲嘉熙吃甜食时可怜兮兮的表情，心中叹了一声，便叫人备车，打算回曲府一趟。

这次她来的时间正好，曲承去上早朝，尚未归家。尹湘如听闻她来，喜出望外，连忙把她唤了进去。

曲悠把打包带来的枣泥小卷和绿豆冰酥分给两个妹妹，又亲自制了一碗瘦肉咸粥。她刚摆上桌，未换下官袍的曲承就进了门，见她在此，冷哼了一声，不过到底没有叫人把她赶出去。

一家人围在桌前。姨娘照例不能上桌，曲向文去了书塾，曲嘉熙和曲嘉玉感受到了曲承的不悦，不敢多说，只顾拼命吃饭。她们一吃完，曲承便冷着脸吩咐她们下去了。

曲悠朝母亲使了个眼色，过会儿再去她房中，便屏退了下人。

偌大的堂前，便只剩下父女二人。

"跪下。"曲承冷冷看她，漠然道。

曲悠坐在桌上没动，开口问："父亲为何要我跪？"

"御街击鼓，抛头露面，为风尘女子鸣冤，你所做种种，难道还觉得得意不成？"曲承一拍桌子，"周檀要替相好出头，你上赶着做什么筏子！难道你不去，他还会对你动手？若被逼迫至此，怎的不知回来告知你的父亲？"

他这一番话大大出乎曲悠的意料，她起身，在曲承面前跪了下去——她向来不习惯跪拜礼，只有在跪曲承和尹湘如时没什么心理负担。

曲悠小声道："父亲误会，其实……是我自己要去的。"

曲承一愣："你说什么？"

曲悠硬着头皮继续说："是我结识了风尘女子，为她们的身世所动，自愿替她们击鼓的。若非官宦内眷，女子击鼓必要先赐庭杖二十记，都是娇弱身子，怎能受得了？父亲今日若要责我，我也不后悔。此事更与周檀无关，市井流言，是他为了护我名声，刻意放出去的。"

曲悠垂着头，曲承却半天没说话。她盯着对方的官靴，心中突然萌生一种酸涩感——在现实生活中，父亲早逝，她连面都不曾见过。曲承对她略有关心，竟叫她如此感动、心酸。

"起来吧。"

半晌，她听见曲承这样说道。

"你此举狂悖不堪，却有几分侠气，虽须责，亦可赞。"曲承叹道，又恨铁不成钢地骂她，"我从前怎不知你有如此胆量，便没想过自己今后的名声会如何吗？"

曲悠松了一口气，曲承果然是不折不扣的文官。她违的是妇德，行的是义事，御史台上古板迂腐的老大人们唾弃，京都众女讥讽，但年轻的士人学子和文官清流中还是有一部分觉得此举可赞的。

曲承骂了好几句才让曲悠起来："……罢了，除了我方才同你说的，还有一事，虽然此次是我误会，但你今后还是离那个周侍郎远些。此人心思深不可测，若想害你，易如反掌。他既不在意，又不行暴戾，你便客气应付，小心待着，且看今后吧。"

他没有继续说，曲悠却听懂了他的言外之意。在曲承眼中，周檀声名狼藉，虽然此时为烈火烹油之象，但终归不是长久之计，若她倾心相许，只怕他日会祸及自身。

"你回门时，竟还为了他顶撞上亲！"曲承不知为何又想了起来，怒道，"我同你说的话，你可记住了？"

"父亲——"曲悠将那碗瘦肉粥往前推了推。

曲承勉强消气，取汤匙喝了一口，只觉唇齿生香。

曲悠十分认真地问他："我有一个问题想要请教。在您看来，何为'人之真实'？"

曲承握着汤匙，僵了一瞬。他是史官，听她问这个问题，心中诧异，面上不显，只问道："缘何有此问？"

"我于书中所见，于流言中所得，于世人间所闻，皆与我亲眼所见、亲耳听闻有所不同。"曲悠搅着手中的粥，半真半假地说，"有时候我在想，言语离人甚远，眼见也未必是真实，只要我不能得窥心一术，终究全是猜测。"

"你从前只好诗词歌赋，不读前朝史书，今日能发此一问，可见有所进益。"曲承赞了一句，欣慰道，"庄子有言'万世之后，而一遇大圣知其解者，是旦暮遇之也'，你可知此句何意？"

"若有知己，相隔万世也如朝暮相见般亲近。"曲悠思索道，"此句出自《齐物论》。"

"唐人写，心有灵犀，一点而通。庄子所求亦是如此，"曲承面色凝重，"你所说的'人之真实'，于修史之人过于缥缈。我手中要过千秋万载，探求何止一人？若要到你说的真实，需要读其心、共其情，如滴水入海，相融才知浩瀚，甚难。"

他沉默片刻，终究还是忍不住，问道："你认为周侍郎与流言不同？"

他果然能听懂。曲悠拿不准他是什么意思，便低头吃粥，没有说话。

父女二人沉默着用了早饭。曲悠先前吃过，又强迫自己喝了一碗粥，出门时仍觉得有些腹胀。聊完那个问题，两人并未再交谈，曲悠与他别后，便去了后园。

曲嘉熙和曲嘉玉正守在堂前等她，见她来了，一左一右地把她拽到堂中坐下，一个倒茶，另一个端瓜子，异口同声地问："父亲拿戒尺打你了吗？"

曲悠得意道："没有！"

尹湘如见三人情状，不免失笑："回门时，她二人没找到机会同你言语，你上次来时又恰好不在，憋坏了，快陪着说说话吧。"

两人便围着曲悠东拉西扯，问了许多周府之事，又缠着她讲上次御街击鼓的事。曲悠耐心地一一回了，又将带来的两盒子首饰给二人分了。二人一边兴奋，一边又因首饰好坏吵了起来。

借此机会，尹湘如叫曲悠坐近，拉着她的手细细打量，口中略有嗔怪："你上次还道周侍郎对你不错，怎的转眼市井间便如此难听？我见你吃穿用度不凡，可见他也没亏待你，不知——"

曲悠连忙打住，又将对曲承说的话转述了一遍，还讲了芷菱和晏无凭几个女子的身世。尹湘如听了险些垂泪，捂着胸口念了好几句佛号。她出身高贵，不喜交际，少时便嫁了曲承，相夫教子，阖家康顺，除却几个月前曲承下狱时过了几天苦日子，哪有机会接触这样的生活。

"我懂的少，也无甚可说。你自小就是个有主意的，若觉得值得去做，即便有流言蜚语，也是无所谓。"尹湘如叹道，"择日你陪着，我也去亭山岫青寺拜拜，为这些可怜人祈祷一番。"

曲悠不太信神佛之说。丁香和芷菱甫出芳心阁时也邀她上过岫青寺，她当时事多，拒了。汴都贵妇人们似乎很爱去岫青寺烧香，尹湘如也不例外。

见她没说话，尹湘如坐在椅子上，目光移向曲嘉熙和曲嘉玉刚刚同去的那架屏风后面，继续道："说起来你许久不去了吧，你同岫青寺的大师颇有渊源，合该常去才是。"

"哦，"曲悠来了兴趣，"母亲这是何意？"

"你近日又请医官了吗？怎的落水之后的失忆症全不见好？"尹湘如忧心忡忡地说，"你忘了，你同姊妹们行'嘉'字辈，是七岁时生了场病，岫青寺的大师下山来，机缘巧合下指点着你改的名字。"

"那我本名为何？"

"嘉意，也是个好名字，只是大师说机缘不对，与你八字相冲，这才改了。"

母女二人一直说到正午时分。

曲向文下了学，听闻大姐姐归家，抱着书袋便匆匆来了。曲悠见他身着儒白长袍，进门行礼，几日不见，似长高了些。

曲悠挑了《大学》中的几句随意考了考他，没想到他小小年纪便说得头头是道，言语间颇有大志向。

"向文打算明年便去试试手。我瞧着这孩子上进，应该没什么问题。"尹湘如含笑看着她，"如今咱们阖家团聚再好不过了，你若受了委屈，也不可瞒着我。"

曲悠抱着她的胳膊，抬眼就看见曲向文放下书袋便和曲嘉玉玩到了一处。房门外阳光甚好，竟叫她感受到了少有的温馨。

用了午饭，曲悠才告辞出门。

尹湘如送她到了门口，忽地想起一事："嘉熙如今在和你父亲提拔的举子论亲事，虽有他看着，但这举子私下人品如何、家中怎样，尚须多瞧，你若方便，帮着打听一二。"

曲悠应了，出门上了马车才发现曲承也跟了出来。她下车行礼，最后得了曲承一句："下个月你母亲生辰，你夫君若来，别叫他张扬。"

看来她的话多少还是触动了曲承。

马车从巷中出来之后，曲悠想着晨起同曲承论的"人之真实"，心中百感交集，便叫车夫转道去了汴河大街。下车后，她从叶流春从前留的后门进了春风化雨楼，打算在此处换身男装，直接转道去刑部。

她来得巧，敲门进去竟遇见了白沙汀。

自从上次叶流春唱了那支曲子，曲悠瞧着白沙汀总有说不出来的意味，从前在书中知道这位大诗人流连青楼、四处留情还没有什么感觉，上次眼见叶流春的情态，才叫她觉得浪子风流实在伤人心。不过，照那首词的意思，两人相识甚早。白沙汀自嘲"难为凭借"，又言对方待之以"千娇面"，足见叶流春其实也并非对他情深不悔，自伤也只是感怀罢了。两人之间的纠葛如一团乱麻，她这个外人确实不方便多说什么。

叶流春亲自去取从前曲悠寄放的男子衣袍，白沙汀坐在桌前喝茶，看到她若有所思的目光，不由得笑道："你这么瞧着我干吗？"

他一笑，突然打断了曲悠的思绪。因为她莫名觉得，此时的白沙汀笑起来居然同柏影有些相似。

"十三先生……可识得我一个朋友？"曲悠错愕地直接问出了口，"他在汴都行医，姓柏，不知为何，我总觉得他与先生颇有渊源。"

"是吗？"白沙汀饶有兴趣地说道，"那下次你为我引见一番，我平素最爱交朋友，多多益善。"

曲悠没忍住，还是多说了一句："多多益善，先生也要惜取眼前人。"

叶流春恰好回来，带着两个婢女温言引她到旁处更衣。离开房间前，她还听见白沙汀拍着大腿道："看见周夫人我就想起来了，我昨日在汴河喝酒又碰见周杨这浑小子了，这小子穿得跟夜行贼一样，不知道在行什么勾当……"

叶流春好奇道："你怎的改口叫起'周夫人'了？"

后面的话，她走得远了些，只隐约听见白沙汀哼哼唧唧地抱怨："哼，还不是有人……"

༄ ༄ ༄

周檀为曲悠在刑部找了个正经职位，她来刑部便要如旁人一般到后堂册子中点卯。从前栗鸿羽值守，就是在后堂专管此事，曲悠每次来都能碰上他，简直疑心他睡在刑部后堂，不回家。

她在册子上"司律"的职位上画了个圈。栗鸿羽收了笔，立刻开始自来熟地同她谈天："兄弟，许久不见你了，你可知我近日知晓了怎样一个消息！我那日回家，嫂嫂说在宴上遇见了周大人的新婚夫人！"

曲悠差点从凳子上掉下去。

栗鸿羽浑然不觉，还兴致勃勃地继续说："我嫂嫂说周夫人虽年纪小，可通身气派不凡，长得又美若天仙。她因误会同对方争执了几句，谁知周夫人竟毫不恼怒，还向她道了歉，直叫她羞愧难当……啧，你说周大人家中有如此妻子，怎的还会流连花街柳巷？"

跟她一个连名字不知道的刑部同僚这样聊八卦，曲悠确定了，他是真的缺心眼儿。不过，想不到巩玉莹回去对她的评价颇高，看来上次她在席间忍着没有回击是对的，女子都吃以退为进这一套，诚不欺人哪。

于是曲悠顺口搪塞了几句："真的吗，想不到周大人好艳福！对了，我听闻梁鞍大人送先典刑寺卿出城时遭了贼匪，可怜啊可怜，汴都城外甚不太平，梁大人该多带些帮手才是。"

栗鸿羽忧伤道："正是，虽然陛下厚赏，但梁大人终究是人死不能复生，我如今也转到了周大人手下，不知周大人是否更好相与些。"

曲悠正准备出门，忽地想起了她之前在屏风上写的话，便绕了回来，一边继续同栗鸿羽闲扯，一边蹲下去细看。

第二扇屏风如今也快写满了。她之前写的那句疑问字小，位置偏僻，她本以为白雪先生该是看不见的，不料对方竟一样答了，字迹夹杂在一堆家长里短的言语中间，显得颇为正式。

她问：历史浩如烟海，如何窥见人之真实？

对方答的却是她刚听过不久的庄子言语——"万世之后，而一遇大圣知其解者，是旦暮遇之也"。

曲悠愣住了，指尖抚过屏风，微微颤抖——先前与曲承对话时，她还不曾有这样的感觉，但看见白雪先生的簪花小楷写出这句话，她脑中立刻浮现出了这样的画面。

似乎还是在梦中见过的春日临安，杏花为春风所动，飘飘扬扬地散落周身。她低头去看自己，发现自己穿的是从前衣橱中最爱的一件青色风衣，当年她在史书中穿越至此地时穿的好像就是这件衣服。

落日西垂，与她隔着一条小溪的山坡上正立着一个白衣人影，一切如此真实又如此虚幻。风扬起他宽大的衣摆，而他在熔金般的夕阳下转过身来，略浅的琥珀色瞳孔明亮、清澈。

曲悠站在原地，出神地看着对面的周檀。他还非常年轻，眼底毫无阴郁，淡然含笑，他就这样站在那里，没有朝她走近一步，耳边却传来了书页哗哗乱响的声音。在目光相遇的一刹那，她突然觉得自己真切地认识了这个人。

他们未发一言，可不知是哪里来的直觉，她觉得自己就是这个世界上最懂他的人，对方亦如是。明明一条溪流相隔千余年漫长的时空，可他们荒谬又真实地相遇，超越时间,超越空间,她在《春檀集》里捡到一朵杏花,只是读着他的字句,闭上眼睛就能与他相见。

天涯泯灭为咫尺,千年弹指即过。

庄子寂寞地从生到死,渴望万世之后遇见大圣,可她来到了这里,与他朝暮相对,再不是虚空。

栗鸿羽唤了好几声,曲悠才回过神来,抬眼就看见了屏风后清瘦的人影。她压下心头的茫然,站起身来,不料蹲得太久,脚有些麻,踉跄了一步。

周檀快步走到她身侧扶了一把,曲悠抓着他的手臂,一瘸一拐地出了后堂。

她勉强平复了纷乱的思绪,问道:"你查到什么了?"

"杜府近日死了三个奴婢,"周檀言简意赅地答道,"都是刘氏的大丫鬟。其中两个是因那护院偷盗受牵扯,死在了京都府狱中,一个说是疯了,被打发到柴房,两日就没了。"

"这杜府之内果然有蹊跷,这岂不是做贼心虚?"

"刘氏有四个大丫鬟,虽然杜府压了消息,但还是查到有个叫蓁儿的做了逃奴,杜府目前也在寻她。"

曲悠叹了一口气,道:"那尸体呢?"

周檀默默道:"你猜得不错,刘氏恐怕是被杜高峻虐杀的。"

"京都府将尸体存于冷窖之中,幸亏我去得及时,险些叫他们混入旁的焚烧掉。仵作浅验一番,在她身上见了不少旧伤,致命伤是颈间勒伤。但仵作道也有可能是溺水而死,今日午后要做进一步的查验,此时尚未有结果。"

曲悠点了点头:"我午后正打算往北街去一趟,既然知道有逃奴,找起来应该会更快些。"

"嗯,"周檀的手在案上的文书上拂过,忽而又抬起,摘了自己的官帽,"上次说要亲自去向艾老板道谢,如今再请他帮忙,恰好一起,你与我同行吧。"

上次曲悠和柏影连艾老板的面都不曾见到,此次周檀却连通传都免了,直接带她来到汴河大街上一条偏僻的小巷中。

曲悠从低调逼仄的马车中下来,随着周檀穿过小巷,走了许久才看见一个可称为素朴的小院子。

小院外围是粗陋的篱笆,院中摆着许许多多的木制物品,奇形怪状,足见主人应该很爱做木工。一只肥胖的大猫睡在木桌上,见有人来也不动弹,只是眯着眼打量,拖长腔"喵"了一声。

似乎是听见了猫的声音,一个瞧着只有十五六岁的少年从屋中跑了出来。他斥了猫一句,随即过来打开了篱笆木门,冷漠的神色在看见周檀的一刹那突然变得有些不可思议，薄唇翕动，唤了一声："老……老师……"

这竟是周檀的学生？

周檀轻轻嗯了一声，问他："你艾先生在吗？"

少年答："在午睡，不过苏先生在正堂。"

周檀随着他往里走，脚步顿了顿："你何时养了只狸奴？"

少年瞧他一眼，面上露出不安的神色："是几日前跳进院中的，苏先生不许我养，若老师也……我便丢掉。"

"不必。"周檀叹了口气，抬手拍了拍他的肩膀，"既然艾老板还在午睡，我便去见见你苏先生。"

曲悠不知道他口中的"苏先生"是谁，但见周檀面色凝重，便没有跟进去。眼见周檀离开，她带着那少年到了猫的身边，伸手摸了一把油光水滑的毛："好可爱。它有名字吗？"

少年见她不反感猫，反而颇有兴趣，紧绷的神色才和缓下来。他也伸手摸摸，小心翼翼道："我还没起名字，这是只尺玉霄飞练，总要起个雅致的名字才好。"

两人才说了这两句话，周檀就带着另一个身着学子常穿的深蓝襕衫的男子从屋中走了出来。少年立刻挺直腰板，一板一眼地行了一礼，对那男子道："先生，今日的书，我已温过了。"

曲悠瞧这个男子竟有些说不出来的眼熟，不过她回忆再三却觉得自己并未见过此人，心中正是纳罕。

周檀却先开口对那男子道："这是内子。"

那男子立刻抬手，微微躬身对曲悠行了个古礼。他通身文人气质比周檀重了不少，面色微微淡漠，一言一行瞧着却极为守礼："见过夫人。"

曲悠见他如此，便拎着裙摆回了个礼，然后向周檀投去探究的目光。

周檀垂着眼睛，向她介绍道："这是我科考同门，苏兄。"

男子接口道："我字朝辞，夫人不必客气。"

曲悠唇角的笑容僵了僵，她甚至下意识地退了一步。

周檀似乎瞧出了她的错愕，略微疑惑地看了她一眼。

曲悠忽视了他的目光，问道："朝辞白帝彩云间……可是这个'朝辞'？"

苏朝辞道："正是。"

怪不得如此眼熟……她看过对方的画像！曲悠下意识地低头看去，却发现此时苏朝辞腕间空空如也，并没有戴流传后世的画像中永远戴着的那串五色佛珠。他面如冠玉，眉目凌厉，虽然此时未生髭须，但隐约也能看出古卷中的模样。

在周檀死后官居宰辅二十年、绝北胤党争的清流宰辅，列导师风流人物史研究中第一位的苏朝辞……为何会和周檀有私交？

这两人在历史上是著名的生死政敌，在明帝削花变法的后期，苏朝辞誊抄周檀十恶罪状，亲手将他送入了诏狱，又在他归隐后废除了《削花令》的大部分条目。五年心血付诸东流，周檀早逝于三十刚过的年纪，跟此事有密不可分的关系。

随即曲悠心中一凛，又想起了另一件事情。她将目光缓缓移至她身侧的少年身上。

周檀拜相后收过不少门生，虽然之后这些门生大多不忿他的作为，转投他人门下，但开口称他为"老师"的不计百数。苏朝辞与周檀同为帝师，从不结党，一生只有明帝一个学生。那面前的少年……便是之后的明帝宋世翾！若算年纪，也是恰好！

先皇胤宣帝后嗣单薄，膝下唯有一子即德帝。德帝宋昶早年时不堪重用，刚及冠便在汴都闹了几桩恶案。据史料隐约考证，宣帝当年召身在封地的胞弟景王回汴都——他是动了立储的心思。

宣帝励精图治，善听劝谏，又擢升顾之言为相，与宋昶截然不同。眼见亲子无德，立胞弟也不是不可能。随后便发生了历史上著名的宫变，宣帝在天命之年暴毙，宋昶持遗诏登基，屠了景王满门。

曲悠记得自己看过一篇论文。文中，胤史专家提了一个猜想：宋昶当年篡改遗诏，鸩杀亲父，只是来不及改字，"德"这个字，怎么看都不像礼部会加给他的号。

宋昶上位后欲屠景王满门，只是他初登基时羽翼未丰、千头万绪，竟叫景王世子的手下瞒天过海。死士伪造了世子与世子妃的尸体，将二人救了下来。

世子与世子妃自此隐姓埋名，直到永宁二年，宋昶才得知二人未死。二人将身边所有的死士留给了刚出生的孩子，双双惨死于宋昶手下。死士甚至以自己襁褓中的孩子替下了景王孙——宋昶必能查到世子妃产子一事，如此才能确保他不再继续追杀。景王孙就此流落民间，直到德帝病重之时才持着景王印玺出现。当年景王极得民心，景王孙又有周檀和苏朝辞二人清理朝堂，上位极为顺利。

原来，周檀与明帝相识比历史学家想象得还要早。若顺着这个思路想下去，景王世子夫妇当年在宫变中得以保命，其中说不定就有顾之言的手笔。

曲悠疑虑重重，突然听到耳侧传来"吱啦"一声推门响，一个身材瘦削、头发凌乱的男子从屋中走了出来。他一边伸着懒腰，一边诧异道："书童说有贵客来此，我当是谁，原是周大人终于大驾光临……"

这人想必就是传说中的艾老板。他比曲悠想象中年轻不少，瞧着也就比周檀大一两岁。

艾老板揉了揉眼睛，从胸前掏出一副琉璃镜架在鼻梁上，目光往曲悠身上一转，突地改了口："我当你为何不肯来，娶了如花美眷，流连忘返哪。"

他和苏朝辞在此处教导景王孙，想必也是明帝今后的谋臣。曲悠朝他福身行礼："艾老板安好，我姓曲，先前坠楼一案多有麻烦，在此谢过您相助之情。"

"不麻烦不麻烦，弟妹请起。"艾老板笑眯眯地说，"先前我杂事缠身，忙于生意，并不在汴都城，是而没有去见你，万望见谅。"

周檀皱着眉问："你去金陵做甚？"

艾老板道："我还没问你，你哪根筋搭错了，终于肯来见我们了。哼，我还当你一心顾着你的高官厚禄，此生不会再入此院门一步了呢。"

景王孙宋世翾在一侧安静地听着，时不时伸手捋两把怀中的猫，周檀没吭声，倒是苏朝辞皱着眉问道："这只狸奴，你还没有放走吗？"

"尚未。"宋世翾小声道。

"君子'三立''四不''九思'，你可还记得'四不'之二？"

"君子不苟求，求必有义；不虚行，行必有正。"宋世翾答道，"先生放心，我一定尽快将它放生。"

苏朝辞嗯了一声，缓和神色道："君子有节制，不耽于玩乐，如此才能持身守正，你须谨记。"

艾老板在一侧说道："哎呀，说到底不过是小孩子玩意儿，何必如此？搞不懂你们这种世家大族长起来的，小时候过的是什么日子啊。霄白，你也同他一般？"

周檀道："朝辞自然有理。"他顿了顿，又道，"不过，子谦并未耽溺，也无须过于苛责。"

苏朝辞道："你总是宽纵。"

宋世翾抱着那只猫忽而往前走了一步，看向曲悠："先生们不必争执，我确实养不好它……方才我见师母甚是爱护，不知师母可愿收留？"

他目光晶亮，带着恳求之意。

周檀侧头问道："你若愿意就养着，也可带过来给子谦瞧瞧；若不愿意，我替它再寻主人。"

此时宋世翾年岁不大，抱着猫的样子十分可爱。曲悠伸手接过了那只猫，笑道："我自然愿意，子谦放心。"

苏朝辞不置可否："如此也好。"

宋世翾趁他回首，偷偷挤眉弄眼向曲悠使了个眼色。待苏朝辞回身，他又敛目老实地站在原处。到底是少年心性。曲悠被他逗笑，挠了挠猫的下巴，猫在她怀中发出舒服的呼噜呼噜声。

"我今日来此，一为道谢，二是有事请你帮忙。"周檀道，"内子应托人与你知会过了，杜高峻与刘氏一案，如今落在我的手上，有一关键证人逃出杜府，我想借你之力搜寻一番。"

苏朝辞带着几人往屋内走去，拣了一张方桌坐下。

曲悠偷偷环顾，发现正堂之中贴着一张巨大的大胤疆域与布防舆图。

"此事不难，之前我已寻到了些端倪。"艾老板道，他一边说话，一边有意无意地朝曲悠看了一眼，"若找到证人，我自然会托人交到刑部。"

这几人目前尚不知道她已经看出了景王孙的身份，故而说话不曾避开，可仍是半遮半掩。曲悠坐在桌前想着。周檀今日为什么敢带她来这样的地方，难道就不怕她真的看出些什么吗？

苏朝辞和周檀同年科考，是当时的榜眼，两人外放时长也差不多。不过苏朝辞出身汴都大族，不曾拜入顾之言门下，燃烛楼案之前恰好停官丁忧，不曾受牵连。在世人眼中，他尚在丁忧期内，出现在此处也不算奇怪。

艾老板就更不用说，他是北街这个地界一条街的隐藏主人，任谁都不会将他牵连到人皆以为早已死了的景王孙身上。

她知道景王孙身份，所以这三个人坐在一起在她眼中简直相当于谋逆聚会，可于周檀来说，只不过是带她来见些旧友罢了。

曲悠叹了口气，主动避开了他们的谈话，转向一侧的宋世翾："子谦既是夫君的学生，我今日便替他考一考你，你若答得好，下次我有礼赠你。"

一侧的苏朝辞惊异地挑了挑眉："夫人也懂学问？"

艾老板叫道："朝辞，你两耳不闻窗外事，怎的不知弟妹从前也是才冠汴都的贵女，若非已为人妻，恐怕女先生都做得。"

曲悠笑着带宋世翾离开了屋子。

待她走后，苏朝辞才对周檀道："你为何敢带她来？"

周檀没说话，艾老板先开口："你这夫人颇为不凡，先前御街击鼓时，我就觉得有趣，如今一见，果然如此。"又转头道："是我叫他带来的。先前坠楼一案，她于其中助力良多。芳心阁的女子说她为人侠义，我侧耳听来甚觉欣慰，有个人能照顾霄白，总是好的。"

"她不是坏人，我试探过多次，她没有什么玲珑心思。曲承此人在党争中中立，贵妃也是因此才开口赐婚，不会是傅庆年和高则的棋子。"周檀摩挲着手中的白玉扳指，道，"我先前三番五次拒婚，被刺杀之后才不得已而为之。照顾？不须照顾，找到合适时机，还是和离为好。"

苏朝辞默然，而后说道："你总不能终身不娶。"

周檀苦笑："有何不可？你我所行之事比临深渊、履薄冰更甚，一失足就是粉身碎骨，一人便罢了，何必牵连他人？成功之前，你难道敢娶妻？"

苏朝辞只得继续沉默。

"宋昶既然赐婚，怎会轻易许你和离？"艾老板唉声叹气，"你上次遭刺杀，我与朝辞心惊胆战，又远在金陵，遣个医官都来不及。若非你这夫人，你哪能挨到今日？顾……顾老身死之前，嘱我不可逼迫你，我真当你这辈子都不会来这栖风小院了，就连请我帮忙，也要经由你夫人。霄白啊霄白，我还想问你，你今日怎么肯来了？"

周檀漠然回道："是我对他抱了不切实际的期望罢了，如今期望破灭，难以自欺。"他抬眼望去，"我暂且有一计，想听你二人想法。"

∽ ∽ ∽

宋世翾已经到了寻常男子科考的年纪，他不必科考，要学的却更多。曲悠与他简单交谈了一番，发现他虽年纪小，所涉猎的知识却囊括天文历法、射艺马术、诗词歌赋和经义策论。……这种培养实属精英教育，宋世翾就算流落民间，受的也是正统的帝王教育。

其中大多由苏朝辞包办，他出身汴都大族，对各类科目都十分熟稔。四书五经和经史子集之类的学问，宋世翾言语含糊。曲悠猜测，他从前在顾之言那里就跟着周檀学了不少，"老师"之称估计就是那时定下的，只是世人不知罢了。

宋世翾也对曲悠击鼓一事有所耳闻，一脸崇敬。其实曲悠当时并未想到此事竟传扬得如此广，使得她每每见人就要讲述一番。她问完宋世翾的学史心得，便和他坐在树下木桌前讨论起养猫十法。

周檀出门时恰好看见曲悠举着猫爪子向宋世翾介绍"粉爪垫"和"黑爪垫"之别。宋世翾听得津津有味，见苏朝辞出来，才敛了先前的随性。

曲悠抱着猫，与周檀一起客气地告辞。临行之前，周檀似又想起了什么，对艾老板说道："你派遣给我的黑衣人忠心可用，是何出身？"

艾老板没直接回答，只是含糊道："他绝对可信，你做心腹使也可放心，不过，不要派给旁人。"

周檀不疑有他，揖手道谢。

宋世翾从苏朝辞身后探出一个脑袋，眼睛盯着那只猫，口中问："老师今后会常来吗？"

"嗯。"周檀摸了摸他的头，目光中闪过难得一见的柔软。

曲悠举着猫爪子同他道别，随后与周檀一起从巷中走了出去。

出门时，她发现这小院虽然偏僻，却隐有不少侍卫，有些隐在树间，有些扮成摊贩——周檀路过时，对方略略低头行礼才叫她看出了端倪。怪不得宋世翾敢直接跑来开门，若非认识的人，恐怕根本叩不响小院的门扉。

周檀带着曲悠直接钻入巷口一辆眼生的马车——并非他们来时那辆。

马车内没有车夫，待二人在上面坐了一会儿，才有人上来，一言不发地驾车离开。

曲悠挠着猫肚皮，心中有千言万语却说不出什么。周檀见她欲言又止，便主动开口道："你要将猫送回府中吗？"

曲悠总算找到了话题，猛点头，又道："子谦说，这猫还没有名字。"

周檀便道："那你为它取名吧。"

说起名字，曲悠倒是突然想起一个问题："对了，我方才忘了问艾老板的名讳。"

周檀发现她对各人名字的求知欲十分旺盛，问名非要问全——这般想来，她如今对艾老板只称自己姓曲，已然是大进步："艾老板名取'谁家玉笛暗飞声'，字笛声。"

曲悠差点被自己的口水呛死："所以他叫艾笛声？！"

……好一个大发明家的名字。

周檀不知她为何激动，简单答了一句"是"。

曲悠忍着想笑的冲动，拼命撸猫，随口道："这是只霄飞练，同你有缘，干脆叫'霄白'算了。"

周檀一愣，曲悠却抬头看他，十分认真地说："说起来，我如今只叫你全名，似有些不恭敬，你也从未唤过我闺名……"

她言罢便见周檀伸手飞快地在猫身上捋了一把，随后果然如往常一般移开目光，再不同她说话了。

直到马车行至府邸门口，她才听见周檀道："……没有不恭敬。"

"哦——"

曲悠拆了自己的男子发髻，又简单绾起，单手抱着猫准备下车。见周檀面色如常，忽然恶趣味上头，她决定逗一逗他。于是周檀听见她拖着长腔淡定地唤了一声"檀郎"。

曲悠满意地看到周檀的白净面皮虽未泛红，耳根却已红透，偏他还蹙了眉，装模作样地训了一句"胡闹"，随后放下车帘，飞快吩咐车夫转去刑部了。

韵嬷嬷将曲悠迎进门去，见她面色愉悦，不由得多说了一句："夫人今日心情尚佳。"

曲悠笑道："逗猫甚是有趣。"

对弈

次日，艾老板就找到了藏身北街的刘氏婢女蓁儿，秘密地将她送去了刑部。

曲悠签到之后直奔书斋。而周檀已经审完了蓁儿，面色凝重地瞧着手中的供状，见她推门进来，便递了过去。曲悠接过细看。

蓁儿是刘氏的陪嫁侍女，自少时便随侍她左右，二人情谊深厚。供状中详细记录了刘怜兮自结识杜高峻一直到身死的种种，看得她心中颤抖。

说来也巧，刘怜兮初遇杜高峻恰是在与曲悠和高云月结缘的捶丸会上。那杜高峻是情场高手，三言两语便哄得刘怜兮芳心暗许。回到家之后，她才知这人原是汴都闻名的花花太岁，素日流连花街柳巷，名声极差，难说亲事。她本决意与他断了来往，谁知不久她同母亲上岫青寺拜佛之时竟路遇匪类，幸而杜高峻带着家丁十数神兵天降，才救下她们母女。

蓁儿言语中的愤恨之意与曲悠此刻看供状时相仿，第一时间便猜测这匪类是杜高峻使的伎俩，奈何苦无证据，且恰恰就是那么巧，杜高峻救下刘怜兮时，被途经的另外一家女眷瞧到了。于是，流言四起，刘家实在无法，只得松口许婚，任凭刘怜兮心中推拒，到底还是嫁了过去。新婚直至回门时，两人尚算安好。可杜高峻终究伪装不了多久，借着要纳她身侧婢女之名大闹了一场，从此刘怜兮在杜家举步维艰，彻底坠入深渊。

蓁儿为护小姐，自甘破相，才在她身边安稳地待了下去。杜高峻对刘怜兮有过一时新鲜的真情，但很快就恢复原形，不仅纳了通房十余人，更是对她非打即骂。

刘怜兮不甘如此，私下查到了婚嫁的真相——杜高峻的父亲杜辉身为左谏议大夫，极重官声，不满杜高峻败坏名声，便要他娶一家世清白、名声良好又软弱可欺的女子为正妻。杜高峻在捶丸会上遇见了她，当即将她作为合适人选。知晓此事后，刘怜兮便假意迎合，私下搜集这父子二人的罪证，打算将他们一齐告倒。至于她具体找到了什么，蓁儿并不是很清楚，只知半年前她所行之事被杜家父子发现，险些丧命，逼迫至此，她才隐约向刘母求助。可刘母并不懂她的艰难处境，只好先劝她忍气吞声。

据蓁儿所言，刘怜兮得知无法依靠娘家之后便下了决心——拼着名声和前程不要，她也要拉着杜家一同入地狱。她决意杀夫后自尽。

此事极为隐秘，只有蓁儿一人知晓，连毒药都是她所备。她本计划在杜高峻身死之后为小姐抵命，奈何二人决定下手的当天晚上，杜高峻喝多了酒，一手将含毒的醒酒汤打翻在地。蓁儿只得再去准备，待她回房时，二人已不在房中。

当日有雨，电闪雷鸣之时，她只看见杜高峻举着棍子穿过长廊，刘怜兮跌跌撞撞地逃入雨幕。她吓得不轻，潜入后院的莲池躲避，不多时便听见沉重的脚步声经过头顶的木桥。又过了一两个时辰，便传来护院的惊呼，说夫人落井了。她经莲池里的活水逃出了府，辗转听闻发现尸体的护院和当日廊上守夜的婢女皆死于非命，杜高峻正派人找她。她将脸一抹，躲入北街的乞丐群中，直至被艾老板发现。

曲悠看完了诉状，抬头看向周檀——周檀手中正在摩挲着一只木盒子，见她目光转来，便打开了手中的盒子。盒中有一把微微磨损的钥匙。

"这是什么？"曲悠问。

"仵作验尸之后推翻了先前的结论。"周檀回答，"刘氏虽然颈间有勒痕，但是溺水而亡的，这样东西……是从她体内取出的，她在溺水之前吞下了这把钥匙。"

临死之前不顾一切要保护的东西定然十分重要，只是不知她要守护的是何秘密。

周檀放下手中的盒子，手指从供状上滑过，问："这婢女所言，意指是杜高峻虐杀了刘氏，我却不能将供状呈上。"

曲悠略一思索，马上明白了他的意思。她感觉自己舌尖微苦，说话也有些艰难："大胤刑律四卷所载，杀妻者入狱、流放，谋夫者凌迟、枭首。这供状若呈上去，那杜高峻至多落一个如彭越一般的下场，刘氏却要祸及家人。"

"我还记得梁鞍临死前你对他说的话，你说，非他无罪，是法不公。"周檀按着自己的眉心，有些疲倦地对她说，"如今你身在刑部，若你修法，该当如何？"

曲悠不假思索道："他们在这世上，已有了越出旁人千百倍的方便。无凭不过是申冤，便要以命相抵；怜兮虽为弱女子，却不曾屈服，想尽办法自救，最终还是雨打风吹去……律法应保护弱者。"

周檀手指一僵："法本无情，我以为你想要的不过是公平，如何能谈及保护？"

曲悠道："无视差别的公平，是对弱者的二次戕害。"

说完这句，曲悠顿时觉得自己的话有些过火，但话已出口，不能收回，她只能硬着头皮沉默。女性主义发展多年，也未真正将消除差异对待落到实处，她与千余年前的古人大论此事，想来真是带着一点荒谬的可笑。她这么想着，再次低头去看状纸，心中忽而浮现出一些疑惑。

周檀不置可否地轻轻嗯了一声。

书斋外面传来叩门声，曲悠上前去开门，看见贺三恭敬地立在门外，见她在此处又忍不住多看了一眼："大人……"

周檀道："说吧。"

贺三道："傅大相公请您过府一叙，闲坐论棋。"他说完便微躬退下了。

先前在府中一次，此番在书斋又一次，两处都是周檀的私密处所，这侍卫两番撞见曲悠着男装在此，还保不齐脑子里在想什么。不过，此时曲悠没细想的心思。

周檀拂了拂自己的衣袖，冲她露出笑容，但那笑意未曾入眼，浅淡、微凉。他伸手将那只装着钥匙的盒子塞到曲悠手中，压低声音说了一句："你收好此物，全当它不曾出现，任谁问都不要提起。回府去吧，近些日子不要再来刑部。若是……我上次留给你的东西，你应当还没丢。"

他说完便出了书斋，剩下曲悠独自坐在原地。她低头看向手中的简易木盒，忽地想起了什么，马上将它放进怀中揣好，便推门走了出去。

秋日天气微凉，落叶在庭中积了浅浅一层，曲悠穿着男子官靴丁其上走过，发出窸窸窣窣的细微响声。

∽∽ ∽∽ ∽∽

周檀由一个垂着头的婢女引入内室时，傅庆年正在窗前下棋。暮色四合，他身侧的窗纸被夕阳染成浅金色，熏香袅袅，婢女告退，室内一片静谧。

傅庆年年过半百，依旧精神矍铄。他回过头来，看见站在门口的周檀，微微一笑，伸手示意他在对面坐下："霄白，你来了。"

周檀漠然而恭敬地冲他揖手："傅大相公，安好。"

"我近日安不安好，霄白应该知晓啊。"傅庆年不以为意，乐呵呵地道，"想当年你殿试之后在荷香水榭破了我与你老师的一盘残棋，那一手好棋下得出神入化，我记忆犹新。从那之后，你我再也未曾对弈吧？"

周檀撩着衣摆在他对面坐下，执白子走了一步，并不看他，只道："傅大相公日理万机，再说，我也不过投机取巧，得您谬赞罢了。"

三步之内，他便蚕食了对方一片棋子。

傅庆年伸手将那些黑棋一枚一枚地取下，仍旧不生气："棋子罢了，吃了就吃了，左右也不是什么重要的棋子，只下这三步，霄白可不要就此自满。"

周檀道："自然。"

两人在室内平静地下起棋来。傅庆年下棋进退有度，张弛有法，周檀则显得急躁了些，如鲸吞虎噬，棋路很生猛。

傅庆年连连摇头："你与从前相比，棋路大有不同，年轻人有热血是好事，但不要只凭热血，伤人伤己哪。"他简单两步，便让本来胶着的局势偏向了己方。

周檀落子飞快，仍旧没有犹豫："傅大相公与高大相公、与老师，皆是同年进士出身，如今斯人已去，活人相斗，你死我活，谈什么伤人伤己，不过是同归于尽罢了。"

棋局已形成一个巧妙的对称。

傅庆年挑眉看他，笑容和煦，话中却另有深意："听闻你与太子同赴执政的秋日宴，高府有奇珍菊花百盆，你看得可尽兴？"

不料周檀摇了摇头，没有说话。

傅庆年有些意外，继续道："你既知太子并非明君之像，缘何要同我作对？"

周檀手中握着一枚棋子，目光移向窗后隐约可见的夕照，露出苦笑："坠楼一案朝野沸腾，登闻鼓下念的诉状，傅老听了多少？"

傅庆年温言道："自然是皆悉。"

周檀转过脸来看他："彭越此人，从郗州升入汴都为官时，便有人参过其品德。我初入典刑寺时，随他活动，深知此人有才无德。傅老当初自诩清流领袖，为何要擢拔这样的人？"

傅庆年拈着一枚黑子，叹了口气："你太年轻了。政治，本就是龌龊的周旋，有人秉着清名风骨，便有人要做肮脏的垫脚石，两相制衡，各取所需。你想要清明天下，想要人无所求——"他落子下去，"痴人说梦。"

"傅老此言差矣。我深知人皆有欲，从未想过满朝为圣，老师……也深知这一点。"周檀冷然道，"即便如此，也不该饮生民之血祭剑以斗，高执政至少明此理。"

"你以为他手中干净吗?"傅庆年嗤笑了一声,"你老师倒干净,可是做干净的人就活得久吗?你自命清高,从诏狱出来浸淫刑部,可有谁来悲悯?你为那些贫贱女子不平,舍弃良多,遭人唾骂,甚至性命垂危,百年以后,千年以后,可会有一人替你正名?"

周檀端坐在他对面,眼睫微颤,落子之手却不曾颤抖。

"我无须正名,守死善道,只为无愧于心。"

傅庆年嘲讽地摇了摇头,低下头却有些笑不出来——不知何时,他以为对方只凭一腔热血下的错棋竟连成一片,织成天罗地网将他困入了死局。方才周檀最后一子落下,他才恍然大悟,只是无子可解,盘上胜负已定。

周檀起身告辞,面上既无自矜之色,也无几分恭谨,他坐在此处,能清楚地看见对方眼里的坚冰。

"傅大相公,晚辈承让,先行告辞。"

他走到门口时,傅庆年便抬手将棋盘掀翻,棋子哗哗啦啦地落地,砸出清脆的声响:"不过一局……"

"非也。"周檀并未回头,躬身捡起落在他脚边的一枚黑子,语气中却带着几分傲意,"当年荷香水榭初局,您便输给我了,胜负已定,不需下一局。"

✿　✿　✿

王妈妈是刘府在汴都立府时经由人介绍来的管事婆子。

刘大人是穷举子出身,刘府不大,地处偏僻,刘夫人精明,不曾出钱跟着汴都贵妇人们一同购置巡车上较市价高的新鲜瓜果,通常都是遣奴仆出来采买。

寻常高门大户中的奴婢多半拖家带口寄居主人府中,多的是从小教养的忠仆。不过,刘府立府时日尚短,不需那么多规矩,王妈妈从乡下庄子进京来找活计,进不了贵族门户,便被介绍到了刘府。

她早有易主之心,刘夫人精明、抠搜,刘大人是文官,府内清汤寡水,同她想象的汴都繁华人家大有不同。一年前大小姐出嫁时,姑爷家倒是送来不少聘礼,府中日子比从前好过了不少。只是不知近日是否流年不利,大小姐身死,府内又接二连三地出事,刘夫人将府内奴婢一削再削,从前跟着她采买的二个小丫鬟都被打发出门了。

王妈妈独自提着筐子进了常去的果子铺。她一进门,便有个小姑娘接过她手中的篮子,笑着引她进去:"大娘,本店新上的果子,您今日来得巧,请您尝个新鲜。若是滋味不错,别忘了介绍他人过来。"

熟识的老板和婆子都不在店内,这铺子不知何时请了两个相貌姣好的丫鬟,王妈妈抖了抖手,瞧着那丫鬟的笑脸,感觉心中舒服了不少:"从前没见过你这丫头,郑掌柜不在吗？"

"他回老家探亲去了，怕是要过一阵子才回。"案前正在打算盘的另一个丫鬟回答，她身着粗布麻衣，面上遮了块纱，只一双眼睛亮得惊人，"我二人新制了些果子点心，您若喜欢，多带一些去。我瞧名录，您是熟客，这回便不收银钱了。"

"谢过姑娘，这是怎么了，脸上怎么遮着？"

"偶感风寒，出了些疹子，不妨事。"

王妈妈转了两圈，被身侧那个嘴甜的丫鬟哄得心花怒放，各种样式的点心都要了一块尝鲜。她一时尝不完，另一个丫鬟便替她搬了张凳子，还殷勤地倒了杯茶。

"姑娘是郑掌柜亲戚吗，模样生得真俊！"

店中一时无人，两个丫鬟便搬来凳子同她一起吃点心喝茶，一开心便聊得多了些。

这王妈妈是个直爽性子，不过半晌便抱怨起了近日的烦恼："最近府内也不知怎的，主君不顺，大公子又惹了事端，夫人忙着给女儿申冤，对旁的事情无暇他顾，倒是苦了我们这些下人，采买、做饭，哪一样不是活计……"

未戴面纱的丫头便好奇地问道："刘夫人便是以血为状闹上刑部的那位吗？如此爱女之情，真叫我等羡慕。"

王妈妈得意了些，又自觉知道不少内情，便多说了几句："正是夫人。说来也奇怪，大小姐从前在府中时不怎么得夫人的爱护，成亲之前闹得死去活来。我那老姐姐跟着过去，回来偷偷同我讲姑爷的性子。嗨哟！纵然有泼天富贵，无福消受也是白费，大小姐死得惨哪，死了倒是激起夫人的爱女之心，连多年体面都不顾了。"

曲悠瞧了对侧没戴面纱的芷菱一眼。

二人同那王妈妈聊了许久，给她塞了不少点心，将笑逐颜开的她送走之后，艾笛声从门外进来，顺手带上了房门。

"这刘府大有问题，蓁儿写的供词，恐怕不能尽信。"

曲悠扯下了面上的纱布，深深吸了几口气。她去柏影那里寻人帮忙的时候恰好撞上了艾笛声，与他商议两句之后，艾老板叫手下调查了刘府采买常去的铺子，将二人带到了这里。

"方才匆忙，来不及问，你为何想来调查刘府？"艾笛声为自己倒了杯茶，在芷菱身侧坐下，"她的供词出了什么问题？"

"她在供述时说，怜兮是杀夫不成反而落井。"曲悠回忆着供词，开口道，"我第一遍看的时候并未察觉到有什么不对劲，直至夫君提醒，我才突然想到，男子杀妻，最大刑罚不过是流放，可若是女子杀夫，不仅是重罪，传出去还会败坏母家官声。"

艾笛声道："确实如此。"

"若蓁儿真如她所言那么忠心，她本不必将此事供出来，毕竟怜兮已死，此事只有她二人知晓，若她有意隐瞒，谁能想到？况且……她在之前的供述中极力渲染杜高峻的恶毒行径，心思不深的人恐怕下意识便会认为怜兮是被他迫害致死的。我想，她就是这样刻意引导我们的。"

芷菱方才听她讲述，一时有些困惑："她那么义愤填膺难道是故意的？"

曲悠继续沉声道："正是，她故意如此，想让读到供状的人因此愤怒，忽略她后面的含糊不清——她虽言语间都在暗示杜高峻杀妻，可当日的情形她根本不曾亲见，表述含糊，这样一份供词，只有愤怒，没有价值。"

很高明的心理暗示和博弈战术，她有些不信这是蓁儿凭着自己的心意说出来的。刘怜兮的忠仆……真的会供出一份只能给她定罪杀夫、引导情绪而对她的死完全含糊的证词吗？

艾笛声的手指在桌面上敲了敲，他整个人瘦削，精明干练，胸前一直挂着一副琉璃镜片，手指间还有常年拨弄算盘留下的老茧："但你说的这些都只是推测，世上并非没有巧合。"

"是，所以我从刑部出来，立刻来了北街。"曲悠苦笑了一声，"我去高府赴宴时遇见过刘母。云月说她素日为人拘谨、小心，见到我之后却在大庭广众下不管不顾，声泪俱下。云月着人将她带到内室，才不致在宴上闹开，这与传闻中的拘谨截然不同。况且她和蓁儿都在反复强调怜兮从前的惨状，我实在不明白，爱女如命、不惜名声的母亲，真的会在人死之前劝其忍耐，人死之后彻底抛弃她所看中的夫君官声吗？"

艾笛声面色凝重："你疑心刘母此举是故意的？"

"我当时便生疑窦，可又觉得，女儿惨死，其状也可理解。"曲悠摇了摇头，叹道，"她的举动与蓁儿的证词皆有漏洞，才让我非要来查探不可。果不其然，方才那王妈妈所言，你们都听到了。刘母出身乡野，重男轻女的心思极重，怜兮从前在府内就不受宠，事事都要为弟弟让步。"

先前王妈妈跟芷菱和曲悠顺口说了一大堆闲话，却透露了不少消息。刘母惯常偏心，对刘怜兮的弟弟寄予厚望，对她不过尔尔，刘怜兮长在这样的环境中才养成了一副高云月初见就觉得"话少温柔"甚至懦弱的性子。也只因刘母看重钱财，才能理解刘怜兮为何非要嫁入杜府且不得脱身，她怕是从未对娘家有过期望，实在忍不住，向母亲倾诉夫君恶行之时，只被劝了一句要"忍耐"。

"周大人的意思是，恐怕整桩案子都是陷阱？"艾笛声彻底听懂了她的言外之意，"杜高峻杀妻，京都府审案，傅大相公有意包庇，程序严明，若无人申冤，本不该有疑。可有人指使刘母将此事闹大，点明要霄白接手，又准备了一个不可尽信的婢女……"

"方才王妈妈说，府内接二连三出事，大小姐死后，主君为官不顺，大公子还闹了事,搞得刘母焦头烂额,筹钱去救——怕是有人如此设计,逼迫她到刑部求见周檀的。"曲悠苦笑道,"他们恐怕觉得,周檀和我为了芳心阁众女的遭遇义愤填膺,在刘母和蓁儿处印证了她婚姻凄惨、为夫所杀,就会被那份供状气昏头脑,同样要替她讨个说法。艾老板细想,若周檀真将供状呈上去,将会如何?"

"蓁儿倘若在三司会审或殿前改口,那么怕是有大麻烦。"艾笛声放下了手中的茶杯,思索道,"霄白在刑部破积年旧案,本就有酷吏的骂名,她若改口,更坐实了严刑逼供的行径——更重要的是,杜辉父子为宰辅所用,陛下是否会觉得他为了铲除异己不择手段?"

"从京都府审判,到周檀接手本案开始调查,隔了数日之久。"曲悠绞着手中的衣摆,隐有怒气却无处发泄,只得闭上眼睛,深深呼气,"夫君既然能以无凭拔掉傅大相公的喉舌,对方自然也可以请君入瓮。如今这案子他沾了手,想全身而退,恐怕就难了。"

艾笛声沉声道:"我即刻派人去盯死刘母和那个身在刑部的婢女,你所查证的,霄白是否知晓?"

"他怕是早就猜到了。"

曲悠伸手摸到了她随身带着的那枚钥匙,回想起周檀出刑部时的言语,心乱如麻,犹豫再三,她没有将钥匙一事告知艾笛声。

周檀既然叮嘱她"全无此事",必然有他自己的考量。这枚钥匙,应是傅庆年缜密布局下的唯一变数。瞧着杜高峻和傅庆年的举动,想必不知道刘怜兮手中有这枚钥匙。

刘怜兮嫁入杜家已有一年,应该心知肚明,寻常的贪腐、妄为乃至人命都成不了杜家父子的把柄,只要傅庆年稳坐朝中,还会有无数个肆无忌惮的彭越和杜辉。

周檀或许知道什么,但傅庆年唤得太急,二人未来得及多说几句。不知他打算如何破局。

曲悠在后台和芷菱更了衣,打算先行回府。

马车檐角挂着的铃铛丁零丁零地响着。曲悠忽而想起胤史记载,在周檀死去一百年后,大胤毁于党争,北方的外邦兵至汴都,烽烟蔓延半个中原。

人生一世钩心斗角,她作为局外人,看着自然是浮云一片,可身在其中者又该做何感想?

曲悠想到这里,忽而撩开了车帘。

车夫在外恭敬询问:"夫人?"

曲悠道:"转道去傅大相公的坊前,接夫君回来吧。"

傅庆年的府邸位于汴都离皇城最近的显明坊。显明坊的住户非富即贵，傅氏是簪缨世家，府邸横跨道路两侧，离坊门不远。曲悠在马车内打了个盹儿，良久才等到周檀撩帘进来。

"你不该来。"他说。

曲悠顿时清醒了几分，立刻道："我去查了刘府，那供状确实有问题，此案若是傅庆年为你设的圈套，你该如何行事？"

周檀仍是蹙眉看她，低声道："傅贵妃将你指婚给我，是期你看我不起，给我添堵。坠楼案时，你带头上告，恐怕已经引起了他们的注意，此时若还同我一条心……"

曲悠听懂了他的言外之意，却并未吭声。

周檀抬眼看她，却见她面色微凝，思量着道："我以为，你招我入刑部，已经把我当作自己人。"

马车外的铃铛依旧在响，车内却一时无声。

周檀静默了良久，突然有些不自然地开口叫了一声他从未叫过的名字："阿怜……"

曲悠从前不曾有字，不管是如今还是过去的朋友，一般都叫她"悠悠"，只有尹湘如叫过几声"阿怜"。以前听着不曾有异样的名字，不知为何，被周檀叫出来，她忽然感觉心跳如擂鼓。或许是因为"怜"字本就暧昧，他唇齿开合间天然带着一种缱绻的意味。

周檀叫了这个名字，似乎也有些不自然，他抬手咳了一声，掩饰着继续说："我如今进不得君王的信赖，退不得宰辅的青眼，执政与太子所求，亦非我所愿。在此间挣扎求生，情形就如当日你烛下初见。

"我疑过你，试探过你，甚至曾想利用你，后来作罢。你自甘为生民讨公道，我所能弥补也不过二。你是至纯至性的人，理应觅得一心人，就如同你曾言之所求——自由，朋友，访名山大川，过潇洒恣意的一生。"

二人初识之际，她随口说出的言语，竟被他记得这样清楚。

"我调你入刑部，是因为你在登闻鼓下问公道安在否，又对律法有极大兴趣。我想着，这该是你向往的事。可事涉我身，绝非你想象中那么简单，官宦、仕海、党争，稍有不慎便是阖家灾祸。譬如刘氏一案，我本以为只是为你旧友申冤，这才敢让你插手。看见诉状之时，我便知道是我错了。"

"所以你急忙把我赶回府中，不想让我继续关注？"曲悠平复心跳，接口道，"可惜……"

"可惜你太聪明了。"周檀苦笑道，"我还记得，你于京郊问我是否愿意身死殉道，若我只一人，自然是无可无不可，可若有你，我该怎么办？"他看着她，十分诚恳、

·143·

万分无奈地低问，"我该怎么办呢，阿怜？"

他鲜少有这样主动示弱的时刻，曲悠听他的口吻，只觉得心头震颤，忍不住脱口而出，或许她本来就是这么想的："可是我从未想过要与你和离。"

周檀一僵："你……"

"自我嫁给你那日，便从未有过此想。你言语冷漠，我赌气待之，不过是气你对我不坦诚。如今你虽仍不愿据实相告，可我要说实话，我来到此地……所求所想，无一不与你有关。你想做的事情，我愿意陪着你。"

大胤律法。

《削花令》的编者。

那场孤绝而凄然的变法。

《春檀集》背后、梦中相见的白衣孤臣，站在历史的山坡上，让她震颤于"人之真实"。

尽管她自己都没有意识到，可在她决意要研究北胤刑律的那一日，就注定与眼前的人无法脱离关系。她自诩公正、客观，可为史书中的"佞"字影响，始终不愿意承认，周檀才是她所有探究中的灵魂所在。

所以，就算她只对佚名有兴趣，还是一字不差地背下了《春檀集》。

所以，周檀给了她一万次机会逃离，她仍坚定不移地遵循着历史的轨迹留在他身边，为他在孤雨旧庙的夜晚点了一盏飘忽的灯火，也想照明自己心中的困惑。

如今她终于敢说，她就是周檀"万世之后"而遇的"大圣"，或许她穿越时空来到这里，就是为了看清他迷雾之下的一生。

她已走过他的危桥，不想日后再以丑陋假面相待，她要对自己和对方都坦诚一点。

周檀低垂着头，眼眶微红，面上的表情似乎是惊喜，又似乎是茫然，声音微微颤抖："此后艰难险阻——"

曲悠主动而坚定地握住了他的手，那只手冷如玉骨，她却露出笑脸。

"此后艰难险阻……

"自有杖藜行歌。

"我并不怕死，只怕没有尽力地活过……你当日九死一生，不惜背着骂名从诏狱中爬出来，难道不也是如此？"

周檀几乎被对方手心的灼热烧伤，他下意识抽手，可曲悠如从前一般紧紧握住了他。他不敢去看那目光，只道："我不知道自己能不能成功。"

曲悠笑道："可是我知道。"

周檀良久不言，她抓着那只手，想起他从前的冷漠、怀疑，也想起自己的触动、震撼，最后只有落日熔金下的山坡，她坚信自己看见了"真实"。

曲悠闭起眼睛，忆及第一次读《春檀集》。百岁如流，富贵冷灰，她本想在末尾题注《诗品二十四则》中的"悲慨"，落笔时写的却是"旷达"。

> 生者百岁，相去几何？欢乐苦短，忧愁实多。
> 何如尊酒，日往烟萝。花覆茆檐，疏雨相过。
> 倒酒既尽，杖藜行过。孰不有古，南山峨峨。

很奇怪的感觉，她深知周檀一生苦短，志不得抒，最后潦倒而死，诗句本该愤愤不平、忧思辗转，但她通读下来，字里行间品到的却是他的超脱。

周檀一生行事，虽未得善终，但不曾后悔，就如同他现在一般，明知前路难行，做的仍是尽力不连累身边之人，毫无退却之意。

她穿越时空来到此间，孑然一身，对生死置之度外，只求解惑。他身在此间，却也如她一般，为了前路不明的理想奉上终生。

曲悠想，她的题注果然毫无错误。

"人生自古谁无死，唯有南山永巍峨。"

显明坊距离周檀的府邸不远，两人言语之间便到了巷口。

日已昏黄，车驾刚刚停下，曲悠便听见有急促的声音说着什么，随后黑衣撩开了车帘。他的目光从二人相握的手上扫过，然后他深吸一口气，立刻道："夫人，执政高家的大小姐邀您到樊楼一叙。"

高云月此时寻她，如此急迫，也不知为何。

曲悠看了周檀一眼，刚想答允，黑衣便继续道："高姑娘说，若是周大人在，也可一同前往，她手中取得一物，跟大人手中这桩案子有万般牵连。"

曲悠惊讶地同周檀对视了一眼，看见了对方眼中的错愕，便说道："那我们即刻动身。黑衣，你来驾车。"

黑衣道："是。"

∽ ∽ ∽

高云月虽为闺中少女，可她同高大人常采樊楼，也是熟客，进门的时候，曲悠看见侍者翻过的牌子是"庆春泽"。

之前周檀常去的雅间名为"留香客"。东楼接待的多是文人士子，雅间名字取了各类词牌名，倒是有趣。不过，曲悠来不及分心多想，屏风后的高云月听她进来，立刻低声将自己周身的奴婢都遣了出去。

曲悠眼见着门在自己身后关好，高云月才从屏风后走了出来。她举着扇子，拘谨地朝周檀行了一礼："周大人……"

未嫁女本不应见外男，不过高云月同曲悠是闺中密友，此举也不算逾矩。

"你拿到了什么，急着叫我来？"曲悠拉着她坐下，急切问道。

高云月顾不得同她寒暄，从身后取出一只船状的匣子。

"母亲笃信佛理，每月我都会和母亲挑一日到亭山岫青寺礼佛。今日我们同行下山时，一个小乞儿拼死拦车，说要见我。"

周檀接过她手中的匣子，微微诧异："此匣以精铁锻过，若无钥匙，定然无法打开，只怕刀切火烧都难以使其变形。"

"正是。"高云月道，"我心中纳罕，便见了那孩子。结果她竟将此物交给了我，说这是杜家的小夫人托她转交的。杜辉只有杜高峻一子，此物当是怜兮给的。那乞儿道，她是怜兮从前无意间救下的。那日她在杜府门前见怜兮下轿时身上有伤，怜兮将此物交付与她，只说，若自己出事，便让她守在亭山山道，等我或是你经过时转交此物。我碍着秋日宴，本月去岫青寺的日子晚了几天，你忙于杂事，不曾去过，是而如今才拿到她的东西。我想着，此物定与她身死有关联，便冒昧连周大人一同唤来了。"

周檀晃了晃手中的匣子，并未有金属撞击之声，匣中恐怕是书信一类的物件。他皱着眉，忽而问了一句："高姑娘，此事你可同高大相公提过？"

高云月摇头："我在山道上收了，连家都不曾回，便将你夫妇二人请到了此处。我想着，怜兮如此郑重其事，又只信我二人，担心旁人知晓后坏她身后名声，连母亲问起也只道那乞儿从前得过我的恩惠，病重乞怜。我将她安置了。你若要见，待会儿我留个小厮引路。"

"高姑娘谨慎，我着人将她带到府中去。"周檀低头道。

曲悠摸了摸自己袖中藏的钥匙，看了周檀一眼，没有将钥匙取出。

高云月朝外张望几眼后起了身："我对母亲托词下车买些点心，此刻也该回府去了。这东西我打不开，周大人或许有办法。怜兮怎会想到此案会交到你夫婿手中，你们若需帮助，可随时遣人来高府寻我。"

曲悠开门送她："多谢。"

"客气什么。"高云月的手指在她额头上一弹，而后匆匆离去，"此案毕后，你带着春娘子请我吃酒才是正理，到时我们为怜兮祭奠一番。"

"若真能为她申冤，也算不枉知交一场。"

第五章 秉烛游

> "我愿……阖家康顺,不负亲友,我为生民立命,保九州清宴,天下安宁。"

遗诏

高云月将那送信的小乞丐安置在汴河边一家客栈里。时间紧迫,她来不及做别的,让曲悠夫妇去见,也是有托付之意。

送信的乞丐是个小姑娘,瘦骨伶仃,一双眼睛却又大又亮。她躲在门后谨慎地问了好几个问题,才肯给他们开门。

高云月为这小姑娘准备了许多吃食,桌面上一片狼藉。曲悠看见对方身上的破衣烂衫,便立刻遣人去买身新衣裳。

小姑娘吃着手边第三个乳酪团子,小声对她说:"我叫阿萝,是刘姐姐为我起的名字。"

"阿萝,"曲悠看了一眼身侧面对孩子不知说什么的周檀,笑道,"你刘姐姐是如何让你转交这样东西的,能告诉我吗?"

"刘姐姐说,只能告诉姓高和姓曲的两个姐姐。"阿萝瞄了周檀一眼,略带敌意地说,"他不能听。"

"他是我的夫君,"曲悠摸摸她的头,无奈道,"他与我一体同心,阿萝放心。"

阿萝又纠结了半晌,最后才开口道:"……我同刘姐姐相识是在医馆外。当时隆冬,刘姐姐心善,找郎中开了服药,才救了我弟弟性命。不过他到底没撑过去,去年便没了。"

阿萝瞧着十一二岁,虽声音怯怯的,却叙述清楚,很有条理。

"但我记着刘姐姐的恩情,便常去杜府门口等她出门,为她送些我采来的花。刘姐姐曾说,若非宅中水深火热,她手头又没有钱,定要将我收进去……我自得了姐姐接济,日子好过不少,只是那日我照例送些花,却见姐姐伤痕累累地从轿中下来。"

刘怜兮嫁入杜府之后确实有心无力。二人相识是在年初,阿萝混迹于街边乞丐中间,小姑娘只身一人能活到现在,可见她是个聪明的。

"她似乎极为害怕,又无法对我多说什么,只告诉我夜半时分偷偷到杜府之外的水渠旁,她有东西要交给我。她说,让我好好收着这东西,若有一日她出了事,我便去亭山山道上等着高家姐姐或是曲家姐姐,将东西交给她们。"

曲悠听到这里,心中了然了些。刘怜兮要她在亭山等候,是为了避开汴都内的眼睛。不过,此举当真冒险,她交出匣子,吞下了钥匙,稍有一点意外,这两样物品就不会顺利地落在她手中。刘怜兮托付给一个乞儿,除却身边实在没有可用之人,也是想赌一把。

曲悠打量着手边那只匣子。方才周檀也同她说过,这样东西就算在这小乞儿手里被人抢了去,恐怕也打不开,若是火烧锤锻,强行破开,里面的东西也会随着付之一炬。

阿萝同她说完,继续吃着桌面上的食物。她自己已经洗过脸了,眼睛圆、鼻亮,头微翘,倒是副好样貌。她先前把自己抹得漆黑,应该是为了自我保护。

周檀与曲悠交换了眼神,正打算说些什么的时候,吃东西的小姑娘突然重重咳嗽起来,曲悠吓了一跳,起身去拍她的背:"阿萝,你怎么了?"

阿萝捂着口鼻,上气不接下气地翻着白眼,似乎是想起身离开桌前,却差点跌在地上。曲悠伸手接住了她,听见她断断续续地道:"我这是……胎里弱症……姐姐不必担心……"

她突然发病,二人无法,只得先把她送到柏影那里,折腾半天才回到府中。

周檀着韵嬷嬷将松风阁周围所有仆役全部驱散,然后带着曲悠进了松风阁书架后面的内室。

这府中居然还有密室,先前她不常来周檀的松风阁,完全没有发现。

周檀的密室十分空旷,进门处有一个积灰的博古架。曲悠粗略地扫了一眼,看见那架上摆了几卷书、几只精致木盒子和一把镂刻精美的长剑。

见她目光停留,周檀点了一支蜡烛,低声道:"……那是我从前的佩剑。"

"你会功夫吗?"曲悠十分讶异,同他在案前坐了下来。先前周檀在京华山上搭箭射向梁鞍时,她便有此问。

"略通一二。"周檀简单地答道。

曲悠将袖间藏着的钥匙取出,果然对准了那匣子的锁眼。一阵机关声响过后,匣子终于开启,曲悠松了一口气:"没想到,竟然真能寻到这钥匙的用处。"

"这信上写了什么?"

周檀坐在她对面,为她举着蜡烛,只能隐约看见上面的内容。曲悠见他如此不便,干脆抱着匣子坐到周檀身侧。两人便肩膀贴着肩膀地读起信来。

曲悠拆了顶端的油纸信封,细细去读。这封信想必是刘怜兮所写,字迹略潦草,但娟秀、整齐。

……悠悠、云月亲启,吾生飘零,不得挚友,幸得卿杯酒之恩,知生不久矣,唯有托付,信笺如幸为卿所阅,死亦无憾。

自入杜府,忧怖无从外扬,不过苟延残喘。杜父子不安不正,吾早有寻其罪证之心,奈何苦无机会。某日泼赖醉酒,胡言有手把宰辅之柄,怜兮寻觅得见此物,虽不知意,亦觉心惊。思索再三,只可托你二人,用则九泉含笑,无用可焚毁,不致牵连……言不尽意,再祈珍重,来生亦愿结缘,顺颂时祺。

这东西到底记载了何等隐秘,才让刘怜兮看见便知自己命不久矣?

曲悠皱着眉放下了手中的书信,发现其余信纸上也是刘怜兮的字迹,只是写得断断续续,想必是她阅读之后凭借回忆录下的。

初三月……寄贤侄公输煅,吾已得见,于汴都计日以俟。

煅见,吾知乃父死之秘辛,皆因宫中真如一殿修葺事……赵殷其人狠辣,无橡匠人为我所救,留手札进京可观……相交一场,吾愿据死相助。

见煅草图进探,果然如此……盼来。

十余张信纸上都是这样断断续续的言语,曲悠看得一头雾水,却见周檀持信的手微微发抖。密室幽暗,她微微屏气,便听出对方乱了呼吸。她侧头看去,正好看见周檀死死抓着手中信纸,喉头涌动,似有千言万语,却未发一言。他近乎疯狂地一张一张看去,面色骤白。察觉她的目光,他便与她对视,眸中冰晶微颤,片片碎裂。

曲悠惊讶地看着周檀拼命压抑,最终还是没忍住,眼泪顺着高挺的鼻梁落在信纸上。他将这些信纸翻来覆去地看完,哆哆嗦嗦地喃喃自语:"怎会如此……"

他眼底通红,目光微微涣散,甚至下意识地抬手摸了摸自己的小臂。曲悠见他转头朝博古架上那柄剑看去,便当机立断,即刻在身后死死抱住了他。周檀几乎无意识地挣扎,结果和她一起从案前摔倒在地。

他就算摔倒了,也下意识地掉转了方向,把自己垫在她身下,行动间带起的风将那飘忽的烛火吹灭,密室顿时漆黑。

曲悠松开手,正想爬起来将蜡烛重新点燃,却突然听见对方发出一声吃痛的闷哼,双手从她背后试探性地摸过来,将她死死搂在怀中。

"周檀……"她怔然唤道,感知到对方脆弱的情绪,便别扭地换了个称呼,"霄白……夫君!"

这几个字却像触动了什么机关，周檀埋在她的肩头，一声不吭，她却感觉肩膀洇湿了一片，恍惚间还能听见对方破碎的几个字。

"竟是……如此！"

半晌，曲悠才感觉怀中颤抖的躯体渐渐平复下来，她跪坐在地上，无意识地抚着对方的后背："你今日未带那青瓷瓶？"

周檀闷声未答。良久，她才听见对方微哑的声音："……你既然这么问，想必已经知道那里面是何物了。"

曲悠半搂半抱地把他扶了起来，找来方才被他丢在一侧的火折子，将那支蜡烛重新点燃。烛火映出周檀煞白的一张脸，他抬眼看过来，眼中的微红尚未消退，瞧着有点可怜。

"我从刑部出来时，陛下不放心我。"

他只简单说了这一句，曲悠便知自己从前猜对了，不由得叹了一口气。

"瓶中装的也是'孤鹜'？"

"是。"

"你不想为此物所控？"

"是。"

她回忆起当日被恶狠狠地掼碎在地的青瓷瓶和熟练处理伤口的贺三，仍旧疑惑："你既不想为它所控，为何要随身带着？"

周檀嘲讽地低笑了一声："若不随身带着，怎能叫不为它所控？能取而不取，才能绝后患。"

曲悠倒吸了一口冷气。

往常戒毒的人，都是被束缚着、关押着、隔断着，不能接触药物，甚至想起便哆嗦，天长地久地绝了念想。

周檀对自己够狠，要戒断，还要随身带着，于咫尺之处对抗滔天欲望。怪不得他要自伤……若无疼痛抑制，断不可能忍耐至此。

周檀扶着手边的书案站了起来，把冰凉的手贴在她的额上，声音冷清。曲悠听着，完全想象不出，就在片刻之前，此人还在孤鹜和信笺的双重作用下抖如筛糠，在她怀里缩着，像寻求温暖的小兽。

"不必担忧，我有分寸。"

"怎能不担忧，你上次……"曲悠欲言又止，言语中却带着几分羞恼，"除了自伤，肯定有别的方法。你不言不语，真的不担心自己会因此倒下吗？"

不知周檀是心虚还是因这难见的关心发怔，默默地把手缩了回去，一时没有吭声。

曲悠捡起地上散落的书信，重重地叹了口气，不抱希望地问："你为何失态，可能告诉我？"

她抱着匣子抬眼，恰好撞见周檀垂下来的湿润眼睛，他嘴唇颤动，露出一个苦涩笑容："若知晓此事，便是今后与我同上风雨孤桥，再无回头机会……此间波诡云谲，你真的，要听吗？"

❦　❦　❦

室内密不见光，曲悠隐隐能嗅到对方身上的静水香气息。周檀不知从何处寻来了笔墨纸砚，将刘怜兮的信纸摆在案上。他似乎能分清这信纸的先后顺序，提笔蘸墨，先圈了俩字——公输。

"你可知这个姓氏？"周檀问。

"自然。"曲悠答道，"公输家族自春秋而立，有始祖公输班为楚造云梯，是当世难见的能工巧匠，世人赞誉，称其能使青铜开口。"

"不错。"周檀提笔再圈了"无橼"，"信中所说的'无橼匠人'，正是公输家族的后裔，也是大胤境内有名的工匠，从前为皇家所用，汴都内不少有名建筑都出自他手。"

周檀这样提醒，曲悠终于想起了这个有些熟悉的名字。她对大胤通史只做过概览，不如刑律学得扎实，但"公输无橼"这个名字在大胤艺术史中熠熠生辉，只要用心回忆就绝对会有印象。他是当时有名的建筑师，旁的不论，尹湘如和高云月多番与她提过的亭山岫青寺就是公输无橼还在皇室内领职时奉旨修建的，历经百世而不倒。研一游学时，她还去看过岫青寺外天门塔的遗迹。胤皇城内的建筑也多出自公输无橼之手。不过公输无橼似乎在壮年时期便辞官归隐，连主持兴修的最后一座宫殿都在不久后被推倒了。他离开汴都便隐姓埋名，公输家族至此没落，史书上称他是公输氏"最后的绝唱"。

信中内容，竟然与这能工巧匠有关联？

曲悠还记得，她穿越伊始，除却对皇宫内廷的好奇，也想去探索大胤的风土人情，其中一个心愿就是见见当世的艺术家们。如今短短时日，她已见过流芳千年的大诗人，并与这史上闻名的建筑师扯上了关系。更不用说周檀如今就在她的面前……人之境遇，真是奇妙。

曲悠低头去看，指着另一张信纸上的名字问道："那么这信中的公输煅与无橼先生是何关系，是他的后人吗？"

"这是无橼先生之子。公输家族世居西境，祖籍就在彭越待过的郜州。"周檀暂且搁笔，指着刘怜兮凭借记忆歪歪扭扭画出来的一个含糊的图案道，"刘姑娘记得不确切，但形状犹在。这是郜州城与汴都通信时加盖的驿站公章，这些信件都是汴都中人与身处鄀州的无椽先生之子所写。"

"啊，"经他这么一说，曲悠突然就看懂了不少，"那这个'乃父死之秘辛'和'为我所救'指的就是无椽先生？'真如一殿修葺事……'这些，同你有什么关系？"

"真如宫是皇城内的旧殿，亦是无椽先生最后的作品，"周檀没有回答，只是淡淡道，"只可惜现已不在。"

"宫中殿宇，为何会不在？"

"真如宫已被推倒，你可知这宫殿倒塌之后，原址上兴修的是什么？"

曲悠疑惑道："是什么？"

她话音刚落，突然怔住。周檀无奈地笑了一声，她诧异地将目光落回纸上，觉得自己的声音有点抖："是……燃烛楼？"

烛火一飘，周檀垂着眼睛点了点头。

"真如宫原本是前朝赵贵妃的宫殿。赵贵妃殁前已被加封顺德皇后，从真如宫搬了出来，只嫌其临东门吵闹。她搬出之后，真如宫空闲，废置，直至倒塌，再无人入住。"

"顺德皇后，可是当今陛下的生母？"

"正是。"

顺德皇后赵氏是宣帝的贵妃，生父是前朝有名的权臣赵殷。德帝登基时，全指望这位外祖父和顾之言涤荡朝堂。后来，顺德皇后和赵殷相继病逝，顾之言拜相后继续辅佐德帝许多年。

"此人给公输煅写信，邀请他来汴都，称无椽先生为他所救，后来身死，他那里还有手札相送。"曲悠低头打量着，"'见煅草图'……指的是真如宫的草图吗？无椽先生主持真如宫的修葺，本属分内之事，怎会惹祸上身？"

"鄀州……"周檀双手搭在案上，肩颈不住地颤抖，曲悠感觉他应该在极力控制自己的声音，"彭越'意外'身亡在京华山上，痕迹其实并不干净，若有人寻根究底，定能看出蹊跷。傅庆年为他争得了流放之刑，见他死了，却又不在意了。我同他见面，他说此人不过是无用的棋子——可若是无用的棋子，先前他何必下功夫死保？"

曲悠拍了拍他的背："彭越死前，你还问他手中有什么东西，想必这东西便是傅庆年要保他性命的把柄吧？他活着，这是把柄，傅庆年心有忌惮，不得不保；他死了，这把柄被带到了土里，说不定傅庆年更高兴些，故而不曾追究……定是如此。"

她说完这段话，又闭起眼睛，皱眉回忆道："怜兮信中也说，杜家父子醉酒后胡言乱语，称手中有宰辅的把柄，便是她费尽心思找出的这些信件。这么说来，写信之人当是宰辅本人。"

"哈哈哈哈……"周檀握拳砸在案上，嘲讽而冰冷地笑起来，"傅庆年……我早该想到的……"

他起身，端着蜡烛走到博古架前，移动上面一个相对干净的花瓶。

曲悠听见机关的声响，随后密室内墙壁凹陷，露出一只明黄的锦盒。她意识到了什么，随着对方走了两步，到博古架前突然警觉，问了一句："你这密室，若有人进府，于书架前可能听见其中的声响？"

周檀摇头："此府虽是陛下赏赐，但当年已空置良久，本就是老师打算叫我外放归来时居住的。为此，老师着人翻修过，以备不时之需。这内室缝隙均以铜汁浇筑，通风口埋得极深，墙壁加固，即使有人趴在书架间隙，也不会闻得任何声响。"

他伸手将那明黄锦盒取了出来，近乎恭敬地捧在手中，转过头看向她。

曲悠突然感觉周檀交付的似乎不是一样东西，而是他的身家性命，就如同周檀方才颤声所问一般，知晓此事，不只是她被拖入这波诡云谲的政治角斗场，周檀也将自己的一切与她牢牢相系。

曲悠眼见他伸手打开了那锦盒，锦盒中是浅金卷轴，以丝带扎束，无比珍重。

"这是……"

"遗诏。"周檀沉沉地答道。

厉王篡政六个月后，周檀护着景王孙入了皇庭，当庭取了宣帝遗诏，保他名正言顺地登基。

历史学家为此举争论不休。周檀在削花变法之后声名狼藉，可在拜相之前也算毁誉参半，能名列《佞臣传》首位，就是古人修胤史时对此遗诏存疑，为他冠了十恶之首的"谋逆"。

这困扰后人千百年的谜团，如今竟被他取出，展示在她眼前。

曲悠心头大震，情不自禁地往后退了一步。既然周檀此时就能拿出遗诏，那这遗诏必然不是后来他为了景王孙上位而伪造的。宣帝当年居然真的留了"帝不恭，逊位景王后嗣"的遗诏！

"这遗诏……怎么会在你手中？"曲悠开口，差点咬到自己的舌尖，"是顾相留下的？"

周檀的眼睫在烛火的映照下镀了一层微金的光芒，他每次垂眼时都能显露纤长好看的睫毛，睫毛微微颤抖的时候，像风中蝴蝶的触须。

"老师离京之前，嘱托我深夜从他旧府邸书斋匾额之后取得此物，小心珍藏。我后来反复去想……当时老师是不是已存死志，若非如此，他怎会将如此重要的物件留给我呢？"他有些痛苦地闭上眼睛，"我还想着，待他回了扬州，年末偷闲拜会再问清缘由。可他……连汴都之外的清溪都不曾过，故衣还留在我的府中，灵柩内只有一件万民伞，我想去送，他们却不许我入门。陛下盯着，我不敢失态，也不能到碑前祭奠，只得在这里跪了整整一夜——我始终没有想明白，老师为何弃我而去。"

·153·

曲悠接过他手中的锦盒，将盒盖重新封好，放回那凹陷中，转头拉着周檀重新坐下。她什么也没说，只是握着他的手，不知是不是得益于她握得用力，那只修长美丽的手终于变得温热了些。

她忽而想清楚一件事。

周檀为清流不齿，骂名无数，不是因为他叛了师门，从诏狱里捡了一条性命，而是因为顾之言死了。

顾之言若活着，周檀在宋昶手下苟且求生，还可以说是顾相心疼学生，对外称与他决裂，实际上是为了保下他的性命。可是顾相未留只字片语便效仿屈子投河，世人眼中，这便是顾相认定学生不肖，是而万念俱灰，不堪举世混浊，再无牵念。

"我曾经以为……老师是因旧事罚我，刻意如此。"周檀声音发紧，他用了些力气反握曲悠的手，似乎是急切地想要汲取一些撑下去的力量，"看了这些，我才突然意识到……"

他说得含糊，曲悠并不知他口中的"旧事"是什么，但没有开口问。她耐心听着，周檀若是想说，自然会告诉她。

周檀言语中的伤怀之意浓重。曲悠想起京华山上同样昏暗的雨幕中，面前这个人曾在高烧昏沉时尽力推开唯一可依靠的怀抱，琥珀眼瞳中自我厌弃之色清晰、锋利。原来，在他心中，连他最尊敬的人都在以死相弃，他浑浑噩噩地在刑部行事，自暴自弃般糟蹋自己的名声，拒绝亲近之人的关心，想必也是在自我惩罚。如今他终于生出些握住她的手的勇气，眼眶中盈满泪水，却重燃了希冀，像黑暗中的人乞到了世界上最后一点火。

"我突然意识到，是我想错了，老师他……真的是自尽的吗？"

∽　∽　∽

周檀在三十一岁被贬黜出京时也曾路过清溪。他在清溪旁写了一首语意模糊的悼亡诗。

曲悠记得，那首诗便是他为妻子曲氏写的。

之所以说那首诗语意"模糊"，是因为她读的时候完全没有意识到这是首悼亡诗，只有标题"遣悲怀"透露了作者的心意。

"清溪濯新雨"——路过郊外清溪河时，新春又下了细雨。

"飘摇送故衣"——我形单影只地离开汴都，如一只飘摇的小舟，只能在河边送上故衣悼念故人。

原来这两句写的是顾之言。

自从来到这里，曲悠第一次产生发自心底的茫然与恐惧。

从前她没有想过以后,也不知道自己的未来会如何。今日周檀提起故去的老师,她才突然想起,历史上周檀的夫人——或许就是她自己——在他离开汴都之前就已经病逝了。

　　史书不会记载他与夫人的感情,只有一首语焉不详的悼亡诗。如今曲悠发现,这悼亡诗前两句是他凭吊老师,而后两句,她仍不明白是什么意思。

　　父母早亡,亲友疏远,胞弟冷待,老师弃世……后来,夫人也离开了他,周檀是如此重情之人,在杏花树下悄然逝去,怕是他自己也不想活了。

　　可她这副身体并无疾病,究竟是折损在哪里?

　　她不信有女子在周檀身边待过一段时间会对他无情,可若是有情,怎舍得弃他而去?难道是如顾之言一般,卷入政治风波后被迫身死吗?

　　"可我不想死。"

　　曲悠清楚地听见了自己心中的声音。她想陪着身侧这个人,至少让他在离去之时不至于孤身瞧着杏花树,脆弱无依。可她……能改变历史吗?

　　不对,若没有她,坠楼一案不会如此结束,若她不曾插手,周檀断无可能接触刘怜兮留下的信,也不会查到眼前的东西。在不曾被记载的罅隙中,她是不是已经改变了历史?

　　曲悠这么想着,手指在周檀的手背上摩挲。周檀此时伤怀,便不如从前那样敏锐,没有注意到她已出神。他握着曲悠的手重新捡起那些信纸,感觉自己如今脑中清晰得可怕,可越是清晰,就越战栗。

　　他想起诏狱中顾之言去看望他那一日,向来俊逸飘然、精神矍铄的老师,在他面前露出了从前他不曾见过的一面。

　　那时候他刚受过钉刑。

　　所谓的钉刑,便是取手指粗细的长铁钉,于关节的缝隙处钉入人的体内,不会伤及骨头,流血也少,绝不至送命,是前朝留下的刻薄刑罚。

　　极痛,痛得他意识都有些模糊。他全身钉了四根铁钉,如死物一般被扔在稻草堆上,姿态屈辱。他想爬起来,却连动都动不了。

　　"好痛,好痛,不如让我和同窗一样死去吧。"

　　周檀这么想着,也不知过了多久,忽而觉得痛楚减轻了,似乎有人温柔地将他扶了起来,他手臂上的铁钉被取出了两根,还敷了伤药。他于混沌中睁开眼睛,看见面前顾之言清泪纵横的面容。

　　"霄白……你受苦了。"

　　"老师……"

　　牢狱周围静得可怕,不知人都被遣到了哪里,顾之言独身来见他,神色疲惫、茫然,似乎一夜间就老了十岁。

周檀心知肚明，哪里是因为燃烛楼的兴修，帝王反复无常，只不过是觉得扶自己上位的帝师手中权柄过重，要清洗一番罢了。士大夫新鲜的血，便是他给文武百官看的天威。众人都知如此，仍不愿低头，此谓"死节"。

"你是我最好的学生，不该在这么年轻的时候死去……可是有时候，活着比死去更难。"

在那间牢狱中，顾之言告诉了他一个足以颠覆天下的秘密。

真如宫的秘密。

宣帝一生子嗣单薄，他的后妃不多不少，三宫六院齐全，可直到登基十二年后才有了第一个孩子，便是今上宋昶。

当时赵贵妃的父亲赵殷得宣帝信重，赵贵妃也得宠，居于真如宫中——"真如"是公输无橼的得意之作、岫青寺大师进宫题的名字，禅意颇深。真如宫离宣帝日常所居的后殿与批阅奏折时的书房都很近，宫苑宽阔，装饰豪华，足见赵贵妃宠眷正隆。

在宋昶出生的前一年，真如宫南苑突然失火，公输无橼领修葺一事，却在修葺完成后销声匿迹。一年后，宣帝的第一个孩子出生，赵贵妃则借口搬离了真如宫，再也没有人进去住过。

周檀讲到这里，曲悠突然听懂了。她有些难以置信，可对方所言确实是史书中不可能记载的秘辛。

"顾相的意思是……陛下可能并非先皇亲子？"

这实在是骇人听闻。

可是宣帝一生只有一个孩子，濒死前不得不考虑传位给胞弟——他极有可能没有生育能力，赵贵妃借口修葺真如宫，怕是在宫宇中辟了什么隐秘之处借种生子，随后杀人灭口，连带着公输无橼一起，将秘密彻底封存在真如宫苑内。

"当时……赵殷的死对头刘相曾经多次进言，质疑贵妃之子的血脉，先帝来不及查明此事便身亡。死前，他将老师召至内宫，留下了一封遗诏。老师也是因此得知了这件事情。"

曲悠牙齿打战，原来与秘史接触是这样的感受："既然无橼先生已死，这样隐秘的事情，怎么会让外人知道？"

"对，老师也是百思不得其解，陛下究竟是如何得知这件事的！"

周檀盯着蜡烛熔化的灯油，恨声道："若是真有此事，贵妃不会放心那人活着出宫，尸首更难出去，极有可能葬在真如宫地下。先皇将所有关于血脉的流言蜚语都压了下来，嘱咐老师永守真如宫之事，不要让陛下怀疑自己的血脉，可是陛下还是知道了……"

宋昶得知自己有可能并非宣帝血脉后，第一种感觉估计就是难以置信，他恨不得将真如宫掘地三尺寻找尸身，可又不能贸然行事。所以燃烛楼的兴建……便是由此而来。

顾之言极力阻止他推倒真如宫、修建燃烛楼，反被宋昶怀疑知晓这个秘密，更有甚者，他或许知晓更多。

顾之言是天下文人之首，宋昶不敢动刑，只好清理他门下之人以示要挟。宋昶本就猜忌顾之言在朝堂上一家独大，借此泄愤也未可知。无论顾之言再说什么，宋昶杀红了眼，一概不信。面对一个个梗着脖子不肯求饶的年轻士子，帝王失去耐心，鲜血染红了诏狱门前的金流河。

顾之言急病攻心，于庭前咯血，交出所有权柄，告老还乡，最后只保下了周檀一个人。

周檀一个人幸存，败坏名声，卑躬屈膝地写了那篇为他一生之辱的《燃烛楼赋》，毫不犹豫地服了帝王给的毒药，被安插到酷吏横生的刑部，遇刺后不得太医医治。宋昶要他自生自灭，还要他忠诚。

"老师在狱中告诉我，活着比死去更艰难，可先帝遗诏仍在，我们……还有未竟的事。"

曲悠终于没忍住，抬手拭去不知道什么时候落下来的眼泪，转过头来，已被对方拥入怀中。明明他才是需要被安慰的人，可他仍然抚摸着她的发顶。

"别哭了，你若落泪，我便说不下去了。"

周檀低声哄着她，她却发觉有温热的液体落到她的颈间，同她的眼泪咸湿地交融。

宣帝留了遗诏给顾之言，顾之言卸去权柄后，朝中仍须有人。在这样的时刻，顾之言还在教导周檀为臣清正。

宋昶在燃烛楼一案前也算勤勉持正，能听谏院二三言语，若他此后依旧能够为中庸帝王，平静总好过变数横生，况且宫闱有变，就会流血。若是朝廷能够平静，这封遗诏大概就会烂死在周檀的府邸，直到他故去都不会有人知晓。

"怪不得……"

"怪不得什么？"

"坠楼一案毕，你受了陛下的廷杖。我去东门接你，你同过头去，看见点灯的燃烛楼，对我说……"曲悠回忆着当时的情形，一字一句地道，"你说：'是我对他抱了不切实际的期望。'"

周檀浑浑噩噩地在刑部做德帝的走狗，连遇刺都不曾想过将遗诏取出。令他真生反意的，大概就是坠楼案冤死众多女子，触目惊心，耸人听闻，可宋昶仍旧默许傅庆年将刑罚一压再压，他不是不能管，而是全不在乎。

"血脉一事身不由己，迁怒、清洗、默许宰、执党争，作壁上观，都是帝王心术。"周檀紧紧地闭上眼睛，再睁开，那支蜡烛已经燃到了末端，"可为君者唯独不能无视生民之血，我自小读书，又幸得老师教导，立身为官……为民，不为君，檀，绝不愚忠。"

长夜

宣帝临死之前，将遗诏交给了顾之言。顾之言得知真如宫的秘事后三缄其口，唯一做的，便是冒死救下了景王孙。景王一脉几乎被宋昶屠戮殆尽，顾之言保下景王世子夫妇，并让他们平安地活了十几年，估计着实费了不少功夫。

怪不得周檀此前从不肯去见护着景王孙隐居的艾老板，直到那日出宫之后才松口和她一同拜会。几人都心知肚明，他一旦踏入那个巷尾的栖风小院，便是做出了决定。

"你打算……怎么做？"

良久，曲悠才找到自己的声音。

周檀看着她的眼睛，苦笑道："你似乎毫不惊诧。"

寻常士大夫，一生忠君、守正，如何能开口说出先前那样的忤逆之言。他下定决心和盘托出之时，完全没有想到她竟然会如此平静。

曲悠想了想，却道："我很赞同你的看法。"

"君不正，臣子死谏，是为节。你手持先帝遗诏，却仍然忍下了师门覆灭之祸，确信为君者心中无生民之念才兴此想，难道这不是士大夫的气节？"她认真地说，"你说得对，若一味愚忠，害天下与君王同葬，才是不该。苏先生和艾老板在栖风小院等你多时，他们怕是很久之前便做出决定了吧？你比他们心软多了。"

周檀抱着怀中的女子，嗅到她发间茉莉香片的香气，不知是不是这香气实在馥郁芬芳，竟让他没忍住，笑了出来。

"你笑什么？"

"得卿如此，是我之幸。"他低声说完这句话，却似乎有些不习惯的羞赧，迅速岔开了话题，回答起她方才的疑问，"我如今要做什么……旁的还不算急，宰辅在朝，老师在九泉之下也不会瞑目的。"

"啊。"

曲悠回想起了方才周檀眼中冰冷的恨意，顺着心中所想，迅速厘清了思路："如果按照你我的揣摩，是傅老救下了当年应该被赵殷和顺德皇后灭口的无橼先生，无橼先生手中有能称为此事证据的手札。"

"当时，傅庆年还在吏部，救下无橼先生并非不可能——他向来精于欺上瞒下这一套，伪造尸体骗过赵殷和贵妃不是什么难事。"周檀冷道，"我猜测，无橼先生为了保命，可能只含糊地告诉过他其间有大秘密，却并未和盘托出。直到他死后，傅庆年才知晓一切。"

那时傅庆年已经从吏部升到了执政，与顾之言分庭抗礼，但是顾之言名声实在太盛，若无意外，恐怕他一生都会被顾之言压一头。

"所以，就有了这些信件。"曲悠豁然开朗，"这么说……陛下会得知此事，是因为傅庆年写信请无椽先生之子入了汴都，他只消编个谎话，就可以让公输煅以为自己在为他父亲之死申冤，之后再将其灭口便是了。"

"陛下就这样知道了此事，自然是大受刺激。这时顾相又极力阻止修建燃烛楼，陛下便不免猜测他早有了不臣之心，不想让他知道真相，有所图谋。燃烛楼案后，顾相辞官，傅庆年如愿拜相，成了朝堂第一人。"

曲悠对政治史研究不多，从前一直不算明白各朝各代都有的朝堂倾轧、党争如何能毁灭一个朝代。如今看来，真相真是令人万分胆寒。

上位之路铺遍了鲜血，清者自清不过是谎言，那些翻云覆雨的手段瞬间就可以令江山变天。

"我一直以为，是宫中哪处有前朝的秘辛或是顺德皇后身侧的老仆告知才泄了密，原来陛下得知此事全是意外。"烛火已经燃到了尽头，周檀死死盯着那丁点光亮，眼神一寸一寸冷下去，"如果这一开始就是傅庆年的盘算，是他找到了无椽先生之子，让陛下非要推倒真相宫去查探真相，是他一手策划了燃烛楼一案，不折损一兵一将就扳倒了老师，就连陛下恐怕都不知道其中还有他的手笔。"

他喉咙里挤出了一些自嘲的笑声，然后说道："彭越从鄀州将公输煅带入汴都，杜辉从前与傅庆年交好，留了这些信件保命……怪不得傅庆年无论如何也要保住彭越，彭越若取了那些证据面圣，你说，陛下会不会想到傅庆年在燃烛楼一案中的作用呢？"

这样的周檀有些陌生。从前曲悠甚至想象不出来周檀是如何雷厉风行地破了刑部的陈年旧案，让梁鞍见到他便吓成那个样子。周檀即使在最怀疑她、用晏无凭试探她时，都没有露出过这样的表情。

"老师到狱中救我出去时还邀我去扬州小住，说要亲眼看着我做到当初拜入他门下时所立的誓言……言犹在耳，他怎会投河而去？傅庆年做到了这一步，还不甘心，非要他的性命。或许……他杀人灭口，也是为了让我万念俱灰，不能成为他的后患。"

曲悠看着周檀抬起手，覆在马上就要熄灭的烛火上，那火苗被他的手掌彻底包裹，湮灭在一片黑暗之中。

"长夜漫漫，既然大家都身处黑暗之中……

"不流血，势必不能天亮。"

∽ ∽ ∽

曲悠再次醒过来的时候，睁眼便看见灿烂天光穿透窗纸，照入室内，想来今日是个艳阳天。

昨日二人秉烛夜谈，在一片黑暗中坐了良久，她倚着对方的肩膀，说到后来已经神思倦怠。她还记得周檀伸手掠过她的后背，低沉地询问了一句："我抱你回去休息可好？"

曲悠迷迷糊糊地说："不……"

于是对方立刻撤回了手，像是唐突了她一般，温柔地涩声劝阻："这里潮湿、阴暗，不能过夜长居。"

然后她就抱住周檀的脖子，小声对他咬耳朵："我的意思是说……你要抱我回去，不用询问我。"

然后，那静水香气息将她包裹。周檀在静默的秋夜中穿过长廊，抱着她回到了她所居的芳华轩。印花的杏黄披帛拖在地上，扫着遗落在地面上的花瓣，染上了几分清幽的香气。

虽然周檀昨夜未在芳华轩留宿，但韵嬷嬷进门之时看着曲悠的目光还是带着几分欣慰。二人未曾圆房，旁人不知，韵嬷嬷却心知肚明。这是周檀第一次和曲悠一同在府内同处这么长时间。据河星说，大人是夜半才抱着夫人从松风阁出来的。

曲悠正在回忆昨夜的情形，甚至没意识到自己脸颊微红。她穿好刺绣软缎鞋，取过水月手中的瓷碗漱口，顺嘴问道："夫君去了何处？"

韵嬷嬷笑得更开怀："大公子早朝去了，尚未归家。"

曲悠一边更衣一边琢磨，昨日聊得太晚，她其实还有一些疑问没来得及解惑，不过周檀既愿意同她说实话，也不急于一时。如今最重要的是……刘怜兮一案已确定是圈套，傅庆年指使杜辉费尽心思为周檀挖了这个陷阱，只等他一脚踏入。周檀既已知如此，该如何破局？

曲悠本打算换身男装去刑部转一圈，结果尚未出门，贺三便来了府中，言辞恭敬地替周檀传话，大概意思是，今日休沐，周檀想邀她上街逛逛。

这案子正是水深火热之际，他怎会在这个关口休沐？

周檀寻常下了早朝便会去刑部办公，鲜少回府吃早饭，今日若是休沐，想必他也会先去一趟刑部，带些案卷回来。

曲悠一头雾水，便没有更换男装，穿着寻常衣裙坐马车直奔刑部。

车夫勒马停下，不过片刻，周檀便打帘子坐了进来。

他上朝都是骑马，和曲悠一同在外时才会坐这独驾马车。其实府中有更加宽敞的马车，只是行走在路上太惹眼，曲悠只有回门和去东门接他时坐过。

马车内空间有些逼仄，周檀侧身坐着，便挨到她的膝盖。河星、水月和贺三在两步之外远远跟着。

曲悠撩开帘子往外看了一眼，问："你今日为何会休沐？"

周檀淡淡笑了一笑，语气无奈，并无旁的情绪："被陛下呵斥，赋闲几日。"

"嗯？"

周檀简单解释了两句，她才知道，早朝时他回了德帝的话，将蓁儿所言之事重复了一遍，直说是杜高峻杀妻栽赃，勾结京都府掩盖罪证。杜辉与他当庭理论，三司又突然道蓁儿并不能确定口供，双方争执不下。随后德帝勃然大怒，呵斥双方无用，直言刑部不许再插手。他钦点典刑寺另外一人并林卫近侍重新查证。周檀被弹劾罗织证据扫除异己，德帝暂且停了他的职，要等本案结果出来之后再行处理。

鸡飞狗跳的早朝。

曲悠听罢，没有立刻开口去问——周檀既然知道这是傅庆年的圈套，还是装作不知情地栽了进去，必然有他自己的考量。她在周檀的言语中注意到的是另外一件事。

"陛下钦点近臣和近侍越过三司查案？"曲悠喃喃自语，疑惑道，"此举万不合规矩，难道御史台和谏院没有反对吗？"

"好问题。"周檀已经在刑部换下了官服，此刻的白袍映得他眉目疏朗，含着赞许之意，"其实这案子就算是刘母不顾颜面闹到皇城大街上，陛下也不该如此关注——先前坠楼一案，朝野沸腾，甚至太子亲见，他都没有如此重视过，你以为，是为何？"

曲悠没吭声，其实这一招她并不陌生。

大胤过后的几个朝代，尤其是临近近代，帝王常行此举，选心腹在官制之外组成单独的机构，职权越过文武百官，只听上令。东厂和锦衣卫正是由此而来，宦官在其后专权，中央集权越收越紧。没想到这一切在大胤已然开始。换句话说，德帝关注这个案子，其实并不是要周檀和三司真给他查出真相，他只是想借机进一步收拢权柄。

"宰、执党争至此，陛下怎么仍不放心啊？"曲悠叹了一句，"顾相在时朝中清明，谏院还有反驳之能，如今恐怕也不敢了吧？"

"刑律写得不清不楚，谏院和御史台只有谏议之能，君王采不采用，自然要另说。"周檀道。

"陛下要人大于法，此案就是被选中的靶子。"曲悠苦笑了一声，"傅老若没想到这层，为你织的圈套也是无用，怪不得你如此气定神闲。"

"我入他的局，他自然不能独善其身。"周檀朝外看了一眼，"如今朝中直谏之人越来越少——"

他说到这里，突然住了口，转而道："休沐不易，我们同去柏医官新开的药膳铺子看看吧。"

∽ ∽ ∽

柏影的药膳铺子并未开在北街——北街鱼龙混杂，高价药膳并无出路，他先前只苦无钱租赁铺子，如今搭上了只有钱的艾笛声，二人一拍即合，在汴河边上租了个二层小楼。

这铺子开业之后，曲悠去过一次，这次再去却见生意冷清。

芷菱正在堂中算账，见二人进来，连忙抛下账本，上前笑道："曲姐姐来了！"先前曲悠同周檀关系淡淡，故而芷菱一直开口叫她"姐姐"。

芷菱朝面无表情的周檀看了一眼，行了个礼："周大人。"

"嗯。"周檀应了一声。

曲悠连忙问道："你老板在何处，为何如今店内只你一人？"

不提还好，提起这个，芷菱便愤愤地哼了一声，说："快别提起，柏医官虽然开了铺子，但做梦都只想当甩手掌柜，最好只进益、不打理。这铺子是我和丁香姐姐一同经营的，我二人于经营一道不算擅长，摸索得艰难，近日还想请艾老板指点一二。柏医官答应请人来，转头又不见踪影，估计又背着药箱子走街串巷替人治病去了。"

她虽抱怨，但并无指责之意。柏影虽极爱钱，但开了铺子还是喜欢去替穷苦人看病，此举大善，没有什么可指责之处。只是如今这铺面着实冷清了些。

曲悠左右打量了一圈，芷菱陪着转了转，道："丁香姐姐在楼上翻阅古籍，教招来的小厮誊抄药膳方子，姐姐……夫人可要上去瞧她？"

于是，二人便上了楼。

最初开药膳铺子是曲悠的建议。周檀伤重未愈时，她请柏影写过不少方子，结果发现柏影从书上翻来琢磨过的药膳不仅于养生大大有益，而且味道不错。大胤"以食养身"的观念并不风行，既然柏影缺钱，她就提了一嘴。柏影颇感兴趣，立刻将铺子开了起来。

柏影虽用心根据不同的用途写了不少方子，但药膳比起寻常酒菜稍微逊色，回头客不多。

丁香在楼上教新招的伙计誊抄菜谱，曲悠与她闲聊了几句，心中有了些盘算。柏影确实该同艾老板探索一些生意之道，这主意既是她出的，她心中也有些想法，有机会或可与他交流。

周檀陪曲悠下楼，刚走几步就拉住了她的衣摆。曲悠不明所以，抬眼却看见楼下门口站着两个低着头的侍卫。

想必是铺子内来了贵人。

曲悠立刻噤声，透过间隙朝下瞥了一眼，见芷菱正小心陪着一个雍容华贵的女客。思索片刻，她便惊讶道："这好像……是太子正妃。"

先前她在高家秋日宴上远远看了太子妃一眼，印象深刻。太子妃李缘君虽出身将门世家，气质却格外纤弱，如菟丝草一般，陪在平昔大长公主身侧低眉顺眼，也不多话。

"太子妃在此，我便不下去了。"周檀低声问，"你要去跟她见礼吗？"

曲悠犹豫一番，还是下了楼。

太子妃见她从楼上下来，有些意外地试探着叫道："侍郎夫人？"

"给殿下请安。"曲悠侧身见礼，有些意外太子妃还记得她的样貌。

"夫人怎么也在此？"太子妃托着她的小臂将她扶了起来，"侍郎大人没有一同来吗？"

她端庄、婉约，言语温柔，虽然是中人之姿，可举手投足间自有大家女的风范。曲悠心生好感，垂手道："我常来此处，殿下想要些什么，我来替殿下挑选吧。"

"甚好。"太子妃亲昵地挽着她的手臂，同她一起在那堆木牌写就的方子前漫步，"我近来时常觉得胸口烦闷，府内常见的医官不精此道，又不好劳烦太医。前几日云月来拜会，给我荐了此处。"

曲悠陪着她在店内挑选，发觉柏影写的那些木牌排列没有什么顺序，只是粗略地写了药膳的名字和对应的用途，挑选起来极为费劲。她陪着细细阅览一番，还说了几句俏皮话（一些对付导师的经验），直将太子妃哄得极为开怀，挑了三套食谱，并买了部分膏制品和干货。

皇家少外食，太子妃并没有留下来吃饭，只是恋恋不舍地与曲悠告别，邀她改日到府上聚会。曲悠从丁香那里取了她刚整理好的一份食物相克图谱赠给她，将她送了出去。

曲悠沿着楼梯上去，发现周檀点了一碗鸡丝汤，正小心地撩着袖子品尝，见她上来，便分了一只汤匙。

曲悠刚刚坐下，就听见周檀幽幽地问："在你看来，太子妃如何？"

她立刻抬头坏视一圈，发现不知何时周檀已经将二楼大堂内的人都遣走了，离他们最近的就是守在楼梯口的贺三和她的两个小侍女。

"太子妃不像是将门世家中人，"曲悠思量再三，谨慎道，"像端庄持重的文臣之女。"

周檀低头笑了一声。他食用汤的动作极其优美，连一点油花都没沾上。曲悠离他很近，脑中不合时宜地浮现了"秀色可餐"四个字，随即又晃了晃头，取了块帕子在自己唇上擦拭一番。

"我同太子殿下相识甚早，以他的性格，不会喜欢太子妃这般的女子。"周檀道，"这桩婚事也是意外。高执政曾为太子太傅，与他交情匪浅，高姑娘同殿下的婚事当时差点便定下来了。太子妃是太子母家表亲、这一代唯一的姑娘，就这么巧地落了水，为太子所救，顺理成章地做了太子正妃。"

"执政若与太子结亲，陛下会放心吗？"曲悠疑惑道。

"当时执政手中并无实权，只做太傅。"周檀为她解惑，"这桩婚事告吹之后，陛下才将他擢拔到如今的位置，同傅庆年对峙。"

"啊……如此说来倒是有趣，那这门亲事是李氏一族为保家族荣光设计所为，还是陛下不满太子结党，刻意阻拦？"曲悠提起面前的茶壶，为周檀添了一杯茶。这壶中泡的应该是玫瑰花，汁液在白玉莲花状的茶杯中显得十分浓艳。

周檀喝了一口，微酸。

"此事无人可知，不过……我倒有几分庆幸。"

"为何？"

周檀以手蘸水，在桌上写了一个"慎"字。

"执政是良臣。"

曲悠听懂了他这句没头没尾的话。从他愿意赴高家秋日宴便可知，周檀眼中，高则为人刚直，虽别有心思，但算得上清正臣子。

执政是良臣，可太子并非良君。

曲悠刚刚想清楚周檀的言外之意，便听见贺三咳嗽了一声，随即楼下传来一个熟悉的声音："什么？周大人和夫人来了？"

还有另外一个叫两人意外的声音："霄白在此处？"

柏影居然是同艾笛声一同回来的。只是不知两人的关系什么时候变得这么好了。曲悠有些惊讶地下了楼，跟二人见礼。

周檀冲艾笛声微微挑眉，艾笛声立刻蹿到他身边："霄白，难得见你不在刑部，今日叫柏医官请我们喝酒！"

"我这儿是药膳铺子，哪里来的酒，你要拿人参老酒一醉方休？"柏影扬声道，"还是你请客为佳。"

周檀歪头看了曲悠一眼，出乎她意料地应下了。

芷菱和丁香遣散了仆役，在铺子门前挂了歇业的牌子。曲悠眼见二人的动作，对柏影道："你对这铺子如此不上心，只怕它没多久就要倒闭。"

"正是，我近日正在为此事发愁！"柏影一拍大腿，愁眉苦脸道，"这不，今日在北街遇上艾老板，立刻将人请过来为我支着儿。"

芷菱为几人收拾出一张大些的桌子，笑着引众人坐下："柏医官对生意一窍不通，我同姐姐也不精此道，艾老板得多费心才好。方才太子妃亲临，还是劳烦夫人陪伴，耐心选了许久才让人满意。若只有我自己，那是断断应付不来的。"

"麻烦麻烦。"柏影笑眯眯地拱手赔罪。

曲悠托着腮向四周打量了一圈，道："不必多礼，还望艾老板今日多给些办法，否则，你从我和周大人那里赚去的银钱，恐怕很快就要赔进去了。"

∽ ∽ ∽

柏影嫌麻烦，打发小厮外出定了一桌饭菜，又带着艾笛声去买了几壶好酒回来。众人在桌前坐定时，恰好是正午时分。

曲悠不喜饮酒，只提着酒壶为周檀倒了一杯，随后突然想起，便问道："对了，阿萝那孩子怎么样了？"

还不待柏影回答，艾笛声便道："说起来实在巧合，那日子谦有些不适，我请柏医官去，竟叫子谦认出这阿萝同他颇有渊源，暂时留她住在栖风小院了。"

周檀持杯的手一僵："你可查过？"

艾笛声拍拍他的肩膀让他放心："孩子们是落难时的交情，我查过了，她也是个可怜的。"

二人没有明说，曲悠突然想起，周檀虽给她看了遗诏，但并未提起"子谦"就是宋世翾。阿萝一个乞儿，竟和宋世翾有交情，想来她只会是宋世翾逃难时的故友。艾笛声放心把阿萝留在栖风小院，足见她的底细分明。

说起阿萝，柏影重重叹了一口气，说："胎里不足的弱症，这十年又颠沛流离，食不果腹，长到这个年纪实属不易。我替她把脉瞧过，大罗神仙都无力回天，想必……过不了明年冬天。"

曲悠"啊"了一声，心往下沉了沉。

可怜的小姑娘，在乞丐堆里摸爬滚打地长到这个年纪，好不容易遇上了贵人，却时日无多，造化弄人，可怜可叹。

周檀的手在她背后悄悄地抚了抚，她感受到了对方传来的安慰，挤出一个笑容，只道："罢了，改日我带着猫去瞧瞧孩子们，也叫他们高兴些。"

简单吃了几口，柏影便开始跟艾笛声请教他这药膳铺子的经营问题。虽然他才是老板，但他问得敷衍，听得也敷衍——远不如一侧的丁香和芷菱，二人眼睛放光，抱着小册子奋笔疾书，只恨不能将艾笛声说的全录下来。

曲悠支着耳朵听了些，颇感兴趣。

虽不知艾笛声从前是做什么的，但他将手中一整条北街的产业打理得井井有条，威望又高，足见其手腕高明。而他给柏影的建议也十分有用，譬如将他制好的木牌按照心、肝、脾、胃、肺等器官的顺序分门别类，专门制作养心、养肤等用途的食谱，将二楼辟成雅间接待贵客，托人打出名声，等等。

柏影一手端着酒杯，哼哼道："甚好甚好，丁香姐姐和芷菱妹妹，你们可记好了。"

艾笛声无奈："看来你就是全不想管。"

柏影回道："我这里有两位姐姐撑着，哪里用得上我！我一生所求就是躺着赚钱罢了。姐姐们辛苦些，便多分些银钱，少给我些，我只要想喝酒吃肉时有钱便满足了，若不够再赚嘛！"

好达观知意的生活态度。

艾笛声见曲悠连连摇头微笑，便问了一句："听柏医官道，这铺子开起来是夫人的建议——汴河大街上少见以养生为道的食肆，不知夫人还有什么旁的建议没有？"

"建议？"曲悠托着腮想了想，缓缓道，"我自然不如艾老板懂生意，不过刚才在店中转了一圈，有些想法请艾老板听听。"

艾笛声感兴趣道："请。"

曲悠敲了敲身侧的木桌："最主要的，艾老板方才已经说过了，我最初建议柏医官开店，是想要他将这铺子开给如我一般的人。"

"他这些药膳原料昂贵，做起来也费时间，客人自然是以达官显贵为佳，况男子出外是为谈天，女子才重养生之道。这一楼大堂客人寥寥，是因为过往脚夫消费不起，男子不来，而女子不会在大堂抛头露面——根本无必要设置。在我看来，柏医官不如将一楼一半也设成雅间，另一半可如医药铺子一般摆设，遣人专为贵人引荐，一笔生意就可赚许多。"

她给出的建议其实多半是从前消费时的感受，包括如何经营高端酒楼、如何一对一贴心服务，甚至可以设立特惠日、准备跑腿的小厮、用时长的菜品便送货上门，等等。

艾笛声听得连连叫好，一顿饭下来已与她相见恨晚。直到二人告辞时，他还在摇晃周檀肩膀："霄白，你小子好福气啊，娶了个这么好的夫人，他日就算家业败光，也不至流落街头，肯定能都赚回来……"

周檀冷着脸告辞。

曲悠看见他趁艾笛声酒醉还偷偷踹了人家一脚，不免觉得好笑："你同艾老板交情匪浅？"

马车轻摇，周檀探出头去跟车夫吩咐了几句，回头看向她时面色已和缓了许多："科考之际结识的旧友，又算是……志趣相投。他出身商贾家庭，全靠朝辞家族引路，殿试后与我同住了一段时日。"

柏影和艾笛声酷爱饮酒，芷菱和丁香也饮了几杯，周檀只喝了一口，曲悠仅是尝了尝滋味："怪不得，少见你同人如此亲密。"

周檀却不愿意再聊他，转移话题说："你若想去栖凤小院探望子谦，可唤我同行，子谦他……身份特殊，你独身前去，怕他们不肯放你进去。"

曲悠嗯了一声，说："猜到了。"

周檀挑眉："你猜到了？"

"你既连……都给我看过，瞧着年纪也能猜到。"曲悠道，她觉察到马车行处并非周府方向，便问，"这是要往何处去？"

周檀一本正经、十分冷静地说："去偷些东西。"

曲悠一时没反应过来，意识到他在说什么的时候深深地震惊了："你说什么？"

这个人是如何做到面无表情且光明正大地带她去偷东西的……

她皱着眉，做贼一般朝外看了一眼："去偷什么东西？"

周檀鲜少见她这副情态，咳了一声，说："你还记得刘姑娘给你的信中有一页只写了一句诗吗？"

好像是有这样的一页。曲悠回忆了一下，刘怜兮凭借记忆誊录下来的众多信笺，两人基本上都看懂了，只有一页没头没尾，写了一句李白的"月下飞天镜，云生结海楼"。

"记得。"

"前些日子在京华山上，彭越临死之前对我说，他手中的东西，连傅庆年都找不到。"

曲悠点头："如今你我已知他手中有的怕就是无檠先生留给傅老的手札，不过可能不是原本——我猜测，大抵是他从鄂州送公输煅来汴都时见到的，为了保命，他便誊抄了一份。"

"刘姑娘这些回忆信笺，每一页都带着那个歪歪扭扭的驿站标识，只有这一页没有，反而画了三个撇。"周檀淡淡道，"三撇为彭，这句诗恐怕是彭越留下的。我本以为他离京时会将手里的把柄带走，想了想又觉得他可能不会带走——鄂州是彭越老家，只要进了鄂州，就算傅庆年想灭他的口都很难。如果我是他，我就会留下这一句似是而非的提醒，等安全了再写信解读，将东西交出来，从此再也不沾这危险，在老家过安生日子。"

"所以你当时听出他的意思是他根本没将把柄带出来，便不等他说完，立刻让晏姑娘动手了。"

曲悠恍然大悟，彭越临死前那几句没头没尾的话令她十分疑惑，若周檀真想知道那东西在何处，为何不等他说完便杀人，原来周檀只是想确定此物在不在他身上。

"如果他没有随身带着，这样东西可能还在府中，傅庆年和杜辉应该去找过了吧？"

"傅庆年本等着彭越到了鄂州再明白地告诉他，所以在彭越刚刚离开时应该没有仔细查找过，就算找过，也是浮皮潦草地找了一遍。后来彭越的府邸便被我着人查封了。"周檀微微一笑，"既然难找，永远封在府中也好。傅庆年不知道我见过那句诗，自信既然他找不到，我也不可能找到。今日，我们去碰碰运气。"

马车没过多久便停了下来，曲悠扶着周檀的手腕下车，却见他带自己到了汴河大街的中央。柏影的铺子开在樊楼后面，周围多是酒楼，而大街的中段最为繁华，临近好几家大青楼，脂粉、衣料、首饰铺子比比皆是。

曲悠疑惑道："你不是说要去……"

"青天白日，如何能去？"周檀示意贺三带着河星、水月跟上，认真道，"至少要等到夜里，今日休沐，我邀你出来逛逛，自然不能食言。"

◈ ◈ ◈

任时鸣推开房门出来时，感觉自己的脚步有些虚浮。

空气中弥漫着令人欲醉的甜腻香气，他扶着木质栏杆下楼，却差点一脚踩空，险些一头栽下去的时候，一双手扶住了他的身子。

香气被梅花清冷的气味取代，他昏昏沉沉地被扶到房间躺下，伸手去抓，只抓到一截绸缎裙摆。

待他再次睁开眼睛的时候，看见了一支镂刻精美、正在燃烧的红烛。

红烛后面的美人漫不经心地抬起眼睛。她正在摆弄自己的月琴，见他醒来也不惊诧，只是继续调弄琴弦："你醒了？"

"春娘子……"他感觉喉咙沙哑，不得不翻身起来，喝了手头一盏茶水，"我怎么会在你这里？"

叶流春并未理他，伸手弹了个音，叹了一口气，说："你兄长与傅相斗得水火不容，你为傅相卖命，不怕伤了他的心吗？"

任时鸣冷冷回答："我没有兄长。"

"月初，"叶流春唤他，一双美丽的眼睛不同于平时的含情流波，反带着漫不经心的嘲讽，"当日我初见你，便知你心气高也重情义，最重要的是，与那些士大夫一般，满心报国，有大志向。"

任时鸣坐在桌前掐着自己的手指，手指似乎麻痹了，完全感觉不到痛楚。

"你再记恨周大人，也不该拜入傅相门下。"叶流春摇头道，"刑部开公审那一日，你拿证据阻拦，真的知道自己在做什么吗？你每每回想，难道不觉得后悔、心惊？若那个案子真的因你的举动而被压下，皇城街上绵延数里的冤屈该往何处诉说呢？"

"你还真以为他是为了那些女子的冤屈才会如此？"任时鸣嗤笑了一声，却不知为何声音有点抖，"他是为了铲除异己，就如同最近杜府的命案一般，他罗织证据构陷百官，踩着旁人的骨头往上爬……这招儿，他得心应手，不是第一次用了，我父亲，不就是如此吗？"

周檀带着弟弟进京的时候是冬天。

那日任时鸣刚温完书，从父亲厅前推门出来，就看见管家引进来两个少年，个子高些的那个生得温润如玉，抬手对他父亲行了一个古礼。他有一双琥珀色的瞳孔，拜礼之后抬起头来，发上覆满雪花。

父亲在庭前扶两人起身，为他介绍："鸣儿，这是你临安白姨母家的兄长，名檀，紫檀木的檀。"

自此之后，家中枯燥的书塾里，他多了两个玩伴。

周杨不爱读书，一刻也坐不住。周檀则是沉稳性子，直着脊背跪坐在案前，一待就是一个下午，熏香袅袅，将他浑身都浸满了静水香的气息。

他最初看着被父母偏爱的兄弟俩总有些不顺眼，后来便真心将他们看作家人。周杨活泼爱闹，同他一起爬树摸知了。周檀持着书卷在院中坐着，话不多，耳力却极好，在树下也能准确提醒他们二人是否寻错了方向。

后来，周檀三元及第，春风得意。他和周杨挤在人群中，看当年那个大雪纷飞时来的哥哥骑马路过汴河大街，被砸了一头一脸的花。

听闻就连宰辅的女儿从城楼上遥遥一见都惊诧不已，将束发的玉簪掉到状元郎怀中。

周檀外放，他去参加科考，如兄长当年一样骑马从街前经过，满心遗憾不能叫他亲见。

周杨不想参加科考，一心只想跑去投军，叫父亲抽了一顿。

任时鸣还记得，永宁十五年来临之前那个除夕，是他印象里最后一个圆满的新春。

周檀在典刑寺任职——典刑寺虽无权柄，可明眼人都能看出，这是顾之言刻意为周檀铺好的道路，外放之后刚刚回京便是四品官，虽然典刑寺卿是四品最末，可与他同期的官员还在谏院底层挣扎，哪有这顺畅官途。

名满天下的宰辅最得意的弟子，前路光明灿烂，仕途一帆风顺，将来登阁拜相几乎是顺埋成章。

樊楼远远地燃起漫天的烟火，那双琥珀色瞳孔一次又一次被映亮，又沉重地灭下去。

三人醉酒，在祠堂中跪坐叙话。

他问："兄长可有心愿？"

周杨喝得最多，先口齿不清地嘟囔："伯父放我去参军吧！我亦想……金戈铁马，为国守边疆，不辜负父母亲当年的期望！"他一边说一边突兀地哇哇大哭："哥哥，哥哥……"

　　周檀默默地抬手拍了拍他的背，目光中有任时鸣看不懂的空远。祠堂中烛火摇曳，他低声道："我愿……阖家康顺，不负亲友，我为生民立命，保九州清宴，天下安宁。"

　　谎言。
　　粗劣的谎言。
　　现在再去回想，就能发现周檀先前的不寻常。
　　譬如他总是爱独自坐在书塾，从不对父亲聊起朝堂之事，只有偶尔才会提醒一二。
　　譬如他很爱发呆，某日深夜回府，以为四处无人，在廊前又哭又笑，提笔在廊柱上写"弃我去者，昨日之日不可留；乱我心者，今日之日多烦忧"。
　　任时鸣看见了，没有开口，后来连日大雨，冲刷掉了墨迹，一切如同从未发生过。
　　燃烛楼案刚兴之时，父亲听说周檀在朝上死谏入狱，四处打点想问消息，结果什么都探听不出来，急火攻心。而父亲被牵扯入狱后，他去见叛了师门才出来的周檀，对方却将他拒之门外。
　　顾相在清溪投河而死，市井间传得沸沸扬扬，都道是周檀忘恩负义，气死了恩师。
　　皇帝赏了新任刑部侍郎一座宅邸，民众上街送顾相起灵，他紧闭门庭，不曾出来看一眼。
　　直到很多天后他才在刑部的后堂见到周檀，那时的他已经脱下典刑寺墨黑的披风，绛红大氅裹着同色官袍，映得他面白如雪。见有人来，他也不曾动，只是坐在原地冷漠地转过脸来，面上还残留着审讯时溅上的新鲜血迹。
　　任时鸣想开口问一句他在狱中的情形，想问他旧伤痊愈否，也想问他为何不再回府，想了许多，却什么都没有问出来。
　　因为周檀已经漠然地垂下眼睛，对他说："令尊之事，我无能为力，暂居多年的吃喝用度，我已折成银钱皆送至府中。今日之后，请任公子不必再来寻我了。"
　　他全然不信，多年情谊，在周檀眼中不过如此。
　　事情闹得太大，周杨从军中赶回来，得知周檀不愿施以援手救下任家姨父，难以置信地将周檀骂了个狗血淋头，最后闹得在家祠中与他割袍断义。
　　周檀仍是一句"无能为力"。
　　哪怕是真的无能为力，哪怕只是不想被牵扯，明哲保身，只要解释一句……
　　父亲被判流放，可他的身子再经不起长途跋涉。本朝律法可以银钱折刑，母亲从金陵本家借来巨款，变卖家产，好不容易才将父亲保了下来，接到家中静养。
　　父亲从狱中出来之后，第一件事便是把他和周杨叫到床前，冷脸吩咐，再不许和周檀往来，顾之言对他恩重如山，可此人狼心狗肺、欺师灭祖，对恩师如此，对亲友还不知会如何，合该人神共愤。

可他分明看见，无人之时，父亲拿着周檀所赠的书画发呆许久。

他从前在士林学子间名声极好，如今一朝败落，由于与周檀割袍断义，也不至于被人落井下石。故友拉着他唾沫星子横飞地讨伐周檀如今在刑部的雷霆手段，义愤填膺地说任大人也是被他拿来做了垫脚石。

任时鸣觉得烦闷，辞友逃离，在汴河边撞上了一个威严老者。

那老者问他："可是任氏子？"

他这才知道自己撞上了当朝宰辅。宰辅立在他身侧，同他可惜了一番任家的遭遇，又问他想不想拜入他的门下。

傅庆年是周檀的政敌，他心知肚明。可他还是应了，或许是因为宰辅无意间说了一句："他无情抛弃，不过是觉得任氏再无利用价值罢了，难道月初不想让这人再高看一眼吗？"

任时鸣想到这里，觉得头痛欲裂。他学会了虚与委蛇，抛却一些清流风骨，同官场同僚推杯换盏。傅庆年并没有直接将他收入门下，只叫他先历练一番。

先前他在刑部公审时闹了那一场，听见向来淡漠、平静的兄长在他身后喝了一声"任月初"，却发觉自己并没有想象中痛快。

叶流春终于放下了手中的月琴，起身过来，在他额上按了按，声音轻柔："我在临安时就识得你兄长了，你更与他朝夕相处了那么多时日，那人究竟如何，你难道不知？……不要和自己闹别扭了，你可知他前些时日遇刺，十分凶险，险些真的死了。若他真死了，你该怎么办？"

"他怎么会死？"任时鸣一惊，仍旧嘴硬，"陛下还给他赐了一门亲事，怎么会叫他死……"

叶流春不再尝试说服他，转身打开房门，门外传来喑哑的曲声。

"你若是自己想不开，我也不好多说什么。"叶流春道，"下次醉酒，若不在春风化雨楼，便不要独下高台了。"

他临别之时瞧见了叶流春月琴下一枚绣着"白"字的同心结。

"春娘子不也是一样想不开？"

廊上装饰的花朵清艳又妖冶，女子绵绵的声音仍旧在唱。

宝髻松松媚眼看。
月明人静九重山。

任时鸣下了楼，对着汴河吹冷风醒酒，却意外瞧见了如梦般的一幕。

周檀和那日他在婚宴花厅中见过的貌美新妇一同坐在一只朴素的小舟上,尾部一个黑衣人正在划船。小舟漆黑,融入夜色,只有一盏零星的灯火点缀在侧。

他几乎以为这是幻觉,眼睁睁地看着二人所乘的小舟静默地从他眼前漂流而过,驶向一片漆黑的远方。

汴河的水面上还残留着未曾熄灭的灯火,被船桨打得零碎。

任时鸣在岸边呆立了许久,揉着眼睛想看得清楚一些,可那零星的灯火已经彻底消失在他的视线中。他微微探了探身,却突然感受到身后一股强大的推力。

有人将他从桥上推了下去!

任时鸣大惊,想看看身后人是谁,却全无机会,直身掉了下去。他本以为扑面会是冰凉的河水,没想到自己却是重重地摔到了木船甲板上。

他这一下摔得头昏眼花,半晌没有爬起来,终于醒神时,却听见了突兀的落水声。

船舱漆黑,似乎是有人从船尾跳了下去。任时鸣扶着栏杆起身,却一步都未再挪动——

船上血腥气浓重,借着一晃而过的花灯,他看见了一具新鲜的尸体。

簪 金

汴都城内,除却樊楼周遭,其余地方约莫在人定时分便会陆续灭灯。沿河的一溜铺子纷纷关门之后,周檀叫河星和水月带着他们夫妻二人今日买的料子和首饰上了马车。贺三和车夫坐在外面驾车,一行人先行回府去了。

二人在汴河大街上逛了一下午,入夜时又在沿河的小摊子前吃了两盏甜食,待把随从打发走之后,周檀带着曲悠从一条偏僻的小路下到了河边。

汴河十二桥下黑暗的桥洞里,黑衣撑着一只仅有一盏暗灯的小舟在那里等候。

汴河已不如一两个时辰前那么热闹,河边的花灯灭了不少,只有晚归的摊贩在收拾摊子。曲悠坐在船头,低头看见汴河水中映着一轮清寒的月亮。

小舟静静地经过尚有人声的街道,在黑暗的河面上留下一道水痕。周檀在曲悠身侧坐下,没有说话。她不知为何,想到了《论语》里那句"道不行,乘桴浮于海"。周檀想要做的事如此多,倘若"不行",可有人陪他坐着木排去海上漂流?

水面晃荡,尚未熄灯的春风化雨楼从二人眼前掠过,曲悠瞧着楼顶飘扬的红绸,突然问了一句:"我一直想问,你为何会有好色的名声?"

史书上的"好美色"多半是从《春檀集》中几首浪荡诗句中推测出来的,如今周檀还没有写出那几首诗,她却在嫁过来之前就风闻了一些关于对方不堪托付的传闻。

可是细细看来,周檀简直比正人君子还像正人君子。叶流春告诉曲悠,她与周檀早在临安便相识了，后来她初到汴都之时，周檀还帮助她在京都府落了籍。纵然如此，两人还是生疏得如同不认识一般，每每说话都是淡淡的。他上春风化雨楼多半是借地会友。刑部女子少见，家中侍女见了周檀连头都不敢抬，赴宴时倒是常有女子议论他貌美，如何他结亲，无人敢来搭话。据高云月透露，就算是之前不曾结亲，与他搭讪的女郎也总会被他冷言冷语劝返。

"我刚中状元之时，差点在榜下被一群老大人捉走。"周檀沉默了良久才开口，语气淡淡，带一些微不可闻的自得，"过皇城内街时，宰辅的嫡长女低头看我，将玉簪落在我怀中，你可知此事？"

曲悠笑道："略有耳闻，'状元郎覆花过前街，墙头倾步摇'正是佳话。千岁风流啊，周大人。"感谢亲友云月提供八卦。

周檀轻轻地摇了摇头："这传闻错了。"

曲悠一愣："啊？"

"是玉簪，不是步摇……况且，时任宰辅是老师，老师不曾有后嗣，哪儿来的嫡长女？"周檀苦笑道，"只是传闻太盛……当时在城墙上倾玉簪而下的，是后来的宰辅之女。"

"那……岂不是傅庆年的女儿？"曲悠微微张嘴，讶异道，"贵妃？"

周檀不置可否："老师想帮我拒亲，我却不愿让他替我做恶人，加之任氏的门槛差点便被提亲的媒人踏破，迎来送往，我不堪其烦，出了个昏着儿。"

曲悠大致猜到了："你写了两首艳诗流出去？"

"我……不想娶妻，未婚年少，浪荡些，虽被诟病，但无伤大雅。"周檀在她身侧拂了拂自己宽大的衣袖，声音有些涩，"此举果然行之有效，半个月内媒人少了许多。后来我便外放了，再回朝不久就是燃烛楼一案。"

他没有继续往下说，曲悠却明白他的意思。燃烛楼案后，周檀声名狼藉，再无清流文臣肯嫁女与他，武将女亦不喜如此的夫君，高则虽有意，但终归是踟蹰良久，迟迟没有下定决心。

周檀已然及冠，德帝一直有心赐婚牵绊，只是每次都被周檀拒绝，直到他遇刺之后才抓住机会，随意赐了一门婚事。

"贵妃赐婚，一是为了绝高氏心思，二是期待我家宅不宁、焦头烂额，如果不曾生乱，便同陛下一般心思，想给我找些牵系。"河上风冷，周檀脱了自己的外袍，披在她身上，"你是史官女儿，又有才名，合该疾恶如仇，甚至不堪受辱，未过门便自戕——他们就是如此想的，只是你……"

只是连周檀都没有想到，她出乎众人的意料，来时全无爱恨，甚至因为那个暧昧的梦而对他生了说不清道不明的好感，二人一步步行至今日，说起来都觉得不可思议。

不过，曲悠仍没明白："什么叫想给你'找些牵系'？"

周檀顿了一顿,说:"倘若……宫中内外都知我和夫人鹣鲽情深,陛下、贵妃、傅相,甚至太子和执政,想要我妥协,只需要对你、对你父亲、对曲家动动手指头。他们手段诸多,心思不定,我可以谋定而后动,你们若在其间受了什么折损,该如何弥补?"

"是啊,就如同任氏一般,当时若叫他们知道你费尽心思筹钱在牢狱中托人打点,任大人这样的遭遇,恐怕还会有第二次、第三次。"

"宴席间,我少与你同列,巩氏与你作对,我也没办法替你出头。"周檀扶着船沿,目光闪烁,"你上次来东门接我已是不该,幸而太子信了市井流言,以为这不过是表面功夫。"

他转过头来,目光映着逐渐远去的灯火丛林:"你当初……心疼我的名声,我却只恨它烧得还不够热烈。"

曲悠裹紧了身上的披风,刚要回话,周檀却突然起身,引她进了船舱。

案上有简单的笔墨,周遭寂静,只有潺潺水声。

"说起来,我倒是许久不写诗了。"

周檀拿白玉镇纸压住信笺,提笔蘸墨。曲悠想把他的笔抢回来,却不料周檀的手直接覆在她的手上。她不知耳边听见的心跳声是自己的还是对方的。周檀与她近在咫尺,借着微弱的灯光带着她的手在信笺上写字。

曲悠一时出神,回过头就在光下看见一行熟悉的诗句。

朱门绣户按歌舞,玉楼酣酒小不足。

可这不是《春檀集》中第二首,周檀笔下最香艳的句子吗,怎会在如此情境下写出?

她目瞪口呆地看着周檀板板正正地握着她的手,写出了她耳熟能详的后两句。

聚脂凝香细细枕,手把丽馥作帐读。

写完,周檀摩挲了一下她的手,半晌没说话,也不知是不是因这艳词有些不好意思。

曲悠伸手在信笺上摸了摸,喃喃自语:"可这不应该是在七夕……"

这首名字叫《七夕遥夜题春风化雨微醺》,为何会在这里出现?

话刚出口,曲悠就觉得不对,于是紧急改口道:"呃,我的意思是,这首听起来像是七夕此类佳节时男女欢好所作。"

周檀顿了顿,拿着她的手为这首诗题了名字。

七夕遥夜，题春风化雨。

　　想了想，他又加了两个字——微醺。

　　曲悠彻底怔住。

　　周檀松开她的手，将信笺捡起来折好："无妨，改日叫黑衣将此诗流出去，不管是否七夕，总能为我再添些薄幸名……你若遇人谈起，不必反驳。"

　　曲悠一时间不知该说些什么，小舟却撞上了岸边石阶，重重一荡，黑衣在船尾道："大人，到了。"

　　下船时，她看见周檀脸颊泛红，不知是否因为小舟内太过憋闷，瞧着倒是如同那首诗的名字——微醺。

　　　　　　　　∽　　∽　　∽

　　彭越不同于傅庆年这种勋贵世家出身的要员，从前不在汴都，也无宅地，显明坊中寸土寸金、有价无市，他买不着那里的宅子，故而府邸立在汴河下游的昌乐坊。

　　昌乐坊是新贵偏爱的地界，坊内不像显明坊中划分严明，常有富贵人家将府邸修成一片，由于地广人稀，彼此相隔也不算近。譬如彭府周围最近的宅子都在半里之外，这条巷子仅有一户人家，就算闹翻了天，估计旁人也难知晓。

　　周檀一早就把看守彭越府邸的刑部侍卫调走了。

　　曲悠走近两步，她本以为周檀要带她翻墙钻洞或寻个小门，不料对方却带着她直接从正门进去了。

　　"你为何从大门进入？"

　　周檀见她脱下了身上的外袍，便接过来搭在胳膊上，闻言好奇道："不走门，难道还要翻墙不成？我倒是可以翻墙，你会吗？"

　　曲悠傻眼："但是你这么正大光明进来……"

　　"无妨，"周檀朝后指了指，"彭府大门是刑部查封的，我叫黑衣带来了刑部的封条，等到你我离开，再叫他重贴上就是了。"

　　曲悠边走边道："那这算什么'偷东西'？"

　　周檀回复："不叫别人知道我们来过，又想将东西带走，难道不叫偷？"

　　两人从彭府正堂开始找寻。黑衣不知从何处寻来了一盏提灯，曲悠接过来，拿在手里，他便低头下去了。

　　先前彭越流放时走得极为匆忙，德帝未夺其家产，他匆匆卷了自己所有可携带的值钱物件，余下的则被奔逃的妾室、奴婢分光。傅庆年曾经私下派人来搜过，每间屋子里都是一片狼藉。

·175·

曲悠提着灯小心绕开落在门口的牌匾，随周檀一同进了彭越的书房——这儿想必是他最要紧的地方。

"先前傅庆年来找，一无所获，此物必然不在寻常位置。"周檀为她挡开房中一片摇摇欲坠的架子，"那句诗——"

"月下飞天镜，云生结海楼……"曲悠喃喃道，"或许我们可以先寻符合这诗句的字画和书籍。"

可彭越书房中珍藏的书画不少，虽然他带走了许多，装裱好的画轴仍旧堆满一口青花瓷缸。

周檀在灯下打开画轴细看，曲悠则在屋内转了两圈，连天花板都观察过了，也不知道还有什么地方能藏东西。她漫不经心地跨过门前倒地的屏风，想要去门框处看看，无意间低头一瞥，却立刻发现了关要："周檀，你看此物！"

周檀转身低头，看见灰扑扑的屏风上印着一个暗淡得几乎看不出来的月亮。

曲悠顺手取来手边一本书，在那屏风上拂拭一番，发现整面屏风上的图案是一片绵延的青山，大河从青山脚下奔涌而过，天空挂着一轮月亮，旁边题着几个几乎看不出是什么的字。她趴近一些，发现落款中成了一团黑墨的笔迹，写的正是那首《渡荆门送别》。

"这屏风以薄纱制成，虽有诗在此，如何能藏物？"周檀和她一起细细看过，纳罕道，"不过这字写得丑陋，也许是彭越自己题的，为的就是提醒自己在何处。"

曲悠叫周檀搭了把手，将那扇屏风扶了起来。

她绕着屏风细细观赏，突然注意到相隔不远的地上有一个较为干净的地方，地面上印着如屏风木质底座一般的痕迹，想必这架屏风原本就被摆在那里，只是有人搜查时才被挪了地方。

两人将屏风复位。周檀从它身前绕过，立刻发现了蹊跷之处："阿怜，你看。"

曲悠转过去，发现屏风上印着月亮的位置背后恰好是书房内摆着的一面铜镜。她立刻觉察不对劲："彭越是男子，为何要在书房中摆铜镜？"

这铜镜悬挂在墙面上，搜府时只是被翻了个面，不曾挪动地方。

"月下飞天镜……"

曲悠凑过去瞧那镜子，将铜镜翻转。

周檀隔着薄纱屏风往后看，突然往一侧退了一步："这么巧……"

二人进来时没有关房门，今夜月色正好，一轮圆月透过门口那架薄纱屏风，一角落在铜镜中。

两人站在一侧等了等。

月亮西沉，在铜镜中映出了完整的影子，就在它逐渐挪出那面小小的铜镜时，一片黑暗的室内墙上突然出现一块明亮的光斑。

曲悠立刻上前。那面墙上仍有痕迹，想必挂过东西。她的脚边踢到了一幅搜府时被扔在地上的旧画。她展开一看，是一幅《海市蜃楼》。若将这幅画挂上，恰好看不见那块光斑。

周檀上前，伸手在那块光斑上试探着用了两分力，而后使劲一按，却将那块光斑推得凹陷下去，耳边有转轴之声传来，书案下的地面上豁然现出一个浅浅的洞口。

"好精致的机关术。"曲悠啧啧称奇，"若是我们来得不巧，断然发现不了。怪不得彭越有恃无恐，傅庆年派手下来搜，一定难以找到。"

周檀伸手取出那洞口中一只木制的匣子。那匣子是鲁班盒，做得极为精致、复杂。周檀似乎很是熟悉，曲悠看着他的双手飞快地在匣子四处拨弄机关，不一会儿就把它拆了。

她想伸手摸摸，周檀却提醒："小心，这鲁班盒中有细小箭矢，恐会伤人。"

曲悠连忙缩手，看见他果然从盒中取出一本手札。封皮破旧，像是从什么地方撕下来的，上书"敕造真如宫图"，随后的第一页夹着一张精细的工匠草图。被装订起来的书页上，字迹如同那屏风上的字一般歪歪扭扭，显然与封皮不是出自同一人之手。

周檀随手翻了两页，讶异道："我本以为他只有这誊抄的手札，没想到他竟偷得了无橡先生修筑草图的原页，怪不得傅庆年如此紧张，这东西可比杜辉手中似是而非的信件有用多了。"

曲悠虽看不懂那张建筑图，但依稀能看出大概，除却地面丈量，公输无橡还在草图底部特意画了一个船型密室，经由真如宫后殿转角处连接，十分隐秘。

"等等，这密室怎么……修筑时便有了，不是失火后修葺时辟出来的。"曲悠盯着看了一会儿，突然道，"那当年南苑失火，与这密室合该没有什么关系，贵妃若是要借地偷情，何需制造失火一事？"

周檀道："失火，或许是为了后来说真如宫嘈杂、风水不佳作借口？"他指着图纸道，"怪不得陛下不得不以重建宫殿为由将真如宫整个挖开，这密室如此之大，非这般不得寻。"

曲悠怔愣道："倘若不曾有偷情之事呢？……陛下究竟有没有在真如宫下寻到男子尸首？"

周檀沉默道："此事，恐怕这世间只有陛下自己知道。"

曲悠身处纷繁复杂的历史事件中，以为自己撞破了历史的秘辛，可穿花寻路，迷雾仍多。

宣帝与赵贵妃感情甚笃，有那几封信引导，她总以为刘相是个正直的人物，可今日她看见图纸的一刹那，突然被泼了一桶冷水。

会不会是她想错了呢？

倘若……根本不曾有偷情之事，真如宫建成之时就有密室，刘相得知以后，思索出一个阴毒主意，散布谣言，让宣帝怀疑宋昶的血脉。

就如同傅庆年见到草图之后，立刻想出了扳倒顾之言的诡计。

兵不血刃，党争可怖之处也正在于此。

就算在周檀身侧，她都没有办法全然拨开历史的迷雾，更何况这些虚虚实实、真真假假的传闻和故事。

"我们走吧。"周檀将东西小心裹好，伸手取下那面铜镜，当机立断道，"我叫黑衣将这屏风拖到后园烧了，再将灰尘扫入池中。这宅子封不了多久，陛下会另赏他人——你我今日能找到此处，实在是运气好，傅庆年之前搜得不仔细，等宅子赏了他人再来寻找，只能是竹篮打水一场空。"

"你既已有他的把柄，想怎么做？"曲悠勉强按下方才的一番思索，问道，"陛下想收拢掌刑之权，这案子凶手究竟是如京都府所判还是如你所查，都在陛下一念之间——你和京都府掌令，必有一人被拿来祭天。若我是傅庆年，这几日想清楚了陛下的意思，就会尽力安排新证据证明你是在扫除异己，让陛下保他舍你。"

周檀带她曲悠马回府，马蹄声在安静下来的街巷中嘚嘚地回响。风声中，她听见周檀说："夫人若是男子，定是混官场的好料子。"

"艾老板今日还夸我定是做生意的好手呢。"曲悠笑了一声，"为何非得是男子啊，我为女儿身，这些也照样能做。"

周檀沉默了片刻，道："你为人妻，若和柏医官过从甚密，我可以不介意，但只怕市井之间会损你名声——周府中产业，也有汴河临街的铺子，你若感兴趣，便多去看看。"

"好。"曲悠一口答应，笑眯眯地说，"既如此，下次除却请柏医官治病，我再见他，就叫他扮女装。"

周檀又不说话了。

෩ ෩ ෩

宋世琰从宫中回府时，已是人定时分。

德帝有九个皇子，除却他早夭的大哥和四弟，只有贵妃所出的九皇子最得他宠爱。今日是九皇子三岁诞辰，他在宫中筵席赔笑，脸颊都笑得有些僵了。他心知肚明，父皇其实并非多喜爱这个九弟，宠爱他，只是因为他年岁小。年岁小，所以温和无害，当初父皇也是这样宠爱他、宠爱五弟和六弟的。

傅庆年与他同到宫门前，客气道："恭送殿下。"

宋世琰勾唇微笑："傅相好走。"

二人在森冷的红墙下错肩而过，几乎能嗅见对方身上传来的酒气。

太子妃在府门处相迎，为太子准备了醒酒汤和粟米粥。

宋世琰喝了两口，意识到今日的粥与往日味道不同，多问了一句："这是府内小厨房做的？"

"这是我今日到汴河外食肆请人做的。"太子妃的声音一如既往地温顺，"殿下放心，我已着人验过。说起来也是巧合，今日在那铺子中，我竟遇见了侍郎夫人。"

九皇子生辰家宴，太子妃并未参宴，是因为她平素体弱多病，今日晨起时更是胸口憋闷。医官瞧过，说她不宜饮酒多食。

"哦？"宋世琰感兴趣地问道，"侍郎夫人……你同她有交谈？"

"侍郎夫人古道热肠，为我挑了许多食谱。"太子妃按着他的额头道，"殿下说得不错，她果然是个好相与的。"

"嗯。"

室内燃着浓重的熏香，令人昏昏欲睡。宋世琰近日总觉得神思倦怠，今日酒宴过后更是无端地烦躁。正在此时，太子妃的指甲不经意间轻轻地滑过他的额头，像是突然扔了火种，宋世琰阴沉着脸起身，抬手赏了她一记耳光。

太子妃被这一掌掀翻在地，周围端着铜盆、捧着帕子的奴才顿时跪了一地，门口的侍卫咳嗽了两声，才膝行着退了出去。

"妾……侍奉不周……"太子妃跪在地面上瑟瑟发抖，连声音都在打战，"请殿下责罚。"

宋世琰嗤笑了一声，没有答话，慢条斯理地喝完手中的粥，才伸手将她扶起来。

太子妃皮肤白皙，他那一掌在她脸侧留下了一个明显的红色掌印。宋世琰爱惜地拂过她的脸，皮笑肉不笑地道："可怜见儿的，跪着做什么，孤瞧着心疼，来，孤给你上药吧。"

"劳烦殿下了。"太子妃敛目道。

她从身侧的抽屉中取出伤药，恭敬地递了过去，随即跪伏在太子脚边，安静地抬起了头。

宋世琰懒洋洋地接过来，恶作剧一般把那白色的粉末直接倒在她的脸上。粉末纷飞，太子妃不敢咳嗽，憋得脸颊通红。

宋世琰抬手扔了瓶子，羞辱般拍了拍她的脸："舅舅是平乱征西的大将军，哥哥们上阵杀敌，也是血性男儿，怎的你就如此喜欢跪着？"

他说完这句，像是想起了什么："同是女子，有人连家中的仆役跪下都觉得难受，你却跪得熟稔得很，二两骨头，果然轻贱。"

太子妃垂着头没有说话，屋门之外却突然传来三声叩门声。宋世琰敲了敲桌子，立刻有人进来，像是看不见屋内情形，言简意赅地急促道："殿下，汴河那边出事了。"

宋世琰眯起了眼睛。

∽ ∽ ∽

这日夜里，曲悠又做梦了。

她梦见了许久不见、几乎是感到陌生的学院食堂，导师坐在她对面，面孔模糊不清，可是一切又是如此清晰，甚至能听见食堂外学校修新楼时施工的声音。

是一个最普通的闷热的下午。

同门的声音从耳边传来，调笑着谁又去相亲。有人叫起她的名字："悠悠……"

"你家里有催你相亲吗？"

来往几句之后，她说："我才不要相亲，如果我要恋爱……就要找个灵魂伴侣！"

满桌都是笑声，说这个词语老土。一侧的大荧幕正在播放不知何时的辩论节目，清晰的女声从不远处传来。

"假设世界上真的存在我的灵魂伴侣，可我们之间有世界上最遥远的距离，这个距离可能是年龄，可能是……时间、空间，我跨越最遥远的距离与这个人相爱，要付出巨大的代价，甚至为他奉献我的一切……他也会为我奉献他的一切，世人或许觉得我们痴傻……

"但究竟值不值得，只有你和我，两个人知道。"

随后一切好像在她耳边按了静止键，嘈杂声被简化为完全不重要的背景音，一个白衣高冠的男子逆着人流朝她走过来。她觉得对方很眼熟，却怎么也想不起他的名字。

那男子牵起了她的手，他的手很凉。他带她从食堂长长、高高的自动扶梯下楼。他站在台阶上，半束的发扬起，扫过她的手背。

然后，她在梦中跟随着这男子进了一家灯光昏暗的博物馆。他轻轻拉着她的手，带着她走过一排镶着木制花边的玻璃展柜。她看见了一张卷边的官府文书、一支折断的碧玉簪、一顶沾着尘土的官帽、一方玉印，她身后的橱窗中挂着颜色暗淡的绛红暗纹官袍，身前一枚熟悉的白玉扳指。

她终于记起了对方的名字，于是开口去唤。

"周檀……"

那男子却没有回头。他松开了手，毅然决然地朝她面前的黑暗走去。她追过去，却突兀地被不知从何处扬起的尘土呛到，掩面咳嗽了几声。

一棵系满红绸带的大树在她面前轰然倒塌，看不见的前方传来箭矢之声，她听见周檀撕心裂肺地唤了一声："阿怜——"

梦境好混乱。

随后，一切湮灭，她猛地惊醒，发现自己的冷汗濡湿了枕榻。

似是将将破晓，天色昏暗，房门外传来秋风呼啸的声音。

"夫人——"

河星从门外推门进来，压低了嗓音，一切似梦非梦。

"大人房中的灯亮了。"

似是有人在日出前便来了府中。

曲悠匆匆梳洗，套了外裳，穿过园子往周檀的松风阁去。

她见园中多了一匹骏马。骏马鞍鞯均有金饰，她多看了两眼。等到她匆匆穿过长廊，松风阁的门却开了，宋世琰从阁中出来，见她在此，有些惊讶地挑了挑眉。

曲悠立刻以扇掩面，谨慎地行了个礼："殿下万安。"

周檀跟着宋世琰出来，微微蹙眉，没有说话。

宋世琰笑了一声，对她说了一句"不必多礼"。廊前一个侍卫连忙过来，为他披上了肃杀的深色披风。他攥着手中的马鞭，转头看了周檀一眼。周檀朝他一垂眸，宋世琰便说："你心中有数便好。"

周檀道："还要劳烦殿下。"

宋世琰嗯了一声，审视的目光从曲悠身上掠过，颇感兴味，他抬手甩了甩手中的鞭子，在空中抽出一声清脆的声响，随后头也不回地沿着长廊走了。

他的目光总是令曲悠很不舒服。

周檀看了她一眼，沉默地跟上去送行。她在原地站了一会儿，便见周檀小跑着回来了。他抬手脱了身上的外袍，披在她身上，口中呵斥道："胡闹，夫人出来，怎的穿得如此单薄？"

河星连忙告罪，曲悠裹着身上的外袍，刚想开口问一句，园中却适时传来带甲侍卫跑步时金械撞击的声响。

宋世琰刚刚离开，便有一队身着金甲的侍卫列队跑进来，为首的那个朝周檀行了个礼，十分恭敬："周大人，请。"

刑部的侍卫多着黑衣劲装，典刑寺有立领披风，左右林卫持刀穿锦袍，眼前这群人的穿着，曲悠却从来没有见过。

周檀朝那人礼貌地点了点头，往前走了一步，立刻便有人上前，为他手腕上套了一条锁链。似是出十恭谨，那侍卫并未给他的另一只手套锁链，反而就此退到了一侧。

曲悠立刻将身上的外袍裹回他身上："出什么事了？"

周檀讳莫如深地往身后看了一眼，露出一个苦笑。他的笑容有些自嘲的意味，却并无惊慌，复杂而冰冷。

"早朝之后，你去找高姑娘，让她为你引见执政，来见我一面。"周檀低声嘱咐，"替我问他一句话，就问，安危和忠君，哪个更重要。"

时间紧迫，他似乎没有办法多说。话音刚落，二人便听见那为首之人唤了一句

"周大人"。曲悠从河星手中取过她提着的那盏灯,递给周檀。周檀一怔,伸手接过,一行人就此而去。

人走之后,曲悠坐在松风阁中发了会儿呆。

她大概能猜到周檀想要做什么——既然知道燃烛楼一案的真相并非皇帝意外得知,而是有人刻意为之,目的就是逼死顾之言,他怎么会咽下这口气,善罢甘休?况且罪魁祸首傅庆年本非善类,之前的坠楼一案,已让周檀失了最后的耐心。

想扳倒一朝宰辅,他会怎么做?

曲悠脑中飞快地想着。先前二人从彭越府邸找出的那本记载宫中秘事的手札,其实算是傅庆年的一个大把柄。倘若将此物面呈德帝,德帝肯定能想到先前燃烛楼一案是由傅庆年一手策划的,从而对他生出戒备之心。

可问题就出在谁去面呈德帝。若是彭越和杜辉这两个从前的知情人面呈,还可托词求皇帝保命;若是旁人面呈,德帝首先考虑的事情就会是,面呈之人既然送来此物,必然已经知道真如宫的隐秘。先前只是因为猜忌,他就下手屠戮顾门之下的士人学子——此为皇家最不可外传的秘事,知情人自然越少越好。故而,这手札只能作为傅庆年倒台之后添的一把火,不能直接拿出,否则必然引火烧身。

周檀顺应傅庆年的圈套时,估计就想好了对策,他或许有一个极为危险甚至会伤及自身的后招儿。这后招儿,太子应该是知晓的——上次周檀说自己与太子有共同的敌人,近日又与他来往密切,两人联手对付傅庆年会简单许多。太子知情,还要赶在破晓时来府,瞧周檀方才的神色,应该发生了他们意料之外的一件事。

她得与周檀见面通一通气。

想到这里,曲悠倏地站了起来,河星和韵嬷嬷正在松风阁外候着,见她出来,便焦急道:"夫人……"

"韵嬷嬷,夫君那个叫贺三的侍卫应该就在府门处,你让德叔去寻他来,请他带着府内家丁将整个西园守住:几日内,无论是侍卫、女婢还是猫猫狗狗、一只苍蝇,都不能放进去。"

西园便是松风阁所在之地,她说完这些,思索着继续道:"嬷嬷,这两日务必严守门户,大门、进出、采买,不必要的便先停一停。叮嘱大家做好自己的事,外面有什么传言,一概毋传毋信。夫君不在府中,还要劳烦您盯着些,别叫乱了。"

韵嬷嬷道:"夫人放心,这是我分内之事,一定办得妥帖。"

"好。"曲悠瞧了瞧日头,往外走去,"河星,套匹快马,咱们往高家去。你叫车夫摘了车上府里的门牌,从后门出去。临走之前和水月关好芳华轩,叮嘱仆役,就说我病了,若有人上门,一概这么打发。"

河星匆匆道:"是。"

高云月似乎预料到曲悠要来，甚至没叫人通传。曲悠到高府门前时，掀开帘子看了一眼，一个等候在门口的侍女立刻叫人将她放了进去。

高云月见了曲悠，立刻拉起她的手，带着她急急向堂前去："你来得倒快，父亲说你要来寻我，叫我见到你就立刻带去。"

两人步履匆匆。

高云月紧攥着她的手，安慰道："你别着急，周大人虽是被簪金卫带走的，可典刑寺出身的那位簪金卫头目受过父亲的恩惠，放你进去探探安好还是不难的。"

周檀应该通过太子跟高则打过招呼了，不过听高云月的言语，他说的托词应该是想叫曲悠去托付内事。他与高则的私交应该比与太子好上不少，之前还说过"执政是良臣"，怪不得放心让她走这个门路进去探视。若是太子在此，恐怕就会对市井间二人本应不怎么样的关系起疑了。

高则还未来得及脱下朝会时的深紫官袍，见她来了，忙吩咐人倒茶。

曲悠朝他深深一揖："见过执政。"

"云月，下去吧。"高则沉声说了一句。

高云月虽有不甘，但还是听话地出了门，顺便带走了屋中的侍卫。

曲悠这才敢抬头打量。

高则与傅庆年的年岁相差不多，气质却与其截然不同，眉目刚毅、忠直，不怒自威。他言简意赅道："待会儿你上我府中的马车，上去什么话也不必说，也不必问，外面有人，不须探头，他们自会把你送到该去的地方。待你出来，会直接回周府，你的侍女和马车，我着人为你送回去。"

"拜谢高大相公。"曲悠严肃地道，她又行了一礼，抬起眼睛，恭敬地道，"夫君临走之前，要我问您一句话。"

高则本抬脚想走，听了这句话颇有些意外："哦？"

"他问，对您来说，安危和忠君，哪个更重要？"

一片静默，高则没有立刻回答。曲悠微微躬身，想着这句话的意思——周檀虽然欣赏高则此人，但并不想保太子登基，问这一句话，大概是在含糊地试探高则的想法。

若傅庆年身死，对太子固然是一件大好事，傅贵妃连带着九皇子，以及同她交好的五皇子母家，都会一同败落。可这件事对高则来说未必是件好事。

德帝最恨一手遮天的权臣，顾之言就是前车之鉴，若傅庆年身死，朝中一时没有与高则分庭抗礼的人，他自己会渐渐处于奇妙而危险的位置，不仅要警惕来自帝王的猜测，就连太子也会开始忌惮他，没有了傅庆年的威胁，高则会不会生二心。

扳倒傅庆年，周檀是与太子合谋，多问这一句，就是要看高则对拥护太子一事的确切想法。

曲悠直起身子，听见高则道："世琰六岁时，我就做了他的老师。"他苦笑了一声，背着手往外走去，"有时候我很想知道，霄白为何总觉……罢了，等到他出来，我再亲自问他。孩子，你去吧。"

曲悠上了马车，听从高则的吩咐，一路上都没有打开帘子往外看一眼。直到有人引她下车，她往身侧瞄了一眼，才看见牌匾上三个鎏金大字——簪金馆。

方才高云月好像隐约提起过，带走周檀的叫作"簪金卫"，簪金卫的头目从前是典刑寺中人，那岂不就是德帝钦点调查刘怜兮案子的心腹？如此想来，这簪金馆便是德帝直控、类似于东厂的地方。

有意思，史书中居然没有相关记载，可见这个组织存在的时间应该不长。

簪金馆离刑部不远，但已经进了御街，相当于皇城的外延机构。曲悠随着未发一语的护卫穿过三个小院子，进了后堂一排低矮的牢狱。

这里想必就是簪金馆暂扣人审问的地方。

曲悠穿过昏暗的长廊，听见了几声惨叫，却未闻血腥气，一路上遇见的簪金卫比刑部的侍卫更加冷漠，连眼皮都不曾抬一下。

在簪金馆最深处，她见到了精铁栏杆后的周檀。

簪金卫似乎对周檀十分恭敬，他所居的牢房比起其他的干净许多，并无杂草，床榻整洁，甚至有笔墨纸砚。

引路的侍卫将锁链打开，待曲悠进去后，又将那锁重新挂上，随后默默退下了。

曲悠左右打量了一番，牢房内并不昏暗，甚至挂着她晨起塞给周檀的那盏灯。周檀走过来，引她在一侧坐下，低声道了一句："叫你担忧了。"

曲悠将他额前的碎发拨至耳后，简单地问："出了什么事？"

周檀身上只有一件单薄的外裳，还是早晨她还回去那件，外裳之下便是雪白中衣。他顺着曲悠的动作摸了摸自己的额角，回道："杜高峻死了。"

"什么？"曲悠一惊，差点惊呼出口，她回头看了一眼，压低嗓音，"昨日死的？"

"巡城的兵卫在汴河中游一艘船上找到了他的尸体。昨日他在春风化雨楼与人宴饮，宴席散后不久，他便死在了船上。"

周檀以两根手指按着自己的眉心，他的手指骨节分明，纤长、美丽："想必昨日贺三只对你说了我早朝时与杜辉争辩，却未告诉你，早朝散后，我在皇城街撞上了杜高峻，同他争执了一番。"

彼时周檀骑马从皇城往刑部去，偏偏遇见抬着轿子来接父亲的杜高峻。那杜高峻有恃无恐，出言挑衅了几句。

"刑部侍郎真是忙得很，每日不是思量着如何气死老师，便是如何构陷清流，啧啧，这是又要赶着去害谁啊？"

杜高峻是个浑不论，说起话来自然也没遮掩。

"我告诉你，别以为你自己多了不起，汴都中人有哪个不知你周檀狼心狗肺？

刑部罗织冤狱，怎么，如今竟打量到我身上了？我告诉你，他们怕你，我可不怕你，你在朝上满嘴胡言地污蔑我杀妻，自然有人替我收拾你。"

散朝途经此地的官宦诸多，指指点点地看着这场发生在御街之前的闹剧。周檀没有从马上下来，像不想沾染污秽之物一般拂了拂袖子，低头居高临下地看了杜高峻一眼。他瞳色偏浅，日光之下更是显得神色不明。

这一眼看得杜高峻不寒而栗，对方分明什么都没说，他的气焰却无端矮了三分。

"你……你不信？不信你就等着——"

"贺三。"周檀沉沉地唤道。

贺三握着缰绳立刻恭敬地抱拳："属下在。"

周檀平静地道："赏杜公子一个耳光。"

贺三微微犹豫，但还是飞快回道："是。"

他上前一步，十分有分寸地抓住了杜高峻的衣领，抬手抽了他一耳光。

这个动作太快，杜高峻甚至没来得及反应，顷刻间便已痛得龇牙咧嘴。他捂着脸，难以置信地扬声吼道："你敢打我？"

周檀垂着淡漠的眼睛，闻言道："再赏一个。"

有家丁似乎想上来阻拦，可见贺三身手不凡，又有些踟蹰。

接连被打两次，杜高峻终于从周檀脸上看出了那种令人胆寒、高高在上的威严，他捂着脸跌跌撞撞地扭头跑了，口中仍然不肯服软："你等着……你等着！……你老师怎的养出你这样的畜生！父母早亡，想必也是被你……"

他仗着自己跑得快，说得越来越难听。周檀没有去追，面色却沉了下来，手中长鞭在地面上狠狠一抽，途经的所有人都知道他动了真怒。

这一场戏，朝中诸人皆知。早上两人争执，夜间杜高峻便身死，很容易叫众人联想，这是周檀睚眦必报，派人所为。

曲悠却听得有些不对劲："那儿可是御街，姓杜的拎不清，是他自己蠢，你怎么敢当场叫人动手？"

这完全不符合周檀一贯的作风。怎么也得等月黑风高找个陋巷，将人蒙了脸痛打一顿，或是直接翻出些旧案，叫杜高峻背着官司好好喝上一壶。况且他还牵扯着刘怜兮的命案，处理起来更方便。

周檀有些无奈地笑起来："被你看穿了。"

他从前微微笑起来的时候，笑意总是不到眼底，今日的笑容却十分愉悦，甚至有些狡黠。曲悠托着腮在烛火之下瞧他："你是故意的？"

"刘姑娘的案子已经被陛下当成了靶子，我尚不能确定陛下是怎么想的，但她是你的旧友，既死于杜家父子手中，总该讨些代价。"周檀幽幽地说，声音很轻，"傅庆年多年来被杜辉和彭越二人拿着把柄要挟，虽表面不显，但内心岂会不生厌烦？

尤其是杜辉这个儿子，我查过他，因是老来子，杜辉对他极尽宽纵，养成这个性子，三天两头闯祸，还叫傅庆年收拾过不少烂摊子。

"我上次同傅庆年下棋时，刻意说了几句话挑衅。结果如我所料，他心急了，先前只想利用刘姑娘的案子拉我下水，被我激怒后，他现在……想要我的命。

"可我的命难取，势必得下点本钱。我这番作为，不过是为他找个合适的人选罢了。"

"你上次说，与太子有共同的敌人，此行既是为了扳倒傅庆年，他应该知道你的心思吧？"曲悠问道，"那他今晨为何冒着风险前来见你，是你们的计划出了问题？"

"瞒不过你。"周檀敛了脸上的笑意，叹了口气，说，"有件我没想到的麻烦事。"

曲悠以探究目光看他。

"盛着尸体的船上多了个人……是月初。"

月出惊山鸟，时鸣春涧中。曲悠还记得这个名字。她悚然一惊："任公子？他怎么会在那里？"

"我也想知道。"周檀的面色凝重了些，"他一门心思跟我作对，不惜拜入傅庆年门下。我琢磨着他年轻，除了上回的事是我多年前疏忽，他合该翻不出什么风浪。可偏偏昨日他也在春风化雨楼，正与杜高峻同宴，不知什么原因多逗留了一会儿，随后就叫人发现与杜高峻的尸体同在汴河船上……傅庆年杀杜高峻在我意料之中。月初可是险些毁了坠楼那桩案子，又对他说了不少我的秘事，如此表忠心，他竟也能下得去手。"

曲悠道："他本就是不择手段之人。"

周檀点头："太子来寻我，问我要不要保下月初。"

他闭了眼睛，缓缓道："麻烦了些，但也能解决，只是需要费些周折，阿怜……"

听周檀突然唤她，曲悠应道："嗯？"

对方看着她，十分认真且一字一句地说："傅庆年倒台，我绝不可能独善其身，坏些的情况我拿不准，那封和离书，你要好好留着。"

曲悠下意识地伸手捂住他的嘴："呸呸呸，说什么呢。"

周檀顺势握住她的手腕，口气喷吐在她的手心。曲悠觉得有些痒，想要抽回手，对方却不肯卸力："放心，这种可能微乎其微，只要不死，我……"他像是下定了决心，有些小心地问，"我决意离开汴都，你……可要相随？"

曲悠一怔，而后淡淡地惊讶。

周檀在燃烛楼案后第二年便被贬到了西境，直到德帝病危，才下三封诏书紧急召他回汴都。史书对他当年被贬的原因记载得含糊不清，只是隐约提到是因"东宫党争"。他遭贬，居然是自己求来的？

见她良久不语，周檀感觉自己的左眼皮微微跳了一下。他刚要开口，曲悠便已有了反应，从他面前站起来，面上居然隐约带着兴奋之色。

"我……自然愿意。"

第六章 苦昼短

> "你滟碎清溪，一身是月，在泥淖中长起的好人，总是比一帆风顺的好人更珍贵一些。"

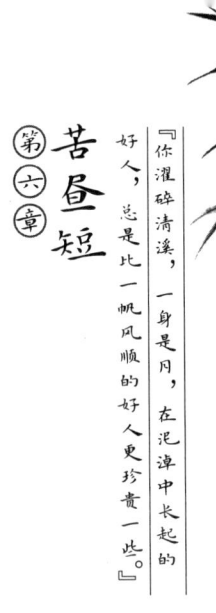

身 世

在与周檀成婚之前，曲悠想过，既有这样奇妙的境遇，大胤的崇山峻岭、风土人文，她合该一一走过，亲身领略一番。只是她那时因曲府内的事情焦头烂额，全无机会。

刚嫁过来的时候，她真的想过放周檀自己在这里争斗，她挂着他妻子的名头出去游历一番，等他还朝开始主持变法再回来，毕竟周檀早年的经历很清晰，她也没什么兴趣。但陪他走了这一遭，曲悠才知晓史书短短两行字下藏着怎样的波诡云谲。一件简单的案子牵扯的何止一人一事。周檀在顾之言死后还能独立于朝堂，流放西境也能做明帝之下第一人，选择和挣扎塑出一副潇潇的君子骨，他的形象也与她梦中之人越来越像。

曲悠端详着面前之人清俊淡漠的面容，发现自己如今已经舍不得离开了。她欣赏对方的先天下之精神，敬仰他甘愿做桥而不惜自身的愿景。周檀过得实在孤独，若她提着的一盏灯真的能温暖他些许，便足够了。如今他若一路向西去，也正好满足她之前的愿望，焉有不愿之理？

"忘了说，你要我问的那句话，我问过了。"她觉察到自己的思绪飘远了，连忙开口拉了回来，"高大相公原话说，他在太子六岁时便为其师。忠君高于爱己，我想……他已经给了你答案。"

她答应之后，周檀一直看着她的脸。听见她说这句话，他也不意外，只是重重叹了一口气，说："我明知如此，还是要问问——我行此举的隐患就是执政的未来，如今看来，他一心扶持太子，竟不顾自身安危。"

有人在不远的地方轻敲栏杆，似乎在提醒今日的探视时辰已到。曲悠站起身来，将身上的披风给了周檀。周檀这才发现，她出门披的披风极厚，想来是冬日的款式。

"晚秋寒凉，你要注意身子。"曲悠略带歉疚地说，"我本想带些暖炉、床褥给你，但时间实在紧迫，我看看下次有没有机会……其实，知晓你心中有数我就放心了。"

她一直对他有一种盲目的自信，从京华山上二人初次交心开始，她最常说的就是这类肯定的话语。这并不是不在乎的表现——相反，她这样的举动总能让他生出一种缥缈的错觉，似乎他想做的所有事情都很简单，简单到她一眼就能看到结果。或者就算看不到结果，她也永远信赖他。这样被人信赖和崇敬的感受简直令他飘飘欲仙。

周檀抬眼看了看晨起出门时她塞过来的那盏灯，抿了抿嘴："不必担忧，簪金馆地方敏感，你不要再来了，回去看好西园。松风阁的暗室，你还记得如何进入吗？"

曲悠点头。

周檀抓住她的手，在她手心摩挲了两下，声音轻得如同气声："我有重要的东西放在博古架底层，你将那只檀香木盒子取了，交给朝辞和笛angel，他们会告诉你我所有的事……我已经派人暗中保护曲府，若有异动，会有人报与你。这些时日我不在，你切要小心。"

手指一凉，曲悠低头，见周檀将他从未离身的那枚白玉扳指套在她的手指上。他没有抬头，在光线昏沉的狱中，目色晦暗不明，最后只是沉沉地叹道："去吧。"

回府之后，曲悠定了定神，先空着手去北街寻了艾笛声，试探性地问了两句那檀香木盒子的事。

艾笛声对周檀突然被簪金卫带走之事还有点蒙，听她说到那只盒子后却仿佛明白了什么，重重地叹了口气。时间紧迫，他似乎有事要安排，没有来得及和曲悠多说，只叮嘱她回去后严守门户，不要轻易将那盒子带出府，等到时机合适的时候，他会带人上门去取。

虽不知那只盒子里面装着什么，但想来应该十分要紧，曲悠也是担心不安全才没有贸然带出府。

此后一连四五日，她都没有听到周檀的消息。

∽ ∽ ∽

簪金卫是皇帝亲卫，案情尚不明朗时，什么消息都探不出来。

高云月上门两次，说是高则让她偷偷带话，旁的没说，只说叫曲悠放心，周檀在簪金馆中并未受刑，只是案情目前查得艰难，让她耐心再等等。

曲承大概是拉不下脸，可也让尹湘如带着儿女登门探望了一次。曲悠不敢露出马脚，寻了块热帕子敷在头上装病。

"大姐姐，你别担心了，我听父亲说了，抓姐夫过去的是陛下身边的人，最是公正的，只要不是他做的，他必然不会被冤枉。"曲向文认真地告诉她，"姐夫……虽在市井间名声不好，可我在书院蒙了他一些关照，这都是你的面子。他这么关照你，应该是个好人，不会做这种事的。"

曲悠正就着尹湘如的手喝粥，闻言有些惊讶，却没表现出来。

春深书院虽是士林学子集结的地方，可也算阶层分明，老先生们一个个人精一般，就算讨厌谁也绝不会得罪，若能得权贵的关照，日子想必会好过许多。周檀这样的臣子在春深书院声名狼藉，若行关照，必不是亲自叮嘱，曲向文能从这一层猜出来，倒是个脑子灵活的聪明孩子，看来他虽表面古板，却并非全然不通人情世故。周檀暗中关照曲向文，还提前派人暗中保护曲府，却从来不曾向她邀功，果真是他一贯的作风。

曲承官复原职之后，曲嘉熙的婚事基本上定了，定的是江南某大姓人家的庶子。听说那家主君与曲承有旧日交情，这庶子不日也要随着兄长进京科考。这倒是门好亲事。

曲悠随口问了一句，曲嘉熙有些羞涩，支支吾吾，不肯多说，只说全凭父母做主。曲悠逗了她两句，又问起曲嘉玉。曲嘉玉却一脸不以为然："我不急，我还想多陪父亲母亲两年呢。"

尹湘如无奈地对她说："春深书院来了个女先生，开了女学。托女婿的面子，你妹妹也跟着去了，如今书读得多了些，主意大着呢，左右年岁尚小，再留留也无妨。"

曲悠露出笑容，想了想，自己好像躺在病榻上，便勉力收了些，让自己看起来虚弱一点："妹妹们出嫁时，我多多为她们添些嫁妆。"

"我的儿，你先好好养着就是。"尹湘如没说两句又要垂泪，"你少时病歪歪的，还是听大师的改了名字才好了些，怎么如今又开始生病……"

闲话了几句，曲悠才叮嘱韵嬷嬷将他们送走。她见人影消失在花窗后，才松了口气，起身喝茶。她假托身体不适，可母家的人还是要见的，否则实在是过于欲盖弥彰。

傍晚时分，韵嬷嬷刚把他们送走，便匆匆地回来。

曲悠疑惑地看向她，听见她低声道："任家的人来了。"

周檀与杜高峻不合，尽人皆知。任时鸣自同周檀割袍断义之后，和傅庆年一派走得很近，也同杜高峻喝过两场酒，怎么想他都不会突兀地杀了杜高峻。

要么他从前都是装的，如今替周檀动手；要么是周檀杀了杜高峻之后，拉任时鸣垫背。朝野内外大概都是这么想的。

任氏的人上门找她要个说法，也是意料之中的事情。

曲悠叹了口气，问："他们来了多少人？"

若是人多,定然不能放进府中;若是人少,该见还是要见。任时鸣被周檀牵扯,她若把任家的人拦在府外,不让进,闹起来还是损周檀的名声。

不过,出乎她的意料,韵嬷嬷说:"只来了任公子的母亲一个人。"她又补充了一句,"任公子的母亲白氏是我们本家人,不过公子生母——也就是我们姑娘——是嫡支长女,任公子的母亲是她七房庶出的族妹,受过姑娘的恩惠,大公子便叫一声'姨母'。"

韵嬷嬷是当年周檀生母的陪嫁,如今还叫着她"姑娘",她既然这么说,可见逝去的婆母与这任夫人有些交情。

"嬷嬷这么说……"曲悠却突然生了疑惑,"当年家中出事后,夫君为何没有去投本家,反而来了汴都?"

"夫人有所不知,其中牵扯着一桩陈年旧事。"韵嬷嬷绞着手指,有些为难地说,"如今人在外面等着,我不好多说,寻个机会,我再跟夫人细细讲来……如今还要您给个主意,任家夫人,咱们是见还是不见?"

曲悠想了想,道:"还是见吧,客气些请她进来。随行的丫鬟婆子,就不用请进新霁堂了,您让河星、水月拢她们去吃茶。盯着些,不许随意走动,待任夫人走时再放出去。"

韵嬷嬷忙领命去了。曲悠披了件外裳,系了一条抹额。她未施粉黛,由于这几天睡得不太好,瞧着真有几分病态。

她简单收拾了一下,便往新霁堂去。恰好韵嬷嬷已经折返,领了个通身清贵、捻着佛珠的夫人进来。

曲悠连忙起身,客气地见了个礼:"见过姨母,新婚之后不曾来往,是我们做小辈的疏忽了。"

任夫人瞧着不是个多话的人,也不与人客气,扫了她一眼,没坐,只是口中淡淡道:"哪里敢当侍郎夫人的礼。"

听了这话,曲悠在心中叹了一句。

这任夫人和任时鸣的性子相仿,冷言冷语,瞧着又执拗,大概是个想不开的人。周檀在朝中举步维艰,主动避嫌,任时鸣和周杨两个小辈看不懂,任大人态度不明,任夫人若是个和善性子,把她往好了想,也能体谅一番。不过是远房亲戚,施恩周檀多年,见他如此,一时半会儿转不过来也正常,毕竟不是人人都如同她一般对周檀有这样强烈的探究欲望。

在她脑中想着这些事情的时候,任夫人也在打量她。

周檀遇刺之后,任平生表面不曾来探望,私下里却偷偷问过消息。只是韵嬷嬷当时草木皆兵,将周府守得如铁桶一般,什么消息也没放出去。

后来,周檀被陛下和贵妃赐了婚,她代为准备聘礼。当时任府刚救了任平生,聘礼寒酸,本以为这曲家的女儿会闹一阵子,没想到她居然风平浪静地嫁了过来。

瞧着她生得一副好相貌，明眸善睐，听闻素有才名，父亲是清流文官，与周檀不睦也说得过去。听闻两人成婚这些日子，周檀住在刑部，几乎不回家，后来更与烟花女子扯了干系。曲悠被他逼迫去敲登闻鼓，闹得鸡飞狗跳，全汴都都快知道。任夫人却莫名觉得，眼前的女子完全不像会受人逼迫的样子。

曲悠装模作样地咳嗽了一声，韵嬷嬷过来扶着她坐下。她抬手为任夫人倒茶，客气道："姨母这是什么话，无论如何，您都是周府的亲戚。"

"我也不跟你打太极。"任夫人没喝她的茶，"夫君不好见你这新妇，所以今日是我来。我不想同你们攀亲戚，只是问一句，我儿被牵扯进杀人案，可是周大人的安排？"

"那自然不是。"曲悠一口否定，诚恳道，"此事我虽知道的不多，可夫君怎么说也不至于栽赃自己的表亲，姨母不要心急，咱们再等等消息。"

"难道这事儿他干不出来？"任夫人冷哼一声，一甩袖子，怒道，"连亲弟弟他都甩手不要，更何况是表亲？当年，他母亲英姿飒爽，是何等有情有义的奇女子，怎的生出了这样的儿子，叫白家不齿！"

其实任夫人也知道，传闻中曲悠与周檀不睦，知道的未必比她多，可如今任时鸣被卷进的是杀人案，她做不了别的，只好上门跟她掰扯一番。

"我与本家多年不来往，上门去求都能借出银钱来救人。他倒好，不仅当时全无心肝，不闻不问，如今更是斗得死去活来，连表亲都利用上了！鸣儿若是出了什么事，我……我不顾他母亲的情分，也要找这不肖子讨个说法！"

这任夫人是个外强中干的糊涂人，现在关心则乱，上门恐怕只是为了出气。

曲悠按住韵嬷嬷气得发抖的手，心知如今不是同任夫人解释的时机，任时鸣尚在簪金馆中，她急怒交加，除了周府，似乎也无处可发泄。让她骂几句罢了，如今将姿态放得低些，待到来日时机合适再同她解释，也能让她更愧疚一些。

曲悠虽替周檀不平，可也不好多说什么，只好垂着头听任夫人冷言数落。最后，她咳了几声，示意自己身子不适。任夫人瞪了她一眼，怒气冲冲地拂袖走了。

她走后许久，韵嬷嬷还在用袖子抹眼泪，絮絮道："大公子初来汴都时，得了任大人和任夫人不少照顾，心中也是把他们当成亲生父母般尊敬着的。如今任夫人这么言语，老奴听着……真是……真是替公子难受。唉，都是好好的一家子人，怎么闹成了这样！如今公子受牵连，生死不知，二公子也不知去了何处，竟来都没来过……"

韵嬷嬷不提，曲悠几乎将周杨这个人忘了："嬷嬷近日打听过二公子？"

"大公子出了事儿，他自然须知，只是德叔往林卫处问了二公子从前的朋友，都道有些时日没见过他了。人不在大营中，不知混到哪里去了。"韵嬷嬷道，"罢了，罢了，说这些做什么……对了，夫人方才想问公子母家的事，如今，我正好为您说上一嘴。"

周檀支着下颌,百无聊赖地看着牢狱的小窗,有一束光透过窗子投进来,空中飘浮着尘埃。

他也不知道自己盯着看了多久。晨风微冷,他下意识地裹紧了身上的披风,有淡淡的杏花气味传来,让他觉得很亲切。

曲悠在园中种了好多杏花树,有些是用种子种的,有些是直接移栽的老树。她想必十分喜爱杏花,连蜜粉和熏香都是杏花香,在衣物上留下了独特、专属于她的味道。

周檀闭着眼睛轻轻笑了一声。

栏杆外突然传来窸窣的声响,有软底鞋子踩过狱中的杂草,正在一步步地朝他逼近。声量很轻,想必不是男子。

周檀有些惊讶地回头看去,看见一个戴着巨大斗笠的人站在门前。引路的人左右打量一番,开门将她放了进来。那人微微点头,从始至终一句话都没说。

"相隔三间牢房的犯人都在提审。"引路的人低声说了一句。

那人挥了挥手,示意他离开。等那引路人走了,那人微微撩起了斗笠前的白纱。

周檀坐在原地没动,连端着茶杯的手都不曾放下,他冷冷地抬眼一瞥,口气淡漠。

"贵妃娘娘……您胆子也太大了。"

傅明染见他看清了自己的脸,立刻放下了白纱,撩着衣袍在他对面坐了下来,口中道:"周大人,近日可好?"

周檀简短地回道:"托您的福。"

"这簪金馆是陛下亲设,听说开国之初,簪金夫人在此住过,训练出了一批皇家死士,这才得了这个名字。陛下设在这里,是希望朝中也有自己的死士。"傅明染毫不客气地提壶,想为自己倒杯茶,却发现桌上只有一只茶杯。那茶杯被周檀死死攥在手里,他丝毫没有松手的意思。

"娘娘既知如此,还敢只身前来,佩服。"周檀道。

"陛下昨日头疼,歇在我宫里了,我叫人为他熬了些安神汤药。今日罢了早朝,他还歇着呢。"傅明染吹了吹自己的指甲,漫不经心地说,"我拿着旨意出宫看望父亲罢了,今日都没有出过傅府大门,谈何危险?这簪金馆里虽都是陛下心腹,可人终究难做心、难做腹,脏腑是自己的,你心腹之人又如何不能做他人之人?"

"娘娘自然是手眼通天。"

被他接二连三地嘲讽,傅明染终于觉得面子上有些挂不住,她冷哼了一声,说:"周大人都落到这样的境地了,居然还是不骄不躁,我是该赞您一声'心宽',还是嘲您一句'自大'呢?"

见周檀没说话,她心中勉强得意了些,放松了方才几乎被对方勾起来的情绪:"咱们有旧日的情分，我来找你，也是为你指一条活路。"

"贵妃慎言，"周檀将手中的茶杯往小几上重重一放，"你我有什么旧日的情分？只有君臣之情，你为贵人，我是臣下，贵妃可不要胡乱攀扯，没得辱没了自己的身份。"

"周大人持身守正，永远都是这样高高在上、冷漠无情。"傅明染深深地呼气，她早知周檀是这样的人，不该因他产生情绪，"我却还记得，当年周大人连中三元，是春风得意的新科状元郎，一身朱红锦袍，左林卫开队，骑白马过御街，风姿卓越。满京城的女子，都想嫁与你为妻。"

周檀垂着眼睛，没有说话，也没有看她。

"我随着闺中姐妹去楼上看你，看得入迷了，低着头，步摇滑落，正落在你的怀里，竟没碎。墙头倾步摇——这是戏本子里才会出现的佳话，满楼的女子都羡慕我，周大人还亲自上楼交还。今日我来，是念着这情分。"

她私下从傅府来此，没有绾髻，只是简单地以一支玉簪簪发。

周檀连眼皮都没抬，他像是有些不耐烦，叹了口气，但依旧克制而恭敬："贵妃娘娘，我可不敢同您攀旧情。再说，您这算什么旧情？若真如此，我倒宁愿从未接过您从墙头扔下来的簪子。"

"你这么多年倒是一点都没变，当年为了拒婚，写那样的诗来侮辱我，如今记恨父亲，又对我说狠话。"傅明染眯了眯眼睛，忽而又想起了什么令她开心的事情，咬着唇笑道，"罢了，如今你也不是满汴都女子春闺梦中的檀郎了，前尘往事俱休。我赏你的婚事，你可还高兴？"

她说到这里，周檀终于有了反应，手指微颤："自然。"

"是吗？"傅明染心情颇好地说道，"本以为她新婚收了梨扇就要和你闹一场，没想到她到底是清流人家出来的，这样也忍得住。不过，你上次迫她去敲登闻鼓，真是闹得满城风雨，我在内宫都听到了这出好戏。听说你从那开始便常居刑部，不怎么回家了，不知道关起门来是否另有烦心事呢？"

周檀盯着桌子的一角发呆，傅明染这番话倒让他突然想清楚了一件事。

从小到大，除了母亲，他所见过的女子都是一个样子，漂亮、端庄、居高临下，和面前的傅明染一模一样。

传闻说他流连花街，逼迫曲悠去敲登闻鼓替风尘女子鸣冤。从前曲悠并不明白——在她看来，这样的流言简直荒诞可笑，细想一番就觉得无理，可偏偏一流出去，众人便深信不疑。因为他们和傅明染一般，从未想过，一个内宅贵女会主动因为一群贱籍女子的遭遇而愤愤不平，甚至愿意牺牲自己苦心经营多年的名声，冒天下之大不韪地为她们击鼓鸣冤。

或许有部分看重风骨的读书人会赞曲悠一声有气节，可在大部分人眼中，这不是女子会做的事情，故而流言一放出去，人们便恍然大悟——原来，这都是他的心思。

傅明染绝对不会去想那群女子的冤屈跟她有什么关系,所以她永远不会觉得会有旁的女子甘愿主动做这样的事。因为她从来不曾见过。

可是曲悠只会觉得,为她们击鼓远远比自己的名声重要,两相比较,那虚无缥缈的名声根本不值一提。

他们是一样的人。所以他深恩负尽、死生师友之后,孑然一身地身处暗夜中,仍然会对这熹微的光芒贪心。

傅明染见周檀深深地低着头,以为自己戳到了对方的痛处,便志得意满,不再继续说这事儿,而是转移话题道:"周大人可知,我得知你被簪金卫带到这里之后立刻想办法探了陛下的心思。前几日他还没拿定主意,不过与父亲密谈之后倒是有了想法,我怕我被吓到,所以提前来告知你。"

"傅相允你来此,恐怕不只是为了炫耀胜利吧?"周檀平静地回答,"之前的话是你想说的,那你父亲想说的呢?"

"父亲是真心爱才,到这样的地步,还想给你一个机会。"傅明染笑起来,"簪金卫已经查清,任公子当日夜里同春风化雨楼的春娘子在一起,掉下船去是被栽赃——说来也巧,周大人那日晨起挨了陛下的训斥,与杜公子在御街争执,晚上又不曾回府,没带刑部任何一个侍卫,行踪诡秘。您去了哪里,可有人佐证吗?哦,好像……只有汴河周遭一个行路的看见您在那里出现过。"

"自然无人佐证。"周檀道,"难道不是你父亲专门挑了个连他自己都找不到我的时候刻意动手吗?"

"周大人这是什么话,"傅明染抬手掩嘴,轻轻笑道,"既要杀人,就得承认——你之前就勾结了那个死去的刘氏身侧的婢女,企图构陷杜公子,被当庭拆穿之后,恼羞成怒地杀人,又栽赃给自己的表亲——幸而春娘子愿意为你那表亲做证,否则,他可真是要被你冤死了。"

好顺畅的一整条线,查不到他当天夜晚的下落,以德帝多疑的性子,定然会信他人的说辞的。

周檀在心中想着,任时鸣当日实在倒霉,恐怕推他下船之人是看见他在汴河周遭徘徊,临时起意——毕竟任时鸣与他关系尴尬,无人证明就是他指使杀人,有人证明就是他栽赃陷害。他托太子暗中寻找证人,不料任时鸣居然在叶流春处。叶流春是大家,说话有分量,既然是她做证,想必任时鸣便可全身而退。他这么想着,松了一口气。

傅明染继续道:"父亲说,倘若你从今以后愿意忘记那些前尘旧事,便可以依旧回去做你的刑部侍郎,名声都是浮云野马,他有的是办法。太子并非明君,你也知道。我与你又有旧情在,陛下百年之后,吾儿若上位,你就是一人之下、万人之上的宰辅,吾儿拜你做帝师,你的名声,会比你老师更加——"

"贵妃。"听到这里，周檀微微攥紧手指，又很快松开，出口打断了她的话。

傅明染看着对面的周檀，心情复杂。

当年，周檀是汴都女儿做梦都想嫁的良配，她遥遥一见也倾心不已，恰好父亲有意招揽，答应替她捉婿。只是周檀毫不领情，不仅拜入顾之言门下，还想出那样的办法，不惜伤害自己的名声也要拒绝同她的婚事。不知情的人唾他一句"浪荡子"，知情的姐妹却在背后笑过她，周檀如此侮辱，令她铭心刻骨。

本来父亲就有意送她入后宫，是见周檀确实值得招揽才松口，如今婚事不成，她只能嫁给只比父亲小几岁的皇帝。

宫门深似海。

后来，周檀遭遇了翻天覆地的变故，她在德帝面前为了保他性命说过两句好话，也在市井间为他本就恶劣不堪的名声添过一把火。听说父亲的死对头高则的女儿与太子议婚不成，有意转向周檀，她立刻挑了燃烛楼案中一个清流的女儿赐婚，盼着对方闹得周檀家宅不宁，叫他知道如此作为的后果。可就算他落入了簪金卫的囚牢，神色依旧冷漠、高傲，似乎从未将她放在眼中。

周檀唤了那一声，突然看着她，低声笑了起来，而且越笑声越大。

傅明染从未见过他如此的情态，甚至有些被他吓到——瞬间，她确信她看见了周檀眼中掠过的森冷和疯狂。

"多谢你父亲的厚爱，"周檀面上含着嘲讽的笑容，眼神锐利得吓人，"也请你转告他，他所行之事，我一桩一件都记得清清楚楚，半分不敢忘，怎么好再承他的情呢？

"至于你——

"贵妃娘娘，你难道怨恨我吗？你当年不想入宫，急急挑了我做托付。计划落空，满腹怨怼，可照样在宫中混得风生水起。权柄和威严如此灼热，你真的后悔过吗？若真嫁了我，你才会后悔。"

其实傅明染未必没有做过好事，譬如……赐了一门他从前都不敢想的婚事给他，只是如今他不能相告罢了。

"你疯了……"傅明染打了个寒战，一时居然想不出话来反驳。

"此处不宜留人，贵妃早日归家吧，"周檀将茶杯倒扣在桌面上，微笑道，"下次见面，恐怕便要阴阳两隔了。"

"好，好。"傅明染不怒反笑，她起身，甩了甩袖子，疾步向外走去，"你万万不要后悔，阴阳两隔之日，我会为你添一炷香的。"

为她引路的人将门重新锁好。

周檀坐在原地，敲了敲桌面，继续回过头去看那束光。天色已亮，光芒便不如昏暗时明显，但他知道，那光一直在。

"阴阳两隔……自然是我在人间，你在地狱。

"我可不会为你祈福烧香。"

∽ ∽ ∽

任时鸣趴在牢房中的稻草上，眼睁睁地看着小窗的光明了又灭。他呆滞地想着，也不知过了几个日夜。

那天，他被人从汴河的桥上推了下去，正好落在那盛着尸体的船上。他忍着疼痛，从舢板上爬起来，还没有看清那尸体的样貌，巡河的卫兵便在一侧叫嚷起来。火把渐次逼近，有人游过来，将船撑到了岸边。

他不识水性，也没想过逃跑，这一切发生得太突然、太快，他甚至没想明白是怎么回事。

随后，他就照例被扣在昭罪司一夜，本以为第二日就要被移交到刑部周檀手中。没想到，第二日却是一群身着黄金甲胄的卫士将他带到这个名为"簪金馆"的地方。

记不清面孔的众人挨个来问他的话。

任时鸣这才知道，原来死掉的人就是那夜不久前才与他一起喝过酒的杜高峻。

那夜席间，杜高峻因着晨间被周檀羞辱一事，口出狂言。他听得不舒服，也没有开口反驳。这短短的工夫，他怎的就成了小舟中一具冰冷的尸体？

有人询问，他就照实回答：那日他从宴席出来，被叶流春扶回房间，随即在汴河边醒酒，还没有反应过来的时候，便被推了下去，正好落在那只盛着尸体的小舟上，他落下去的时候，小舟上似乎还有人，只是听见声响，立时便跳入水中。不过，当时那人没被抓到，如今他的话更是无从考证，连他自己都没底。

这么简单的几句话，来询问他的人却死活不信，反反复复地问话之后，他终于隐约听出了对方的意思。对方居然是问，他是否受周檀的指使杀掉了杜高峻。任时鸣自然矢口否认，他与周檀势如水火，凡是认识他们的人都知道，他怎么可能为周檀行这样的危险之事。

有人来给他上刑。

奇怪的是，给他上刑的人似乎被打过招呼了，他本以为这神神秘秘的簪金卫手段比刑部可怕，可掌刑之人下手极有分寸，鞭子抽在他背上，只是浅浅泛红，破了些油皮。

他已在这狱中待了五六日。其间，无论来的人怎么问，他都是同一套说辞——这本来就是事实，他再不喜周檀，也不可能顺着旁人的意思说是受了他的指使。

终于，有人将他放了出去。

虽然不曾受致命伤，但狱中的生活极为难受，不得沐浴，缺衣少食，终日昏昏，连个说话的人都没有，恐慌情绪弥漫在空气中，任时鸣几乎不敢想，当初父亲是怎么在牢狱中待了那么久的。

　　还有……周檀，燃烛楼案时，听闻他在诏狱遭了整个皇城最恶毒的刑罚，他是如何撑下来的？

　　接任时鸣出狱的人并没有直接将他放出去，为他戴上兜帽之后，先带着他在簪金狱中转了一圈。

　　任时鸣随着那人到了簪金狱的最深处。他看见周檀正在上刑。

　　与他之前不痛不痒的刑罚截然不同，为周檀上刑的鞭子都带着倒刺，所幸只有鞭子，没有旁的奇怪刑具。

　　从前周檀住在他家里的时候，他就知道对方身体不太好，遇刺之后更甚，如今被抽了几鞭子就面色惨白，冷汗涟涟，死咬着嘴唇就是不说话，被逼得狠了，才低哑地说了一句"我要见陛下"。

　　不过，听说这是这些时日周檀第一次受刑，而且他受刑……是因为他出了狱。

　　为他引路的人告诉他，之前案情尚未查明，他们不敢多问，如今春娘子出面为他做证，他们才敢对周檀真切地进行第一次审问。若他是无辜的，那极有可能就是周檀杀人之后栽赃到他身上。

　　彼时那人已经将他从簪金馆里带到一座府邸前，任时鸣闻言如遭雷击："可……这不可能，当日我栽下桥之前分明看见周檀和他的夫人坐船刚从汴河经过……间隔如此短，怎么可能是他杀人栽赃？"

　　那人有些惊讶地看了他一眼，随即一个懒洋洋的男声传来，略带惊讶："哦，是吗？"

　　任时鸣抬起头来，见面前一个身穿浅金长袍的男子正在逗弄廊前的鹦鹉。

　　为他引路的人立刻恭敬地弯腰行礼："殿下，人带来了。"

　　殿下……能被称为殿下还能穿浅金皇子袍服的人，汴都城内有几个？

　　任时鸣腿一软，立刻拜了下去："参……参见太子殿下。"

　　"起来吧。"

　　宋世琰拍了拍手，以眼色示意旁人下去。于是廊前很快变得空空荡荡，只有那只聒噪的鹦鹉在重复："起来吧。起来吧。"

　　"你方才说，你在汴河上看见你那表兄了？"宋世琰走近了些，在他身侧的石桌前坐下，"这话，你可在狱中提过？"

　　"没有。"任时鸣小心答道，"我想着，既是牵扯进命案，也就没必要说些无关的人，免得混淆视听。况且那日他并未看见我，我说了也是枉然，不如少了这一桩事。"

　　"你倒是护着他。"宋世琰抬眼看他，很有意思地笑道，"若带你再去簪金馆做证，你会为他去吗？"

任时鸣有些不明白太子是什么意思。太子与高则向来亲厚，高则是傅庆年的死对头，与周檀的交情也不错。他从前一直以为周檀已经是太子心腹，可如今听来好像不是那么回事，所以他没有多话，只是回道："若是需要，自然会去。"

"甚好。"宋世琰意味不明地赞了一句，"你回去吧，这次孤寻来春娘子救了你一命，你可要记着孤的恩情才是。"

这话说得蹊跷。任时鸣立刻跪伏下去："多谢殿下相救，只要殿下吩咐，我万死不辞。"

过了许久，宋世琰才懒懒地应了一声，叫人将他送出府。

任时鸣踏出府门时觉得自己出了一身冷汗，可还有许多事不曾想明白。

远远地，隔着三重深宅，还能听见那只鹦鹉在叫。

"傻瓜。傻瓜。"

∽ ∽ ∽

深夜时分，曲悠才将韵嬷嬷从房中送出去。

从前她只是听说周檀的父母在临安意外身亡，如今听韵嬷嬷细细讲述一番，不禁百感交集。

大胤年间，门阀士族虽已衰落，但累世功勋的世家大族尚在，白家就是金陵城内的第一世家。

周檀的母亲白湫是白家正房长女，自小受尽百般疼爱，据说能文能武，聪明活泼，到了议亲的年纪，求亲之人更是踏破了门槛。

白氏祖上配享太庙，有人在朝为官，有人生意做得大，多年来帮扶的外姓旁支也不少，是真正富贵的簪缨世家。白湫的父亲任金陵知州，也十分受爱戴。白湫在这样的家族中长大，眼界自然就高了一些。

韵嬷嬷从十五岁便跟着白湫，常听她说要嫁一位当世的英雄。

宣帝刚刚继位时与他争夺过储位的一位兄长突然谋反，兵至金陵，将城困了七天。

七天内，金陵城内流血漂橹，不少世家大族满门被灭，就此消失。韵嬷嬷还记得，叛军当时已经打到白氏府邸的门口。但是整个白家被一位少年将军救了下来。

时局太乱，韵嬷嬷并不知道那将军姓甚名谁，只知他是整个白家的恩人，白湫对此人芳心暗许，时局一平定，便追着那人离开了金陵。

三年以后，她才回来。

彼时韵嬷嬷已经许久不见白湫，欢喜地上前搀扶，却见对方形容憔悴。她抬起头来，缓缓地说了一句："阿韵，他不要我了。"

白湫的父亲在祠堂内大发雷霆，甚至想冲去找人讨个公道，白湫跪在祠堂里什么都没说。第二日天一亮，她便收拾行装，离开了家。白家族训森严，将她从族谱上除名，从此她再也没有回来过。

韵嬷嬷听说，是七房的庶出姑娘帮白湫逃出去的，她似要寻人，路远迢迢地去了临安。

又过了几年，主君突然将她和几个做惯了的丫鬟送去了临安。

韵嬷嬷终于又见到了主子。她似乎在临安过得不错，虽与从前相比多了些轻愁，但她嫁的那位姓周的夫君对她极好，两人经常于晨起时在庭院中舞剑，还生了两个孩子。

曲悠听到这里，托着腮恍然大悟："啊，怪不得夫君会些功夫。"

"大公子的剑是姑娘亲自教的，二公子是主君教的。"韵嬷嬷叹道，"姑娘少时就爱骑射，当年追着那将军去边关……应又学了不少。大公子聪慧，少时武艺不逊色于二公子。只可惜……十四五岁时，大公子生了场病，从那之后再也不能习武了。"

曲悠垂下眼睛，叹道："听您说来，婆母和公公也算相敬如宾，那后来……"

"后来……其实我也不知道具体发生了什么事情，"韵嬷嬷连连叹气，"我只记得前一夜，姑娘似乎与主君争吵了一番。我带着大公子和二公子去小厨房时，隐约听见了些声响。随后……随后二人骑马出府，一夜未归。第二日晨起，府衙便叫我们去领尸体，说是……二人在城郊遭遇了贼匪，为护百姓，不幸身亡了。"

曲悠的眉头紧紧地蹙了起来。

韵嬷嬷知道的太少，说得也简略，其中有许多不详尽之处，譬如当年那少年将军究竟是谁，临安这样百年康顺之地怎么会无端出现贼匪，周檀父母死得不明不白。他和周杨当时查过吗？不过韵嬷嬷翻来覆去只能说出这些，她再问不出什么。

天色已晚，曲悠昏昏沉沉地歇息，一夜无梦。直至第二日晨起出门之时，她才瞧见德叔匆匆来寻，说后门有一位姓艾的先生来了。曲悠连忙命人关了府门，将人请进新霁堂。

艾笛声带了一个侍从同来，她本想吩咐这侍从下去，但那侍从一抬脸，她惊讶地发现那人竟然是白沙汀！

白沙汀和艾笛声认识？他们怎么会一起上门？

曲悠满腹疑惑来不及问，艾笛声便往外一瞥，抓着桌上的茶壶匆匆喝光，喘匀了气才道："弟妹勿要着急，听我说，今日任氏的公子被放出了簪金馆。有人给我递消息，说霄白在馆中受刑了。"

"什么？"曲悠霍地站了起来，她在艾笛声面前走了两步，勉力平静下来，"他身子不好，怕是受不了多重的刑，怎么前几日都没事，今日却突然……"

"此事在霄白的计划内，弟妹不必着急。"艾笛声道，"今日我来，是与弟妹共同商议对策。"

"请艾老板稍等。"

曲悠瞥了白沙汀一眼，看见艾笛声的眼色之后才放心。她匆匆出了新霁堂，往松风阁走去。

两人在堂内等了一会儿。

新霁堂鲜少关闭门窗，此刻因着谨慎，韵嬷嬷带着侍女过来将新霁堂前后十二扇花窗一一放了下来，前后门也被关好。此时阳光尚不盛，日色昏昏，几近暮时。

曲悠回来的时候，手中抱着周檀叮嘱她取的那只檀香木盒子。

这盒子放在博古架最底层，没有上锁，十分沉重。她将盒子往三人身前的小案上一放："艾老板，这是夫君要我交给你的。"

"其实，这样东西不是要交给我的。"艾笛声的手在盒子上摩挲了一下，他抬头看向她，"是要交给你的。"

"你就赶紧告诉她吧，别再打哑谜了。"白沙汀在他身后说了一句，绕过来，伸手搭在那盒子上。

艾笛声抓住他的手腕，他才没有直接打开："成成成，你慢慢说。"

艾笛声面上完全没有了素日的嬉笑和玩闹，反而带着一种不常见的凝重："弟妹，你可知晓，自从先帝平了金陵祸患，朝内四海康顺，除了与西韶打过仗，再无旁的动乱之事？今上即位，不如先帝勤勉，可早年间有一位英雄人物替陛下撑着西境的局面，使西韶连年岁贡，至五年前方休。"

"自然知道。"曲悠定了定神，回忆一番史书上记载的内容，"我朝与西韶关系不定，常有你来我往的试探，早年间有萧越将军，如今有楚霖上将军，都是天下名将。"

胤史有专门的《战争志》，上首记载的四五位名将都集中出现在宣、德和其后的明帝三朝。西韶与大胤争斗良多，最严重的一次便是当朝太子宋世琰篡政时，险些打到汴都门下。不过，明帝对边疆手腕颇严，从重景年间开始，西韶便开始销声匿迹，最后自顾不暇，被其他部落灭亡了。只是不知道艾笛声此时提起这些不相干的事情是为何。

"那弟妹可知，美人迟暮，英雄白头，之后的下场是什么？"

下场？

曲悠怔了一下，后世人粗略读史的时候，对人之下场的关注总是不如对其功绩的关注多。除却著名的死得凄惨的几个人，其余的都少有人关心。

譬如许多人只知卫子夫一时风光，却不知其因巫蛊而下场凄惨；只知白起、邓艾身为名将，却不知他们都死在远离战场的朝堂之中，叫人感慨不已。

·200·

曲悠仔细回想了一下，斟酌着答道："那自然……是无人问津。听说萧越将军死于援兵未到的彭城之战，一生无妻无子，楚老将军……"

曲悠没有继续往下说，可怜楚霖一生忠君爱国，屡败西韶，最后在厉王篡政时死于宫变，尸骨无存。

说到这里，曲悠突然打了个寒战。因为她看见，艾笛声以手蘸着茶水，在桌面上写了一个"霄"字。韵嬷嬷所言之事与艾笛声的坦白让她产生了一个连自己都不敢相信的猜想，曲悠吞咽一下，伸手打开了一侧的檀香木盒子。

昏暗的室内光下，她看见了一块镂金的沉重玄铁。

"弟妹，我再问你一遍，美人迟暮，英雄白头，他们之后的下场是什么，你可知晓？"

卫子夫的亲子随她死去，白起和邓艾是否有后嗣？

人的一生何其漫长，煌煌千年何其漫长，她研究一辈子的历史也是枉然，有多少真相被变幻的风云席卷而去，留下胜利者的笔墨——文字任人打扮。

她伸手将那块玄铁翻了过来，先看见背后刻着一个"萧"字。

"今将军平宁西韶三十里，上袭镇国公位，享邑都州五百户，食禄等同，绵延子嗣……恕卿九死，子孙三死，或犯常刑，有司不得加责。"

她无数次阅读过这件东西，从未想过自己居然能亲眼见到。

"丹书铁券……"

曲悠捧着那块玄铁，感觉自己的手抖得厉害。她往下看了一眼，发现其下还有一块碧色的玉佩，玉佩上刻着一个"白"字。最底下是以红绳死死捆缚在一起的一缕头发，想必有些年头了，可被保存得极好，一丝不乱。

"当年的将军……居然是萧越。"曲悠闭上眼睛，看见这块丹书铁券的时候，她几乎就想通了韵嬷嬷那个并不圆满的故事。同时，她想清楚了周檀的底牌。

周檀居然是萧越之子。

史书中绝对不可能记载真如宫的秘事，也绝对不可能深挖周檀的身世，倘若她还活在当世，仅仅是提出这个荒谬的猜想，恐怕会被史学界四面八方的震惊砸死。

然后，她倏地睁开眼睛："艾老板可知……萧将军是怎么死的？"

他旁敲侧击这么久，肯定是有言外之意。

艾笛声言简意赅地答道："萧将军与当朝陛下一起长大，半金陵之乱，镇西韶之功，可陛下登基之后……两人相隔甚远，萧将军得边疆爱戴，战场之外，又偶有违抗军令……"

他不必往下说，曲悠也能猜到狡兔死走狗烹的故事。

可艾笛声话锋一转，道："当时，傅相在吏部上了一道密折。"

殿见

"弟妹以为,傅相是凭何得了陛下多年的信重?"

"是他如今私心愈重,陛下才腾出手来重启了簪金馆。在簪金馆存在之前,替陛下铲除异己、做心腹事的,就是咱们这位宰辅大相公啊……他为人行事,可不是一日之功,又擅表面功夫,多年来名声极佳。"

"可惜他做了这么多不能见光的事。"

"顾相也是帝师。"

所以傅庆年效仿从前的办法,翻出了真如宫的事,将顾之言害死了。

"傅庆年……为何要谋害萧将军?顾相是他多年的对手,可萧将军是同陛下一起长大的,难道他不知道萧将军是国之肱股,不知道西韶不敢冒犯是仰赖着他的名声?"

艾笛声闻言却笑起来:"他当年行事就如同簪金卫如今行事,有何理由?不过都是……揣测上意罢了。傅相当年的密折只为陛下呈上了一件事。密折中写,萧将军从前为了更快地击退西韶,曾经假意应了他们的求和之意,要了递上来的国玺——是有谋反之意。"

"谋反?陛下不是怕谋反,而是担忧他名声太盛、太得民心,想反随时都能反吧?"曲悠嘲讽地笑了一声,"于是,萧将军就因援军未到身死边疆,秘不发丧。婆母当年恐怕甚至不知夫君已死,满心以为自己被抛弃了。哈,恶心,这些陈年旧事,实在是太恶心了……"

"是啊……后来,伯母便跟着萧将军当年身边的副将到了他的家乡临安,生下了萧将军的遗腹子,平安地过了许多年。直到有一日,伯母从遗物中得知了当年的真相。她知道将军身死,知道傅相密告,也发现……所谓私收的国玺盒中装的就是这丹书铁券,拳拳报国之心,天地可鉴。"

"萧将军还给周副将留了一封信。援兵未至,临死之前,他其实已经明白帝王心思,只托他照顾伯母,不必为他报仇。可伯母岂是能忍耐之人……我不知具体,但二人肯定是因此事身死的,留下了年幼的霄白和阿杨。"

艾笛声说得简略,其中的心酸又何止一点?

当初周檀恐怕并不知真相,没有回金陵白家,一是因为明面上母亲已经跟本家决裂,二是他进京科考,或许可以调查出双亲之死的真相。

"夫君既然谋划至此,顾相肯定把一切都告诉过夫君了。"曲悠看着面前的檀香木盒子,感觉心中传来尖锐的痛楚,"他查出父母之死的真相,查出当年的密折,却什么都不能做。"

傅庆年全听上意,所行之事虽是构陷,但若无德帝默许,他又怎敢如此?萧越不希望白湫为他报仇,便是不希望她因此折损,说到底这桩公案能找何人申冤?

不能起兵，不能谋反。

艾笛声在曲悠对面摇了摇头："弟妹有所不知……此事的真相，除他之外，当时只有我一人知晓。我陪霄白酩酊大醉，他对我说，顾相曾因此事与陛下当庭争论过。这也是霄白愿意吞下此事的缘由……多年来，陛下其实一直后悔，说到底他当年并未尽信，要不然萧将军也不可能将好名声留至今日。他当时就是犹豫了一瞬——只这一瞬，对战场而言，便定了生死。霄白也深查过傅庆年当年那道密折，原是军中有人见过萧将军那只檀香木盒，联想到了西韶私下送的国玺。傅庆年照实禀告。君王心思岂可揣测，他也猜不到后来的事情。"

若是宋昶铁了心要清理权势过盛的将军，若是傅庆年故意谋害皇帝信赖的镇国公，那么周檀倒还有人可恨，可他到了汴都，在顾之言门下得知真相之后发现他竟然不知道应该怪谁，仇恨太过虚无缥缈，如今连实处都落不下。

唯有忍耐。

就如同周檀所言，从前种种皆是帝王心术。在顾之言的教导之下，他逼迫自己不去想"复仇"一事，只是时时刻刻克己复礼，践行拜入顾之言门下时为民请命的誓言。

可是，顾之言死了。

曲悠低头看着这些东西，苦涩地想着，顾之言死后，周檀撑着自己，或许还是想看看这朝廷到底值不值得老师当初的教诲。皇帝心中无子民，宰辅心中无社稷，所有人陷入无休无止的争名夺利，他才彻底失望，决定破釜沉舟。

曲悠的目光掠过那块丹书铁券，她伸手拾起了那块玉佩，没有说话。

一侧的白沙汀便道："这是我们金陵白家的掌印。你不知道，我们家中当时为了抢这块掌印，打得头破血流。我不忍看兄弟相残，这才逃到了汴都。啧，没想到老太公早就把这掌印留给了姑母同萧将军的儿子。若早知如此，你说我那些兄弟姐妹还抢个什么劲。"

白沙汀唤周檀的母亲一声"姑母"，便该是周檀的表亲兄弟。

曲悠讶异之余，问道："十三先生早知夫君身份？"

"本来是不知道的，后来……老爷子写了封信给我，叫我若在汴都混不下去可去投奔我兄弟。这也忒瞧不起我了！"白沙汀摇头道，"周大人知道后来寻过我。但我不喜白家那些臭规矩，总是躲着他。当日撞见了周杨那小子，让他叫我一声'大哥'，把他着急眼了才和我打起来……哈哈，算起来，昭罪司见面那日前，我与周大人也有许久未见了。"

他漫不经心地把玩着手中的玉佩："说起来，我这表兄真是高风亮节，前次为了任大人，向本家借钱的时候，为了还恩情，托人将这掌家的玉佩送回去了。我爹没敢要……他爹娘可是白氏全族的大恩人，但凡他愿意回去继承家产，也不至于让我们族内打成那样啊。"

"前尘往事，霄白自己难以开口，只好托付我将一切告知。他不想瞒你，只是从前事多且急，寻不到机会。"艾笛声起身向曲悠揖手，"今日我来，便是替他同你解释，此后诸多事宜，还望弟妹珍重。"

曲悠回了个礼。她直起身来，在堂前踱了两圈，忽然又回头看向二人："临别之前，周檀告诉我，一切都在他计划之内……可我如今听你的言语，你们根本就没有他所说的万全之法吧？"她指着那盒子中的丹书铁券，"让我来猜猜。他想拿自己的身份，逼迫陛下除掉傅庆年——顾相对他说，傅庆年当时是据实禀报。可他是苦主之子，若他想将此事闹大，昭告天下陛下诛杀功臣，陛下也拿他没办法。你们在宫外做他的后盾。艾先生是当年一事的知情人，十三先生是白家的后嗣，都是有名有姓的，由不得人不信。"

艾笛声面色一僵，没有回话。

白沙汀则挠了挠头，踢了他一脚："嚯，我就说嫂子肯定猜得出来，她简直像我这表兄肚里的蛔虫啊，俩人的思路一模一样，全是我万万想不出来的……"

"这么冒险的事情，周檀怎么敢骗我让我以为'万无一失'？"曲悠将檀香木盒的盖子恶狠狠地盖上，"陛下若是真对萧将军全无情谊呢？若是……若是知道他的身份，便立刻将他诛杀呢？任凭你们到时再放出流言逼死傅庆年，人都死了，还算什么后手？"

她颓然地在椅子上坐下，喃喃自语道："什么叫给我的……他是觉得自己十有八九会出事，若他真出事了，便要我带着掌印和丹书铁券跟着十三先生回金陵，后者保白氏一族性命，前者保我余生无忧……"

白沙汀适时补充了一句："嫂子若是不愿如此也没关系，周檀说他留了一封和离书……"

艾笛声恶狠狠地瞪他一眼，于是白沙汀立刻闭了嘴。

"这个疯子……"曲悠咬着牙道，"他盘算好了，保任公子出狱后自己再受刑，只要熬过一些刑罚，死活不承认，簪金卫不敢审判，早晚要送到陛下面前去。到那时他再亮自己的底牌，逼迫陛下在他和傅庆年当中选一个——"

"我们实在是没办法。"艾笛声讪笑了两声，涩声道，"傅相为陛下做了这么多年的心腹事，若不兵行险招，寻常之事实在不能将这个隐患彻底铲除。霄白想必已经告知过你子谦的身份，为了他，我、霄白和朝辞——我们都可以不顾性命。若是今日能以我之命换傅庆年身死，我亦愿意，况且他还是害死顾相的凶手——"

白沙汀连忙提壶倒茶："大哥，不至于不至于……"

周檀知晓顾之言死于傅庆年手中时，估计就下了与他同归于尽的决心。恰好有刘氏这案子，他跳进傅庆年的圈套，叫他放松警惕又设计出命案，把自己逼入穷巷。这时他面见德帝，拿出丹书铁券，一是表明自己的身份，二是叫德帝明白，他已一再退让，是傅庆年不肯放过。父母旧仇、如今的逼迫，他拼着亮出身份的危险，也要逼德帝诛杀傅庆年。

一步步算计，处心积虑，唯一不能确定的就是帝王之心。

他早知自己的身份，连丹书铁券都留在府中，在被牵扯入燃烛楼一案时都未曾开口，说到底就是连顾之言都不能确定帝王之心——倘若德帝知道萧越有后嗣，会如何选择。

"事已至此，我想拦都拦不了了。"曲悠睁开眼睛，她觉得自己此时异常冷静，"他还叮嘱你们做什么事？"

"我、我、我……我来其实就是想劝你跟我去金陵避难。不过看嫂子的情态，应该是不愿意去。"白沙汀挤眉弄眼地说，又回头去拍艾笛声的肩膀："我早说过了，你这么早来找她，她肯定什么都能猜出来。周檀不是让你等他从簪金馆挪到宫中再来吗？……我知道了，你小子，你是故意的，怕是就想让嫂子和你一块儿多做点事情吧？"

"滚滚滚，少废话。"艾笛声骂了他一句，忽而带着被揭穿的无奈，"霄白只要我……在市井间放些流言。杜高峻此人在汴都横行霸市，不少人都知道的。虽然众人未必信霄白的为人，但总会觉得想杀杜高峻的人多了去了……我就是要多放出些消息出去，表明他不是真凶。我的人已经去查当时傅庆年是派谁动手的，一旦查到，这证据就会传遍整个汴都，也省得我再往宫中递消息。"

曲悠突然低笑出声："其实……也不必这么麻烦。"

白沙汀傻眼："啊？"

周檀要同德帝玩的是舆论战术。他将自己打压到最低点后破釜沉舟，暴露身世，其实最好的结果是德帝对萧越真有愧疚之心，如他所愿杀了傅庆年。可傅庆年死后，周檀能不能全身而退？德帝若顺他心愿，杀了傅庆年，他便不能在市井间暴露萧越的旧事，况且德帝估计也不想暴露这些事，只希望它们全部烂在宫中。是以艾笛声要制造他并非杀害杜高峻凶手的舆论，就算不能震慑德帝，也可以让他思量一番。

"他想要震慑陛下，在市井间说他不是凶手太过苍白，恐怕收获甚微。就算陛下将他杀了，他本就名声不佳，百姓讨论几句便罢了。"曲悠沉沉地思索着，面上浮现出笑容，"还是要有人替他申冤，要声嘶力竭、不顾生死地陈述冤情，得不到回应便不惜一头撞死——有这样的人，才能成威慑。"

白沙汀在一侧拍着大腿，恍然大悟。艾笛声却突然神色复杂地看了她一眼。她与对方对视，突然觉得这狐狸一般的人物不可能没想到这个办法——或者说，他今日来这里的目的就是如此。

于是曲悠笑起来："不过是二敲登闻鼓罢了，我从前又不是没有做过这样的事情，况且杜高峻身死当日，周檀和我在一起，除我之外，没有别的证人，没有人比我更合适。"

"你要想好,"艾笛声低低地说,"这次不比上次,牵扯甚多,你敲了登闻鼓,便会经由京都府入宫,等簪金卫送霄白入宫,与你共同面圣。在此期间,无人能护得下你。贵妃不敢杀人,却能行磋磨手段,就算你顺利等到和霄白一同面圣,也是万分凶险,稍有不慎便会血溅当场……"

历史上周檀并未死于此时。

历史上傅庆年却死于周檀流放之前。

若一切遵从历史,她本不应该担忧,可是人的性命实在太过脆弱,她如今身处其中,已经完全不能确定历史究竟有没有被改变、这件事到底会不会成功。

檀香木盒子底部放着一缕红线缠缚的头发,想必是白湫与萧越结发时留下的。这红绳缠得极紧,如同当年的山盟海誓、情深意浓。曲悠忽而想起,新婚当日,周檀尚在昏睡,他们并未结发。

"他说,此事毕会自请离开汴都。"曲悠露出笑容,她想着周檀在簪金馆说出这句话时的神情,忽然又觉得生了无限的底气,"我要与他一同去看你们和他一起守护的万里江河,看子谦顺利继位,将朝堂留给你们书写……他承诺过了,他的命就是我的。"

她站起身来,回头看了一眼。天光已经亮了起来。

"谢谢二位先生告知。"

∽　∽　∽

任时鸣得知登闻鼓三个月内第二次响时,连手中的茶都未喝完便骑快马去了御街。

御街前已经水泄不通,连贩夫走卒都在一侧悄声议论。

"这是周夫人第二次敲登闻鼓了吧?"

"奇怪也哉,上次不是说这刑部侍郎同他夫人感情不睦,还逼迫她为烟花女子鸣冤吗?这回他自己也被牵扯进了命案,侍郎夫人怎么还为他叫起屈了?"

"果然是大人物之间的事情,看不懂,看不懂。"

任时鸣一怔,挤进了人群。栏杆之后,他看见曲悠站在登闻鼓前,面色却没有上次来击鼓时那般平静,此时她形容哀戚,声音颤抖。

"今上容听,我夫君被状告杀害左谏议大夫之子,人入牢狱,生死不知。当夜无人证、无物证,三司朝上疑罪生有。可当日夜晚,他分明与我同在汴河游船,如何能够杀人?"

她连状纸都没带,也没有如同上次一般准备证据,有底气地痛陈冤屈。任时鸣无端觉得,与其说她在击鼓告御状,不如说这些话是说给周遭的百姓听的。

听着她的言语,任时鸣突然意识到了一件事情——太子救他出来的时候,意外得知当日他看见了周檀和曲悠，还特意问了他一句愿不愿意去做证……周檀与杜高峻这个案子如今还压着，他没有得到更多的消息，倘若他知道周檀哪日被判有罪，恐怕也能干出敲登闻鼓替他鸣冤一事。如此说来，难道曲悠击鼓是在周檀和太子的谋划中吗？或者说，太子早就想过击鼓人选，从前只有曲悠一人，当时惊讶，是突然发现他也可以？

　　似乎听到有人议论，曲悠持着鼓槌转过身来，对着众人继续道："我知道我是侍郎亲眷，本不能作为人证，可是夫妻同游，哪有什么多余的人证！拼着一死，我也要为他证个清白。若不能为夫君洗清冤屈，今日我愿意一头撞死在御街的擂鼓石上！"

　　她说完这些还嫌不够："从前之事，诸位多有误会。市井流言说我夫君流连烟花柳巷，以休妻逼迫我上告，实在是一派胡言！我夫君分明是想为贱籍女子陈冤，却苦于身份牵系，不能直接立案调查。那些女子若是自行状告，还要受京都府廷杖。我不愿众人为此烦忧，自行前来，未受任何逼迫。此举有悖父母教养，我愿自除名于母家，不孝不贤、不守妇德——诸般罪名我通通认下，也不能污了夫君的清白！"

　　今日之事后，周檀再不畏惧德帝和傅庆年的明刀暗箭，借此机会，她定要为他的名声驳上一驳。

　　任时鸣深深震惊，同时也听见人群中有人急迫的声音，想来是曲悠的亲眷："阿怜这是……这是疯了！疯了！今日之后，周檀若不翻案，她该如何在汴都做人！叫她回来！叫她回来！"

　　曲悠漠然地向下扫视一圈，心中想着，今日之后，不是她和周檀死，便是傅庆年死，傅庆年死后，她自会与周檀离开汴都，不必担心受人牵系。如今她和曲府断绝关系，就算她与周檀死了，也影响不了曲家的名声。既然如此，拼着所有，她也要替周檀在市井流言中辩驳一番……或许她早就想这么做了，这个时代虚无缥缈的名声，对她来说还不及一个眼色、一抹笑意重要。

　　似乎是担忧她说出更多不该说之事，没过多久，便有卫队来到此处，匆匆将她带离。

　　人群作鸟兽散，任时鸣呆呆地站在原处，盯着那落下的鼓槌发呆许久。

∽ ∽ ∽

　　宋昶第一次见周檀时，也是在这玄德殿中。

　　那时少年还未到及冠的年纪，穿着同其他士人一般的深色襕衫，低眉敛目，看着十分恭敬。他一眼看到这琼秀疏离的少年在满庭学子中如同一只高洁自矜的鹤。他出了一个题目，要人论"为天立心"和"为民立命"之轻重。

周檀和苏朝辞在堂前论政，从古代大贤论到当世奇才，洋洋洒洒三个时辰，听得殿内四夫子拍案称绝。

苏朝辞出身官宦世家，本有些看不上这个小地方来的，与他对讲了不过一个时辰便渐生仰慕，论完之后心甘情愿地将名次让了出去，恨不能立刻出宫，援引对方为知己。

宋昶点周檀为状元郎，他也只是淡淡地叩谢皇恩，并无从前士人学子或欣喜若狂或狂傲自矜的丑态。他瞧着对方那双琥珀色的眼瞳，总觉得有些眼熟。可这样的感觉如同对方的态度一般，捉不到影子，一凝神便散去了。

顾之言从前是他的老师，拜相之后不拘学生的数额，甫见周檀就喜欢得紧，那一年只收了这一个学生。

虽则如此，宋昶也没有放在心上，每年的新科士子实在太多，外放之后更是容易被遗忘。等到周檀再回京的时候，已经是几年之后。

某一年的冬日，宋昶见到了一个口称有冤要诉的故人，然后听了一个荒谬的故事。他听完这桩事，毫不犹豫地先杀了公输煅——他不是皇室血脉？怎么可能……这样的言语若是流出去，会如何，该如何？他本应该当此事从未发生过，可越是刻意遗忘，越是能够清晰地回忆起来。父皇当年究竟为何放着他这亲生子不立，反而秘密地宣召景王叔回京？他在满朝易储的风声中惊惶地毒杀亲父，宣帝临死之前甚至不肯见他，将老师召入内宫，又说了什么？

头痛欲裂。

夜间，他路过废置已久的真如宫，突发奇想，若是在原址上兴修一座佛殿，就可以光明正大地去探寻那个他害怕知晓的结果了。

不过是一座宫殿的兴修，顾之言如此执拗地反对是为了什么？

他隔着冕旒去看对方带着恳求的坚定眼神，心底发冷。他觉得，顾之言肯定知道这件事。既然他知道了，还有多少人知道？只要有可能有其他人知道，便一个也不能留。

宋昶不知道自己究竟是真的觉得这些人有可能知道，还是早对时时刻刻约束他的顾之言感到不满，他从未恣意妄为地杀过这么多人，杀到后来居然觉得很痛快。

他终于逼得顾之言脱下了官帽，毫无体面地跪地求饶，自请辞官，上书乞骸骨。

他也听说诏狱中有人服输，为他写了《燃烛楼赋》——顾之言心爱的弟子，为他的新楼写赋，多么能令老师伤心的一件事——可是顾之言居然毫不在乎，以多年的情谊求他最后一次，既然周檀已经低头，就留下他一条性命吧。

宋昶恼怒地同意了。

顾之言凄凉回乡，未出京就投河而死，他费尽心血保下来的弟子并未去看他一眼。

宋昶一面得意地觉得自己赢了，一面感受到了一种没劲透了的茫然，这样复杂的感情郁结在胸,让他连带着对周檀的感情都很复杂。

他知道周檀在诏狱中一低头就是离经叛道,除了全心依附帝王的信赖,再无回头的机会。他也知道周檀在刑部并不安生,一连办了许多个弹劾顾之言的要员。不过他懒得去管,睁一只眼闭一只眼地默许他报复。帝王心术,他已玩得熟稔,反正也不是什么大事。

直到彭越离奇地死于京华山上,宋昶才惊觉,在周檀的运作之下,这朝中局势已经不如从前那样平衡了。他虽早立太子,可宰、执党争势如水火,众人战战兢兢地行事。若周檀的一切恭顺全是装出来的,实际上他从未灭过为老师报仇的心思,暗中倒向太子……

宋昶本来还对此事犹豫不决,直至傅庆年进宫长谈,含糊提起当年上位——他弑父——之事。朝中唯有傅庆年一人知晓此事,急切地除掉顾之言,也是十分担忧他知此事后会发作。

周檀若倒向太子,为他清理朝堂,谁又能确保太子不会做出如他当年一般的弑父之事?看来他终究要违背老师当年最后的心愿。

在周檀临死之前见他一面,或许是他对老师最后的交代。毕竟故人近来时常入梦,他一会儿回忆起少时老师拿着他的手写下第一个"仁"字,一会儿想起同萧越等人逃出东宫,同游街市,前尘如梦,最终都湮灭在森冷的宫墙内。

周檀被两个簪金卫带到玄德殿,扔在阶下。曾经白衣惊鸿的状元郎先经诏狱的磋磨,又经簪金卫的刑狱,如今躯体已是残破不堪,就算来之前换了深色新衣,背上还是有深红的血迹从衣上洇出。

他似乎对疼痛浑然不觉,听见殿门关闭的声响之后便直身跪下,平稳地行了一个大礼,连言语都未见颤抖:"微臣……叩见陛下。"

宋昶没有说话,于是周檀伏在地面上,半晌没有起身。

"听说,你在簪金馆中不肯开口,非要见朕一面。"宋昶扶着手边冰冷的金饰,问,"你若有证据证明自己没有杀人,怕是早就拿出来了吧?既然如此,你还非要见朕做什么?"

周檀起身,琥珀色瞳孔微微闪烁:"臣来求陛下做主。"

"做主?"一侧的老太监为宋昶奉上了一盏茶水,八分烫,他吹了一口浮沫,"做什么主?"

周檀毫不畏惧地直视着他:"请陛下屏退左右。"

宋昶意外地轻笑了一声,挥手叫人出去:"霄白,你这案子,我已着簪金卫细细查过。当日下午,你与夫人同游汴河大街,随后她坐马车回府。夜里,你不在府内,不在刑部,没有带任何一个侍卫,你去了何处,有人为你做证吗?"

"陛下不是在意有没有人替臣做证,"周檀恭顺地答道,"陛下是觉得,臣已投入太子门下，杀人之后勾结证人，意欲污蔑，以铲除宰辅的心腹——证据？臣自然拿不出自己没有杀人的证据，可陛下之所以让簪金卫扣着臣用刑，而不是直接杀了臣，不也是拿不出臣真的杀人的证据吗？"

这话说得极为无礼。宋昶冷冷地瞥他一眼："你究竟想要说什么？"

周檀猛地抬起头来，像是下定了什么决心，朝他深深地叩首："臣冒死来此，实则是一退再退后无法忍让，有一桩陈年旧事——"

他还没有说完，殿门处便传来轻微的三声叩响——玄德殿闭门密谈，除了皇帝贴身的大太监，自是无人敢打扰。他既然如此，必然是出了不得不及时禀报的要紧事。

周檀立刻噤声，宋昶有些不耐烦，叫人进来之后不悦道："有什么急事值得此时来传？"

那宦官偷偷朝跪在一侧的周檀瞥了一眼，与此同时，殿门洞开，宋昶听见了夹杂在风声中的遥远的擂鼓声。

周檀的面色骤然惨白。

那宦官结结巴巴地说，冷汗自额间滴落："陛下，周……周大人的夫人，于御街二敲了登闻鼓，说周大人当夜一直同她在一起，三司疑罪从有，是为……是为不公。"

宋昶怔愣道："什么？"

宦官继续道："她……她还说……若不能为夫君申冤，便要一头撞死在擂鼓石上。右林卫不敢怠慢，将人领进宫了。此事与周大人的案子有关，奴才不敢耽误，进来禀报——陛下，请问，这人，应该如何处置？"

宋昶没说话，良久才语气不明地叹了一句："霄白，你可真是娶了一个好夫人啊。"

周檀方才平静无波的面色终于变了，他想要说什么，却没说出来，先急急咳嗽了好几声，呛得面容都染了绯色，看来是心急了："胡闹……她什么都不知道！"

宦官便小心回道："擂鼓一事惊动甚广，御街前都是来瞧热闹的民众，只怕今日有关周大人和此案的流言便会飞遍市井街巷……林卫带侍郎夫人入宫时，还遇见了贵妃娘娘……"

周檀回过头来叩首："陛下，内子如此行事实在狂悖，臣为她领罚，您叫人将她轰出宫门，关回府中吧！"

宋昶打量着他的神色，觉得颇有意思，思索一番才道："罢了，来都来了，怎的也得让你们夫妻见上一面。你既有屏退左右才能说之事，便叫你夫人先去贵妃那里坐坐吧。"

周檀凄声唤道："陛下！"

"怕什么？"宋昶从龙椅上起身，走了下来，"朕要见的人，贵妃哪能做什么？这桩婚事还是贵妃做主赐的吧？你当时病重，未曾带夫人进宫谢恩，如今叫她去见上一见，也不算失礼。"

他走到周檀面前，居高临下，浅金龙袍刺绣繁复。

"爱卿，你方才，想说什么？"

∽ ∽ ∽

傅明染握着扇柄坐直身子，觉得满心烦躁无处发泄，只好冷眼朝下看去。

她从前在宴会上见过曲悠，只记得她颜色不错，才气也高，虽素无心计、柔善可欺，却是个有傲骨的，颇有清流女的作风。这样的女子，难道不应该很厌恶周檀这样的佞臣吗？

当初她赐婚之时便是这么想的，她一心以为曲悠嫁过去后会将周府闹得上下不安，叫周檀病中也不得安生，若他侥幸痊愈，便体味一番后宅起火的感受。可是她全然没想到之后会风平浪静，就连上次去簪金馆见周檀之时，她还想着他们夫妻二人或许不睦，乐得去看笑话。

没想到今日擂鼓一事大大出乎她的意料。

傅明染突然意识到，上次周檀噙着笑意说感谢她赐婚的时候可能不是在同她玩笑，若是御街击鼓一事真如曲悠方才当众所言，那这二人恐怕琴瑟和鸣、夫妻和睦，甚至互引为知己。难道不是吗？若不是如此，这女子今日怎会冒着名声全毁的危险，来替周檀告御状呢？

好一桩她做的大媒。

宫女们将撑起的花窗放了下去，室内一时只能听见熏香燃烧的细微声响。

曲悠跪在地上，听见贵妃开口问道："侍郎夫人，我听闻你从前同周大人相处得不算愉快，可有此事？"

贵妃赐梨扇给她，想听什么答案简直不言自明。曲悠虽不知道她在想什么，还是顺着含糊道："娘娘见笑了。"

傅明染却迟迟没有说话。

她不说话，曲悠自然也不敢多说。良久，她才听见傅明染当的一声敲了敲手边的木案，那柄扇子被扔下来，突兀地落到她脚边："当着本宫的面，也敢说谎？"

她发难发得毫无依据。

曲悠其实并不明白为何林卫先带她来了贵妃处，也没有想清楚贵妃亲赐这门婚事到底是何用意，但可以肯定的是，贵妃肯定不想看她同周檀一心，如今她不顾名声擂鼓，怕是大大出乎对方的意料。

曲悠蒙了一下，垂头行礼："臣妇不敢。"不管对方是怎么想的，此时自己还是少说为佳。

傅明染从榻上起身，长长的印花裙摆从曲悠手背上拂过。她走了几步，又转过

·211·

身来，嗤笑了一声，说："你倒真豁得出去，连抛头露面敲登闻鼓这样的事情都敢做，赐婚之前，我竟想不到你这么有本事。"

曲悠跪在地上，顶冠沉重，压得她脖子痛。

傅明染的态度还是让她有些意外，她本以为对方就算不悦，也不会表现得如此直白。

德帝既然把她留在宫中，想来肯定是要见她的，贵妃此时就算气得发狂，到底也不敢做别的事，只是把她晾在堂中跪着。

曲悠跪在冰冷的莲花金砖上，心中苦笑，她自从来到北胤，最难以接受、最讨厌的就是他们的跪拜礼。跪父母尚可论，她从前不常进宫，见权臣皇子时都是私下场合，不过是深揖姿态。

文明发展千年，她长在心中从未有过如此强烈的尊卑观念的时代，见旁人卑躬屈膝都难受，更何况是自己。只是为了周檀，她才跪在这里，全无体面，不计尊严，等待着上位者的施舍。

她在地上跪了约两炷香的时间，门外才匆匆跑进来一个小太监。傅明染亲自过来扶她起身，长长的指甲划过她的脸侧，她用只有两人才听得见的声音低声说了一句话，语气轻蔑、冷漠。

"你很好，很好，等周檀死了，你被牵连没入教坊司，我再为你赐一门婚事，到那时，可不要忘了来谢恩哪。"

❀❀❀

杜府少夫人的丧事尚未办完，如今又添了一桩，白布灵堂七日未撤，杜夫人在灵堂生生哭昏过去，然后被人搀回了屋内。

杜辉眼底通红，从灵堂中走出来的时候被光刺了一下。

他姬妾不少，有四五个女儿，可只得杜高峻这么一个儿子，还是杜夫人与他四十岁时的老来子，难免对他偏疼了些。不料他的溺爱却将这孩子纵得不知天高地厚。杜高峻旁敲侧击打听到了他手中宰辅的把柄，又不知怎的被他夫人发现了。

当初这儿媳妇是他做主讨来的，看重的就是对方温柔恭顺，没想到这竟都是表面功夫。刘怜兮假意逢迎，在府中苦心经营，对每一处都摸得透彻，简直比他夫人更了解杜府。

定是杜高峻醉酒松口，让她摸进了后园池塘边的密室。

起疑之后，父子二人联手做了个局，想试探刘怜兮一番，没想到她果然发现了他藏起来的东西。杜辉此时才惊觉，他这看似平平无奇的儿媳妇太聪明了。

太聪明，所以不能留。

刘父不过是低阶官职，又无祖荫，死了个女儿也不会追究。当初他求亲便看中了这一点——儿子惯常胡来，若找个高门大户的，以后怕是不得安生。

事情很平静地被遮掩过去，甚至没过刑部。

直到后来傅庆年找上他，跟他谈了一个谋划。

杜辉深知，自很多很多年前，他和彭越知晓真如宫的隐秘事后，三人便被牢牢捆在了一起。他靠着傅庆年加官晋爵，傅庆年也制约着他不敢多言，把柄在手，三人本应该互相钳制到辞官的年纪。但他敏锐地觉察到，傅庆年对彭越似乎多有不满。只是没有一击即杀的把握，不敢冒险罢了，若是能够灭口，将把柄和证据都深埋地下，傅庆年一定会动手的。

彭越如此，那他会如何？

杜辉心想着，他应该更有用一些。他与彭越不同，他和傅庆年有旧日的交情，不信傅庆年会如此狠心。

于是他应了傅庆年对付周檀的谋划——那个听起来确实万无一失的谋划。

他寻到了蓁儿，以她父母之命要挟她配合。一切很顺利，早朝之上，周檀被当庭反咬一口，陛下深深蹙眉，想必是疑了他。

不过杜辉怎么也没想到，那周檀狂妄到这种地步，居然在汴都城内动手杀了杜高峻。傅庆年百般致歉，又向他承诺定然会为杜高峻申冤。他倒是得了宰辅的信任，不过儿子死了，再多都是空谈。

杜辉如此想着，又感到悲从中来。他叫随从下去，一个人慢慢踱步到后园。

然后，他在后园中发现了一个黑衣人。

杜辉几乎以为那是幻觉，可他揉了揉眼睛，对方并未消失，反而在他惊诧地叫喊起来之前便轻巧地过来，一把扣住了他的喉咙，带他到假山后面。

杜辉强忍着震惊和恐惧，喝道："大胆！我是朝廷命官——"

那人微微弯腰，凑到他的耳边，声音粗粝、沙哑，应该是刻意伪装过。

"杜大人，难道你不想知道令郎是怎么死的吗？"

∽ ∽ ∽

玄德殿平素并不焚香，焚香是近年来德帝的习惯，只要他单独在殿内批阅奏章，太监就会为他手边摆上一只琉璃雕的博山香炉。其中焚的香有一部分甚至是德帝亲手制的。

宋昶支着下颔坐在案前，见周檀久不言语，刚想说话，却嗅到了香炉的气息，突兀地问道："霄白，你可通香道吗？朕得了一块上好的檀香木，上飘为檀香，下飘为沉香……从前觉得这是后宫心思，亲自去品时却觉得有趣。谏院从前最爱提及此事，近两年却不提了。说来，朕第一次学得，是在老师那里，第一块木头是少时好友寻来赠我的，如今他们都不在了……"

他似乎并不在意周檀会不会回应，只是自顾有趣地说着："见了你的名字，朕才想起这些……你跪了这许久，方才想说的话，还没有想好吗？"

周檀仍旧没有抬头。

宋昶睁开眼睛瞧着他，有些无奈地笑道："你都安排你夫人来为你鸣冤了，今日朕若赐死你，或是就此让簪金卫结案，市井间该怎么说？就算朕不惧流言，也担心你夫人撞死在宫门前，平添许多晦气啊……你是聪明人，方才该怕死的时候敢说话，怎么如今明白知晓朕不能杀你，反而吞吞吐吐了呢？"

他虽然言语含笑，声音愉悦，但周檀知道，他是动了隐怒——曲悠御前击鼓，就是为了逼迫他留人不杀，至少今日不能杀，想杀也要等到簪金卫结案之后。

当初周檀对太子和盘托出该计划时，太子当即建议找曲悠在民间造势，他没有同意。此事太过冒险，稍有不慎，就会将她牵扯进来。他本来已经想好，若是成功，根本不需曲悠来，若是失败，就叫白沙汀带她回金陵去避难。

没想到，她还是来了。

"太巧了，陛下提起臣名，倒让臣想起，当年母亲为臣取名时，便是因着父亲送的一块檀香木。"

他顾不得许多，既然走到了这一步，必然无法回头。

宋昶兴致缺缺："哦？"

"臣父从南边归来，带了一块上好檀木，制了一块木牌送给母亲，其余的，则赠给了友人。"

听到这里，宋昶逐渐掀起了眼帘，他在案前直起身子，重新打量阶前的年轻臣子，口中道："你父亲……"

周檀平静地说："可惜父亲早亡。后来，臣四处寻找好的檀木，制成簪子，制成手钏，却再也没有找到过那样好的东西。"

"不对，不对，"宋昶眉头深皱，突然道，"朕瞧过吏部的通考，你的父亲不是和你母亲一同死的吗，怎的说是早亡？"

他从案前站了起来，再次走过来："朕记得，你仿佛是临安人吧？"

"臣母改嫁，在临安数十年，也算得上半个临安人了吧？"周檀跪得笔直，像一棵临寒未曾倒的松柏，"陛下这么多年，可因什么事情后悔过吗？"

听他问出这一句话，宋昶心神大震。他走到近前，伸手按住周檀的肩膀。周檀毫不畏惧，抬起头来与他对视。

宋昶瞧着周檀的眼睛，感觉自己的手在抖，只得勉力压抑："朕是天子！朕会因何事后悔……"

"可是臣每日都在后悔。"周檀目不转睛地看着他，此举大不敬，他微微眯眼，蒙眬地泛起了泪意，"臣后悔，为何不在初来汴都之日便去当今宰辅门口三叩九拜，求这杀父仇人放过臣，不要一再逼迫！父亲临终留信，叫臣一生忠君，臣不敢有一日忘怀，可怎么当初不肯放过他的人如今也不肯放过臣？"

宋昶往后退了一步，差点在明黄的金阶上摔倒。他像见了鬼一样盯着周檀，恍然大悟，为何当初在玄德殿初见时就觉得对方眼熟，他和他父亲有一双一模一样的眼睛！

可他仍旧不敢相信。

宋昶茫然四顾。玄德殿中一个闲杂人都没有，只能听见博山香炉内香料燃烧的细微声音。

"陛下！"周檀哽咽着唤他，将头伏了下去，语气沉痛，"臣来汴都这几年，又承恩拜入老师门下，无一日不在想，要做陛下的臂膀，要做宋氏皇朝的基石！为此臣夙夜苦读，不敢有一日懈怠，哪怕入了诏狱，被世人唾骂，臣也要保住一条性命，力所能及地为陛下做事，绝不辜负当年父亲的心愿！"

"哈！哈！"宋昶指着他，颓然坐在身后的阶上，他面容扭曲，几乎不知该摆出什么表情，最后只从牙缝挤出一句话，"你可知欺君是什么罪过？"

"臣祖上三代，满门死于沙场，如今更是不能供奉。"周檀扬声说着，似乎压抑了许多年，终于得空宣泄，"那块丹书铁券还藏在臣的府中，陛下若是不信，就取来一验真伪！臣无能，身体虚弱，不能如祖辈一般守着疆域，只好隐姓苟活——臣能死于社稷，不能死于构陷！如今臣被人逼到绝路，百口莫辩，实在是没有旁的法子，才斗胆说出这些话，叫陛下知道臣之忠心。陛下若觉得臣欺君，便要了臣的性命吧，臣至地下，也好同父母说一声'孩儿已经尽力了'！"

宋昶激动地看着他，胸口起伏不定，不知是想哭还是想笑。

"庆功！庆功！"他扬声喊道。

方才推门进来的大太监连忙小跑着进殿。见此情形，他吓了一跳，但还是什么都没有多说，恭谨地跪下："陛下有什么吩咐？"

"你去找许恒，叫他带着簪金卫到小周大人的府邸去。"宋昶捂着胸口，吩咐道，"悄声去，不要叫人发现，就说……就说……"

"就到侧门叩五声，说是御前来人。"周檀趴在地面上道，"府内有人，自然会把陛下想要的东西交出来的。"

"去！去！"

庆功连忙出门，宋昶支着额头勉力起身，感觉自己几乎说不出话来，只好道："你……你先起来……"

周檀却不肯听话，全心跪伏在那里。

簪金卫行动十分迅速，曲悠临走之前曾专门叮嘱过，不过半个时辰，庆功便去而复返，手中捧着一只黑布包裹的盒子，疾步走来，跪到宋昶脚下。他将黑布解开，随即立刻垂头退到殿外。有甲胄之声渐行渐远，想来他是将殿前守护的林卫都往外调了十步远。

黑布之下露出一个镂着朱雀玄武的檀香木盒子。宋昶一见到那盒子，便面色惨白，喉咙里发出气声。他伸手揭开盖子，哐啷一声扔得老远。四周的铜金烛架上，烛火明明，将玄铁上镂刻的"萧"字映得清清楚楚。

宋昶顿时感觉天旋地转。他将目光重新投向庭前跪着的青年臣子。

周檀终于抬起了头，他面色悲戚地朝他看过来，眼尾通红，似有泪痕。

故人远自梦中来。

"陛下这么多年……可有因什么事情后悔过吗？"

"宰、执党争激烈，太子、皇子，哼，你们都盘算着朕的帝位……"宋昶的目光死死粘在那块玄铁上，他微微气喘，不知在说给周檀听还是在说服自己，"你从哪里查到陈年旧事的？又是从哪里伪造了这些东西……别以为朕不知道你在想什么！"

周檀看着他，目光哀戚。

"你在想，你伪装成……故人之子，朕就会方寸大乱，会全然相信，方便你斗胜宰辅，为太子铺路！你设计流放了典刑寺卿，还有那个杜辉，杜辉，也是宰辅的人——"

"陛下，难道是臣逼良为娼，害死了那个坠楼的女子吗？"

周檀平静地打断了他，声音微微扬起，锐利而坚定。

"是臣屠人满门、掳人妻女，将她们关入楼中行权色交易，让她们肆意为人所辱吗？是臣逼杀妻子，买通京都府，在汴都横行霸市吗？"

他微微笑起来："太子？不是臣，也不是太子，所谓宰辅的心腹，他们为何而死，陛下心中清清楚楚，又何须再问？臣今日敢对诸天神佛发誓，臣所行一切，皆是为了皇朝基业，为了陛下！为了生民不受压迫，仍相信天道安在，相信为官者头顶青天、胸有良心。

"陛下说臣所作所为是为党争，那您可还记得，刑部一桩桩旧案之下埋了多少血泪，登闻鼓下更是字字椎心泣血！臣不求名声、不求利禄，穷尽心血翻案也不过是为陛下尽忠。您却觉得，臣今日所言是在欺瞒，从前所行是为党争？若真如此，臣今日不如触柱死于玄德匾额之下，也不必让陛下为市井流言担忧！"

宋昶双手捧着那盒子，轻轻地将它放在案上，眼神飘忽，花白胡须微微颤抖，粗重的呼气打乱了香炉中飘出的烟。

"不过一块玄铁，几句言语……萧越一生无妻无子，你若是……"

他向前伸出手去，似乎想要抓住什么，口中喃喃念道："你……你若真的是……为何从前不说？"

"臣说与不说重要吗？"周檀回道，"父亲当年为小人构陷，陛下受了蒙骗，陈年伤疤，何须揭开？况且父亲最后转交母亲的书信上写，不愿让陛下难过。臣苦读至今，为官守正，也只想为陛下排忧解难，身世于臣、于陛下，有伤无益。"

他膝行两步，殷殷道："臣在诏狱濒死都未暴露此事，也愿意为了陛下背弃老师，这难道不足以证明臣的心吗？若非宰辅一再相逼，让臣无路可走，臣万万不愿将此烦忧再带到陛下面前。如今新仇旧恨，臣实在难挨，只好来求陛下做主！

"当年构陷在先，而今设计在后，宰辅满手鲜血、满腹私心，实在不堪为陛下股肱。杀父之仇不共戴天，臣万般忍耐皆为朝纲，陛下痛失旧友，也全因他的诬告。种种大罪，臣不愿细数，今日就斗胆，仗着这块丹书铁券，伏请陛下圣裁！"

"就算是真的，你……你让朕屠杀当朝宰辅？你好大的胆子！"宋昶一拍书案，震翻了那只博山香炉，香灰弥漫，空气中气味甜腻。

"你说你一心皆为朝纲，那朕问你，宰辅死后，你该是什么身份，这朝中又会是什么模样？"

周檀跪得太久，膝盖有些痛，他拄着地面，花了好大的力气才勉强站起身来。

宋昶见他起身走来，不知为何竟有些恐慌："你想干什么？"

"臣知道陛下在担忧什么。"周檀道，"宰辅离朝，贵妃失势，执政做过太子太傅，朝中局势必然倾斜。臣向陛下举荐一人。工部尚书蔡瑛为前朝进士出身，为官多年，端正刚直，一心只为陛下，在朝中得罪不少人，且素来以为执政谄媚，不屑与其来往。吏部丁忧的小苏大人是名门出身，虽与臣不合，但心中有社稷，其父死于太子旧案，断不可能参与东宫党争。"

宋昶惊疑道："你连此事都已谋划过？"

周檀一摊手，苦笑道："这哪里是臣的谋划？陛下大可以去查，臣为您举荐的人和臣素无私交。小苏大人丁忧时日长，还是臣年少轻狂时压着他不许复官；至于蔡大人，平素上了多少弹劾臣的奏折？三日前在朝上，他还义愤填膺地骂臣罔顾法度，陛下可还记得？

"臣只是在为陛下权衡利弊，同样是平衡朝局——若双方都心系天下，斗的自然是谁于天下更有益；若一方多行阴私，则诸如坠楼案般惹人非议之事就会层出不穷，他们为自己牟利，损的却是陛下的圣名哪。"

宋昶呆呆地看了他许久，心中翻天覆地，不仅是因为对面之人的身份，而且他发觉，周檀所言确实不假。

傅庆年跟随他良久，从微末之时走到今日，早已面目全非。他之所以重启簪金馆，不也是因为这位宰辅权势日盛，自己已经不再放心叫他办事了吗？况且之前坠楼一案，太子亲见，三司公审，他虽纵着傅庆年如此，却没想到傅庆年会做到此等地步，最后还保了彭越的性命。他为了不叫太子一党觉得自己大获全胜，准了傅庆年所奏，可谁知下次傅庆年又敢做出什么事情来。周檀所言确为上策，既然要斗，何不重新提携人来斗？

宋昶摩挲着手边冰冷的玄铁，清楚地知道，周檀没有欺瞒他的胆量，玄铁秘藏于萧氏最隐秘的地方，除了萧越亲子，无人能拿到，况且……他还有一双和萧越一模一样的眼睛。

萧越与他一同长大，从少时随军边关大捷，帮着平了戚王金陵反军，带兵随他逼宫、力保他登基，穷尽心血，从未做过对不起他的事情。两人最后一次见面时在帐中醉酒。他当时猜忌已生，试探对方能不能交出虎符。萧越手持长枪跪在地上，说要为他再守边疆一万年。

一万年哪！一万年实在太长，他被翻云覆雨的争斗扰了心智，权柄是如此冰冷、迷人，一旦握住便沉溺其中，难免会做出连自己都不理解的选择。

周檀跪在地上，口口声声说傅庆年于他有杀父之仇，他所怨恨的只有傅庆年一人吗？当年之事，他是否真被蒙蔽，连他自己都不知道，对方对他有无怨恨？

宋昶被激红双眼，一瞬间甚至动了杀心，但是片刻后又颓然松懈——周檀若非被傅庆年逼到绝路也不会如此，他在诏狱中都不曾想过抖搂此事。

故人已逝，这是他残存世间唯一的血脉。

况且周檀必然留了后手，譬如他虽言辞恳切，暗地里却安排妻子来敲登闻鼓——他若依对方的心思，陈年旧案自然能烂在内宫；他若不依，甚至就此赐死周檀，除了他的妻子，他还安排了什么人、会散布什么言论？那些被掩埋的往事，若真要抖搂，难道要他下罪己诏不成吗？

"你可知晓……"宋昶将牙齿咬得咯咯作响，"就算杀了傅庆年，你也不可能是萧氏子？你叫你妻子来，威胁着朕不敢杀你，又有这些心思——朕问你，在你的谋划中，你自己身在何处？"

"陛下，臣已尽力完成亡父心愿，且心知肚明，今日之后，萧氏子不能在朝。您疑心臣投身太子，周檀此人也不应在朝——父亲葬在边疆，封地仍空，陛下将臣贬到鄀州去吧。"

宋昶被他所言惊住："你……你说什么？"

"今日，不是宰辅死，便是我死，我既孤注一掷，将所有告知陛下，便没有想过活着从玄德殿出去！"周檀突然不再称"臣"，而是改口称起了"我"，他目光炯炯，言辞悲切，"陛下若信父亲当年对我的托付，就为我们父子二人做主一回，我从此隐姓于鄀州，终生不再还朝。陛下若不信我的忠诚，我也没有办法，不须陛下动手，我自己自尽，绝不叫您为难。"

他已经退让到了这样的地步。

说来也是傅庆年欺人太甚，周檀自从燃烛楼案后谨小慎微，未有错处，此时敢暴露身世，那么杜氏的命案必定不是他所为。傅庆年为除掉他构陷至此，又有当年萧越的旧事，周檀所求，不过是找傅庆年报仇。

宋昶颓然想着,周檀为人子,一再退让,此时终于被逼上了绝路,才会孤注一掷,这也是在情理之中。况且依他所言,除傅庆年确实于朝局有益无害。

他渐渐定了心思,斟酌着道:"如果杜氏的案子真不是你所为,朕自然不会……好,好,只要朕查清真相——"

"簪金卫再查之前,陛下就将我扣在宫中吧。内子胆小,便不必叫她再来见了,同我关在一起就是。"

周檀没有再次下跪,而是微微低头,对他行了一个见长辈的常礼,随即不等皇帝允准,便转身向殿外走去。日光透过高高的殿门漏进来,勾勒出他清瘦的背影。

恍惚间,这身影竟与皇帝记忆中的挚友重合。

"阿越……阿越曾说过——"宋昶跌跌撞撞地从金阶上下来,衣袖拂过案上的香灰,他追了两步,感觉自己有些喘不过气来,眼睛却突地泛起咸湿,模糊了视线,"他曾说过,他若有了第一个孩儿,便认朕为义父,习文弄武,将来必定是国之栋梁……"

周檀伸手推开了沉重的殿门,将老皇帝留在昏暗的殿中。

庆功在一侧深深行礼。周檀眯了眯眼睛,看见不知何时站在十步之外的傅庆年冷冷地瞥了他一眼。

站得那么远,自然什么都听不见。

傅庆年与他擦肩而过,匆匆进殿,不一会儿,身后传来他义愤填膺的声音:"陛下,不知这小人与您说了什么诡媚的言语,他醉心党争、背弃刑律是真,陛下万万不能——"

他还没来得及将这句话听囫囵,就又瞧见杜辉身着官服、捧着象牙笏板匆匆从前门跑进来。他老泪纵横,甚至在门阶处跌了一跤。

杜辉没有多看他,只是一头扑到阶上,抽噎道:"陛下为老臣做主啊!"

周檀垂着眼睛,清楚地看见了他手中紧攥的那本熟悉的手札。看来艾老板找到了傅庆年杀人的证据,连带着这手札一同给他送过去了。周檀嘲讽地勾起了唇角。

德帝与傅庆年并无不同,常年浸淫在权势和斗争中的人,七情淡漠,愿意留他一命并非念着萧越的旧情,也是权衡利益的结果。只有最强大、最核心的利益,才能使他们让步。

殿门在周檀身后沉重地关上,将一切隔绝在内。在离开前的最后一刻,周檀隐约听见什么东西碎裂的声响。

曲悠等在玄德外殿的门口,身后是一片琉璃影壁,日光之下,流光溢彩。

有林卫从周檀身后跟了过来,口中低声道:"周大人,请您和夫人暂且往偏殿安置。"

见他不说话,林卫便低头噤声,往后退了几步。

周檀紧紧地盯着曲悠,见她回过头来,便没忍住,笑出了声。

曲悠没有随着他笑,只是静静地看着他抖着肩膀笑起来,甚至毫不在意地抬手拭去了眼角残余的泪水,表情嘲讽、张狂,全无一丝恭敬。

"哈哈哈哈哈……忠心装得太累,险些连自己都骗过了,何愁骗不了他啊……"

他伸手将她抱在怀里,以只有两人才能听到的气声低声说道。

"阿怜,咱们赌赢了。"

他的声音很轻,却听得曲悠无端起了一身鸡皮疙瘩。她抬手抚了抚他的背,被他一手抓住了手腕,他微微用力,攥得她生疼。

周檀贴近她的耳朵,用一种带着笑意却很冷的旖旎声音对她说:"接下来,你我先算算账吧。"

∽ ∽ ∽

永宁十五年秋末,左谏议大夫杜辉持象牙笏板于玄德殿上告,状告当朝宰辅草菅人命,肆意谋害朝廷命官之子。

无人知晓殿门内德帝与宰辅和左谏议大夫说了什么,只知当日德帝大怒,摔了案前的博山香炉,随后添了工部尚书蔡瑛为杜高峻命案的主审官,与簪金卫一同,除了彻查本案,还多查了几桩有关宰辅的旧事。当朝宰辅就此被禁足府内,足有二十一日。

小太监来到偏殿时,周檀正撩着袖子磨墨。他没回头,反而看向曲悠刚写出来的一首七言诗,端详了一会儿,道:"好了许多。"

曲悠瞪了他一眼。

当日周檀说要同她算账,便低头在她颈间咬了一口。这一口咬得极深,立刻令她疼得眼泪流了出来。于是周檀有些心虚,寻了把匕首在自己手背上划了一刀,随后捂着冒血的伤口,面无表情地找值守侍卫去要纱布和伤药。

侍卫们不敢怠慢,连忙送来。

周檀仔仔细细地给她上了药,又将那伤口包好,像是做了错事。曲悠已经懒得与他生气了。

二人在偏殿住了足足二十日,周檀似乎毫不担忧,也什么消息都没问过。每日除了宫人来送些饭食,两人几乎见不到旁的人。

听说某日傅贵妃想要硬闯,被守门的林卫冷冷地挡了回去。

偏殿之内连书籍都没有,百无聊赖之下,曲悠便支使周檀磨墨,自己则作诗几首,请他指点一番。

《春檀集》虽然不厚,但不乏名句,周檀文采斐然。好不容易逮到这样一位老师专心指点，曲悠立刻将旧怨抛到九霄云外，专心琢磨起字句来。

两人默契地未提殿内发生的事情，也未提之前的谋划，曲悠知道他心中还绷紧一根弦，若不得一个结果，恐怕无法彻底松懈。

直至那小太监来到偏殿，进门磕了个头，恭恭敬敬地说："周大人，周夫人，陛下请二位至燃烛楼一叙。"

听见"燃烛楼"三字，周檀磨墨的手顿了一下。曲悠眼见如此，连忙按住了他的手，有些疑惑地转头问道："我……也要回去吗？"

小太监不多话，只道："请。"

周檀起了身，抓住她的手，与她十指相扣："你自然该去。"

燃烛楼的兴修，便是以宫中祭祀殿宇不足为借口。德帝觉得从前的祭祀神殿太小、太破，便叫工部画了这巍峨的高殿，终日燃烛，供奉皇室，就连白天，也是一撞钟一更烛。

真算起来，周檀虽写过《燃烛楼赋》，还是第一次来到殿内。

德帝屏退了下人，正跪伏在蒲团之上叩首。

宋氏皇朝开国四百余年，牌位高比廊柱，森严气象之下，满室晃动着烛火的光辉。

"霄白，你来了。"

宋昶起身，回过头来，目光扫过周檀，落到曲悠身上："说起来，这门亲事是朕赐给你的，你却未曾带新妇进宫谢过恩。"

周檀端着手朝他行礼，没有跪下。曲悠连忙效仿。

"臣当时身有重伤，乱了礼数，还请陛下责罚。"

宋昶摆了摆手："罢了，罢了。朕今日叫你过来，也是对你说一句。杜氏和刘氏的案子，簪金卫已经查清楚了，杜辉亲寻到了当时那个做伪证的蓁儿，宰辅以她的亲眷要挟，逼迫她胡言乱语。刘氏记挂儿子，被迫闹了那么一出，目的就是构陷你——这案子查得明明白白，结果明日就会经由刑部和典刑寺宣判。"

曲悠出神地想着，按照律法，杜高峻杀妻为流放之刑，罪不累及亲眷，但杜辉难免落个糊涂、包庇的罪名，理应被贬。傅庆年诬陷朝官、杀官宦子弟、结党营私，最轻也是被贬、流徙。但杜辉应该点明了傅庆年在燃烛楼案中动的手脚，以德帝的性子，绝不可能留下他的性命。况且，还有周檀的逼迫。

周檀露出笑容，却未见得意，只道："陛下圣明。"

宋昶有些迟疑地看了曲悠一眼，周檀立刻攥紧她的手。见二人亲密，宋昶才松了口气，叹道："你虽无端被牵连，但从前行事亦有不轨之处，朕……朕会如你心愿，挑个小罪名，贬你去都州为官。"

周檀露出释然的笑容："多谢陛下。"

宋昶没有说话，曲悠便陪着周檀在他身后站着，最后还是周檀先开口："若陛下没有旁的事——"

宋昶闭着眼睛唤他："霄白——其实，你以周氏子弟身份留在朝中也是无妨。你受委屈了，朕从前所为……伤了你的心，如今既知你，便断不会再疑。"

周檀转过身来，依旧垂着眼睫，貌似很恭敬地道："陛下愿意留我，我却不能在朝。东宫事多，若我留下，总有一日还会让陛下觉得我有意投靠太子，谋夺您的江山，更会让您想起宰辅罄竹难书的罪行，想起父亲。不论是悔是恨，总是会伤陛下的心的。"

他朝着面前煌煌的烛火跪下，认真地行了最后一礼。

"萧氏满门皆是坦荡血性男儿，不该出臣这样的阴鸷之辈，叫陛下生疑。陛下若念着往日情分，便请照看臣……与夫人的亲眷，臣二人感激涕零，在西境也会为陛下祈福。"

语罢，他便拉着曲悠向外走去。

宋昶像是想起了什么事情，忽地哽咽，吼道："朕已无故人，有心留你，你便非走不可？对了，孤鹜，你身上的孤鹜……"

"陛下是说这个？"

周檀从怀中取出一个蓝色的瓷瓶。这瓷瓶，曲悠见过好几次，德帝每月赏他一次，累积到如今，已有七八瓶。他微微松手，那瓶子便在殿前摔了个粉碎。

宋昶几乎将眼珠子瞪出来。

周檀从诏狱出来之后一心做他的孤臣，他从前还常疑心对方，如今幡然醒悟，原来周檀早已不受孤鹜的控制，那些忠诚果然是发自内心的。

宋昶今日并未戴冕旒，曲悠回头再看一眼，惊觉这个从前在自己心目中高高在上的君主原来已经这样老了。

"臣与父亲一样，不受牵系，只凭心意尽忠，陛下既知臣，死而无憾。

"此去山高水长……愿陛下福绥绵长、德耀万疆。"

高城

两人刚从燃烛楼出来，便看见阶前跪着一个素衣披发的女子。

曲悠有些惊讶地看着傅明染，弯腰行礼："贵妃娘娘安好。"

傅明染没有理她，只是死死盯着周檀，愤怒地冷笑道："是你？"

"娘娘切勿胡言乱语，"周檀以一种有些怜悯的眼神居高临下地看着她，"陛下祭拜祖先，贵妃娘娘在此脱簪待罪，恐有不敬先人之嫌，还是早些回去的好。"

傅明染面上露出一分哀戚的神色，她狠狠地叩首，额头上浮现一块明显的淤青："陛下，臣妾的父亲向来忠心耿耿，定是为蒙奸人所害，请您明察！请您明察！"

周檀摇摇头，握着曲悠的手离开了燃烛楼。

曲悠回头看了一眼，小声问道："陛下会对贵妃如何？"

"不会要了她的性命。"周檀简单地答道，"傅相就算被定罪处死，贵妃也是九殿下的生母，看在皇子的面子上，大概能留下一条性命吧。不过，她从前的谋划，怕是再无指望了……"

他没有说完，突然像是想起了什么，问道："那日你去贵妃那里，她可有为难你？"

曲悠抱着他的手臂："只是多跪了一会儿，无妨。"

周檀充耳不闻，只是问道："跪了多久？"

曲悠道："啊？大概有两炷香的工夫吧，我也记不清了……"

周檀冷冷地回头看了一眼，口中道："陛下虽愿意留下她的性命，但她若聪明些，便该知道……罢了，我们走吧。"

曲悠还没来得及消化他这句话的意思，便被他扯着走远了。

∽ ∽ ∽

又过了三天，三司并主审官一同与德帝议定了刑罚。

傅庆年除了被指证勾结刘氏一同诬陷周檀、屠杀命官之子，还被蔡瑛查出了他与几桩积年旧案的关联。不单是坠楼一案，事涉多人，不能尽述，连蔡瑛尽数知晓后都有些震惊。不过，周檀在刑部时查的几桩案子都与傅庆年有关，倒省了他不少工夫。

德帝悯下，愿意给傅庆年一个体面的死法，只说是抄家后赐鸩酒自尽，罪不累及亲眷。

杜辉因其子行事荒谬，加之与傅庆年联手做局，被判流徙岭南。不过，曲悠知道，他既拼死告了真如宫一事，德帝恐怕不会留下他的性命，至于他能不能聪明地意识到这一点，或者为自己制造个假死脱身，就要看他自己的造化了。

德帝确实为周檀找了个不大不小的罪名，说他虽被构陷，但平素行事不端，又涉东宫党争，贬官去郡州做通判。这个罪名也是为了敲打一下太子，让他不要以为傅庆年身死便万事大吉。

终于尘埃落定。

傅庆年在诏狱中呆滞地坐着，忽而听见身后有动静。他转头看去，见周檀着人抬着一副棋盘进来，在他身前摆好。周檀面上没有多余的表情，既没有胜利者的高傲，也没有怜悯，与当日被他请去府邸下棋时并无任何不同。

于是傅庆年笑了："霄白，你来了。"

周檀道："我来与您再下一盘棋。"

这次周檀执黑子，傅庆年执白子，两人下得平心静气。

周檀的棋路与上次相比截然不同，每一子都谨慎了许多，傅庆年边下边笑："从前那盘棋，果然是霄白刻意所为。"

棋至中盘，他又突然道："你知晓我为何如此恨你老师吗？"

周檀重重地落子，呼吸粗重了一些，却没有说话。

"我就知道你来是想听这个。"傅庆年失笑，他一边优哉游哉地继续琢磨着在何处落子，一边漫不经心地感叹道，"你老师升任吏部尚书时，是平溪元年……说起来，你知道先帝为何改元平溪吗？那一年黄河水患，死了不少人，我和你老师当时正是踌躇满志之时……"

周檀嗯了一声，说："我知道。"

"嗯，是你老师修河堤，平了黄河水患，他也因此加官晋爵，比我和高则升得快了许多。"傅庆年反复摩挲着手中的棋子，"你老师是个直臣，修河堤时，牵连出了吏部贪污的案子，他毫不留情，上书法办。先帝眼里容不得沙子，有好多要员都在那年被抄家破府——就如同我今日一般。"

周檀的手顿了一顿，不知道想起了什么。

"我比顾相和高则娶妻都早，夫人是恩师的女儿。"傅庆年没有看他，只是继续道，"恩师被这贪污案牵连，除了我夫人，举家流放。水灾之后恰有大疫，即使我尽力看顾，他们也都死在流放途中……夫人那时候刚生下明染，身体虚弱。我瞒了许久也没有瞒住。她不想让我为难，很少主动提及此事，但身子没养好，后来忧思郁结，早早地去了。"

周檀的手抖了一下，他低声道："并非我老师逼迫他们贪污……他们贪的，都是生民的血汗钱。"

"我知道，我知道。"傅庆年露出冷冷的笑，"可是我夫人死了——我听明染说，你的新婚夫人同你感情甚笃。若是你呢？霄白，若是你夫人被人害死，即使你知道他们是无意的，行的是正义事，你难道会原谅他们？"

周檀没有回答。

"我本来想把明染许配给你，后来又把她送进宫去，不单是为了权势，也是因为……我知道，我害死了顾相，迟早会有这一天。"傅庆年落子，胡须抖动，笑得很坦然，"她在宫中，好歹能留下条性命……我一辈子只有这一个女儿。夫人死后，我再未续弦，如今我也能去见她了。只是我过得不好，也老了，尘满面鬓如霜，府内的高木亭亭如盖，她应该认不出我了。"

周檀有些茫然地继续下棋，落错位置，被对方吃了一片。

"我知道你老师是好人，是圣人，我也知道我这些年来所作所为不堪入目，迟早会落得今日的下场。"傅庆年长笑一声，"只是人生如棋，落子无悔，我既决定与他作对，势必要背弃一些东西。你知道吗，当日他出京去，我亲自带人去追。就在清溪边，他问我：'当年我们同朝为官，何等年轻气盛，满怀抱负，想要改变这个天下，言犹在耳，人缘何变？'我说：'这些缥缈的梦怎比得上身边人的一笑重要？我早亡的夫人多年来不肯入我的梦，你就算是天下人的圣人，也是我的仇人——今日你跳下清溪，于我而言，也是沧浪污你、你污沧浪。'"

周檀喘着粗气，抬手如他当日一般掀翻了棋盘。

傅庆年哈哈大笑，周檀走出诏狱长廊时还能听见他扭曲的笑声："小周大人，你可千万不要遇见如我当年一般的事情哪！"

高则站在诏狱门口等周檀，表情复杂。他并未听见二人聊了什么，只是感慨了一句："傅相从前……也是个好人。"

周檀随着他沉默地往外走。夕阳将落，天色昏红，端着鸩酒的侍卫从他身侧擦肩而过。

"陛下贬你去都州，到底仁慈，要你在汴都内多待一段时日再走。"高则叹道，"你夫人与云月颇有交情，临走之前，也到府上坐坐。"

周檀应了，又道："当日我在簪金馆中时要我夫人问了执政一句话，执政给的答案是忠君高于爱己……"

"皇后在陛下潜龙之时便已早逝，陛下重情，登基之后追封太子妃为后。只是世琰这孩子终究没了亲娘，他小时候无依无靠，空占着嫡出的名头，过得不怎么好。"高则摇头喟叹，"他是我看着长大的孩子，虽贵为储君，但我知他的心思，陛下没有旁的出色子嗣，太子继位合该天经地义。我上次便想问霄白，缘何如此不信太子？"

"执政总念着旧情，殊不知人是会变的。"周檀没有看他，"罢了，我如今多说无益，执政日后行事还要多为自己考虑才是，不要过分相信太子……您与老师交好，若有朝一日需要帮助，霄白就算身在都州，也会尽力的。"

高则应下，却表情淡淡，显然没有将他的话放在心上。

二人在东门前揖手告别。周檀走了几步，又回头说了一句："执政得闲之时，便查查苏家的旧案。"

这次高则的面色终于凝重了些。周檀不再看他，上了马车，被曲悠塞了一只暖炉。他与高则的车驾在东门口分道而行。

"你出来得好快，"曲悠道，"我还以为你要多与傅相下几盘棋，正打算打个盹儿。"

周檀摇头："我与他相顾无言。"

马车摇晃了一会儿，太阳也很快沉沉地落了下去。等行至曲府门前时，天色已经暗了下来。曲悠叫小厮前去通报，有些忧愁地说："不知道父亲愿不愿意见你。"

不料小厮回来得飞快，不过一会儿便低声请两人从后门进了正堂。

曲承和尹湘如一同坐在正屋的烛火前，手边是曲向文和他的两个姐姐。

曲悠进门之后，一句话都没说，先跪下行了个礼："父亲、母亲，孩儿不孝。"

尹湘如甩了甩帕子，曲承则是愁眉不展："向来夫君流徙不累及亲眷，女子可以留在后宅侍奉婆母，再不济，也可以回家尽孝，你可知道？"

曲悠梗着脖子道："女儿知道。"

曲承拍桌："那你还要去？"

曲悠小声回复："要。"

于是曲承唉声叹气地继续拍桌，尹湘如抬手想扶曲悠起来。不料周檀突然在曲悠身侧跪下，朝着二人端正地行了个大礼。

"成婚之日，我尚在病榻，礼数不周，今日，便为高堂奉茶吧。"

正屋之内并无奴仆，曲悠闻言，连忙想要上前去为他倒茶，不料却被身侧的曲嘉熙按了下来，使眼色要她好好跪着。曲嘉玉在另一侧眼疾手快地倒好了茶，递到周檀手中。

尹湘如先接了他的茶，感觉自己鼻尖酸涩："好，好，姑爷既如此，肯定能照料好阿怜……"

曲承黑着一张脸坐在座位上，看着周檀恭敬地埋头举着茶盏。那茶偏烫，白气上浮，但周檀捧得很稳，连手指都不曾颤抖。他终于没忍住，叹着气接过了茶盏，板着脸训道："鄌州并非岭南苦寒之地，若真要出去，就当见见世面——"

曲悠打了个激灵，拉着周檀连忙拜谢："今日算是补拜高堂，父亲、母亲，从此女儿女婿不能尽孝，还请保重身体。"

他们还会回来的。

曲承冷哼一声。

曲悠知道，他既然接了那盏茶，便是不再介意之前的事情了。此次朝堂之事，曲承多少知道一些，眼见曲悠甘敲登闻鼓，周檀又如此恭敬，想必二人琴瑟和鸣，倒也不须再过责难。

两人待到深夜才离开。

临别时，曲向文抽噎着说明年便要科考下场了。周檀闻言送了他一块玉佩，叫他如有为难便去找小苏大人帮忙，还为他点了几个朝堂中正得重用的直臣，听得曲向文眼睛发亮。曲嘉熙和曲嘉玉则得了许多银钱和首饰——来之前，周檀便私下交到曲悠手中，要她给两个妹妹添妆。

两人出来时，街道已然无人，远处也只有樊楼透出的些许亮光。见如此情形，两人便没有乘马车。

周檀见曲悠脸上笑意深深，不由得问："你很高兴吗？"

"当然了，父亲终于接纳你为家人了，我怎能不高兴？"曲悠摇着他的胳膊道，"你亲眷不多，如今即将离京，执政和小苏大人在，太子恐怕不会轻举妄动，终于不用刻意疏远了。难道你不想要家人知道你如今过得很幸福吗？"

周檀脸上空白了一瞬，似乎没有消化她口中"家"和"家人"的意思。

曲悠朝他做了个鬼脸："怎么了，被感动了？"

周檀却缓缓道："不。听到你说这样的话，我才感觉到，如今你真的在我身侧。你可知道，从前我总觉得，自己离你很远。"

曲悠一怔："你为何会如此认为？"

周檀抬头，瞳孔映出了远处樊楼的灯光。

"我们去登楼吧。"他突然说。

于是两人爬上了樊楼楼顶。

樊楼是汴都第一高楼，足有九层，顶楼便是十丈红尘的顶端，楼下便是喧嚷人间，抬首是严寒与月色。

曲悠累得气喘吁吁，深秋时节竟累出了一头汗水，不住地摇着手中的团扇。她正扒着栏杆朝下看，便听见周檀开口问："你在嫁给我之前，一生所求为何？"

她一呆，随即答道："我那时……没有所求。"

"是吗？"

周檀移开视线，笑了一声。

"你知道我第一次带你来樊楼的时候，在想什么吗？

"这汴都人潮汹涌、喧嚣、繁盛，你高居樊楼之上，低头往下看，虽兴致勃勃，眼中却一个人影都映不出来。"

曲悠摇着扇子的手一僵。

"我当时就觉得离你好远。"周檀还在继续说，"多奇怪，你身处其中，又超然世外，看不起这里的每一个人，包括我，却总是忍不住同情我们。

"上次在京华山上，在那堆坟墓前，你问什么，我答什么，不曾多说一句。因为我那时候有了清晰的感觉——你并不属于这里，你属于一个自由、轻灵、超脱的世界，那里容得下你的理想，并有同道之人。你对我，虽然有敬佩，但更多的是一种居高临下的怜悯。"

乌云遮蔽了月亮，曲悠倚在栏杆上看着周檀，对方也这样毫不回避地看着她。风从他的脸颊拂过，又拂过她的。她于这样静谧而坦荡的对视中，产生一种奇妙的感觉，并非感受到了历史中的他的存在，而是感受到了这个时代自己的存在。

"是的，"曲悠端详着他，感觉此时自己说不了谎，"我从前属于这样一个地方，你羡慕且向往吗？"

周檀没有答她的话，他今日着的是白衣，衬出凛凛的瘦骨。

"你以内命妇之身为贱籍鸣不平，以女子之力去对抗权贵；为了救我，毫无顾惜，既不在意闺誉，也无所谓危险；愤怒和泪水，都是为了人而产生……我羡不羡慕你？

或许羡慕，但我不能向往，因为我在这里。"

曲悠沉默了半晌，反问对方："倘若我告诉你，你所求的一切对于广阔的世界都是镜花水月，年岁更如白驹过隙，我们所做的事情甚至留不下一丝痕迹，你还会觉得你坚持的一切有意义吗？"

周檀看过来，目光隔着空蒙的夜幕。

"我在这里，难道你不在这里？难道那些值得你落泪的人不在这里？你既来到此处，怎么可能永远作壁上观？你低头去看汴都这些人——如果我所做的一切了无痕迹，他们更如尘埃。人活在世，为何要追求身后的痕迹？我们要守护的，难道不是眼底的人吗？"

被观察的人不只是周檀。

被迫来到这个世界的那一天，或许更早，从梦中见到周檀的那一刻开始，她就被卷入了历史的洪流，观察、探索，并被观察、被探索。

她为何今日才明白，她从不是历史的局外人？

周檀微微笑道："如今你眼底有了我，也有了这些人，我再看你，便与从前大不相同了——你想起你的所求了吗？"

"我从前所求……"曲悠思索良久，颤抖着回答，这似乎是来到这个世界之后她第一次坦诚地与人交流，"是一个困惑，或许对广阔的世界来说，这个谜团无关紧要，但我的使命就是查清真相。"

研究生开学第一天，她看到图书馆一排书架上足有四百九十六卷胤史时，油然而生一种奇特的使命感，所有繁复的考据、校对、求索，都是史学家的追求——让历史越来越真实。

虽然有的时候，她在深夜里写完一篇论文也会恍然，她与书页中的世界相隔甚远，或许终其一生都窥不到"真实"，但路漫漫其修远兮。

所以，来到这里，盖过恐惧的第一反应就是兴奋，如今更是明晓，她已处于真正的历史中，不仅能够还原历史的真实，或许还可以做一些事情。

"查清真相，非常伟大的使命。"周檀道，"即使身处其中，迷雾仍多，你看见真相了吗？"

你不知道我之前离真相有多远，远得就算这一件小事都能让我触动不已。

曲悠回答："我看见了你。"

因为看见了你，我的追求就被赋予了最崇高的意义。

周檀对她露出了一个浅淡的笑容。从他们荒诞的相逢开始，曲悠从未觉得他笑得如此高兴过，她紧紧盯着他，看见对方的眼瞳中映出了自己。

"这是你从前所求，那现在呢？"

"现在……"

曲悠垂着眼睛，为他拉紧了灌满风的外袍。

"我不知道，但此时此刻，我希望，今后，能够永远与你同道。"

∽　∽　∽

德帝到底眷顾，周檀此次去往郐州，是贬谪而非流放，自然不需要如同彭越一般着刑部加人看顾，只是简单地卸了原职，并获恩准可以开春再行。

永宁十五年的冬日格外短暂。

曲悠披着簇新的披风，将猫兜在怀里，周檀身着淡青鹤氅为她撑伞，任凭雪花落满自己另一侧的肩头。

二人刚刚走到栖风小院的门口，便闻到了空气中飘浮的草药气味。

艾笛声赶来开门，小声解释："柏医官说，阿萝恐怕熬不过除夕了。"

听闻当年德帝寻到景王世子夫妇后，是景王世子忠心的旧仆用自己的孩子换出了宋世翾，带着他一路逃亡，先在江南躲了许久，后来顾之言查到了其去处，送了些信件。于是那旧仆带着宋世翾重回汴都。但尚未见到顾之言，那旧仆和死士便因躲避官府的盘问而折损，宋世翾也就此失联，独自在市井间流浪了许久。所幸德帝一心以为景王孙已死，宋世翾从小不长在汴都，脸生，安全，倒不至于有性命之忧。他就是那时候认识了阿萝。

曲悠拿着猫软软的爪子去摸小姑娘的手。

阿萝虚弱地睁开眼睛，看见那猫，眼睛亮了亮，随即咳嗽了两声："……原来你真的有猫。"

宋世翾哑声回道："我不骗你。"

阿萝不知道自己从哪里来，有记忆起便带着弟弟跟随一个年迈的老爹讨生活。因为长得漂亮，她时常将自己涂得一团漆黑。她聪明又会交际，宋世翾遇见这个小姑娘，倒是少吃了不少苦。后来因着官府巡查，阿萝带着弟弟换了住处。忙乱间，宋世翾与她失散，被艾笛声和周檀寻了回去。他努力找过对方许多次，可是汴都实在太大，又不能动用官府之力，寻常乞儿遇见官兵拔腿就跑，阿萝又常作伪装，直到送信一事，才叫宋世翾寻到了她。

阿萝那年迈的老爹死在去年冬日，连带着阿萝的弟弟——他们家似乎有什么遗传疾病，柏影瞧了都没有办法治愈。这么多年风餐露宿，阿萝本就伤了底子，纵然以好药吊着，也保不住她的性命。

宋世翾回过头来，恭敬地对着曲悠和周檀行了个礼，问："老师给它起名字了吗？"

曲悠心中想着自己随口起的"雪白"恐怕上不了台面，周檀则瞬间回忆起了她对着猫笑盈盈地喊"喵桑"的情态，于是二人难得异口同声："没有。"

曲悠面色一红，连忙掩饰道："子谦来给它起名字吧。"

宋世翾瞥了一眼,阿萝费劲地伸手握住小猫的爪子,晃了晃:"就叫……就叫'阿萝'吧,阿萝走了,还能有小猫记住我的名字……"

宋世翾立刻说:"好。"

除夕前夜,汴都下了一场雪。

阿萝悄无声息地死在大雪之日。她与汴都四处的乞儿并无不同,就算勉强走运了一些,还是没有留住性命。宋世翾将她葬在栖风小院屋后的榆树下,正对着院墙上的蔓蔓青萝,等春日到了,又能看见一片碧色。

⌒ ⌒ ⌒

除夕当天,艾笛声在正屋摆了一桌小宴,柏影一边与他闲聊,一边哼着小曲擦拭杯子,抬眼就看见白沙汀拍掉发上的雪,喜气洋洋地带着叶流春走了进来:"小艾,今日的雪可真大——"

他还没说完,就撞上了柏影如同见鬼一般的目光。

白沙汀一拍大腿,立刻扑了过去:"十一哥!"

柏影噌的一下站了起来,转身就跑:"躲来躲去,还是叫你见着了!"

曲悠恰好打开帘子进来,看见周檀正在窗前同苏朝辞下棋,二人丝毫没受到屋内嘈杂的影响,静默,专心。她看了一会儿,拽了拽周檀的袖子:"我说为何看着这二人长得像,柏医官竟然也是白氏的人。怪不得我初识他时,他信誓旦旦地说不给达官显贵看病,是不是就怕碰见这四处混迹的十三先生……"

她絮絮说了一堆,周檀毫无反应。曲悠侧头看他,恍然大悟:"你早就知道了?"

"你请柏医官上门为我看病时,我就知道了,要不然你以为我缘何如此放心他来治病,也放心你常与他来往?"周檀执白子,淡淡地说,"他也认识我。"

"那……"

"柏医官的母亲并非正妻,死得蹊跷,多年来他恐怕对白氏多有不满。在子侄一辈里,他不太受待见,只有十三先生同他交好。当初,十三先生就是追着他来到汴都的。"周檀平静地回答,"他们二人闹别扭,我不便多说。"

他刚说完这句话,柏影就抱着手中一个瓷碗从窗前跑过,边跑边骂:"周夫人,都怪你!要不是认识你,我就不会去给你夫君看病!也不会结识艾老板,将我带到这人面前!你们好一对黑心的夫妇……"

白沙汀从他身后追了过来:"周夫人,原来上次你同我说的人就是他!改了个姓,我竟然没听出来!白三景,你站住!还有周大人,你既认识他,为何不告诉我?你跟你那个傻弟弟一样缺德……"

苏朝辞皱着眉,眼睛紧盯着棋盘,严肃地道:"金陵白氏的子弟个个如此,怎的你和他们截然不同？"

周檀回道："我聪明一些罢了。"

曲悠去桌前讨了一壶茶，随即和叶流春挽着手说话去了。

周檀往窗外瞥了一眼，问："你何时复官？"

苏朝辞答："除夕之后。"

白雪将日光映得更亮了一些，熏香袅袅地从二人身侧往上飘。周檀沉默了一会儿，道："夜间或可饮酒。"

苏朝辞专心下棋："甚好，你我许久不对酌了。"

他抬手倒了一杯茶，递过去："你去郓州，路途遥远，切要保重。傅庆年难斗，若非兵行险招，绝不会有今日的结果。陛下能放你远行，你也借此休息一番，朝堂有我，必定仔细为子谦铺路。"

周檀喝了茶："我自然放心你。"

夜里，汴都燃了烟火，周檀喝得多了些，从栖凤小院出来时脚步虚浮。曲悠架着他上了马车，嗅到了二人之间弥漫的酒气。

人定未至，因着是除夕，街上行人并不多，但依旧热闹。马车从汴河大街穿过，照旧能听见摊贩叫卖和孩童戏耍的声音，想来过了人定时分，这些人才会回家守岁。

曲悠撩开帘子往外看了一眼，转过头来就看见周檀凑到了她面前。

他离得这样近，连呼吸声都清晰可闻，曲悠顿时感觉心跳漏了一拍，她伸手捧住对方的脸，道："我还以为你从来不饮酒。"

周檀直勾勾地盯着她，哑声道："其实少时我也做过临安城内的纨绔……"

好像书上写过。曲悠饶有兴趣地问："哦？"

周檀闭着眼睛晃了晃脑袋："买花载酒、千金一掷，只不过那样的日子如浮光掠影，实在短暂，每每饮酒总会回忆起来，这酒不喝也罢。"

他的睫毛一颤，曲悠看着可爱，伸手戳了戳，由衷地道："今日你的朋友都在这里，你高兴吗？我希望你能过得再高兴些。"

周檀面色酡红，呼出一口大气："你为何希望我高兴？"

曲悠一怔："因为你……是个好人。"

于是周檀轻轻地笑了一声，眼睛晶亮："这世间好人那么多……"

"你跟他们不一样。"曲悠摇摇头，想了想，说道，"你记不记得，那日你与我同登樊楼，我告诉过你，我希望能够查清这个世界的真相。"

周檀歪着头想了一会儿，然后又凑近了些："记得。"

"你真记得吗？"

他的酒量应该不怎么好，不过喝了一些就醉成这样，没有骨头一般倚在她身上。曲悠无奈，只好伸手抱住对方的脖子，继续说："你不知道，你在……呃，在流言中不太好。我最初嫁给你的时候，也常以最坏的恶意揣测你，但是当我亲见，发现一切都不一样。"

周檀枕在她肩膀上，沉默了一瞬，哑声道："你想知道这世界的真相，可我在瀛寰万丈中何其渺小，本不值得你多看一眼。"

曲悠觉得他喝醉了，决意不听他说了什么，一只手下意识地抚摸他的后背，像在给猫顺毛。她一边顺一边漫不经心地说："历史是由人构成的，历史中所谓的气节和风骨都是因为有你这样的好人，才能在千秋万代后仍让人动容。你觉得自己渺小，旁人看你是累累污名，可我敬你，觉得你濯碎清溪，一身是月，在泥淖中长起的好人，总是比一帆风顺的好人更珍贵一些。"

说到后来，她也不知道自己在说什么。周檀似乎已经睡着了，就当她以为对方不会再回话时，却听见他低沉地问："你……只是敬我吗？"

他的话语宛如气声，曲悠没听清："嗯？"

"我问，"周檀伸手摸到她的后颈，在昏暗的光线中朝她贴过来，"你——"

她甚至已经感受到对方炽热的呼吸喷到了她的唇角，马车却突然绊了一下，周檀一头撞上了她的锁骨。

曲悠听见外面的车夫与人悄声交流了一番，随即恭敬地凑近马车帘子："夫人，高家的仆役拦了车，说高氏的小姐在樊楼上瞧见了马车，请您和大人过去坐一坐。"

好可惜，刚刚好像快要亲上了。

曲悠晕晕乎乎地想，回头看了周檀一眼。周檀像做了坏事一般，有些慌乱地重新坐直，装模作样地咳了两声，说："我有些醉了，你自去吧，我在楼下车中等你。"

他刚刚说完，曲悠就凑过去，在他脸颊上亲了一口。

周檀一时怔住，下意识地抬手摸了摸自己的脸颊。

曲悠却已经下车去了，一边走还一边哼着他听不懂的歌，留下一句："那夫君暂歇，我稍后便回。"

高云月今日未进雅间，在樊楼三层的栏杆处瞧见了周府的马车，便立刻着人去请。

没过多久，曲悠便由仆役引了过来。

高云月拉着她往楼中走，诧异道："哟，除夕之夜，我还以为只有我会混迹在外，你们小两口这是做什么去了？"

"你为何在此？"曲悠含糊过去，好奇道，"高大相公没有在府内摆家宴吗？"

"哼，父亲的除夕可不是家宴。虽说要避开结党之嫌，但他还是请了不少青年才俊，叫我隔着屏风相看一番。我不厌其烦，对母亲说与你约着去放烟花，然后逃到此处寻些吃食。"高云月托着腮，瞧着她笑道，"不想这么巧，真看见了你府中的马车。"

曲悠挑了挑眉，还没说话，高云月便道："你的面色怎么这么红，难道是马车内太闷热？"

"非也。"曲悠愉快地抢了她面前一个乳酪团子，一边吃一边突发奇想地问，"云月，如果夫君太害羞，应该怎么办？"

高云月瞪她一眼，脸颊逐渐红了起来："我一个未出嫁的姑娘家，你问我这个？"

"那我也没有别人可问啊。"曲悠无奈道，"算了算了，等你成婚以后再说这个吧。不对，我看你的样子，恐怕不想成婚，这样也挺好的……"

"你还说呢，你都要去西境了，也不知道什么时候才能再聚。"高云月眼圈红了，甩了甩手中的帕子，"成婚……我只是不想被父亲当作党争的棋子，随意地嫁人。如你这般嫁了人后发现夫婿比想象中好的有几个？世间大多女子都是嫁了人才知对方不堪，白白消磨一辈子，甚是可怜。"

曲悠颇为赞同地点头："那确实，不是谁都有我这么好的运气的。"

高云月白她一眼，道："话说，你听说了没有，傅相出事之后，贵妃虽未受牵连，但搬到了最偏远的宫殿，与冷宫无异。听说她第一日进去便开始绝食，怕是时日无多了。"

曲悠一惊："她绝食做甚？"

"你傻呀。"高云月道，"贵妃若是殁了，对外只说是病死，陛下再为九皇子找个出身高贵的养母，之后照样是皇家子嗣。贵妃若不死，谁敢抚养九皇子？也怕叫陛下想起旧事迁怒啊。"

果然是宫门深似海。纵使傅庆年费尽心思想要保住女儿的性命，也抵不过傅明染自己有更想保护的人。

两人感叹一番，又说了会儿话，眼见街上行人开始稀落，便挽着手下了楼。

刚出樊楼，曲悠还未与高云月告别，斜刺里便冲出一个人来。她定睛一看，原是任时鸣。

高云月轻呼了一声，拿袖子挡脸，退了几步："登徒浪子，来人，还不快轰走？！"

曲悠连忙道："且慢。"

她打量了任时鸣几眼，往前走了两步，客气道："任公子，你是来寻我的？"

"周檀呢？"任时鸣死死盯着她身后，估计是以为周檀与她同行，"我……我要同他说几句话。"

眼见二人身后无人，任时鸣的目光便落在不远处停着的马车上，他大跨步走了过去。

曲悠顾不得许多，提着裙子小跑过去，拦在他身前："任公子！"

"周檀，我在簪金馆内并未受刑，可是得了你的关照？"

任时鸣似乎也饮酒了，他喘着粗气，不管不顾地冲着车内喊道。

高云月见状一惊,连忙吩咐自己的侍女带着家丁将这马车围住,不许旁人窥视。

曲悠本想上车,又担忧任时鸣跟着她冲进去,便站在帘前没动。

半晌,周檀的声音才传出来:"你既无事,便不要多问了,今日除夕,早些归家吧。"

任时鸣眼睛发红,一拳砸在车辕上:"你装什么好人?此事我……我本就是受你牵连,如今,你还要我承你的情吗?"

"任公子!"曲悠挡在他身前,终于没忍住,怒斥了一句,"你不承情就罢了,怎么,今日过来,是要兴师问罪吗?"

任时鸣梗着脖子道:"你叫他下来!"

"不必。今日我就替他把话说清楚。正愁找不到机会。"曲悠回头看了一眼,心情复杂,"周檀从来不欠你的——当初他遇刺,你不曾多看一眼,后来又投靠傅相,百般阻碍他行事。你可知道他险些死在病榻上,可知道你所作所为真的会要了他的命?"

任时鸣无意识地后退了一步:"他怎么会死……"

"我不知道你今日来找他是为了听什么话,但如今傅相已死,我与他不日也将离京,索性跟你把话说清楚。任公子,但凡你聪明一些,多为他着想一些,便该知道燃烛楼案后他到底有多难挨,与你们家疏远,难道不是为了保护你们?"

周檀在帘后道:"罢了,阿怜,我们走吧。"

曲悠不听,瞧着任时鸣怔愣的眼神,继续说:"陌生人自然可以唾骂,但你们……难道不是亲人吗?就算不理解,就算怨恨,也不该对他的性命不管不顾……你母亲来寻过我,当时情急,我未说清楚。你回去转告她,让她改日再回白家去问问,问问当初赎出任大人的那笔钱到底是哪里来的。白家虽有钱财,可为什么肯借给你们这门远亲?她问出答案,你便知晓了。"

任时鸣如遭雷击,脸颊上的血色霎时褪尽。

曲悠不再与他纠缠,转身上了马车,略带歉意地对高云月道:"麻烦了,改日我上门赔罪。"

高云月道:"无妨,你们走吧。"

任时鸣眼见马车要走,连忙起身,追了两步又失魂落魄地跪在地上。

高云月唤回了家丁和仆妇,转身想走,却听见了身后的啜泣声——

"兄长……"

她想了想,叫自己身侧一个婢女递一块什么刺绣都没有的帕子过去。婢女低头去了。

任时鸣接过,什么都没想地擦了擦脸,又意识到不对劲,转头看向与他隔得老远的姑娘,自觉方才的情态实在不堪,便抹了一把面上的泪水,遥遥地揖手谢过。

高云月隔着袖子往外偷看了一眼,见他已经离开了。

"好奇怪的人,周大人怎的有这样奇怪的亲戚,不过,长得还是蛮好看的。"

她自言自语地上了自家的马车，又威胁婢女不许告诉别人。

∽ ∽ ∽

上元节过后，不等周檀吩咐，韵嬷嬷便开始张罗着整理府邸，准备往郫州去。韵嬷嬷的夫君早年间便因水灾离世，如今她和德叔做伴，自然是要跟着周檀和曲悠的。

曲悠坐在松风阁的案前，托腮看着周檀在一幅西境舆图上标标画画。

从前她没想清楚，周檀既然暴露身世，又要扶持宋世翾，为何不留在京中，大不了再不和宋世琰往来便是，也能绝了德帝的疑心。如今看着他在西境舆图上的标注，她才隐约猜到了一些。

出于某些原因，周檀并不希望宋世琰继承帝位——大抵他从前做过什么十分恶毒的事情，让周檀觉得他心无社稷、不堪为帝。

不得不说，周檀的眼光极为毒辣，毕竟她是知晓后事的人。

宋世琰得知德帝打算废太子后毫不犹豫地勾结外敌，起兵逼宫，不惜赔上整座汴都，也要达成自己的目的。

历史上少见的疯子。

宋世琰这些年来心思颇深，德帝又多疑，皇子们大都被养废了，不是唯唯诺诺、不懂事，便是对太子言听计从。从前母家显赫的九皇子，也随着傅庆年死去而彻底沉寂，再也没有一争之力。

周檀这一年来冷眼看过，德帝的子嗣中，确实没有一个人有接下这天下的气魄。

而宋世翾是他和苏朝辞亲自教出来的孩子，又是宣帝钦点的储君之后，自然被寄予厚望。

傅庆年死后，德帝虽然如周檀所言擢拔了蔡瑛以平衡朝局。可蔡瑛是纯臣，不涉储位之争。宋昶放心赐死傅庆年，是有自信能再培养一人与太子抗衡。

不过曲悠知道，宋昶怕是没有时间了。永宁十六年始，他就开始缠绵病榻，五皇子未被培植起势，反而让宋世琰借机除掉了好几个胞弟。于是朝局越来越倾斜，到后来连宋昶自己都失去了掌控的能力。在此情形下，宋昶将周檀召回汴都，一是怕死，二是他实在没有值得信赖和托付的人了。周檀于玄德殿中那一番剖白，多少在德帝心中留下了痕迹。

苏朝辞在朝中渐成一派，艾笛声手掌汴都、金陵乃至天下商脉，周檀有遗诏在手，名正言顺。几人唯一缺的，就是兵权。

太子妃出身将门世家，其父上将军李威虽无楚霖和萧越当年的声势，又在与太子结亲后卸了大营统领的职权，可威望仍在，只要太子能取出虎符，他在京郊大营便是一呼百应。

·235·

楚霖常年往返于汴都和西境,一心抵御外敌,恐怕对任何一方都无投靠的心思。在太子篡位之前,周檀等人万万说服不了他投靠宋世翾。

想要游说,想要兵权,都州是必争之地。

西境十一州中,都州地域最广、住民最多,且因常年是抵御西韶入侵的前线城池,少受十一州总府管辖。镇守都州的拥兵世家是相宁侯府,而相宁侯徐植是萧越当年的旧部。自萧越死于平西之战,封地便一直空着,由旧部代为管辖。徐植多年来行事低调,鲜少露面,虽然私下举家迁往都州镇守,可只是在西韶入侵时出小股私兵保护百姓,从来不插手楚霖在西境的战事。久而久之,连宋昶都快忘了这个人,只有在几年一次四方来朝时,才会将徐植叫过去问几句话。徐植手中有多少兵力,除了相宁侯府,无人能知。

可太子篡位时,周檀调来大军抢回了汴都城。史书未写他的军队来自何处,只隐约记载是西境军队。

曲悠猜测,那大抵就是这位相宁侯的助力。

看来周檀离朝而去之时,就已经盘算过后事了,就算他不知道徐植手中有没有兵,总能凭借萧越之子的身份摸清西境的防线,将都州控在手中。可惜她虽然对周檀坦白,但仍旧未找到机会与他深入交流,若是贸然与他大论军政之事,恐怕会把他吓上一跳。

来日方长。

眼下重要的是清点府内人手。由于曲悠之前待下宽恤,又多施善意,府中人心齐,即便众人皆以为周檀是真贬官,皆知都州苦寒,还是有不少人愿意跟随。

曲悠仔细看了韵嬷嬷列的名录,尽力将人手削减一番。亲人仍在,尤其是本家就在汴都附近的,大都被挪去了庄子和铺子中。去往都州路途遥远,虽说还能回来,但途中瞬息万变,她恐怕顾不到这么多人。

德帝并未收回周檀的产业,于是她留了几个曲府荐来的老仆守着府邸,又将铺子和庄子一并托付给艾笛声,反正他手下有人,多管一些也无妨。

白氏本家听说周檀要去都州,立刻派人过来,询问要不要银钱帮助。周檀留了几个忠心的仆役,没要白氏的钱,反而把那块掌家的玉佩送给了白沙汀——叶流春代他收了,白沙汀近日忙着纠缠柏影,不见人影。据叶流春说,这人最近洗心革面,打算去参加科考,也不知是不是被柏影刺激到了。

曲悠心想,不错,按照历史上的说法,大概到周檀归京那一年,他就能考上。

听说周檀要离京,水月本家来了人,打算把她带回去成亲。曲悠再三问过之后,确信结亲的对象是水月敦厚老实的表哥,便大方地同意了,还给她添了些银子做嫁妆,为她生计着想。曲悠将她介绍给了芷菱和丁香,跟着她们,也可以做些旁的活计赚钱。

河星是早些时日韵嬷嬷瞧着可怜，从人贩子那里买来的丫头，无父无母，没有亲人，自然是一心跟着曲悠。这小姑娘虽然平素沉默，但是性子沉稳了不少，做事又细心，如果她愿意，曲悠也想给她找个好归宿。

离城之日越来越近。一日，曲悠打点好了马车与行囊，却意外发现周檀不在松风阁中，问过才知道对方去了刑部。说起来，她虽在刑部挂了名，可是只经手一桩案子就要离开，不免遗憾。想到这里，曲悠便换了一身男装，骑马去了刑部。

她终于在周檀的教导下学会了骑马，不须再大费周章地准备车轿了。

将马拴在园中后，她便往后堂走去。

时至正午，整个园中人影稀落。

曲悠刚刚推开后堂的大门，便见正对着门的屏风后面有一个熟悉的白色身影。周檀没料到有人会不禀告就直接进来，持笔的手僵了一下。看清来者是她，他才微微松了一口气，继续在屏风之后写字。

白雪先生。

曲悠瞧着他认真持笔的身影，虽片刻诧异，可还是飞快明晓——虽然周檀最开始写的那首诗她并没有读过，但是在冥冥之中，她似乎早就知道白雪先生是他。

刑部这种浸满鲜血的地方，还有谁如此狂妄，敢称自己为"白雪"呢？

曲悠朝屏风走近了一步，抬眼又看见她和周檀共同写下的那首诗。

晴竹满雪事不出，纵马置剑小江湖。

周檀初来刑部的时候是早春时节，书斋外一片繁盛的竹林，将白雪抖落在花窗上。曲悠似乎能想象出他趴在雪后初晴的窗前呆呆地回忆自己当年纨绔的样子，一片竹林便是一个江湖，可惜这些无忧时光终究如同云烟般悄然散去了。

青衫洒酒新子弟，皓首燃烛旧人书。

刚刚进刑部的年轻人还没有换上肃杀的官袍，身着青衫。周檀与他们的年龄其实也没差几岁，却觉得恍如隔世。这些年轻人中不乏官宦子弟，尚未被血浸染，身上还带着芬芳的酒气，他看着这些人，无端觉得自己的头发已经白了。

燃烛楼的第一支蜡烛被点亮之前，他的故友们便在诏狱中纷纷离去，书斋中的典籍上还残存着当年赠书时故友的印章，手书仍在，人却再无相见之期。

能为三春听白雪，不复德音笑姑苏。

周檀曾在苏州城任职,那时他还算无忧无虑,为官也颇受人爱戴,走到哪里都能听见一片明德称颂的声音。

苏州城很少下雪,他在时从未见过雪。回到汴都,他才遥遥听闻今岁春初姑苏下了新雪。雪覆往事,当年听到的德音不复,只好自嘲地一笑。

至于最后一句"残生鄙薄"和"吞声老病",怕就是遇见她之前他想象中自己的结局。

曲悠感觉眼眶中泛起一片咸湿。她站在屏风后面,隔空去摸周檀的脸颊。周檀察觉到了她的动作,暂且停了手中的笔,非常温柔地伸手过来,隔着屏风覆在她的手上。

隔着白纱,两人指尖相触,曲悠却感觉自己从未有一刻如此心动过。她低头去看周檀写过的"旦暮遇之",知道自己已经寻到了灵魂伴侣。

就是这样的感觉。

知君仙骨无寒暑,千载相逢犹旦暮。

她陪着周檀在屏风前坐了许久,眼看他非常耐心地为所有人的倾诉写了回复,因是最后一次,他写得很慢,时不时停下来发呆。

后堂的门被曲悠锁了,一下午并无人来,直至天色初昏,他才掷笔起身。

她借口要多留一会儿细看,周檀便无奈地先去了书斋。见他离开,曲悠立刻摸出方才从他身上偷来的私印,在第一扇屏风上周檀最初写的那首诗前盖了个章。

周檀走后,白雪先生不会再来了。

不知刑部之人要多久才能回过神来,不如她为周檀盖个戳,也省得众人不信。

◈ ◈ ◈

三月初,周檀和曲悠轻车简行,出了汴都城门,一路向西。前一夜众人都已见过,曲悠还收到了太子和太子妃送来的金条,看来宋世琰仍想在最后关头留一留周檀。周檀看后一笑置之,将东西封好,转交给了高则。

高云月趴在城墙之上挥手绢,曲悠似乎还远远看见了任时鸣和他的父母。

两人随行的仆役不多,除了德叔、韵嬷嬷、二十几个可靠家丁和丫鬟,便只有艾老板派来的黑衣执意相随,他武艺颇高,也好保护二人的安全。

周檀在城墙前徘徊良久,曲悠知道他在等谁,可是周杨始终未来。

两人出城走了不久,途径京华山时,早已等候在那里的艾笛声和柏影送来了宋世翱的信笺。他不能出栖风小院,便简单地抄了一首词相赠——

渡江天马南来,几人真是经纶手。长安父老,新亭风景,可怜依旧。夷甫诸人,神州沉陆，几曾回首。算平戎万里，功名本是，真儒事、君知否。

况有文章山斗，对桐阴、满庭清昼。当年堕地，而今试看，风云奔走。绿野风烟，平泉草木，东山歌酒。待他年，整顿乾坤事了，为先生寿。

周檀看完，露出一个欣慰的笑容。他将信笺折好，交给曲悠保管，然后叫艾笛声带回一句"计日以俟"。

车马逐渐消失在汴都城外。周檀打开帘子回看一眼，见有阴云自头顶掠过，飘向汴都，将城门笼罩在一片昏沉之中。而前方依旧晴空如洗。

他沉默了一会儿，终于听清曲悠口中他一直没有听懂的歌。

"你唱的是长吉先生的词？"

曲悠没理他，颇为惬意地坐在马车外，望着前方，口中继续哼着歌。

飞光飞光，劝尔一杯酒。吾不识青天高、黄地厚，唯见月寒日暖，来煎人寿。食熊则肥，食蛙则瘦。

神君何在，太一安有。天东有若木，下置衔烛龙。

吾将斩龙足，嚼龙肉。使之朝不得回、夜不得伏。

自然老者不死，少者不哭。何为服黄金、吞白玉？

谁似任公子，云中骑碧驴。刘彻茂陵多滞骨，嬴政梓棺费鲍鱼。

此句出自《苦昼短》，周檀想。

与她秉烛夜谈之日犹在昨日，只是春日已至，不必再为夜长忧愁，白昼渐盛，就算有阴云密布，也将重见天日。他们要做的事情，才刚刚开始。

第三卷 澹荡风波

北斗庚,南山摧。天子九九八十一万岁,长倾万岁杯。

第七章 百丈冰

> 她只会在夜里遍遍地为晚归的周檀点起一盏灯，却忘了告诉他……她的心意。

棠花

曲悠本以为，路途遥远，又不着急，或许可以在途中游玩一番。她从前觉得坐马车舒适，真坐了一个月却被折磨得昏天黑地，一颠簸就想吐。

周檀无奈，只好避开正午阳光最盛的时候，带着她一同慢悠悠地骑马。

所幸众人已经到了离都州城不远的地方。

临近西境，白昼越来越长，有时候曲悠甚至能在马上与周檀一同看见长河落日的奇景。他怀抱着她，抓着手中的缰绳，任凭日光将瞳孔染成金色。

如此瑰丽动人的景色，让曲悠的不适感消退了许多。她兴致勃勃地盘算，进城之后要好好锻炼身体。从前写论文时常熬夜，在汴都时又心惊胆战，不得安生，如今终于有了机会。

"不知道什么时候我们能一起去临安。"她坐在周檀身前设想，"临安是我的故乡，亦是你的故乡……啊，不对，你只是在临安长起来的罢了，真算起来，这西境才是你的故乡吧？那我们就先到这里来，再到我的故乡去……"

周檀嗯了一声，有风沙被卷起来，扑到脸上，他抬手挡在她面前。

曲悠继续道："我们途中能看到鸣沙山和月牙泉吗？我从前特别想去来着……"

周檀带着笑意淡淡地应着，她不由自主地越说越多，越说越感受到一种空空的恐慌。

在汴都时，一桩接着一桩的事情压得她没有放空的时间，现在行在这前后无人的沙道上，曲悠突然想起了一件事情。

周檀在还朝成为宰辅之后极少写诗，《春檀集》倒数第三首——那首语焉不详的悼亡诗，好像写在他变法失败、离开汴都的路上。可惜她从前并不是专门研究周檀的学者，不能全盘记住他人生中每一个重要的时间点，只能根据历史大事、周檀

·242·

的诗集和他人变化大致推测。按照历史轨迹，变法之后、回到临安之前，周檀的夫人就已经不在了。

那么，她……会死吗？

在当初许嫁之时，她好像想过这个问题，可从前只觉得"一时半会儿死不了"，毕竟那首悼亡诗在《春檀集》的末尾。那时候觉得日子真长啊。而且她目观一切，总觉得看到的是别人的人生。

如今她已知道，那是她的未来——即使知晓后事，也不能看清的未来。

那日与周檀同登樊楼之后，她开始越来越多地想到从前刻意逃避的这些问题。

来到这里，虽然改变了很多事情，可这一个多月来的颠簸中，她仔细回忆一遍，竟然又觉得什么都没有改变过。

史书浩瀚，罅隙广大，明面上的故事总是一笔带过，燃烛楼兴修、傅庆年和九皇子共同在党争中退场、周檀被贬官至西境……这一桩桩一件件的历史大事并没有任何变化，就连野史中记载的谷氏女坠楼一案也确实是权贵肆意欺压、逼良为娼的惨剧。

曲悠苦笑了一声，看来即使是学史之人穿越至此，也不会有什么所谓的"金手指"，她完全不可能窥得每一件事的前因后果，只能根据结果回头揣测。在这揣测的过程中，她还要担忧自己的动作是否会影响到历史的走向，从而产生蝴蝶效应，致使它由已知变成混沌的未知。所以，即使历史上周檀不会死，在得知他入簪金狱中，得知他要坦白一切与宋昶对峙时，她还是不得不担忧。

如今她已觉得自己不是历史的局外人，那千余年前到底有没有她这样一个人存在呢？

多么像"薛定谔的猫"啊。

一切真的会照着历史重演吗？

她会死于周檀回朝之后的日子里，而周檀好不容易扶持明帝登基，照旧维系不住他如今艰难得来的一切，与苏朝辞成为死生政敌，落得亲人离散、百姓唾骂、皇帝猜忌的下场，最后一败涂地，孤单病死——这样的一切怎么会发生、为何会发生？

直到现在，她还完全看不清。她知道周檀自开蒙便受圣人之训长大，后来又有顾之言悉心教导，胸有家国，一生所愿都是举世清平。她尊重他的理想，不可能直接劝说他放下一切，与她在西境隐居。

可是天行有常，她能否与历史和天命对抗？

周檀突然问："怎么不说了，你在想什么？"

曲悠回过神来，转头笑得眼睛弯弯："我在想……我要长命百岁，你也要长命百岁。"

周檀被她逗笑："好，我们都要长命百岁。"

明明历经了那么多事情,他眼底依旧清晰、明澈,先前她所见过的自我厌弃之色几乎消失殆尽。此时此刻,他说着"长命百岁",分明是对未来充满希冀的。

她不敢细想,如果说她的存在让周檀从燃烛楼案后的浑浑噩噩变成了如今这副样子,重新燃起了反抗和斗争的希望,那么有朝一日,万一她真的出了什么意外,周檀会变成什么样,还会有人为他在凄风冷雨中点一盏灯吗?

不能多想。

曲悠别开了脸,看向远方的夕阳,没有继续说话。

暮色四合,她觉得有些困倦。于是周檀下了马,和她一起回到马车上,吩咐众人加快脚程,去前方的驿站。

按照目前的速度,大抵明日众人就能够行至都州城门前。

曲悠回到马车中,为了转移注意力,开始和周檀行飞花令。她漫不经心地挑了一个"行"字,两人一路掰扯到第九十八句。

曲悠还在闭着眼睛念:"……从军行,军行万里出龙庭,单于渭桥今已拜,将军何处觅功名?"

马车外却突然传来一阵喧闹声。车夫拽紧缰绳,整辆马车重重地一顿,差点将曲悠颠翻。周檀一手扶稳她,一手撩开了帘子:"出了何事?"

黑衣就在马车外坐着,闻言嘶哑道:"大人,有人拦路。"

曲悠顺着缝隙往外看去,看见一群蒙着面巾的马匪。

西境并不太平,沙地之间常有悍匪拦路。前些年西韶刚刚与大胤议和时,常有商队来往运输丝绸和茶叶,被这群马匪劫过不少次。只不过近两年西韶同大胤边境互市已关,进出口更有苛税,本以为这群马匪早已被官府屠杀殆尽。他们居然这么倒霉,正巧遇上了?

黑衣朝前打量了一番,低声道:"算上头目,共有七人,大人侍卫中有好手,再加上我,不会有危险。可要现在动手?"

"等一等。"周檀按着他的肩膀从马车上跳了下去,又回头对曲悠道:"你在车内,不要下来。"

他独自往前走了几步,抬眼打量那群马匪的头目。

看身形,那似乎是个青年男子,戴着兜帽面巾,只露出一双眼睛,其余地方则裹得严严实实。他身后众人与他的打扮差不多,有几人甚至生着长卷发,看着并不像华族人。

见周檀弱质纤纤,独自走过来,为首的青年一甩马鞭,发出一串叽里咕噜的声响,似乎在与同伴嘲笑,随后挑衅般将手边长鞭一甩,正好打到周檀面前。

那鞭子离周檀一掌远,带起的呼啸声甚至将他的发丝吹得一颤。

曲悠从帘后打量着这群人,没看出什么。她皱着眉头将目光下落,突然发现对方的马上都套着鞍鞯和嚼子。

　　马匪多是边境的西韶人,也有胤人,只是不多。她与周檀沿途见过边境驿站中的住民,留下印象很深的便是,他们的马匹少有套索,大都是自由自在的,会驯马的人家甚至不设马棚,只要吹一声口哨,便会有宝马自远处奔来。那么面前的这群人马上为何会出现这种东西?

　　为首青年一侧的另外一人骑马围着周檀绕了一圈。周檀毫不慌乱,气定神闲地站在原地,开口问道:"阁下拦路,有何指教?"

　　围着他打转的马匪立刻笑道:"还能做甚?自然是手头略紧,想找大人讨些银钱花花。"

　　周檀问:"你知道我是谁吗?"

　　那人吹了声口哨:"管你是谁来,要想从此过,留下买路钱!"

　　太"中二"了。曲悠没忍住,在马车中笑出了声。

　　周檀微勾唇角,没有回头,只问:"夫人笑什么?"

　　众马匪只听见马车中穿来一个泠泠如珠玉的女子声音:"我笑面前这群军爷伪装得实在拙劣了些,这嚣张的匪徒言语又不伦不类,没有忍住,大人切勿见怪。"

　　围着周檀转圈的蒙面人似乎受到了惊吓,一勒缰绳,立刻老老实实地跑了回去。

　　周檀负着手,貌似真心实意地请教道:"夫人是怎么看出来的?"

　　"边境之人少套马索,军爷们装马匪就罢了,总该将身边之人的口音调教得好些。这开口便是河南风味,威慑便少了一半。我瞧你们鞍鞯上有镂刻字样,应该是军队的战马印记吧,夫君不也是瞧见了这些,才敢独自下车吗?"

　　周檀道:"夫人睿智。"

　　为首的那个青年终于没忍住,翻身下马,一把扯下了头顶包裹的繁复纱巾,露出军营中常见的盘发样式。随着他落地,他身后的人也纷纷下马,将面罩与假发扔得到处都是。

　　"见过周大人。"为首的青年抱拳半跪,朝周檀行了个军礼,"知州遣人出城,说要给周大人一个下马威。我听说您的名字,立刻主动请缨前来,多有冒犯,还请担待。"

　　周檀叹了一口气,伸手扶他起来:"不必多礼。"

　　曲悠还在想周檀是因何机缘认识了这远在西境的兵士,便听那人问:"大人,方才说话的可是夫人?"

　　周檀道:"正是。"

　　于是曲悠听见那人疾步走到自己所在的马车前,扑通一声跪下,颤着声磕了个头:"见过夫人,万般谢意,言不由衷,给您磕个头吧。"

　　曲悠被他吓了一跳。

　　周檀伸手撩开帘子,握着手将她引下车来,简单解释了一句:"这是无凭的胞弟燕覆，字濯舟。"

曲悠"啊"了一声，立刻道："小燕大人，不必多礼，快起来吧。"

燕覆从地面上爬了起来，又道："大人，前方便有驿站，咱们先去稍歇，到时我再与您细说这都州城的情形。接到大人信件的时候，我便将一切准备妥当，只是不承想您来得这么快。"

周檀应了一声，转过头来看着曲悠。曲悠叹了口气，帮他将额角的碎发别到耳后。

"看来这都州城的情形倒比我想象中更复杂啊。"

∽ ∽ ∽

燕覆带来的人似乎都是他在军中相熟的弟兄，方才出言挑衅的河南小哥对自己的举止十分羞赧，连带着对周檀殷勤了不少。

几人所到的驿站是都州城外最近的驿站，因着与都州城离得近，不少人直接连夜赶路去都州城休息了，驿站中十分冷清。

燕覆与驿丞相识，进去吩咐了几句。驿丞便将仅剩的几个行客请到偏侧的房屋，将驿站正堂空给了周檀。

随行的丫鬟和仆役自去安置，河星上楼替曲悠挑房间，燕覆则带着周檀和曲悠二人到掌柜算账柜台后面的休憩之地。

一开门，曲悠便看见墙上挂着一张标注详细、有些眼熟的舆图。

与周檀之前在松风阁所看的一模一样。

燕覆倒了茶，没有与两人废话，言简意赅道："蒙大人关爱，我入军营后立了些战功。守城的王将军与知州交好，我也算得用，此次主动请缨，他便派我过来了。上个月，我拿着大人的书信去了一趟相宁侯府……"

曲悠看了周檀一眼，见他眉毛一动，问："然后呢？"

燕覆露出了十分为难的神色，周檀却道："无妨，相宁侯爷对汴都来人自然警觉，他跟你说了什么？"

"大人睿智。"燕覆连忙道，"侯爷说，都州多年来常受西境战争纷扰，正是贫弱，知州又是彭越留下来的人，若大人有心上门拜会，自然得带些见面礼。"

曲悠在一旁托着腮看地图，闻言讶异道："相宁侯爷有身份有兵权，本该受知州的礼遇，但听他言语，怎的如此无奈？"

周檀想必已经写信将晏无凭的事全部告知燕覆，他一看曲悠便满怀感激，殷切地答道："夫人有所不知，知州吴济……是那姓彭的狗贼提拔起来的人。"

他提起这个名字，眼睛中便闪过一丝寒光："吴济在都州为官五六载，树大根深，绝不是什么好相与的。他仗着都州离十一州总府远，在此地为非作歹，简直如同做了大王一般。守城的王举迁将军虽然骁勇善战，却是个耳根子软的，吴济是其妹夫，每每为虎作伥。相宁府的徐侯，除了西韶人入侵时，大多时间深居简出，府兵和仆役极其有礼，不免叫吴济觉得他软弱可欺，要钱要地，闹出过不少事端，只是侯爷都忍了。"

曲悠垂着眼睛想，周檀能调动西境的军队回汴都夺权，相宁侯绝对不是好欺负的人。但是作为萧越的旧部，他偏偏能够安生地在鄄州待了这么长时日，在宋昶心中将存在感降得低之又低，自然有一套自己的行事手段。吴济既然和王举迁勾结，又见多年来徐植低调，想必找过他不少麻烦。徐植既然不想被汴都注意到，这口气就只好忍下。

而周檀大是不同。他是京官被贬，统管鄄州的粮运、水利、诉讼等项，对知州亦有监察之责。

徐植对燕覆送去的书信态度含糊，言语也不甚客气，一是不知道周檀是萧越亲子这件事，二是觉得他新官上任不敢惹事。可宋昶既然在汴都都不杀周檀，到了鄄州，天高皇帝远，若是他修书说自己受了知州欺负，顺便将人解决掉，宋昶难道会治周檀的罪？况且永宁十六年已至，到时候就算他有心治罪，也无气力了。

"见面礼……"周檀重复了一遍这三个字，手边把玩着燕覆方才随手放在桌面上的小巧匕首，"我也算侯爷故人，送些见面礼去，自然是应该的。"

看来周檀并不打算直接告诉徐植他的身世，既要合作，还是合作谋夺权位这样的大事，先让徐植瞧见他的手腕和诚意也是很有必要的。况且多年过去，徐植对萧越之心如何尚不可知，正好借此试探。

她还在沉沉地想着，周檀突然抬手，将手中的匕首唰的一下飞到墙壁上挂着的舆图上。那匕首没入羊皮制成的舆图，稳稳地钉在墙壁上。

这一手飞刀行云流水，把曲悠看傻了。她凑近去看墙上的匕首，又回过头来看周檀："你居然还会这个？"

周檀面上淡淡，似乎并不觉得这是不一般的事："我少时习过一些武艺，笛声应该告诉过你。"

"他说过，韵嬷嬷还说你少时生了一场病，几乎就不能动武了。"曲悠猛地点头，看着那匕首，略带崇拜地说道，"所以我没想到你现在也会啊。我还以为你只会拉弓射箭呢。方才那一手，什么时候再演给我看一看，太帅了！"

她说得直白，周檀听得一愣，还没来得及说什么，便听见燕覆没忍住，笑了一声。周檀有些羞恼，却不愿呵斥对方，只好道："胡闹……等安顿下来，我可以教你。"

曲悠连忙同意："甚好甚好。"

她挤到周檀身边坐着，打了个哈欠："我突然想起来……小燕大人之前是得了夫君的荐信，才去守城的王将军麾下。王将军与你有旧？"

周檀摇头:"我写荐信时,守城将军并非王举迁,之前那位已经随着楚老将军调去了西境大营,这位王将军,我倒真不认识。"

曲悠转头看燕覆:"听小燕大人方才所言,这个吴知州想必在鄀州很不得人心吧?王将军和他沾亲,却耳根子软,你既得他们重用,可知这两个人私下关系如何?他们是否真的全无嫌隙?"

她问的恰是要处,燕覆在心中赞了一声,道:"我正想与大人说这件事。本来守城将军换了王举迁,合该容不下我们这些旧人,但他为人还算宽厚,才叫我顺利得了他和吴济重用。我跟在他身边,深知他对这个妹夫十分无奈。甚至这次吴济指使我们假扮马匪给大人一个下马威,王将军与他争吵了一番。"

"吴知州是觉得,我一个文人京官,怕是连战事都没见过,怎么能接手边疆事宜。你们假扮马匪来劫掠,我便该吓得六神无主,恨不能再不出门。"周檀面无表情地说,"王将军不同意,肯定劝他先拉拢我,毕竟不知我底细,我还是汴都来客,先不要得罪的好。"

方才那个河南口音的小哥惊讶道:"我的娘唡,大人真是神人,说得就像亲眼见了一样。"

"坠楼一案虽在汴都压得严实,可谁能保证吴济不会知晓此事呢?若他知道是你一手拉下了彭越,此刻估计还不知道多慌呢,怎么会听王将军的话前来拉拢?"曲悠在一侧吐槽道,"也是他在边疆这么多年,太飘了,对你这种京城娇客认识不足……我看,你要是想对付他啊,先把他和他小舅子的结盟拆了会容易得多。"

周檀下意识地伸手,想为她倒杯茶,却发现桌上没有茶壶,不由得失笑:"知我者,夫人也。"

曲悠拍拍他的肩,笑道:"那是自然……你与小燕大人还有别的话要说吗?没有的话,不如我们先出去吃顿饭?我之前吐得太干净,甚是饥饿,怎么对付,咱们之后慢慢想。"

周檀应了。

燕覆招呼驿丞去准备酒菜,笑道:"夫人不要叫我'小燕大人'了,您为我姐姐申冤,直如我们姐弟二人的再生父母,我心中感激,您就叫我'小燕'好了。"

曲悠连连摇头:"不敢不敢,这辈分是不是大了些,瞧着你比我夫君还长几岁……"

周遭人发出一阵嗤笑,燕覆挠头,有些羞恼:"行伍之人难免粗陋,我今年才刚满十八——"

曲悠立刻道:"小燕,对不住!"

周檀瞥了她一眼:"小燕原是罪臣之子,不能参军,我着人为他再造了籍册,他自己拟了个名字……"

"就叫周小彦,我随了大人的姓氏。"燕覆挠头,憨笑道,"后来王将军将我名字中的'小'字去了。"

"周、彦……"曲悠念了遍这个名字，突然觉得有点耳熟。然后她就想到了对方的字——周檀之前提过，燕覆字濯舟。

驿丞为众人上了一只烤好的羊腿，香气扑鼻。曲悠却像是没有闻见一般发呆，周檀拽了她的袖子一下，她才回过神来，幽幽地道："你还记得我见到小燕之前背的最后一首诗是什么吗？"

"单于渭桥今已拜，将军何处觅功名？"

濯舟大将军何愁未来没有功名加身，他可是明帝登基后平西的千古名将。萧越死得太早，楚霖晚年凄惨，周彦的风头甚至盖过了前两位，列北胤名将之首也不为过。

好奇妙，周檀身边充斥着各种各样留名青史的人物。他照料过北胤的大诗人，与苏朝辞早有交情，将名将自幽暗之地擢拔至青史上，这些人都在历史中熠熠生辉……只有他自己被留在《佞臣传》的第一页，语焉不详，一笔带过，除了那场变法，对他感兴趣的人寥寥无几。

当初她之所以四处都找不到《削花令》的材料，就是因为国内根本没有专门研究周檀的人，他早就被历史盖棺论定，只能出现在其他研究的边角。可这些事情本该被人记住的。

一只冰凉的手抚着曲悠的脸侧，她抬眼就见周檀正关切地看着她："你怎么了，可是又不舒服？"

曲悠摇头，摸着他的手腕，趁着无人注意，将脸在他手中多蹭了两下，双唇自对方的手心掠过。周檀微微张嘴，在她放手之后，立刻装作什么都没有发生过一般继续吃饭，只不过把筷子拿倒了。

燕覆正在兴致勃勃地对二人介绍他的兄弟们："……大人见谅，吴济这厮盯着，我们不得不装扮一番过来。我这兄弟不信您有我说的那么聪明，冲撞大人了……不过您放心，他们跟我是军队中过命的交情，都是苦出身，也知道我的身份，绝不会多嘴的……飞虎，快来给大人请罪……"

于是曲悠目瞪口呆地听他介绍完这一群叫"飞虎""二哈""牛角"之类的兄弟，之前的郁结一扫而空。这取名方式，着实简单、粗暴了些。

◇◇　◇◇　◇◇

第二日，燕覆等人先行回去复命。周檀下令众人打扮得灰头土脸，然后带着大家装作惊慌失措的样子，进了鄌州城。

众人进入城门之后，便有一个留着鼠须的中年男子等候在一旁，想必这人就是知州吴济。

见马车过来，吴济迎了过来，笑得一脸殷勤。

曲悠撩开帘子偷看了一眼，觉得此人长得好像她看过的电视剧中的汉奸师爷。

吴济似乎是想拍拍周檀的肩膀，周檀却不动声色地退了一步，避开了他的触碰，拱手客气道："知州大人。"

"老弟，听闻你们一行来时在城外遇上了马匪？"吴济不以为忤，放下手，上下打量了他一遍，面上神色殷切，"可有受伤？"

"并未。"周檀道。

曲悠遥遥地看着，发现周檀回头朝她挤了挤眼睛。

此人在汴都憋了太久，此时居然戏瘾大发。

周檀摆出一副心有余悸、略带嫌弃的神情，对吴济道："只是损失了一些财物……早听闻西境马匪被屠戮殆尽，怎的如今还有人敢拦道劫财？不知这都州城中是否也是如此？"

吴济心中暗笑，想着此人果然是在汴都金器堆里待惯了的，见不得这些悍匪打杀之事，看来受惊不小。之前传闻中这人在刑部使用雷霆手段，还斗倒了彭越。可他心知彭越之死只不过是宰、执党争的结果，况且周檀是燃烛楼案后受牵连才去了刑部，到底是文官出身。汴都与西境相隔甚远，消息不通，肯定有误传。果然，之前派人假扮马匪恐吓是上佳之策，一下就叫他看出这人是虚张声势，眼皮子浅，好对付。

"小周大人有所不知。"吴济带着人引周檀往城中走去。

沿途有百姓怯怯地看着，随后被官兵驱散。

"都州城离西韶实在太近，就算我日夜盘查，还是难保有西韶人混迹在城外恐吓民众。守城的王将军虽然有意除匪，奈何手下兵力不够，只能与他们对峙……城中事多，确实不好办哪。"

"原来如此……"周檀若有所思地点头，又道，"我听闻前任通判就是死在向西境大营运送粮草的途中，此地果然不太平啊。吴大人，我初来乍到，怕是一时适应不了，权柄交接之事便暂缓一缓吧。我夫人受了惊吓，生了场病，我得照顾她一阵子才能赴任。"

"不急，不急。"吴济连连道，"小周大人自去休息便是，等夫人身体好些再来州衙交接不迟。你来都州城中，除了我与王将军，便只有相宁侯爷需要拜会一番。不过他老人家很少见客，送个帖子意思一下，将礼数做足便是。"

周檀似乎对相宁侯不感兴趣，没有多问，与他感叹了几番便告辞，回马车中照顾他那娇弱的夫人去了。

吴济站在路边，看见他的十几辆马车从面前经过，去往提前买下的住宅，不由得笑了一声。

他身侧的师爷忙问："大人觉得此人如何？"

吴济反问："何师爷觉得此人如何？"

何元恺眼珠一转，斟酌道："到底是文官出身，气度不凡，瞧着倒是满腹经纶，可是这学问再多，在边境也是无用。"

吴济大笑道："说得甚是。"

他朝巷口又看了一眼："汴都遭贬而来，自然百般不情愿，他若是老实些也就罢了，若与之前那个蔺和一般固执，粮草运送之事，便可找新人接手。"

何元恺笑说："大人英明，那我们之前的谋划……"

吴济道："不必那么麻烦，叫他们做做样子就是，想来他也发现不了什么。"

何元恺道："是。"

周檀回到车中，见曲悠笑着瞧他，便问："你怎么这么高兴？"

"少见夫君如此的情态，"曲悠调笑道，"瞧着甚是有趣。"

二人所住的宅邸是前任通判留下来的，在都州城相对繁华的位置，只是宅邸不大，带来的人倒是刚刚好。

韵嬷嬷对安家事宜轻车熟路，不多时便将宅邸收拾得十分像样。

曲悠歇了几天，周檀也一直在府中，未曾出门。

"你这缓兵之计要用到什么时候？"曲悠趴在案前看他，闷闷不乐，"歇了这几天也算歇够了，要不就今日出门逛逛吧？"

周檀看了看日子，道："好，不过你得戴个斗笠。"

曲悠不解："为何？"

"西境少见你这般美貌的小娘子，"周檀一本正经地严肃道，"况且我对吴济说你卧病在家，总不好露馅儿。我乘车与你一同出门，之后你带着婢女自去闲逛，我在车上等你。"

他的口气太正常了，曲悠一时居然没有分清他是在说实话还是在逗她。

于是二人着人从外面租了一辆马车，曲悠戴着斗笠，带着河星下车转了转，顺手买了些蜜饯果子以及西境特有的路边叫卖的纱巾和小首饰。

周檀陪着她逛了三条街，直到日暮时才打道回府。他看着对方在车上颇感兴趣地挑选那些小玩意儿，突然问道："你觉得有什么不对劲吗？"

曲悠转头看他："什么意思？"

周檀闲闲地倚着，道："你平时没这么喜欢逛街。"

"唉，你这么聪明，总是让我觉得自己什么秘密都没有。"曲悠叹了口气，扔

·251·

下了手中的东西，凑到他身边，"我其实只想看看都州城的风土人情如何，再找这些走街串巷的摊贩聊一聊，看看能不能套出什么话来，结果聊到第三个人我就觉得不对——"

周檀眉毛一动，曲悠继续说："所有商户——包括摊贩，来招呼我的人——居然都不是都州口音，我听着，更像是中原和江南地区的。"

"你知道为什么吗？"

周檀变戏法一般从袖子中掏出来一块略陈旧的木牌，那木牌雕刻得十分精美，呈花朵形状，上面还镂刻着一些看不清的字迹。

他本以为曲悠或许不认识这样东西，不想曲悠一见就立刻震惊地接了过去，翻来覆去地看了一遍，口中喃喃道："棠花令……"

她震惊得连手都在抖。

周檀颇为意外："你居然认识这样东西，我还以为……你这个年纪，应该很少见到。"

她怎么能不认识，这样东西至今还摆在汴都的博物馆中！

"宣帝年间，黄河决堤，派人自汴都向东治水、平息水患。水患让大量流民自东边拥入中原地区。为了安抚流民，宣帝颁了两条法令。"

她像背课文一般回忆着其中的条款，毕竟这终于涉及她研究的中心地带。

"第一条是调了西境大营，在十一州边缘修了两道城墙，也就是至今未完工的离韶关城墙。流民自愿前往筑墙者，由朝廷给养，落户西北。第二条就是增发了这'棠花令'，商贾招募流民做工，每满十人，下发一枚，凭借此令，可减收商税，五成为限。"

周檀愣了一会儿，缓缓道："你记得比我还清楚。"

"你手中怎么有这东西？"曲悠拿着那枚棠花令去抓他的手，两人手心间硌着这块木牌，"这对我很重要……具体的，我现在还不能对你解释。"

"没关系，我相信你。"周檀摸了摸她的手背，让她的情绪舒缓了一些，"你手中这枚棠花令，是小燕给我的。"

"西境怎么会有这样东西？"

"这就是问题。"周檀的神色有些玩味，他打量着这块木牌，突兀地问，"你知道棠花令是谁颁布的吗？"

曲悠不解其意："不是先帝颁布的吗？"

周檀摇头："总要有臣子为他拟定法令。"

曲悠忽然像是想明白了什么，猛地抬头，失声道："是……是顾相？"

"老师这两条法令，是他治水途中拟定上奏的。"周檀像在回忆什么，淡然道，"此举甚为有效，几乎解决了水患带来的流民问题。第一批棠花令是老师亲自发放的，他也因此备受赞誉，直到燃烛楼案前，老师在西境的好友给他写了一封信。

"流民渐消后，汴都以东，棠花令几乎绝迹，只作为商家炫耀的物件。可是不知从什么时候开始,本该施行于东方的棠花令流到了西境,而西境遍布着大量当初被募来做工的流民……天高皇帝远,商户们为了减免商税,官商勾结,在流民落籍一事上作梗,叫西境永远有流民,棠花令永远作数。十一州商户倾巢而动,让这些流民不仅修着永远不可能修完的城墙,还要为他们做工,简直如同豢养奴隶……多年来,日复一日。"

曲悠感觉脊背发冷。她闭上眼睛,几乎一瞬间就想清楚为何顾之言拼死也要保下周檀的性命,而周檀精细谋算一切,把自己贬到了西境。

这就是他们没有做完的事。

也是《削花令》的得名缘由。

顾之言死前,唯一没有解决的恐怖就是这件事。政策的颁布本是为了救人,结果多年来,偏远之地瞒天过海,让他定下的法令变成了禁锢的法令。

没有籍贯,当初的暂迁文书又失效,这些流民自然是叫天天不应、叫地地不灵,只能被困在此地,过着不工不奴的生活。就算他们逃出了边境十一州,也会被当作"黑户"抓到官府。

"你今日想出门,甚巧,花朝节期间,商户们想必也会出游踏青,留下这群人替他们看店。"

"为了救命而颁布的法令,在边地居然被他们如此糟蹋。"曲悠感觉自己气得手发抖,"流民难道是给官府做私奴不成?我随便逛逛便见到不少。吴济不可能不知晓,他定然从未管过,甚至与人勾结,将此事烧得更烈。"

她直到回到府中时还在生气。

周檀与她一起进门,刚到正厅前,黑衣便捧着满满一口袋米迎了过来,道:"大人,方才我送车夫出去时,撞见了门口一个瘦骨伶仃的孩子,他抱着这米称卖不出去今日便没有饭吃,我瞧着不对,做主买下了。"

曲悠伸手抓了一把,好奇道:"有何不对?"

周檀则直直看着他:"继续说。"

黑衣将袋口卷了起来,露出了封口处斑驳的墨迹。那墨迹几乎看不清楚了,隐约能辨认是个什么符号,带着一串数字。

"这是军粮。"黑衣道。

周檀的面色瞬间变了,曲悠看了他一眼,当机立断:"黑衣,你带着几个府内家丁,顺着门口朝街市去,瞧瞧摊贩和粮店中还有没有这样的袋子,若还能得见,便多买些回来。"

黑衣也知此事严重,立刻去了。

"好啊,好。"周檀不怒反笑,背着手走进正厅。

河星将正厅的仆役遣了下去,关上了雕花的木门。

"胆子真大……恰好，吴济的夫人生辰，为我们送来了拜帖，三日之后，咱们就去给他送一份大礼。"

赴宴

吴济负手走在廊下，何元恺跟在他身侧。吴济朝园中看了一眼，忽地想起什么，便问道："那个汴都来的周檀，还有他的夫人，今日可来赴宴了？"

何元恺道："帖子送过去了，不知道会不会来。"

吴济哼了一声，笑道："我还以为是什么狠角色，竟然说不来交接便真不来交接，白白地歇了这些日子，天天陪他夫人闲逛游玩。他是来都州散心的不成？"

何元恺垂着眼睛，恭维道："这些京官哪里懂得边疆事宜，来了还是得听大人的。等他真去交接时，大人再恐吓一番，恐怕他就吓得直接丢手，再不想管了。"

"说得对。"吴济颇为愉快，"不过你还是要盯着他些，都说京官，尤其是文臣，心思最是弯弯绕绕，万一他如今所为还是在藏拙呢？"

"他在都州人生地不熟，就算是在观察大人，又能翻出什么风浪？"何元恺不屑道，"大人与王将军是通家之好，在此地有兵有权，就算他真如传闻，在汴都时是手眼通天的大人物，如今能做什么？哪怕咱们……"他比了一个手起刀落的手势，笑言，"也没人能救啊。"

"今日他若是来了，咱们最后试他一次，"吴济道，他脸颊一侧有一颗大痦子，时不时就下意识伸手去摸一下，"不管他是真怕了还是刻意装成如此，只要聪明一些，咱们都州还是能容得下他的性命的。"

两人交谈着走到了长廊的尽头。

有个士兵过来行了一礼，道："老爷，那位周大人带着家眷来了。"

"说曹操曹操就到。"何元恺躬身退到一侧，笑着伸手，以戏腔拐弯唱道，"大人，请。"

"油腔滑调。"吴济笑骂了一句。

周檀和曲悠下了马车，携手往府内去。曲悠带了河星一人，周檀也只带了黑衣。

吴济府邸门口查验请帖的是两个兵士，见黑衣戴着面具，便迟疑地将他拦下："这位大人，烦请脱了面具再进府。"

黑衣冷声道："这面具已经焊死在我脸上，非死不得脱了。"

周檀咳嗽了一声，好脾气地解释道："我这下属多年前走水时一心救我，毁了容貌，从那之后便戴着面具，从不解下，也是怕吓到旁人。"

那两个士兵对视了一眼，似乎有些犹豫，但黑衣嗓音嘶哑难听，确实很像被火毁了嗓子，两人纠结半晌，还是抬手放他们进去了。

曲悠眼见着其中一个兵士离开门口，匆匆进院子，似乎是去报信，便拽着周檀的手往下拉了拉："吴济调官兵来府中守卫，是否过于警觉了，他这是做贼心虚？"

"都州城内想杀了这狗官的人必定不少。"周檀看着前面，漫不经心地回答，"老师年初收到信件时，便有意腾出手调个人来都州解决了他。当时……寻的是我同窗。调令都下来了，只不过彭越和傅庆年在朝，压了吏部的文书。过了没多久，又是燃烛楼一案……"

他抿了抿嘴唇："第二日，我那同窗就死在了狱中。当时陛下甚至没动杀心。诏狱中的酷吏被傅庆年收买，那些手段，你可能都想象不到。"

他从前时常做噩梦，闭上眼睛就能回想起尸山血海中同窗伸出的那只手，有狱卒怪笑着将他的脸按到血泊中，在他的肩上敲了第一根钉子，每每忆起，毛骨悚然。

不过从京华山回来之后，曲悠每日都记得叫人在松风阁外挂一盏灯笼，他躺在榻上，睁开眼睛恰好能透过窗纸瞧见那团暖黄的光影。从此之后，噩梦便少了。

曲悠抱紧了他的胳膊，回忆道："你肩胛上的圆形伤痕，也是他们用刑所致吗？用的什么刑？我瞧着到现在都没好全，当时的血腥，可想而知。"

周檀侧过头来微微地笑了笑。他从前并不爱笑，只是曲悠常赞他笑起来好看，他也想让对方高兴些："说出来怕吓到你。"

曲悠道："我才不怕。"

周檀让步："那晚上回去告诉你。"

他抬手咳了一声，接着方才的话继续说："后来我翻遍了那群用刑的人、弹劾的官，凡是身上背着陈年旧案的，我全部将他们抓到刑部，还了回去。"

曲悠意味不明地"啊"了一声。

周檀感觉自己的声音有些苦涩："罢了，不与你说这些了。不过，罗织这桩罪名确实没冤了我，我就是故意的——"

他还没说完，曲悠便打断："呸！他们从前有旧案，确确实实作恶过，你翻案子出来，依照刑律抓人，算什么罗织！这群坏人做了恶还想办法给自己脱罪呢，你倒好，还在这里给自己加罪名。"

她一脸愤怒地继续和他向前走，絮絮地抱怨道："说起来，还是刑律与掌刑部门职权的问题……这些人都曾作恶，却从不曾受罚，案子被压在那里，如果没有你，还真都让他们逃了。刑部早该设问责和监察的详细法令，典州寺如今形同虚设，能为谁申冤啊？朝中这群人满脑子夺权、党争。我之前和芷菱遇见过，连刘家采买的阿婆都觉得找官府申冤无用，这样下去，可怎么得了……"

她说了一大通才意识到自己似乎说多了，便讪讪地住了嘴。周檀略带惊讶地摸了摸她的发，正色道："朝中就是你这样的人太少了……夫人若能入朝为官，定是如朝辞一般的清正文臣。"

曲悠被他夸得有些不好意思，连忙转移话题："对了，你方才说这些……"

"我说这些是想让你知道，就算这吴府是龙潭虎穴，你也不必担忧，"周檀低声道，"你身边的人才是阖府最可怕的。在刑部待了这么久，除非我想，否则没有人能威胁得了我。"

他语气平静、淡漠，仿佛只在叙述一件最平常的事，可是言语间的狂妄和自信都快要溢出来了。曲悠想，其实她也没有担忧过。周檀可能忘了，今日的局分明是她和周檀一起商量出来的。

两人走到正厅之前，便听见一阵男子的谈笑声。

吴济见周檀过来，远远地迎了过来："小周大人！方才我还与诸位讲起你来，不想你今日如此给面子，带着夫人过来了……堂中男女分列，我叫人将夫人引到女眷那边去吧。"

看见正厅中人时，曲悠便飞快地抬起手中的扇子遮住了脸。她举着扇子做了个鬼脸，周檀垂了垂眼皮示意她去，她便装模作样地道："有劳吴大人了。"

吴济方才只是远远地瞧见周檀领着个身姿窈窕的女子，并未看清她的模样，迎出来时本想细看两眼，不想汴都来的女子如此守礼，竟然立刻抬手遮了脸。隔着轻纱团扇，他隐约瞥见对方的容貌，顿时心旌摇曳，偏生对方的声音还如此动听，直叫他没忍住，喜道："少夫人客气。"

周檀似乎察觉到了他的目光，面色一冷，立刻抬腿朝厅中走去。吴济有些遗憾地看了两眼，追着周檀回厅中。

曲悠则带着河星，由一个小侍女引着去了一侧的房里。

⌘ ⌘ ⌘

今日是吴济夫人王怡然的三十岁生辰。吴济在郜州说一不二，王怡然的兄长又是王举迁，自然是众人恭维，郜州城内有头有脸的女眷基本上到齐了。

"我家老夫人昨日还说身子不适，来不了夫人的生辰宴，叫我带一对翡翠镯子来赔罪，说是梁州的好货色，知州夫人不要嫌弃才是。"

王怡然恹恹地坐在椅子上，一个身材微肥的中年夫人喋喋不休地说着，满脸堆笑："……我儿子、侄子都在王将军手下，还请夫人多多关照。"

王怡然便勉强挤出笑容："自然，中将夫人客气了。"

被她称为"中将夫人"的妇人坐回椅子上，笑靥如花地拉着左右两侧的人闲聊、喝茶。她说着说着，突然说到了曲悠："方才有人说，那个新赴任的通判大人的娘子也来了。哎哟哟，这位听说是汴都贵女出身，眼高于顶，还不是要给咱们知州夫人面子，巴巴地来了？恰好，我也想看看，这汴都富贵乡里长起来的姑娘跟咱们有什么不一样。"

"咱们跟汴都的比起来，自然是边境的老粗，不堪入目的。"她身侧另一位妇人笑道，"只怕这贵女受不了郡州风沙之苦，瞧不起咱们哪。"

堂中笑声一片。

曲悠刚刚走到堂前，就听见一阵尖锐的笑声："我之前下帖子请去踏青，都叫她辞了，凭她是谁，还想在郡州摆架子不成？我倒要看看，汴都能养出什么样的美人儿，难不成随便抓一个就比左领管家郡州第一的姑娘还出色不成？"

那左姑娘在自己母亲背后行了个礼，倨傲道："婶婶过誉了。"

她还没现身，怎么就拉了这么多仇恨？从前在汴都时，美名飞遍了也不见有几个冒犯的，巩玉莹看不惯她还是因为击鼓这种不合女子德行的事。电视剧里常见的女子之间你欺负我、我报复你，她真是鲜少有机会亲身体验。

想到这里，曲悠顿时充满兴趣，她轻轻咳了一声，举着扇子挡在面前，用高云月嫌弃她走路大大咧咧时亲自示范的莲花碎步，步履翩跹地走了进去。

堂中顿时鸦雀无声。

曲悠举着扇子，看不见众人的表情，便屈了屈膝，温言道："前几日风寒病痛，耽误了夫人们的邀约，在此请罪。"

王怡然眉心一动，撑着手边的椅子站了起来，想要亲自过来迎。一旁的侍女连忙上前扶她，反倒绊住了她的脚步。

曲悠听见她有些急促的声音："少夫人不必多礼。说起来，你前几日染了风寒，我合该上门瞧才是。今日你来，是给我面子，快坐，快坐。"

出乎意料，这王怡然竟然很是殷勤，若她和吴济一心，应该学着他给下马威才对。曲悠一边想着，一边放下胳膊，缓缓地抬起了脸。

方才热闹的厅堂此时却无一人言语。

上了年纪的妇人和未出阁的姑娘们早就对这位汴都来客十分好奇，奈何请了几回都不见其人，今日才见到。

新来的通判大人年轻，还不到二十五岁。听闻他这夫人与他新婚才一年，还有几日才过十九岁生日，正是大好年华。

众人细细打量。她绾了个复杂的朝云近香髻——郡州恐怕只有新嫁娘出阁时请来的老嬷嬷才能绾出如此复杂、美丽的发髻。但对她来说，这似乎只是再简单不过的出门装饰。这发髻虽复杂，她却没有戴什么昂贵的首饰，只是简单簪了几只小玉扇，配着精巧的绢花，不至于过分隆重，也不显得全不在意，分寸刚好。

左慧愣愣地盯着刚进门的曲悠，感觉自己心头一阵一阵地泛酸。她的目光从那复杂的发髻移到对方的脸上。左慧先瞧见一双含情美目。曲悠的眼妆描得很淡，映得眼瞳似有盈盈秋水，向她扫过来时，无端带着湿润的风情。

除此之外，这张脸其他地方也生得十分完美，双眉细挑，唇心微红。她整个人肤如新雪，气质端庄，微俏。身上的衣服不知是什么布料，色泽温润，不见一丝褶皱，颜色接近桃红，却比桃色略浅一些，丝毫不显得俗艳，反而淡雅出尘。

左慧下意识地摸了摸自己的袖子——她今日出门时为着吉祥，特意穿了一条橘红色的八宝连缀裙。这已是全都州最好的料子做的，但与曲悠身上的一比，立刻衬得俗气、老土。

说来也是，都州流行的衣服料子还不知是汴都多久之前时兴的，现在早该过时了。

王怡然盯着曲悠看了许久，才打破厅中的寂静："哎哟，早听闻少夫人是个大美人儿，今日一见，果然如此，像神仙画里飞出来的一般。少夫人，快过来。"

曲悠被安置在手边最近的一把椅子上。她目前对厅中所有人一概陌生，只好含笑不语。

王怡然顺着手边给她介绍众女眷，刚叫到方才那位有些痴肥的中将夫人，对方便亲热地凑了过来，在曲悠冰凉的翠玉镯子上摸了又摸，口中还道："方才咱们还说呢，都州穷乡僻壤，从来没见过这汴都福乐窝里长起来的姑娘，今日一见，可算叫我们开了眼！大家只瞧妹妹这镯子，触手温凉，是万金难买的好货。哎哟哟，我刚送的东西，竟有些拿不出手。"

曲悠不动声色地看了她一眼，轻轻地抽回了手。这中将夫人看着大大咧咧、全无心眼儿，说的话却不怀好意——她随手的物件就能越过夫君顶头上司的夫人，不免有喧宾夺主之嫌。

果然，堂下众人瞧着她的目光中，除了艳羡，顿时多了几分看热闹的意思。

不过，曲悠对众人的敌意毫无感觉，她还有正事要做。

"河星。"曲悠没接她的话，只是笑吟吟地唤了一声，随后接过河星捧过来的小匣子，站了起来："我初来乍到，也不知道知州夫人喜爱什么物件，便托人打听了一番……我手中恰好有一块璞玉，请工匠雕了这样东西，还请知州夫人收下。"

王怡然接过盒子，看了一眼就变了脸色，连忙阖上。但她似有些不舍，又开了那匣子，细细端详一番，随后红了眼睛握住了曲悠的手，像见了亲人一般哽咽着道："多谢少夫人，我……甚是喜欢。"

那中将夫人想多看一眼却没看见，只隐约看见盒中装的是玉器。堂下诸人见王怡然瞬间伤怀，谢意又不假，一时间交头接耳，十分好奇。

这年轻的通判夫人到底送了什么东西，竟然须臾间便叫王怡然另眼相看？

曲悠觑着王怡然的神色，便知自己猜对了。

根据周檀这两天收集的消息，王怡然今日过生辰却闷闷不乐，是因有一桩旧事。

自王举迁在都州城外意外救下吴济，她便嫁给了这人。当时吴济还在彭越手下任职，在彭越离开都州赴京上任之后，吴济才爬上知州之位。二人成婚至今十年有余，王怡然膝下却未有子女。吴济现有的三子一女，都是妾室和通房的孩子。其实不是王怡然不能生养，她早年曾有一子，长到三四岁的年纪时不幸落水，溺死在后园湖中。而那一日恰好是王怡然的生辰。至今，王怡然有六七年的时间再不曾庆贺过生辰。这两年，她释怀了些，今岁又是整数，吴济便借着她的生辰大宴了一番。王怡然依旧内心抵触，却不能明说，扫了夫君的兴致。

曲悠听了这遭遇，便找工匠将那块璞玉雕成了一个男娃娃形状。

生辰撞上忌日，虽说众人都以为王怡然早已看开，但她一辈子只得那一个孩子，焉能不伤怀？曲悠这算是兵行险招，成了便能与王怡然交心，不成大不了另想办法。

见王怡然只顾攥着曲悠的手说话，堂下的女眷们怔了一会儿，便继续说说笑笑，花厅很快便像之前一般热闹起来。

左慧看了曲悠好几眼，有些懊恼地低声对母亲道："父亲还说……汴都的文官最是风流，见了如我一般的貌美女子定然会将家中夫人忘得一干二净。没承想人家不仅跟来了，还是个大美人儿，别说平妻了，就算做妾，人家也不一定瞧得上我。"

左夫人拽了她的手一下，嘴硬道："你懂什么，男人就图一个新鲜，汴都这样的女子可多了去了。你是边地长起来的，与她们怎能一样？你瞧她手上那镯子，多气派，果然就算被贬，这周大人家中也有万贯家财……你这样的品貌，怎的自己没点心气儿？"

左慧气道："父亲还想叫我给吴大人做平妻呢，他又老又粗陋，这便是心气儿？说不得，万一这周大人也长得歪瓜裂枣……"

左夫人道："郡州哪还有比这些人还富贵的？你挑三拣四，是想嫁个穷小子，跟他去城门外边喝西北风不成？"

两人还在低声争论，厅前便来了几个婢女，请众人到大堂吃饭。

曲悠跟着王怡然谈笑着出门，刚走到廊前，便发现不知何时下起了丝丝细雨。郡州少见大雨，这样绵密的细雨在春日倒是多见，来得快，去得也快。

王怡然立刻吩咐人去取伞，等了没一会儿，园中却隐约出现一个白色的影子。

周檀撑着一把油纸伞，在雨雾中悠然走了过来。

方才曲悠已经叫众人惊艳了一番，此刻周檀突兀地出现，连王怡然都愣了一愣。左慧和几个未婚女子在人群最末踮脚，只看一眼就满面通红。汴都女子娇养，她们虽是艳羡，却也能猜出几分，但西境真是极少见到周檀这样温润如玉的佳公子，平素再英俊的儿郎都没有书香门第养出来的高洁气质。西境的读书人太少了，生得俊朗的便更少，见到这么一个简直惊为天人。

几个妇人看得眼睛放光，恨不得自己晚生二十年。

周檀撑着那把昏黄的油纸伞走近，将自己手中的外袍披到曲悠身上，随后给王怡然行了个礼："吴大夫人安好，雨丝微凉，我妻前几日风寒未愈，不能吹风，我便前来先接她过去。此地多女眷，有些冒犯，在此告罪。"

其实曲悠发现都州城内的男女之大防远远不如汴都严，未婚女郎甚至可以与男子一同在厅上吃饭，不设屏风。但周檀这般言语、气质，不由得让王怡然都严肃了几分，恭谨地回礼道："小周大人客气了，无妨。"

于是，周檀一手撑着伞，一手揽着曲悠的肩膀，在众女眷殷殷的目光下朝堂前去了，留下她们继续等待。

走了老远，曲悠回头看了一眼，还能看见众人炯炯的目光。她虚荣心大爆棚，高高兴兴地伸手揽住周檀的脖子，却刻意嗔怪道："夫君怎么想到过来接我了，方才廊下女子看你的目光，快要将你吃了，你就不怕今日之后她们抬着女儿上门来给你做妾？"

周檀凉凉地道："那还是不及夫人，只是挡着脸在堂前经过，便叫人浮想联翩。"

曲悠一怔，还没来得及说话，周檀便停下脚步，抬眼看去："你瞧，这杏花开得极好。"

曲悠顺着他的目光看去，瞧见了二人头顶一树杏花，洁白，馥郁。她呆呆地望着，有些出神地想，周府移来的杏花想来也该开了，他们不能亲见那第一树花，实在遗憾。

她刚生出一点伤春悲秋之情，便听见周檀若有所思地道："如今的宅邸虽然小了些，但在你窗前栽一株杏花的空场还是有的……过几日，等这吴府没了主人，我便叫人过来，将这棵树移过去，你觉得如何？"

曲悠："啊？"

∞ ∞ ∞

两人比女眷们先一步到了用餐的大堂，但由于此时堂中都是男子，便没进去。

曲悠站在廊下，瞧着那细雨竟然快要停了。不一会儿，日光透过云层隐隐照了过来，她伸手去接，不见雨滴："西境果然少雨，只是一片乌云的工夫。"

她靠着柱子坐了下来，随手摸了摸身侧被雨淋湿的一株紫罗兰："我猜得果然不错，王怡然很喜欢我的贺礼，必定是对亲子之死心怀芥蒂，至今未消。我瞧她脸色也不太好，想来今日应该不算高兴。明知夫人不悦，吴济却还是要给她过生辰，这哪是为了生辰，我看，他就是找个由头与都州诸人拉拢关系罢了。"

"不错。"周檀抖了抖手中的油纸伞，"我方才在堂前见了王举迁，此人声音洪亮，不拘小节，言谈之间仍在忧愁今春西韶人的动作。恰如小燕所说，他不像满腹算计的人。"

曲悠点头："王举迁肯为吴济做事，有一半都是看他这妹子的面子，但是王怡然的生辰全是吴济府中妾室操办的。我方才试探问了几句,他们夫妻的关系……"

她没有继续往下说,只是摇了摇头,有点不好意思地笑起来:"方才我在厅前忸怩作态一番,王怡然却毫不在意,甚至在我拿出贺礼之前就对我十分殷勤。我觉得,有八成把握……如你我所想。"

周檀眼皮动了动:"嗯,够高……这就好办了,哪怕想错了,也有别的办法。"

两人聊了几句,那边的女眷们便过来了。

曲悠与周檀告别,正打算回到女客那边去,便听周檀在她身后问道:"你忸怩作态……是何模样?"

曲悠一愣,回头瞪了他一眼。周檀垂着眼睛低低地笑了一声,扔下油纸伞,入堂中去了。

曲悠刚刚走到王怡然身边,方才装傻充愣找她碴儿的中将夫人便十分热情地扑了过来,口中道:"哎哟,周大人可真是一表人才哪。如此俊的夫君,是少夫人自己相来的?"

曲悠挽着王怡然的胳膊,似有些羞地往她肩后躲了躲,回答道:"哪里,我虽与夫君一见倾心,但这门亲事是他去求当今圣上赐的,夫君从前……颇得宠信,此番被贬,不过是东宫的权宜之计,太子殿下念着我们,哪怕是暂时到了都州,我们总归要还朝的。"

一群夫人交头接耳,待她又比之前热络了不少。王怡然欲言又止地看了她一眼,连入席都把她安排在自己身边。

曲悠一边以扇掩面害羞地答着四方人的询问,一边不动声色地打听消息。

从前在学院,她就是历史系少见的八卦能手,如今不过一会儿便大致记住了众人身份,还从王怡然口中套出吴府中两个妾室对她不太尊敬、吴济事多不管的重要消息。

方才周檀过来,一是为了吸引众人的好奇心,叫她有机会将"颇受宠信"这件事说出来——他连婚事都是皇帝赐的,被贬还是因为东宫党争,倘若太子成功登基,还愁没有出头之日?如今闲散度日,也是觉得自己迟早一日能够还朝,有恃无恐。

这话半真半假,她假装自矜,就是叫众人多信几分,毕竟这些妇人信了,回去肯定会将此事添油加醋地告知家里主君。都州这群人中总有与吴济离心的,听了这番话,脑子灵活些的估计就要再思量一番都州局势。

至于第二嘛……女子天生好美色,他过来转了一圈,必定在众人心中留下了不少好印象。

果不其然,二人的计策十分奏效,王怡然生辰宴后,曲悠突然成了都州的香饽饽,不管是谁家开宴,总要派人过来送几张帖子。

曲悠一反常态,来者不拒,每次上门都送些时兴的衣料和首饰,就算之前有几个妇人对她怀揣敌意,不消几日,也成了她的好友。

请得最多的，还是王怡然。

王怡然虽然刚刚年过三十，但早生华发，疲态明显，见她于衣物妆容一道颇有心得，便时常来讨教。

曲悠对师长、人母年纪的女子十分熟练，每次都把她哄得眉开眼笑。王怡然经常被她装扮完美、满怀希望地回府，过几日再郁郁归来，请她喝西境上佳的葡萄美酒。

关系到了这个地步，曲悠终于摸清楚了她与吴济的关系。

当初，这门婚事是吴济一心求来的。他自从被王举迁救下，就对王怡然甜言蜜语、有求必应。他虽相貌粗陋，但王举迁见他一往情深，便做主将妹妹嫁给了他。王怡然也被这人打动了。二人婚后过了很长一段时间蜜里调油的日子，吴济也在王举迁的帮助下在都州步步高升，一路做到了知州。

直到二人的亲子意外离世。

王怡然没有细说此事，只是醉后反复道"都是我的过错"。曲悠猜测，王怡然的孩子既然是在她生辰那日溺水的，吴济极有可能以王怡然照顾不周的缘由迁怒于她，致使她这么多年过去还在自责。

不管是为何，王怡然从此与吴济离了心，吴济也开始纳通房妾室，常年冷落她。但他又深谙打一个巴掌给一颗甜枣的道理，时不时便给王怡然送些当年的物件以表情思，顺便重复一遍"我也爱你，但我看见你就想起当年的丧子之痛"。王怡然被这心绪折磨得苦不堪言，也是因着此事，王举迁一直不计理由地帮扶吴济，纵得他越来越不像样子，也无可奈何。

曲悠回忆起吴济的容貌，打了个寒战。

"恋爱脑"要不得。

她听说这情况，觉得兄妹二人怎么像被诡计多端的吴济骗了呢。她由此生疑，私下派人去查了查。这一查不要紧，居然真叫她找到了多年前伺候王怡然的婢女。本来她对这婢女之言半信半疑，结果她刚刚设计叫这婢女与王怡然见面，王怡然便惊疑地认出了她。婢女更是一把鼻涕一把泪地扑到她脚下，痛诉当年险些丧命的遭遇。

原来，那日王怡然之子落水，分明是吴济与另一位已经抬为通房的婢女偷情所致。事后，吴济不仅将此事怪到王怡然头上，还将当时知情的仆役全部杖杀。这婢女是隔着假山瞧到的，这才逃了一命，自此便辞出了吴府。这么多年过去，她实在是见不得王怡然痛苦，才不得不冒死前来告知。她说得有板有眼，由不得人不信，王怡然当即昏了过去，醒来后怒气冲冲地回了府。

恰好第二日周檀便要去官府交接一应事宜，他以此为借口在府中大摆宴席。

由于曲悠近日来的好人缘，此次宴席的排场竟然不亚于之前王怡然的生辰宴。

不出所料，王怡然派了个侍女过来，言辞恳切地说自己身子不爽，今日不能过来。

吴济也称有急事处理，只派来那个一直跟在他身侧、长相周正的师爷。

四月初，正是惠风和畅的天气，前通判府中树木不少，于是周檀把宴席摆在露天的庭中，依旧是男女分桌不分席，隔着庭院遥遥而坐。

曲悠搞了些汴都文人爱玩的戏码，从府中引了两条溪水过来，曲水流觞。郜州少见这样的巧思，连带着王举迁等一干武将也颇感兴趣。周檀神色淡然地与他们推杯换盏，一时宾主尽欢。

天色渐暮，在第一个客人准备起身告辞之时，不知从何处哗啦啦地跑来一群劲装冷面的侍卫，将摆宴席的中庭严丝合缝地围了起来。众人当即傻了眼。

王举迁手中还端着周檀刚递过来的酒。他是个喜怒形于色的直爽性子，立刻将酒杯重重地放了下来，厉声问道："小周大人，这是何意？"

女眷们虽惊慌，但到底是在郜州城内长大的，多见士兵，只是坐回原处，向上首的周檀投去疑惑的目光。

周檀垂着眼睛，将手边喝尽的酒杯倒扣在桌面上，突然敛了之前的神色，不冷不热地道："明日我便要赴任了，在此之前，想送给诸位大人一件礼物。"

众人还没有说话，便有三四个侍卫一人拎着两口袋白米走到桌前。

周檀抬头看了一眼，转向王举迁："将军可知这是何物？"

王举迁怒道："自然是粮食，难道有人不认得？"

周檀便回道："好。黑衣，你带人下去，将这几袋粮食熬成米粥，分给庭中诸位一人一碗。看着些，可不许少了。"

黑衣立刻领命，带人抱着米袋子向后园走去。

旁人不知周檀这葫芦里卖的到底是什么药，有几个性子暴躁些的已站起身，骂骂咧咧地走到围着的侍卫面前，似乎是想要硬闯出府。

周檀带来郜州的侍卫多是金陵白家签了死契的人，大都是当初走投无路，被白家接济过的高手，也有军中退役的老兵。

曲悠听见旁边的女眷惊呼一声，抬眼就看见那个不知在军中任何职的大人已经被面前的侍卫在三招之内抢了佩剑。那侍卫面无表情地在他手肘、侧腰和腿部各敲了一下，那人便骤然失力，险些在他面前一头栽倒。那侍卫却伸手扶住他，恭敬地双手将佩剑奉还。这一招威慑极大，想往外去的几个人顿时停住了脚步。

王举迁多年混迹军中，一眼就看出这人是军中少见的好手。"小周大人，你……"

曲悠见他的神色，心想，这招儿果然奏效。虽说他们带来的侍卫并不够多，现在庭中有一半都是家丁套上衣服假扮的，但只要能吓到人就可以。

周檀置若罔闻，重新添了茶漱口，半晌才不慌不乱地对上王举迁的目光，貌似十分真诚地道："我说了，请诸位喝了粥再走，将军可不要推脱我的美意啊。"

王举迁也想知道周檀的目的，半信半疑地冷哼一声，说："好，我倒要看看小周大人这碗米粥有什么名堂。"

其他人见王举迁如此，便也安分下来，没有人再起身硬闯。

女眷们交头接耳，曲悠身侧的中将夫人立刻离开她老远，她倒也不慌，优哉游哉地吃完手边的点心。

有人压低声音问："少夫人，小周大人这是什么意思？"

曲悠捂着胸口，艰难地把口中的点心咽下去。由于咽得太快，她被噎出了泪花，像是真被吓到了："呃……大夫人问我，我……我不过是后宅女子，怎能知晓夫君的谋划？"

也不知道她们信了没有。

不一会儿，方才拎着口袋的侍卫们带了些侍女过来，为每个客人送上一碗刚熬出来的白米粥。

那米粥熬得黏稠，散发出熟透的香气，盛在青花瓷碗中，精致诱人。端碗上来的婢女们个个恭敬、收敛，一眼都没有多看。众女眷惊疑不定的同时，也不免赞了一句，不愧是汴都人家调教出来的丫鬟，当真知礼守规矩。

周檀抬起狭长的美目，往堂下扫了一圈。

王举迁端着那碗米粥左看右看，也没看出什么门道："小周大人，这米可是有所不同？"

"将军喝过就知道了。"

周檀往堂下打量着，甚至没有转头看他。

王举迁被他这副目中无人的样子激怒，抬手喝了一口，没尝出有什么不同。他想要将手中的碗摔了，但估计是顾念着其中有粮食，最后只是重重地搁在案上："小周大人，我是敬你从汴都来此地，才叫你一声'大人'！如今你将众人困在这里陪你打哑谜，真是好没意思！这米如何，这粥又如何？"

周檀没理他，漠然地拿起汤匙喝了一口，语气沉沉，比起方才，压迫感又重了几分："诸位大人，为何不喝？"

王举迁再难忍耐，拔剑起身，喝了一声："竖子狂妄！"

那剑已经逼近周檀的脖子，他却不慌不乱地伸手在王举迁的铁剑上敲了两下，剑身发出当当的清脆声响。

"黑衣。"

黑衣遥遥地应着："大人。"

"去瞧瞧，这米粥是不是做得不合郓州诸位大人的口味。"周檀转头看着王举迁，微微露出笑意，"真不愿意喝的，你就喂喂他们。"

黑衣应了一个"是"，立刻带人走向堂下发呆的众人桌前，竟有强行逼迫人喝的打算。

王举迁震惊地看着他:"你……你疯了!你要在都州造反不成?"

"这话应该是我问王将军吧?"周檀立刻咬住他的话茬儿倒打一耙,飞快地反问,"都州天高皇帝远,却是抗击西韶的第一线,你们敢在都州城内做这样的事,难道是想造反不成?"

他虽然年轻,但疾言厉色,一时间竟连王举迁都久违地感受了一丝来自上位者的压迫。他在心中暗道疏忽,面前这人在汴都至少做到了正四品,前些日子过于散漫,竟叫他们觉得这是一只谁都能咬死的羔羊,私下里聊起来对他都十分不屑。今日他才迟迟看出,周檀确实是传闻中从刑狱尸山血海爬出来的玉面修罗,单说被他以剑指着还能面不改色的这种气魄,在场其他人恐怕一个都比不上。但不管如何,都州城是他的地盘,纵使周檀有罗织构陷的手段,也不能在此处肆无忌惮地污蔑他。

他想到这里,感觉自己说话都多了几分底气:"小周大人,你说我谋反,你这可是污蔑大罪——"

周檀却好似被他逗笑了:"污蔑?"

他刚说完这句话,方才捧着粮食袋子的侍卫们便走到二人面前,恭敬地跪下,手中的托盘里盛着倒尽米的粗麻粮袋。

周檀不以为意地将王举迁的铁剑往下压了压,躬身拾起一个粮袋,将有墨迹的一面举到王举迁面前:"王将军看看,可还认识吗?"

王举迁觉得有些眼熟,不由得一愣。

周檀接过那个托盘,反手就将它恶狠狠地打翻在堂前:"诸位大人也看看,这样东西,你们认不认识?"

离二人比较近的一个军中文书先认了出来:"这……这不是上个月送出的那批——"他立刻住了嘴,没有继续往下说。

王举迁放下手中的剑,难以置信地看了看周檀方才递给他的袋子,又从案前绕过去,将那地面上的粮袋看了一遍,这才明白过来。他有些僵硬地转过身来,问:"小周大人……这些东西,是从哪里来的?"

周檀重新坐下,给他座位上的酒爵中添了酒,闻言回道:"哪里来的?街边叫卖,粮店后仓,多是在都州贫民聚集之地。他们不识此物,只知这米便宜。我不过派些人简单查了查,就足以让在场诸位一人喝上一碗。王将军猜猜,我没查出来的,在都州城还有多少?"

"你……你是说,我勾结商贩,贩卖军粮牟利?"王举迁这才彻底明白过来,不由得感到一阵荒谬,"荒唐!王某人虽然半生行伍,书读得少,却也知晓何事可为、何事不可为!小周大人怕是从别处偷来了这军粮麻袋,刻意污蔑我吧?"

"将军这话说得蹊跷,我才来都州几日,就算是想刻意诬陷您,也得找得到门路拿得到军粮才行。"周檀淡淡地回道。

他从案前站了起来,往庭中走了几步:"自我发现此事,日夜悬心,不得已才将诸位都请到我的庭院中，又出此下策，将此事公之于众。实在是没有别的办法……不怕与王将军说句旁的话，我与您虽相识不久，但直觉您是个直爽率真之人，又忧国忧民，满心惦记着杀敌和百姓，想来不会做这样卑鄙下流的事情。"

王举迁冷着脸哼了一声。

周檀话锋一转："不过，知人知面不知心，您是如此，可您能保证这庭中诸人皆如此吗？"

"我右手边的赵大人，你为何自这米粥上来之后便躲躲闪闪，不敢正眼看？还有远处那位郑大人，一口都没喝，这贩卖军粮的事情是否有你们一份？"

曲悠端着手中凉下来的青花瓷碗，悄声到了周檀面前。周檀看了她一眼，曲悠便笑道："前几日夫君买来米粮，我还在心中纳罕，今日行此事，我更是茫然，如今才听懂几分。我们是至亲夫妻，我尚且不知道夫君的打算，王将军说此事并非你所为，那你可有至亲能行此事、敢行此事吗？"

她言语轻巧，像是真心疑惑。王举迁怔愣片刻，面色这才变了，他退了一步，不知想起了什么，又颓然坐了下去。

周檀挥了挥手，围在庭院四周的侍卫们便听令退下了："我这侍卫已然撤去，诸位大人若是现在有想离开的，请自便吧。"

王举迁侧头看了一眼，并无一人动，哪怕是刚才被周檀点名的那两位——二人吓得抖如筛糠，可到底没有起身挪动一步。

周檀是什么意思，众人此时已然彻底心知肚明。

吴济在都州城内横行霸道，无人不知，无人不晓。而王举迁是吴济的亲戚，有都州兵权在手，有这样一棵大树护着，旁人就算对吴济多有不满，也不敢多说一句。平素他贪财贪色也就罢了，没想到如今居然把手伸到军粮上——王举迁信赖，吴济才得以在军粮中做手脚。西境本就是苦寒之地，偷卖军粮触到了王举迁最大的逆鳞。这新来的小周大人果然厉害，三言两句便想说服王举迁倒戈。可是吴济到底是王举迁的妹夫，王举迁真的能被这轻巧言论说服吗？

周檀见王举迁面色惊疑不定，微微垂下了眼睛。忽然，曲悠后退了几步，压低声音道："王将军，借一步说话。"

王举迁一怔，看了周檀一眼。周檀背着手往下走了几步，示意周围侍卫退下。众人离得远，只见曲悠在周檀背后隔着扇子低语了几句，然后王举迁瞪大眼睛，难以置信地看了她两眼，又询问了一遍，便将手中的铁剑归了鞘。他居然一句话都没有再和周檀说，也没有招呼旁人，提着剑便怒气冲冲地出了府门。王举迁的夫人攥着帕子不知所措，只好眼睁睁地看着夫君随意牵了一匹马，飞快离开了。

"诸位大人，不知今日的酒可好？"

周檀一手拎着酒壶，一手持酒爵，满饮一杯之后，颇有些遗憾地道："这是我自汴都带来的美酒，不如都州的葡萄美酒香醇，却也能入口。"

众人何尝听不懂他的意思，有几个当即便道"下次我为大人带酒来"，还有几个匆匆地抬手将手中的酒喝了，有些谨慎的一言未发，只是在此杯之后随着众人离开了周府。

不过，所有人都知道，今日之后，都州恐怕是要变天了。

何元恺原本坐在庭中的最末席，等到女眷都走得差不多了，他才取了块帕子擦了擦嘴，慢条斯理地准备离开。不料，转身还没有几步，他就听见身后传来一个笑吟吟的女声："何先生留步。"

他转头一看，正是周檀那位如花似玉的内眷。

曲悠拿着手中的扇子随意扇了扇，问道："先生今日可尽兴？"

何元恺拱手答道："少夫人匠心独运，这府中十分雅致，小人领教了。"

曲悠却似不想和他打哑谜，她左右看了两眼，确信没有外人之后，直截了当地说："我和夫君今日所为，可少不了先生的手笔。我是问，先生看着我精心排出来的这一出大戏，可还尽兴？毕竟……"

她慢悠悠地道："军粮袋子和吴夫人那位多年前的侍女，不都是先生找来的嘛，我若不物尽其用，岂不辜负了先生一番美意？"

何元恺有些诧异地看着面前的女子。他本以为今日所有都是周檀的安排，不料面前这女子比起周檀来也不遑多让。他眼睛中倏地闪过一道精光，眼见着周檀自曲悠身后走过来，便笑道："不知道小周大人和少夫人这番要怎么谢我？"

变天

三人在后园中随意找了一座凉亭。婢女们添了茶就垂着头下去了。

何元恺打量了一眼，笑道："小周大人和夫人不愧是从汴都来的，府内连下人都这么有规矩。"

周檀意有所指地答道："自然要有规矩，若无规矩，也遇见心怀不轨的下人，该怎么好？"

曲悠掩口笑道："夫君说笑了，人总是要有把柄，才会怕有人心怀不轨。当然，行事坦荡，也不一定不被人构陷。只是我相信何先生这样的好人是做不出这种事的。"

何元恺瞧着这二人夫唱妇随，便尝了一口手边的茶——不是都州常喝的茶，但茶粉细腻，回甘悠长："好茶，好茶。夫人今日既能留我，可见是小周大人的知心人，有些话我也不必避着你说了。"

他虽说"不必避着"，但此句之后便沉默下来，再不说话。

曲悠瞧了瞧凉亭外的天色，知晓他想听解释，便道："先生遣那孩子抱着军粮袋子来府门时，我就已经生疑。虽说吴济这么多年来有恃无恐，可总不至于明目张胆到这个地步。还有旁的米店、粮店，收到这种东西，合该迅速将麻袋处理了才是，怎么会留着让我顺蔓摸瓜，一路查到郜州的贫民？"

何元恺挑了挑眉毛，示意她继续说。

"我当时只是生疑罢了。直到吴大夫人那个婢女出现，我才确信这郜州城内有人助我夫妇二人。"曲悠看了周檀一眼，"她出现得实在是太巧了。当年这人未死，吴济都查不到下落，怎的我一查她就能浮出水面？于是我找人跟了这侍女几天，得知她刚搬到郜州城内不久。我的婢女在她所居小巷口卖了几天的胭脂头油，好不容易才套出话来——她说，当年有人救下了她，又把她送到了城外，如今接她回来就是要她报恩，将此事对吴大夫人和盘托出。"

何元恺眯了眯眼睛："夫人好手段。我只是严令她素日不许出居住的民巷，却不想从找到她那天起，夫人便把人安排到她家门口了。"

曲悠笑眯眯地道："小伎俩罢了。"

周檀轻轻晃着手中的茶杯："先生在吴府卧底这么久，自吴济娶了王怡然，一直到如今，想来也有十余年了。你得了吴济的信赖，他连夫人亲子的秘事都敢放心大胆地告诉你，想必先生也是下了不少功夫吧。你——想要什么？"

茶杯中有水洒了出来，周檀漫不经心地问："知州如何？"

何元恺拊掌大笑："我不过是一介草民，甚至是吴济从勾栏瓦舍里挖出来的戏子，小周大人觉得，我也能做知州吗？"

"我并不怕告诉你，我从汴都启程来到郜州那一日，这郜州就必定是我的掌中之物，就算没有你，没有相宁侯府，也是一样。"那杯茶被喝尽了，周檀把玩着手中的天青雨瓷，淡淡地道，"吴济死后，郜州城只我一人，知州谁来做，自然是我说了算。"

何元恺在听见"相宁侯府"的一刹那就变了面色，他惊疑不定地听着周檀继续道："侯爷知道吴济爱听曲，便把你安排到了勾栏瓦舍。你也不负他的期望，走到了如今，知州之位唾手可得，你……难道觉得自己做不得吗？"

何元恺盯着他的脸，重复了一遍："相宁侯？"

"吴大夫人大宴那一日，我就瞧见了你腰侧的铁牌。"周檀回忆道，"展翅鹰飞，翱翔万里，何先生一介文人，都能得军中这块铁牌，若早生十余年，必能随萧将军建功立业，成一代儒生。"

何元恺从石桌前站了起来，有些失态地问："你怎么知道的？"

周檀平静地回答："我也有一块。"

他抬起头来，幽深眼底终于现了一点笑影："侯爷对我的考验可够了？郜州城移交那日，还请先生带我前去拜会。"

何元恺迅速收拾好面色，点了点头，临行前多问了一句："倘若……我不曾相助，小周大人打算怎么办？"

"王举迁手下自有我多年前安排进去的人。"周檀回答，"其实我也没有想过侯爷会派人来助我。何先生回去，也可以转告侯爷一句，郡州是我老师最后的心病，我既来到西境，必使此地万象更新。"

　　寒暄两句之后，何元恺起身告辞。

　　天色彻底沉了下来，曲悠在园中转了两圈，若有所思。

　　有侍女为二人提来一盏灯笼，周檀接过，随口问道："夫人在想什么？"

　　曲悠便道："在我窗前寻个空处。此地，确实很适合植杏花。"

∽　∽　∽

　　王举迁刚到吴府正堂前，便听见了内里一声清脆的碎裂声响。

　　他那三十年来温婉哀愁的妹妹正用他从不曾听过、歇斯底里的声音吼了一句："你怎能如此待我？！"

　　门口原本围着的侍卫想要进去报信，被他眼神一慑，顿时再不敢动——这位王将军的目光此时太过可怕，众人毫不怀疑，倘若谁敢此时进去，必定会被他当场斩杀。

　　吴济的声音从房中传来，虽然有些慌乱，但丝毫没有退步的意思："你究竟是从哪里听来这些胡言乱语的？我已经对你说过，不要相信——"

　　他还没有说完，王怡然便尖声打断："柳叶跟了我十年，若非你心虚，怎会骗我说她早已病死？诺儿死后，我身边的侍婢被换了个遍，我从前还不曾生疑，如今想来，真是我太蠢！你与那小贱人早有勾连，甚至害死我儿，亏我还伤心、愧疚，特意许她去给你做通房，我呸……若不是人证物证俱在，我从不曾做此想……"

　　王举迁的额头突突直跳，他耐着性子在门口多听了几句不堪入耳的话。

　　说到后来，吴济居然当着她的面认下了那些事："女子一生相夫教子便已足够，你夫君自有谋划，你这样闹有什么意思？小心我找个由头说你疯魔，关进柴房。你哥哥倒是疼你，但多年来郡州城内的利益打断骨头连着筋，你以为，他会为了你，不顾自身的荣华富贵吗？"

　　随后，房中传来巴掌响声，王怡然痛呼了一声。

　　吴济居然动了手！

　　王举迁茫然地想着，这便是他为妹妹寻的好归宿、他尽心帮扶的人。他再听不下去，一脚踹开了门。

　　吴济一愣，像是看见鬼一般，声音都结巴起来："舅……舅兄……"

　　王怡然从一侧扑到王举迁脚下，撕心裂肺地痛哭起来。兄妹二人虽然都已近中年，但王举迁丝毫不以为意地起身将妹妹抱了起来，就像很久之前二人父母死后相依为命时一般："妹子，别哭了，哥带你回去。"

　　他一句话都没有多说，转身朝外走去。

吴济在他身后跌跌撞撞地追了过来:"舅兄听我解释……"

王举迁回头,冷冷地看了他一眼。这一眼有如寒霜利刃,吴济顿时打了个哆嗦。王举迁踹开脚边方才被二人打碎的茶盏,大步朝府外走去。吴府中无人敢拦他,不过片刻,两人便消失在吴济视野中。

吴济吓得差点在门框处跌倒,恰好此时何元恺匆匆从前门跑入,吴济像见了救命稻草一般,立刻抓住这位自被他从戏班子中救出来后忠心耿耿十多年的师爷的手:"小何,小何,那王怡然已知当年事,王举迁那边……怕是瞒不住了。"

何元恺微微诧异,迅速问道:"大人打算怎么办?"

"哈!王举迁真以为,我……我堂堂知州,会任由他拿捏?"吴济抓着他的胳膊直起身来,分明六神无主,却还是勉力镇定,翻来覆去地说,"早在……那日,我便猜到日后可能会有这样一天,自然会留后手!他若是……若是识相些,不过一个女人罢了,怎么值得弃了多年来的荣华富贵?……再说,就算他有心向新来的那个周檀表忠心,可毕竟与我合作多年,那人会信他?况且他自己也不中用,无妨,无妨。"

他说得前言不搭后语,像在安慰自己。

何元恺垂着眼睛静静听着。

吴济忽而晃了晃他的肩膀,眼神中闪过一丝狠毒:"我府中也有豢养的死士,王举迁如今在城内,府中兵士寥寥无几,如何敌得过我从军中精挑细选、多年培养的人?况且王怡然在那里,他必定精疲力竭,十分松懈,错过今日,让他回味过来就没有机会了!"

何元恺立刻明白了他的意思:"那小人现在便去召集所有的死士,让他们埋伏到将军府周围,伺机下药,入夜之后,不留活口。如此突然,王举迁未必有机会防备,只要得手了,郡州照样是咱们的,就算不得手,他也不会知道是谁做的。"

吴济连连点头:"去去去!都带上。五十余人,总能得手!实在不行,就放一把火。守城军营在城门之外,来不了这么快,你去瞧着,确定他动了投奔他人的心思便立刻动手!"

何元恺恭敬地点头:"是。"

由于惊惶、恐惧,在何元恺带人走后,吴济再未敢出门。他留了十几个侍卫严守府门四周,自己窝在正屋没敢出来,就算听说有几个前来拜会他的老熟人,也没把人放进来。如今他实在没有心力去管别的事情。再说往日这些人来拜访,都会在白日里来,今日怎的一反常态,纷纷夜间上门?事出反常必定有妖,还是不见的好。

一夜未眠,在东方刚刚泛起鱼肚白时,吴济便开始心中打鼓。他开了窗子,死死盯着府门处,只盼何元恺带人回来,让他定心。不过他等来等去,始终没有等到。

反而是守门的管家先跑了过来，上气不接下气地说："大人……大人……那周……"

他刚提了一个"周"字，吴济便突然想到，昨日周檀宴请，众人都去了，王举迁也在列，他突然来此，是否和此人有关？

他尚来不及细想，那管家就继续道："大人，大事不好，那小周大人今日走马上任，竟然……竟然在城门口贴了张告示，叫那些被扣压籍贯、无法落户的流民持册上门，办理落籍之事。"

吴济脑中轰的一声，一片空白，他只好喃喃道："你说什么？他……他好大的胆子！他这样说话，有人敢信？"

管家急道："起初自是无人敢信，也无一人敢来。不过，后来，那何先生……何先生带着咱们府中几个女子先去了州府门口，当即便得了印花籍册……那些暴民怀疑是他做戏，他便直接带人杀上门了！"

吴济感觉到了一种奇特的荒谬感。

一日前，周檀还是他心中唯唯诺诺、绵软好拿捏的羔羊，不过一夜，他缘何这么大胆，敢直接动手？谁给他的权力，谁给他的兵？

不过他已来不及多想，吴府中的精锐守卫昨日全部被他派了出去，一队士兵轻而易举地破开府门，将他五花大绑，一路带到州府门口。

郜州州府是在一段废弃的城墙上建的。吴济被抓到府门之前，刚刚抬起头，就看见周檀和王举迁一同站在城墙上，居高临下地看着他，目光森冷，让他不寒而栗。

周檀微微侧过头，朝王举迁点了点头："王将军好气魄，这就把人抓来了。"

王举迁愧然回应："多年来为虎作伥，承蒙小周大人还肯给我个机会。昨日妹子向我哭诉，我才知晓犯了怎样的错误！亡羊补牢，为时未晚。"

二人命人将吴济自城墙之上吊了下去，又在州府门口竖了一整面宣纸。何元恺站在宣纸前，特意为民众书写吴济罪状。

之前还在观望的流民本十分忧惧，怀疑这又是吴济等人的诡计，但见他本人半死不活地吊在城门前，才后知后觉地发觉郜州变天了。于是，群情激奋，何元恺手下的那面宣纸密密麻麻，不过午时便已写满。吴济本在空中破口大骂，被扔了许多菜叶子和臭鸡蛋之后也没了力气。幸而周檀将他吊得极高，若是再低一些，他必定能被激愤的民众直接踩死。

一直到落日西垂，民众纷纷散去，猩红的落日渐渐地没入地平线，说不出的凄凉、落寞。

吴济忽然感觉吊住他的绳子松了几寸，上面的人似乎不想让他直接摔死，放得很松缓，一直把他放在府门前的地面上。他挣扎了几下，实在没力气，像狗一般在地面上爬了几步，嘶哑地叫着："大胆……大胆，都州诸将，若能杀周、王二人者……本官赏金百两、加官晋爵……"

都州宵禁早，日暮之后，街道上便没有多少人了。吴济费力地睁眼，忽而见面前的街道尽头有两个女子徐徐走来。他难以置信地瞪大了眼睛，花了好长时间才辨认出来人是谁。

一人是之前在宴上见过的周檀的内眷，无论何时，她身上都带着汴都女子的温婉，只是如今瞧他的眼神与瞧一条狗无异，而另外一人……

王怡然的身体比起哥哥弱些，鲜少穿铠甲、持兵器，如今她穿着军营中的常服，头发简单地绾了一个纂儿，手中拎着一把开过刃的长刀。清月渐升，在其上折射出森冷的光芒。

吴济下意识地唤了一声："怡……怡然……"

曲悠朝王怡然点了点头，独自上了城墙。王怡然面无表情地走到吴济面前，看着他的可怜情态，开口道："我再问你一遍，当年情形，究竟是如何？"

吴济抱着她的腿，含糊不清地求饶道："怡然！怡然！你我多年夫妻，总该……总该有些情分……"

王怡然充耳不闻，眼睛中却漫出泪意："她抱着诺儿在后园游玩，你见色起意，与她嬉笑打闹，屏退了下人……诺儿当时才三岁，湖边青苔湿滑，落水后连一声呼救都来不及。你自己害死亲生儿子，事后却倒打一耙，反倒叫我以为是我的过错……"

她喉咙里发出一声长长的笑声，而后说："我竟被你蒙骗十年，数度想要弃世而去，兄长更是对你有求必应，让你在都州为非作歹！如今，我便亲自来了断我们之间这桩孽缘……"

周檀站在城墙上，瞧着下方的情形，对王举迁道："明日我便写一份都州州府审理结果。吴济此人合该判处斩刑，令妹愿意代刽子手行刑，也是依律行事。"

王举迁叹了一句："多谢。"

似乎察觉到求饶已经无用，吴济一把鼻涕一把泪地抬起头来，突然发出一声怪笑："哈，哈，你这些年来丧着一张脸，令人看了就倒胃口！你仗着你哥哥的势力给我摆脸色，我还得做小伏低，装着一往情深的嘴脸哄你开心——"

王怡然微微躬身，抓住了他的衣领，恨声道："你若恨我，只管冲着我来，可是我儿那么小……他也是你的骨肉！"

"是啊，他那么小，"吴济呆滞地重复一遍，又抬手抹泪，痛哭起来，"他是我的骨肉，我岂能不痛？怡然，就算瞧在他的面子上，你留我一条性命，我以后给你当牛做马……"

王怡然松了手，闭上眼睛："以后？你骗我和兄长这么多年，若不能亲手了结你，我都看不起我自己。"

她抬起手边的长刀，冷冷地说："若有来世，你可要看仔细一些，我从不是任你拿捏的羔羊，你平生作恶无数，不将你凌迟，已是我顾念情分。"

吴济惊恐地挣扎："你……你这恶毒妇人——"

他还没有说完这句话，鲜血便四溅开来，浸红了他身后何元恺写下他罪状的洁白宣纸。

何元恺自周檀身后走了过来，面容在月光的残影中半明半暗："明日，我便将那罪状张贴至闹市中，对落籍一事心怀疑虑的民众想必终于可以放心了。大人出手雷厉风行，吴济已死，都州诸人战栗不已，大人想做的事，可以放手去做了。"

王举迁听了这话，有些困惑地转过头来："听内子说，小周大人本是东宫心腹，在朝中也是得陛下信重的，若是想留在汴都，自有千般手段，为何非要来都州？您这般人才，所为的恐怕不只是砍了吴济这狗官吧？"

周檀朝他微微一笑，言简意赅地答道："我有意在都州废除棠花令，将军以为如何？"

"什么？"王举迁深深震惊，随后沉吟片刻，道，"棠花令在都州泛滥，不少黑心商户勾结吴济欺压流民，我当时……唉，我虽知晓些许，但不知吴济如此胆大妄为，如今瞧着这罪状，简直是触目惊心。只是，棠花令涉及商户利益，若操之过急，会不会得罪这群人？"

何元恺在一侧点头道："此事还须从长计议。"

周檀握紧了曲悠的手，微微眯了眯眼睛。

都州一夜变天。

正是杏花开放的时节，往年的三春末尾，商户繁忙，城墙修缮，桩桩件件压得都州城中行经之人难以喘息。如今众人终于得以歇一歇脚，瞧瞧新任知州贴在闹市中的罪状。

那张染血罪状罗列了吴济多年来的五十余桩旧案，不仅有当时申冤之人的控诉，更有官府细细勘察之后详细记录的其余事宜。

群众在这状子前围得水泄不通，不识字的老人和壮年找书生朗诵，每读一句，便颤颤巍巍地喝一声"好"。

百姓并不关心新任知州是谁、是何出身，也不关心他与吴济从前有什么关系，只知此人当日在城门处帮助平民落籍，操劳一日，并未停歇。

与他一同行事的还有那个据说从汴都来的年轻大人，那年轻大人生得极好，烈日之下帮助众人核对、盖章，耐心十足。不仅如此，他还开了都州多年不见天日的粮仓放粮，粥棚就支在落籍处的另一侧，捧一个碗来，就能得到一碗馨香的米粥。

粥棚中有个貌美的夫人，说是小周大人的内眷，人也是极好，整日笑吟吟的。一侧的几个乞儿非常喜欢她，被她一一领去发了银钱，在粥棚中净手之后为人盛粥。

不过一两个月，有心之人便已明了，这吴济落马，新来的通判出力不少，州府中连着颁发了好几条法令，条条都是惠民之法，施行不久，百姓人人称颂。往来之人如今见到官府中人，都不像从前一样害怕了。

✤ ✤ ✤

五月中旬，郜州城内张灯结彩，庆贺只有西境才过的格里拉节。曲悠出门闲逛，被热心的婆婆们戴了三四个花环，还收了两捧鲜花、几串编织手绳，托她转交给周大人。

借着格里拉节，周檀和何元恺在州府后院办了一场宴席，遍请郜州的商户。

棠花令暂时被禁之后，商户们的利益自然被动摇不少，但是如今好歹不用挖空心思讨好州县长官了。

流民从前未曾落籍时，虽为商户所用，但平日见他们，无一不像见了杀父仇人般憎恶。商人地位本就低下，在边境也不例外，他们为讨好官府，做小伏低，自轻自贱。新来的通判走马上任之后，流民不再为他们所用，在城中竟也能与他们和平共处了，如往常一般打砸商铺、抢夺货物甚至伤人报复之类的事大大减少。本以为通判府的法令惠及流民，必然牺牲他们的利益，但周檀后续连出了几条有利于商人的决策，在郜州牵头成立了商会，并亲自上门请了最有威望的葛家执掌商会，拉拢之心不言而喻。故而格里拉节时，几乎是郜州全城的商家都接了官府的请帖。

周檀和何元恺待人有礼，并不因来者是商人便有轻贱之意。年近七十的葛老在宴上几度洒泪，慷慨直言，告诫众人不要因一时的利益蒙蔽了做人的良心。众人附和，从此再无异议。

事情一一解决，顺利得出奇。

六月初，王举迁向周檀道别，打算辞了守城将军之职，带着家人和妹妹往江南地区去见识一番。周檀挽留两次未果。燕覆接手了王举迁的官位。

一行人相送之时，王怡然突然得了何元恺的求亲。王家离开之事，便暂时搁置。

曲悠上门去探望王怡然。

王怡然今年刚满三十，自吴济死后，整个人便如重新得了浇灌的枯萎花朵一般，逐渐有了蓬勃生机。曲悠最开始带着歉意，毕竟她接近王怡然是有利用她的心思，不过王怡然本人毫不在意。

"当时我对你殷勤，亦有目的，两相抵消，便算不得什么了。"王怡然尝了曲悠送来的荷花酥，赞不绝口，"真要说起来，我对你还是谢意多，若非你和小周大人，只怕我如今还被蒙在鼓里。"

曲悠连忙说"不敢",打趣道:"此事,怡然姐姐还是要谢何大人。"

自从吴济死后,曲悠便改了口,只叫她"怡然姐姐"。

何元恺求亲匆忙,当时将王怡然吓了一跳,毕竟对方的年纪还比她小几岁。不过,几日之后,何元恺与王举迁、王怡然分别密谈之后,王怡然便亲口应下了这门亲事。

说起何元恺,王怡然脸颊微红:"小丫头,怎么还调笑起我来了?"

曲悠对二人之事十分好奇,缠着她问了几句。

王怡然便揪着手中的帕子,淡淡地回忆道:"当年父母亲去后,我随着兄长流落西境。他未成家时,在外讨军功,我便在城中开了个粥铺。一日,见门外有个被打得满身淤青的瘦弱孩子,便大发善心,请他进来喝了一碗米粥。"

"那人,便是何大人?"曲悠有些诧异地问,"这样说起来,姐姐与他,真是修来的缘分。"

王怡然笑着点头:"他少时真是跟着戏园子的班主长大的,逃出来后险些死掉……老大不小了,人却酸得很,那日对我说,若没有当初我那一碗粥,他便活不到如今了。"

曲悠看着王怡然支着头,面上带着少女般的憧憬:"后来他千辛万苦地混出了名堂。不过我兄长更争气,我也早早嫁了人。他本能有更好的前程,却在侯爷用人时毫不犹豫地到吴济身边卧底。一晃十余年,他做小伏低,查清楚吴济行事之后,一直寻不到机会告诉我。若非我要离开,只怕他连求亲都不敢,非要将此事咽在心中一辈子。"

"何大人这样的聪明人物,也会为情如此。"曲悠感慨道,"姐姐得这样的人相护,也算是弥补了从前的遗憾。"

王怡然攥着她的手诚恳道:"是啊,兄长是个粗人,虽然对我甚好,但总归不懂女儿家的旖旎心思。我为吴济欺骗,也是当初太想有人呵护,他虽非良人,但我如今遇见了良人,也不算晚……那日何大人来寻我,我问他:'你大好前程,郡州城内的妙龄女子全都娶得,何必是我,徒惹口舌?'

"他说,当年他还小,初入吴府那年,曾于我生辰赠青衣。我不解其意,如今才知是'青青子衿,悠悠我心'……回忆起来,我得过他不少照拂。原来在我最痛苦不堪的几年中,也有人陪伴着我。听了这话,我便想,他既要娶我,我有什么可怕的?"

王怡然说到这里,忽然有些不好意思:"我与你这样的年轻夫人说起这些,总觉得有些羞。小周大人对你那么好,你二人定比我更加情意绵绵……不如你与我说说,你们当初是如何定情的?"

曲悠正在吃手边一块荷花酥,闻言突然噎了一下,她倒了桌上的茶水吞咽,恍惚间后知后觉。

·275·

"我与……我与檀郎，似乎并未定情。"曲悠捂着胸口，呆呆地呢喃，"新婚时他受了重伤，几日之后才与我说第一句话。我们当时……各怀心思，彼此怀疑、试探，直到我发现他是个好人。"

"新婚之夜，你们都没说上话？"王怡然不知遇刺之事，只是疑惑，"哎呀，这算什么新婚！照我说，你们得补办一场。婚仪对于女子而言何其重要，你夫君都没与你拜过堂，你难道不觉得遗憾？"

不知是不是从前事多的缘故，今日王怡然突然问起，曲悠才突然发现，她与周檀的关系也不知何时变成了如今这般。

想起初见时的冷漠、生疏，真是恍如隔世。他们一路从汴都走到这里，如同相识很多年一般亲密无间，默契十足，可是她只会在夜里遥遥地为晚归的周檀点起一盏灯，却忘了告诉他……

她的心意。

∽　∽　∽

徐植坐在上首，拿帕子擦拭手中的长剑。

此剑名龙光，是当年萧越留下来的。

有侍卫报小周大人前来拜访，于是他急急放下手中的剑，起身到门口去迎。

周檀与何元恺一同进门，身上还带着酒水的馥郁香气。

跟着跑进来的燕覆冲他嘿嘿一笑，殷勤地上前倒茶："义父今日怎的想起拭剑了？"

徐植当年在萧越身侧做副将，虽说是属下，可萧越为人豪迈、直爽，身侧左右副将——他和周恕——心中都将他视为生死兄弟。定西终战之前，似乎是察觉到援兵不会来了，萧越连夜将他和周恕送出了离韶关。

名为报信，实则托孤。

他跑死两匹快马到大营借兵，刚到不久，就听说离韶关城破，萧越和数万凌霄军主力全军覆没，埋骨荒野。他茫然地打开萧越托付给他的匣子，发现其中是封地的掌印和军功章。

汴都假惺惺地为萧越送来挽联，徐植带着凌霄军余下的数千精锐接管了萧越的封地，承袭相宁侯之位。为了留下萧越最后的心血，众人隐姓埋名，练兵都要跑到无人的荒漠，除了西韶进攻时保护百姓，再不曾崭露锋芒。就连十一州的无知小官前来挑衅，他们也是能忍就忍。

徐植的妻子早逝，没有留下子女。为防汴都猜测，他干脆上书，此生不再娶妻生子。德帝果然十分满意，渐渐将盘踞西北的凌霄军遗忘，也将他抛诸脑后，放下了猜忌。在他心中，凌霄军旧部已经不成气候，再不能构成威胁了。

徐植兢兢业业地守着凌霄军，但他自己都不知道他这么多年到底在等待什么。

直到他所居的郜州城来了一位汴都出身的通判。听说对方姓周，他心中就产生了一些强烈的预感。为着谨慎，他先前只派吴济府中的何元恺暗中相助，不料周檀比他想象中更加聪明，得了他的帮助，如虎添翼，短短时间内便将郜州收入囊中。

何元恺引人来见。

当时，他最大的侥幸不过就是这人是周恕之子。

周恕当年自出西境便与他失散，不知得了萧越怎样的托付，多年来并未主动来寻过他。他曾经派人去临安寻找，得知周恕已意外身亡，膝下二子离开临安，投奔远亲去了。

周檀跟着何元恺走进相宁侯府的一刹那，徐植便心神大震。

萧越当年居然留下了子嗣！恐怕……连他自己都不知道。

徐植瞧着对方的琥珀色瞳孔，几乎失声，根本不须对方将证明身世的丹书铁券拿出来。

宋昶与萧越多年不见，对他印象模糊，可徐植与他朝夕相处，一眼就能瞧出两人的相似之处。

哪怕周檀的气质是淡漠、哀愁的，与当年萧越的直爽截然不同，但徐植带着他骑马去远方的营中转了一圈，还是有不少老人热泪盈眶地跪在帐前。

徐植眼含热泪唤他："少主……"

周檀却笑着摇了摇头，只道："徐叔，父亲从前时常提起你。"

徐植反应了一会儿才意识到周檀口中的"父亲"大概是抚养他长大的周恕。

周檀含糊地略过周恕的死因，只对他讲述了在汴都斗傅庆年的事情，最后和盘托出，景王孙是他的学生，若能取代宋昶及其子登基，他们自然没有不支持之理。

相宁侯府死气沉沉了许多年，如今周檀常来，终于多了些生气。

徐植也不必再担忧郜州将他的情态上书汴都，多年紧绷，如今暂且松一口气。以前周檀常派手下一名叫小燕的小兵来给他传话，他觉得这孩子聪明、机巧，便做主收他为义子，时常丢去凌霄军营中历练。

某日，他带着周檀和他的夫人策马到当年定西之战的遗址。西韶人已自此地退兵十里，离韶关断壁残垣，春夏之交依旧凄冷、荒凉，结着厚厚坚冰。

周檀下马后驻足良久。

朔漠一去无边际，只余眼前百丈冰。数百年来，此处战死的英灵数不胜数，他们盘旋不去，死后也要飘浮在西境上空，守护大胤的疆域。

徐植听见周檀的夫人在凌厉的大风中低声地念："朔方烽火照甘泉，长安飞将出祁连。犀渠玉剑良家子，白马金羁侠少年……"

如今，他们都消逝在这片荒凉的黄沙中，再寻不到半分踪影。

所幸故人之子尚在。

徐植想着过往，眼眶微湿。燕覆又叫了一声，他才回过神来，于是掩饰道："想起些旧事……龙光宝剑在我府中尘封已久，多年未再染血，这剑还是萧将军当年送我的。今日你小子既然在此，就留给你吧。"

燕覆激动地接过剑，翻来覆去地观赏。

周檀垂着眼睛盯了他们许久，露出了一分笑意。

徐植这才道："你们的商宴，想必办得很成功。"

周檀还没回话，燕覆便道："小周大人和何知州联手，哪有不成功的道理？吴济死后，郗州城万象更新，走到哪里，都能听见称颂他们二人的言语。今日商户的心病亦得开解。如今郗州可真是铁板一块了。"

何元恺朝徐植揖手："都要谢侯爷当年的擢拔之恩。"

徐植笑呵呵地拦了他的礼，让众人坐下："你们今日来，是为了小何的婚事吧？霄白，怎么不见你夫人同来？"

何元恺忙道："婚期未定，尚不急……小周大人的夫人，上门去同怡然说话了。"

燕覆抢话道："确实不急，近日何大人忙着准备聘礼，只等商宴过后就上门送聘。不过，送聘之后，也要有许多时间准备婚宴。如今郗州全城的女子都羡慕王家姐姐，即便她已经嫁过一次人了，何大人也如此用心呢。"

何元恺咳了一声，慢条斯理地说："嫁过人又如何？为心爱之人准备婚宴，自然要精心些。女子自少时便憧憬这一日，先前怡然未遇良人，我自然得把她从前的委屈都补回来，叫她回忆起这婚宴只觉圆满。"

燕覆啧啧地感叹了一番，转头看见周檀正坐在椅子上出神："小周大人，想什么呢？"

徐植笑着打趣："霄白也回想起自己的婚宴了吧？我瞧着他与曲家姑娘感情甚好，从前必然——"

"哎呀，说到这里我才想起来！"燕覆一拍大腿，十分八卦地对徐植道，"义父有所不知，我姐姐从前写信告诉过我，小周大人与夫人的婚事是陛下赐的。听说，赐婚之时，小周大人还遇刺了，是旁人抱着公鸡同夫人拜的堂。"

何元恺微微惊诧："竟有此事？"

"当初……伤得太重，昏迷多日，生死不知。"周檀苦笑着解释，"大内赐婚事，是给我冲喜的……若非有我夫人，恐怕我当日便已命丧黄泉。"

寥寥几句，便能勾勒当初汴都情境之凶险。徐植拍了拍他的肩膀，默默无言，何元恺则感叹："富贵险中求。边境之人都道那汴都是福乐窝，天子门生又十分显赫，谁能料到其中的辛酸。"

燕覆也跟着哀叹："夫人真是奇女子，若换了寻常人，得了这赐婚，指不定要怎么闹呢，更别说请人来救命了……"

周檀却没有说话。他沉思了一会儿，才冷不丁地抬起头来，迟疑地问何元恺："女子心中，当真将婚宴看得如此重要吗？"

∽ ∽ ∽

西境灯火幽微，入夜时繁星点点，比汴都城中亮了不少。

格里拉节正值满月时分，曲悠回府时，恰见一轮清宵圆月高悬天际，在树木掩映下皎洁、美丽，令人心神一荡。

园中的杏花已经开尽，枝叶间初生小小的果实。曲悠不许人扫去杏花花瓣，于是地面上的残瓣尚未完全融入泥土，瞧着如同未化尽的新雪。

她刚进门不久，便听见门前传来马匹的嘶鸣声，回头就看见周檀站在月色之下，披着一身月华朝她走来。她怔愣地望着，恍惚间回忆起他们第一次见面的时候。

不是在幽香的婚房之中，不是隔着松风阁屏风的遥遥一顾，而是在她的梦里。

她梦中的周檀与面前人毫无二致，只是更加脆弱、哀愁。第一次见面，素昧平生，对方便解下御寒的最后一件衣物相赠。

月色清寒如今日，她还记得那件鹤氅上残存着血气混合静水香的气味。

周檀朝她走过来，面色有些不自然，似乎想说什么，最后没说出口，只问："夫人在赏月吗？"

"是啊。"曲悠应道，回忆起王怡然对她说的话，便道，"夫君可要同赏？"

周檀欣然应下："甚好。"

于是二人在园中的凉亭坐下。河星送来一壶西域的葡萄美酒，随后带着众人退下。

曲悠为周檀倒了一杯，饶有兴趣地道："葡萄美酒夜光杯……不过这杯是天青雨瓷，虽好，但不相称。你知道吗，这酒应该以琉璃杯盛，方见本色。"

周檀深深地看着她："明日我便派人为你寻琉璃杯来。"

曲悠随口问："若是寻不到怎么办？"

周檀道："既然你见过，便能寻到，就算真寻不到，我也能为你造出来。"

曲悠被他逗笑，举着酒杯抬头望去："我还见过天上的星星呢。"

周檀顺着她的目光，举起手来远远地遮住星星，很认真地道："你若想要，我去替你摘来。"

曲悠笑得更深，她放下手中的酒杯，抬手抱住周檀的脖子："檀郎，你怎么这

·279·

么好。"

她鲜少开口叫"檀郎",上次他听见还是她调笑所言。周檀乍一听,竟觉得脸颊微烫。

有杏花香粉的味道在鼻尖萦绕,他伸手揽住对方,低声道:"我有件事想对你说——"

恰好曲悠也道:"我有件事想问你——"

于是周檀让步:"好,你先问。"

曲悠收紧了胳膊,盯着他几乎近在咫尺的琥珀色眼睛,低语道:"你我成婚许久,可我今日才想起来,不曾问过檀郎,你——"

他忽而觉得心跳声重若擂鼓。月色下,对方凑得很近,她眼瞳极美,映出天际清冷寒微的银色光芒。

"——你喜不喜欢我啊?"

第八章 万里凝

> 世道颠簸不安,却总是有人甘之如饴地筚路蓝缕。

相 悦

周檀感觉自己的指尖在发抖。

"我……"

他想起五岁时第一次习剑,母亲撑着他的胳膊,陪他站了许久,直到他的手臂酸痛难耐,才小心地抱着他坐在一旁,为他端来水果。

"檀儿要用功读书、用功习武,将来和你父亲一样守护我们大胤,做一个大英雄。"

他在十五岁之前都以为周恕是他的亲生父亲,就连周杨出生之后,周恕也对他极好。他时常与周恕一起在庭院中看苦兮兮的小周杨扎马步,在他险些热昏之时偷偷塞一块冰块到对方手中。

临安月色溶溶,分明是同一轮月亮,却与郓州截然不同。

月亮到了临安,都显得分外旖旎。

他在年少轻狂时喜欢过许多东西,喜欢春日临安满城的各色花朵,喜欢纵马街市与友人共看一朵荷花,喜欢醉红楼门口少时春娘子弹的那一首《春江花月夜》,喜欢"父亲"、母亲和弟弟。

然后,他被迫一夜之间失去所有,带着弟弟逃出临安。如今对那里的印象,只余一片浓黑的夜色。

后来,他到了汴都。

虽然姨母有时在他面前絮叨母亲从前在族中行事狂悖,居然胆大包天地逃婚,追去西境,害得她也被本家驱逐,但他知道姨母心中是记挂着母亲的。每年清明时节,姨母都会带着他去岫青寺为父亲母亲上一炷香。

任时鸣和周杨关系极好,二人都敬他、爱他。自父母去后,他生了场重病,再

·281·

不能习武。为了查清母亲临终语焉不详的旧事，他没日没夜地奋发苦读，只有在看见玩闹的两个兄弟时才能松缓片刻。

还有……老师。

殿试刚过，他见到母亲深恨的傅庆年，与他对杀一盘棋，杀意凌厉，险些叫对方看破。是顾之言替他遮掩过去，又将他收入门下，为他查清了他最想知道的事情。

就算他已经失去很多，可那个时候总觉得自己尚有人庇佑，也有人需要被他爱护。父辈的仇恨错综复杂，他站在樊楼上看雾气中的满目河山，能回想起来的只有母亲那句"守护大胤"。

永宁十四年，他入了典刑寺。次年，燃烛楼案兴，顾之言投河而死，他跪晕在玄德殿中，得了皇帝一粒"孤鹜"。

诏狱中三个月，终于打碎了他的清高和傲骨。血腥气浸入四肢百骸，任凭他如何清洗，都再也去不掉。

任时鸣上门将他送过的珍贵典籍摔在他的脸上，周杨与他决裂，毅然决然地投身军营，再也没有回过家。

顾之言出殡那日，他在凄冷的暗室里抱着自己，有些自嘲地想，他喜欢的东西，总是留不住。

满目山河空念远，落花风雨更伤春。

其实他想要的极少。

年少时，只求阖家康顺。

成人后，就算得知故人旧事，他也不曾动过别样心思，只是一心如老师所言，时刻省身，在颠簸世道中守着最后一丝本心，希望无愧于己、对得起家人。

可后来这些人也全都离他而去了。

真要算起来，永宁十五年被刺杀之前，他已万念俱灰，倘若死在那时，于从前的周檀而言，或许能算是一种解脱。

然而，他昏睡醒来，瞧见了面前的女子。

周檀睁开眼睛，看见凑得很近的曲悠的脸，她正目不转睛地看着他，丝毫没有因他的挣扎和犹豫而不悦，耐心，温柔，胸有成竹。

似乎是在遇见她之后，他找回了朋友，做成了许多从前不敢想的事情。如今月色之下，即使清楚明白地想到了过往的教训，他也舍不得松一松手。

就算是最后的贪心。

"我喜欢你。"他颤着声音回答。

"我也喜欢你。"

曲悠把头埋到他的肩颈处，以一个很缠绵的姿态和他拥抱，尾音轻扬，愉悦，明快。

她的情感向来直白，炽热如初升的太阳。

即使二人早对彼此的心意心知肚明，他仍不免因这样的感情心颤。

曲悠很开心地轻轻晃着，忽而又开了口，也不知道是说给他还是说给自己听的："花前月下、山盟海誓，喜欢你、爱你，其实有更婉约的表达方式……我从前嗤之以鼻，觉得若是我自己，绝不会这么俗，但是此情此景，我想不出别的方式，只觉得做个俗人甚好。"

他亦如此。从前瞧着花红柳绿、迎来送往甚是无趣，连鞭炮声都觉得喧闹，一双双新人粉面含春，落在他眼里不过是披着华服戴上枷锁。十九岁的周霄白，满心满腹都在盘算未来如何废除棠花令才能于民无伤。如今的他，却在夜里回府的路上忧心夫人会不会因当初闹剧一般的婚宴而心存芥蒂。

"对了，你方才想对我说什么？"

曲悠把手搭在他肩上，微微用力，本想把他推开，但周檀抱得很紧，完全没有松手的意思。

"我要重新为你办一场婚宴，"周檀哑声答道，"纳吉、问名、三书六礼，我要送很多聘礼，挑一个良辰吉日……骑着马招摇过市，亲自把你从花轿中抱下来，你要跟我拜堂、喝交杯酒，然后撒帐、结发……

"从前你在我身边，我总觉得不是真的。我遇刺之后，睁开眼睛就看见了你……你为什么会出现呢？我真的很怕，怕你只是我在那个时候生出来的妄念和幻象，用以支撑自己活下去……或许有朝一日，你就会消失。"

他之前从来不曾说过这样的话。

曲悠一时间心软得不知道该说些什么安慰他才好，只好抬手轻轻地抚摸他的后背，一遍又一遍地重复："我在这里，不会离开你的。"

周檀伸出手来，与她的手死死相扣，用力得连手背上的青筋都凸显出来。

"这可是你说的。"

曲悠刚刚张嘴，脑海中就清晰地浮现出了那首悼亡诗。可当下她已经没有多余的心思顾忌太多，良宵苦短，世界上大概没有旁的事比抓住面前这个人更重要。

"我说的，"她定了心思，低声承诺，"我会一直陪着你。这辈子太短，还有下辈子，还有往后的一千年，生生世世，我都会在你身边。"

周檀的声音听起来居然带着一丝哭腔："如今我们身在都州，若你厌恶那些钩心斗角之事，我……我便与你同游可好？我们去瞧鸣沙山和月牙泉，去访你向往的名山大川，你想要自由，我会让你知道，留在我身边，也可以自由。"

这仿佛是新婚时她说过的话，周檀记得这么清楚，不知在心中回想过多少遍。

他终于微微松开手，目光湿润地看着她。曲悠伸手捧住他的脸，认真道："那日同登樊楼之时，你就问过我，我一生所求是什么。"

"你比历史的真相对我更重要，"她不知道对方能不能听懂，但她一定要说，"所以哪怕我不知道未来会如何，也愿意在此刻对你许诺。"

入邹州前，她曾经在大漠的风沙中模糊地思考过未来，直至如今才算彻底明了。为了周檀，她可以生出勇气与历史和天命对抗，哪怕未来混沌不清，只要握住这一双手，就有相携而行的决心。这些时日来，她身处其间，早就不能做历史的局外人，更何况她还亲眼看见了西境流民的疾苦、汴都乞儿的心酸，亲见了朝堂内翻涌的风云变幻和森冷无情的皇权。

周檀毕生所求的河清海晏，不过是使汴都无弃子，西境得安宁，上位者听得进堂前谏语，如萧越、顾之言一般的惨案永远不会再重演。

若能做到，她的理想也不外如是。

"等到子谦顺利登基，国难家仇都被肃清，我便辞官出游，与你访遍天下……从前我总觉得自己等不到这样的一天，如今却觉得只要有你在，无论是何情形，都能撑下去。"周檀为她勾勒着理想中的未来，目光微微闪烁，"阿怜，你说我们等得到那样的一天吗？"

"当然。"

"我不知道该如何让你明白，"周檀垂着眼睛，低喃道，"但我……像是爱着这江山一样爱你。我曾经对老师许诺，如今对你也是一样，我会用尽全力守护你们，直到我死的那一天。"

他还没有说完，曲悠就凑了过去，贴在他的唇上。

触感柔软，带着静水香的气味。

周檀一时间竟然僵住了。他感受到了一种从未有过的眩晕感，从相触的唇间传到全身，温暖，湿滑，带着芬芳的气息。

"张嘴，"曲悠在他耳边用气声道，似乎带着无可奈何的嗔怪，"闭上眼睛。"

他依言照做，仍旧不知道该将身体置于何处，只是依着本能将面前之人揽进怀里，用力一些，再用力一些，若能骨血相融，那便再好不过。

一吻终时，他偷偷睁开眼睛，看见对方面色绯红，微微气喘，却朝他露出了一个甜蜜的笑容。

"你……"周檀感觉自己有点结巴，"你……你为何如此熟练？"

不如问古代男子怎会如此纯情。

曲悠虽没有谈过恋爱，但好歹见过影像，周檀却是彻头彻尾的一窍不通。曲悠忍不住伸手摸了摸他被自己亲得微红的漂亮双唇，有些无奈："是你太过生疏，还好意思说我？"

她说完就觉得羞恼，掩饰着从凉亭中起身，抬手扇了扇风："哎呀，这初夏的天气，怎的突然闷起来了……"

她还没有走几步，纱质的衣带便被周檀扯住，她差点绊倒，被他顺势打横抱了起来。

周檀带着曲悠一路回到自己的房间——二人搬来郑州之时还在分房睡,当初让韵嬷嬷很是迷惑。

曲悠懒洋洋地躺在他的床上,感觉硬得硌人。

下人已经为他们关好了房门。周檀一言未发,打来水,仔细地为她拭去面上的胭脂。

"你这倒是挺熟练的嘛,怎么——"

她还没有说完,周檀已擦净她的脸,立刻倾身吻住了她。

在后园中时,不知是不是夜色的缘故,他双唇冰凉,此时却被屋中晃动的烛火熏上了热气,烫得她一颤。

曲悠后知后觉地觉察到,他应该喝了不只方才那一壶酒,今日他在相宁侯府用了晚饭才回来,保不准喝了更多。

"夫人既说生疏,还是勤加温习的好。"

第二日晨光熹微之时,曲悠迷迷糊糊地从周檀硬得硌人的榻上醒来,终于确定二人昨夜应该都醉了。她低头看了一眼,发现自己衣物尚在,周檀更是连外袍都没脱,只有肩膀处被她扯了下来,报复似的留了个牙印。

曲悠揉着眼睛,逐渐回想起昨日的事情,越想感觉脸颊越烫。她本想轻手轻脚地越过周檀下榻,却无意间看见周檀的唇角可疑地上扬了几分。

"别装睡了。"

曲悠伸手捏住他的下巴。周檀被她逗笑,睁开了那双琥珀色的眼睛,声音低哑,露出从不曾有过的情态:"我学得可好?"

她回想一番,不得不承认,周檀不仅于读书一道颇有心得,学起别的来也是得心应手。于是她顺势扑到对方怀里,真情实感地称赞了一句:"甚好,简直是天赋异禀。"

～～　～～　～～

王怡然与何元恺的婚事定在七月末。

得知周檀的心思之后,王怡然做主,让他与何元恺同日小婚宴,曲悠在郑州城内没有亲戚,恰好从王府出嫁。

刚到七月,曲悠就搬到王怡然府中小住。她这才发现,早先成婚之时的仪式实在简陋,就算边陲之地不如汴都重视这些,但该有的流程全部走一遍,少说也要两三个月的工夫。如周檀遇刺时那般三四日便能完婚的情形,恐怕只有皇帝赐婚才能实现。

按都州风俗，女子出嫁前一个月不能与夫婿见面，对此，曲悠感觉匪夷所思。

她从前与周檀朝夕相见，又正是情浓之时，奈何王怡然说着不守这风俗不吉利。直到七夕那天才叫曲悠寻了个机会，从府中逃出来。

周檀带着她快马入街市，傍晚的风把她松松绾起的头发扬到脑后，恍惚间竟让她有一种私奔的错觉。

曲悠把玩着自己的纱质衣带，突发奇想："你觉得我们像不像父母不允，偷偷跑出来私会的书生和小姐？"

周檀悠悠地答道："还差一个红娘。"

二人在街市中逛了一会儿，又攀到都州城墙上。

若逢七夕佳节，汴都的男男女女通常会在汴河中放花灯祈福，而都州的情人们多在城墙上点燃天灯许愿。

周檀近日接手了都州大小事务，开着州府的门处理诉讼案件，不少人都认识他。他牵着曲悠的手从城墙上一路走过去，有不少年青男女都惊喜地行礼。

"周大人……"

"大人和夫人的感情真好，七夕也来此处放灯呢。"

周檀显然有些不习惯这样的热情，僵硬地点头。

曲悠笑眯眯地与众人打招呼。不多时，她手中便被塞了两只油蜡纸制成的天灯，有热心的女子过来教她将愿望写在天灯上，与夫君一同放飞。

她本觉得有些幼稚，但是接过笔就忍不住，背过身去飞快地写了一句——

"愿周檀此生再不会孤苦无依。"

她近些时日越来越多地为未来恐慌，下意识的愿望便是如此。在遇见她之前，周檀的日子过得伶仃、孤苦，而他本身又是个想不开的人，如果她终究有一日会离开这个世界，那她最大的愿望就是让周檀再不是一个人。

想到这里，曲悠感觉自己鼻尖微酸，于是继续写："被许多人理解、铭记、爱护，且永有知交。"

她写完之后将笔一扔，胡乱地遮了起来，凑过去看周檀在写什么。

周檀措手不及，被她看去——

"大胤海晏河清，吾妻长命百岁。"

有人在原处吟唱着曲悠听不懂的歌谣。西境的歌谣与汴都截然不同，不仅语言受到了西韶的巨大影响，也全无京都婀娜风流的婉约，听起来悠荡、空灵，甚至带着一二分圣洁意味。

城墙上有女子跟着吟唱。周檀借着月光看见曲悠眼睛有些红，不由得问道："你怎么了？"

曲悠摇头："无事。"

她抬手揉了揉眼睛，对他露出笑容："我们一起来燃天灯吧。"

周檀应了，先放了自己那只。轮到她时，周檀想看看她写了什么，却被她拦下："愿望看到了，就不灵了。"

周檀低声埋怨："可是你都看到我的了。"

曲悠耍赖："那不算，不算不算，呸呸呸，肯定会实现的。"

天灯悠悠荡荡地从二人面前飘起，烛火恰好映亮了周檀的眼瞳。

曲悠突然发现，自从来了西境，周檀眼中从前那种拒人于千里之外的寒冰已然消弭，此刻他目光炯炯，充满了轻松与愉悦，这样的情态，是在汴都绝无可能见到的。倘若他能够永远如此毫无心事便好了。

周檀揽住了她的肩膀，与她一同从城墙上向远方眺望。

格里拉群山在月光下影影绰绰，朦胧中还能看见山间居住的原始部落的火光。歌声在这片土地上回荡。曲悠顺着周檀的目光，看见他们放飞的两只天灯交缠、依偎着，悠悠荡荡地飘向黑暗的远方。

∽ ∽ ∽

太子妃刚刚亲自从小厨房端回热好的膳食，便见婢女低眉顺眼地推门进来，道太子殿下回府了。

太子府中规矩极严，婢女们穿的都是软底缎鞋，走路几乎没有声响，生怕哪一步重了惹得殿下不悦。

太子妃朝她微微点了点头，从进门的侍卫手中接下醉醺醺的太子。侍卫和婢女们连一眼都不敢再多看，放下人便关门，退了出去。

宋世琰嗅到室内清冷、静谧的檀香气，不由得清醒了几分。他眯着眼睛看着面前一脸恭顺的太子妃和桌上的膳食，嗤笑了一声，说："这膳食怎的还摆在此处，你是在等孤回来？"

"今日是七夕佳节，"太子妃敛目答道，"妾身心中记挂，等着殿下回来用膳。"

宋世琰在桌前坐下，恍惚间回忆起来，自成婚之后，他十日有八日晚归，不是在处理政务，便是在开席宴请，余下的时间还常去樊楼。本来，太子妃是不等他一起用晚膳的，只是去岁七夕德帝对他说要陪后宫诸妃同宴，打发他回府陪陪正妃。他心血来潮地回来，却听下人说太子妃用了晚膳，早早地休息了。他冷笑着进了卧房，甩了榻上女子三记耳光。太子妃因他这三耳光病了好长一段日子，足有两个月不敢出门见人。原来是得了从前的教训。

想到这里，宋世琰心中勉强顺畅了些。他在桌前坐下，喝了一口面前的百合羹。

这羹做得不合他的口味，偏淡，就如同面前之人一样寡淡无趣，他喝了几口便兴味索然地放下碗，闭着眼睛扬了扬眉毛。

·287·

太子妃立刻上前为他宽衣解带，少见地贴心："殿下今晚往何处去了？瞧着很是尽兴。"

"与诸君同宴，听了一晚上的月琴。"宋世琰懒洋洋地回答，忽地睁开眼睛，仔细打量她，"说起来奇怪，春娘子分明不是什么如曲悠和高云月一般的美人儿，怎的一颦一笑便如此勾人心魄？你这张脸生得也算周正，却没有一刻不叫人反胃。"

太子妃垂着眼睛，对这样的羞辱已经麻木："是妾叫殿下烦心了。"

与娼妓相比，这分明是连寻常女子都难以忍受的侮辱，更何况是太子妃这样出身世家大族又循规蹈矩的女子，可她面上不见一丝一毫的愠怒之色。

宋世琰从前觉得这样的恭敬十分顺眼，今日大抵是酒喝多了的缘故，反而因她的平静十分恼火："是不是无论孤说什么，你都是这样一副死人面孔？"

太子妃颤声道："妾惶恐。"

"又是这几句。"他舒展了一下有些僵硬的后背，忽而又调笑道，"将你与娼妓相比，你都不恼怒，若要你与她们做姐妹呢？"

太子妃面上一僵，随即很快挤出笑容："殿下可是瞧上了汴都城中哪一位花魁娘子？"

"孤说的是你。"宋世琰不耐烦道，"老师的长女都能毫无芥蒂地与春娘子相交，如同周檀的内眷一般，只有你们这些世家小姐自诩什么有礼有节，到头来都是一些潦草的臭规矩。倒是我从前看错了高家小姐，以为娶她和娶你无甚区别，想不到——"

他说到这里，突兀地转移了话题："不过，那高家小姐近日议亲，羞辱了好几个世家公子。她眼高于顶，却心无城府，也不知道最后能看上谁。说起来，孤还是更喜欢聪明些的女子，聪明人有傲气，那才是真风骨，否则，也不过是自诩清高的蠢材罢了……"

太子妃不知道他此刻发呆是想起了谁，只是顺着他的意思，连忙赔笑道："殿下若瞧上了谁，带回府中就是了……妾无能，入门这段时日不能给殿下诞育子嗣，实在羞愧，若是妹妹能为殿下开枝散叶，妾必然会珍重待之。"

想来娶个这样的夫人也不算全无好处，毕竟她恭敬守礼，甚至不会因他荒淫放荡而愠怒。宋世琰坐在椅子上，伸手去摩挲跪在他脚边的太子妃的下巴，不冷不热地笑道："储妃如此大度，孤心甚慰。"

见他难得露出些许赞许之色，太子妃像是得了鼓励，继续说道："殿下可是喜欢那个春风化雨楼的春娘子？妾听闻她的月琴乃汴都一绝，若是能入府中为殿下一人弹奏，自然甚好，只不过如今陛下盯得紧，不知会不会因此对殿下不悦。"

宋世琰满不在乎地笑道："父皇近日龙体不适，想来管不了那么多。"

他说完这句，回想起太子妃先前的言语，有些意外，想了想才明白对方是误会他钦慕的是叶流春。宋世琰懒得解释，只是继续摩挲着她的下巴，颇为自得地笑道：

"孤若纳人进门，必不会留下话柄，就算是帮人从良、假死，重新捏造个身份，也能让御史台那帮老顽固挑不出什么刺儿。只是春娘子……早有心上人。"

太子妃抬起眼睛看他，宋世琰从她带着惧意的眼瞳中看见自己的倒影，愣了愣，随后眉心一动。

"不过孤……最爱看有情人分离的戏码。"

不过，太子妃没有来得及得知宋世琰这句话到底是何意思。

∽ ∽ ∽

七夕过去不久，傅庆年死后平静的汴都政局突然被投了一块巨石——西韶人在七月末突然发难，从西境十一州边防最弱的地方偷袭，前凉州一夜失守，军报八百里加急，连夜送回了汴都。

五皇子近日得宠，军报送到内庭之时，他恰好在御前，便比太子更早得知消息。不过，据传话的人说，陛下本就因五皇子愚钝而情绪不佳，如今得知前凉州失守，更是气血攻心，呵斥了面前的五皇子几句，当即便叫了太医。

宋世琰垂着眼睛，听帘外的幕僚仔细禀报。

"西韶主将勇猛，此次偷袭，也是出其不意。前凉州本是十一州中最为贫瘠、偏远的地方，又不似其他州府有矿产，任谁也不曾想到西韶人会由此地下手。"

他抬眼，看见太子妃的身影从门外一闪而过。似乎是察觉到他们在说什么重要的事情，太子妃将手中的托盘静静地放到门外，转身便离开了。她从不多听多问，这一点也不错。

宋世琰直起身子来，看向面前摊着的西境布防图，问道："凉州的主将是谁，孤记得，仿佛是……"

幕僚答道："是五皇子的舅父，早年间因在军中横行，被贬过去的。听闻，五皇子殿下先前还有意将他这个舅父调回汴都。不过，此战，他弃城而逃，日后算起来是大罪一桩，五皇子殿下的盘算，恐怕要落空了。"

宋世琰抚着额头，笑道："五弟在朝中根基不深，有用的外戚本来就少，再失了这个舅父，就算父皇有意扶持，他也风光不了几天——方才孤还在想父皇为何呵斥他，原来是因为他这不中用的舅舅。"

幕僚笑道："殿下其实不必担忧，您为储多年，从不曾行差踏错，上为皇后嫡出，下得群臣拥护，纵然陛下有意抬举谁，也不过是一时兴起罢了，他心中还是爱护您的。当年殿下与那苏氏——"

他说到这里，突地住了嘴。宋世琰深深地看了他一眼，却没有过于计较。

"景安，你不够了解父皇。"宋世琰摇了摇头，手指在面前的布防图上摩挲，"他当年夺嫡，异常凶险，三十多岁才登基，为怕皇子觉得储位摇摆不定，铤而走险，便早早立了孤为储君。在这之后，他又忧心孤羽翼渐丰，便不许群臣结交，把傅庆年扶上来，压了孤这么多年……"

"殿下这些年也是委屈，为此忍气吞声、低调行事，除了执政，几乎从不与旁人结交，就算结交，也不深交。"幕僚垂着眼睛道，"不过，傅公已死，高执政想必不日便会拜相，朝中的老大人们最会见风使舵，到时就知道这风往何处吹了。"

宋世琰不置可否，目光落在那张布防图上："后凉州写信至汴都和西境大营求援，景安以为，应该如何部署？"

那幕僚斟酌了一番，谨慎地答道："如今凉州事急，西境大营可调的兵必然会先往凉州去，汴都若从大营调兵过去，就要提前想好如今十一州中最值得守的城是哪一座。"

他从屏风之后侧身过来，指尖从凉州滑过，停在郜州："景安还记得，郜州城中，有一位殿下想要拉拢的人物。"

宋世琰的目光顺着移了过去："郜州边境，是西韶人往日里最常骚扰的地方，孤本以为，西韶若是偷袭，会先往郜州去。"

"郜州城高墙深，西韶多次偷袭，从未成功，不知为何此次转了矛头。照属下的眼光来看，拿郜州一城，胜过十一州三城，尤其是前、后凉州这样的地方，打下又如何？"幕僚道，"不过，属下听闻那周大人到郜州之后先斩了知州，如今郜州城内万象更新，兵力怕是比从前更胜。"

"他是个有能耐的人。"宋世琰盯着布防图上的阴影，意味不明地叹了一口气，一副很可惜的样子，"有能耐的人既不愿意为我所用，留着也没意思……瞧西韶此次的阵仗，恐怕是从前比不上的，楚老将军必定会随着西境大营先到凉州去，舅舅带汴都主力去驰援。既然小周大人在，便不急着去郜州了，北侧的天寒州或许更需要些。"

"西韶此次兵力甚足，若打凉州只是幌子，转向郜州，就是大兵压境，任凭周大人再有能耐，也不可能凭空变出兵来。"幕僚吃了一惊，"郜州向来是西境必守之地——"

"什么叫'若是幌子'，凉州这种地方，除了贱民，一无所有，屠城都搜不出几块金子，必定是幌子。"宋世琰打断他，漫不经心地道，"孤此举，不过是割腐肉求生罢了。西韶若连多年来未曾染指的郜州都能得手，必定心生蔑视之意，骄兵必败，你应该比我懂这个道理，况且……就如景安所说，他既然使郜州焕然一新，说不定就有本事把城守住，届时孤再去相助，不愁他不肯归顺。"宋世琰伸手拨弄了一下案旁的烛火，"若他守不住，丢了这必守之城，也恰好为孤除了一块心病——小周大人可是连傅庆年都斗得下来的人。这半年孤旁敲侧击，硬是未从父皇口中得知一丝一毫当日之事。这样的人不肯归顺，若非他与执政交好，孤怎么敢放他出汴都？斗下宰辅还能全身而退，孤这半年时常在想，他真的甘心在边境守一辈子吗？

他从前对孤百般排斥，若他回来——想扶谁上位？"

幕僚听懂了太子的意思，垂下头来，再没有多说。

宋世琰打了个哈欠，说："明日舅舅来时，若我不在府中，你便将这话转告给他吧。父皇如今怕是问不了几句，就算问了，西境离得那么远，战机瞬息万变，也是无妨。"

"是。"

幕僚转身告退，走了两步，忽地又听见太子在身后问："舅舅上次来，可见过太子妃没有？"

"见过了，父女二人说了好一会子话。"幕僚恭敬地道，"属下照着殿下吩咐，派人仔细盯过了，除了闲话家常，太子妃什么都没有多说。李将军还埋怨了太子妃几句，要她尽快给殿下诞育子嗣。"

说起来也是奇怪，他为了个好名声，娶了正妃之后从未纳妾，也时常宠幸太子妃，奈何太子妃全无动静。连他宠幸过的婢女和外室都有过身孕，不过他为怕麻烦，都没有留下，只盼着正妃生了长子之后再说。

"她倒是聪明。"宋世琰懒懒地应道，"罢了，你下去吧。"

幕僚走后，宋世琰站起身来，看向面前染印着一片锦绣山河的高大屏风，冷笑了一声。烛火摇晃，他走到窗前，俊脸有一半没入黑暗之中。

∽ ∽ ∽

王怡然近日将头发高高地绾了起来，整日骑马，跟着何元恺一同在城门处盘查十一州其他地方拥入鄀州的难民。

曲悠去帮忙时，为她添了一碗茶。

此时已经是傍晚时分，城门外盘旋的人比起白日里少了好多，有不少察觉到今日已经不能入城的人干脆在城门之外摊开铺盖，幕天席地。在关城门之前，曲悠着人送去了好多被褥和食物。虽然她心中十分不忍，但鄀州傍晚城门必关，这城门和周遭城墙是多次损毁后重新修建的，就算西韶人来袭，也好抵挡。就是这门太高太重，一时开关不易。

得知前凉州失守之后，何元恺甚至想下令鄀州直接闭城待战，只是近日不断有难民拥来，远远望去惨不忍睹。不得已，众人才想了个折中的办法，每日只在午时到傍晚开门，一一盘查之后，方可放进城来。

盘查仔细是为了防止有西韶人趁机入城。果不其然，短短三日的工夫，城门处便抓到了好几个西韶的奸细。

虽说将大量凉州及南部其他州府的难民拒之城外不合情理，但鄀州诸将也没有办法，倘若西韶人借机打来，鄀州城破，城中之人必遭屠戮。毕竟鄀州不像西境其余州那么贫穷，虽然靠西，但日照充足，无论是农业还是矿产，都算发达，百姓家中有些余钱，西韶人若是屠城，必能大获一笔。

王举迁率兵出了郜州城门，已经在州府边界与西韶的军队交手几次，也不知对方是不是只是试手，每次都是小股军队来袭。

但曲悠在汴都与周檀同看西境布防图时便知道，西韶人想要入侵大胤，郜州是必争之地。

王怡然见她添茶之后就坐在椅子上发呆，不由得问道："怎么了，被吓到了？"

曲悠连忙摇头。

王怡然笑道："你们汴都来的姑娘，被吓到了也是寻常，毕竟郜州不比汴都，时常有战乱。我哥哥已经平乱不少次了，这城中百姓也是习以为常，你不必担忧。"

曲悠蹙着眉头问："从前也有这么多难民吗？"

王怡然端起碗来又喝了一口，闻言却道："说来也是奇怪，西韶入侵在十一州中算是常事，以往他们都是最先打郜州，打不下来才转向其他地方。就算是一年前北部两州失守时，郜州城外也不见这么多难民。城内生乱，百姓一般会奔往相隔最近的地方，鲜少到偏僻的郜州来。"

她说到这里，自己也觉得不对劲："妹妹可是察觉到了什么？"

"我不懂战事，但是看何大人这几日手忙脚乱，十分困惑，毕竟我以为，郜州应该常见难民，处理起来不至于如此棘手。"曲悠沉吟道，"可听姐姐的意思，这次竟与以往不同？难民要来，我们就要开城门、放粮、安抚民众，一来一回难免露出破绽，况且西韶还在难民中插了许多探子，叫我们焦头烂额，一时间不知该往何处使力。我是想……"

曲悠托着腮，斟酌着道："既然西韶从前都是先打郜州，这次缘何变了策略？倘若他们先占了贫困的凉州城，将民众驱逐出城，放出流言，说十一州中如今只有郜州还有财力接纳外户，或者说，汴都和西境大营若是派兵保护，定然会先护郜州……"

两人对视一眼，曲悠苦笑道："姐姐觉得，若是如此，会发生什么事？"

"倘若真有后一种流言，怕是……就算城中暂时没有战乱，邻近城池中人也会想来郜州避险。哥哥分兵力保护民众，又要应付西韶人小股势力，心力交瘁，到时候——"

周檀掀开了临时搭建的营帐的门，朝二人走了过来。曲悠站起身来，接上她的话："或许西韶从来没有变过目的，一直想打的都是郜州呢？"

"你说得对。"周檀沉声回答，"方才我与何兄共同盘算，也是这么想的。看来，我们要多做些准备了。"

战起

先头几日，都州城内的民众还不觉得此次西韶的进攻与以往有什么不同，直到都州城内的难民越来越多，才有人品出了不对劲。

前、后凉州与都州相隔三座城池，还隔着西境大河，难民缘何非要到都州城来避难？况且十一州住民最该明白，若是真打起来，都州是对抗西韶的前线，未必会比其余诸州安全。

同样的疑虑在难民入城第一日周檀便提过，何元恺与他在难民中间走访了一圈，发现事实果真如曲悠所料。

有人刻意在凉州散布消息，说西境大营会以全部的兵力来守都州。凉州民众一路北上，将这个消息散布开来。于是许多边境民众提前赶往都州城避险——毕竟都州城高墙深，且多年来从未沦陷，十一州人皆知晓。

王举迁在营帐内连连叹气。

众人只知都州守得牢固，却不知这背后付出了比其余诸州加起来都惨重的代价。

大胤和西韶的边界线上遍布着山脉、大河，都州之所以重要，便是因为它是唯一非天然的屏障。西境大河从都州城外几里奔涌而过，故而都州城几乎是沙漠与群山相接处唯一的绿洲，西韶人对这块水草丰美之地的觊觎可想而知。

早年间的定西之战绵延许久，大大小小的战役都发生在都州城与邻近的格里拉群山间，萧越和楚霖费了九牛二虎之力，才将西韶人赶至离韶关外，自此，西韶人再未破境。只是年久日深，萧越已死，楚霖也老了，对西韶的威慑一日不如一日。

王举迁出身西境大营，立下赫赫战功才被分来守都州城。这是苦差，却也是建功立业的好机会，数年来他日夜警觉，靠着西境大营的帮助才能将城池守得固若金汤。可是此次前凉州失守之后，西境大营的兵被先调到了凉州。

何元恺和周檀与他共同商议了一番，一致认为西韶人将其余诸州的生民逼进都州城，必定是有大动作。

西韶年轻的大君野心勃勃，蛰伏数年，极有可能会倾全力一战。先打前凉州是声东击西之策。西境大营不知都州城内情形，自然以为西韶人会着手先打凉州，短期内恐怕不能说服他们调转兵力往此处来。可十一州十城九空，只要西韶人倾力打下了都州，便可一路势如破竹。

似乎是察觉到了大战将来的气息，都州城夜间闭灯越来越早，曲悠白日里到城门处去了一趟，见出行的男女老少都随身带上了趁手的武器。尚未进城的难民们在城门之外扎营生火。

曲悠攀上城墙，看见周檀正在一片黑暗的城墙上朝下看。远处的火光为他勾勒出一个剪影。曲悠顺着他的目光看去。有一个抱着孩子的母亲坐在城外一块大石头上,唱着她听不懂的歌谣。

"我竭力废除棠花令,是希望这世间永无流民。可是不到边境来,我永远不会懂,只要国力不盛,流民是永远不会少的。"

城墙上风很大,将二人的衣袍吹得猎猎作响。

曲悠挽住他的胳膊,叹道:"大胤的国力未必不盛,只有国力强盛不够,律法不严、君主不仁,永远会有人流浪。"

周檀低沉地笑了一声:"你这么聪明,一定能猜出我此时在想什么。"

"凌霄军旧部蛰伏多年,本应该是你的底牌。"曲悠沉默了一会儿,说道,"这张底牌若亮出来,你就没有退路了;可若不亮出来,只凭着王将军一人,怕是守不住都州。"

"汴都大营的人若是过来,前几日就该来了。"周檀苦笑了一声,"可我收到消息,太子把他们派去了天寒州,说西韶人不敢动都州,不如先守薄弱些的地方,倘都州有难,援军再来支援。"

曲悠深深蹙眉。

"西境和汴都大营的眼睛都盯在城门处,但我与徐叔和小燕觉得,他们或许会从荒废的离韶关偷袭。何大人与王将军已尽可能在城墙处多做布置,都州易守难攻,本来苦撑些时日也无妨……可这些难民还在城外,太子是想等我山穷水尽时卖我一个大人情。我可以与他虚与委蛇,但外面那些人怎么办?"

她知道历史对宋世琰的评价,自然能与周檀感同身受,这人心中只有钩心斗角的权力之争,外面这些百姓的性命恐怕从来不在他的考量之中。从前在汴都,周檀不肯接受他的招揽。如今太子的舅父带兵来西境,他故意转向,就是要让周檀不得不承他的情。

两人还在言语,一个侍卫便急急地从城门一侧跑了上来,低声禀报,要周檀去相宁侯府一趟。

曲悠与周檀一起快马过去,落地才知,今日夜里,燕覆偷了徐植的手令,私调凌霄军五千精锐出了都州。他走得急且隐秘,连徐植都不知道他去了哪里。

燕覆这一动作,反而让曲悠的心定了几分。她看着堂中来回踱步的徐植,没忍住,安慰了一句:"侯爷不必忧心,小燕将军天纵奇才,说不定可救都州于水火。"

徐植拍着桌子,连连道:"什么天纵奇才,这小子从前只知道跟着将军打仗,什么时候自己做过将领?也是我惯坏了他……"

但他没想到,曲悠居然猜对了。

第二日,周檀便开了城门,将城外难民悉数放了进来。曲悠在粥棚拜托都州父老为官府仔细盯着难民,不料他们十分尽心,半日工夫就抓出了几个没有任何亲朋好友的人。何元恺从这群人身上搜出了西境的布防图和潦草笔记，发现果然如他们之前所料，西韶人计划将其余诸州的民众引入邺州，然后在州府生乱、措手不及时攻入离韶关，雪当年之耻。

徐植带着凌霄军于西城门处严阵以待，不惜将凌霄军实力暴露在汴都眼皮子之下，也要护下邺州百姓。可大军尚未动身，前线居然传回了捷报。

燕覆带着五千精锐偷袭了西韶人驻扎在离韶关之外的大营。

西韶新任大君上位之后精于练兵，派去凉州的只是先遣部队，真正的精锐则悄然集结在离韶关之后的荒漠边缘，夜间不点灯，每日前行三里，计划打邺州一个措手不及。

燕覆想着西韶人喜爱生啖牛羊，便带了几只恶犬，顺着气味摸黑寻了两日，又埋伏了一日，终于趁对方懈怠之时潜入了主帐。

西韶军队足有五万，竟在昏睡时被五千人屠了主帐，伤亡不计其数。燕覆生擒了他们年轻的将领，带着军队从西韶腹地全身而退，折损人数连一千都不到。

别说是徐植，就连周檀也深深地震惊了。

曲悠在荒废已久的西城门处看着那青年用枪尖挑着敌将的头颅，远远地归来，他身后是乌压压的一支队伍，人数虽多，但与西韶大军还是不能比的。

很难想象历史上以少胜多的著名战役究竟是怎么打的，但是她知道。燕覆此后一战成名，更在宋世翾登基后统管西境十数年，曾为大胤心腹之患的西韶部落几乎覆灭于他手中。她身处历史之中，亲见了闪耀的群星。

此后几日，西韶的残余军队尝试进攻过几次，但他们的先锋主将已死，士气不足，先前制定的计划满盘崩溃，很难再成功。估计连西韶新任的大君都不会想到，他继任以来精心的盘算和谋划竟毁于一个名不见经传、第一次任将的青年手中。

虽说西韶军队只剩残余的兵力，但仍不容小觑，攻击最严重的一次，甚至打到了城门口。

周檀和何元恺忙着为大军运送武器、布置机关，曲悠则在城中帮着救治伤患。邺州城的民众对这样的场面习以为常，见她亲自来，不少人家的女子纷纷出门相助，一时也顾不得男女大防，还是救命重要。

曲悠跪在临时搭建的帐篷之中，隐隐能听见城墙之外的厮杀声，间或几声悠远的军号声。早先她还会被士兵垂死的哀鸣吓到，不过经由周身众人的安慰，渐渐地就习惯了。

王怡然在她身侧为一个双腿被砍断的年轻士兵包扎伤口，摇头叹道："上次说你吓到你还不信，这样的事情在邺州时常发生。所幸我们的城门从未开过，就算听见再震耳欲聋的声响，也不会觉得心慌。"

李威带着汴都大营的军队姗姗来迟,在西韶人几乎败退的情况下,帮着王举迁小胜了几场。

周檀称燕覆带的五千精锐是王举迁手下的兵,又胡说八道了一通,说他带兵偷袭是整个都州孤注一掷,那几日城中没有守兵,都无人敢真正入睡。

徐植不曾露面,李威想不到还有何处有兵,便信以为真,匆匆地带兵回了汴都。

据艾笛声的信讲,李威回城之后便脱帽待罪,在玄德殿前跪了一日,老泪纵横地说是自己误判情形,险些让都州遇险。

不过,都州到底守住了。宋昶离得太远,根本不知西韶此次进攻的阵仗,只是简单罚了李威两个月的俸禄,又重赏了燕覆,直接把宁州赐给他做封邑。

宋世琰本想着,就算周檀全力守住了都州,也会元气大伤,李威过去恰好坐收渔翁之利。可燕覆完全没给他这个机会,直接将斩杀主将的功劳抢了下来。宋世琰坐在案前听李威禀报,这个名为周彦的青年是一位"天纵英才"的"少年神将",连楚霖听说之后都匆匆安顿手头凉州之事,赶往都州看人去了。宋世琰抬手摔了一整套大玉川先生。

曲悠从艾笛声信中猜测到了太子此时的情态,在房中笑了一下午。

∽ ∽ ∽

燕覆打了那一场胜仗之后,如有神助,楚霖将西境大营左卫队交给他,他便飞快地成了西境大营的核心人物,与西韶的仗打得势如破竹。

次年春日,西韶再度退到离韶关之外。

燕覆被召回汴都一次。楚霖对他赞不绝口,欣慰道自己百年之后西境后继有人。宋昶听得十分伤怀,亲自为燕覆簪了翎带。

所幸周檀为燕覆伪造的籍册十分精细,并无一人质疑他的身份,连太子和李威都以为他只是王举迁手下一个名不见经传的小兵。

宋昶托他给周檀送来了第一封信。

燕覆将四处送来的礼物悉数收下,打包装了两车,开开心心地回了西境。他将其中一车全数送给了徐植,另一车则给自己军中的弟兄分了。

曲悠看着与燕覆亲近的"飞虎"和"牛角"将太子不知从何处搜罗来的猫眼月光石当弹珠弹着玩,哭笑不得。

周檀收了宋昶的密信,在一侧问:"你自己不留下些?"

燕覆答道:"我长姐已经走了,父母又不在,只有义父和这些兄弟,都给他们也无妨,我还为周大人留了些——"

曲悠连忙道:"不必了不必了,我们什么都不缺。"

燕覆接口道:"留了些汴都时兴的衣物料子和首饰。韵嬷嬷说,都是顶好的,我送了一半给怡然嫂子，还有一半——"

曲悠立刻改口："小燕，多谢你！"

周檀低笑了一声，又抬手掩饰，对燕覆正色道："那你之后不娶妻了吗？"

"这有什么着急的？"燕覆迅速红脸，"在汴都时，也有好几个老大人要把女儿许配给我，但听说要跟着我来西境，又都改口了，只有一位姓高的姑娘异常执着……"

听到这里，曲悠来了兴趣："高姑娘？她还没有嫁人吗？"

燕覆道："夫人认识她呀！啊……她着人截下我，说有人想打听。我以为是借口，便没有赴约。糟糕，她想打听的恐怕就是夫人你了。"

"没良心的丫头，要打听我，还不给我写封信来，"曲悠嗔怪了一句，"也不知道她如今怎么样了。"

"我依照大人的嘱托，往临街的铺子、宅子去转了一圈，还与艾老板喝了碗茶。"燕覆见房中并无奴婢，便压低声音说道，"小苏大人如今在朝堂炙手可热，没有得闲见我。不过艾老板说，小殿下一切安好，如今他在外活动时，一位姓柏的医官随侍，请大人放心。"

周檀淡淡地应了一声："那就好。"

燕覆虽然爽朗、直率，瞧着半分心机也无，实际上却是大智若愚。他在汴都收下众人的所有礼物，是想让皇帝和太子以为他是个专心作战的兵痴，于人情世故一窍不通。这样他们才好放心。但实际上，燕覆自小父母双亡，在乞儿和军痞堆里讨生活，聪明得很，也擅察言观色。周檀说完这句，他便知晓对方不能与他分享皇帝的密信——他也没有看的兴趣——便立刻拿了手中未吃完的曲悠亲手做的糕饼，告辞了。

周檀拆了那封加盖火漆的密信，细细读了。信中，宋昶关怀地问了他的身体，又道十分挂念，洋洋洒洒写了一堆，含糊提及自己最近不太康健，对他说，他无论何时想回汴都都可以。

曲悠思索着，德帝的身体确实是从这一年开始衰败的，他倒没说假话。

周檀却冷笑了一声，抬手就将信在烛火之上烧了，冷冷地道："人渐老时就会惺惺作态，大概是知道老之将至，开始想为自己行善积德，不过……这也太晚了。"

他刚刚说完便缓和了神色，将手中的信焚烧之后，摸了摸曲悠的发，略带歉疚："不过，为了不叫汴都中人瞧出小燕与我过从甚密，便没敢叫他替你拜会一下双亲……"

"无妨，父母亲和弟妹都会写信给我，见字如面。"曲悠蹭了蹭他的手心，笑道，"向文今年有出息，春考头次便中了，等我们回汴都时，他也会是你的臂膀。"

周檀满是依恋情态地把头靠在她的肩膀上，每次他做出这样的动作，她都难以招架，不知道该怎样表达爱意才好。

她听见周檀在她耳边黏黏糊糊地说："好了，如今还剩一件事……"

曲悠好奇道："什么事……"

周檀略带哀怨地咬了她的耳垂一口："去年七月，我们还没来得及办婚宴。"

〇〇〇

战后有许多事等着处理，如安抚伤员、遣返民众、犒赏三军，楚霖在鄀州多留了一段时日，与周檀一起筹备了犒赏将士的酒宴。

他先前在汴都见过周檀，但与周檀没有深交，只听过些传闻，本对他十分不屑。但朝夕共事一段时间，他发现这人虽然冷清、寡言，却是个实打实为民着想的臣子。这人也没架子。西韶人打到鄀州城门外的时候，燕覆在二十余里外抵抗另一批敌军，他和王举迁亲上城门，陪着将士们同吃同住、没日没夜地守了三天，其间，一刻不得闲，自己受了伤还挂念着受伤兵士的诊治。重开城门之后，他歇息了几个时辰，又去处理难民和粮食的问题。鄀州众人看在眼里，对他和知州何元恺的敬重更真心实意了几分。如今二人在鄀州极得爱戴，楚霖刚刚来时，很是诧异。

曲悠这段时日也忙得脚不沾地，她除了帮着城中的医师诊治受伤的士兵，还同王怡然一起安抚城中的老弱孤残。有些丈夫不幸阵亡的女子没有生计，她便想了个办法，在临城街上开了一家酒楼，教众人做些古代不常见的吃食。此举甚是奏效，酒楼一时间生意颇佳。

有时候曲悠想，她不是理工科学生，没有能翻天覆地的金手指，穿越来大胤之后最有用的技能居然是做饭。

楚霖离开鄀州之前，周檀为他摆了个小宴。二人对坐而谈。

楚霖叹道："小周大人，汴都那种地方，钩心斗角，人心难测，若不长着颗七窍玲珑心，万万活不下去……你不留在那种腌臜地方也好。在汴都时，他们视你为豺狼猛兽，连我都不曾想到，你竟是这样一个人。"

他伸出手，大力拍着周檀的肩膀："鄀州城内人人赞你，我都瞧在眼里，你有经天纬地之才，都能叫人泼了一身脏水，这朝堂啊……"

曲悠又为二人端来一壶酒，坐下来陪着说了几句话。

周檀听了楚霖的话也没什么反应，只是苦笑："楚老谬赞，说起来，我倒是真想同您聊聊。"

楚霖还没有喝多，看了他身侧的曲悠一眼，试探道："我听说，小周大人被贬到鄀州是因东宫党争……"

傅庆年一事，众人只知周檀受了他的构陷，却没有想过周檀在其中起的作用，只以为是太子抓住了他的大把柄，德帝震怒才将傅庆年赐死。

周檀道："楚老刚从汴都回来，照您所看，京中情形如何？"

他没有回答楚霖的问题，楚霖了然地指了他几下，倒了一杯酒："陛下龙体不安，却迟迟压着，不肯让太子监国，心中想必是有别的盘算。小周大人问起，可是记挂太子殿下？"

周檀摇了摇头，反而让楚霖有些意外："那你……"

周檀避重就轻地答道："楚老手下的兵，虽然远在西境大营，但军纪严明，入城以来无不备受称赞，这可与李威将军来时大相径庭。如今您虽执掌大胤军权，但常年在西境，汴都大营如何、能否做陛下而非旁人的心腹，楚老可要思量一番，万万不要行差踏错才是。"

楚霖本想试探他与太子关系，却得了对方这样一番一心为德帝的提醒，不免肃穆几分。他坐直了些，敬了周檀一杯酒："小周大人说的是，待我整顿了西边军务，便回汴都待上一段时日。"

曲悠在一侧想了又想，最后还是没有忍住，为楚霖添酒时轻声细语道："倘若他日京都生变，召楚老将军回去，您一定要谨慎斟酌，再三思虑。就如您所说，权力旋涡不亚于战场，甚至比战场更加杀人不眨眼，老将军，万望珍重哪。"

楚霖一笑置之。

∽　∽　∽

四月初，燕覆带着西境大营的兵回营之前，何元恺和周檀同日办了一场简单的婚宴。

其实，去年七月，一切已准备就绪，只是西韶突然来犯，婚礼不得不搁置，如今将过去的东西捡起一些，便能办得像模像样。

大战刚过，众人并不想太过铺张。这段时日王怡然与何元恺的关系突飞猛进，此刻蜜里调油一般，并不在乎这些虚礼。曲悠和周檀夫妇二人如今极受都州民众的爱戴，周檀骑着马从街道路过时，热心的阿婆大叔提着果子和鲜花一路相送，在王府门口热闹了一番。

何元恺包了都州几乎所有的酒楼，请众人同庆了三日。

韵嬷嬷抱着周檀父母的牌位坐在上首，看着二人对她磕了几个头。

这次成亲，两人与上次截然不同，双手紧握，面上还带着满足的红晕。

韵嬷嬷想起从前，不免泪盈于睫，扶二人起身时哽咽道："姑娘和姑爷若能看见公子和夫人这样的一日，一定会高兴的。"

曲悠与周檀同坐在红烛摇曳的新房中，等韵嬷嬷带着侍女过来撒帐、唱颂歌，又取了小银剪子仔细地为二人剪了一缕鬓发。

"千秋万代，结发长生。"

周檀与她喝了交杯酒，贴在她耳边，声音低沉："生当复来归……"

曲悠觉得有些不吉利，但她已经无暇再去想今后的事情，只是认真地对面前这个人承诺道："死当……长相思。"

"你终于嫁给我了。"她听见周檀说。

能娶到心意相通的恋人，得到亲眷好友乃至全城之人的祝福，烟花漫天，宾客满堂，一切都好得不太真实。

"我从未想过，自己还能有这样的一天。"

交杯酒之后，众人起哄，将周檀拉出婚房去饮酒。

站在最末的黑衣在众人离开之后留了一会儿，在韵嬷嬷不解的目光下跪下，端正地给曲悠磕了个头。

他的声音一向沙哑："属下祝福大人和夫人永结同心、顺遂康宁。"

他自来到周檀身侧，就如同周檀的影子，与他形影不离，对他忠心耿耿，无论是何境遇，都一直跟随。

曲悠心中感念，温言道："快起来。"

她隔着扇子，听见对方起身之后才继续道："你对大人的好，我都知道，他心中也把你当作兄弟。生死几遭，咱们算得上是亲人，今日我们大喜，你也多饮几杯酒吧。"

黑衣轻轻地哽咽一声，但似乎是不想让她听出来，片刻之后便敛了情绪："好。"

黑衣走后，曲悠并未在房中等太久，就听见了门被推开的声音。

周檀不擅饮酒，今日因着高兴才多喝了几杯。他推门进来时，曲悠只闻见一股很淡很淡的酒水醇香。他回头关上了门，站在原地，喉结有些紧张地上下滑动。

曲悠见他迟迟不动，就在扇子后开口笑问："夫君怎么不过来？"

周檀这才有些紧张地走过来，握住她的手，很温柔地移开她遮在面前的扇子。

他望着对方秋水一般的眼瞳，感觉自己从前的平静和淡漠飞到了九霄云外，此刻只剩下慌乱的心跳声。

曲悠今日悉心化了妆，连额头都有一枚精心描绘的蝴蝶花钿。周檀的目光顺着上移，手在她的眉心摩挲了一下："很美。"

不知道夸的是她还是那只蝴蝶。

明明已经是最亲密的人，但在如此情境之下，两人一时对视，不禁脸红，居然不知该说什么好。

曲悠下意识地拿扇子为自己扇风，见周檀目光躲闪，她心一横，干脆丢了手中的扇子，伸手抓住了周檀的衣领。不料这一下用力过猛，周檀措手不及，直接靠在她身上。

曲悠仰头倒在榻上，头顶的凤冠顺势滑落，扯乱了她精心梳好的发髻。周檀连忙伸手，垫在她的后颈处，以防她受伤。她干脆反手拔了自己发上仅剩的钗环，任凭乌黑长发如流云般倾泻，拂过周檀的面容。

周檀嗅到了一种沉静的杏花香气，与自己身上常年熏的静水香交织在一起，居然意外地和谐。

周檀一时间感觉心中烧得滚烫，贴在耳边叫她："悠悠……"

曲悠低笑了一声，奇道："你怎么不叫'阿怜'了？"

周檀闷声回答："可是旁人都叫你'悠悠'。"

"对啊，别人都叫'悠悠'。"

她从前没有表字，来到这个世界之后才有，除了母亲，几乎没有人叫过。曲悠这么想着，揽紧了对方的脖子，以气声道："……只是你一个人的阿怜。"

周檀按着她的后脑勺，低头与她交换了一个湿润的吻。

"其实在小燕带着那五千精锐出城之前，我……设想过无数种情况。"一吻终时，周檀哑声对她说道，"倘若真的守不住郓州，徐叔和我一定会带着凌霄军旧部亲征。"

那个时候周檀坐立不安，她其实看得出来，但是她当时也没有解决办法，只好少问几句，以免让他更加忧心。

这是她第一次这么近距离地接触战争，每日在临时搭建的医所中都能亲见断臂残肢。为了安抚众人，她勉力镇定，可夜里也会做噩梦。冷汗涟涟之际，她翻身下床，打开窗户，看见对面周檀房内挂的那一盏灯，才能勉力平静下来。

她不知道的是，在无数个深夜，周檀也坐在窗纸之后，靠着那盏灯朦胧的光影慰藉，似乎只要它还亮着，一切就还有希望。

"我知道的，你带凌霄军旧部亲征，不论输赢，人数如此庞大的军队只要出现在西境，就一定会被陛下发觉，"曲悠接着他的话继续说，"为子谦的谋划会因此落空。"

可是，郓州是一定要保的。他不会拿一城之人的性命来为自己做筹码。

"我当时无数次安慰自己，总会有别的办法，我可以说服楚老将军，或者拿到虎符……可是我也知道，这些设想太过空泛，至少陛下得知凌霄军旧部仍在时，一定会召我回汴都。"周檀慢慢道，"他对我宽容，是因为我无害，若我有筹码，他一定会让我悄无声息地死于'意外'。这么多年，我实在是太了解他了……"

当时，周檀面临的选择，不只是景王孙的筹码，还有他自己的性命。他简单说了几句，曲悠就明白了他的意思，感觉自己鼻尖一酸，于是更用力地抱住他的脖子："都过去了，老天待我们不薄，不管遇见什么事情，都能逢凶化吉。"

"嗯。"周檀贴着她的额头，"遇见你之前，我遇见的每一件事，都比我设想中更坏。但是你来到我身边以后，我总觉得……一切都比我想象中好，就算落入最危险的境地，也能于绝处逢生。"

"我在城中听见那些厮杀声的时候也害怕过，可想到你在城墙之上，我又觉得没有什么可怕的。"曲悠枕在他的胳膊上，絮絮地说，"战争真是残忍，汴都的人一辈子都想象不到这样的情景。所幸有小燕在这里，等我们回了汴都，所有事情尘埃落定，就是真正的天下盛世了。"

她没有说谎，宋世翾在位期间，天下安宁，百姓富足，朝中无党争，边关无战事。《削花令》虽被废除，但其条款深刻地影响了大胤律法。周檀所期待的盛世如约而至。

毁约的只有他们二人，因为他们都死在旧日的时光中，没有来得及亲眼见到。

曲悠听着周檀的心跳声，颤抖着想，她来到这里以后从未有过什么迫切的心愿，但如果她真的能够改变历史，她愿意付出一切代价，让周檀长命百岁。

"盛世……"周檀低低地重复了一遍这两个字，仿佛带着无限期望笑了一声，又凑过来吻她，"好，一切……一切都会顺利的。"

她身上沉重的喜服轻飘飘地落在帐前。

这婚房是周檀的房间，床帐布置的是燕覆从汴都带回来的菱花月影纱，就算全部落下，蜡烛的光芒也能隐隐约约透过帐子落进来，流光闪烁，如同月影。

曲悠突然有些怕。

她自来到这个世界，虽说父母双全、弟妹皆在，有密友，有知交，可终究是孤独的，一切都属于这副躯体原本的主人——她溺死在落水那一日，将一切留给了她。不知是哪里来的缘分，召唤她穿越典籍落到此处，她要对得起曲意怜留给她的一切，于是她孝顺双亲，照看全家，后来又混沌出嫁，走到周檀身边。

只有周檀是真正属于她的，真正属于那个救下他的性命、与他在雾气弥漫的京华山上相拥而眠、为他在房门前燃一盏灯的曲悠。他钦慕的是于御街击鼓而无畏、拨开历史迷雾看见他的那个她。于是他奉上了自己少得可怜的最后一点依恋和信任，从决意爱上她的那一刻起，便把自己性命攸关的秘密和盘托出，不曾有半分欺瞒。

但其实，她在这里，亦是孑然一身、需要他的爱的可怜人。

穿越万世，旦暮遇之，相见如久别重逢。

不只是周檀一人幸运。

周檀吻去她眼角的眼泪，柔声问："为什么要哭？"

曲悠破涕而笑："高兴，感觉你终于是我的了。"

她的手指拂过对方裸着的肩头，看见她从前咬那一口留下的淡淡痕迹，没忍住，再次张嘴，本想重新咬下一个印记，却没舍得下口，落下后变成了轻吻。

风吹动月影纱，轻柔地拂过她的手背，曲悠抓住床帐，借力坐起身来，忽而玩心大起，咬着周檀耳朵问道："我还记得，你上次说自己尚不熟练，需要勤加练习，不知这次学过没有。"

周檀离她很近，她似乎能嗅到他肌肤散发出来的温热气息，对方声音喑哑，落在她耳中一片酥麻："不需要学。"

曲悠表示怀疑。

于是周檀身体力行地展示了他的天赋异禀。

约莫接近天亮的时候，曲悠觉得有些气闷，扯开飘拂的床帐，想去开窗，却发现双腿酸软，不能成行。

周檀从她身后伸出一只胳膊，把她捞回去，得了美人含着怒气的一瞪。于是他笑起来，随手披上身侧大红的喜袍，赤着脚下榻去开窗。

月亮尚未隐匿，清楚地照亮了窗外的一园杏花。自从搬到这里，她已经看了两次春日的杏花，不知不觉间，在郓州的时日竟比在汴都的长了。

可是她总觉得时间过得很慢。

周檀在窗前叹了一句，转过头来瞧她："春夜杏花馥郁洁白，难得的美景。"

曲悠怔愣地瞧着窗前之人。他散着长发披着喜袍，就如当日初醒时在屏风之后一样，不一样的是如今他披着一身月华，杏花天影映在他眸中。恍惚间，她觉得世上再无比他更美的景色。

恰好窗前便是书案，周檀出神地看了她一会儿，忽而提笔，在案前写了一句。写完之后，他连桌上的小案带笔墨都搬了过来。

曲悠拢了拢自己的长发，发现他一时兴起写的这首诗自己也背过。

他传扬最广的几首诗之一——《四月十七日杏花春夜》。

青玉寸节志不收，一径春光莫展筹。

她曾经猜测过，这首诗写于郓州，或许是赠予知交的，但是史书中的他并无知交，更别说是诗中所言的风骨凌秋之士了，她怎么都找不出这首诗描述的对象。

周檀为她蘸了墨，笑言："夫人来为我补下一句吧。"

她接过笔，低笑了一声。原来，这首诗写的是他自己，倒是极衬他。于是她毫不犹豫地写——

莫惜劲逸清瘦骨，向来此物最凌秋。

周檀没有继续动笔，他呆呆地看着这句话，半晌才抬起头来，眼中泪光浮动，不知是否因为她的理解而动容。

这残篇被暂时搁置，直到半年后初雪，周檀偶然寻出，才继续写。她也跟着补了最后一句。

露雪压枝尘不染，澹荡风波有如仇。
更曲迭歌遏云起，兴来小调唱诸侯。

∞ ∞ ∞

郡州的日子过得缓慢而安宁，徐植和燕覆带着凌霄军在朔漠操练，周檀和曲悠在城中各司其职——曲悠从前就对查案感兴趣，干脆在周通判手下领了个掌律的职务，处理积年旧案和民众诉讼。她并未扮男装，直接穿着官府的深蓝袍服、戴着官帽，由于清瘦，玉带盈盈一束，显得俊逸出尘。

早先还有人因曲悠貌美而不屑，可她看刑律典籍看得极多，对于民间凶案，不说熟练，却能想到不少突破之处。同行的捕快敛了轻慢之心，久而久之，还和民众一同戏称她为"女青天"。

曲悠根据自己的查案经验，在闲暇时对比着大胤刑律，写了好几条更正的条目。那字迹十分潦草，她也没来得及整理，散乱不成行，总想着等未来一起订正，只是一直惫懒，尚未付诸实践。因为每逢休沐和其他节日，她就会很忙，或是和周檀去沙漠中纵马，或是跟着偶尔回来的燕覆学习骑射和简单的武艺。再或者，她与周檀一同坐在城墙之上看天，从初日渐升到晚霞遍布，从碧蓝晴空到皓月星子，流云变幻，他们总也看不腻，亦有无尽的言语可说。

偶尔接到汴都旧人的来信，信中内容多是父母弟妹的挂念和故友的问候。

高云月常托人捎来布匹和首饰，给曲悠画一个小小的月亮做标志。曲悠为她送去边境的葡萄美酒，再调戏般画一朵云回复。

就这样到了永宁十七年的除夕。

新岁将至，但曲悠对永宁十八年充满了排斥与不安。这种不安难同任何人说，因为只有她知道，这一年，周檀回了汴都。

郡州无忧无虑、如同幻梦一般的日子，总归是要结束的。

花朝节刚过，周檀就染了场风寒，虽说是小病，但他先前没在意，拖得在床上躺了一段时间。

这日恰好无事，曲悠在州府中阅读文书，黑衣忽地亲自进来禀告："夫人，城门处有人来报，说抓了两个没有通关文牒硬闯之人，是一男一女，只说要见你和大人。我听着不对劲，亲去见过……是汴都故人，大人病着，夫人去看看吧。"

曲悠犹豫良久，还是起身去看。

三月好春光刚刚到来，便似乎快要结束了，天际隐隐传来雷声，有阴风吹过，暴雨欲来的天空。

总会有变故发生的，曲悠想。

但她万万没想到变故竟是如此。她跟着黑衣来到城门后那二人的暂扣之处，刚看一眼便愣住了。

听见声音的女子回过头来看她，颊边残存着一道触目惊心的血痕，她头发凌乱，衣衫褴褛，丝毫不见旧日的半分模样，只有看见她时，眼睛倏然一亮，随即落下泪来："悠悠——"

曲悠下意识地朝她跑过去，难以置信地唤她的名字。

"云……云月……"

高云月也匆匆跑过来，被桌角绊了一跤，她身侧的男子眼疾手快地去扶，只让她踉跄了一步，但她头顶的碧玉簪子因此滑落在地，在曲悠面前突然碎裂。

回京

在郗州的日子实在是太过安宁，以至曲悠都没有意识到，高云月已经有四个多月没有给她写过信了。

曲悠抖着手，想去摸她颊边的伤口，却没有触到。她向来爱美，伤在脸上定然比伤在身上更令她痛心。两年不见，她记忆中骄矜自负的大小姐，为何变成了这副模样？

高云月的眼泪砸在她的手背上，烫得她一颤："我还以为……再也见不到你了。"

"出了什么事？"曲悠一时间都不知道该问什么，只是茫然重复，"出了什么事？你怎么……"

她说到这里，便后知后觉地意识到，想必是太子对高则动手了。

傅庆年死后，高则拜相，由于德帝身体不好，并未擢拔他人为执政，在外人眼中，高则在朝堂中隐有一家独大的态势。这对太子来说本不算是一件坏事，但是他手中并无牵制高则的筹码，倘若此时高则表露出任何一点对他不满的倾向，以太子之多疑，必定觉得高则将与他离心。

曲悠思来想去，都没想到太子会这么早动手，并且第一个就动到高家头上！

"夫人，此地不宜久留，我为高姑娘和任公子寻一家我们名下的酒楼，先安排他们住进去吧。"黑衣在曲悠身后道。

曲悠这才看见，高云月之后身着披风风尘仆仆的男子居然是自己离开汴都时还疯疯癫癫的任时鸣。他这两年沉稳了不少，不知是不是一路风餐露宿的缘故，面上也生了胡楂。

·305·

见她看过来，任时鸣郑重地合掌行了个礼："嫂嫂，你与兄长在西境可还安好？"

"好。"曲悠挽着高云月的胳膊，带她向外走去，"你兄长近日感染了风寒，不好见客，有什么事情，我明日一并转告他。"

任时鸣脸上露出一些期许的神色，随即不知想到了什么，表情又暗淡下来："也不知兄长……愿不愿意见我。"

曲悠叹了一声，安慰他道："你兄长一直记挂着你，放心，他不会生你的气的。"

曲悠在战时帮助的女子将酒楼做了起来，几人对她十分感念，私下叮嘱仆役见了她就称"大掌柜"。曲悠惫懒之时，常与周檀一起外食，与其中一家酒楼上下诸人十分熟。

听闻来者是她重要的朋友，众人不敢怠慢，为她准备好房间之后，将那一整层的客人都清了出去。

曲悠将人安置好了，又叮嘱黑衣带人守住整层楼，这才敢继续和二人说话。

高云月见她安排上下，抱着手中的茶杯，有些欣慰地道："悠悠，你长大了。"

"别说孩子话。"曲悠红着眼睛，攥住了她的手，"汴都究竟出了什么事情？"

高云月手一抖，眼泪复又落了下来。

一侧的任时鸣从怀中掏出一块绢丝的干净帕子递给她，清了清嗓子，苦涩道："嫂嫂，想必你已知晓，陛下自前年始身子便不太好。"

他目光复杂："我经高大人提拔，进了礼部，可官职不高，知道得不算详尽……陛下病后，一直不许太子监国。去岁年末，汴都出了个案子。除夕夜宴上，陛下与太子争吵以致呕血，再不能主理政事。太子以此为由，将案子扣到了五殿下身上，上元之后……就将他鸩杀了。"

"太子鸩杀亲弟？"曲悠吓了一跳，但想起太子是宋世琰，又觉得并不意外，"陛下有意扶持五皇子，想必太子早有预备，先斩后奏，而陛下在病中，想必也无法责问太多。"

"是，太子鸩杀五殿下，还让六殿下观刑，活生生地把他吓疯了，出宫门时过于慌乱，掉下金水河，摔断了双腿，救上来后已无力挽回……太医说，六殿下怕是这辈子都站不起来了。"

高云月接过话头，声音沙哑地道，"父亲得知之后，大为震惊，连斥太子不仁不孝。太子与父亲不欢而散，整个元月都没有再登门。"

若只是如此，宋世琰也不至于闹到高则家破人亡才是。

果然，高云月恨声继续道："但是二月中旬，父亲不知从哪里得了一封密信，他不肯叫我知晓密信中是何内容，只是枯坐良久，随后递帖子进宫拜见陛下。后来我才知，那夜父亲漏夜拜见，隔着帐子掏心掏肺地说了很久的话，但陛下根本不曾醒来……帘后之人，竟是太子！"

"后来太子跪在父亲面前痛哭流涕。我在屏风后不曾听到什么，只知父亲最后还是心软，一时间不知如何抉择。就在这个空隙，三月未至，太子突然在汴都张贴告示，称国玺遗失，闹得满城风雨、沸反盈天……最后，他带人于我家搜出了国玺，以谋逆大罪……"

高云月闭上双眼，颤抖着道："屠了高氏满门。"

曲悠打了个寒战。

她不难想象，高则应该是查到了宋世琰的把柄，这把柄让他作为太子老师都不能容忍，必须连夜告诉德帝。可德帝病中昏沉，太子不知何时布置好了内宫，请君入瓮，坐在帐内听他说了那一番话，彻底恼怒，动了杀心。他布置一番，先是跪地求饶，让高则暂时对他放下了警惕，随后雷厉风行地在汴都制造出了国玺大案。谋逆罪名一扣，高则招架不及，百口莫辩。更何况，高则与太子向来绑在同一条船上，太子此举说不定还能得一个大义灭亲的美名。而宋昶病中得知，也不会费心再管。

好一条毒蛇……也不知究竟是何隐秘，让他连朝夕相伴数十年、对他忠心耿耿的老师都不放过！

她在史书中并未读过关于这段历史的详细记载，完全没有想到太子会先拿高则开刀。

曲悠抬手拍了拍高云月的后背，想说些什么安慰她，又觉得说什么都是枉然，只是反复摩挲着她的手。

高云月反而抹去了眼泪，勉力对她挤出笑容："破家之时，父亲母亲拼尽全力，才让我逃了出来。我一时没有地方可去，落水之后为春姐姐所救，躲进了春风化雨楼。可是……太子心知我与春姐姐交好，找不到我，自然怀疑。春姐姐在汴都风头极盛，他不好直接动手……于是，他就罗织冤案，抓了十三先生。"

曲悠茫然地道："什么？"

片刻之后，她便回忆起来，白沙汀和曲向文应该是同年春考，考上不久便遇上了春明诗案，因此入狱远谪。六个月后明帝登基，才将他召了回来。如今想来，倒是前后对上了。

春明诗案……太子罗织春明诗案，说白沙汀为青楼女子所写的词曲影射政庭。文字狱，向来是上位者最爱用的手段。

"春姐姐将我托付给了从汴河救我上来的任公子，我们便一起来了鄞州……我逃出来时，父亲告诉我，情势急迫，我若想知道真相，只能来问小周大人。任公子带着我想尽办法逃出了汴都，一路西行。我的脸本就伤了，为了不被人认出来，我干脆自己下手，让它伤得更重，流脓可怖，让人见了就恶心，才不会细看。"

高云月说这些话的时候面无表情，似乎说的不是自己。可曲悠听着，一字一句都浸透了鲜血。

"春姐姐为了给我争取出汴都的时间，也为了救十三先生，"高云月垂着眼睛，眼泪又开始无知觉地往下掉，她说得咬牙切齿，每一个字都很用力，"……自甘入太子府，做了他的侍妾。"

曲悠将她揽到了怀中，高云月终于没忍住，在她肩上痛哭出声。

"悠悠，父亲母亲，都不在了。春姐姐、十三先生……如今朝中风声鹤唳，难不成真要送这世间最恶毒的人登基不成？我该怎么办，我应该做什么……这一路上，幸亏得任公子庇护，若只有我自己，恐怕到不了郗州。我如今才发现，自己原来什么都不会，我要如何为父母亲报仇……悠悠……"

曲悠眼中的泪水抑制不住地往下掉。她本想着，汴都若生变故，或许还可以拖着周檀久一些、再久一些，可当这些事情真的发生的时候，她发现，自己完全不能阻碍。这样的血仇、这样的恩怨，不了结，势必不能罢休。

高云月风餐露宿，身体虚弱，哭了不过一会儿便昏了过去。任时鸣从曲悠手中把人接过去，万分珍重地抱到榻上，随即低语道："嫂嫂，你找两个婢女来伺候高姑娘吧。她骤逢变故，这一路上吃尽了苦头，我为男子，虽尽力相护，但总归是照顾不周。"

曲悠点点头，吩咐下去，然后推门出去。

任时鸣本想跟着她去见周檀，但见天色已晚，出行不便，她便叮嘱任时鸣明日一早再去府中。

曲悠也不知道自己是怀着怎样的心情回府的。回过神来的时候，她已经站在府中几棵杏花树下。

西境杏花的花期比汴都要长，上一个春夜，她和周檀在杏花影下结了终身之约，如今时日尚短，杏花刚开第二次花，命运就把他们推到了刀尖上。

每一步都是鲜血淋漓，但是必须前行，这就是殉道者的宿命。

是周檀的，也是她的。

似乎是透过窗纸看见了她的身影，一侧的雕花木窗突然被推开，随着这动作，周遭扬起了一片洁白的花瓣雨。周檀只穿着中衣，没有点蜡烛，在窗后笑吟吟地看着她。二人身侧就是那盏曲悠吩咐河星每日都要点上的灯，昏黄灯光之下，花瓣飘得烂漫、缠绵。

此夜良宵。

但她知道，明朝起身，一切美景都会不复存在。

月将西沉，星辰黯淡，西境上方愁云惨淡，万里凝滞，一直绵延到荒无人烟的远方。

周檀却在问她："你可知道明天是什么日子？"

曲悠茫然地重复："是什么日子？"

"笨，是你的生辰。"周檀低声地笑了，趴在窗口对她说，"进来，我有东西送给你。"

他在帐前点了一支蜡烛，引她进门坐好，然后从书案前抱着一本缝制好的书册过来，边走边道："前几个月，我在州府搜罗到了你的手稿，恰好我也有些想法，或可一起实施……病中的这些时日，我将你的想法和我的想法辑录到了一起，精雕细琢，写了这样东西。你从前不就常看刑律吗，我觉得……你会喜欢的。"

　　她突然产生了一种强烈的预感，这种预感无形无迹，却在虚空之中扼住了她的脖颈，像是幻听一般，无数声音开始从她耳边飞掠而过。

　　书页声、树叶晃动声、风声、图书馆整理架子的闷响、困倦时冲泡咖啡的水流声。

　　闹钟声、远方的下课铃、讲座开始前麦克风的杂音、无数次熬夜时窗外落下的雨滴声。

　　导师在白布投影之前，清晰地念出"周檀"两个字。

　　她的手指摩挲着《春檀集》的书页，发出细微的声响。

　　天门塔下，她听见岫青寺遥远的撞钟声。

　　城墙之上，有女子在唱异族的歌谣。

　　天灯晃晃悠悠地飞起，消失在黑暗的天际。

　　而她低下头，将那书册阖上，看见封皮是周檀以瘦金体写下的风骨嶙峋的三个字——削花令。

　　所有声音骤然消失。

　　她呆呆地看着手中的册子，觉得荒谬，又觉得本该如此，眼泪不自觉地滴落下来，连绵不断，打湿了书卷。

　　周檀有些讶异地问："阿怜，你怎么了？"

　　曲悠却只是垂着眼睛，低低地笑出声来。她想起京华山上雾气弥漫的夜晚。

　　"一切快乐……都想要一切事物永远存在……想要蜜，想要渣滓，想要醉醺醺的午夜，想要坟墓，想要墓畔的眼泪和安慰……想要镀金的晚霞。"

　　周檀没有听懂，于是问："这也是你老师……倪兄的言语吗？"

　　她抬起眼睛来看着对方，擦拭了一下颊边的泪水，笑着回答："是，他觉得……真正的快乐不是逃避痛苦，而是勇敢地接受。"

　　她初读尼采"永恒回归"的理论时有一点困惑，倘若一切的痛苦和快乐在过去和未来重复无数次，人是否能够坦然面对既是未知又是已知的世界？

　　如今她能够给出答案了。

　　如果身侧是周檀的话，即使知道一切都在无限轮回，她仍有勇气面临即将到来的悲剧，因为他们同是殉道者，双手相握便能看见真正的自由。

　　快乐要求一切事物永恒，要求深深、深深的永恒！

　　第二日，曲悠醒来的时候，日已高悬。

　　阳光透过窗纸照在她的眼睫上，散发出微微的暖意。

河星端着一碟子点心进门，曲悠揉着眼睛下床，问道："大人是出门了吗，他风寒可好了？"

河星笑着答道："今日晨起，黑衣大人就到府中来了，大人比您醒得早些，不许奴婢们叫，同黑衣大人说了几句话，便匆匆出门去了。"

曲悠这时才缓慢地回忆起昨日发生的一切。她端起手边的茶杯喝了一口，涩得舌苔发苦——她晨起喜欢喝浓茶，河星为她泡茶多年，最知她的口味。

她在桌前呆滞地坐了一会儿，随即便出门去高云月和任时鸣所在的酒楼。

二人已经醒了，谨慎地未曾出门。

但出乎曲悠意料的是，周檀并不在这里。她还以为是任时鸣急见兄长，特意一大早托黑衣前去请。那周檀去了哪里？

见她只身前来，任时鸣上来请安，又问："嫂嫂，兄长不曾与你一同来吗？"

曲悠摇头："他有急事，去了州府，你们少安毋躁，他很快就会过来的。"

她这才瞧出高云月瘦了不少，不禁问："你脸上的伤，可有用药？"

高云月捂着脸朝任时鸣看了一眼，任时鸣温言道："到西境时，找一家医馆看过，开了些药，只做伤口恢复和止血用，至于疤痕——"

他还没说完，门便被一把推开了。

曲悠坐在原地转头，看向身后的周檀——他明显是跑着过来的，气喘吁吁，鬓发微乱，目光先落在她身上。

与她对视的一刹那，周檀就明白了昨夜她的眼泪从何而来。

任时鸣扑通一声跪了下去，沉声唤道："兄长！"

周檀收回目光，朝任时鸣伸出了一只手，似乎是想扶对方起来，但是还没有触到，他便重重地咳嗽起来。

曲悠连忙起身扶住他，焦急道："你风寒未愈，不可惊怒。"

任时鸣膝行两步，关切道："兄长，嫂嫂告诉我你近日身体不适……"

"起来。起来。"周檀扶着曲悠的手坐在身侧的凳子上，有些不习惯他这样的关切，下意识地客套道，"不过是小病罢了，不须挂怀。"

任时鸣本不是这样的黏糊性子，就算周檀寄居在任府中时，他也不会这样直白地表达关切。但是他如今瞧着周檀，只觉得一颗心沉沉地往下坠。

羞愧、自责和心虚交织在一起，让任时鸣连抬起头来再看一眼的勇气都没有。

那日他将曲悠的话语转述给母亲，母亲听后辗转反侧，修书几封都不曾得到回应，便带着他亲自回了一趟金陵。

任平生并未与二人同行，他自从狱中出来之后身体虚亏，已经很少过问外面的事情。他直到那时才知道任时鸣动过投入傅庆年门下的心思。

从小到大都是母亲严厉、父亲体恤，可这一次，父亲动了真怒，将他按在祠堂中亲自动了家法。他听见父亲悔恨的声音说道："月初，我教你长大成人、通晓礼义廉耻，你却不管是非，拜入奸相门下，我问你，此可为不忠？忤逆尊长，背弃兄弟，怠慢你兄长的婚事，此可为不孝？"

当时他还未全信曲悠的话，只是咬着牙死死地跪在蒲团上，被打得痛极才冷笑一声："父慈子才孝，兄友弟才恭，在父亲眼中，难道他周檀不是奸佞？"

任平生丢了手中的戒尺，在他面前颓然坐下，没有说话。

任时鸣垂着头，良久，才听见身侧父亲隐忍而沉痛的哭声。

"我知道你和你母亲为何要去金陵，有些事情……你们非要见了白纸黑字才信，可旁人之心如何，你五感俱在，难道不能体会？"

任时鸣回忆起父亲午夜时拿着周檀从前送的一幅《秋月凌白图》发呆。

"你和你母亲，才是他的血亲哪！"

任夫人自从当年帮助族姐出逃，一直不受本家待见，这次到白家，白家人却意外地没有拦她。

掌家的老太爷亲自见了她，目光从任时鸣身上掠过："你儿子同你一般，都是不懂感恩之人。

"霄白再三恳求我不要将此事告知你，可我瞧着，你是个糊涂的，勘不破世情，也看不透人心。当年任家来求亲，湫儿临行之前还卖你个人情，抬举了你。你到汴都这么多年，难道还一心觉得当年是你对白家嫡长女有恩？"

"我的女儿，从不需旁人施恩。"

任夫人的面色登时煞白如青鬼。

回到汴都后，她大病数日，一度昏迷不醒，只有听说周檀出城之日才挣扎着到城墙之上，驻足良久。

自此之后，任时鸣弃了从前的性子。

人生苦短，若还要口是心非，该白白磋磨多少爱意、错过多少好时光？

不过，此时不是他叙旧情的好机会。

高云月从榻上下来，急急唤道："小周大人——"

曲悠眼疾手快地捞住她，让她不至于在周檀面前直接跪倒。

"方才，黑衣已将事情同我详细阐述，高姑娘……"周檀不忍地闭上眼睛，鸦青睫毛微微颤动，"执政……走得可安宁？"

"父亲下狱之后宁死不认，游街时三呼'国之危矣'，被斩于点红台。"高云月仰着头，没有再落泪，只有胸口颤抖的起伏泄露了她此时的情绪，"父亲说，是他未听小周大人的劝诫，才落得这样的下场，只求小周大人竭尽所能，为民除害。"

周檀桌上那只骨节分明的手握成了拳，青筋毕现。

高云月说完这番话，拭去了眼角的泪水，问道："小周大人，苏氏旧案……究竟与太子有何关联？"

高则临死之前只含糊提到了这件事，她连任时鸣都没有告诉过。

周檀听了这四个字，便露出苦笑："执政定然是查清了苏氏旧案，才会为太子所害……或许，我不该告诉他。"

他清了清嗓子，移开了脸："高姑娘若想知道，我可以据实相告，不过我此时有另外一件事情……"

身后的黑衣恭敬地递过来一只锦盒。周檀从锦盒中取出了两封明黄封皮、粘了鹤羽的奏本。

曲悠惊诧道："这是……"

"今日晨起，我收到了汴都送来的此物。"周檀沉声说着，"陛下连下了两道密诏，急召我联络楚老将军、返京听命，恐怕……"

几人一时间都没有说话。

宋昶这种时候突然为远在郗州的周檀下了密诏，要他带着楚霖返京，其中真意，不言自明。就如同他之前给周檀的信笺所言，危急之时，他竟然发现，满庭算计，一个可堪信任的人都没有。最后，他想起了对他忠心耿耿的故人，和对他忠心耿耿的故人之子。

周檀回头看了一眼，黑衣立刻了然，回头关了房门，又站在窗前，示意随行侍卫清理酒楼客人，退到十步开外。

不消片刻，酒楼中便只剩下他们五个人。

周檀这才开口："月初，你应对苏氏旧案有所耳闻。"

任时鸣点点头，有些迟疑地道："就在兄长外放回京那年，汴都出了一件惊人血案，户部尚书苏怀绪大人在人来人往的樊楼中被杀身亡。刑部和典刑寺联手破案，最后抓了一个无名小卒应付了事……有人以雷霆手段压下了这件案子，并在之后秘密处置了刑部和典刑寺一批经手的官员。后面这件事还是兄长告诉我的——听闻，杀人者是身份不凡的皇亲国戚，不知是买通了哪一方的人，竟让苏氏也未追究下去。"

苏怀绪，就是苏朝辞的父亲。

周檀嗯了一声，说："杀人者是谁，说到这里，你应该明白了。"

高云月恨声道："是太子。"

她顿了顿，继续道："苏怀绪大人是清流文臣，太子与他无冤无仇，为何甘冒这么大的风险在樊楼杀人？"

周檀的目光飘忽了一下，似乎是在出神地想着陈年往事。最后，他只是简短地说了一句："太子并非皇后亲子。"

一语如巨石入水，任时鸣被吓得一颤："什么？"

曲悠垂着眼睛思索。

宋昶虽行事疯魔，可碍于自己身份不明，极重嫡庶尊卑，即使正妻产子之后便撒手人寰，连皇后之位都是他登基后封的，他也早早地将嫡长的宋世琰立为储君，并且再未立后。

"皇后出身世家大族，刚嫁给陛下时并不得宠……当时苏尚书的妹妹与皇后交好，常入太子府探望。一日，皇后瞧上了她带的侍女，便留了下来。"时间紧迫，周檀说得十分简略，"陛下宠幸了这女子，因她有西韶血脉，并没有给她名分。皇后本想借她邀宠，不料她自己倒了避子汤，比皇后怀孕更早。于是皇后恼怒，叫人将她挪到了暴室。"

宋昶年轻时亦是风流性子，不给那西韶女子名分，宠幸几回后便将这女子弃之脑后，连她怀孕一事都不知道。况且将她关入暴室不久，皇后被医官诊出了喜脉。

一侧是张灯结彩的正厅，一侧是凄冷的暗室，这女子在暴室中受尽苦楚，深深地恨上了皇后与宋昶。

那时宋昶并未登基，太子府也就不像宫中那么森严。这女子与皇后同日生产，暴室的老嬷嬷给她接生。孩子刚落地，她就听闻皇后产后血崩，生下一个孩子后便失血而亡了。这女子心中刚刚掠过一阵报复的快感，就想到了一个更加恶毒的主意。她本是从边境偷渡的西韶人，隐瞒身份入了汴都，想找个谋生活计，因着年轻貌美，才被苏氏看中，收为婢女。但她心中一刻都不曾忘了故土。这女子平素温和有礼，先前宋昶和皇后的赏赐都被她埋在后园古树之下。如今她将这些赏赐全数取出，分了一半给那几个老嬷嬷，买通乳娘，在皇后死后兵荒马乱的夜里，将二人的孩子换了。换子成功之后，只养了两日，她便带着皇后亲子藏进粪车，逃离了太子府。自此之后，西韶女子的儿子便被当作皇后亲子养了下来。

后来，宋昶登基，追封正妃为皇后，那个孩子便顺理成章地成了储君。

直到数年之后，苏怀绪在非常偶然的情形中重新遇见了那西韶女子。她生得貌美、特别，当日在苏府中时便让他印象深刻。是年那女子已然苍老，疯疯癫癫地在市井流浪，看见他就像见了救星，连话都说不清楚，只求他带她见太子一面。

苏怀绪拖了良久，实在担忧她有皇后的遗物相赠，便在樊楼设宴请太子过去。

当日，宴过一半，他着人将这女子带了上来。

令他万万没想到的是，这女子竟是装疯。看见太子之后，她便痛哭流涕地扑了上去，一面哭着喊"儿"，一面怪笑着去咬太子的手指，要和他滴血验亲。

苏怀绪大惊失色，连忙屏退了所有护卫，可他自己未来得及闪躲，被太子留了下来。

太子完全不信自己是这疯癫女子的儿子，本想请他做个见证，可血入水中即刻相融，他于那一刻想起了自己少时不断卷曲的发和比其他兄弟更为深邃的眉眼，如坠冰窟。为了隐瞒这个秘密，他当机立断，拔剑杀了苏怀绪。

储君谋杀人臣是为大罪，太子心知瞒不过，干脆脱簪请罪，请废储位，只说是酒醉动怒，一时误杀。他这一招以退为进算得极准，德帝为保太子，安抚苏家，以天子威严将这桩案子压了下去。

然而让太子并未想到的是，苏怀绪在带着那女子见他之前，曾将此事告诉了另外一个人——顾之言。

在苏怀绪死后，顾之言第一时间警觉，叮嘱周檀在明面上退出了苏氏案的调查。

不料苏朝辞失父，来寻周檀帮助，二人在顾之言那里跪了一晚上，终于让他松了口。

那西韶女子当初做事不够干净，苏怀绪手下也有奔逃的下人，东拼西凑，竭尽全力，周檀和苏朝辞才知道了事情的真相。

苏朝辞立誓报仇，但一时无可奈何，只好明哲保身，辞官回家丁忧。周檀则顺势在朝中弹劾了他几次，哪怕丁忧期满，也压着没让他复官。因为二人都清楚，苏朝辞若在官场，即使他什么都不知道，太子也会将他视为眼中钉，保不齐哪一天便会寻个理由将他暗害。

也是因为这桩荒谬的苏氏旧案，顾之言和周檀双双绝了扶持太子的念头。

高云月和任时鸣彻底听傻了，曲悠虽有诧异，可是这皇朝表面光鲜，背地里连宋昶本人的血脉都不清不楚，朱红宫墙之下，不知掩埋了多少宫闱丑事。她已经见识了一次，心中不禁嘲讽地想，真是父不父、子不子。

不过……太子当初为何勾结西韶人，她此刻终于明晓了。

一切被书写的历史，果真都是有迹可循的啊。

∽ ∽ ∽

三日之后，宋昶的第三封密诏也送到了周檀手中。

楚霖被燕覆快马从西境大营请来，看过诏书之后便知事态轻重，决定调兵随周檀尽快回京。

曲悠默默想着，从前她还劝过楚霖不要轻易插手汴都之乱，可得了宋昶密诏，此行根本难以推辞。

临行之前，燕覆和徐植还与周檀夫妇密谈了一次。

楚霖回京护的是宋昶，周檀在汴都未必安全，眼见德帝病情愈重，不知哪日周檀手中的遗诏就会派上用场。在此之前，他们会让士兵装扮成商队模样去往汴都，为宫变做准备。

王怡然得知曲悠要走，哭了几回——郗州离汴都太远，今后再想相见，怕是没有那么容易了。何元恺在一侧安慰她，道，只要他升任，还是有机会去汴都拜会的。

这次周檀他们走得急，带的东西甚至不如来时多，为了不打草惊蛇，还特意挑深夜出城。曲悠撩开马车帘子回头看向灯火点点的都州，心中感慨万千。

周檀静默地坐在她身侧，没有再看一眼。

"来时风轻云淡，去日万里愁云。"他低声地说，"我本以为，这一日不会来得这么早。"

帘外有灯火一晃而过，曲悠放下手，心中想着，原来不只她一人贪恋这忘却烦忧的日子。

可是有些事情是不得不去做的。

匡扶朝纲，让它不至于落入残暴君主手中，是为天下计。

削花变法，更正顾之言曾经的法令中遗留下来的错漏，是为万民计。

没有人说得清楚，为什么有些人天生便注定承担着不同寻常的使命。

她目观良久，历史上下五千年，世道颠簸不安，却总是有人甘之如饴地筚路蓝缕。

为什么而追求？为何事而甘愿？

殉道者献出躯体和灵魂，不正是为了这"道"吗？

不知何时周檀抓住了她的手。

曲悠心想，她只是一个平凡得不能更平凡的人。

她非学痴，当初完全不能理解为何导师沉醉地研究虚拟的历史人物，宁愿终身不嫁，与遥远的"他"为伴。

她非尼采笔下的"超人"，虽然欣赏一心做桥的殉道者，可即使是在京郊山上与周檀交心之时，她对他也只是钦佩——她深深地理解，却总觉得自己不能做到。

这一年来，周檀曾多次与她秉烛夜谈。他说，新婚当日她第一次见他之时，他便在梦里有所感应，似乎是冥冥之中有神在指引，让他意识到自己得遇知音。可是他真正生思慕之情时，大概是在她御街击鼓之后。

曲悠曾经反复问过自己，她并不是这个朝代的人，为什么要替她们鸣冤。她已经回想不起当时自己的心情，只含糊记得，在芳心阁中看到芷菱蘸水写字之时，她就下定了决心。或许比那更早，在谷香卉从樊楼中坠下时，她便已不能置身事外。

周檀在深夜中爱惜地拂过她的面庞，对她说："你并不平凡，至少……听见了黑暗中的哭声。"

想到这里，曲悠终于笑了起来。

倘若她是周檀，在此情形之下，也会义无反顾地回到汴都，就如同她是曲悠，好奇历史的真相，不能割舍黑暗中的哭声，所以即使贪恋都州的安宁，也不会再回头看一眼。

他们握着手，在静默的春夜，浩浩荡荡地奔赴自己心中的"道"，又恰好同道，或许，也能算得上一种抵死的浪漫。

∽ ∽ ∽

太子妃受惊病倒，足有四日不曾出现在他眼前了。

宋世琰在烛火之前按了按眉心，忽而听见进门的幕僚道："小周大人回了汴都。"

"什么？"他放下书简，微微惊诧，"父皇的密诏，居然给了周檀？"

宋昶病重，但没到无知无觉的程度，宋世琰的手虽然伸得进汴都大内，却不敢妄动。譬如他只知德帝连发三道密诏，却不知这三道密诏去往何处。

宋世琰站了起来，思量着自语道："顾之言的学生，三榜状元郎，燃烛楼案没有清掉的钉子，刑部玉面修罗，一手扳倒傅庆年的人物……"

幕僚听见一声棋子落地的清脆声响，原是宋世琰想得出神，宽阔袖口扫乱了一侧棋盘上的残局，将棋子拂到了地上。

"依照父皇的性子，这几件事，哪怕只是沾染一件，他都不该留下此人的性命。"宋世琰低垂着眼睛，不知在对他还是对自己说，"我本以为他不杀人，只是将其远逐出汴都，是为了防我。可在这样的时候，他最信任的人，怎么会是周檀？"

幕僚没说话，他应该一时也没有想清楚这个问题。

"景安，你明日就去查上一查，周檀那临安早亡的父母究竟是什么来路。"太子回过神来，皱着眉吩咐，"我只知道，他母亲好像出身于金陵世家，可若只是如此……"

他没有继续往下说，转而问道："他如今进宫了吗？"

幕僚回答："小周大人身侧有楚老将军的兵，咱们的人动不了他。进城以后，他便直奔大内去了，此刻想必已经见到了陛下。"

宋世琰倒没有慌乱，他修长的手指把玩着一枚沉重的鎏金镶玉扳指，轻蔑地笑了一声："见到又如何？楚霖这么多年来除了打仗，什么都不关心，汴都大营早已都是孤的心腹，他守不住皇城的。"

幕僚道："殿下谋划多年，自然不是这几个人破坏得了的。"

宋世琰却突然问："周檀的夫人跟着他回来了吗？"

幕僚不解其意，还是答道："自然，小周大人进京只带了夫人和一个侍卫，内宅的人都留在都州了，想必心里是对汴都的情形没底。"

"他们二人若是情浓，周檀就不可能让夫人跟着回来，"宋世琰了然，胸有成竹地道，"想必是她自己也忧虑汴都的亲人吧——周檀是孤家寡人，她可不是。"

太子说起曲悠，幕僚倒是想起了一事："春娘子入府之后，春风化雨楼便关门歇业了。我们的人将那里翻了个底朝天，也没有找到高氏姑娘的踪影……汴河下游前几日捞到了一具坏了脸的女尸，瞧身段倒像，只是不能确定是不是，便暂时没来回话。"

"高则那个女儿虽然有点意思，但是太刚太硬，活不了多久。"宋世琰不以为然地挥挥手,像是想到了什么有意思的主意,道,"孤现在另有一桩事情……你告诉宋祈,让他带一队人去将曲府围了。"

幕僚错愕道:"曲府?"

太子打了个哈欠,懒洋洋地道:"去吧。"

见他不想解释,幕僚也不敢再多问。临出门时,他嗅到了一股幽幽的梅花香气。幕僚立刻侧身躲到门口的屏风之后。等叶流春进了门,他才低哑地问了一声,匆匆去了。他虽得太子信任,但亲见太子姬妾总归失礼,更何况是叶流春这样身份敏感之人。

叶流春没看见他,但她知晓太子颇为信任这个幕僚,立刻躬身道:"妾来得不巧,是否耽误了殿下的正事?"

她最善察言观色,又与太子相交数年,极为了解他的心思。被迫入府之后,她心知闹也无用,干脆还是像从前一般侍奉太子,甚至信口编了几句"早有倾慕"之类的言语哄他。

宋世琰虽知这一切并非出自真心,但对她的假意奉承极为受用,似乎能从中获得一些强迫她屈服的快感。

"无妨。流春怎么来了?"宋世琰重新在案前坐了下来,拨弄着手边的烛火,"孤三两日没去瞧你,不知你在忙些什么。"

叶流春轻轻扇了一下手中的团扇,他鼻尖立刻弥漫着信阳公主梅花香的好闻气息:"妾近日侍奉太子妃。她病得厉害,殿下若得空,不如去瞧瞧她吧。"

宋世琰一伸手,强硬地将她揽了过来。

叶流春眼中闪过一丝厌恶,面色却温顺,欲拒还迎道:"殿下今日心情不错?"

"我已托人尽力寻找高姑娘的下落,可是如今尚未找到。我知你们姐妹情深,定然关心,实在找不到的话,流春也不要伤怀。"宋世琰在她颈间嗅了嗅,露出一个阴恻恻的笑容,"不过,你的另一位好姐妹今日可是回汴都了。"

叶流春一惊:"悠悠回来了?"

宋世琰打量着她的神色,笑道:"正是。"

"可是,她不是随着小周大人去了鄌州吗?"

"父皇病重,召周檀回了京。"

叶流春没有接话。她早在临安就与周檀相识,加之后来白沙汀含糊的透露,多少能猜出周檀的身世,她并不知宋世琰已经知道多少,只好沉默。想到白沙汀,她心中立刻涌起一阵酸楚。

宋世琰却将她的表情尽收眼底,故意道:"流春可是想到了你那位白郎?"

叶流春勉强挤出笑容,正想否认,宋世琰便继续道:"他应该已经到南边任上了,一路吃喝玩乐、喝酒狎妓,早已将你忘到了九霄云外。流春你一心为他,他却不知,只觉得你见他失势便贪图富贵进了太子府……薄幸难解,流春一腔深情,真是错付了。"

"我如今身在此处，眼中心中自然只有殿下。"叶流春没有因他的话失态，只是温柔地道，"前尘往事罢了，我得了殿下爱怜，世间女子都羡慕，何必为了这样的人费神。"

宋世琰听着这样的话十分舒心，也不在意她说的是真话还是假话，在她颈间轻啄了一口，压低声音道："流春最得孤意。为了叫你开心些，过几日，我便将你的好姐妹请进府中陪你小住，如何？"

叶流春听懂了他言下之意，不由得僵了一下。